PARA
LOBO

HANNAH WHITTEN

PARA O LOBO

Wilderwood, volume I

TRADUÇÃO
Helen Pandolfi
Natalie Gerhardt

AVISO DE CONTEÚDO SENSÍVEL: ESTE LIVRO CONTÉM CENAS
DE MAGIA COM DESCRIÇÕES DE AUTOMUTILAÇÃO.

Copyright © 2021 by Hannah Whitten
Publicado mediante acordo com Orbit, Nova York, Nova York, EUA. Todos os direitos reservados.

Grafia atualizada segundo o Acordo Ortográfico da Língua Portuguesa de 1990, que entrou em vigor no Brasil em 2009.

Título original
For the Wolf

Capa
Lisa Marie Pompilio

Ilustrações de capa
Arcangel
Shutterstock

Ilustrações de miolo
Shutterstock

Preparação
Jana Bianchi

Revisão
Bonie Santos
Thiago Passos

Dados Internacionais de Catalogação na Publicação (CIP)
(Câmara Brasileira do Livro, SP, Brasil)

Whitten, Hannah
    Para o Lobo / Hannah Whitten ; tradução Helen Pandolfi, Natalie Gerhardt. — 1ª ed. — Rio de Janeiro : Suma, 2022. — (The Wilderwood Book)

    Título original: For the Wolf.
    ISBN 978-85-5651-150-8

    1. Ficção norte-americana I. Título. II. Série.

22-109817   CDD-813

Índice para catálogo sistemático:
1. Ficção : Literatura norte-americana   813

Eliete Marques da Silva – Bibliotecária – CRB-8/9380

[2022]
Todos os direitos desta edição reservados à
EDITORA SCHWARCZ S.A.
Praça Floriano, 19, sala 3001 — Cinelândia
20031-050 — Rio de Janeiro — RJ
Telefone: (21) 3993-7510
www.companhiadasletras.com.br
www.blogdacompanhia.com.br
facebook.com/editorasuma
instagram.com/editorasuma
twitter.com/editorasuma

**Parada, Red observava e esperava
enquanto o medo incendiava seu peito.**

O sangue tocou o tronco branco e ali parou. Então a árvore *o absorveu*, engolindo-o como solo árido sorvendo água.

Tropeçando em amontoados de folhas, Red recuou, tomando distância da árvore até colidir com outra, esta também afilada e esbranquiçada, também coberta por fungos escuros. O saiote do vestido se enroscou nos arbustos mais baixos e Red rasgou o tecido para se libertar, o ruído soando sobrenaturalmente alto na floresta silenciosa.

Aquele som outra vez, reverberando do chão da mata enquanto folhas se agitavam e trepadeiras se esticavam e gravetos estalavam e se fundiam em algo parecido com uma voz — algo que ela não podia ouvir, mas que podia *sentir*. Movia-se com violência vindo de seu peito, proveniente do fragmento de magia que ela mantinha sufocado sob extraordinário esforço.

Finalmente.

Houve apenas uma por tempo demais.

Para aqueles que reprimem a raiva tão fundo que ela é incapaz de sair, para os que se sentem afiados demais para tocar em algo delicado, para aqueles que estão cansados de carregar mundos nas costas.

*Você corre como uma manada de veados reluzentes,
e eu sou escuridão e sou floresta.*

Rainer Maria Rilke

Para escapar da sentença dos Reis, eles fugiram para as longínquas regiões de Wilderwood. Juraram que, se a floresta lhes oferecesse abrigo, a ela dariam tudo o que tinham enquanto suas linhagens continuassem, que a deixariam crescer dentro de seus ossos e lhe ofereceriam socorro. Foi um juramento de sangue dado de bom grado, símbolo de sacrifício e conexão.

Wilderwood aceitou o pacto, e eles permaneceram dentro de seus limites a fim de defendê-la e protegê-la das coisas que sob ela existiam. E toda Segunda Filha e todo Lobo que viessem depois deveriam aderir ao pacto e ao chamado e à Marca.

Na árvore onde fizeram o juramento, as palavras apareceram, e guardei a casca onde está escrito:

A Primeira Filha é para o Trono.
A Segunda Filha é para o Lobo.
E os Lobos são para Wilderwood.

Tiernan Niryea Andraline, da Casa Andraline,
Primeira Filha de Valleyda, Ano Um do Pacto

1

Duas noites antes de ser mandada para o Lobo, Red usava um vestido cor de sangue.

Ele tingia o rosto de Neve de escarlate enquanto ela, atrás de Red, arrumava a roupa da irmã gêmea. O sorriso que ela exibia era tênue e hesitante.

— Você está linda, Red.

Red machucara os lábios de tanto os mordiscar. Quando tentou retribuir o sorriso, sua pele se repuxou. Ela sentiu um forte gosto metálico na língua.

Neve não notou o sangue. Estava de branco, como todos os outros estariam naquela noite, e uma faixa prateada no cabelo preto a identificava como a Primeira Filha. Um misto de emoções cruzou seu semblante claro enquanto ela se ocupava com as dobras do vestido de Red — apreensão, raiva, tristeza profunda. Red conseguiu perceber cada uma delas. Sempre percebia, quando se tratava de Neve. Ela fora um enigma fácil desde o útero que haviam dividido.

Por fim, Neve se aquietou com uma expressão apática e plácida que visava não revelar coisa alguma. Apanhou do chão a garrafa de vinho pela metade e a inclinou em direção a Red.

— Melhor terminar logo.

Red bebeu direto da garrafa. Secou a boca com as costas da mão, que ficaram manchadas de vermelho.

— Gostoso? — Neve pegou a garrafa de volta. Sua voz estava alegre mesmo enquanto girava nervosamente o objeto nas mãos. — É meduciano. Foi presente do pai do Raffe para o Templo, um pequeno bônus além do tributo em orações pelos tempos prósperos. Raffe surrupiou o vinho, disse que acha que o tributo por si só é mais do que suficiente para garantir um mar calmo.

Ela riu, cabisbaixa. Um riso abatido e breve.

— Ele disse que se algo pode te ajudar hoje à noite, é isso.

O saiote do vestido de Red ficou todo amarrotado quando ela se jogou em uma das cadeiras próximas à janela, apoiando a cabeça na mão.

— Nem todo o vinho do mundo seria suficiente para isso.

A falsa máscara otimista de Neve vacilou, depois se desfez. Elas ficaram em silêncio.

— Você ainda pode fugir — sussurrou Neve, mal movendo os lábios, sem tirar os olhos da garrafa vazia. — Nós podemos te dar cobertura, eu e Raffe. Hoje, enquanto todos...

— Não posso — disse Red, ríspida e breve, soltando a mão no braço da cadeira. A repetição contínua desgastara toda a cordialidade de sua voz.

— É claro que pode. — Neve apertou a garrafa com mais força. — Você ainda sequer tem a Marca, e seu aniversário é depois de amanhã.

Red levou a mão até a manga escarlate, que escondia uma pele branca e imaculada. Todos os dias, desde que completara dezenove anos, ela inspecionava os braços em busca da Marca. A de Kaldenore aparecera imediatamente depois de seu aniversário, a de Sayetha em seu primeiro semestre com dezenove anos, a de Merra poucos dias antes de completar vinte anos. A de Red ainda estava por aparecer, mas ela era uma Segunda Filha — destinada a Wilderwood, destinada ao Lobo, fadada a cumprir um antigo pacto. Com ou sem Marca, ela partiria em dois dias.

— O problema são as histórias sobre monstros? Por favor, Red, são contos de fadas para assustar crianças, não importa o que a Ordem diga. — A voz de Neve ficou mais tensa, indo de um tom bajulador para outro mais rígido. — É tudo faz de conta. Ninguém os vê há quase duzentos anos. Não apareceram antes de Sayetha. Ou antes de Merra.

— Mas apareceram antes de Kaldenore.

Não havia calor na voz de Red, tampouco frieza. Neutra e inexpressiva. Ela estava muito cansada daquela discussão.

— Sim, há dois malditos séculos uma manada de monstros saiu de Wilderwood e aterrorizou os territórios nortenhos por dez anos, até que Kaldenore surgiu e eles desapareceram. Monstros dos quais não temos nenhum registro histórico real, monstros que pareciam tomar a forma que mais agradasse a pessoa contando a história. — Se o tom de voz de Red era como um outono sereno, o de Neve lembrava um inverno devastador, gelado e cortante. — Mas, ainda que fossem reais, não aconteceu *nada* desde então, Red. Nem sinal de algo vindo da floresta, não atrás de alguma das Segundas Filhas e não atrás de você. — Depois de uma pausa, palavras surgiram de um local profundo que nenhuma das duas tocava. — Se houvesse monstros na floresta, nós os teríamos visto quando...

— Neve. — Red permaneceu imóvel, fitando o borrão de batom de cor sangrenta nos nós dos dedos, mas sua voz rasgou o silêncio do cômodo.

O pedido de silêncio foi ignorado.

— Quando você for até ele, acabou. Ele não vai permitir que volte. Nunca mais vai poder sair da floresta, não vai ser como... não vai ser como da última vez.

— Não quero falar disso. — A neutralidade se perdeu, transformando-se em algo rouco e aflito. — Por favor, Neve.

Por um momento ela pensou que Neve estivesse prestes a ignorá-la outra vez, prestes a arrastar a conversa para além dos limites cuidadosos que Red estabelecera para o assunto. Em vez disso, ela suspirou. Seus olhos brilhavam tanto quanto os cabelos prateados.

— Você poderia ao menos fingir... — murmurou ela, virando-se para a janela. — Poderia ao menos fingir que se importa.

— Eu me importo. — Os dedos de Red se tensionaram sobre os joelhos. — Só não faz diferença.

Ela já havia gritado, protestado, se rebelado. Já fizera tudo aquilo, tudo o que Neve esperava dela agora, antes de completar dezesseis anos. Quatro anos antes, quando tudo mudara, quando compreendera que Wilderwood era o único lugar para ela.

O sentimento crescia dentro dela de novo. Algo desabrochando, algo tomando seus ossos. Algo *crescendo*.

Havia uma samambaia no parapeito da janela, absurdamente verdejante contra a neve que servia como pano de fundo. As folhas se mexiam, gavinhas se esticando com delicadeza em direção ao ombro de Red em um movimento determinado e deliberado demais para ser causado por uma brisa passageira. Sob a manga das vestes, a rede de veias em seu pulso aflorava em um tom esverdeado, fazendo com que elas se destacassem contra a pele pálida como se fossem galhos. Ela sentia gosto de terra na boca.

Não. Red cerrou os punhos até o sangue sumir dos nós dos dedos. Aos poucos, a sensação *de algo crescendo* se esvaiu como uma gavinha interceptada voltando a se encolher em seu esconderijo. O gosto de terra desapareceu da língua, mas mesmo assim ela pegou a garrafa de vinho outra vez e sorveu o que restava no fundo.

— Não tem só a ver com os monstros — disse ela quando o vinho acabou. — Há também a questão de eu ser suficiente para convencer o Lobo a libertar os Reis.

O álcool a deixava ousada, ousada o suficiente para que não tentasse esconder o sarcasmo na voz. Se um dia houvesse um sacrifício valioso o suficiente para apaziguar o Lobo e o fazer libertar os Cinco Reis de onde quer que os tivesse escondido por séculos, não seria ela.

Não que ela acreditasse nisso, de qualquer forma.

— Os Reis não vão voltar — disse Neve, dando voz à descrença que ambas sentiam. — A Ordem enviou três Segundas Filhas para o Lobo e ele não os libertou. Não irá libertá-los agora.

Ela cruzou os braços com firmeza sobre as vestes brancas, olhando pela janela como se seus olhos pudessem abrir um buraco no vidro.

— Não acho que os Reis *possam* voltar.

Red também não achava. Ela acreditava ser provável que seus deuses estivessem mortos. Sua dedicação ao próprio destino na floresta não estava relacionada à convicção de que Reis ou monstros ou qualquer coisa pudessem resultar dela.

— Não importa.

Elas já haviam tido a mesma conversa várias vezes àquela altura. Red flexionou os dedos, agora repletos de veias azuladas, mal vendo a hora de encerrar aquela conversa infinita e repetitiva.

— Vou para Wilderwood, Neve. Está decidido. Apenas... se conforme com isso.

Com os lábios comprimidos em uma linha resoluta, Neve deu um passo adiante, diminuindo a distância entre as duas com um farfalhar de seda contra mármore. Red não levantou o olhar, deixando a cabeça pender de maneira que os cabelos cor de mel caíssem sobre o rosto.

— Red — sussurrou Neve. Red estremeceu diante do tom de voz da irmã, o mesmo que usaria com um animal assustado. — Eu *quis* ir com você. Naquele dia em que fomos a Wilderwood. Não foi sua culpa que...

A porta se abriu com um rangido. Pela primeira vez em muito tempo Red se sentiu feliz em ver a mãe.

O branco e o prateado caíam bem em Neve, mas faziam com que a Rainha Isla parecesse congelada, gélida como a neve do lado de fora da janela. Sobrancelhas escuras encimavam olhos ainda mais escuros, a única característica em comum com as filhas. Nenhum criado a acompanhava quando ela entrou na sala e fechou a porta de madeira atrás de si.

— Neverah.

Ela fez um gesto com a cabeça em direção a Neve antes de voltar os olhos escuros e indecifráveis a Red.

— Redarys.

Nenhuma delas retribuiu a saudação. Por um instante que pareceu horas, as três permaneceram imersas em um silêncio incômodo.

Isla se voltou para Neve.

— Os convidados estão chegando. Vá cumprimentá-los, por favor.

Neve segurou o tecido da saia do vestido, cerrando os punhos. Encarou Isla com um ar circunspecto, os olhos pretos ardentes e abrasadores. Mas brigar seria inútil naquele momento, e todas no cômodo sabiam disso. Enquanto se dirigia à porta, Neve olhou de relance para Red sobre o ombro, um comando no olhar: *Coragem.*

A última coisa que Red sentia quando estava diante da mãe era coragem.

Ela não se deu ao trabalho de se levantar enquanto Isla a examinava, atenta e minuciosa. Os cachos de Red, modelados com cuidado, já estavam se desmanchando, e seu vestido estava amarrotado. Isla se deteve por um instante na mancha vermelha nas costas da mão da filha, mas nem aquilo foi suficiente para provocar uma reação. A ocasião era mais uma prova de sacrifício do que um baile, um evento ao qual dignitários de todo o continente compareciam para ver a mulher fadada ao Lobo. Talvez fosse adequado que ostentasse uma aparência feral.

— Esse tom combina com você — disse a Rainha, apontando com a cabeça para o saiote do vestido de Red. — Vermelho para Redarys.

A observação foi irônica, mas fez com que Red cerrasse os dentes com força suficiente para quase rachá-los. Neve costumava dizer aquilo quando eram jovens, antes de ambas perceberem o que realmente significava. Àquela altura, o vermelho já era a cor favorita de Red, sua marca registrada. Havia uma energia fervorosa no matiz, uma afirmação de quem e do que ela era.

— Não ouvia isso desde que era criança — disse ela.

Os lábios de Isla se crisparam. A menção à infância de Red — ao fato de que ela fora uma criança um dia, *filha de Isla*, e de que ela mandaria a própria prole para a floresta — sempre parecia inquietar a mãe.

Red apontou para o saiote.

— Escarlate para um sacrifício.

Um instante se passou. Isla enfim pigarreou.

— A delegação floriana chegou à tarde, assim como o mensageiro de Karseckan Re. A primeira conselheira meduciana lamenta por não poder comparecer, mas diversos outros conselheiros estarão presentes. Sacerdotisas da Ordem de todo o continente chegaram ao longo do dia e estão se revezando para rezar no santuário. — Todas as palavras foram ditas em tom sereno e afetado, como se ela recitasse uma lista enfadonha. — Os Três Duques de Alpera e seus séquitos devem chegar antes da procissão...

— Ah, que bom — disse Red, fitando as próprias mãos, ainda pálidas como as de um cadáver. — Seria uma pena se perdessem isso.

Os dedos de Isla se moveram em um espasmo. Seu tom de voz, no entanto, permaneceu altivo.

— A Suma Sacerdotisa está otimista — disse ela, olhando para todos os cantos da sala, exceto para a filha. — Por haver um longo intervalo entre você e... e as outras. Ela acredita que o Lobo pode finalmente libertar os Reis.

— Aposto que acredita. Vai ser muito constrangedor para ela quando eu for para a floresta e absolutamente nada acontecer.

— Guarde suas blasfêmias para si — censurou Isla, embora de maneira branda.

Red nunca descobrira como arrancar emoções da mãe. Tentara quando era mais nova — com presentes, com flores. Já mais velha, puxava e derrubava cortinas e arruinava jantares com sua embriaguez, tentando provocar fúria, já que não tivera sucesso em obter algo mais terno. E, mesmo assim, nunca recebera nada além de um suspiro ou revirar de olhos.

Era preciso ser uma pessoa inteira para ser digna de lágrimas. Algo que ela jamais fora para a mãe. Para Isla, Red nunca passara de um bem a ser ostentado.

— *Você* acredita que eles vão voltar? — Uma indagação atrevida que não ousaria fazer se já não estivesse com um pé em Wilderwood. Ainda assim, Red não conseguiu se fazer soar sincera, não conseguiu suavizar as farpas na voz. — Acha que se o Lobo me considerar *aceitável,* devolverá os Reis?

O silêncio pairou na sala, mais frio do que o ar do lado de fora. Red não sentia nada parecido com fé, mas desejava a resposta como absolvição. Para a mãe. Para *ela.*

Isla sustentou o olhar da filha por um instante longo, um instante que se arrastou em dimensões inusitadas. O momento durou uma vida e carregava o peso de anos de coisas não ditas. No entanto, ao se manifestar, Isla desviou os olhos.

— Não vejo como isso pode ser relevante.

E foi isso.

Red se pôs de pé, afastando a pesada cortina formada por seu cabelo e limpando a mancha vermelha da mão no saiote do vestido.

— Então, por favor, Sua Majestade, vamos mostrar a todos que o sacrifício está pronto.

Red raciocinava rápido enquanto caminhava até o salão de baile. Sua presença precisava ser notável — todos os dignatários convidados não estavam ali apenas pela dança e pelo vinho. Estavam ali *para vê-la,* a prova escarlate de que Valleyda estava preparada para enviar a Segunda Filha em sacrifício.

As sacerdotisas da Ordem se revezavam no Santuário, rezando para os tocos das árvores brancas supostamente retiradas de Wilderwood. Para quem vinha de fora do país, aquela era uma peregrinação religiosa, uma chance única na vida de não apenas rezar no famoso Santuário de Valleyda, mas também de testemunhar a oferta de uma Segunda Filha ao Lobo.

Poderiam até estar rezando, mas teriam olhos à espreita ali. Olhos a examinando, verificando se concordavam com a Suma Sacerdotisa de Valleyda. Se também a consideravam *aceitável.*

Uma ou duas canções, umas três ou quatro taças de vinho. Red poderia permanecer o suficiente para que todos pudessem julgar a idoneidade do sacrifício que fariam, e depois iria embora.

Em teoria, estavam bem no início do verão, mas as temperaturas em Valleyda nunca passavam muito de congelantes em qualquer que fosse a estação. Havia lareiras nas paredes do salão, brilhando em laranja e amarelo. Cortesãos flanavam vestidos em um arsenal de diferentes cortes e estilos vindos de reinos de todo o continente, cada centímetro de tecido de um tom branco-lunar. Quando Red adentrou o salão, uma abundância de olhares recaiu sobre ela, uma gota de sangue em meio à nevasca.

Ficou imóvel como um coelho sob o olhar de um predador. Por um instante, todos se entreolharam. Os fiéis ali reunidos e sua oferenda.

Cerrando a mandíbula, Red se curvou em uma reverência vigorosa e teatral.

Houve um breve soluço no ritmo da música. Em seguida, os cortesãos se puseram em movimento de novo, passando por ela sem fazer contato visual.

Pequenas alegrias.

Uma silhueta familiar estava no canto do salão, ao lado de uma profusão de rosas e barris de vinho. Raffe passou a mão pelo cabelo preto, cortado rente à cabeça; os dedos cor de mogno em contraste com o dourado do cálice que tinha em mãos. Naquele momento estava desacompanhado, mas não permaneceria assim por muito tempo. Filho do Conselheiro meduciano e exímio dançarino, Raffe nunca ficava longe das atenções nos bailes.

Red se aproximou, tirou o cálice da mão dele e bebeu o líquido até o fim com eficiência experiente. Raffe curvou os lábios.

— Olá para você também.

— Tem muito mais de onde veio isso. — Ela devolveu o cálice e cruzou os braços, encarando a parede de maneira resoluta, de costas para o aglomerado de pessoas. Olhares fuzilavam sua nuca.

— Isso é bem verdade. — Raffe voltou a encher a taça. — Francamente, me surpreende que você ainda esteja aqui. As pessoas que precisavam ver você com certeza já a viram.

Ela mordeu o lábio.

— *Eu* quero ver alguém — admitiu ela, tanto para si mesma quanto para Raffe.

Ela *não deveria* querer ver Arick. Deveria facilitar a ruptura, deixá-lo ir naturalmente...

Mas, em seu âmago, Red era uma criatura egoísta.

Raffe assentiu em um movimento conciso, demonstrando compreensão com um mero erguer de sobrancelhas. Entregou o cálice cheio para ela antes de servir outro para si.

Ela conhecia Raffe desde os catorze anos — quando o pai dele assumira a posição de Conselheiro, tivera que repassar ao filho seu próspero negócio no ramo de vinhos, e não havia lugar melhor para se aprender sobre rotas comerciais do que com os tutores de Valleyda. Não havia muita coisa sendo cultivada ali, um país pequeno e frio bem no topo do continente, notável apenas pela fronteira com Wilderwood ao norte e a eventual oferenda de Segundas Filhas. Valleyda dependia quase unicamente das importações para alimentar seu povo e das importações e tributos para manter o Templo, onde as súplicas mais potentes aos Reis poderiam ser feitas.

Todos eles haviam crescido juntos ao longo dos seis anos anteriores — anos percebendo quão diferente Red era dos demais, assimilando o fato de que seu tempo se esgotava depressa. Mas, desde que o conhecera, Raffe nunca a tratara como qualquer coisa que não fosse uma amiga — não uma mártir ou uma efígie a ser queimada.

O rosto de Raffe foi tomado por ternura e Red seguiu o olhar dele, encontrando Neve. Sozinha e com os olhos ligeiramente avermelhados, ela ocupava seu lugar em um tablado alto na extremidade do salão. O lugar de Isla ainda estava vazio. Não havia trono algum para Red.

Red gesticulou com o cálice em direção à irmã gêmea.

— Convide-a para dançar, Raffe.

— Não posso.

A resposta foi imediata e soou abafada de dentro do cálice. Ele sorveu tudo em um único gole.

Red não insistiu.

Um toque em seu ombro fez com que ela se virasse. O jovem lorde às suas costas recuou depressa, de olhos arregalados e amedrontados.

— Hum, minha... minha senhora... Não, princesa...

Ele claramente esperava rispidez; de repente, porém, Red se viu cansada demais para corresponder à expectativa. Era exaustivo sustentar um temperamento tão mordaz.

— Redarys.

— Redarys — repetiu ele, nervoso. Um rubor tomou seu pescoço e subiu até o rosto, deixando as sardas em evidência. — Aceitaria dançar comigo?

Red deu de ombros; o vinho meduciano enevoava seu raciocínio, tornando seus pensamentos indistintamente amigáveis. Não era quem ela esperava ver, mas por que não dançar com alguém corajoso o suficiente para fazer o convite? Ela ainda não estava morta.

O fidalgote a conduziu em uma valsa, mal tocando na curva de sua cintura. Red teria rido se sua garganta não parecesse estar em carne viva. Todos tinham muito medo de tocar algo que pertencia ao Lobo.

— Você deve encontrá-lo na alcova — sussurrou ele, a voz trêmula como se estivesse prestes a falhar. — Foi o que a Primeira Filha disse.

Red despertou do torpor causado pelo vinho e cerrou os olhos, fitando o jovem fidalgo. Seu estômago se revirava, uma mistura de álcool e esperança radiante.

— Encontrar quem?

— O Consorte Eleito — gaguejou o garoto. — Lorde Arick.

Ele estava ali. Ele fora até lá.

A valsa terminou com ela e seu parceiro improvável perto da alcova mencionada, o saiote do vestido de Red quase tocando a cortina decorada.

— Obrigada.

Red fez uma reverência para o jovem, que agora ruborizava da testa à nuca. Ele gaguejou algo incompreensível e partiu com passos ligeiros, parecendo prestes a correr.

Ela parou um momento para aquietar as mãos agitadas. Aquilo havia sido ideia de Neve, e Red conhecia a irmã bem o suficiente para saber quais eram suas intenções. Neve não conseguira convencê-la a fugir e imaginava que talvez Arick tivesse êxito.

Red permitiria que ele tentasse.

Assim que passou pela cortina, sua cintura foi envolvida pelos braços dele antes que o salão de baile estivesse fora de seu campo de visão.

— Red — murmurou ele contra o cabelo da garota. Os lábios do rapaz encontraram os dela, os dedos apertando seus quadris e a puxando para mais perto. — Red, senti sua falta.

A boca de Red estava ocupada demais para responder, embora deixasse claro que compartilhava do sentimento. As responsabilidades de Arick como Consorte Eleito e duque de Floriane o mantinham fora da corte com frequência. Ele só estava ali naquele momento por causa de Neve.

A irmã tinha ficado tão chocada quanto Red quando Arick fora anunciado como o futuro marido de Neve, a fim de cimentar o frágil tratado que tornava Floriane uma província de Valleyda. Ela sabia o que havia entre Arick e Red, mas elas nunca falavam sobre isso, incapazes de encontrar as palavras certas para mais uma pequena tragédia. Arick era uma lâmina que feria em todas as direções, e as feridas deixadas se curavam melhor sozinhas.

Red interrompeu o beijo, apoiando a testa no ombro de Arick. Ele tinha o mesmo cheiro de sempre, menta e tabaco caro. Ela inspirou até o peito doer.

Arick a segurou por um momento, as mãos em seu cabelo.

— Amo você — sussurrou no ouvido de Red.

Ele sempre falava aquilo. Ela nunca correspondia. Já chegara a pensar que assim fazia um favor a ele, mantendo certa distância entre eles para que fosse mais fácil quando completasse vinte anos e tivesse que pagar a dívida com a floresta. Mas não era bem assim. Red nunca dissera aquilo de volta porque não sentia a mesma coisa. De certa forma ela amava Arick, mas não de um jeito recíproco ao amor que ele sentia. Era mais fácil deixar as palavras sem resposta.

Até então, ele não parecera magoado com isso, mas naquela noite ela pôde sentir os músculos tensos sob a bochecha, pôde ouvir os dentes dele rangerem.

— Nem hoje, Red? — Sua voz saiu baixa. Era como se ele já soubesse a resposta.

Ela continuou em silêncio.

Um momento se passou até ele erguer o queixo de Red para examinar seu rosto. Não havia velas na alcova, mas a luz da lua se refletia nos olhos dele, verdes como as plantas no peitoril da janela.

— Você sabe por que estou aqui.

— E você sabe o que vou dizer.

— Neve estava fazendo a pergunta errada — disse ele, com um suspiro levemente exasperado. — Apenas sugerindo que você fugisse, sem pensar no que viria depois. Eu pensei. É *tudo* no que tenho pensado. — Ele parou, segurando o cabelo dela com mais força. — Fuja *comigo*, Red.

Os olhos dela, parcialmente fechados após o beijo, arregalaram-se em um sobressalto. Red se afastou, tão depressa que alguns fios dourados ficaram nos dedos dele.

— O quê?

Arick tomou as mãos dela e a puxou para mais perto outra vez.

— Fuja comigo — repetiu ele, acariciando as costas das mãos da garota com os polegares. — Vamos para o sul, para Karsecka ou Elkyrath, encontrar uma cidade pacata onde ninguém se importe com religião ou com o retorno dos Reis, uma cidade que seja longe demais da floresta para que as pessoas se preocupem com monstros. Posso trabalhar fazendo... fazendo *alguma coisa* e...

— Não podemos fazer isso. — Red se desvencilhou das mãos de Arick. O torpor agradável do vinho estava rapidamente dando lugar a uma dor incômoda. Ela pressionou os dedos contra as têmporas, virando-se de costas para ele. — Você tem deveres a cumprir. Com Floriane, com Neve...

— Nada disso importa. — Ele envolveu a cintura dela com as mãos. — Red, não posso deixar que vá para Wilderwood.

A sensação tomou conta dela outra vez, o despertar em suas veias. A samambaia se agitou no peitoril.

Por um momento ela pensou em contar a ele.

Pensou em contar sobre o fragmento peculiar de magia que Wilderwood deixara nela na noite em que correra com Neve até os limites da floresta. Pensou em contar sobre a destruição que ela causara, sobre o sangue e a violência. Pensou em contar sobre como era um exercício diário reprimi-la, mantê-la sob controle, tomando cuidado para que não voltasse a ferir ninguém.

Mas as palavras não vinham.

Red não estava indo para Wilderwood para trazer deuses de volta. Não estava indo para servir como salvaguarda contra monstros. Aquela era uma teia antiga e esotérica na qual estivera emaranhada desde o nascimento, mas seus motivos para não lutar contra ela nada tinham a ver com compaixão, nada tinham a ver com uma religião na qual ela nunca realmente acreditara.

Ela iria para Wilderwood para proteger *dela mesma* as pessoas que amava.

— As coisas não precisam ser assim. — Arick a segurou pelos ombros. — Podemos ter *uma vida juntos*, Red. Podemos ser *só nós dois*.

— Eu sou a Segunda Filha. Você é o Consorte Eleito. — Red balançou a cabeça. — *Isso* é o que nós somos.

Silêncio.

— Eu poderia obrigar você a ir.

Red cerrou os olhos, desconfiada e confusa em igual medida.

As mãos de Arick escorregaram dos ombros de Red até seus pulsos, onde se fecharam.

— Eu poderia levar você para um lugar onde ele não pudesse te encontrar. — Houve uma pausa carregada de mágoa. — Onde *você* não pudesse *encontrá-lo*.

Arick a segurava com tanta força que quase a machucava e, em um rompante de fúria que lembrava folhas rodopiando em um ciclone, o fragmento de magia de Red ganhou vida.

A magia galgou seus ossos, desenrolando-se dos vãos entre suas costelas como hera subindo por paredes em ruínas. As folhagens do peitoril se curvaram na direção dela, atraídas por um magnetismo extraordinário, e ela sentiu a pulsação da terra mesmo com camadas de mármore sob seus pés, raízes se movendo como correntezas, *estendendo-se* na direção dela...

Red lutou contra seus poderes e os reprimiu pouco antes de as samambaias roçarem o ombro de Arick, as frondes crescendo em tamanho e volume em segundos. Em vez disso, ela o empurrou para longe com mais força do que pretendia. Arick cambaleou enquanto as samambaias se retraíam e se encolhiam, voltando à forma original.

— Você não pode *me obrigar* a fazer nada, Arick. — As mãos dela tremiam, a voz soando estridente. — Não posso ficar aqui.

— Por quê? — Seu tom era inflamado, furioso e grave.

Red se virou e tocou a borda da cortina brocada com a mão que torcia para não estar tremendo. Não havia nada de errado com sua boca, mas nenhuma palavra pareceu adequada, por isso o silêncio se adensou e preencheu o lugar de sua resposta.

— Tem a ver com o que aconteceu com Neve, não tem? — Era uma acusação, e ele a proferiu como tal. — Quando vocês estiveram em Wilderwood?

O coração de Red parecia prestes a sair pela boca. Ela passou pelas cortinas e as fechou atrás de si, abafando as palavras de Arick e ocultando seu rosto. As vestes da garota farfalhavam sobre o mármore enquanto ela percorria o corredor em direção às portas da varanda que davam para o norte. Friamente, ela se perguntava o que os informantes das sacerdotisas diriam de seu cabelo desgrenhado e dos lábios corados.

Bem. Se queriam um sacrifício intocado, era tarde demais.

O frio castigava em contraste com o calor do salão, mas Red era de Valleyda, e mesmo a pele arrepiada ainda lembrava o verão. Suor secava em seu cabelo, agora irremediavelmente liso, uma vez que os cachos definidos haviam sido desmanchados pelo toque e pelo calor.

Inspirou, expirou, tentou estabilizar os ombros trêmulos, piscou para aliviar a ardência nos olhos. Ela podia contar nos dedos de uma mão o número de pessoas que a amavam, e todas continuavam implorando pela única coisa que ela não podia lhes dar.

O ar noturno congelou as lágrimas em seus cílios antes que caíssem. Ela fora amaldiçoada no instante em que nascera — era uma Segunda Filha, destinada ao Lobo e a Wilderwood, conforme gravado no tronco do Santuário. Ainda assim, a dúvida pairava no ar. Ela se perguntava se a maldição não seria culpa dela mesma pelo que fizera quatro anos antes.

Elas haviam sido tomadas por uma coragem imprudente depois daquele outro baile desastroso, por uma coragem imprudente e muito vinho. Tinham roubado cavalos e cavalgado na direção norte, duas garotas contra um monstro e uma floresta sem fim munidas apenas de pedras e fósforos e um amor inabalável uma pela outra.

Um amor que ardia tão intensamente que fazia parecer que o poder que se enraizara em Red era uma troça deliberada. Wilderwood, provando ser mais forte. Provando que os laços de Red com a floresta e o Lobo que a aguardava sempre seriam mais fortes.

Red engoliu em seco, a garganta apertada. Era uma ironia cruel o fato de que, não fosse por aquela noite e o que ela causara, ela talvez fizesse o que Neve queria. Talvez fugisse.

Virou-se para o norte, cerrando os olhos contra o vento gelado. Em algum lugar além do nevoeiro e das luzes baças da capital estava Wilderwood. O Lobo. A longa espera estava prestes a terminar.

— Estou indo — murmurou ela. — Vocês venceram. Estou indo.

Ela se virou em um esvoaçar de tecidos carmesim e voltou para dentro.

2

O sono foi fragmentário. Quando o nascer do sol invadiu o céu, Red já estava de pé próxima à janela, os dedos entrelaçados enquanto olhava na direção do Santuário.

A vista do quarto dela dava para os jardins internos, um espaço repleto de árvores e flores cultivadas com esmero, cuidadosamente selecionadas para resistir ao frio. O Santuário ficava escondido nos fundos, mal era visível debaixo de um frondoso arvoredo. O sol nascente iluminava a beira da arcada de pedra e a tingia de um leve tom dourado.

Os membros da Ordem estavam espalhados pelo jardim verde, aglomerados perto das flores, um mar de vestes brancas e devoção. Ali estavam todas as sacerdotisas que tinham Valleyda como lar, além de todas as que tinham viajado até lá vindas de Rylt, do outro lado do mar, de Karsecka, na extremidade norte do continente, e de todos os lugares que ficavam entre os dois pontos. Todos os Templos possuíam um pedaço da árvore branca, uma pequena lasca de Wilderwood para a qual se rezava, mas era uma honra especial fazer a difícil jornada até o Templo de Valleyda, onde havia um verdadeiro bosque delas. Era um privilégio rezar entre os galhos brancos como ossos que constituíam a prisão dos Reis e suplicar pelo seu retorno.

No entanto, naquela manhã, nenhuma das sacerdotisas entrou no Santuário. A única pessoa que tinha permissão para rezar em meio aos galhos brancos naquele dia era Red.

Distraída, Red passou o dedo pela área embaçada que sua respiração deixara no vidro. Suas amas costumavam fazer isso no passado, desenhando histórias nas vidraças. Histórias de como Wilderwood era antes da criação das Terras Sombrias, quando toda a magia existente no mundo estava ali encerrada para aprisionar as criaturas divinas que reinavam em terror.

Antigamente, a floresta fora um lugar de verão interminável, um local de conforto em um mundo movido por violência. As amas contavam que ela fora capaz até mesmo de conceder dádivas àqueles que deixavam sacrifícios dentro de seus limites — mechas de cabelo, dentes de leite, papéis salpicados com sangue. A magia existia livremente naquele mundo, acessível a todos que aprendessem a utilizá-la.

No entanto, quando os Cinco Reis fizeram um pacto com a floresta para que esta confinasse os deuses monstruosos — para que criasse as Terras Sombrias como uma prisão para eles —, toda a magia se foi, absorvida por Wilderwood para assim realizar a monumental tarefa.

Mas mesmo naquela época a floresta ainda podia barganhar — e barganhou com Ciaran e Gaya, o primeiro Lobo e a primeira Segunda Filha. No Ano Um do Pacto, o mesmo ano em que os monstros foram aprisionados, eles buscaram refúgio em Wilderwood para fugir do pai de Gaya, Valchior, e seu prometido, Solmir — dois dos lendários Cinco Reis. Wilderwood atendeu ao pedido de Gaya e Ciaran, dando a eles um lugar para que se escondessem, um lugar onde poderiam ficar juntos para sempre. Ela os encerrou dentro de suas fronteiras e os transformou em algo sobre-humano.

A história das amas parava ali. Elas não contavam que os Reis tinham voltado a entrar em Wilderwood cinquenta anos depois do Pacto, e que de lá nunca mais tinham saído. Não contavam que Ciaran levara o corpo sem vida de Gaya até a fronteira do bosque um século e meio depois do desaparecimento dos Reis.

Red ainda se lembrava da história. Ela a lera centenas de vezes — tanto em livros vistos como sagrados quanto naqueles considerados de menor importância —, todas as versões que encontrara. Embora alguns detalhes fossem diferentes, a história era a mesma de maneira geral. Ciaran levava Gaya até a fronteira de Wilderwood. Seu corpo, em processo de decomposição, perfurado e atravessado por vinhas e raízes e trepadeiras como se ela tivesse estado emaranhada no próprio cerne da floresta. As palavras dele para aqueles que o viram, alguns aldeões anônimos que de repente acabaram fazendo parte da história religiosa: *Mandem a próxima.*

E assim uma história de amor se transformou em tragédia, assim como o verão interminável se desbotou e se transformou em outono sem vida.

Red afastou a mão quando as bordas da tela embaçada começaram a desaparecer. Os traços deixados por seus dedos pareciam arranhões deixados por uma garra.

Houve uma batida hesitante à porta. Red encostou a testa na janela.

— Só um segundo.

Respirou profundamente o ar gelado e se pôs de pé. Sua camisola ficou grudada ao suor gelado em suas omoplatas e ela puxou o tecido para soltá-lo. De maneira quase inconsciente, seus olhos pousaram sobre a pele na região acima do cotovelo. Ainda sem Marca, e ela precisava se esforçar para impedir a esperança de cravar garras em seu peito.

Não havia relato algum sobre a aparência das Marcas, apenas diziam que elas surgiam no braço da Segunda Filha em algum momento aos dezenove anos, exercendo uma atração implacável em direção ao norte, em direção a Wilderwood. Depois de seu último aniversário, ela passara a inspecionar cuidadosamente a pele toda manhã, examinando cada pinta e cada sarda.

Outra batida. Red encarou a porta fechada como se a força de sua ira pudesse transpassar a madeira.

— A menos que queiram que eu reze nua, terão que *esperar um segundo*.

As batidas cessaram.

Um roupão amarrotado estava embolado a seus pés. Red o puxou e o vestiu, depois abriu a porta sem se dar ao trabalho de pentear os cabelos.

Três sacerdotisas esperavam em silêncio no corredor. Todas eram um tanto familiares, então talvez fossem do Templo de Valleyda e não visitantes. Talvez a intenção fosse que isso servisse de consolo.

Se sua aparência desgrenhada surpreendeu as sacerdotisas, elas não deixaram transparecer. Apenas inclinaram a cabeça, as mãos escondidas dentro de longas mangas brancas, e a conduziram pelo corredor rumo ao dia claro e gelado.

A multidão sacra nos jardins permanecia imóvel como se fosse feita de pedra, as cabeças baixas, ladeando o caminho adornado com flores que levava até a entrada do Santuário. O coração de Red batia cada vez mais alto na garganta a cada sacerdotisa pela qual passava. Red não olhou para nenhuma delas; manteve o olhar sempre em frente ao cruzar sozinha as sombras sob o arco.

O primeiro aposento do Santuário era simples e quadrado. Perto da porta havia uma pequena mesa repleta de velas para as orações, e no centro da sala se erguia uma estátua de Gaya, alta e imponente. Aos pés da estátua jazia a lasca branca na qual sua sentença fora escrita, o pedaço da árvore onde Gaya e Ciaran tinham feito a primeira barganha. A irmã de Gaya, Tiernan, ajudara-os a escapar e retornara trazendo o tronco consigo como prova de que o compromisso de Gaya com Solmir já não era mais válido.

Red franziu o cenho diante da predecessora. Fora um trabalho delicado, o que fizera Gaya ser venerada e o Lobo blasfemado, um cuidadoso processo de completar uma história desconhecida. Os Cinco Reis haviam desaparecido no território do Lobo, e por isso a culpa caía sobre ele. Ninguém nunca soubera ao certo as razões pelas quais o Lobo teria prendido os Reis — para obter mais poder, talvez. Ou, depois de virar um monstro conforme a floresta à qual estava conectado se tornava tortuosa e obscura, ele apenas estivesse fazendo o que monstros faziam. A Ordem dizia que Gaya fora morta tentando resgatar os Reis de onde quer que Ciaran os tivesse escondido, mas não havia uma maneira de realmente saber, havia? Tudo o que se sabia era que os Reis tinham desaparecido e que Gaya estava morta.

Velas escarlates e bruxuleantes — *escarlate para um sacrifício; acho que orações também contam* — eram a única fonte de luz, insuficiente para permitir a leitura. Mas Red sabia as palavras de cor.

A Primeira Filha é para o Trono. A Segunda Filha é para o Lobo. E os Lobos são para Wilderwood.

A luz das velas bruxuleava sobre as gravuras nas paredes. Eram cinco figuras à direita, vagamente masculinas — os Cinco Reis. Valchior, Byriand, Malchrosite, Calryes e Solmir. Três na parede do lado esquerdo, gravadas em estilo mais delicado. As Segundas Filhas — Kaldenore, Sayetha, Merra.

Red correu os dedos pelo espaço livre ao lado dos contornos grosseiros de Merra. Um dia, quando já não passasse de ossos na floresta, sua imagem também seria gravada ali.

Uma brisa entrou pela porta de pedra que estava aberta, agitando a cortina leve na parede às costas da estátua de Gaya. O segundo aposento do Santuário. Red estivera ali apenas uma vez além daquela — um ano antes, em seu aniversário de dezenove anos, ajoelhada no chão enquanto as sacerdotisas da Ordem rezavam para que sua Marca aparecesse logo. Ela não via sentido em se demorar em locais de devoção.

Ainda assim, um ano não fora suficiente para esmorecer a lembrança dos galhos brancos ao longo das paredes, partes das árvores de Wilderwood fundidas na pedra para continuarem de pé. Os membros pálidos e sem vida jamais se moviam, mas Red se recordava da estranha sensação de que *se estendiam* na direção dela, como as samambaias e coisas orgânicas faziam quando ela não era capaz de manter seu fragmento de magia reprimido e rigidamente controlado. Ela sentiu gosto de terra na boca durante toda a oração das sacerdotisas.

Nervosa, Red brincava com o tecido amassado da saia. Ela deveria entrar no segundo aposento, deveria aproveitar esse tempo se preparando para adentrar Wilderwood, mas a perspectiva de estar em meio àqueles galhos outra vez fazia seu sangue gelar.

— Red?

Um vulto familiar estava na porta que dava para o jardim, os contornos iluminados pelo brilho da manhã em contraste com a penumbra do Santuário. Neve caminhou depressa até ela, segurando uma vela trêmula recém-acesa.

Um sentimento de confusão desabrochou no peito de Red, embora acompanhado de uma quantidade razoável de alívio.

— Como entrou aqui? — Ela olhou por cima do ombro de Neve. — As sacerdotisas...

— Eu disse a elas que não entraria no segundo aposento. Não ficaram muito contentes, mas me deixaram passar. — Uma lágrima se soltou dos cílios de Neve. Ela a enxugou, irritada. — Red, você não pode fazer isso. Não há razão alguma além de palavras em um pedaço velho de *casca de árvore*.

Red se lembrou de estar cavalgando destemida pela noite, cabelos ao vento, com a irmã ao lado. Ela se lembrou de pedras arremessadas e uma intrepidez que fez o peito arder.

Depois, ela se lembrou de sangue. De violência. Do que se retorcia sob sua pele, uma semente aguardando o momento de germinar.

Aquela era a razão. Não monstros, não palavras em cascas de árvores. A única forma de garantir que a irmã estaria a salvo era a deixando para trás.

Nenhuma palavra servia de consolo. Red puxou a irmã gêmea para perto de si, encaixando a testa de Neve no vão de sua clavícula. Nenhuma das duas chorou, mas o silêncio foi quase pior, interrompido apenas pelo som de respirações entrecortadas.

— Você precisa confiar em mim — murmurou Red com o rosto no cabelo da irmã. — Sei o que estou fazendo. As coisas precisam ser assim.

— Não. — Neve balançou a cabeça, o cabelo preto roçando as bochechas da irmã. — Red, eu sei que... Eu sei que você se culpa pelo que aconteceu naquela noite. Mas você não tinha como saber que estávamos sendo seguidas...

— Não. — Red fechou os olhos. — Por favor, não.

Os ombros de Neve se retesaram sob os braços de Red, mas ela parou de falar. Por fim, afastou-se.

— Você vai *morrer*. Se for para o Lobo, você vai morrer.

— Você não sabe. — Red engoliu em seco, tentando em vão desmanchar o nó na garganta. — Não sabemos o que aconteceu com as outras.

— Sabemos o que aconteceu com Gaya.

Red não tinha resposta para aquilo.

— Você claramente está determinada a ir. — Neve tentou erguer a cabeça, mas seu queixo tremia. — E eu claramente não posso impedir.

Ela deu meia-volta e marchou em direção à porta, passando pelos entalhes dos Cinco Reis e das Segundas Filhas e pelas velas tremeluzentes de orações inúteis. Mais de uma se apagou com os movimentos de Neve.

Entorpecida, Red pegou uma vela e um fósforo da pequena mesa. Precisou praguejar algumas vezes até o pavio se acender, queimando seus dedos. A dor era quase bem-vinda, um fio de sensação atravessando a couraça que ela construíra.

Red colocou com força a vela sobre a base da estátua de Gaya. Uma poça de cera se acumulou e escorreu pela borda da casca de árvore gravada.

— Que as sombras te carreguem — sussurrou. Era a única oração que faria ali. — Que as sombras carreguem todos nós.

* * *

Horas mais tarde, de banho tomado, perfumada e vestindo vermelho, Red foi oficialmente abençoada como sacrifício para o Lobo em Wilderwood.

Os cortesãos estavam enfileirados ao longo do corredor cavernoso, todos vestidos de preto. Havia mais pessoas aglomeradas do lado de fora, cidadãos da capital misturados aos aldeões vindos de todo lugar pela oportunidade de ver uma Segunda Filha consagrada pela Ordem.

Do ponto de vista de Red, que estava sobre o tablado na frente do salão, o público parecia apenas uma massa disforme, algo feito de membros inertes e olhos atentos.

O tablado era circular e Red estava sentada de pernas cruzadas em um altar de pedra escura bem ao centro, rodeada por sacerdotisas de diferentes Templos de todo o continente, escolhidas a dedo para a situação de honra. Todas usavam as vestes brancas tradicionais com o complemento de um manto, também branco, e um grande capuz que escondia o rosto. Estavam de costas para Red. As sacerdotisas que não tinham sido escolhidas para participar também usavam mantos, e estavam sentadas em uma fileira solene bem em frente ao tablado.

Em contraste, as vestes de Red eram escarlates como as que usara para o baile, mas dessa vez de um modelo solto e sem corte — em qualquer outra circunstância, seria um traje confortável. Seu cabelo estava solto sob um véu igualmente cor de sangue, amplo o suficiente para cobrir o corpo todo e cair pela borda do altar.

Branco para a devoção. Preto para a ausência. Escarlate para o sacrifício.

Na fileira atrás das sacerdotisas, Neve estava sentada entre Arick e Raffe, tensa na beira do assento. O véu de Red fazia com que todos eles parecessem ensanguentados.

A Suma Sacerdotisa de Valleyda, o nível mais alto de autoridade religiosa no continente, estava diretamente na frente de Red. Seu manto era mais longo do que o de todas as outras sacerdotisas e, para Red, quase parecia ser de um tom mais claro de branco. Ela estava de frente para o altar e de costas para a corte; a barra do saiote escorria pela borda do tablado e formava uma poça de tecido branco no chão.

Devoção transbordante. Uma gargalhada alta e estridente ficou presa na garganta de Red; ela reprimiu o riso.

Com os olhos ocultos nas sombras profundas do capuz, a Suma Sacerdotisa se aproximou. Zophia ocupava o cargo desde que Red conseguia se lembrar. O cabelo já não tinha cor alguma, e o rosto era marcado por sinais sugerindo uma idade que só poderia ser descrita como *anciã*. Ela segurava um galho branco nos braços com uma gentileza que se assemelhava à de uma mãe que segura o filho recém-nascido, e o entregou à sacerdotisa ao lado com o mesmo cuidado.

Embora estoicas, a maioria das outras sacerdotisas ao menos exibia algum tipo de emoção — alegria, na maioria dos casos. Sutil, mas ainda presente. Não era possível dizer o mesmo da sacerdotisa que recebera o pedaço de galho. Olhos azuis e impassíveis sob uma madeixa de cabelos cor de fogo fitavam Red com uma expressão parecida com a de alguém que observa um inseto. Seu olhar não esmoreceu quando Zophia estendeu o braço e retirou o véu de Red, dobrando o tecido nas mãos.

O medo do qual Red se blindara a atingiu em cheio quando o véu foi retirado, como se este fosse uma espécie de armadura. Ela agarrou as extremidades do altar com força, as unhas a ponto de se quebrar contra a pedra.

— Honramos seu sacrifício, Segunda Filha — sussurrou Zophia.

Ela se afastou e levantou os braços em direção ao teto. Ao seu redor, a Ordem imitou o gesto em uma onda, começando diante do tablado e se espalhando para trás em um mar de mãos erguidas.

Por um breve e esperançoso momento, Red pensou em fugir, em esquecer o fragmento de magia que vivia em seu peito e tentar salvar a si mesma em vez de todos os outros. Quão longe conseguiria chegar se pulasse do altar, enrolada em véu vermelho? Eles a trariam de volta à força? A nocauteariam? O Lobo se importaria se ela chegasse ferida?

Ela pressionou as unhas contra a pedra outra vez. Uma delas se quebrou.

— Kaldenore, da Casa Andraline — anunciou a Suma Sacerdotisa em direção ao teto, iniciando a litania das Segundas Filhas. — Enviada no Ano Duzentos e Dez do Pacto.

Kaldenore, sem laços sanguíneos, nascida na mesma Casa que Gaya. Ela era criança quando o Lobo levara o corpo de Gaya até os limites da floresta, quando os monstros irromperam de Wilderwood um ano mais tarde — uma tormenta de coisas indistintas, de acordo com testemunhas, vultos sombrios e transmorfos capazes de tomar a forma que bem entendessem. Quando a Marca de Kaldenore apareceu, os monstros já caçavam os aldeões nortenhos havia quase dez anos; segundo relatos, algumas vezes tinham alcançado até mesmo Floriane e Meducia.

Ninguém sabia o que a Marca significava, não inicialmente. Mas, certa noite, Kaldenore foi encontrada sonambulando descalça em direção a Wilderwood, como que em transe.

Depois disso as peças se encaixaram, as palavras na casca da árvore no santuário e o significado da morte de Gaya fizeram sentido. Kaldenore fora enviada a Wilderwood e os monstros tinham desaparecido.

— Sayetha, da Casa Thoriden. Enviada no Ano Duzentos e Quarenta do Pacto.

Mais um nome, mais uma tragédia. A família de Sayetha era nova na governança e acreditava que a oferenda da Segunda Filha se aplicava apenas à linhagem de Gaya. Estavam enganados. Valleyda estava presa em seu acordo independentemente de quem estivesse no trono.

— Merra, da Casa Valedren. Enviada no Ano Trezentos do Pacto.

Ao menos ela era uma ancestral de sangue. Os Valedren haviam assumido o trono depois que a última Rainha Thoriden não teve um herdeiro. Merra nasceu quarenta anos depois de Sayetha ter sido enviada a Wilderwood, e o nascimento de Sayetha aconteceu apenas dez anos depois da partida de Kaldenore.

— Redarys, da Casa Valedren. Enviada no ano Quatrocentos do Pacto. — A Suma Sacerdotisa pareceu erguer as mãos ainda mais alto; o galho que empunhava emitia sombras irregulares. Seus olhos se desviaram dos dedos e pousaram no rosto de Red. — Quatrocentos anos desde que nossos deuses afastaram os monstros. Trezentos e cinquenta anos desde que desapareceram, afastados eles mesmos pela perfídia do Lobo. Amanhã, quando o sacrifício atingir a idade de vinte anos, a mesma idade de Gaya quando vinculada ao Lobo e à Floresta, nós a enviaremos consagrada, vestida em branco, preto e escarlate. Oramos para que seja suficiente para o retorno de nossos deuses. Oramos para que seja suficiente para manter a escuridão longe de nossas portas.

O coração de Red tamborilava seco em seus ouvidos. Ela permaneceu tão imóvel quanto o próprio altar de pedra, tão imóvel quanto a estátua no Santuário. A efígie que esperavam que ela fosse.

— Que você não se esquive de seu dever. — A voz nítida de Zophia era um chamado retumbando com doçura. — Que encare seu destino com dignidade.

Red tentou engolir, mas a boca estava seca.

Zophia tinha um olhar frio.

— Que seu sacrifício seja considerado suficiente.

Houve silêncio na câmara.

A Suma Sacerdotisa baixou os braços, pegando de volta o galho branco que a mulher de cabelos ruivos segurava. Outra sacerdotisa se aproximou, segurando um pequeno recipiente com cinzas escuras. Com gentileza, Zophia mergulhou uma das pontas do galho nas cinzas e depois a passou pela testa de Red, traçando um risco preto de têmpora a têmpora.

A casca de árvore estava morna. Red retesou cada um dos músculos para reprimir um arrepio.

— Marcamos você como vinculada — disse ela em tom sereno. — O Lobo e Wilderwood receberão aquilo a que têm direito.

3

Ao amanhecer, a corte partiu em grupos de carruagens envernizadas rumo ao pequeno trajeto até Wilderwood. A carruagem de Red era a primeira da fila. A não ser pelo cocheiro, ela viajava sozinha.

Uma bolsa de couro gasto ia a seus pés, cheia até a boca com livros. Red não sabia dizer ao certo por que os trouxera, mas pesavam contra seu corpo como uma âncora, mantendo-a conectada aos músculos doloridos e ao coração pulsante. Além das roupas do corpo, a bolsa era a única coisa que ela levava para Wilderwood. Ao menos estaria preparada para a possibilidade remota de sobreviver tempo suficiente para ler.

Ela se esgueirara até a biblioteca logo depois do nascer do sol e retirara seus romances e livros de poesia favoritos da estante. Ao erguer o braço para alcançar uma prateleira mais alta, a manga da camisola escorregara pelo antebraço.

A Marca era pequena. Um risco discreto sob a pele, uma raiz delicadamente enrolada feito uma gavinha dando a volta logo abaixo do cotovelo. Quando Red a tocou, as veias de seu dedo ficaram esverdeadas e as sebes do lado de fora da janela da biblioteca se esticaram em direção ao vidro.

A atração era sutil e começou apenas quando seus olhos perceberam a Marca serpenteante no braço. Era suave, mas implacável — como se houvesse um gancho preso às suas costas, puxando-a gentilmente em direção ao norte, rebocando-a em direção às árvores.

Red fechou os olhos com força e cerrou os punhos, respirando com dificuldade. Cada inspiração tinha gosto de terra fresca, e foi isso o que finalmente a fez chorar. Encolhida, deitada no chão cercada pelo que parecia uma fortaleza de livros, Red soluçou até o gosto de terra dar lugar ao de sal.

Agora o rosto estava limpo, e a Marca, escondida sob a manga das vestes brancas que usava sob o manto.

Vestes brancas, cinta preta, manto escarlate. Um grupo de sacerdotisas silenciosas tinha deixado tudo em sua porta na noite anterior. Ela jogara a pilha de roupas no canto do quarto; ao acordar naquela manhã, porém, Neve estava lá, acomodando cada item no assento sob a janela. Desamarrotando os vincos com a palma da mão.

Em silêncio, Neve ajudou Red a se vestir, segurando as vestes brancas para que Red as colocasse pela cabeça e amarrando a faixa preta na cintura da irmã. O manto foi a última peça, pesado, quente e da cor de sangue. Quando terminaram, as gêmeas ficaram imóveis, caladas, encarando o reflexo de ambas no espelho de Red.

Neve foi embora sem dizer uma palavra.

Na carruagem, Red fechou o manto ao redor do corpo. Não poderia manter a irmã por perto, mas poderia manter aquela peça.

O mundo corria além da janela. No norte de Valleyda havia apenas morros, vales e paisagens abertas, como se Wilderwood não permitisse que houvesse quaisquer árvores além de suas próprias. Quando ela e Neve roubaram os cavalos e cavalgaram na direção norte na noite do aniversário de dezesseis anos das duas, ela se lembrava de ter ficado impressionada com o vazio. Ela se sentira como uma estrela cadente em uma noite de céu limpo, cortando a escuridão fria.

Alguns aldeões apareciam na beira da estrada aqui e ali, observando, taciturnos, a procissão que passava. Red provavelmente deveria acenar, mas ela olhava para a frente e o que via do mundo terminava onde a aba do capuz vermelho começava. A Marca latejava no braço, e a sensação de puxar que causava fazia com que ela se sentisse trêmula e frágil.

A estrada acabava bem antes de chegar a Wilderwood — ninguém além da Segunda Filha poderia entrar, e ninguém mais tentaria, então não havia razão para tornar o caminho acessível. A carruagem deu um solavanco quando as rodas encontraram a grama congelada, entrando em uma zona de fronteira que não pertencia nem a Red nem ao Lobo.

Os membros de Red se movimentaram como se por vontade própria. Ela segurou o saiote das vestes e pendurou a bolsa de livros no ombro. Desceu da carruagem com cuidado. Não chorou.

Sem olhar para trás, o cocheiro deu meia volta com os cavalos assim que Red se afastou da carruagem. Um estranho e grave zumbido vinha da fronteira da floresta, cativante e repulsivo ao mesmo tempo. Puxando-a para mais perto, alertando os demais para que mantivessem distância.

A comitiva de carruagens atrás dela preenchia a estrada como contas em um colar. A fila estava quase alcançando a vila. Eram os que tinham viajado para ver a oferenda sendo entregue, agora esperando silenciosamente que o trabalho fosse concluído.

Wilderwood se erguia diante de Red, projetando sombras no chão congelado. Galhos secos se elevavam névoa adentro, subindo alto até se perderem de vista. Troncos retorcidos se dobravam e curvavam como dançarinos congelados, e os pedaços de céu visíveis por entre as árvores pareciam mais escuros do que deveriam ser, como se lá em cima já fosse fim de tarde. As árvores se estendiam em uma linha reta e nítida de demarcação, de um lado ao outro, a perder de vista, um limite claro entre *lá* e *aqui*.

Ela não recebera instruções sobre o que fazer a seguir, mas parecia bastante simples. Entrar no meio das árvores. Desaparecer.

Red deu um passo à frente em um movimento inconsciente, levada pela floresta como uma folha ao sabor do vento. Respirava ofegante a cada passo. Wilderwood a reivindicaria em questão de momentos — mas que as sombras a carregassem, ela decidiria como se entregaria.

— Red!

A voz de Neve rasgou o silêncio. Ela saltou da carruagem em que estava, quase tropeçando na barra das vestes pretas. O diadema preso no cabelo refletiu a luz do sol enquanto ela marchava pela estrada, com determinação estampada no rosto.

Pela primeira vez desde que tinha lembrança, Red rezou, rezou para Gaya ou os Cinco Reis ou qualquer um que pudesse ouvi-la.

— Ajudem Neve — murmurou ela entredentes. — Ajudem Neve a seguir em frente.

O que quer que ainda restasse da vida de Red estava esperando por ela além das árvores, mas Neve estava ali. O pensamento era pungente e disforme, a ideia de que, pela primeira vez desde que tinham sido concebidas, ela e a irmã gêmea estariam separadas.

Mais alguém saiu da carruagem que vinha atrás da de Neve. Red sentiu um frio na barriga pensando se tratar de Arick ou Raffe, pensando que aquela poderia ser uma última tentativa dos três de mudar o que já era definitivo. Mas quando a terceira pessoa se aproximou devagar, dando a volta ao redor do veículo, de cabeça erguida, ela viu que não era Arick.

Mãe.

Fisicamente, Red puxara à mãe. Tinha o mesmo cabelo dourado, as mesmas maçãs do rosto definidas, o torso e o quadril largo que a esguia Neve não possuía. Ver a mãe atravessando o campo coberto de neve era quase como olhar em um espelho, quase como assistir ao próprio sacrifício.

Talvez aquele pensamento significasse alguma coisa.

Neve a alcançou antes da mãe, respirando como se estivesse reprimindo um soluço. Puxou Red para si, segurando os ombros da irmã com as mãos magras.

— Vamos nos ver outra vez — sussurrou ela. — Vou encontrar um jeito. Eu prometo.

Seu tom era o de alguém que aguardava uma resposta, mas Red não queria mentir.

A sombra da mãe se projetou sobre elas, mais escura que a das árvores.

— Neverah. Por favor, volte para a carruagem.

Neve não olhou para Isla.

— Não.

Houve uma pausa. Depois Isla inclinou a cabeça, como se cedesse.

— Então nos despediremos juntas.

Aquele deveria ser um momento *importante,* Red sabia disso. A mãe de Merra ficara tão desesperada quando a filha fora enviada para Wilderwood que ela quase desistira. A mãe de Sayetha precisara ser sedada por dias a fio depois da partida da filha. A mãe de Kaldenore fora sedada *antes,* e quase enlouquecera quando a Marca aparecera no braço da filha, quando enfim descobriram que toda Segunda Filha das rainhas de Valleyda estava vinculada ao pacto de Gaya com a floresta.

Mas despedidas só tinham significado para pessoas que se conheciam, e Isla nunca se dera ao trabalho de conhecer Red.

A Rainha contraiu os braços sob o manto.

— Sei que me acham cruel. — O sussurro escapou de seus lábios como um fantasma. — Vocês duas.

Neve continuou em silêncio. Seus olhos pousaram em Red.

Havia anos de silêncio reprimidos na garganta de Red, anos de anseio por emoções que ela nunca tivera de verdade.

— Gostaria que você tivesse sido cruel — respondeu a Segunda Filha, sabendo que as palavras significavam que agora a crueldade era dela. — Ao menos cruel teria sido alguma coisa.

Isla continuou imóvel como um cadáver.

— Você nunca pertenceu a mim, Redarys. — Uma madeixa dourada escapou da rede dourada que prendia o cabelo da Rainha, longa o suficiente para chegar perto da bochecha de Red. — Desde que nasceu, seu lugar era *aqui.* E nunca permitiram que eu me esquecesse disso.

A Rainha deu meia-volta, caminhando em direção à carruagem. Não olhou para trás.

Devagar, Red se voltou para as árvores, deixando-se levar pelo leve e insistente puxão da Marca. Ouvia um farfalhar de folhas em sua audição periférica, embora, na teoria, estivesse longe demais para que o som chegasse até ela. Em suas entranhas, seu fragmento de magia, o presente sombrio de Wilderwood, abria-se como uma flor sob o sol.

Neve se virou com ela, olhando para a floresta com medo e ódio escancarados.
— Não é justo.

Red não respondeu. Apertou a mão de Neve. Depois deu o primeiro passo em direção a Wilderwood.

— Eu prometo, Red — bradou Neve enquanto ela se afastava. — Vamos nos encontrar de novo.

Red olhou para Neve por cima dos ombros. Não alimentaria falsas esperanças, mas havia uma verdade irrefutável que poderia dizer.

— Eu amo você.

A resposta, a despedida. As lágrimas nos olhos de Neve escorreram pelo rosto.
— Amo você.

Depois de olhar para a irmã uma última vez, Red cobriu a cabeça com o capuz escarlate, abafando todo e qualquer som exceto a pulsação do coração em seus ouvidos. Ela avançou, e as árvores a engoliram.

Estava mais frio em Wilderwood.

A temperatura caiu depressa e o ar ficou tão gelado que Red se sentiu grata por estar vestindo o manto. Quando ela cruzou o limite das árvores, avançando em direção ao zumbido ensurdecedor, uma pressão dolorosa tomou conta da atmosfera a seu redor. Era tão intensa que ela quase foi ao chão, quase gritou...

Mas a pressão e o zumbido desapareceram no momento em que colocou ambos os pés dentro dos limites da floresta, onde havia apenas as folhas e um silêncio profundo e imaculado. A névoa era a única coisa que se movia, rastejando sinuosa logo acima do chão.

Debaixo da manga das vestes e do tecido escarlate do manto, Red sentiu uma última pontada na Marca. Em seguida a sensação tênue de que algo a puxava desapareceu. Distraída, ela massageou o sinal.

As árvores eram esquisitas. Algumas eram baixas e nodosas, enquanto outras erguiam-se altas, eretas, com a casca de um branco estranho que descia pelo tronco até encontrar o chão da floresta. Na base, as árvores ficavam mais retorcidas e curvas, as faixas de mofo se destacando como veias corroídas. Algumas das árvores tinham o fungo escurecido apenas em volta das raízes, enquanto em outras a corrosão se espalhava até quase a altura de Red.

As árvores brancas tinham galhos apenas na copa, leques de ramos com casca branca que se pareciam com ossos. Como os pedaços de casca que havia no Santuário.

Uma das árvores brancas ficava bem no limite da floresta. Os fungos escuros haviam tomado metade de seu tronco. Até mesmo o chão em volta dela parecia escurecido, e tinha um cheiro de certa forma gelado. As árvores próximas, de casca marrom e repletas de galhos irregulares, estavam intocadas.

Além das árvores, Red estava sozinha.

Trêmula e respirando fundo, Red tentou desatar o nó na garganta. Sua magia indesejada desenrolava-se em seu peito, um desabrochar lânguido, um leve resquício de verde colorindo suas veias. Ela esperava que a magia se rebelasse, irrompesse em busca de liberdade. Cerrou os dentes na expectativa de que todas as árvores em toda a porcaria da floresta tentassem tocá-la.

Mas seus poderes se mantiveram dóceis. Quase como se estivessem esperando por alguma coisa.

Ainda assim, havia uma sensação de alerta ali. Red fora *vista*, Red estava *marcada*. As árvores a conheciam, elas se lembravam — seu sangue no chão da floresta, um desespero apressado, o dom de um poder que ela não queria e não sabia controlar.

Por um breve momento cegante, Red desejou ter um fósforo, embora aquilo não fosse lhe trazer nenhuma vantagem. A mãe de Sayetha tentara incendiar Wilderwood, assim como Neve. E nada acontecera.

Ela pressionou as costas da mão contra os dentes, expirando ruidosamente pelo nariz. Não queria que Wilderwood a visse chorar.

Quando a ameaça das lágrimas passou, Red segurou com mais força a alça da bolsa em que carregava os livros e tentou enxergar no breu. Não fazia sentido prolongar o inevitável.

— Estou aqui! — O grito reverberou, ecoando e se distorcendo, cada vez mais agudo conforme avançava pelo espaço e pelo silêncio. Veio seguido de uma risada doentia, escapando de sua garganta. — Eu sou *aceitável*?

Nada aconteceu. A névoa pairava no ar, muda, enroscando-se e se enrolando nos galhos e sobre folhas secas.

Cerrou os dentes, frustrada, o desespero de segundos antes se transformando em uma fúria incontrolável. Sentiu raízes se arqueando na direção dela sob os pés, sentiu ramos cor de osso se esticando sobre sua cabeça. Seu instinto lhe dizia para reprimir a magia, mas aquela era Wilderwood, o lugar ao qual a magia pertencia. O lugar onde *nascera*.

— Estou aqui, maldição! — gritou para a floresta sombria. — Venha buscar seu *sacrifício*, Lobo!

Wilderwood pareceu se curvar em direção a ela. Aguardando, ansiando. Como se Red tivesse algo que ela desejava.

A bravura desapareceu tão rápido quanto surgiu. De repente, manchas começaram a dançar diante dos olhos de Red enquanto ela ofegava, cerrando os punhos, ou ao menos tentando — o solo da floresta mantinha seus dedos esticados para baixo.

Ela franziu a testa ao ver as mãos espalmadas no chão. Não se lembrava de ter se ajoelhado, não se lembrava de pressionar as palmas contra a terra.

Antes que tivesse oportunidade de se pôr de pé, suas mãos começaram a afundar.

Num piscar de olhos, o solo engoliu seus braços até a altura dos pulsos, os dedos descendo fundo, encontrando raízes fibrosas e nelas se enroscando. As raízes roçaram as mãos de Red como se dotadas de consciência, arrastando-se e cutucando o nó de seus dedos e as palmas de suas mãos como se em busca de alguma coisa. Ela sentiu uma pontada, uma sensação sinuosa na carne sob as unhas enquanto uma raiz fina tentava se introduzir em seu corpo.

O coração de Red disparou e sua garganta se comprimiu em uma sensação de pânico enquanto, desesperada, ela tentava se soltar, arrancar as mãos da terra com puxões violentos para escapar da raiz que invadia sua pele. Ramos delgados roçavam seu couro cabeludo, enroscando-se no cabelo. Reivindicando seu corpo.

A magia em seu âmago avançava, de maneira lenta porém implacável, como vinhas desabrochando num verão que se tornava mais intenso a cada batida acelerada do coração. Era como se a magia tentasse escapar por sua pele para se reunir com a floresta responsável por criá-la.

Não.

Red cerrou os dentes. Sufocou a magia, engolindo o gosto de terra na boca, comprimindo-a até sentir que estava prestes a desmaiar com o esforço de conter uma parte dela mesma para assim silenciá-la. A testa de Red estava molhada de suor quando sua magia finalmente foi contida, recolhendo-se para o lugar que Red reservara para ela. Seus pulsos ardiam, esverdeados com o poder que ela se recusava a libertar.

Com um puxão, Red desenterrou as mãos do solo da floresta. Raízes partidas serpentearam pelo chão enquanto ela limpava as mãos nos joelhos, como cobras voltando para a toca.

Três árvores brancas se curvaram em direção a Red, todas parecendo mais próximas do que estavam um momento antes. Delicados e ágeis, os galhos se inclinaram para baixo como uma mão congelada no ar, prestes a acariciá-la.

Um som suave ressoou como água fervente borbulhando e transbordando — por um momento, pareceu uma voz, uma *palavra*. Mas se dissipou antes que Red pudesse compreender, deixando em seu lugar apenas o som da brisa e do farfalhar das folhas.

No silêncio que se seguiu, três flores se desprenderam e caíram do mesmo ramo de um arbusto florido, um dos vários que se espalhavam pela floresta. As pequenas flores brancas murcharam e escureceram antes de tocar o chão.

Aquilo deu a Red a inquietante impressão de um preço sendo pago.

Engolindo em seco, ela se pôs de pé e jogou a bolsa no ombro.

— Pois bem. Parece que eu mesma vou ter que encontrar você.

Embrenhou-se por entre as árvores.

Red não sabia dizer por quanto tempo tinha caminhado quando o aglomerado de moitas se ergueu diante dela, crescido em torno de uma das árvores brancas. Arbustos baixos e secos envolviam o tronco, exibindo espinhos protuberantes que despontavam em ângulos ameaçadores. Atrás da folhagem, Red mal podia enxergar o fungo escuro que escalava a árvore, subindo em direção aos grupos de galhos no topo.

Seu capuz se enroscou em um espinho quando ela tentou contornar a vegetação. Red podia jurar que ele não estivera lá um segundo antes. O tecido vermelho escorregou para revelar seu rosto. Outro espinho afiado como uma lâmina traçou um risco de sangue em sua bochecha.

Red levou a mão ao corte, mas era tarde demais. Uma gota de sangue escorreu lentamente pelo espinho, atingindo a base e pingando no espinho seguinte, seguindo na direção do tronco escurecido da árvore branca.

Se tentasse esticar a mão pelo emaranhado para limpar o sangue, ela se arranharia em mais espinhos e derramaria mais sangue. Então ficou parada, observando e esperando enquanto o medo incendiava seu peito.

O sangue tocou o tronco branco e ali parou. Então a árvore *o absorveu*, engolindo-o como solo árido sorvendo água.

Tropeçando em amontoados de folhas, Red recuou, tomando distância da árvore até colidir com outra, esta também afilada e esbranquiçada, também coberta por fungos escuros. O saiote do vestido se enroscou nos arbustos mais baixos e Red rasgou o tecido para se libertar, o ruído soando sobrenaturalmente alto na floresta silenciosa.

Aquele som outra vez, reverberando do chão da mata enquanto folhas se agitavam e trepadeiras se esticavam e gravetos estalavam e se fundiam em algo parecido com uma voz — algo que ela não podia ouvir, mas que podia *sentir*. Movia-se com violência vindo de seu peito, proveniente do fragmento de magia que ela mantinha sufocado sob extraordinário esforço.

Finalmente.

Houve apenas uma por tempo demais.

Um galho comprido se desprendeu de uma árvore e caiu ao chão da floresta. Secou em um piscar de olhos, anos de decomposição condensados em segundos, deixando para trás apenas uma casca sem vida.

Rangendo os dentes, Red sentiu os pelos dos braços se eriçarem. Galhos se arqueavam em sua direção, raízes deslizavam sob seus pés e ela permanecia imóvel como uma gazela na mira de uma flecha.

Era para isso que ela vinha se preparando, nas profundezas de sua mente, em lugares que ela não precisava olhar de perto. Ela omitira aquilo de Neve, dizendo que ninguém sabia o que havia acontecido com as Segundas Filhas que cruzaram a fronteira. Mas ela sempre soubera que não poderia haver nada ali além de morte, e achava estar preparada.

Agora que estava diante dela, na forma de galhos que se pareciam com garras e raízes retorcidas, ela se deu conta de que preparação não significava resignação. Toda a submissão que engolira ao longo de vinte anos entrou em erupção e transbordou; fez com que ela cerrasse os dentes não de medo, mas de fúria. Ela queria *ficar viva*. Que fossem para o inferno as coisas que conspiravam para o contrário.

Então Red correu.

Ramos verdes se lançaram na direção dela, e as folhas que cobriam o chão se entrelaçavam para tentar fazer com que ela tropeçasse. As árvores brancas se dobravam e se curvavam como se lutassem contra amarras invisíveis, bradando por liberdade.

Como se a floresta fosse um animal faminto por seu sangue, e algo a estivesse contendo.

Red finalmente chegou a uma clareira. O espaço aberto era rodeado por árvores brancas, mas ela correu para o centro, onde o chão era coberto apenas por musgo e terra. Caiu de joelhos no chão, ofegante. Seu vestido estava em frangalhos, o cabelo coberto de gravetos.

O instante de calma foi interrompido por um som de madeira se despedaçando. Um dos troncos brancos se partia em dois devagar, como um sorriso rasgando uma boca de ponta a ponta.

O tronco se abriu, amplo, exibindo presas que gotejavam seiva. Um por um, os outros troncos também se rasgaram em sorrisos, sorrisos cheios de dentes, dentes que ansiavam por sangue.

Com as pernas trêmulas, Red se levantou com um salto e voltou a correr. Os pés estavam dormentes e ela sentia pontadas na lateral do corpo, mas continuou correndo sem parar.

Em um dado momento, seus joelhos cederam e a visão escureceu. Red desabou sobre um monte de folhas, a testa pressionada contra o chão.

Talvez aquele fosse o cumprimento do pacto. As histórias a respeito do corpo de Gaya, coberto por raízes e fungos — talvez o Lobo não fosse decidir se ela era ou não um sacrifício aceitável até que sua Wilderwood a devorasse como havia devorado Gaya em seu fim, aguardando na esperança de que ela fosse cuspir os Reis em retribuição. Talvez ele tivesse sido o responsável por conter a floresta enquanto a Segunda Filha corria, atiçando seu apetite com a perseguição para soltá-la quando Red tivesse se exaurido.

Os olhos de Red se fecharam à espera da dentada no pescoço.

Um minuto. Dois. Nada aconteceu. Com o cabelo grudado no suor do rosto, ela olhou para cima.

Um portão de ferro irrompia do chão. Com o dobro da altura dela, ele ia de uma extremidade a outra, fazendo uma curva antes de desaparecer na penumbra. Por entre os vãos do metal, era possível ver partes de um castelo — uma torre, um torreão. Estava em ruínas, metade engolido pela floresta que o cercava, mas era *alguma coisa*.

Red se levantou. Suas pernas bambeavam. Devagar, empurrou o portão com as duas mãos.

4

O portão não se abriu.

Red correu o olhar pelo ferro enquanto limpava a mão no vestido rasgado. Se havia um ferrolho, era pequeno demais para se enxergar. Também não havia dobradiças — o portão era uma placa contínua de ferro. Havia um trecho que ficava entre dois pilares em espiral, como se marcando uma entrada, mas a barra que cortava o meio era tão sólida quanto as demais.

— Pelo amor de todos os Reis!

Dentes à mostra, Red bateu com as mãos contra o metal. Tinha acabado de atravessar uma floresta dentada; era capaz de encontrar uma forma de abrir a droga de um portão.

Um farfalhar. Red olhou para trás sobre o ombro. Apenas duas das árvores brancas eram visíveis na escuridão, mas ambas pareciam mais próximas do que estavam antes.

Red tentou erguer as mãos para bater no portão outra vez, mas elas não obedeceram. Suas palmas se recusaram a se mover, como se elas e o ferro fossem um. Red tentava se soltar, os pés escorregando nas folhas, mas o portão a segurava. Sua respiração ofegante ecoava alto em meio à névoa silenciosa.

Tinha a sensação de estar sendo observada pelas árvores; era uma sensação que pesava sobre seus ombros e a deixava com os cabelos da nuca arrepiados. Observando. Aguardando. Ainda famintas.

Algo se moveu sob sua mão, quebrando o ciclo de pânico bruto, que agora dava lugar a um medo focado e apurado.

A superfície do portão *se mexia*, deslizando como se ela estivesse com a mão apoiada sobre um formigueiro. O metal rústico se encrespava sob sua pele, traçando as linhas das palmas de suas mãos e suas impressões digitais.

De maneira tão repentina quanto começou, a sensação de comichão cessou. A barra de metal sólido se abriu ao meio, devagar e de baixo para cima, como uma árvore brotando do chão. Com um puxão silencioso, o portão se abriu.

Red se deteve por um instante e cambaleou portão adentro. Assim que passou, ele se fechou atrás dela. Não precisou verificar para saber que se tornara sólido outra vez. Quando olhou para as mãos, viu que elas estavam intactas a não ser por alguns resquícios de ferrugem.

O castelo em ruínas se erguia em meio à névoa e às sombras, quase tão alto quanto as árvores que o cercavam. Provavelmente fora imponente um dia, mas agora as paredes pareciam ter mais musgo do que pedras. Um longo corredor se estendia à esquerda e terminava em um amontoado de pedras quebradas. Adiante, uma torre alta perfurava o céu; havia uma porta de madeira desgastada pelo tempo bem no meio da parede principal. Do lado direito, havia uma estrutura que parecia ser de um amplo salão, em condições consideravelmente melhores do que o corredor. Pilhas de pedras despedaçadas permeavam o lugar — escombros de muralhas desmoronadas e torreões derrubados.

Não havia árvores brancas do lado de dentro do portão.

O tremor nas pernas se estabilizou. Red não sabia qual era o significado de segurança naquele lugar; naquele momento, porém, estar longe das árvores bastava.

O corte na bochecha ainda ardia. Com um silvo, Red tocou o machucado. Seu dedo voltou manchado de sangue aquoso. Diante dela, a porta envelhecida aguardava.

Ele estava em algum lugar lá dentro. Ela quase podia sentir. Era uma certeza que pinicava sua nuca e fazia pulsar a Marca no braço. O Lobo, o guardião de Wilderwood e suposto carcereiro de deuses. Red não fazia ideia do que ele faria com ela agora que estava ali. Talvez ela tivesse escapado da floresta apenas para ser atirada de volta; talvez o Lobo quisesse se certificar de que as árvores terminariam o que tinham começado.

Mas a única alternativa era ficar ali fora, sob um crepúsculo frio e sobrenatural, esperando para ver se o portão de ferro seria suficiente para manter Wilderwood longe.

Não adiantava ficar pensando em mitos. Ela fazia parte daquelas histórias tanto quanto ele; já que sua destruição era iminente, preferia ser parte ativa em vez de observadora. Colocando a bolsa no ombro, Red marchou em frente e empurrou a porta.

Ela esperava se deparar com escuridão e ruínas, imaginava que o interior do castelo parecesse tão abandonado quanto o lado de fora. E esse teria sido o caso, não fossem os candeeiros.

Não, não eram bem candeeiros — o que ela pensou ser um candeeiro era, na verdade, uma trepadeira lenhosa, sinuosamente disposta ao longo das paredes quase circulares. Chamas queimavam equidistantes ao longo de seu comprimento, mas a trepadeira em si não pegava fogo e as chamas não se espalhavam. Red também não via marcas do fogo, como se as chamas simplesmente estivessem ali, suspensas, presas à madeira por um elo invisível.

Por mais estranha que fosse a luz, ela iluminava os arredores. Red estava em um saguão cavernoso com um teto alto e abobadado. Uma claraboia com o vidro trincado filtrava a luz crepuscular sobre seus pés. Cobrindo todo o chão, havia um tapete de musgo cor de esmeralda repleto de cogumelos agáricos. Logo em frente havia uma escada cujos primeiros degraus também estavam cobertos de musgo. Ela levava para um mezanino no alto da torre que circundava as paredes. Red mal conseguia ver o traço das trepadeiras nas sombras, entrelaçando-se aos corrimãos, pendendo em direção ao chão. O corredor que ela avistara do lado de fora se estendia à esquerda da escada; à direita ficava a sala encovada, com a entrada arqueada quebrada no topo.

Tudo estava vazio.

As botas de Red emitiam sons úmidos contra o musgo enquanto ela caminhava pelo salão. Ao observar com mais atenção, encontrou sinais de vida: um manto escuro pendurado no corrimão da escada e três pares de botas surradas próximos ao arco que levava ao outro cômodo. Mas nada se movimentava nas ruínas, e tudo estava assustadoramente silencioso. Red franziu o cenho.

Atrás dela, uma luz se apagou. Devagar, Red olhou para trás.

Outra chama ao longo da estranha trepadeira se apagou.

Ela quase tropeçou na pressa para chegar à escada; ao pousar o pé sobre o primeiro degrau, porém, percebeu que não havia luz alguma lá em cima. Red recuou e deu meia-volta, contornando as escadas. Uma luz fraca iluminava seu caminho, vinda de chamas que margeavam outra escada, esta levando para baixo e não para cima. Red correu em direção a ela enquanto o saguão ao redor mergulhava rápido em luz crepuscular.

A última chama se apagou assim que Red chegou à escadaria. Ela se deteve, respirando ofegante, na intenção de verificar se as luzes diante dela fariam o mesmo. Mas as chamas continuaram firmes e brilhantes, acesas ao longo de outra trepadeira, intacta e peculiar.

O tapete de musgo também cobria os primeiros degraus da segunda escada, mas logo depois era substituído por uma cama de raízes finas que se entrelaçavam sobre a pedra como veias. Red desceu olhando para os pés para não tropeçar. Contava os passos como distração para não entrar em pânico.

Os degraus terminavam em um pequeno patamar onde havia uma porta de madeira. Nada mais. Red empurrou a porta e a abriu antes que pudesse pensar em motivos para não o fazer.

A porta não rangeu. Uma luz alaranjada e acolhedora vazava pelas frestas do batente e enchia o patamar como um sol nascente. Red entrou tão silenciosamente quanto pôde, depois estacou. De início, a familiaridade do lugar a atingiu como uma lâmina; em seguida, como um bálsamo.

Uma biblioteca.

Quando ainda estava em — ela se deteve antes de ter a chance de pensar na palavra *casa;* doeria demais e não seria inteiramente verdade, de qualquer forma — Valleyda, a biblioteca fora um dos lugares onde passara a maior parte do tempo. Neve tinha aulas quase todos os dias, aulas sobre coisas mais complexas do que a leitura e a matemática que eram ensinadas a Red, então Red acabava ficando sozinha. Ela lera quase tudo que havia na biblioteca do palácio; algumas coisas, duas vezes. Era uma das maneiras de acalmar a mente quando ela começava a ruminar e transbordar, conectando temores em teias que ela não conseguia desembaraçar. O cheiro de papel, a ordem e a constância das palavras impressas, a sensação das bordas das páginas em seus dedos eram coisas que acalmavam a tempestade mental, transformando-a em calmaria.

Na maioria das vezes, ao menos.

Mas os livros eram a única coisa que aquela biblioteca tinha em comum com a do palácio. Estantes abarrotadas estavam dispostas em fileiras retas. Havia livros espalhados por mesas pequenas; uma pilha deles se equilibrava perto da porta, sobre a qual jazia uma caneca cheia pela metade do que, pelo cheiro, parecia ser café. O ambiente tinha uma iluminação dourada de velas com chamas sinistras que não se mexiam — não, não eram velas. Eram lascas de madeira, curiosamente intactas mesmo com as chamas, como as trepadeiras do andar de cima.

A bolsa da Segunda Filha caiu ao chão com um baque abafado. Red prendeu a respiração por um segundo, mas nada se mexeu. Ela soltou o que poderia ser considerado uma risada se houvesse mais energia e menos medo por trás dela. Uma biblioteca? No meio de Wilderwood?

Com cuidado, ela deu alguns passos adiante, roçando os dedos nas lombadas dos livros nas estantes. O cheiro de pó e papel velho fazia cócegas em seu nariz, mas não havia sinal de mofo e todos os livros pareciam bem-cuidados, até mesmo os que aparentavam ser muito velhos. Então havia alguém tomando conta daquela biblioteca. Muito melhor do que pareciam estar cuidando do resto do castelo.

Red reconheceu a maioria dos títulos. A biblioteca do palácio tinha um acervo famoso que ficava atrás apenas do da Grande Biblioteca de Karsecka, no extremo sul do continente. *Monumentos da era perdida da magia, História das rotas comerciais de Rylt, Tratados sobre a democracia meduciana.*

Vagou por entre as prateleiras, permitindo que o ambiente e os cheiros familiares de uma biblioteca a tranquilizassem. Estava quase calma quando chegou ao fim da quinta estante.

Então, ela o viu.

Red deixou escapar uma arfada de surpresa que despedaçou o silêncio da biblioteca, depois cobriu a boca com a mão como se pudesse forçar o som a entrar novamente.

O vulto à mesa não pareceu notar. Estava debruçado sobre um livro aberto, a mão se mexendo enquanto escrevia num papel com uma caneta-tinteiro. A largura de seus ombros trazia uma imagem de força — mas a força de um homem, não de um monstro; os dedos que seguravam a caneta eram longos e elegantes, nada parecidos com garras. Ainda assim, havia algo de sobrenatural em suas feições, algo que tinha um toque humano, mas não apenas isso.

— Eu não tenho chifres, se é o que está se perguntando.

Tinha se virado para Red enquanto ela encarava as mãos dele. O Lobo semicerrou os olhos.

— Você deve ser a Segunda Filha.

5

Ele permaneceu sentado, limitando-se a encará-la por cima de um nariz adunco que parecia ter sido fraturado e remendado de maneira amadora, provavelmente mais de uma vez. Sua mão, grande e coberta por cicatrizes finas em contraste com a pele clara, soltou a caneta e correu pelo cabelo, que era preto e muito longo e caía bagunçado até a altura dos ombros. Ele tinha se virado ligeiramente na cadeira para encará-la, fazendo com que os contornos de seu rosto fossem destacados pela luz dourada — a mandíbula era angular e havia linhas de expressão ao redor dos olhos, mas ele não parecia ser muito mais velho do que ela. Tinha mais de vinte, mas com certeza não passava dos trinta anos.

Não havia nada de monstruoso em sua constituição física, mas pairava sobre ele uma sensação intangível de... de *desconhecido,* de um porte humano que não encerrava algo inteiramente humano. Suas proporções por pouco escapavam do que poderia ser considerado comum — era alto demais, robusto demais, e as sombras que ele projetava eram mais escuras do que deveriam. Ele poderia ser confundido com um humano em um primeiro olhar, mas era um equívoco que se cometeria uma única vez. A Marca no braço de Red latejou quando o olhar dela encontrou o dele.

Red engoliu. Sua garganta estava seca como um deserto. Não havia nada de errado com sua boca, mas ela não emitiu som algum.

O Lobo ergueu uma sobrancelha. Havia olheiras escuras sob os estreitos olhos cor de âmbar.

— Vou considerar seu silêncio como um sim.

A mão com as cicatrizes apoiada no joelho estremeceu levemente quando ele voltou a dar as costas para ela, pegou de novo a caneta e continuou a escrever.

Red não percebeu que estava de queixo caído até fechar a boca, batendo os dentes. A lenda sobre o Lobo levando o corpo de Gaya até os limites da floresta descrevia apenas como *ela* era, e em nenhum momento mencionava a aparência dele. Todos sabiam que Wilderwood o tornara diferente, algo que não era exatamente humano, embora ninguém soubesse detalhes específicos. Mas a história do Lobo era como a de feras mitológicas; depois de ter sido contada através dos séculos, ele se tornara uma também.

As mãos cobertas por cicatrizes, o cabelo comprido demais, o rosto quadrado demais para ser belo — ela pensou estar preparada para qualquer coisa, mas não estava para aquilo. O Lobo era um homem antes de ser um monstro, e a criatura diante dela não se encaixava em nenhuma das categorias.

— Sua presença é bem-vinda na biblioteca — disse o Lobo, virando-se de novo na cadeira com um tom que em nada lembrava boas-vindas —, mas prefiro que não fique me encarando enquanto trabalho.

A atmosfera surreal de estar diante do Lobo e de o Lobo ser mais homem do que lobo deixou a língua de Red dormente, fazendo com que ela se agarrasse à única parte daquilo que ainda correspondia às histórias que ouvira.

— Vai libertar os Reis agora?

Aquilo fez com que ele olhasse para ela. Seus olhos correram dos cabelos cheios de folhas para o vestido em farrapos de Red. Ele pausou por um momento ao notar o corte na bochecha dela, e pareceu mais atento.

Red quase se esquecera do machucado. Levou a mão ao rosto e o tocou. Seus dedos ficaram pegajosos — ainda estava sangrando, então.

A avaliação do Lobo terminou e ele voltou a atenção ao trabalho.

— Os Reis não estão aqui.

Do auge de sua descrença, aquela era a resposta que Red esperava. Ainda assim, foi atingida como que por um golpe, e deixou escapar um suspiro trêmulo.

Os ombros dele se retesaram. Ele ouvira. O Lobo a olhou por cima do ombro, o rosto angular parcialmente oculto pelas sombras.

— Então ainda falam nisso? A... a Ordem, é isso?

— A Ordem dos Cinco Reis. — A resposta veio automaticamente. Red se sentiu um pião que alguém tinha soltado e agora rodava pelo chão sem rumo certo. — E sim.

— Muito perspicaz. — Ele passou a mão pelo rosto. — Sinto muito por desapontá-la, Segunda Filha, mas os Reis não existem mais. Não são algo que vocês gostariam de ter de volta, de qualquer forma.

— Ah. — Ela não conseguiu dizer mais nada.

O Lobo suspirou.

— Bom, você veio. Cumpriu sua parte. — Ele fez um gesto em direção à porta. — Estamos quites. Vou pedir para que alguém te acompanhe de volta, e você pode retornar por onde...

— Não, não posso. — Ela poderia rir de quão ridícula era a cena se sua garganta não parecesse cheia de espinhos. — Eu vim até você, e não podemos voltar quando somos mandadas para cá. É assim que as coisas funcionam. Tenho que ficar.

A mão dele parou no lugar e surpresa tomou conta de suas feições grosseiras.

— Você não tem que ficar — disse ele em voz baixa, com uma veemência que a assustaria se ela ainda sentisse que tinha a capacidade de ficar assustada. — Realmente não tem.

— As regras são essas. — Sua boca parecia estar operando involuntariamente; a mente estava nebulosa, embora as palavras soassem resolutas. — Ao virmos ao seu encontro, não podemos ir embora. A floresta não permite.

O Lobo segurou o espaldar da cadeira com força suficiente para que Red tivesse a impressão de que o material se partiria em dois.

— A floresta vai permitir que você vá embora se eu assim ordenar — rosnou ele.

Red segurou com força as pontas do manto esfarrapado.

— Vou ficar.

Um brilho quase assustado tomou os olhos dele.

— Tudo bem, então. — Ele deu as costas para ela, resmungando. — Que as sombras me carreguem.

— Isso não faz sentido. — Red engoliu de novo, como se exercitar a garganta pudesse ajudá-la a encontrar palavras no redemoinho de sua mente. — Se não me quer aqui, se ia apenas me mandar de volta, por que exige que venhamos para começo de...

— Melhor parar por aí. — O Lobo se pôs de pé, erguendo-se da cadeira com a caneta-tinteiro na mão como se fosse uma adaga. Ele era alguns centímetros mais alto do que ela, a compleição ampla e o olhar cortante. — Eu não exigi nada.

— Exigiu, *sim*. Você levou Gaya até os limites da floresta, disse a eles para trazerem a próxima, você...

— Nada disso fui eu. — Ele deu um passo adiante, a voz se igualando à dela em intensidade. — O que quer que você acredite saber está claramente *errado*.

Ele vociferava as palavras enquanto avançava na direção dela, e a sombra escura do Lobo e o vislumbre de seus dentes foram suficientes para enfim fazer o medo invadir a névoa que a mente de Red havia se tornado. Ela cruzou os braços sobre o peito, encurvada sobre eles como se isso pudesse fazê-la diminuir de tamanho.

O Lobo parou, recuando com a mão erguida em um gesto que lembrava rendição. A expressão de raiva evaporou de seu rosto, dando lugar a outra emoção. Culpa.

— Eu... — Ele desviou os olhos e esfregou o rosto, parecendo cansado. O Lobo suspirou. — Eu tive tanto a ver com esse acordo quanto você, Segunda Filha.

A confusão deu um nó nos pensamentos de Red, emaranhados como raízes na terra. Mais uma vez, ela se apegou às partes mais simples, coisas que ela conseguia entender e consertar em contraste com tudo o que não conseguia.

— Meu nome não é *Segunda Filha*. É Redarys.

— Redarys. — Soou estranho sendo dito por ele. Suave e frágil, de certa forma.

— E o seu é Ci...

— Eammon. — Ele se virou e largou o corpo na cadeira.

Red franziu o cenho.

— Eammon?

Ele pegou a caneta entre aqueles dedos com cicatrizes. Seu tom voltou a ser sucinto e circunspecto, toda a vulnerabilidade desaparecendo em questão de instantes.

— Ciaran e Gaya eram meus pais.

Silêncio. Red sacudiu a cabeça. Balbuciou palavras que morriam em sua boca antes de se tornarem frases completas.

— Então você... você não...

— Não. — Sua voz era inexpressiva, embora os ombros estivessem tensos sob o tecido escuro da camisa. — Não, eu não levei o corpo sem vida de minha mãe até os limites de Wilderwood. Não, eu não mandei ninguém trazer a próxima Segunda Filha. — Ele inspirou, enchendo os pulmões, depois soltou o ar sonoramente. — Nenhum de nós dois teve escolha nessa situação. Embora você esteja, *com muito afinco,* escolhendo ficar.

Ele parecia esperar uma explicação para isso, mas Red não tinha uma. Ela não respondeu.

O Lobo mudou de posição, esticando as pernas por baixo da mesa e se acomodando contra o encosto da cadeira. Seus braços estavam cruzados, e ele continuava de costas para ela.

— Estou vendo que foi enviada com a pompa costumeira — disse ele, mudando de assunto com habilidade. — Com o bendito manto vermelho.

Ela mexeu no tecido, agora rasgado e sujo de lama.

— Escarlate para o sacrifício.

O lembrete fez com que o ar parecesse pesado. Um segundo depois, o Lobo acenou com a mão.

— Deixe-o lá fora e um de nós vai queimá-lo...

— *Não.*

Red foi brusca. Uma palavra transformada em lâmina.

Ele olhou para ela por cima dos ombros, franzindo as sobrancelhas escuras e espessas.

Red enrolou o manto ao redor do corpo, como se de alguma forma ainda pudesse sentir Neve no tecido. Neve ajudando-a a se vestir, Neve finalmente a deixando partir.

— Quero ficar com ele.

A expressão do Lobo se tornou mais séria, mas ele assentiu com a cabeça. Quando voltou a falar, sua voz era cuidadosa e serena.

— Quanto tempo faz desde a última... desde que a última veio?

— Um século. — Ela cruzou os braços ao sentir um calafrio repentino. — Já faz um século desde Merra.

Um músculo se retesou nas costas do Lobo. Ele olhou para as mãos, as cicatrizes se sobressaindo na pele, e finalmente as fechou em punhos.

— Puxa.

Red queria responder, mas não conseguiu pensar em nada. O ânimo de ambos havia se acalmado. Agora restava apenas uma estranha e mútua exaustão.

O Lobo — *Eammon* — balançou a cabeça, resoluto.

— Se insiste em ficar, não passe pelo portão. A floresta não é segura para você.

E voltou a trabalhar, ignorando-a completamente. Red entendeu que sua presença havia sido dispensada.

Sem saber o que fazer, ela voltou a caminhar por entre as estantes de livros. Seus pensamentos estavam confusos demais para serem assimilados. Em todas as suas fantasias mais sombrias sobre o que poderia acontecer quando entrasse em Wilderwood, ela jamais esperara por... *aquilo*. Um Lobo que não era o personagem das lendas, e sim o filho dele. Um Lobo que não reivindicava seu sacrifício, que tentou mandá-la de volta. Que infeliz ironia o fato de ele e Neve pensarem da mesma forma.

Mas o lugar de Red era ali. A magia que fazia com que ela sentisse gosto de terra e tingia suas veias de verde deixava isso bem claro, a magia que poderia ser muito destrutiva se não fosse mantida sob controle, e a garota estava exausta de sentir medo.

Não foi sua culpa. Essas tinham sido as palavras de Neve durante o baile e incontáveis vezes antes. Mas fora ideia de Red, estando um pouco embriagada e um pouco zangada, roubar os cavalos e cavalgar até Wilderwood para gritar para as árvores e ver se elas respondiam. E quando os ladrões chegaram com suas facas e seus sorrisos maldosos, quando as mãos dela ainda estavam sujas de sangue e uma parte do poder de Wilderwood recém-acomodado em seus ossos, Red tinha...

Ela cerrou os punhos com força e enterrou as unhas nas palmas das mãos até a dor abafar as memórias, transformá-las em espectros. Ela era uma ameaça. Ainda que Neve não se lembrasse disso.

E, se quisesse continuar mantendo a irmã a salvo, Red precisava ficar ali. Quer o Lobo a quisesse ou não.

A familiaridade acolhedora das estantes manteve seus pés no chão, fez com que ela retornasse a si enquanto vagava por entre os livros. Ela torceu para que ali houvesse romances, algo diferente das opções monótonas que vira ao chegar. Um livro pareceu interessante: na lombada, a palavra *Lendas* estava escrita em dourado. Red não se lembrou do corte que ainda sangrava no rosto quando esticou a mão para puxar o tomo, e seus dedos sujos de sangue mancharam a capa.

— Ah, pelos *Reis*.

Eammon apareceu no fim do corredor com uma pilha de livros nos braços. Seu olhar pousou primeiro no livro sujo de sangue e depois no corte na maçã do rosto de Red. Seus olhos a analisaram da mesma maneira atenta como fizera antes, e ele colocou a pilha de livros no chão.

— Como isso aconteceu? — Havia certa desconfiança em sua voz, como se houvesse uma resposta certa e uma errada para a pergunta.

— Foi um espinho — explicou ela. — Não é *fundo,* eu só... Eles estavam em volta de uma daquelas árvores brancas...

Ele ainda estava agachado ao lado dos livros que pusera no chão. Suas mãos se curvaram como garras. Ela teria ficado assustada não fosse o vislumbre de apreensão em seus olhos.

— Árvores brancas? — Ele parecia calmo, mas havia urgência na pergunta. — Você sangrou sobre elas?

— Mais ou menos, mas não foi de propósito, e não tinha muito...

— Preciso que me diga exatamente o que aconteceu, Redarys.

— Foi só um arranhão. — Red limpou o sangue da capa, desconcertada com a preocupação e a severidade dele. — Um espinho arranhou minha bochecha, e a árvore branca... o absorveu, de alguma forma...

O corpo inteiro do Lobo pareceu se contrair.

— E ela me perseguiu até aqui. Wilderwood, quero dizer.

Dizer aquilo em voz alta soava insano. As bochechas de Red ficaram quentes, e o corte voltou a sangrar.

O Lobo se pôs de pé lentamente, retomando sua altura normal e assomando diante dela. Quando voltou a falar, sua voz estava moderada, contrariando a expressão apreensiva.

— Foi só isso?

— Sim. Tudo o que ela fez foi correr atrás de mim. — A incredulidade de Red tornou a resposta ríspida. — Se isso não devia ter acontecido, talvez você devesse controlar melhor suas malditas árvores.

Eammon arqueou as sobrancelhas, mas relaxou os ombros em um gesto repentino de alívio.

— Peço desculpas. — Ele esticou a mão em direção a Red, gesticulando hesitante em direção à bochecha dela. — Me deixe ajudar.

Red olhou para a mão dele, mordendo o lábio. Algo nela parecia... quase familiar. A ideia fazia cócegas em sua mente, mas não teve força suficiente para tomar a forma de uma lembrança.

Ela assentiu.

A pele dele era quente. As cicatrizes entrecruzadas em seus dedos eram ásperas ao toque. Cauteloso, o Lobo correu o dedo indicador pelo corte na bochecha de Red. Ele fechou os olhos.

Algo se agitou no ar entre eles, uma lufada de calor com cheiro de argila e folhas. Um brilho dourado tomou a visão de Red, e a Marca em seu braço voltou a latejar. Em seu peito, o fragmento de magia desabrochou como uma flor pressentindo a primavera à beira íngreme do inverno.

Em uma fração de segundo, a ardência no corte desapareceu. Red não percebeu que tinha fechado os olhos até abri-los outra vez.

Ao fazê-lo, ela se deparou com o ferimento espelhado na bochecha do Lobo. Sem acreditar, levou os dedos ao próprio rosto. Sua pele ainda estava grudenta de sangue, mas o corte estava fechado.

O Lobo abaixou a cabeça e se ajoelhou depressa para pegar os livros, mas não depressa o suficiente para esconder os olhos. A parte branca estava entremeada de verde, como uma coroa verdejante florescendo ao redor das íris cor de âmbar.

— Não são muitos os benefícios de nascer vinculado a Wilderwood. — Com os livros em mãos, Eammon se levantou e deu meia-volta entre as estantes. Ele parecia mais alto do que antes, o que era um feito e tanto, visto que a altura anterior já era considerável. Também havia algo de estranho em sua voz; um leve eco, algo que lembrava folhas ao vento. — Este é um deles.

Por um momento, Red continuou com a mão sobre a pele curada, imóvel. Depois disparou atrás dele. Um "obrigada" estava preso em sua garganta, mas algo na postura do Lobo deixava claro que ele não queria nem precisava daquilo.

— As regras aqui são simples. — Eammon empurrou um livro de volta ao lugar na prateleira. — A primeira é: não saia pelo portão.

A reverberação inusitada deixara sua voz — o Lobo soava apenas hostil e cansado; já não havia um eco que lembrava folhas secas.

— Isso vai ser fácil — resmungou Red. — Sua floresta está longe de ser hospitaleira.

Como resposta, a expressão dele ficou ainda mais sisuda.

— Segunda regra. — Outro livro devolvido com força demais à prateleira. — Wilderwood tem fome de sangue, especialmente do seu. Não derrame sangue onde as árvores puderem experimentá-lo, ou elas vão pegar você.

Red curvou os dedos, ainda sentindo o cheiro metálico do próprio sangue.

— Foi o que aconteceu com Gaya e as outras Segundas Filhas?

O Lobo parou antes de guardar outro tomo na estante; sua expressão era de pesar. Red levou um instante para perceber o que tinha dito e, quando percebeu, desejou poder cavar um buraco e entrar no chão. Fazer com que ele se lembrasse da morte da mãe. Uma excelente maneira de estrear uma coabitação.

Mas Eammon se recompôs sem fazer comentário algum, embora talvez tenha empurrado o livro sobre a prateleira com mais força do que era necessário.

— Sim. Mais ou menos.

Depois de guardar o último livro, Eammon se dirigiu à porta da biblioteca. Ao alcançá-la, virou-se e olhou para Red sobre o nariz torto.

— Terceira regra. — O sangue que escorria do novo corte no rosto do Lobo era mais escuro do que o normal, de um carmesim arroxeado com um fio de verde que quase se parecia com uma gavinha. Os olhos haviam voltado ao normal, porém, livres da auréola esmeralda. — Não me perturbe.

Red cruzou os braços com força sobre o peito, como se assim estivesse se protegendo com um escudo.

— Entendido.

— Seguindo pelo corredor, há um quarto que pode ser seu. — Eammon abriu a porta e fez um gesto para que ela saísse. — Bem-vinda à Fortaleza Negra, Redarys.

A porta se fechou às costas de Red, e então ela estava sozinha.

Apenas quando chegou ao último degrau Red percebeu onde havia visto as mãos dele, por que o formato dela e suas cicatrizes pareciam tão familiares.

Na noite de seu aniversário de dezesseis anos, quando Red cortara a mão em uma pedra e acidentalmente sangrara na floresta — o momento em que Wilderwood fragmentara sua magia amaldiçoada, transferindo-a para a corrente sanguínea de Red através do corte na palma —, ela vira alguma coisa, algo como que impresso nas pálpebras fechadas. Uma visão. Mãos que não eram as dela, grandes e cheias de cicatrizes e enterradas na terra como as dela haviam estado. Um sentimento de urgência, um medo cego que espelhava o seu, mas que *não era* o dela.

Fora apenas um vislumbre em meio ao pânico, turvo e indistinto, dificultado pelas sombras projetadas pelos galhos. Até então, ela quase se conformara com a ideia de que fora sua imaginação. Mas agora...

Agora ela as vira em carne e osso. Agora ela sabia a quem pertenciam aquelas mãos, e estava certa de que nada naquela noite tinha sido sua imaginação.

Ela vira as mãos do Lobo.

6

Com os dedos rentes ao couro cabeludo e a testa pressionada contra a palma da mão, Red segurou tufos de cabelo até os dedos ficarem dormentes. Aquela noite ainda estava gravada em sua mente com perfeita clareza, ao menos até certo ponto. Ela reprimira as partes depois do momento em que os ladrões que as tinham seguido atacaram e o banho de sangue começara.

Mas o vislumbre sob suas pálpebras de algo que acontecia *em outro lugar,* de mãos cobertas por cicatrizes e pânico incontrolável... Ela se lembrava disso agora, se lembrava com tanta precisão que não podia acreditar que um dia pensara ter sido sua imaginação. Foi um momento de conexão com outra pessoa que não ela, e a pessoa fora o Lobo.

Ele *estivera* lá, de alguma forma — ele estivera lá quando a magia se rebelara e se libertara de Wilderwood, rastejando pela ferida na palma de Red e fazendo morada em seu peito. Teria sido culpa dele? Teria a floresta fragmentado sua magia nela obedecendo a uma ordem dele?

Com cuidado, ela tocou o rosto com a ponta dos dedos, ainda sujos com o sangue do corte que ele tirara dela. Se aquele maldito poder havia sido imposto a ela pelo Lobo de propósito, será que ele teria tentado mandá-la de volta? Será que teria estabelecido regras que supostamente deveriam mantê-la a salvo da floresta?

Red grunhiu com o rosto escondido nas mãos.

Sentiu vontade de ficar sentada nos degraus até que Eammon saísse da biblioteca no intuito de arrancar mais respostas dele. Mas Red estava cansada, o chão estava frio e a ideia de esperar por alguém que abertamente desejava evitá-la era exaustiva.

Ele a instruíra a não deixar a Fortaleza — então, logicamente, a Fortaleza era segura. E era seu novo lar. Por mais incômodo que fosse o pensamento, ela poderia muito bem explorar o lugar.

Com o corpo pesado, Red se levantou e se pôs a subir os degraus tomados por raízes da longa escada.

Havia luz no andar de cima, como se alguém tivesse aparecido e reacendido o fogo que ornamentava as trepadeiras imunes às chamas do saguão. Red se deteve no topo da escada, observando o candeeiro incomum e improvisado.

As chamas estavam ligadas à trepadeira, que *deveria* estar queimando. Mas além do cerne amarelo e brilhante do fogo, ela podia ver que a trepadeira em si estava completamente intacta.

Pensou nas lascas de madeira na biblioteca que, em um primeiro momento, pensara se tratar de velas, e em como elas também sustentavam o fogo sem queimar. Madeira e trepadeiras, ambas coisas orgânicas, presas em algum tipo inexplicável de relação simbiótica. O fragmento de magia em seu peito pareceu se agitar.

Red se afastou, seguindo até o centro do saguão em ruínas. Acima dela, o céu cor de lavanda resplandecia pelo vidro rachado da claraboia, nem mais claro nem mais escuro do que quando ela correra escada abaixo. Não havia lua e não havia estrelas, nada que sugerisse passagem de tempo. Apenas um crepúsculo infinito.

Embora fraca, a luz proveniente da trepadeira em chamas e da claraboia era estável, e Red conseguia enxergar o que restava do carpete no chão musgoso, restos do que um dia fora majestoso. Havia farrapos de peças de tapeçaria praticamente podres pendurados na parede, entrelaçados por trepadeiras e raízes finas. A maior parte delas estava enlameada demais para que fosse possível enxergar as imagens, mas Red conseguiu discernir a forma geral de um rosto em uma delas.

Ela franziu o cenho, apertando os olhos para conseguir compreender a imagem. Um homem e uma mulher, ao que parecia. Talvez de mãos dadas. A mulher tinha cabelos longos. Ele tinha olhos escuros.

Gaya e Ciaran. Os pais de Eammon. Se ela precisasse de mais provas de que ele era quem dizia ser, aquilo devia bastar. Embora as tapeçarias estivessem quase completamente deterioradas, ela conseguia perceber que o rosto retratado ali não era o do homem que conhecera na biblioteca. Este tinha traços mais suaves, e sua beleza era mais clássica. O ângulo em que seu queixo estava posicionado fazia parecer que ele desafiava o observador a provocá-lo; apenas olhando para aquela expressão, Red soube que ela não cairia de forma natural no rosto de Eammon.

Quanto a Gaya... Ela estava mais coberta de lama do que Ciaran, e era mais difícil distinguir seus contornos. Era bonita, a altivez potencializada pela sujeira da tapeçaria em vez de encoberta.

Red se sentiu profundamente frustrada; uma emoção complexa que não conseguia desvendar. Todas as Segundas Filhas, mais ícones do que indivíduos. Definidas pelo *que* eram em vez de *quem*.

Manteve o olhar aborrecido sobre as tapeçarias por mais alguns minutos antes de partir em direção ao arco quebrado do outro lado das escadas principais do saguão.

Ele levava para o que parecia ser uma sala de jantar nivelada abaixo do piso, logo após um degrau de pedra lascado. Do lado direito, uma janela grande emoldurava a paisagem do pátio lá fora; o vidro tinha pequenas rachaduras finas como teias de aranha e fora coberto pela vegetação. No centro da sala havia uma mesa maltratada de madeira com três cadeiras amontoadas de qualquer jeito em uma das pontas. Na parede dos fundos via-se uma porta menor com dobradiças enferrujadas que Red deduziu levar até a cozinha. Fora isso, a sala estava vazia.

Três cadeiras. Ela franziu o cenho. A lenda não mencionava ninguém além do Lobo, mas também não dizia que havia mais de um Lobo nem que o Lobo atual era um jovem alto com mãos machucadas e péssimo temperamento. Aparentemente, as lendas não eram muito confiáveis. A verdade era que ela não fazia ideia de quem mais — *do que* mais — poderia ocupar a Fortaleza.

Um de nós vai queimá-lo, dissera o Lobo ao ver seu manto. Dando a entender que havia mais de um habitante naquelas ruínas.

Como se em resposta a suas dúvidas, houve um alarido repentino, como o de panelas caindo no chão. Do outro lado da porta na outra extremidade da sala, Red pôde ouvir alguém resmungando e xingando, depois outra voz dando uma risada, descontraída e musical.

Red ainda não se sentia corajosa o suficiente para ir até lá investigar. Sua mente foi tomada por uma imagem na qual marionetes feitas de gravetos e espinhos de Wilderwood desempenhavam o papel de servos, enfeitiçados pela mesma magia misteriosa que impedia o fogo de carbonizar as trepadeiras. Depois das árvores com presas, nada parecia estar fora do terrível campo de possibilidades.

Ela recuou de costas para longe do arco quebrado e não parou até esbarrar a lombar no corrimão da escada no saguão principal. Seu ombro chacoalhou o casaco pendurado nele, enchendo o ar com um cheiro suave de folhas secas e café.

Red olhou para o andar superior. O patamar no topo das escadas ainda estava escondido na escuridão que a amedrontara pouco antes. Agora, um pouco menos assustadiça, o andar de cima parecia mais intrigante do que sinistro.

Apesar de estarem parcialmente cobertas por musgo, as escadas pareciam firmes o suficiente. Ela pisou no primeiro degrau com a bota enlameada.

O musgo se mexeu sob seus pés como se ela tivesse pisado em uma cobra, deslizando escada acima e levando consigo seus cogumelos e raízes. A vegetação se uniu em uma massa, um exército amontoado, e se tornou uma parede de coisas vivas bloqueando o caminho.

Red recuou aos tropeços, sacudindo a perna para se desvencilhar das ervas que se enroscavam em seu tornozelo.

— Pelo amor dos Cinco *Reis* — xingou ela, exasperada. — Já entendi.

Levou uma mão suja ao rosto para afastar dos olhos o cabelo suado e cheio de folhas. Ela precisava de um banho, precisava desesperadamente. Teria que vestir as roupas sujas outra vez, porém. Não levara trocas. Não imaginou que precisaria delas.

O pensamento se agarrou a ela como se tivesse garras. A bravura com a qual ela correra para se salvar em Wilderwood fora obra do instinto, de uma força primitiva. E aquela era a consequência: ela ainda estava viva. Já era horas mais velha do que jamais imaginara.

Não sabia como começar a assimilar a ideia.

Red pressionou os dedos contra os olhos até que a sensação incômoda atrás deles desaparecesse. Quando se acalmou, sacudiu a cabeça e endireitou a coluna. O Lobo dissera que o quarto dela ficava no corredor e havia apenas um corredor à vista, embora ele terminasse em uma montanha de escombros.

As trepadeiras acesas iluminavam aquele trecho também, mas as chamas eram menores e mais espaçadas. O musgo, além de cobrir o chão, escalava as paredes até a altura da cintura de Red. Algo que ela não reconhecia florescia em meio aos destroços no fim do corredor, um emaranhado de folhas e flores e pedras quebradas.

Aparentemente, Wilderwood invadira a Fortaleza Negra mais de uma vez, deixando a maior parte dela em ruínas. Não era um pensamento muito reconfortante.

Havia várias portas ao longo do corredor, mas apenas uma parecia ter sido usada recentemente. Um rastro de terra e uma mancha verde no chão marcavam o lugar onde a vegetação havia sido deslocada quando a porta fora aberta, deixando à mostra um semicírculo do chão do madeira bem diante da entrada. Já havia musgo crescendo sobre ele, reivindicando o espaço cedido.

Pisando com cuidado sobre o musgo, Red abriu a porta com um empurrão.

O quarto diante dela era pequeno e pouco mobiliado. Ainda empoeirado, mas ao menos livre de vegetação. Não havia nada nas paredes. Uma janela grande com trepadeiras escalando o vidro do lado de fora dava para outro pátio, onde um muro de pedra se estendia do fim do corredor até uma descida suave, terminando no portão de ferro. Havia outra torre diretamente atrás daquela pela qual ela entrara, baixa o suficiente para não ser vista olhando da entrada. Pequenas árvores cresciam ao redor da base, e o coração de Red sentiu uma onda de adrenalina na fração de segundo que levou para perceber que não eram esbranquiçadas. Levando em conta as árvores envolvendo a estrutura e as trepadeiras que floresciam entre elas, a impressão era que a torre mais crescera do que fora construída.

No canto do quarto, perto da janela, havia uma cama feita com lençóis desbotados, mas limpos. Aos pés da cama, Red encontrou uma lareira embutida na parede com pedaços de lenha organizados no interior. À esquerda da porta, via-se uma pequena alcova que acomodava um penico e uma grande banheira de ferro já cheia de água. Na outra extremidade havia um guarda-roupa e, ao lado, um espelho com pequenas manchas circulares de ferrugem. Alguém tinha deixado grandes marcas de mão sobre a camada de pó que cobria a lateral do guarda-roupa. Pelo tamanho, pareciam ser de Eammon.

Ele dissera que ela poderia ir embora, mas havia um quarto preparado para que ficasse. A ideia fez com que se perguntasse quanto a insistência dele para que ela retornasse para casa fora planejada e quanto fora um impulso, uma reação automática proveniente de alguma emoção que ela não era capaz de identificar.

Ressabiada, Red caminhou até a cama e, prendendo a respiração, agachou-se em um movimento ágil para olhar debaixo dela. Não sabia dizer ao certo o que procurava, mas tinha certeza de que não conseguiria relaxar até que tivesse feito isso.

Não havia nada além de resquícios de musgo. Ela se levantou comprimindo os lábios e foi em direção ao guarda-roupa.

Abriu a porta depressa, preparada para encarar o que quer que surgisse de lá de dentro, mas sua postura defensiva aos poucos se transformou em espanto.

Vestidos. Uma fileira de vestidos. Modelos simples em cores discretas, tons terrosos que poderiam se camuflar em uma floresta. Red puxou um deles, verde escuro, tomando cuidado para não o encostar no manto sujo. Parecia ser do tamanho certo.

Pôs o vestido sobre a cama e fechou o guarda-roupa. Em seguida, recuou alguns passos e, pressionando os nós dos dedos contra os dentes, soltou um suspiro em partes apavorado, em partes aliviado e inteiramente confuso.

Era isso que ela queria, não? Trancafiar sua magia nefasta e também a si mesma em Wilderwood para garantir que nunca mais colocaria Neve ou qualquer outra pessoa em perigo; que a destruição que ela provocara com seus poderes não se repetisse.

Era exatamente o que queria.

O contentamento era, no máximo, oco.

Respirou fundo, inspirando o máximo que conseguia, até sentir os pulmões queimarem mais que os olhos. Em movimentos delicados, Red tirou o manto. A fuga por Wilderwood o danificara, deixando-o cheio de rasgos e sujeira, mas a Segunda Filha o manuseava como se fosse a mais elegante e inestimável das peças.

Era ridículo. Sua mente estava lúcida o suficiente para que soubesse disso. Era ridículo querer guardar a coisa que a marcava como um sacrifício. Mas as lembranças que o manto carregava eram de Neve ajudando Red a se vestir, desamarrotando o tecido como fizera tantas vezes antes. A não ser pelas mãos de Red, as de Neve tinham sido as últimas a tocar o tecido escarlate.

Havia outras razões, razões mais intensas. Razões que vinham das mesmas partes profundas de Red que a faziam se sentir indomitamente contente com a coincidência do nome que lhe fora dado. A parte dela que sorria quando ela tomava para si uma herança farpada e a sentia fazê-la sangrar.

Red segurou o manto por um momento, sentindo a trama do tecido com a ponta dos dedos. Em seguida, com o mesmo cuidado que tivera ao tirá-lo, dobrou-o com as partes não rasgadas para cima e o guardou no armário.

Interlúdio
Valleydiano I

Não havia sacerdotisas nos jardins quando Neve caminhou até o Santuário. Ela estava preparada para abrir passagem em meio a uma turba delas, dissimuladas e vestidas de branco, aguardando para ver se o sacrifício finalmente traria seus deuses de volta. As vigílias oficiais para o retorno dos Cinco Reis começavam à meia-noite, ela sabia, então tinha algum tempo; mesmo assim, ficou surpresa com o vazio dos jardins.

Curvou os dedos em garras e mordeu o lábio com tanta força que quase o cortou. Era melhor que nenhuma das sacerdotisas estivesse ali. Era possível que ela tivesse uma atitude pouco digna de uma Primeira Filha.

Seus pés mal faziam barulho sobre o cascalho, o luar absorvido pelo tecido da túnica. Era diferente da que usara para a procissão, menos ornamentada, mas ainda era o preto da ausência. Ela não sabia quando seria capaz de usar outra cor.

Na verdade, Neve não sabia por que tinha se dado ao trabalho de ir até lá. Nunca tinha sido do tipo que encontrava conforto em orações, embora já tivesse tentado. Quando tinha dezesseis anos, depois... depois do que acontecera com Red, ela experimentara a religião por uma semana ou duas, tentando descobrir se aquilo suavizaria as arestas de seus pensamentos, tornando-os menos cortantes e nocivos. Sua irmã era um peão, uma peça a ser usada — enviem-na para Wilderwood e talvez, desta vez, os Cinco Reis retornem. Na pior das hipóteses, ela manteria longe os monstros das lendas. Não havia nada que uma das duas pudesse fazer para mudar isso, e talvez ela conseguisse encontrar conforto na religião se pudesse simular devoção. Um bálsamo para a dor.

Mas não encontrou. O Santuário não passava de um salão de madeira cheio de velas e galhos. Não havia conforto. Não havia absolvição.

E a maneira como Red *olhava* para ela naquelas duas semanas em que ela estava experimentando a religião... Era como se ela estivesse observando a preparação de seu próprio túmulo.

Então agora, enquanto se esgueirava até o Santuário em suas vestes pretas de luto, sabia que não fazia sentido. Quaisquer palavras que pudesse dizer, quaisquer velas que pudesse acender não seriam capazes de preencher a devastadora lacuna deixada pela irmã gêmea. Mas o luto era como uma pedra sob as solas dos pés: ela o sentia com mais intensidade quando estava imóvel.

O Santuário ao menos seria um lugar com privacidade para chorar.

Neve passou pelo arco florido e adentrou as sombras do aposento de pedra. Estacou, os olhos arregalados e marejados. O choro que esperava liberar ficou preso na garganta.

O local não estava vazio. Três sacerdotisas estavam de pé em volta da estátua de Gaya, velas vermelhas de oração nas mãos. Ainda usavam a habitual veste branca, mas não o manto, reservado apenas para a cerimônia que abençoara Red como sacrifício. A sacerdotisa mais próxima à parede onde as Segundas Filhas tinham sido esculpidas foi a primeira a vê-la. Houve o vislumbre de uma emoção contida em seu semblante — pena, mas do tipo apático, como o que se sentiria por uma criança que perdeu o animal de estimação.

Neve cerrou os punhos ao lado do corpo.

De maneira delicada, a sacerdotisa posicionou a vela aos pés de Gaya, fixando-a na cera derretida que era resultado de suas orações. Fechou as mãos diante do corpo enquanto se aproximava.

— Primeira Filha.

Um sotaque suave, os erres soando ásperos. De Rylt, provavelmente; uma daquelas que enfrentara uma jornada e cruzara o mar pelo privilégio de rezar ali, de ver o sacrifício histórico de uma Segunda Filha. Neve não disse nada, as unhas enterradas na palma das mãos.

As outras duas sacerdotisas se entreolharam antes de voltarem a atenção para as velas. Sensatas. Podiam identificar no rosto de Neve a expectativa de que dissessem algo que poderia jogar lenha na fogueira que ardia em seu peito.

Se a sacerdotisa de Rylt percebera o erro que estava cometendo ao se aproximar, não deixou transparecer. A pena em seu olhar se acentuou e os cantos de sua boca se retorceram para baixo.

— É uma honra, Alteza — disse ela em voz baixa. Havia uma brasa de fervor em seus olhos verdes. — É uma honra que sua irmã vá para os bosques sagrados para aplacar o Lobo e assim nos manter a salvo dos monstros. Estamos otimistas de que ela será a que o fará libertar os Reis. E será uma honra para você, também, poder um dia governar o reino onde fica a fronteira dos bosques sagrados. A Rainha de Valleyda é a rainha mais amada por nossos deuses.

Neve não conseguiu conter um riso sarcástico, sonoro e inadequado para o ambiente de pedra e chamas silenciosas.

— Uma *honra* — repetiu ela, as sobrancelhas arqueadas em uma expressão incrédula. — Sim, é uma grande honra minha irmã ser assassinada em prol do possível retorno dos Reis que vocês decidiram ser deuses. — A risada se tornou uma gargalhada cortante e ligeiramente exagerada, escapando por entre os dentes e tornando a respiração de Neve entrecortada. — Como sou *abençoada* por reinar em um território congelado e árido que faz divisa com uma floresta mal-assombrada.

A sacerdotisa de Rylt pareceu enfim perceber seu erro. Arregalou os olhos, o rosto angelical pálido e paralisado em uma expressão de espanto. Atrás dela, as outras duas sacerdotisas continuavam tão imóveis quanto a estátua para a qual rezavam; cera pingava nas mãos inertes.

Neve não percebeu que avançara um passo até a sacerdotisa recuar, aumentando a distância entre elas. A boca de Neve se retorceu em um sorriso.

— É muito fácil para vocês — murmurou. — Todas vocês, sacerdotisas da Ordem vindas de longe. Em segurança dentro de suas fronteiras, a quilômetros de distância de seus *bosques sagrados*.

A sacerdotisa de Rylt quase perdeu o equilíbrio quando a panturrilha se chocou contra os pés de pedra de Gaya. Eles estavam cobertos por cera vermelha. Mesmo assim, não tirou os olhos de Neve. Seu rosto estava praticamente da cor das vestes.

— É quase patético — continuou Neve, inclinando a cabeça. Havia uma insinuação de sorriso cruel em seus lábios, mas os olhos continuavam impassíveis. — A religião que seguem não exige nada de vocês. De séculos em séculos, quando nasce uma Segunda Filha, vocês mandam uma garota vestida de branco, preto e vermelho para Wilderwood, mas nada que *vocês* fazem é suficiente para trazer os Reis de volta. Talvez eles não queiram retornar para penitentes tão covardes, que nunca fazem nada além de oferecer sacrifícios inúteis e acender velas inúteis.

As três sacerdotisas a observavam em silêncio. Três pares de olhos arregalados atentos a seu rosto. A cera que escorria pelos dedos delas provavelmente estava fervendo, mas não bastava para que se mexessem, não bastava para despertá-las do terrível torpor de tristeza de Neve e de como ele a tornava cruel.

Neve estendeu os dedos, abrindo as mãos em um gesto frustrado.

— Saiam.

Elas obedeceram sem proferir uma palavra, levando as velas consigo.

Enfim sozinha, Neve desmoronou como se sua raiva tivesse sido a única coisa a mantê-la de pé. Conteve o ímpeto de se apoiar na estátua de Gaya. Ela se recusava a buscar qualquer tipo de conforto ali.

Em vez disso, atravessou a cortina escura e leve atrás da efígie de pedra e entrou no segundo aposento do Santuário.

Estivera ali apenas uma vez, quando fora oficialmente nomeada herdeira do trono em seu décimo aniversário. Prenderam nos ombros dela o manto de coroação todo bordado com os nomes das Rainhas anteriores de Valleyda e a levaram até ali para as orações por ela. Em seu olhar infantil, os galhos brancos pareciam tão altos quanto as próprias árvores, projetando sombras pontudas nas paredes de pedra.

Era o que esperava ver quando passou pela cortina — uma floresta como aquela que havia devorado a irmã. Mas era apenas uma sala. Uma sala cheia de galhos em bases de mármore, a maioria alcançando no máximo a altura de seu ombro. Uma Wilderwood em miniatura. Nada como o que vira quando ela e Red cavalgaram até a fronteira quatro anos antes. Nada como a floresta dentro da qual Red acabara de desaparecer.

O peito de Neve queimava, pesado e vazio demais ao mesmo tempo. Ela não podia ferir *aquela* Wilderwood.

Mas podia ferir a do Templo.

Um galho estava em sua mão antes que pudesse se dar conta do que fazia, antes que sua mente tivesse tempo de assimilar o movimento do corpo. Ela baixou o braço em um movimento brusco e o galho se partiu com um estalo sonoro, como o de um osso se quebrando.

Neve ficou imóvel por apenas um momento. Depois, cerrando os dentes, com um grunhido enraivecido, arrancou outro, saboreando o ruído seco ao ouvi-lo se quebrar e ao sentir a madeira cedendo em suas mãos.

Perdeu a conta de quantos galhos havia quebrado até sentir uma presença às suas costas. Neve se virou segurando pedaços de madeira quebrados como se fossem punhais. A força de sua respiração balançava os cabelos escuros que lhe cobriam o rosto.

Uma sacerdotisa de cabelos vermelhos e pele clara estava parada à porta. Sua expressão era implacável. Era um pouco familiar — do templo Valleydiano, então. Neve se perguntou se isso importaria. Não conhecia detalhes do conceito de heresia, mas destruir o Santuário provavelmente se encaixaria com facilidade na definição. Qual seria a punição para uma Primeira Filha, aquela que era herdeira do trono? Neve tentou se importar, mas não conseguiu encontrar forças.

No entanto, a sacerdotisa não fez nada. Permaneceu em silêncio. Seus olhos azuis e inexpressivos analisaram o dano antes de se focarem em Neve.

A respiração voltou ao normal aos poucos. Neve relaxou os pulsos e abriu as mãos, deixando que os dois pedaços de madeira que estava segurando caíssem no chão de pedra.

Neve e a sacerdotisa se encaravam. Havia certo arrojo em ambos os olhares, um ímpeto de medir algo, embora Neve não soubesse identificar o quê.

Por fim, a sacerdotisa entrou no aposento, recolhendo pedaços de madeira branca em movimentos ágeis.

— Venha — disse de forma brusca, mas não grosseira. — Nunca vão perceber se limparmos tudo.

Neve levou um momento para entender o que ela dizia, tão diferente era a mensagem do que ela esperava. Mas a sacerdotisa se abaixou, juntando lascas brancas nas mãos; depois de um momento, Neve se juntou a ela.

Um pequeno berloque pendia do pescoço da mulher, girando em círculos como um pêndulo. Parecia uma lasca de madeira como as que se espalhavam pelo chão depois do ataque de fúria de Neve. A única diferença era a cor; enquanto os galhos eram de um branco puro e brilhante, o pingente da sacerdotisa era coberto por listras pretas.

Uma expressão confusa tomou conta do rosto de Neve. Era estranho que uma sacerdotisa usasse acessórios — não era exatamente proibido, mas nenhuma fazia isso. Todas trajavam apenas as vestes brancas sem nenhum adorno.

A mulher percebeu o olhar de Neve. Deu um sorriso discreto e segurou o pingente entre os dedos.

— Outro pedaço de Wilderwood — disse ela, como se estivesse se explicando. — Ela se quebra mais fácil do que imagina, com a pressão certa. Com as ferramentas certas.

Neve franziu a testa. A sacerdotisa a observava como se pudesse adivinhar suas perguntas e as quisesse extrair. Neve as trancou na garganta.

Apesar de toda a destruição, a sujeira que fizera coube facilmente em quatro mãos. A sacerdotisa esticou os saiotes brancos das vestes e envolveu todos os pedaços de madeira neles, segurando-os como uma bolsa de pano.

— Vou dar um fim nisso.

— Quer dizer que vai fazer mais pingentes? — Neve não conseguiu evitar o tom agressivo.

Ela estava *cansada,* extremamente cansada de manter a compostura. De fingir que tudo aquilo não perfurava sua pele e expulsava aquele tipo de reação.

— Ah, não. — Apesar da resposta desaforada de Neve, os olhos azuis da mulher continuaram a observando com atenção. — Estes não servem para isso. Não ainda.

Neve sentiu o peito se inquietar.

A sacerdotisa permaneceu imóvel. Conseguia manter o ar altivo apesar da maneira como segurava a saia para carregar os pedaços de árvore.

— Está aqui por causa de sua irmã?

— Por que mais estaria? — Neve quis soar grosseira, mas sua voz saíra baixa e frágil. Já tinha gastado toda sua ferocidade. — Rezar não me interessa.

A sacerdotisa assentiu, relevando a blasfêmia.

— Gostaria de saber o que aconteceu com ela ao entrar em Wilderwood?

Em um primeiro momento, Neve não soube como reagir diante de uma pergunta tão importante feita de maneira tão casual.

— Você... Você *sabe*?

— Você também. — A sacerdotisa deu de ombros como se estivessem discutindo algo trivial como o clima. — Sua irmã está emaranhada à floresta. Como Gaya esteve, como todas as outras estiveram. Ela foi para o Lobo e ele a vinculou ao local, assim como ele mesmo está vinculado.

Neve conhecia a história: o Lobo arrastara o corpo de Gaya, tomado pela floresta, até o limite do bosque, um símbolo macabro da oferenda que ele passaria a exigir. Fazia sentido que as outras Segundas Filhas tivessem o mesmo destino. Fazia sentido que o Lobo tecesse Wilderwood nos ossos delas, fundisse a floresta em seus alicerces, garantindo assim que elas não pudessem escapar.

— Mas ela está viva. — Neve emitiu um som débil e prendeu a respiração, aguardando a resposta.

A sacerdotisa assentiu, virando-se em direção à porta.

— Mas ela está viva.

Sobre pernas cambaleantes, Neve seguiu a mulher de cabelos vermelhos quando ela saiu do Santuário em direção aos jardins escuros. Avançou alguns passos, ultrapassando a sacerdotisa para inalar o ar gelado e revigorante.

A meia-noite se aproximava. Em breve, todas as sacerdotisas que haviam viajado para assistir ao sacrifício de Red se reuniriam ali. Rezariam noite adentro para que ela fosse considerada aceitável pelo Lobo, para que ele finalmente libertasse os Cinco Reis do aprisionamento injusto.

Fechando os olhos, Neve ainda conseguia ver o manto escarlate desaparecendo no escuro, entre as árvores.

Ela está viva.

— Você não vai falar sobre isso com ninguém. — Neve pretendia dar uma ordem, mas soou como se fizesse uma pergunta.

— Mas é claro. — Uma pausa. O silêncio era denso. — Seu raciocínio está correto, Primeira Filha.

Foi suficiente para que ela abrisse os olhos, para que fitasse a mulher por sobre os ombros em um movimento abrupto. A sacerdotisa estava imóvel e serena; sua expressão era indecifrável.

— Wilderwood não permitirá que ela vá embora. — Uma madeixa de cabelos vermelhos caiu sobre seus ombros quando ela inclinou a cabeça, como em respeito ao luto de Neve. — A floresta se tornou mais fraca no último século, mas não o suficiente. Ela não conseguiria escapar mesmo se tentasse. — Seus olhos brilharam ao refletir a luz da lua. — Não agora, ao menos.

Algo febril e esperançoso despontou no peito de Neve.

— O que quer dizer?

A sacerdotisa tocou delicadamente o colar com a enigmática lasca de árvore.

— A floresta é tão forte quanto permitimos que seja.

De sobrancelhas franzidas, Neve não movia um músculo no ar gelado da noite.

— Seus segredos estão a salvo comigo, Neverah.

Depois de uma breve reverência, a sacerdotisa foi embora a passos ágeis e desapareceu no jardim escuro com suas vestes alvas.

A brisa fria tocava os braços de Neve, e o cheiro das primeiras flores do verão era inebriante. Ela se concentrou naquelas coisas, buscando firmeza nelas. Na sua mente, um manto escarlate aparecia e desaparecia em meio a uma floresta mergulhada na escuridão.

7

Red estremeceu ao mergulhar a mão na água gelada da banheira, mas estava suja demais para se importar. Tirou o vestido branco rasgado e a faixa preta e os jogou em uma pilha no chão — aquelas peças, sim, poderiam ser queimadas. Tremendo, ela entrou depressa na água antes que o frio a fizesse desistir e esfregou os cabelos até as pontas dos dedos ficarem arroxeadas, tirando graveto por graveto dos fios e os jogando no chão.

Também havia folhas em seu cabelo. Ao retirá-las, Red notou que todas tinham um tom esverdeado nas nervuras.

Franziu o cenho examinando uma delas, correndo o dedo pelas linhas. Estava desorientada devido ao medo e ao caos, portanto suas lembranças de Wilderwood provavelmente passavam longe de ser confiáveis. No entanto, podia jurar que todas as folhas que encontrara fora da área de proteção do portão do Lobo eram cinzentas e secas, as cores de um outono que minguava rápido para dar lugar ao inverno.

Com um movimento dos dedos molhados, Red jogou a folha no chão com mais força do que o necessário.

Quando já não havia resquício de sujeira nas unhas ou de floresta nos cabelos, Red saiu da banheira tiritando os dentes de frio. Nua, foi até a cama na ponta dos pés, sentindo-se estranhamente exposta diante das trepadeiras na janela. Pegou o vestido verde-escuro. Vestiu-o sem se dar ao trabalho de se secar, e o tecido ficou grudado em sua pele molhada.

Tentando desembaraçar o cabelo diante do espelho manchado, Red sentiu o estômago roncar.

O desjejum fora servido antes de a procissão partir de Valleyda, mas ela não conseguira comer muito, nem sequer se lembrava do que comera. Desde então: uma floresta com sede de sangue, um Lobo ranzinza, quilômetros percorridos com a adrenalina como único combustível.

Red retesou a mandíbula. O quarto era limpo, seguro e isolado; a última coisa que desejava era vagar pela Fortaleza em ruínas movida pela possibilidade remota de encontrar um pedaço de pão. Mas seu estômago roncou de novo, insistente.

Em suas explorações anteriores, vira uma porta de dobradiças enferrujadas nos fundos de uma sala de jantar; a porta de onde ouvira risos e xingamento. Red ainda não se sentia corajosa o bastante para encarar quem ou o que estivesse fazendo aqueles sons, mas estava convencida de que o local era uma cozinha. E talvez o que ouvira lá estivesse em outro lugar àquela altura.

Sorrateira, saiu do quarto. Estava frio demais para não usar sapatos; as paredes meio feitas de floresta não conseguiam conter o invasivo gelo no ar. No entanto, a crosta de lama seca em suas botas era tão grossa que atrapalhava seu passo. Queria poder correr se precisasse.

Do lado de fora da claraboia abobadada, o céu continuava igual. Talvez um pouco mais escuro se ela olhasse com atenção, mas ainda crepuscular. Wilderwood parecia estar presa em um lusco-fusco perpétuo, encurralada entre dia e anoitecer.

Um murmúrio veio da direção do arco quebrado do outro lado do corredor; era abafado demais para ser compreensível, mas a cadência e o tom grave eram familiares. Era o Lobo.

Red manteve as costas contra a parede enquanto se aproximava lentamente do arco. Sentir a pedra atrás dela era, de alguma forma, reconfortante, algo sólido onde podia se ancorar, ainda que estivesse coberta de musgo felpudo.

— Ela está aqui? — Uma voz diferente respondeu ao murmurar incompreensível de Eammon. — Ao menos soava humana, com leve sotaque melodioso que lembrava o de Raffe. Seria a dona da risada que Red ouvira mais cedo? — Por isso Wilderwood estava tão agitada.

— *Agitada* não é exatamente a palavra.

— Eu diria *desesperada*. — Um novo interlocutor. A voz era masculina e grave, mas não tão áspera quanto a de Eammon. Era quem Red ouvira xingar depois do estardalhaço. — Wilderwood precisa de dois, e agora sabe que ela está aqui. Você a manteve sozinha por tempo demais.

Silêncio.

— Já tivemos essa conversa — respondeu Eammon, conciso e austero.

Ninguém respondeu, embora Red tenha ouvido um suspiro. Um momento se passou, e a voz musical falou novamente.

— Bom, ela encontrou você?

— Na biblioteca — respondeu Eammon. — Como diabos ela foi parar na biblioteca?

— Não é como se houvesse outro lugar para ir. Você não pode *se esconder* dela, Eammon, da mesma forma que não pôde se esconder das outras. O que esperava?

Em resposta, Eammon praguejou longa e ininteligivelmente, algo sobre os Cinco Reis e onde deveriam enfiar alguma coisa.

— Onde ela está neste momento? — perguntou a outra voz, a masculina. — Você sabe? Ou só a enxotou da biblioteca e torceu para que tudo corresse bem?

— Disse que ela deveria ficar dentro dos portões e longe das árvores — respondeu Eammon. Red notou que ele deixou de mencionar a terceira regra, a que dizia que ela não devia perturbá-lo. A omissão pareceu intencional.

— Acha que isso muda alguma coisa? — perguntou a voz masculina, em tom de censura.

Houve um silêncio. A tensão era palpável. Red prendeu a respiração.

— Há uma brecha ao leste. — A voz melodiosa mudou gentilmente de assunto. — Nada veio das Terras Sombrias ainda, mas com certeza não deve demorar. A árvore-sentinela estava metade escurecida quando a vi mais cedo, e aumentando depressa. Despejei um pouco de sangue nela, mas não fez muita diferença.

Ela deu um leve suspiro antes de continuar:

— Tem havido mais brechas do que o normal ultimamente.

Terras Sombrias. Outro conto de fadas que de repente se concretizava. As Terras Sombrias eram a prisão criada por Wilderwood, um lugar para confinar os monstros. Os cabelos da nuca de Red se eriçaram.

— Muito mais brechas — concordou a voz grave. — Não vejo uma árvore-sentinela livre do fungo-de-sombra há dias. Algumas não estão completamente perdidas, mas não vai demorar muito até que apareçam aqui. São muitas brechas em potencial pelas quais algo pode passar.

Não havia monstros na floresta quando Red estivera lá. Ao menos, não os monstros que supostamente vinham de Wilderwood antes que Kaldenore fosse até o Lobo — coisas metamorfas feitas de sombras, nascidas a partir de ossos e dos refugos da floresta. Red não pensara muito nisso, já que estivera preocupada em fugir de árvores predatórias que ansiavam por seu sangue. Mas a menção às Terras Sombrias, a uma brecha, a algo *entrando*...

— Wilderwood está fraca — Eammon soava cansado. — Mas posso consertar isso.

— Não sem usar uma faca — sugeriu a voz musical em um tom sombrio. — Não sem usar uma faca, ou sem se tornar...

— Não importa como farei, contanto que eu faça.

— Se ela está aqui, é porque é necessária, Eammon. — A segunda voz foi brusca. — Quer você queira, quer não.

— Envolver outra pessoa nesta bagunça nunca ajudou. Ao menos não de forma duradoura. — Alguém arrastou uma cadeira. — Você sabe disso, Fife. Nunca ajudou e nunca vai ajudar.

Red tinha a sensação de estar com o coração entalado na garganta.

O Lobo apareceu vindo do corredor; seus olhos cor de âmbar estavam em brasa, a mandíbula tensa. Red se afastou da parede e foi em direção a ele com as mãos fechadas em punhos ao lado do corpo. Atrás de Eammon, viu duas pessoas de relance — uma mulher baixa, com traços delicados e pele escura de tom dourado, e uma figura pálida e magricela com uma massa de cabelos loiro-avermelhados; a atenção dela estava no Lobo, porém, nas terríveis possibilidades do que ela ouvira e no que poderiam significar.

— O que são essas brechas?

Ele se sobressaltou quando a viu. Suas mãos novamente se ergueram e assumiram certa postura, como se ela fosse algo a ser mantido à distância. Uma expressão sisuda tomou conta de suas feições.

— Não é educado ouvir a conversa alheia.

— Você não é a pessoa mais indicada para falar sobre *educação*. — Ela retribuiu o olhar carrancudo. — Vou perguntar de novo: o que são essas brechas?

As mãos do Lobo, ainda defensivas entre eles, desceram devagar. Eammon a encarou por um minuto, como se ponderasse uma decisão. Depois se desviou de Red e seguiu adiante.

— Não é da sua conta.

Red o seguiu.

— Não concordo.

— Claro que não.

— São os monstros?

Ele parou onde estava, a mão suspensa no ar a caminho do casaco pendurado no corrimão cheio de musgo.

— O que sabe sobre os monstros?

— Sei que saíram da floresta antes da vinda de Kaldenore e depois desapareceram.

Era esquisito falar sobre o que ela *sabia* depois de tantos anos acreditando que tudo não passava de uma história para assustar crianças. No entanto, no intervalo de tempo que passara ali, antigas dúvidas tinham sido respondidas na mesma velocidade em que novas surgiram.

— Eu sei que você supostamente os liberaria de novo pelo mundo caso eu não chegasse.

Ele empalideceu diante da menção do nome de Kaldenore. Suas mãos machucadas e de dedos longos penderam ao lado do corpo quando ele se virou para olhá-la.

— Eu não libertei os monstros. — Ele engoliu em seco. — Não foi... Não foi de propósito.

Aquela era mais uma coisa que ela não conseguia compreender — aquele homem grande e cheio de cicatrizes que parecia tão aterrorizado com a floresta quanto ela.

— Então a história é verdadeira?

— A história é verdadeira. — Ele se virou e correu a mão pelo cabelo comprido. — Mas garanto que não vai se repetir. Quer você viesse ou não, eu não libertaria *nada* desta maldita floresta de propósito. E, para falar a verdade, me esforço bastante para mantê-la contida.

Não era de grande consolo, principalmente levando em conta o *de propósito*.

— Para onde você vai?

— Fazer coisas de Lobo.

Eammon puxou o casaco e o jogou sobre os ombros em um só movimento, depois seguiu em direção à porta.

Red tomou a decisão em uma fração de segundo e a comunicou a Eammon antes que pudesse refletir muito sobre a ideia.

— Vou com você.

O Lobo a interceptou, brusco. Seus dentes cintilaram contra a luz das chamas da trepadeira.

— *Sob hipótese alguma.*

— Então preciso de uma resposta melhor do que *coisas de Lobo*.

Eammon cerrou os punhos. Sua boca se retorcia como se buscasse a resposta certa; ele engoliu em seco, parecendo desistir.

— Não é seguro para você — disse, por fim. — Você sabe disso.

— *Segurança* aqui me parece um conceito relativo, para dizer o mínimo. E eu gostaria de verificar com meus próprios olhos se você está cumprindo sua parte do pacto. Que nenhum monstro deixará os limites de sua floresta.

Os olhos refletiam a luz fraca, que evidenciava tanto a cor de suas íris quanto suas olheiras escuras.

— Você poderia simplesmente confiar em mim.

Ela ergueu o queixo em um gesto obstinado.

— Me dê uma razão para isso.

Os dois se encararam, Red e o Lobo. Aquele poderia ser um embate de vontades se fosse algo que um dos dois pudesse vencer.

— Prometo não sangrar — disse Red devagar. — É a única coisa que faz com que ela ataque. Não é? Derramar sangue?

Ele não respondeu, analisando-a com o olhar. Sua expressão era indecifrável. De repente, Eammon fez um gesto com a cabeça em direção ao corredor.

— Vá calçar seus sapatos. Não pode perambular por Wilderwood descalça.

As botas endurecidas de lama estavam logo do lado de dentro da porta do quarto de Red. Ela limpou parte do barro e as vestiu depressa, suspeitando que o Lobo mudaria de ideia se ela se demorasse demais. Pensou em pegar a capa vermelha no guarda-roupa, mas ela já sofrera demais por um dia.

Quando retornou ao saguão, Eammon tinha tirado o casaco. Ele o segurava estendido como se o oferecesse, mas não olhou para ela.

— Está frio.

Depois de hesitar por um momento, ela aceitou o casaco e o jogou por cima dos ombros. Chegava até seus joelhos e tinha cheiro de livros velhos e café, além de um aroma amadeirado de folhas secas. O agasalho ainda conservava a temperatura do corpo de Eammon.

Com cara de poucos amigos, Eammon abriu a porta e marchou em direção à neblina.

8

O céu estava quase violeta, projetando tons de preto e azul-escuro na floresta ao redor deles. A luz amarelada que vinha da Fortaleza iluminava apenas alguns centímetros além das paredes antes de ser engolida pela escuridão, como se Wilderwood não tolerasse iluminação demais.

— Ande rápido. — Cada passo de Eammon correspondia a dois dos dela, e ele não parecia ter a intenção de ir mais devagar.

A luz violeta iluminou o cabo de uma adaga na cintura dele.

No encalço de Eammon, Red caminhava depressa. As mangas do casaco dele eram longas e passavam de suas mãos. Ela segurava o tecido excedente nas palmas, fechando o casaco ao redor do corpo. Estava extremamente frio naquilo que era chamado de *noite* ali; se estava incomodado com a temperatura, porém, Eammon não deixava transparecer. Ela deduziu que, àquela altura, ele já estava acostumado.

— Não encoste em nada. — A neblina cobria o portão diante deles e intensificava as sombras ao redor dos ombros de Eammon. — Permaneça ao meu alcance a todo momento.

Ele se virou apenas o suficiente para lançar um olhar enérgico a Red.

— E lembre-se, nada de sangrar.

— Não pretendo.

— Ótimo.

Eammon tocou o portão. Como acontecera na chegada de Red, a divisão no metal cresceu do chão, escalando o ferro até se abrir. O Lobo avançou pela névoa densa que pairava acima do chão, fazendo-a se agitar ao redor de seus pés.

As árvores pareciam estreitar a distância entre eles enquanto Red seguia Eammon floresta adentro. Galhos brancos pairavam na penumbra acima dos dois como foices esperando por uma ordem. Red os observou com atenção ao apertar o passo para ficar mais perto de Eammon, perto o suficiente para sentir ondas do calor de seu corpo e conseguir enxergar o movimento de seus músculos sob a camisa.

— Estamos procurando por uma brecha nas Terras Sombrias, certo?

Um grunhido afirmativo ressoou em resposta.

— E como é uma brecha, exatamente?

— Escura. — Eammon afastou um galho; pela visão periférica, Red teve a impressão de ver os gravetos se curvando para dentro, como dedos se fechando em uma mão. — Parece com poças de lama escura, isoladas ou rodeando árvores brancas se a encontrarmos a tempo. Um lugar onde Wilderwood não estava forte o suficiente e as Terras Sombrias conseguiram abrir passagem.

— Acho que vi uma dessas.

O anel escuro em volta de uma árvore branca apodrecida que ela vira ao cruzar a fronteira, bem nos limites de Wilderwood. Parecia ser compatível com a descrição de Eammon.

— Provavelmente. — A resposta dele foi sucinta. — Elas não são raras hoje em dia.

Red pisava com cuidado sobre raízes nodosas, desviando de flores não identificadas e espinhos longos enquanto seguia Eammon pelas sombras de Wilderwood. Quase podia ouvir a floresta *respirar* no agitar de galhos e no resvalar das trepadeiras. Red sentiu a pele formigar. A floresta era viva. Era viva e senciente.

Chegou mais perto de Eammon outra vez.

Seu braço esticado era quase invisível na penumbra; Red colidiu diretamente com ele, uma coluna sólida de calor contra seu peito. Seus pés patinaram sobre as folhas e ela agarrou a mão de Eammon para se equilibrar. Red sentiu as cicatrizes dele ásperas sob seu toque antes de ele se desvencilhar com uma expressão carrancuda e insondável.

Diante deles, uma árvore pálida se erguia em direção ao céu violeta, ampla e coroada com galhos de um branco perolado. As raízes rasgavam a terra, rajadas pelo fungo escurecido. A infecção escalava o tronco como águas de enchente. Em um círculo perfeito em torno das raízes, a terra estava escura e fofa, esponjosa, como carne putrefata.

— É um caso perdido — disse Eammon em voz baixa, — mas ao menos a encontramos antes de a sentinela ir parar na Fortaleza. — Ele se aproximou do círculo de solo infectado e seus dedos se contraíram em direção à adaga presa no cinto, como se para se certificar de que ela ainda estava lá. — Mantenha distância — ordenou, agachando-se perto da extremidade do fungo. — *Não* se mexa.

Red assentiu. Ela podia até não confiar nele, não ainda, mas isso não queria dizer que ela teria coragem de se aventurar sozinha por Wilderwood.

O Lobo buscou a adaga novamente, mas seus dedos vacilaram.

— Já houve sangue demais para um dia só — murmurou ele para si mesmo, afastando a mão do punhal com um suspiro. Tombou a cabeça para a frente e fechou os olhos. — Tudo bem. Vai ter que ser mágica então. Maldição.

Eammon puxou as mangas da camisa e, no escuro, Red teve a impressão de ver uma nuance de verde em seu antebraço, mais intensa quando ele inspirava e mais fraca quando expirava. A tensão em seus ombros cedeu aos poucos.

Ela não tinha percebido quão apreensivo ele parecia estar até que o viu relaxado — era como se ele viesse carregando algo pesado sobre os ombros e agora tivesse se livrado do peso.

Nada se mexeu, mas Red sentiu a floresta chegar mais perto. Cruzou os braços, observando as árvores com desconfiança. Mais cedo, quando disparara pela floresta, ensanguentada e cega de medo, a sensação era que Wilderwood era algo acorrentado, algo contido.

Agora, ela sentia as correntes sendo soltas.

Eammon posicionou a mão próxima à borda da brecha, os dedos a um fio de cabelo de distância do solo podre e esponjoso. Inclinou a cabeça para a frente, toda a concentração dedicada à tarefa diante de si. Houve outro clarão verde em suas veias, desta vez também no pescoço além de no antebraço. Surgiram realces escuros na pele dos pulsos, logo acima do osso. Lembrava muito uma casca de árvore.

Red ficou tão distraída pelas transformações que só percebeu a raiz serpenteando sob a vegetação rasteira quando ela se enrolou em seu tornozelo.

Aterrorizada, foi ao chão com um grito breve e sufocado, batendo as canelas contra pedras e raízes protuberantes. Trepadeiras cobertas de espinhos a envolveram tão depressa quanto uma víbora, prendendo-a contra o chão da floresta. No fundo do peito de Red, o fragmento de magia que a floresta deixara nela começou a desabrochar de dentro para fora, firme e implacável.

Wilderwood hesitou por um momento. Todas as árvores brancas chacoalhavam de leve, aguardando. Em seguida, atacaram.

Os espinhos rasgando a pele de Red cortavam fundo, arrancando sangue. Raízes brancas brotaram do chão em torno dela, arqueando-se em direção aos cortes que os espinhos haviam aberto em sua pele. Ela gritou, e a dor e o medo rasgaram o silêncio da floresta.

— *Redarys!*

Eammon se levantou, as pernas pareciam vacilantes, como se o que quer que estivesse fazendo à beira do precipício de sombras o tivesse exaurido. Havia pânico em seu rosto e a parte branca dos olhos estava esverdeada outra vez. As veias em seus dedos reluziam em esmeralda enquanto ele tateava o quadril em busca da adaga.

— Espere, eu...

Wilderwood abafou sua fala, guinchando triunfante com uma voz de galhos que se partiam. Novos brotos desabrocharam nas trepadeiras que imobilizavam Red, grandes e pálidos no assombroso crepúsculo; as folhas sob a Segunda Filha ganharam cor, como se um outono desbotado desse lugar ao verão ensolarado conforme suas veias se tornaram verdes e o gosto de terra encheu sua boca. O fragmento de magia em seu peito crescia e se esticava, estendendo-se, ávido, em direção às árvores brancas e famintas.

Pensou em Gaya, atravessada por raízes, devorada. Kaldenore, Sayetha, Merra, mais três que aquela floresta havia esvaído. Wilderwood tomaria o que procurava e condenaria o que restasse, a não ser que Red encontrasse um jeito de impedi-la, de contê-la, de vetá-la...

Com uma força interna proveniente do pânico absoluto, Red se apoderou da magia que fluía de seu peito e *forçou*.

A floresta explodiu com um estampido estremecedor. Raízes, galhos e espinhos se espalhavam enquanto Red continha a magia. Negá-la era doloroso, assim como fazer de si mesma uma prisão para algo selvagem; ainda assim Red a reprimiu, escondendo-a no fundo de seu ser. Atada, banida, podada como se sua determinação fosse uma lâmina.

O gosto de terra desapareceu da língua; o verde-vivo nas veias do pulso deu lugar ao azul. Wilderwood chiou, um último lamento fúnebre, e depois tudo ficou quieto.

Esperava se deparar com ruínas ao abrir os olhos, mas não foi o que encontrou. Não havia membros dilacerados ou árvores tombadas. Wilderwood estava imóvel como um animal atordoado. Red se levantou, as pernas trêmulas. Havia terra em seu vestido rasgado e no casaco que pegara emprestado de Eammon.

Ele estava de olhos arregalados, a adaga pendurada e esquecida na mão inerte.

— *O que foi aquilo?*

— Não aja como se não soubesse, não quando acabei de ver você tentando fazer a mesma coisa — respondeu Red. A maneira como as veias do Lobo se esverdeavam era quase idêntica ao que acontecia com ela. — *Poder*. Poder dessa *maldita* floresta. Você estava lá quando ele me foi dado. Você estava lá quando... quando isso tomou conta de mim, naquela noite. Eu vi você.

O pânico no olhar de Eammon foi substituído aos poucos pelo horror.

— Não — sussurrou ele, balançando a cabeça. — Eu... Eu tentei impedir, eu achei que tivesse conseguido...

Um ruído grave o interrompeu vindo das raízes brancas que irrompiam do solo apodrecido. Um silêncio repentino pairou entre os dois, que olhavam fixamente para a árvore.

— Merda. — Eammon girou a adaga com uma mão e empurrou Red para trás dele com a outra. — *Merda.*

Ele não voltou a se aproximar da brecha, não tentou conjurar qualquer que fosse a magia arcana que usara antes. Em vez disso, abriu um corte na palma da própria mão em um rompante de violência tão cru e inesperado que fez Red recuar.

Mas ele não foi rápido o bastante.

As bordas do fosso de sombras retrocederam em velocidade assustadora, como água descendo pelo ralo. As raízes da árvore ficaram escuras como breu ao absorver a podridão, que subiu pelo tronco branco, tomando-o completamente em um processo de deterioração turbulenta.

Eammon avançou em direção à árvore com o pulso que sangrava esticado à frente. No entanto, antes que pudesse alcançá-la, o que restava da escuridão foi absorvido pelas raízes e o chão em torno deles entrou em erupção. Gravetos finos e folhas foram arremessados ao ar, atirando Eammon para trás e para longe do tronco enquanto a mancha escura o escalava até quase chegar aos galhos.

Red se abaixou, protegendo a cabeça com os braços. A árvore, agora completamente podre, começou a afundar devagar.

Ao redor deles, o resto de Wilderwood observava, imóvel, silenciosa e, de alguma forma, desolada.

Com a mesma velocidade aterradora e inexplicável, os detritos da floresta tocados pelas sombras se apinharam e se fundiram em uma massa, concebendo um corpo a partir das ruínas. Ossos arcaicos emergiram do chão da mata — alguns de origem animal, outros de origem humana, outros de formatos estranhos demais para ser qualquer um dos dois, todos corrompidos por filetes de sombra que fluíam das raízes da árvore que afundava.

Era isso, Red soube na parte silenciosa da mente que parecia flutuar acima de seu medo. Aquele era o monstro de sombras dos contos de fada, enfrentado por um homem transformado por uma floresta. Era verdade. Tudo aquilo era verdade.

Quando o frenesi de ossos e escuridão e coisas vivas cessou, uma mulher surgiu diante deles.

Tinha cabelos pretos e longos e olhos que ardiam em um verde-esmeralda. Ela sorriu, e pequenos cogumelos brotaram entre seus dentes.

— Acha que desta vez será diferente? — A voz não soava humana. Era grave e arrepiante, e oscilava no ar como se a corda mais grave de uma harpa desafinada tivesse sido tocada. — Essa história já se repetiu diversas vezes. É divertido assistir de lá de baixo, mas o desfecho é sempre o mesmo. Você não é forte o suficiente, filhote de Lobo. Assim como seu pai não foi.

Eammon dobrou o corpo para a frente, a mão ferida pressionada contra o peito dolorido e a outra empunhando a adaga ainda suja de sangue na direção da criatura. Sua respiração chiava, os dentes cintilando sob o crepúsculo infindável.

A mulher de floresta e sombras afastou a lâmina com o dedo, quase com gentileza, tomando cuidado para não tocar o sangue dele. Líquens brotavam da ponta de seus dedos.

— Fica cada vez mais difícil dar conta de si mesmo, não fica? A magia o repele, então você abre uma veia. Mas não há sangue suficiente para contê-la para sempre. Não há sangue suficiente para manter as Terras Sombrias trancadas, não há sangue suficiente para manter tudo trancado. — A coisa olhou para Red. Havia terra escorrendo como lágrimas por suas bochechas musgosas. — Isso termina em raízes e ossos. Para todos vocês. Sempre termina em raízes e ossos.

De repente, o espectro da mulher se transformou. Em um instante, os pedaços assombrosos que a concebiam desapareceram e ela caiu prostrada no chão. Parecia um cadáver, o corpo sem vida de uma jovem.

Red a reconheceu, embora tenha demorado um pouco. Havia visto um retrato da mulher em um dos livros na biblioteca.

Merra.

A barriga de Merra se rasgou se súbito, emitindo um som visceral que fez o estômago de Red se revirar. Raízes se derramaram do buraco, vazando em um caos de fluidos e entranhas.

O corpo de Merra permaneceu imóvel por um instante. Depois, emitiu um som que poderia ser tanto um riso quanto um berro e se levantou outra vez, os braços estendidos na direção de Eammon em um gesto parecido com rendição. A pele se decompôs em floresta; o musgo devorou os dedos constituídos por ossos errados.

Aquilo pareceu despertar Eammon de qualquer que tenha sido o torpor que o mantivera inerte. Ele avançou em direção à criatura, tentando golpeá-la não com a adaga, mas com a mão que sangrava. A coisa em formato de garota riu de novo, um riso fino e esganiçado desta vez, e se despedaçou ao receber o golpe. Eammon correu de volta até a árvore, pisando sobre raízes protuberantes como pedras em um rio, e fez um novo corte na palma da mão.

Mas a criatura não tinha perecido, não ainda — como se pudesse se regenerar enquanto a brecha continuasse disponível. A silhueta de Merra se derreteu, os ossos e as folhas se agitando novamente para criar uma nova fusão de rostos, meio formados e se desfazendo. Um feminino, em formato de coração, a doçura transformada em horror. O outro de queixo estreito e lábios fartos. Uma mulher com os olhos cor de âmbar de Eammon e um homem de mandíbula quadrada.

— Por que sequer tentar? — A coisa observava Eammon, tentando garantir que ele visse cada uma das facetas de seu rosto mutável. — Uma floresta em seus ossos, um cemitério sob seus pés. Não há heróis aqui.

Eammon grunhiu, exibindo os dentes enquanto a palma gotejava o mesmo sangue escuro e esverdeado que Red vira quando ele curara o rosto dela na biblioteca. Ele pressionou a mão contra o tronco da árvore, mantendo-a ali até o sangue escorrer por entre os nós dos dedos. A árvore já estava enterrada pela metade, os galhos quase na altura da cabeça dele.

Devagar, o fungo escuro recuou, perdendo força no tronco da árvore e se recolhendo de volta às raízes como se o sangue de Eammon fosse algo de que desejasse escapar. Por fim, abandonou também as raízes e foi absorvido de volta pelo chão. Conforme o fungo desaparecia, o processo se reverteu e a árvore deixou de afundar, endireitando-se aos poucos. Eammon sangrava muito. Seus olhos começaram a se fechar e seus joelhos a ceder.

A criatura se contorcia, desfazendo-se conforme a árvore se recompunha e retornando à origem de floresta e sombras.

— Sabe o que acontece com heróis, filhote de Lobo? — Eriçada, a coisa não mais tomava formas humanas, mostrando-se apenas como um rastro de sombras sustentado por ossos e gravetos. — Eles *morrem*.

Eammon abriu os olhos no instante em que a criatura avançou contra ele. Girou no lugar e a golpeou com a palma da mão coberta de sangue.

A coisa se reduziu a uma poça sobre a terra podre e esponjosa. Eammon manteve a mão pressionada contra ela enquanto ela se encolhia sobre si mesma, cerrando a mandíbula como se o gesto exigisse a ele um esforço monumental. As sombras no solo desapareciam à medida que a árvore branca crescia atrás do Lobo. Por fim, a criatura desapareceu no solo e a mão de Eammon tocou o chão da floresta. Os cortes em sua palma não sangravam quando ele tirou a mão da brecha recém-fechada.

Ainda de joelhos, Eammon ergueu o rosto e encontrou os olhos de Red. Por um momento que pareceu durar anos, eles olharam um para o outro através do abismo que havia entre eles, mas nenhum dos dois sabia o que dizer para preenchê-lo.

As pernas de Eammon estavam trêmulas quando ele se pôs de pé. Ele passou por ela com cuidado para não tocá-la e entrou em Wilderwood.

Red permaneceu imóvel e boquiaberta, olhando fixamente para a árvore que agora era sadia. O fungo desaparecera, dizimado pelo sangue de Eammon; quando Red olhou com atenção para as raízes pelo chão, porém, teve a impressão de que já conseguia enxergar minúsculos fios sombrios se esgueirando pela madeira branca. As Terras Sombrias se manifestavam de novo.

Ela deu meia-volta e seguiu o Lobo pela penumbra.

Ele não dizia nada, o silêncio entre os dois mais denso à medida que se prolongava. Red fechou o casaco dele sobre o corpo novamente, sentindo o aroma de livros, café e folhas.

— Quem era aquela?

— Uma criatura de sombras. A brecha se tornou grande o bastante para que ela pudesse escapar. Mais dez minutos e aquela árvore-sentinela teria aparecido como um broto na Fortaleza, e seria necessário muito mais sangue para mandá-la de volta para o lugar onde deveria estar. Curá-las antes que elas mudem de lugar é muito mais fácil quando consigo encontrá-las.

Ele divagava, tentando fugir da pergunta de Red ao distraí-la com outras respostas.

— Você entendeu o que eu quis dizer — insistiu Red, segurando os punhos do casaco. — Reconheci Merra. Quem eram os outros?

Um longo silêncio se seguiu e Red se perguntou se Eammon responderia no fim das contas. Quando ele o fez, sua voz soou firme e moderada.

— Kaldenore — disse ele, finalmente. — Depois Sayetha. Depois Gaya. E depois Ciaran.

Um desfile da morte. Red mordeu o lábio.

— As Segundas Filhas, e... e Gaya... Wilderwood as consumiu.

Ele respondeu com um aceno breve de cabeça.

— E Ciaran?

Ela fez questão de se ater aos nomes, não aos vínculos. Se Eammon evitava dizer *pai* e *mãe,* ela deduziu que era melhor fazer o mesmo.

O Lobo empurrou um galho, com tanta força que quase o quebrou.

— Wilderwood o consumiu também.

O portão apareceu em meio ao nevoeiro; Eammon segurou as barras, praticamente se apoiando nelas enquanto o portão se abria. Deteve-se por um momento quando o ferro abriu passagem, como se tivesse que reunir forças para dar um passo adiante. *Sangue demais,* ele dissera antes, e se comportava como se de fato tivesse sido.

Com o portão já muito bem fechado atrás deles, Eammon se voltou para Red. Seus olhos brilhavam.

— Lá atrás — disse ele, cauteloso. — Quando Wilderwood... atacou você. Como fez com que ela parasse?

— Do mesmo jeito que tenho feito há quatro anos.

Ela queria que seu tom tivesse sido acusatório, mas sua voz soou oca e frágil no ar gelado. Red evitava o olhar de Eammon, encarando um buraco na manga do casaco causado por um espinho.

— Você estava nas mãos de Wilderwood. Eu não cheguei até você a tempo — murmurou ele. Ela não sabia dizer se aquilo era uma confissão ou uma acusação. — Já é bem assustador ela não ter drenado você em minutos. Isso não aconteceu porque *você* a impediu. Vai ter que me explicar em detalhes, Redarys.

— Eu *não sei* os detalhes! Desde meu aniversário de dezesseis anos, quando estive aqui e cortei a mão e derramei sangue na floresta, tenho essa... *essa coisa* dentro de mim, como um pedaço de poder que eu não deveria ter, algo que faz com que plantas e coisas vivas se comportem de maneira estranha perto de mim. Algumas vezes consigo controlar esse poder, mas outras não. Quando não consigo coisas ruins acontecem!

— Plantas e coisas vivas. Coisas com raízes sob a influência de Wilderwood. — O rosto de Eammon estava pálido e contraído. Sua voz tinha um tom de reflexão, como se ele estivesse tentando solucionar uma equação complicada em voz alta. Ele levou a mão à mandíbula em um gesto pensativo; depois ergueu o olhar, fitando Red novamente. — Hoje, quando entrou na floresta pela primeira vez — disse ele, parecendo calcular as palavras com cuidado —, você disse que um espinho cortou sua bochecha. Você quis dizer...

— Quando atravessei a fronteira, acabei com as mãos enterradas na terra. Não sei como, não me lembro de ter feito isso, mas claramente tinha algo a ver com este poder. — Red sentia calafrios só de falar sobre o assunto, pensar em movimentos que ela não escolhera fazer. — Mas eu interrompi o que quer que a floresta estivesse tentando realizar. Eu não libertei a magia; a mantive sob controle e ela parou. Foi o que fiz dessa vez também. A mantive sob controle.

Um pesar inesperado passou pelos olhos de Eammon, um arrependimento que ela não conseguiu decifrar.

— Não estou entendendo — murmurou ele. — Achei que...

— Você não está *entendendo?* Vi você na noite em que isso aconteceu! Você *fez parte* disso! Eu vi suas mãos quando tudo se alastrou, pouco antes de parar!

A tensão na mandíbula da Segunda Filha se desmanchou e o pesar desapareceu de seus olhos.

— Mas parou. — Como se essas as palavras fossem o andaime que até então os sustentava, os ombros do Lobo penderam para a frente em alívio. — Eu impedi que acontecesse.

— Impediu que *o que* acontecesse?

Eammon não respondeu, encarando o chão. Depois inspirou fundo.

— Eu não conseguiria proteger você por completo. Mas consegui impedir o que era importante. Não deixei que... — Ele se interrompeu e ficou em silêncio, passando a mão pelo rosto e deixando rastros de sangue vermelho-esverdeado em uma das bochechas. — Pode ser diferente dessa vez.

Red cerrou os dentes.

— Como assim?

— Seu poder. Ele é uma parte de Wilderwood. É parte dela fazendo morada em você.

— Eu suspeitava.

— Entendo que queira controlá-lo, reprimi-lo. Mas se aprendesse a usá-lo, talvez Wilderwood não precisasse... tomar mais nada. — A esperança era como uma lâmina afiada em sua voz. Uma lâmina afiada e cortante. — Talvez fosse suficiente você usar o que já tem.

— Eu não estou entendendo. Wilderwood quer *tomar* alguma coisa? — Ela engoliu em seco com um nó na garganta. — Já não tomou o suficiente?

— Não precisa se preocupar com isso. — Aquilo era o mais firme que sua voz soava desde a batalha com o monstro na árvore. Quase firme o bastante para que ela acreditasse nele. — Só precisa se preocupar em aprender a usar a magia que Wilderwood já concedeu a você.

— Não posso usá-la — respondeu Red com uma risada sarcástica, soltando uma nuvem de vapor no ar crepuscular. — Talvez *você* possa, mas eu não.

— Se consegue controlar o poder a ponto de reprimi-lo, pode controlá-lo bem o bastante para dobrá-lo às suas vontades. — O Lobo massageou a mandíbula, contemplativo. — Vou precisar entender as particularidades...

— *Entender as particularidades?* Você nem sequer sabe como isso *funciona?* Mas você acabou...

— É diferente. *Você* é diferente. As outras... elas tinham uma conexão com Wilderwood também, mas não assim. — Lá estava a esperança cortante de novo, tão afiada que até mesmo ouvi-la provocava dor. — Isso pode consertar tudo.

Devia servir de conforto o fato de Red ser diferente das Segundas Filhas que tinham vindo antes dela. Diferente das três mulheres que Wilderwood levara. Mas ela só conseguia pensar em sangue e galhos e no corpo caído da irmã, uma lembrança de quatro anos antes que ainda estava tão nítida quanto no dia em que acontecera.

Ainda sentia gosto de terra na boca, não importava quantas vezes engolisse. Red negou com a cabeça.

— É perigoso — murmurou ela. — Não é algo que pode ser *usado*.

— Não temos escolha. — As mãos de Eammon finalmente se aquietaram. Ele olhava para Red por trás do nariz remendado. — Farei tudo o que estiver ao meu alcance para manter você a salvo de Wilderwood, Redarys, mas precisarei de sua ajuda. Não consigo fazer isso sozinho. Já tentei.

Red pensou na terrível voz ecoando no nevoeiro. *Não há sangue suficiente para contê-la para sempre.*

Ali, no pátio silencioso, ele a fitou sob um céu sem estrelas. Ela precisou desviar o olhar. O sofrimento era pungente demais, uma dor e um peso que não conseguia nomear. Suspeitava que ele também não conseguisse.

No momento seguinte, o Lobo se pôs a caminhar em direção à Fortaleza. Sem dizer uma palavra, Red o seguiu.

Eammon parou assim que passaram pela porta. Sua expressão era neutra, mas seus olhos ainda brilhavam.

— E aí? Está satisfeita? — As mãos dele se mexeram em um espasmo. — Dei provas suficientes de que pode confiar em mim?

Red assentiu com a cabeça.

O Lobo subiu as escadas de pedra. Atrás dele, o musgo e os gravetos se ergueram, bloqueando a passagem, fechando-o ali dentro.

Interlúdio
Valleydiano II

O livro não estava onde deveria estar.

De cara feia, Neve olhava para o papel que segurava, no qual estavam anotados o nome do autor e o número da prateleira. Procurava um livro de poesia escrito por um comerciante que tinha um esquema de rimas para navegar os rios Ciani. Não era exatamente um tomo popular. De qualquer forma, era proibido tirar exemplares da biblioteca, embora Red fizesse isso o tempo todo...

Parou, pressionando a mão contra a barriga ao sentir a dor súbita. *Pelos Reis,* ela tinha que parar de fazer isso. Pensar em Red como se ainda estivesse ali. Só fazia um dia que ela partira, mas cada hora era como uma punhalada.

Lágrimas ferroaram seus olhos, dolorosas demais para que as deixasse rolar.

— E se nós *não* visitássemos o venerável mestre Matheus hoje?

Atrás dela, Raffe virou ao contrário a cadeira da qual Neve tinha se levantado, sentando-se nela e apoiando os braços musculosos sobre o encosto de madeira.

— E se, em vez disso, fizéssemos... literalmente qualquer outra coisa?

Se aquela fosse qualquer outra pessoa que não Raffe, Neve teria retrucado, irritada, que queria ser deixada em paz. Naquela situação, no entanto, o sorriso dela foi parcialmente genuíno, embora a exaustão puxasse as laterais de sua boca para baixo. Não tinha dormido muito depois da desaventurada visita ao Santuário.

— Estou deduzindo que com "não visitar" você quer dizer que deveríamos faltar à aula sobre padrões climáticos do sul e seus impactos nas importações, certo?

Valleyda ficava bem no topo do continente, sem acesso ao mar, com Wilderwood ao norte, os desertos alperanos ao leste e Floriane bloqueando o caminho até o litoral oeste. Isso fazia com que o comércio fosse um pesadelo, mas também era a razão pela qual Valleyda era o melhor lugar para se aprender sobre isso — eles haviam solucionado todos os problemas de comércio possíveis, já que já tinham sofrido com todos eles.

A única força de Valleyda era a religião, a fronteira que dividiam com Wilderwood e o fato de estar atrelada à dívida da Segunda Filha que protegia o mundo dos monstros — mas isso ao menos fazia com que grande parte dos países estivessem dispostos a oferecer preços justos. Ninguém queria enfurecer os Reis passando a perna no reino que poderia um dia fornecer o sacrifício que os libertaria, ou avinagrar as orações pelas quais pagavam no Templo.

Ainda assim, a escassez de safras sempre seria motivo de apreensão, ainda mais quando as passagens que bloqueavam Valleyda de Meducia e Alpera ficavam congeladas tão precocemente no ano. A intenção do casamento de Neve e Arick era, acima de tudo, garantir uma rota marítima, fazendo com que Floriane se tornasse uma província, assegurando o acesso irrestrito de Valleyda ao litoral.

O sorriso cansado no rosto de Neve se tornou um pouco mais difícil de manter.

— Exatamente o que quero dizer — respondeu Raffe. — Percebi que não tenho nem mesmo o menor dos resquícios de entusiasmo por assuntos relacionados a comércio neste momento.

A luz de fim de tarde que entrava pela janela criava um brilho dourado ao longo de seus dedos longos e elegantes.

Neve comprimiu os lábios. Passava tempo demais observando as mãos de Raffe.

— Estamos no verão — continuou ele —, ou na coisa mais parecida com o verão que temos por aqui. Minha ausência em uma palestra monótona não vai arruinar os negócios de meu pai. E, se arruinar... bom. — Ele deu de ombros. — Não é nada que vá me fazer perder o sono.

Neve soltou o corpo na cadeira diante dele.

— E se você não tivesse que se preocupar com isso? — Ela rasgou o papel com a referência de livro, os pedacinhos se amontoando como um punhado de neve. — Se você não tivesse um negócio para administrar, rotas de comércio para estudar... E se você pudesse fazer qualquer coisa?

O sorriso brincalhão de Raffe esmoreceu ligeiramente, e uma expressão introspectiva tomou conta do rosto bonito.

— Boa pergunta.

Seu olhar pousou sobre as mãos de Neve na mesa.

As bochechas de Neve ficaram quentes. Não conseguia negar sua atração por Raffe — achava que *ninguém* conseguiria; aquele homem era deslumbrante como um príncipe de contos de fada e ainda tinha o charme e a bondade que completavam o pacote. Mas nada poderia acontecer entre eles, não com o noivado dela já consolidado. Ainda assim, isso não impedia o *querer*, e não era obstáculo para o prazer de saber que seu querer era recíproco.

Raffe apoiou o queixo sobre os braços, os olhos escuros curiosos ao se alternarem entre as mãos e o rosto de Neve.

— E você? Se pudesse ir para qualquer lugar, para onde iria?

A resposta dela veio no mesmo instante. Afastou todo o calor que os olhos dele haviam trazido, substituindo-o por uma dor inexpressível.

— Iria atrás da minha irmã.

— Você fez tudo o que podia por ela, Neve.

Tinha feito tudo o que podia e não fora suficiente.

— Não é sua culpa.

Então de quem era? O destino se deturpou certo dia e Neve nasceu primeiro. Nada daquilo era justo, nada daquilo era certo, e ela deveria ter se esforçado mais para mudar tudo. Deveria ter feito algo além de implorar a Red para que fugisse, muito depois de ter ficado claro que a irmã não faria isso.

Raffe esticou a mão e a deixou pairar sobre a de Neve, depois hesitou por um momento antes de envolver o pulso dela com os dedos. Ele era quente, muito quente, quase o bastante para trazê-la de volta do lugar frio em que se recolhera dentro de si mesma, onde podia se tornar dormente e distante. Vinha passando muito tempo ali nos últimos tempos. Ficar dormente e oca era melhor do que em carne viva e sofrendo.

— Precisa parar de se culpar, Neve. Ela fez uma escolha. O mínimo que podemos fazer é honrá-la. — Ele pausou para engolir. — Honrar a memória dela.

A memória. A palavra a feriu como uma facada.

— Ela não está morta, Raffe.

Pensou no que a sacerdotisa de cabelos ruivos havia dito no Santuário, sobre o que acontecera com Red quando cruzara o limite de Wilderwood. Emaranhada na floresta, vinculada a ela. Aquilo estivera na cabeça de Neve o dia todo — a irmã enroscada em trepadeiras, forragem para uma mata voraz.

Mas viva.

E será que uma parte dela não sabia daquilo? Ela sentiria se Red morresse. Haveria algo, alguma espécie de ausência, e Neve ainda se sentia terrivelmente inteira.

Raffe não discutiu. Ainda assim, não havia nada parecido com fé em seus olhos, e a ideia de explicar tudo para ele, de colocar o sentimento em palavras, era exaustiva.

Então Neve respirou fundo, com cautela para não estremecer.

— Os jardins — disse ela, forçando um sorriso. — Não é muito empolgante, mas já é algum lugar.

— Melhor do que as aulas. — Raffe se pôs de pé e estendeu o braço, galante.

— Arick virá também?

Ele perguntou de maneira casual, mas havia preocupação em seu tom. O sorriso de Neve se desfez.

— Não — disse ela, entrelaçando o braço no dele. — Para falar a verdade, não sei muito bem onde Arick está.

Ela não o via desde que haviam voltado de Wilderwood, os três apinhados na mesma carruagem preta, cada um perdido no próprio silêncio. Neve se lembrava de pensar que aquela era a única coisa que salvava o dia, talvez *o ano inteiro*. Se tinham que perder Red, ao menos podiam processar a perda juntos, encontrar uma maneira de segurar as pontas.

Depois Arick sumiu para lamber as feridas sozinho.

Raffe suspirou.

— Eu também não.

Ela apertou o braço dele em um ato de conforto silencioso. Em seguida os dois passaram pelas portas da biblioteca em direção ao saguão ensolarado.

Neve não sabia dizer por que tinha sugerido os jardins. Ela e a sacerdotisa ruiva tinham limpado a bagunça que ela fizera, e a mulher garantira a Neve que ninguém perceberia. Ainda assim, provavelmente era de bom tom que Neve mantivesse certa distância do Santuário, ao menos por alguns dias. Mas era como se fosse atraída para lá, como quem cutuca um hematoma para ver até onde vai a dor.

Quando eles viraram uma esquina, as portas de vidro do jardim se abriram e despejaram uma procissão de sacerdotisas da Ordem em suas vestes brancas.

A maioria delas já tinha ido embora àquela altura. Depois das vigílias da meia-noite, quando ficou claro que os Reis não voltariam, as sacerdotisas que haviam viajado até lá para ver o sacrifício de Red foram embora, de volta para seus próprios Templos menos prestigiados. Neve viu quando saíram do Santuário naquela manhã, uma atrás da outra, logo após acordar de suas poucas horas de sono inquieto; o sol começava a tingir o céu e elas seguravam o que restava das velas vermelhas.

A vigília tinha se encerrado ao nascer do sol e agora já passava do meio-dia, mas aquele grupo de sacerdotisas tinha olheiras características de quem acabou de ser liberado de uma sessão de oração. Não havia muitas delas; eram menos de vinte, organizadas em fila dupla. Liderando o grupo, vinha uma mulher alta e magra com cabelos cor de fogo.

A sacerdotisa da noite anterior. Ela não usava o peculiar colar de madeira.

Neve não reconheceu todos os rostos que a acompanhavam — algumas delas não eram de Valleyda, deviam ter ficado depois da partida das irmãs. Isso causou um mal-estar vago e disforme no peito da Primeira Filha.

Os olhos da sacerdotisa ruiva passaram por Neve, mas ela não demonstrou reconhecê-la. Em vez disso, virou-se e falou com uma das irmãs atrás dela, em voz baixa demais para que Neve pudesse ouvir, antes de seguir caminho por outro corredor.

O estômago de Neve se contraiu de alívio, embora não soubesse explicar o porquê. Ainda assim, olhava intrigada para a sacerdotisa. Naquele corredor só havia outra porta que dava para os jardins — ela não tinha acabado de vir de lá?

O resto das sacerdotisas passou por eles devagar, e Neve agiu por instinto. Agarrou o braço de uma delas, a que estava mais próxima, com força suficiente para deixar um hematoma.

— *Neve* — sussurrou Raffe.

Em sua defesa, a sacerdotisa não demonstrou nenhuma emoção além de arregalar os olhos.

— Alteza?

— O que estavam fazendo lá? — Neve não estava com paciência para formalidades. Não naquele dia. — As vigílias acabaram. Os Reis claramente não vão voltar.

Ela flertava com a blasfêmia, mas, ainda assim, a única resposta que recebeu foi outro arregalar de olhos.

— As vigílias oficiais terminaram, sim — admitiu a sacerdotisa —, mas algumas de nós continuamos com nossas orações.

— Por quê? — Ela quase rosnou. — Por que continuar rezando para algo que não ouve vocês? Seus deuses não vão voltar.

Ah, àquela altura ela já havia mergulhado na heresia, mas não conseguia se importar. A seu lado, Raffe estava imóvel como uma estátua.

A sacerdotisa exibiu um sorriso brando, como se a Primeira Filha de Valleyda não estivesse prestes a pular em seu pescoço.

— Talvez não. Wilderwood os prende de maneira implacável. — Uma pausa. — Talvez seja necessário ajuda para que ela os liberte.

Palavras da noite anterior serpentearam pela mente de Neve como fragmentos de um sonho. *A floresta é tão forte quanto permitimos que seja.*

Sua raiva foi aplacada pela confusão, que também fez com que relaxasse os punhos cerrados. Inabalável, a sacerdotisa inclinou a cabeça; seu movimento foi copiado pelas outras atrás dela. Em seguida, foram embora.

— Bom, isso *com certeza* vai acabar mal — Raffe esfregou a mão na boca, nervoso. — Ela vai contar para a Suma Sacerdotisa...

— Não vai.

Neve sabia. Da mesma maneira que sabia que a sacerdotisa não contaria a ninguém que ela destruíra o Santuário. Algo no colar, na maneira como tinham falado de Wilderwood quase como se fosse um inimigo em vez de um lugar sagrado, dizia a ela que nada daquela conversa chegaria aos ouvidos de Zophia.

Raffe olhou para ela de olhos semicerrados, mas permaneceu em silêncio.

Com delicadeza, Neve desenlaçou o braço do dele e caminhou até as portas de vidro do jardim. Não olhou para trás para verificar se Raffe a acompanhava, mas ouviu o som de suas botas no chão e ouviu quando ele fechou as portas depois de passarem.

Quando já estavam lá fora, Raffe respirou fundo, correndo a mão pelo cabelo curto.

— Olha, sei que está magoada...

— Sacrificaram ela. — Neve se virou de queixo erguido. Raffe estava mais perto do que ela esperava, os lábios grossos a meros centímetros de distância. A respiração dela parecia uma lâmina. — Sacrificaram *em vão*.

— Talvez não tenha sido em vão, ainda que os Reis não tenham voltado. — Ele falava com cuidado, como um cinzel tentando esculpir um lado positivo. — A lenda dos monstros, antes de Kaldenore...

— É balela, Raffe. Se os monstros fossem reais, nós os teríamos visto naquela noite.

Não era necessário esclarecer a noite a que ela se referia. A noite das pedras e das chamas e de uma Wilderwood inatingível por ambos. A noite em que os homens as tinham seguido e tinham sido barbaramente massacrados por... por alguma coisa.

Neve não se lembrava de muita coisa depois da chegada dos ladrões. Havia desmaiado depois de ser atingida na têmpora por um deles com o cabo de um punhal e só acordara quando já estavam de volta à capital, sob rigorosa proteção.

Mas Red se lembrava. E achava que era culpa dela.

Neve sentiu uma onda gelada de remorso percorrer a coluna, uma onda implacável de remorso e de certeza. O que quer que tivesse acontecido, o que quer que não conseguisse lembrar, era parte do que levara a irmã a Wilderwood.

— Foi em vão — repetiu ela, débil.

Dessa vez, Raffe não teve resposta.

Neve seguiu pelo caminho, tocando com os dedos as sebes viçosas, permitindo que a ponta afiada das folhas arranhasse sua pele. Uma das picadas foi funda o suficiente para fazer uma gota de sangue brotar no dedo.

Atrás dela, um suspiro. Os passos de Raffe ecoaram sobre as pedras quando ele se afastou.

Ela fechou os olhos contra o sol de início de verão; a luz iluminava as veias e os vasos capilares de suas pálpebras, e sua visão parecia estar coberta por um véu de sangue.

— Que tal um pacto?

A voz soava abafada e rouca, como se o interlocutor não tivesse tido uma noite decente de sono havia dias. Havia algo familiar nela, mas era baixa demais para se ter certeza.

O som vinha de um ponto ao lado dela, oculto por um caramanchão de grandes flores cor-de-rosa — aquela conversa claramente não poderia ser ouvida por outras pessoas.

Mas Neve não se mexeu.

— Impossível. — A segunda voz era brusca, as vogais diretas e precisas. Também era familiar. — Wilderwood se deturpou, seu poder ficou mais fraco. Ela já não aceita coisas irrisórias como dentes e unhas. Nem mesmo sangue, a menos que seja de uma ferida recente.

Havia algo proeminente naquele tom. Como se o significado pairasse por trás das palavras, subtendidas em vez de proferidas.

Aquele tom de voz esclareceu a familiaridade. Era a sacerdotisa de cabelos ruivos.

— Não — continuou ela. — Um sacrifício morto não é mais suficiente. Algo maior seria necessário, se é que é possível. Um preço mais alto tanto no pacto quanto nas consequências. Nossas preces nos avisaram.

Houve uma pausa. Depois, de maneira cadenciada como uma ladainha:

— O sangue que foi usado para pactos com coisas do além é um sangue que pode abrir portas.

Neve franziu o cenho, mas a outra voz pareceu consternada demais para tentar desvendar o enigma sem sentido.

— *Precisa* haver um jeito.

— Se houver, querido rapaz — murmurou a sacerdotisa —, você precisa estar preparado para ceder e continuar cedendo. — Uma pausa. — Os Reis exigem muito, mas também dão muito em troca. Servi-los faz com que as oportunidades batam à sua porta. Eu sei disso.

Houve um farfalhar quando alguém se levantou do banco oculto pelas flores. Xingando baixinho, Neve se afastou depressa, fingindo que estava distraída com um arbusto de flores do outro lado da passagem.

De canto de olho, viu um vulto branco.

— Me procure caso tenha mais perguntas — disse a sacerdotisa. — Nossas preces nesta manhã, depois que nossas irmãs menos dedicadas foram embora, se provaram bastante... esclarecedoras.

Um garoto desgrenhado surgiu de trás dela.

— Procurarei. Obrigado, Kiri.

Neve ficou paralisada onde estava, segurando uma flor grande e amarela.

Arick.

A sacerdotisa — Kiri. Neve finalmente descobrira seu nome — olhou para Neve. Deu um sorriso impessoal ao acenar com a cabeça e voltar, deslizante, para o castelo.

Se Arick estava surpreso com a presença de Neve, não deixou transparecer. Correu a mão pelo cabelo, que parecia não ter sido penteado na última semana.

— Neve.

— Arick. — Houve um segundo de silêncio denso. — Estávamos preocupados com você.

A preocupação tinha fundamento, ao que parecia. O rosto dele estava pálido e magro, os olhos verdes fundos. Ele gesticulou com a cabeça em direção às árvores em flor e desapareceu.

Neve deu uma olhada ao redor antes de se enfiar por entre os galhos, embora o medo de ser vista fosse ridículo — ele seria cônjuge dela, afinal. Garantindo a rota marítima para o comércio Valleydiano através de Floriane.

Uma dor baça despontou nas têmporas de Neve.

Ela afastou flores avermelhadas e viu Arick, já sentado no banco debaixo da pérgula. A aparência abatida, com a pele macilenta e os olhos sombrios, parecia absurda em contraste com o pano de fundo florido.

Ele não disse nada quando ela se sentou a seu lado. O banco era tão pequeno que ela não conseguiu evitar encostar na perna dele. Tinham mantido uma amizade agradável até os dezesseis anos e o contrato de casamento — até mesmo depois, quando Red ainda estava lá, uma intermediária entre eles e o futuro inevitável. Agora, ela não sabia como agir.

Neve se ajeitou no banco.

— Como você está?

— Não estou bem.

— Eu também não.

O silêncio cresceu entre os dois. Nenhuma palavra parecia adequada. Tudo o que ela e Arick tinham em comum era o luto, e como se construía uma conversa baseada nisso? Que dirá uma vida?

— Eu tentei. — Arick se inclinou para a frente, enfiando os dedos no cabelo emaranhado. — Na noite do baile. Eu tentei fazer com que ela fugisse.

— Todos nós tentamos. Ela não quis ouvir.

— Precisa haver uma maneira de trazê-la de volta.

Neve mordeu o lábio. Ela pensava na conversa que acabara de ouvir. Pensava na pessoa com quem ele conversava, em Santuários destruídos e lascas de tronco.

— Arick — disse ela, com cuidado. — Não quero que faça nenhuma besteira.

— Besteira maior do que correr até Wilderwood para arremessar pedras nas árvores? — Havia um resquício de leveza na voz dele.

Ela sorriu ao perceber, embora tenha sido um sorriso cansado e desanimado.

— Acho que não tenho moral para falar nada.

De mais formas do que ele sabia.

Os ombros de Arick penderam para a frente; a leveza momentânea desapareceu tão rápido quanto surgiu.

— Vou descobrir um jeito de trazê-la de volta.

Neve olhou para ele de canto de olho. Sabia que ele amava Red. Mas também sabia que Red não o amava e nunca tinha amado. Red decerto se importava com ele, mas não queria arruinar mais vidas do que o necessário quando entrasse na mata. E, embora os sentimentos de Arick fossem mais profundos, ele parecia ter entendido. Neve já esperava seu luto, mas também esperava que passasse depressa. Arick era resiliente.

— Eu sei que você pensou que eu superaria isso — disse Arick, como se os pensamentos de Neve fossem algo que pudesse ser lido no ar sobre sua cabeça.

— Isso faz com que eu pareça cruel — murmurou ela.

— Não é o que quero dizer. O que quero dizer é que... — Suspirou. — As coisas são fáceis para mim, Neve. Principalmente porque deixo que sejam. Eu nunca lutei por nada, nunca tomei nenhum caminho que oferecesse grande resistência, porque quero que as coisas sejam *fáceis*. — Ele pronunciou a última palavra com um ranger de dentes. — Mas não posso simplesmente deixar isso pra lá. Se existe algo pelo que vale a pena lutar, é ela. E não só porque a amo... mas porque não é certo. Ela também merece ter uma vida.

O caco de esperança no peito de Neve era como uma farpa, pequeno e doloroso e *pungente,* deixando seu luto afiado como lâmina. Não sabia como articulá-lo, não com todas as complicações adicionais relacionadas a ela e Arick e Raffe e todos os fios emaranhados que os conectavam, sacerdotisas com colares misteriosos e árvores decrépitas em um aposento de pedra.

— Que bom — respondeu ela, porque era a única forma que conseguia dar àquela esperança farpada.

Ele olhou para ela um pouco surpreso, depois o alívio pareceu suavizar a tensão nos tendões de seu pescoço. Era como se ele esperasse pela benção dela.

— Vou partir por um tempo — explicou Arick. — Não queria que se preocupasse.

— Vai voltar para Floriane?

Não houve resposta. Depois de um momento, Arick ficou de pé. Ele estendeu a mão.

Neve a segurou e deixou que ele a ajudasse a se levantar, ainda que sem liberar a tensão na expressão. Os olhos verdes de Arick procuraram pelos dela; seus lábios estavam comprimidos. Ele deu um beijo rápido na testa de Neve.

— Eu volto logo — disse ele, em um sussurro. — Vou encontrar uma maneira de salvá-la, Neve.

Ele foi embora passando pelas árvores floridas.

Neve permaneceu debaixo das árvores por um bom tempo. A pele formigava onde os lábios dele haviam tocado. Uma culpa lenta e vaga se fechou ao redor de seu pescoço, como se, sem querer, ela tivesse passado adiante uma espécie de condenação.

Mas Red estava viva. E precisavam encontrar uma maneira de salvá-la.

9

Devido à iluminação sempre igual, Red não sabia quanto tempo havia passado quando acordou com a cabeça zonza e dolorida. Por um momento, não se lembrou de onde estava. E, ao se lembrar, a dor que sentia piorou.

Ela se sentou. A barriga doía. No caos da noite anterior, tinha se esquecido completamente de pedir um pouco de comida. Agora, o estômago vazio parecia se contorcer contra as costas.

O casaco de Eammon estava pendurado no gancho da porta, rasgado por espinhos e sujo de lama. Red o fitou, mordendo o lábio inferior. Em seguida, lançou um olhar desconfiado para as trepadeiras que cresciam sobre o vidro da janela. Naquele momento, ao menos, estavam imóveis.

A água na banheira estava limpa, mas congelante mesmo assim. Ela se lavou depressa, vestiu-se — de azul marinho desta vez — e parou no meio do quarto, um tanto incerta sobre o que fazer a seguir.

Aquela era sua nova vida, tão vasta e sombria e indefinível quanto a floresta que a cercava.

Não. Red sacudiu a cabeça. Não podia se deixar abater naquele momento, não quando tinha sobrevivido contrariando todas as expectativas. Aquela nova vida podia ser estranha, mas ela *estava viva,* e isso por si só era um milagre.

Não fugira, apesar de todas as súplicas de Neve. Mas sobrevivera mesmo assim. E precisava tirar proveito da situação; devia isso à irmã.

Outro ronco do estômago trouxe sua mente de volta da extensão do dia que jamais achara que viveria para ver.

— Comida — enunciou.

Determinada, escancarou a porta.

Havia uma bandeja no chão musgoso do lado de fora do quarto. A torrada, queimada e coberta por uma generosa camada de manteiga, vinha acompanhada de uma caneca de café puro. Ambos estavam quentes, mas quem quer — ou o que quer — que a tivesse deixado ali tinha ido embora havia muito tempo. Nada se mexia no saguão além de grãos de poeira contra a luz, e as folhas no fim do corredor estavam inertes.

Red estava com muita fome para se importar com a origem do café da manhã. Sentou-se encostada na parede cheia de musgo e comeu a torrada em três bocadas. A crosta quase carbonizada era mais gostosa do que qualquer outra coisa que já comera em Valleyda.

O café estava forte. Red o bebericou devagar, perguntando-se se o responsável por entregar a comida retornaria. Provavelmente era uma das vozes que ouvira falando com Eammon na noite anterior; não conseguia imaginar o Lobo cozinhando.

Os destroços no fim do corredor pareciam diferentes. Um dia antes havia apenas arbustos viçosos, musgo, pedras quebradas e raízes. Agora, havia uma rosa brotando ereta e aprumada do meio da desordem, erguendo-se quase até o teto.

O café respingou da caneca de Red quanto ela se levantou, queimando os dedos. O broto de flor era comprido e hirto; não havia sinal de degradação sombria em seu caule — diferente da árvore da noite anterior, apodrecida e cercada por uma poça de solo escuro e esponjoso.

O que Eammon tinha dito mesmo? Algo sobre as árvores brancas — *árvores-sentinela,* agora ela se lembrava, ele as chamara de árvores-sentinela — saírem da floresta e aparecerem na Fortaleza depois de um certo ponto da infecção?

A sentinela não se mexia, silenciosa, magra e pálida como um espectro na escuridão. Não estava onde deveria estar, mas também não era uma ameaça imediata. Mesmo assim, a imagem dos troncos se abrindo para revelar dentes afiados de madeira ainda estava fresca na mente de Red; ela encarou desconfiada a árvore enquanto voltava pelo corredor, girando a caneca agora vazia entre as mãos.

Os sons ecoavam no saguão vazio; havia nuvens finas de poeira flutuando nos feixes de luz crepuscular que entravam pela janela rachada. A não ser pela poeira, Red não tinha companhia.

De repente, a porta se abriu.

Ela se agachou como se pudesse se esconder sob os restos do tapete cheio de musgo quando a velha porta de madeira se escancarou; uma luz suave cor de lavanda delineava os contornos de uma forma feminina e esguia que tinha uma coroa de cabelos cacheados e trazia uma lâmina curva na mão. Algo escorria do objeto afiado, uma mistura de seiva e o que parecia ser sangue.

A mulher tinha pele escura e um rosto de traços delicados. Ela parou, estreitando os olhos pretos.

— Redarys?

Era a voz musical da noite anterior, aquela que ela ouvira falando com Eammon. Aparentemente vinha de uma garganta humana. Constrangida, Red se levantou, ruborizando.

— Eu... hum... — gaguejou, gesticulando atrapalhada como se estivesse prestes a fazer uma reverência e detendo-se ao perceber que seria absurdo. — Isso. Sou eu.

A mulher soltou uma risadinha zombeteira, mas abriu um sorriso brilhante de canto.

— Bem que desconfiei. Sou a Lyra.

Ela se aproximou, puxando um pano de uma pequena bolsa de couro que trazia na cintura e esfregando-o na lâmina ensanguentada. A porta se fechou atrás dela. Sem o clarão do outro cômodo, o sangue em sua roupa era óbvio. A camisa branca e as calças escuras quase completamente cobertas pelo líquido cor de cobre ainda úmido, por gavinhas de fungo escuro e seiva escura como alcatrão.

Red emitiu um som gorgolejante involuntário.

— Você está bem? Pelos Reis, como sequer está *de pé*?

Lyra pareceu confusa por um momento, depois acompanhou o olhar de Red.

— Ah, isso. Não se preocupe, Eammon é o único que se corta lá, na hora; ele é o Lobo, tem uma conexão complexa com Wilderwood, por isso a floresta gosta do sangue dele direto da veia. Mas ela não é tão exigente com o resto de nós. — Lyra tirou um pequeno frasco do bolso. Um líquido escarlate se agitou quando ela sacudiu o vidro no ar. — Usei pelo menos cinco destes — disse ela, como se aquilo explicasse algo. — Várias criaturas de sombras por aí hoje. Precisei voltar para reabastecer. Com uma careta, ela foi em direção ao arco quebrado e ao cômodo depois dele. — Talvez para trocar de roupa também.

O espanto de Red deu lugar à confusão; ela franziu as sobrancelhas e foi atrás de Lyra.

— Esse sangue é *seu*?

— Claro que é. — Lyra encolheu os ombros. — Pode ser de Fife, na verdade. Nós dois temos a Marca, então o sangue de ambos funciona com as criaturas de sombras. — Ela empurrou a pequena porta nos fundos da sala, que levava a uma cozinha apertada. — Nosso sangue consegue segurar as mudas por um dia, mais ou menos, e ajuda um pouco com as sentinelas tomadas pelas sombras, mas não adianta merda nenhuma para as brechas.

A parede dos fundos estava repleta de armários que pareciam muito velhos; no canto, havia um fogão à lenha e uma mesa arranhada. Lyra foi até o armário perto do fogão e o abriu. Dentro dele havia frascos e mais frascos, todos cheios de sangue. Era de um vermelho vivo, não havia verde algum — diferente do de Eammon.

Red se jogou em uma das cadeiras diante da mesa. Os pensamentos se enroscavam, embaraçados. Na noite anterior, quando Eammon lutara contra o cadáver, a criatura de ossos da floresta — a *criatura de sombras, o monstro da lenda,* pelos Reis, é tudo verdade —, o sangue dele fora o que enfim a detivera. Pelo jeito, Lyra — e Fife, quem quer ele que fosse, possivelmente a outra voz que ela ouvira — também usava o próprio sangue para deter as criaturas de sombras.

No entanto, quando Red sangrou em Wilderwood, a floresta a atacou. As árvores brancas se transformaram em predadoras. Teria sido porque ela era uma Segunda Filha? Será que algo em seu sangue e o pacto ao qual estava atrelado fazia com que a floresta a tratasse de maneira diferente?

E quem eram Fife e Lyra, afinal? As lendas não faziam menção a mais ninguém habitando Wilderwood.

— Você disse que tem a Marca?

A pergunta interrompeu o tilintar dos frascos que Lyra guardava na bolsa.

— Todos que fazem um pacto com Wilderwood têm. — Lyra puxou a manga para cima. Ali estava, no mesmo lugar que a de Red: uma pequena raiz circular, logo abaixo da primeira camada da pele. Era menor que a da Segunda Filha, e as ramificações não chegavam tão longe, mas era a mesma, sem dúvida. Lyra desceu a manga. — Um pequeno pedaço de Wilderwood. Por isso meu sangue e o de Fife funcionam contra as criaturas de sombras. O poder da floresta fala mais alto do que o poder das Terras Sombrias.

— O sangue do Lobo também?

— Ah, com certeza. — Lyra riu, taciturna, depois pegou mais um frasco e fechou o armário. Em seguida, prendeu a bolsa ao cinto e dirigiu-se à porta. — Mas o pedaço que ele tem de Wilderwood jamais poderia ser chamado de *pequeno.*

Por mais estranha que fosse a ideia de armazenar sangue em frascos, também trazia certo alívio. Eammon queria que ela aprendesse a usar a magia que a floresta colocara sob seus ombros; aparentemente, ele acreditava que isso manteria as árvores-sentinela sob controle. Mas aquela decerto não seria a única solução, já que magia e sangue corriam ali de forma tão congruente. Não sangrar nas árvores era a primeira regra que ele estabelecera, mas talvez fosse diferente se o sangue viesse de um frasco em vez de uma veia.

E Red preferiria encher cálices e mais cálices com seu sangue a usar a maldita magia.

— Tem uma faca por aí? — perguntou ela. — Algo que eu possa usar para...

— Não. — Lyra girou, dando as costas para porta. Seus olhos escuros se estreitaram e ela suspirou. — Digo, eu não... Eu não sou... Pergunte a Eammon. Ele vai saber. — Puxou a camisa para vê-la melhor e fez uma careta. — Preciso *mesmo* trocar de roupa. Nos vemos depois.

Lyra se foi e Red continuou largada na cadeira. Mais uma vez, aquela sensação de deslocamento, de irrealidade, de não saber o que fazer ou como se mexer.

Livros. O pensamento veio como a luz de um farol, algo para manter os pés no chão. *Eu trouxe livros.*

Mas infelizmente deixara-os na biblioteca. Red não sabia quais eram os horários de Eammon — o crepúsculo contínuo fazia com que fosse difícil distinguir noite e dia —, mas ele devia estar lá.

Pergunte a Eammon, dissera Lyra. Mas Eammon só falaria de novo sobre usar magia, sobre fazer com que aquele pedaço da floresta aninhado nos ossos dela trabalhasse de acordo com sua vontade.

Ela respirou fundo e endireitou os ombros. Se ele perguntasse, responderia que ainda não havia decidido. Pegaria os livros, voltaria para o quarto e tentaria se distrair por algumas horas antes de ter que pensar nisso outra vez.

As velas de madeira na biblioteca estavam todas acesas com as estranhas e imóveis chamas, banhando os livros com uma luz bruxuleante. Red fechou a porta o mais silenciosamente que pôde. Perto dela, viu a mesma caneca equilibrada sobre a mesma pilha de livros, desta vez vazia. Analisou o objeto por um momento antes de afastar as mãos da saia, decidida, e se pôr a percorrer o corredor entre as prateleiras.

Não havia sinal do Lobo, mas a bagunça dele ainda estava lá: um livro aberto em meio a um amontoado de papéis e canetas, outra pilha junto à escrivaninha deixada à sombra pelas velas.

Red se aproximou da mesa, discreta e cautelosa. Eammon não ficaria muito feliz em vê-la bisbilhotando suas anotações, mas ela foi dominada pela curiosidade. Espiou o papel rabiscado.

Parecia... uma lista de compras? Palavras como *pão* e *queijo* tinham sido rabiscadas em um garrancho meio torto; algumas estavam riscadas. *Perguntar à Asheyla sobre as botas* estava escrito no fim da página e, em tinta fresca, *casaco novo*.

Ela fez uma careta. Deixou a lista para lá e focou no livro.

A página em que estava aberto exibia uma tabela. Não havia título, mas ela reconheceu os nomes de alguns capítulos — "A peste terrível", "Taxonomia de pequenos monstros", "Ritos dos antigos". Sentiu-se tentada a se sentar e folhear as demais páginas, mas a disposição dos pertences de Eammon fazia parecer que ele tinha saído às pressas; poderia voltar a qualquer momento.

Red fez menção de continuar a busca, mas a pilha de livros perto da escrivaninha chamou sua atenção. Algo neles era estranho, como se as proporções estivessem erradas. Chegou mais perto, depois recuou.

Lendas, o livro que havia sujado de sangue no dia anterior, estava no topo, metade consumido por Wilderwood.

Raízes finas e rasteiras se esgueiravam pelas rachaduras na parede de pedra, esticando-se e grudando na mancha de sangue na capa. Alastravam-se e penetravam nas páginas, infiltrando-se no resto da pilha abaixo como se os livros fossem o solo no qual estavam plantadas.

Red xingou, atônita, e recuou aos tropeços. As raízes ficaram imóveis, como se momentaneamente satisfeitas, e o coração dela se agitou dentro do peito.

Eram os livros dela. Por isso Red estava ali. Eram os livros *dela*, não aquele que ela tinha sujado de sangue sem querer, outra coisa perdida para aquela maldita floresta intrusa.

A bolsa de couro estava do lado oposto da mesa, quase fora do círculo de luz das velas estáticas. Red passou a alça pelo ombro e se apressou em direção à porta.

Antes de sair, ela se agachou para inspecionar a bolsa. Depois de toda a correria no dia de seu vigésimo aniversário, ela não sabia se todos os livros tinham saído ilesos. Havia um em particular que ela queria ter certeza de que ainda estava inteiro.

Red deu um suspiro de alívio quando seus dedos se fecharam em torno da encadernação familiar de couro. Puxou o livro da bolsa, passando a mão pelas letras douradas que descascavam. Era um livro de poemas. O único presente que lembrava ter ganhado da mãe.

Tinha dez anos e já era uma leitora voraz. Dias depois de seu aniversário, Isla entrara em seu quarto, sem companhia.

— Pegue. — Não havia embrulho e Isla mal olhara para ela. — Achei que seria de seu agrado.

Não fora. Ao menos, não no começo. Mas quando Isla saiu, praticamente assim que Red colocara as mãos no livro, a Segunda Filha se sentara perto da janela e o lera inteiro duas vezes.

Os poemas eram infantis e, àquela altura, ela os sabia de cor. Não abria o livro para lê-lo de verdade havia anos, mas gostava de tê-lo por perto. Era a prova de um momento de afeto.

Red guardou os livros de volta na bolsa e partiu para as escadas, mas parou de repente ao se deparar com o sujeito no corredor.

Um emaranhado de cabelos ruivos era sua principal característica, ligeiramente familiar. Estava ajoelhado diante da muda que Red vira naquela manhã, inspecionando as raízes. Sua pele era branca; mantinha uma das mãos, coberta por cicatrizes feias, junto à barriga.

Então aquele devia ser Fife.

Ele xingou baixinho, vasculhando o bolso à procura de alguma coisa — outro frasco de sangue —, e se aproximou da árvore.

— Cuidado!

Ver alguém tão próximo de algo que ela presenciara arreganhar os dentes em ameaça fez com que ela gritasse em advertência antes que se desse conta. Ele morava em Wilderwood; é claro que sabia que precisava ter cuidado.

Ele se deteve em meio ao movimento antes de virar a cabeça, o braço ainda estendido. Erguia uma das sobrancelhas alaranjadas.

Red trocou o peso de perna.

— Desculpe, é que... às vezes elas atacam.

Ele ergueu a sobrancelha ainda mais.

— Elas só atacam *você*, Segunda Filha.

Se a intenção era que aquilo servisse de consolo, ele falhara tragicamente.

Os detritos da floresta já tinham crescido ao redor da árvore, das trepadeiras e dos arbustos floridos. Com cuidado, Fife os afastou, expondo a base do broto que havia por baixo.

— Pelos Reis... — Ele se sentou sobre os calcanhares. — Esta é a segunda a aparecer na Fortaleza nos últimos dias. Com um movimento preciso, Fife abriu o frasco com uma mão, mantendo a outra, a com as cicatrizes, ainda junto à barriga, e derramou o sangue sobre as raízes. Nada mudou, ao menos nada que Red tenha percebido, mas ele não fez mais nada. Olhou para Red. — Fez alguma coisa com ela hoje de manhã?

— Com ela, quem? Com a árvore?

— Sim, com a árvore. Eammon te disse para fazer alguma coisa?

—Não. — A incredulidade dela tornou a resposta mais afiada do que pretendia. — Ele me disse para ficar longe dela. De todas elas, na verdade. Todas as árvores brancas.

Fife pressionou os lábios, observando Red com uma expressão indecifrável, e no instante seguinte voltou a fitar a muda.

— Bom, isso deve ser suficiente até que Eammon possa vir dar uma olhada. — Ele se levantou. — Já que ele aparentemente ainda está decidido a lidar com isso por conta própria.

Red franziu as sobrancelhas, alternando o olhar entre Fife, que se afastava, e a muda de sentinela. Franziu os lábios e se apressou para segui-lo pelo corredor.

— Meu nome é Redarys. Mas você sabia disso.

— Correto.

— E você é Fife.

— Nota dez.

— Quer dizer então que seu sangue não só mata as criaturas de sombras, mas também faz algo com as árvores?

Lyra havia mencionado algo do gênero na cozinha, algo sobre manter as mudas sob controle. Ao ouvir a pergunta, ele finalmente parou e, olhando-a de esguelha, respondeu depois de um momento:

— Estabiliza as árvores. Retarda o progresso do fungo-de-sombra até que Eammon possa mandá-las para onde elas devem ir.

Ele voltou a avançar a passos largos na direção do saguão.

Red o seguiu, apesar do rápido olhar de Fife deixando claro que ele gostaria que ela não o fizesse.

— Obrigada pelo café da manhã — tentou ela, soltando a bolsa de livros no chão.

— Cortesia do melhor cozinheiro da Fortaleza. — Fife foi até uma porta atrás da escada. — Não que isso signifique muita coisa. Eammon acha que é aceitável comer pão e queijo em todas as refeições, e as habilidades culinárias de Lyra se resumem a fazer chá.

Ele estendeu o braço para empurrar a porta. Quando o fez, sua manga escorregou. Lá estava: outra Marca, um reflexo da de Lyra.

Fife percebeu o olhar de Red.

— Todo mundo aqui tem uma. Gaya e Ciaran não foram os únicos tolos o suficiente para fazer pactos.

Red tocou a própria Marca escondida sob a manga azul-escura.

— Eu não fiz pacto algum.

— Eammon também não. — Ele escancarou a passagem. — Mas o Lobo e a Segunda Filha originais se foram, então Wilderwood aceita o que mais se aproxima disso.

A porta os levou até o pátio dos fundos, onde havia o muro de pedra desmoronado e a estranha torre tomada pela floresta. Fife foi para a esquerda, seguindo o caminho do corredor quebrado onde ficavam os aposentos de Red. Havia mais três mudas brancas brotando dos escombros, estendendo-se na direção do nevoeiro.

Ela tomou certa distância enquanto Fife se aproximava delas.

— Estou deduzindo que essas também não deveriam estar aqui?

— Que espertinha.

Fife examinou as raízes das mudas de perto. A escuridão as consumia, embora o solo ao redor ainda parecesse firme, nada parecido com a textura esponjosa que ela vira na noite anterior. — Ele vai precisar curar estas primeiro — murmurou, destampando outro frasco de sangue e despejando o conteúdo no solo. A escuridão recuou gradualmente, uma diferença tão sutil que Red não teria notado se não estivesse prestando atenção. — Já estão enfraquecendo. A que está lá dentro pode esperar, ainda não está tomada pelo fungo-de-sombra.

— Fungo-de-sombra?

Outro olhar mordaz, como se as perguntas dela o irritassem. Mas Fife apontou para a floresta além do portão, escondida atrás da neblina.

— Consegue ver?

Bem no limite onde as árvores começavam havia uma mancha preta no chão da floresta — o mesmo chão escurecido e úmido de onde a criatura surgira. Red assentiu.

— Aquele é o lugar vazio onde uma dessas sentinelas deveria estar. As Terras Sombrias tentaram abrir caminho, então ela se desprendeu e cresceu aqui, mais perto de Eammon, para que ele pudesse curá-la. Só as mais fortes conseguem fazer isso. As outras apodrecem onde estão, deixando brechas que precisamos encontrar e fechar.

— A que vimos estava assim. Estava apodrecendo quando a encontramos, e Eammon disse que ela teria aparecido na Fortaleza em questão de dez minutos.

Os olhos acastanhados de Fife se voltaram depressa para Red.

— Eammon permitiu que fosse com ele?

Ele soou cismado a ponto de Red pensar que talvez não devesse ter dito nada. Ela encolheu os ombros.

— Ele não *gostou* da ideia, mas deixou.

— Hummm. — Fife manteve os olhos nela por mais um momento, franzindo o cenho, depois se virou outra vez para a floresta. — Parece que ele está muito disposto a convencer você de que pode confiar nele, então.

Red mudou o peso de perna.

Fife apontou para as estrias escuras no tronco da muda.

— Quanto mais o fungo-de-sombra as devora quando estão aqui, mais difícil é mandá-las de volta. As sentinelas são como tijolos em uma parede, cada uma é posicionada estrategicamente. Mexer em uma enfraquece todo o resto.

— O que é o resto?

— Wilderwood inteira.

Red cruzou os braços sobre o peito, olhando apreensiva para as árvores brancas. *As sentinelas*. Elas pareciam lascas de osso fincadas na terra.

— Então elas são... do bem.

— As sentinelas não são *do bem*. — Disse Fife, como se a ideia fosse ridícula. — Mas também não são do mal. Wilderwood tem um trabalho a fazer, e ela toma o que for preciso para que isso seja possível.

— E, neste momento, o que ela exige é sangue.

Um olhar sério.

— Neste momento, sim — respondeu Fife, cauteloso.

— E por que o sangue de todos? O do Lobo parece ser o único a fazer uma diferença real.

Mais uma pausa, mais um olhar indecifrável.

— A conexão de Eammon com a floresta é a mais forte — disse ele após um momento, ponderando as palavras. — Apenas o sangue dele é capaz de curar as brechas. O sangue ou a magia. O que quer que ele se sinta mais seguro para usar no momento.

Ela pensou na noite anterior, em como Eammon pusera as mãos no chão antes de recorrer ao punhal, na casca aparecendo em sua pele, nas veias pulsando esverdeadas. Ele usara a magia e isso o transformara, fizera com que o equilíbrio de seu corpo pendesse mais para floresta do que para homem.

Red sentiu uma onda de pânico no estômago, embora não soubesse bem o porquê.

— Lyra e eu estamos conectados com a floresta por causa dessa porcaria. — Fife apontou para a Marca com o queixo. — Mas a conexão é fraca. Podemos retardar as criaturas de sombras, matá-las se forem fracas, estabilizar as sentinelas até que Eammon possa lidar com elas. Mas ele é o único que pode consertar as coisas de verdade. — Fife fez uma pausa. Seus olhos pareceram cintilar. — Ele e você.

Red engoliu em seco. Havia uma tensão densa no ar, palpável como a neblina que pairava sobre o chão.

Ela se virou, ficando de frente para a torre e para a Fortaleza.

— E *onde* está Eammon, afinal?

Esperava vê-lo mais cedo ou mais tarde; não havia muitos lugares onde ele pudesse se esconder. O fato de ainda não o ter encontrado provocou uma comichão em Red, especialmente depois do que vira na noite anterior.

— Ele saiu para curar outra brecha que Lyra encontrou hoje de manhã. Deve voltar logo.

Eammon devia estar bem, se já estava curando mais brechas. A preocupação de Red se dissipou, ainda que não por completo.

Chegaram à porta da Fortaleza no topo da colina, que rangeu quando Fife a abriu com um empurrão.

— Vou arranjar algo para comer.

Quase contra a vontade, ele acrescentou:

— Quer vir?

Foi uma decisão de uma fração de segundo. Red negou com a cabeça.

Ele a encarou por um segundo, austero.

— Não saia para além dos portões — avisou ele, por fim, antes de fechar a porta com um estrondo.

Red provavelmente deveria ter ido. Mas, agora que estava lá fora, a ideia de se ver do lado de dentro das paredes em escombros outra vez era sufocante. Deu as costas para a passagem e caminhou pátio adentro.

O ar de Wilderwood estava gelado e a neblina rodopiava perto do chão, esvoaçando sob a saia de Red.

O céu tinha vários tons de lavanda; não havia lua, estrelas ou nuvens. Era bonito de uma forma estranha e sinistra. Olhando ressabiada para as mudas na base da colina mais uma vez, Red se pôs a caminhar na direção oposta, pulando o muro baixo de pedra para dar a volta na Fortaleza. Pilhas de pedra despontavam em meio ao nevoeiro como gigantes adormecidos.

Algo chamou a atenção dela do outro lado do portão. Uma silhueta irrompendo da névoa e desaparecendo de novo antes que ela pudesse distinguir o que era. Red parou, estreitando os olhos.

O vulto se ergueu de novo, como alguém tropeçando e tentando recobrar o equilíbrio. Com cautela, Red deu um passo à frente, os passos silenciosos no chão coberto de musgo.

O vulto se ergueu outra vez, agora perto o suficiente para que Red pudesse enxergar a face. Maçãs do rosto definidas, nariz adunco. Olhos verdes como a primavera.

A respiração dela congelou nos pulmões e o coração parou no peito. Não era possível. Ninguém além da Segunda Filha podia entrar em Wilderwood, ninguém além dela podia atravessar a floresta. Era impossível, mas...

A neblina moldou contornos que ela reconhecia.

Red se controlou o suficiente para não correr, mas por pouco. Atravessou a névoa e passou pelas pedras quebradas da Fortaleza decaída como se estivesse em transe, mal ousando respirar até estar a menos de um metro de distância. Olhando para baixo, para uma cabeça familiar de cabelos escuros, para ombros e olhos verdes que ela reconhecia, para um rosto arranhado e sujo de sangue. Ele parecia cansado e machucado, os olhos fundos e escuros e as roupas rasgadas do confronto com a floresta hostil.

— Red — arfou Arick.

10

— Arick? — Abalada pelo choque, Red tinha a voz trêmula. — Como você... *Por que* você...

— Abra o portão — Lágrimas deixavam rastros na sujeira do rosto dele. — Me deixe entrar e eu explico tudo.

— Você não deveria estar aqui. Arick, não sei como passou pela fronteira, mas...

Ele a interrompeu com um grunhido, grave e gutural. Arick apertava a lateral do corpo; sua camisa estava molhada de sangue.

— Vim salvar você. — Ele ergueu o olhar. Seus olhos verdes estavam estranhamente sorrateiros, e sua voz parecia mais grossa. — Me deixe entrar, Redarys Valedren.

— Não sei como fazer isso. O portão é encantado, não sei se vai abrir...

— Eu sei como abrir. — Arick estava de cócoras, mas paralisado no lugar, como se seu corpo fosse algo vulnerável que poderia se partir caso ele se movesse. — Venha até nós, Segunda Filha, e mostraremos a você. — Ele abriu um sorriso brilhante e exagerado e estendeu a mão. Havia algo de *esquisito* no gesto; havia sombras correndo pelas linhas na palma da mão de Arick. — Se vai ser parte de um deles, as sombras podem garantir um fim misericordioso para você.

Red ficou paralisada onde estava, como uma presa no momento interminável que antecede a ativação de uma armadilha. Algo estava errado. Algo ali estava terrivelmente errado.

Exibindo os dentes em um rosnado de frustração, Arick se atirou contra o portão.

Passou a golpear a entrada com mãos que se transformaram em garras com unhas cada vez mais longas e escuras. As veias em seu pescoço ficaram pretas em vez de azuis; a escuridão preencheu o branco de seus olhos, expandindo-se e transbordando.

— Você não quer? — rosnou Arick em uma voz que não era a dele, uma voz que soava como urros em corredores abandonados, clamores sobrepostos e intrincados. — De um jeito ou de outro, haverá um fim. Resta saber que lado vai escolher, Segunda Filha.

O fragmento de magia no peito de Red foi despertado pelo pânico. Sentiu gosto de terra, os pulsos lampejando em verde enquanto tentava conter as forças e recuar ao mesmo tempo.

Aquilo que vestia o rosto de Arick investiu contra o portão outra vez. Uma garra preta passou pelas grades e agarrou-a pelo tornozelo.

— Wilderwood está debilitada e abalada, e os deuses que ela aprisiona estão ficando mais fortes. A floresta não vai parar de tentar entrar, Redarys Valedren. Quando conseguir, vai drenar você feito um odre e não vai restar nada além de seus preciosos ossos.

O terror enfim estilhaçou seu frágil controle. Red gritou quando as veias verdes nos pulsos escalaram seus antebraços e alcançaram seu coração. Sua magia entrou em erupção e vinhas brotaram da terra, atracando-se à mão cheia de garras da criatura.

O ser rugiu e saltou para longe do portão, mas o grito de dor se transformou em uma gargalhada extravagante.

— A magia é débil — zombou o monstro. — Ela queima, mas não vai servir para muita coisa, Segunda Filha, não até que você a deixe rasgar sua pele e a dominar, raiz e galho e osso e sangue.

— Vai encontrar o sangue que está procurando — soou uma voz áspera.

A mão do Lobo pousou no ombro de Red, empurrando-a para longe do portão enquanto corria para abri-lo com um toque. Havia talhos recém-feitos nas palmas de suas mãos, sem sangue, como se já tivessem sangrado tudo o que tinham para sangrar. Ainda assim, Eammon sacou o punhal enquanto corria. Sua boca se retorcia, à expectativa da dor.

A criatura de sombra se ergueu, abandonando a forma humana. Agora sua aparência era exatamente como a daquela que emergira da brecha na noite anterior, nada além de escuridão e restos mortais.

— Você ainda tem sangue, Lobinho? — A criatura soltou uma gargalhada, cortante aos ouvidos de Red. — O que vai acontecer quando sangrar até secar? Quando se deixar exaurir pela floresta e for consumido por ela, exatamente como seu pai?

A última palavra paralisou o Lobo no meio do movimento, como se tivesse ficado preso em uma rede. Eammon congelou no lugar por um instante, o punhal em riste. Em seguida, rangendo os dentes, ele girou o punho e abriu um corte nas costas da mão.

Silvou de dor, pressionando a lâmina até o sangue verde verter pelo punhal. De onde Red estava, ainda atordoada, as extremidades do corte pareciam crivadas de pequenas folhas.

Eammon afastou a lâmina da pele. O sangue escorria pelos nós dos dedos e coloria as cicatrizes antigas. Com um grunhido, ele golpeou a criatura de sombras com as costas da mão.

Ela se despedaçou, explodindo em ossos; os pedaços se transformaram em fumaça antes de tocar o chão da floresta. Mesmo então, a risada ainda reverberava, fazendo com que as árvores estremecessem. A criatura voltou a se manifestar em voz baixa e sibilante à medida que os pedaços se dissolviam.

— É apenas uma questão de tempo.

E desapareceu, deixando para trás apenas uma marca chamuscada na terra.

O Lobo ficou imóvel por um instante, olhando para o chão. Mechas de cabelo preto e úmido de suor haviam escapado da trança na qual os fios estavam presos, grudando ao pescoço dele. Os cortes nas mãos pareciam inflamados; ele as deixou pender com cuidado ao lado do corpo enquanto cambaleava em direção ao portão, que se abriu assim que ele tocou o metal.

— A única forma de matar as criaturas é sangrando? — A pergunta foi trêmula, assim como os membros de Red. — Lyra disse que... *O que você está fazendo?*

Eammon se ajoelhara e inspecionava o tornozelo de Red, girando-o de um lado para o outro como se procurasse por machucados.

— Eu poderia perguntar a mesma coisa.

Parecendo satisfeito, ele a soltou; era como se tocar Red fosse tão desagradável quanto cortar a própria mão, um desconforto necessário.

— O que na noite passada fez você pensar que chegar perto de *qualquer coisa* do outro lado do portão seria uma boa ideia?

— Pensei que fosse diferente. Não percebi a brecha...

— Só teria percebido se tivesse estado lá quando ela se abriu. — Eammon apontou o portão por sobre o ombro com o polegar em riste. Sangue escorria devagar pelo pulso. — Nada nesta floresta é seguro, principalmente para você. Pensei que isso estivesse *muitíssimo* claro.

Red massageou o tornozelo, tentando afastar o fantasma do toque do Lobo.

— Parecia... Parecia alguém que conheço. — Agora soava ridículo, mas ela não tinha planos de admitir isso ao Lobo.

— Achou que *alguém que você conhece* atravessaria Wilderwood e chegaria até meu portão? Me impressiona que você...

— Parecia *humano*. Mais humano do que a coisa na noite passada. — Red se pôs de pé e olhou para ele, furiosa. Os cabelos pretos de Eammon agora caíam pelos ombros e cobriam seus olhos irritados. — Eu sei que foi bobo ter acreditado. Mas parecia que era *ele*.

— Ele. — A palavra saiu baixa, em tom sério.

Red engoliu em seco antes de responder.

— Ele.

Ambos ficaram em silêncio. Por fim, em meio a um suspiro, Eammon levou as mãos ao quadril e baixou o queixo contra o peito.

— Foi convincente — admitiu. — A criatura teve tempo de elaborar uma máscara crível antes de chegar à Fortaleza. Eu não... não te culpo por ter acreditado.

Bom. Por essa ela não esperava. Red cruzou os braços e fingiu se ocupar com um fio solto na manga da roupa.

— Ela teria ido embora se eu tivesse usado meu sangue? Como você, Lyra e Fife?

— Achei que eu tivesse sido claro quanto a isso.

— Responda.

A mandíbula dele se retesou. O Lobo esfregou a boca com uma mão e desviou o olhar.

— Não.

Não era verdade. Não era toda a verdade, ao menos, com base no que Fife dissera e na forma como Eammon desviara o olhar. Ela o conhecia havia apenas dois dias, mas o Lobo não sabia mentir.

— Wilderwood não vai durar muito mais tempo assim. — Eammon ergueu os braços para amarrar o cabelo. — As sentinelas estão vindo para a Fortaleza em massa, e depressa demais para que eu as cure antes que o fungo se alastre. As brechas ficam abertas por dias. Eu conseguia mantê-las sob controle antes, mas não consigo mais. Não sozinho.

Red sentiu o estômago se retorcer.

De cabelos presos, Eammon soltou os braços na lateral do corpo. Continuou olhando para o outro lado, em direção ao portão.

— Se usar sua magia...

— Eu *não posso* usá-la. — Toda vez que pensava naquilo, as lembranças ressurgiam. Galhos, sangue, Neve. Uma violência que quase matara a irmã, e tudo por culpa dela. — Eu prefiro sangrar. Tem que existir um jeito...

— *Não* existe. — O calor e o cheiro da biblioteca de Eammon atingiram Red quando ele avançou até ela. Seu tom era estranhamente suplicante, e seus olhos fitavam os dela em nítido esforço. — Acredite no que estou dizendo, Redarys. A magia é o caminho mais fácil — acrescentou. Os olhos de Red se fecharam e ela sacudiu a cabeça. — Por que está tão empenhada em acreditar na própria impotência? — A voz dele vacilou. — Não pode se dar ao luxo de...

— *Me dar ao luxo*? Acha que isso é um *capricho*?

— É um capricho ignorar sua magia — rebateu ele, exaltado. — Decidir que prefere fingir que ela não existe enquanto o resto de nós padece.

— Me parece que todos nós vamos padecer de qualquer jeito!

A expressão de Eammon se alterou, abstrusa, exibindo emoções demais para que Red conseguisse compreender. Uma veia pulsava no pescoço dela. Os dois ficaram daquela forma, tensos como cordões distendidos de um arco, nenhum disposto a ser o primeiro a desviar o olhar.

Eammon enfim cedeu, fechando os olhos e virando o rosto.

— De fato é o que parece. — Ele partiu em direção ao portão, quieto e estoico. — Preciso fechar a brecha antes que a coisa volte a se erguer.

Um toque e o ferro se abriu. O portão se escancarou para fora, agitando a névoa, e o Lobo seguiu para Wilderwood.

Red franziu o cenho quando Eammon desapareceu entre as árvores. Seus membros pareciam travados, detidos pelo medo e pelo arrependimento.

O que Eammon desejava não era possível. Mesmo que o poder de Red fosse algo que ela pudesse usar, sua mente era refém demais do medo para que conseguisse fazer isso. Toda vez que tocavam no assunto, ela era invadida por lembranças da carnificina; isso a paralisava e a sufocava.

Mas Wilderwood estava ficando mais obscura. Se deteriorando. Red conhecera apenas um resquício das coisas que a floresta detinha, e aquilo tinha sido suficiente para que se sentisse aterrorizada ao pensar no que mais os aguardava.

Se Wilderwood falhasse — se as Terras Sombrias emergissem por completo, se monstros andassem pelo mundo como antigamente —, o que aconteceria com eles?

O que aconteceria com Neve?

— Pelos Reis e pelas sombras. Essa me escapou.

Lyra emergiu do nevoeiro. Franziu a sobrancelha, olhando para a marca que a criatura de sombras deixara no chão com um frasco de sangue em mãos.

— Há uma brecha na direção sul, bem na fronteira de Valleyda. Fiquei longe o suficiente para ficar a salvo, mas ainda consegui usar meu sangue nela. Percebi que algo tinha escapado, mas pensei que conseguiria chegar antes.

— Eammon já cuidou disso. — O tornozelo de Red formigou com a lembrança do toque de Eammon, surpreendentemente delicado em contraste com sua raiva. Ela apontou para além do portão. — Ele foi fechar a brecha. Por ali.

— Humm. — Ela deu de ombros e começou a se dirigir à Fortaleza. — Bem, então ele não precisa de mim.

A espada curva nas costas de Lyra brilhava como uma meia-lua. Antes, Red tinha estado muito nervosa para perceber, mas agora notava que ela era familiar. A Segunda Filha examinou a espada enquanto seguia Lyra de volta ao castelo, principalmente para não pensar no rosto de Arick no corpo errado, em Eammon entrando na floresta com a mão dilacerada e quase sem sangue.

Depois de mais um momento de ponderação, a palavra que Red procurava veio à mente.

— Isso é uma *tor*?

Raffe tinha uma *tor* que levava presa às costas em situações oficiais. Como mandava a tradição, os filhos mais velhos dos conselheiros meducianos treinavam com elas durante um ano depois de os pais assumirem o cargo, simbolizando que era dever dos conselheiros servir o país com tudo o que tinham.

— Exato. — Ela soou quase divertida.

— Pensei que fossem cerimoniais.

— Tecnicamente. — Lyra não sacou a arma, mas seus dedos se fecharam suavemente ao redor do punho como se aquilo lhe desse conforto. — Mas são tão afiadas quanto qualquer adaga.

Elas deram a volta na Fortaleza, aproximando-se do corredor em ruínas onde ficava o quarto de Red. Lyra percorreu a descida inclinada em direção às mudas brancas em meio aos escombros. Red retardou o passo.

Raízes e trepadeiras se enveredavam por entre as rochas no fim do salão, e havia um amontoado de flores de um branco-lunar crescendo em direção ao misterioso céu crepuscular. Havia uma beleza peculiar naquilo, na forma como a Fortaleza e a floresta se entrelaçavam, como se uma alimentasse a outra. Uma beleza que fazia Red estremecer, selvagem e primitiva e apavorante.

Ela *de fato* tinha visto folhas no corte de Eammon, pequenas folhas em seu sangue rajado de verde. Pensou nas mudanças que ele sofria quando usava aquela magia tão estranha, nas cascas de árvore nos antebraços e no som de galhos ao vento que ecoavam na sua voz. O Lobo e Wilderwood, unidos de maneira que ela não conseguia entender, separados por um limite que constantemente se tornava borrado.

Agachando-se para analisar as mudas, Lyra balançou a cabeça.

— Fife tinha razão — disse ela, voltando a ficar de pé. — Tem mais delas. *Pelos Reis...* Eammon vai ter que sangrar por dias.

Ela suspirou com intensidade, agitando um cacho que pendia sobre a testa.

Red comprimiu os lábios.

Atrás delas, a porta da Fortaleza se abriu. Os cabelos de Fife brilhavam como o sol que eles não conseguiam ver. Ele olhou para Lyra, a boca torcida em um sorriso. Era a primeira vez que Red via o rosto dele contente.

— Voltou mais cedo.

— Fiquei com fome. — Os dois pareceram relaxar, como se ver um ao outro acalmasse ambos. — Eammon trouxe as coisas? Ele disse que ia para lá depois de curar a primeira brecha desta manhã.

— Sim, embora o gosto dele por queijo ainda seja suspeito. Da próxima vez, eu vou, já que ele parece incapaz de seguir uma lista de compras. — Fife franziu o cenho, olhando para as mudas. — Eu disse a ele para cuidar dessas primeiro, antes de mexer na outra.

Lyra levantou a sobrancelha.

— Outra?

— Tem uma no corredor — respondeu Fife com ar mal-humorado. — Apareceu hoje de manhã.

Um silêncio breve. Os olhos de Lyra se voltaram para Red. Havia algo ilegível no retorcer ansioso de seus lábios.

— Você viu?

O tom dela não era exatamente acusador, mas trazia uma estranha surpresa, como se Red devesse ter feito alguma coisa ao ver a muda. A mesma suposição de Fife naquela manhã.

— Vi — disse Red com cautela. — Eu deveria ter ido avisar Eammon?

Lyra pareceu confusa.

— Acho que até poderia, mas por que você não...

— Ele a proibiu de fazer isso — interrompeu Fife.

Lyra olhou para ele com uma expressão de piedade e resignação ao mesmo tempo. Fife sacudiu ligeiramente a cabeça. Havia uma conversa inteira acontecendo entre os dois sem que dissessem uma palavra sequer.

Red se mexeu no lugar, desconfortável.

Um momento se passou. Em seguida, Lyra olhou para Red e se forçou a dar um sorriso.

— Eammon tem algo em mente, tenho certeza. — Os olhos escuros dela se voltaram para Fife, quase como se estivesse tentando tranquilizá-lo. — Ele sempre tem.

— Sempre — ecoou Fife, baixinho.

Red tentou retribuir o sorriso hesitante de Lyra, mas suas lembranças estavam em polvorosa — Wilderwood a atacando, árvores com presas, fossos de sombra e as mãos de Eammon sangrando.

Fechou os olhos e chacoalhou a cabeça. Fife e Lyra conversavam, tranquilos e à vontade; isso de alguma forma era relaxante, ainda que sua mente estivesse inquieta. Prestando atenção na cadência das vozes dos dois em vez de pensar na floresta e no nevoeiro, Red os acompanhou até a Fortaleza.

Interlúdio
Valleydiano III

A cadeira vazia do outro lado da mesa era barulhenta como uma sirene.

Fora mais fácil ignorá-la quando Arick fazia as refeições com elas, nas poucas vezes em que isso acontecera antes da partida de Red. Por mais desconfortáveis que fossem os jantares com apenas Arick e a Rainha Isla, ele sempre amenizava o clima agindo como o consorte perfeito, uma barreira de contenção entre a terra de Neve e o mar gelado de sua mãe. Mas agora ele se fora, partira com sua dor e um repentino arroubo de heroísmo, e a sala de jantar se tornara um túmulo com apenas duas ocupantes.

Na verdade, jantares com a Rainha jamais tinham sido confortáveis. Neve e Red não jantavam com a mãe com frequência; quando o faziam, porém, sentavam-se uma de frente para a outra. Isla ficava na cadeira da cabeceira. Embora os jantares fossem quase silenciosos, Neve ao menos não ficava completamente à deriva. Red sempre fora sua âncora.

Agora Neve olhava fixamente para o prato vazio, sabendo que cada garfada desceria como chumbo, sabendo que uma hora ali pareceria um dia inteiro. Desde que Red se fora — desde que Red *fora sacrificada* —, o tempo com a mãe tinha ares de penitência. Principalmente porque Isla não parecia nem um pouco abalada. Se sentia a mesma dor que Neve, nem sequer chegava perto de demonstrar.

A porta se abriu e os criados entraram, trazendo um único carrinho com pratos empilhados. O mero cheiro da comida fez Neve torcer o nariz.

Reverente, um deles acendeu as três velas no centro da mesa — uma branca, uma vermelha e uma preta. Isla curvou a cabeça. Depois de um momento, Neve a imitou, aborrecida.

A Rainha olhou em expectativa para Neve, que rangeu os dentes.

Com um suspiro, Isla fechou os olhos.

— Aos Cinco Reis damos graças — entoou ela — por nossa segurança e por nosso sustento. Na santidade e no sacrifício e na ausência.

As velas foram apagadas. Os criados serviram a comida e o vinho e depois foram embora, ágeis e silenciosos. Neve não tocou o garfo, mas agarrou a taça de vinho e tomou um longo gole.

— O rito de agradecimento tem duas frases, Neverah. — Isla levou o garfo à boca delicadamente. — Tenho certeza de que não doeria para você demonstrar fé de vez em quando.

— Prefiro não fazer isso, muito obrigada.

E esvaziou a taça. Em sua visão periférica, viu a mão da mãe se tensionar sobre a mesa.

Isla tomou um gole de vinho. Depois pousou a taça na mesa, com mais força do que o necessário, fazendo ecoar um estalido suave e cristalino.

— Permiti que vocês duas se aproximassem demais — disse ela, tão silenciosamente que a boca mal se mexia. — Deveria ter impedido isso quando vocês eram crianças, deveria ter protegido vocês...

— Não era eu quem precisava de proteção.

A Rainha estremeceu.

A parte de Neve que desejava ser uma filha obediente sentiu uma pontada de dor. Era a mesma parte dela que desejava algo a que se agarrar, que desejava um porto seguro em meio ao mar de culpa e incerteza. Era o que uma mãe deveria ser, não era? Um porto seguro, ainda que Neve já não fosse uma criança? Mas o papel de Isla naquilo tudo era inegável. Ela aceitara tamanha violência em silêncio, como se não passasse de um dano colateral; sua conivência tinha a forma de uma filha perdida coberta por uma capa vermelha.

Neve amava a mãe, mas ela merecia se encolher.

A garganta da Primeira Filha doía como se tentasse engolir lâminas, os dedos arqueados como garras nos joelhos sob a mesa. O silêncio crescia, e Neve desejou que a mãe o preenchesse com alguma coisa. Qualquer coisa.

Quando Isla finalmente se mexeu, foi um movimento discreto, um sutil subir de ombros ao suspirar. Por um momento, sua máscara se desfez e a Rainha de gelo de repente pareceu cansada e vazia. Mas depois olhou para Neve, recompondo-se.

— Me lembrei de uma coisa — disse ela, como se aquela fosse uma conversa normal. — Precisamos começar os preparativos para o casamento.

Neve ficou boquiaberta; a mudança de assunto havia sido abrupta, e sua mente demorou para acompanhar. Quando enfim se situou, a resposta veio direta e sem polidez, em um rompante de nítida fúria.

— Não quero me casar com Arick. Você sabe disso.

— E você sabe que isso não importa. — Isla endireitou a postura; seus olhos refletiam as chamas das velas. — Acha que eu queria me casar com seu pai? Um homem com o dobro de minha idade que ficou na corte apenas tempo suficiente para gerar um herdeiro e morreu antes de saber que tinha gerado *duas*? O casamento da Primeira Filha é sempre político. Sempre foi assim. Você não é a exceção. — Isla sorveu o resto do vinho. — Nenhuma de vocês poderia ser a exceção.

— Arick está apaixonado por Red. — Neve queria soltar a informação como uma bomba, mas sua voz estava frágil demais para soar como um ataque.

Ainda assim aquilo pareceu afetar a mãe, transpondo seu verniz de indiferença. Isla fechou os olhos e suas mãos se afrouxaram sobre a toalha. Ela inspirou fundo.

Então seus olhos se abriram, olhando para nada em específico.

— Então ele é mais ingênuo do que eu pensava. — Isla ficou de pé devagar, como se cada movimento exigisse esforço. — Pode ser bom para você, Neverah. Homens tolos são os mais fáceis de controlar.

Com os saiotes azul-gelo, a rainha saiu pela porta, andando pelo chão de mármore como se deslizasse. Seus movimentos eram rijos, mas ninguém além de Neve notaria. Ela havia sido treinada para aquele mesmo caminhar, aquele que exibia poder e graça, por isso conseguia enxergar as rachaduras.

A garrafa de vinho no centro da mesa estava cheia, já aberta e pronta para ser servida. Neve não se deu ao trabalho e bebeu direto do gargalo.

Quando não restava nada além da borra, ela se pôs de pé sobre pernas molengas. A sala girava, mas não havia ninguém para oferecer um braço no qual ela pudesse se apoiar — a sala de jantar estava vazia, e nenhum criado havia esperado do lado de fora para atender a suas necessidades reais. Ela provavelmente os assustara com seus modos nada nobres, com sua fala descortês.

No estado embriagado em que se encontrava, isso era quase engraçado.

Seguiu devagar até o salão, a mão preparada para se firmar em uma parede caso fosse preciso. Ela não sabia que horas eram, apenas que já era tarde; as janelas eram de vidro escuro e dava para ver as estrelas lá fora.

As janelas davam para o norte, na direção de Wilderwood. Com um movimento desajeitado devido ao excesso de vinho, Neve cuspiu no chão.

Algo chamou sua atenção, desaparecendo em um corredor. Foi um vislumbre de vermelho e branco, familiar de uma maneira que provavelmente teria sido óbvia se ela não estivesse bêbada. Franzindo as sobrancelhas, ela avançou, virando na mesma direção onde o que quer que fosse havia acabado de desaparecer.

Sacerdotisas. Cerca de duas dúzias, um pouco mais do que vira quando discutira com Raffe no dia anterior. Cada uma segurava uma vela — fato que, por si só, não era estranho, já que sacerdotisas da Ordem costumavam levar velas vermelhas de oração por aí. No começo, achou que as velas fossem pretas, como se tivesse topado com uma procissão funerária ou rito de despedida fora de hora.

Mas cerrou os olhos. Não, não eram pretas. Eram cinzentas, do mesmo tom de uma sombra.

O grupo deslizava em silêncio pelo corredor em direção aos jardins, liderado pela sacerdotisa de cabelos ruivos. Kiri.

É claro.

— Você!

Neve mal reconheceu a própria voz. Mesmo aquela única palavra soou arrastada, o que provavelmente teria sido vergonhoso se ela tivesse forças para sentir qualquer coisa.

Os ombros das sacerdotisas se enrijeceram, uma por uma, como crianças flagradas roubando doces. Em busca de instruções, olharam para Kiri, que continuava serena. Ela se virou devagar; na percepção de Neve, o movimento foi vagaroso demais. O pequeno pingente de galho pendia do pescoço da mulher. As estrias de escuridão na casca branca eram quase invisíveis devido à pouca luz.

Elas se encararam por um instante. Então Kiri olhou para uma das sacerdotisas e acenou com a cabeça. Torceu o canto do lábio em um sorrisinho.

Seus olhos frios e azuis piscaram de volta para Neve enquanto o grupo de sacerdotisas seguia em silêncio pelo corredor.

— Posso ajudá-la, Vossa Alteza?

A ira momentânea de Neve tinha esfriado, ofuscada pela estranheza das sacerdotisas no escuro, seu silêncio e suas velas de cor sombria.

— Eu vi você ontem — murmurou Neve, agora mais curiosa do que zangada. — Você estava falando com Arick.

— Estava. — A luz bruxuleante distorcia as feições de Kiri.

— O que ele queria?

O rosto dela permaneceu implacável enquanto a chama da vela dançava em seus olhos.

— A mesma coisa que você, naquela noite no Santuário.

Um calafrio percorreu os ombros de Neve.

— Você disse a ele como salvá-la.

Não houve resposta. Apenas silêncio, apenas sombras trêmulas projetadas na parede pela vela cinzenta de Kiri.

—Mas como você sabe? — A voz da Primeira Filha soou vulnerável no escuro. — Como sabe o que aconteceu com Red, como sabe como trazê-la de volta? — Engoliu em seco, trêmula. — Por que não me disse primeiro?

Kiri segurou o pingente com certa reverência.

— Desde criança, muito antes de entrar para a Ordem, eu sirvo aos Reis. Fui guiada por eles ao buscar esclarecimento, ao conhecer os verdadeiros caminhos.

Não é possível confiar a verdade a todos, Alteza. Ela é volátil, assustadora. — Ela apertou o pingente com mais força. — A cautela é a chave, assim como agir em segredo para abrir espaço para a luz.

— Eu sou digna de confiança. — Neve assentiu brevemente, o que serviu apenas para desencadear o início de uma dor de cabeça. — Quero saber a verdade, Kiri.

Nada além de silêncio, a luz dançante vinda da vela e olhos azuis e impassíveis que a observavam, analisavam. Kiri mexeu no pingente outra vez.

Havia uma mancha escura com cheiro ferroso em um de seus dedos. Os olhos da mulher se fecharam ao pressioná-lo contra a madeira, quase como se estivesse ouvindo alguma coisa.

Kiri abriu os olhos ao soltar o pingente.

— Venha. — A sacerdotisa retomou o passo lento pelo corredor, levando a única fonte de luz e deixando Neve no escuro. Quão tarde será que era? Por que nenhuma das arandelas estava acesa?

Neve olhava para ela.

— Para onde está indo? — Seu tom não era acusatório. Era curiosidade genuína.

A chama deixou entrever um sorriso sutil e sugestivo quando Kiri olhou por cima do ombro.

— Venha — repetiu, virando em direção à porta que levava até os jardins.

Até o Santuário.

As sacerdotisas estavam agrupadas do lado de fora, com as mãos em concha em volta das chamas para protegê-las da brisa noturna. Neve trocou o peso de perna, inquieta.

— Pelo *amor* dos Reis. — Em silêncio, ela as seguiu escuridão adentro.

Nenhuma delas olhou para Neve enquanto atravessavam o jardim, deslizando como um mar de fantasmas. Era lua nova, e a noite profunda transformava o vulto das sebes em sombras bestiais, cada arco um monstro à espreita.

Entraram no Santuário, depois seguiram até a esvoaçante cortina escura ao fundo. Kiri foi a primeira a entrar, mas não a manteve aberta; cada sacerdotisa entrou sozinha, impossibilitando qualquer vislumbre da sala do outro lado.

A Primeira Filha sabia o que havia lá, mas sentiu um calafrio mesmo assim.

A última sacerdotisa desapareceu pela cortina. Neve respirou fundo e depois a seguiu.

A miniatura de Wilderwood. Segurando as misteriosas velas cinzentas, as sacerdotisas formavam um círculo em torno dela. Mas havia algo diferente. Os pedaços de tronco estavam marcados, manchados com algo escuro. Sangue? Mas não podia ser, a cor era estranha, escarlate repleto de veias escuras. *Pelos Reis*, a cabeça dela doía.

— Neve?

Ela girou sobre os calcanhares. Arick estava atrás dela. Sua mão estava enrolada em um curativo sujo de vermelho. Bem no meio da palma, uma mancha escura irradiava pelo tecido branco como um pequeno sol.

O rosto cansado do rapaz se iluminou com um sorriso franco.

— Encontrei um jeito.

11

Ela demorou quase quatro dias, ao menos até onde conseguia se situar no crepúsculo perpétuo de Wilderwood, para elaborar um plano. Red passava a maior parte do tempo no quarto, rodeada por seus livros, encontrando uma fuga nos trechos familiares. E era boa em fugir.

Por mais estranhos e nebulosos que fossem seus dias, ao menos seguiam certo ritmo. Três refeições na pequena cozinha contígua à sala de jantar que raramente era utilizada, às vezes com Fife ou Lyra, às vezes sozinha. O armário farto era abastecido com comidas simples e, embora suas habilidades culinárias fossem quase inexistentes, ela não corria o risco de morrer de fome. Fife não dizia nada na maior parte do tempo; Lyra era educada, mas distante.

E, se estivesse por perto do saguão quando o céu escurecia e ganhava um tom violeta, ela via Eammon.

A primeira vez foi um acidente, um dia depois de ele a salvar da criatura de sombras que parecia Arick. Depois de terminar de ler boa parte dos livros que levara, Red foi até a biblioteca para procurar outros. Teve êxito na missão — havia uma prateleira nos fundos repleta de romances e livros de poesia, todos com capas desgastadas e orelhas nas páginas que denunciavam manuseio frequente.

Estava subindo as escadas com cautela, segurando a pilha que escolhera, quando o viu.

Eammon estava parado diante da porta ainda aberta, delineado contra a luz fraca. Sua cabeça pendia sobre o peito e havia exaustão em seus ombros; os cabelos soltos escondiam os olhos. Uma das mãos segurava um punhal; a outra estava coberta de cortes que sangravam devagar, expelindo também uma seiva fina e esverdeada que escorria em maior quantidade. Sua pele tinha aparência de casca de árvore na altura do pulso. Embora Eammon estivesse encolhido, ainda era nítido como era alto. A magia se enroscava em torno dele como uma guirlanda.

Red permaneceu em silêncio, mas ainda assim ele a percebeu e olhou para ela, como se a atmosfera tivesse mudado com a presença da Segunda Filha. Eammon se endireitou, apertando a barriga com a mão ferida. Seu rosto foi tomado por uma expressão de dor quando ele guardou o punhal. Havia círculos escuros sob seus olhos brilhantes, cuja parte branca tinha um tom de esmeralda. Era como se estivesse prestes a desmoronar a qualquer momento, como se apenas a recusa em parecer fraco diante dela o mantivesse de pé.

Talvez ela devesse ter dito algo, mas Red não tinha ideia do que seria apropriado. O que poderia fazer? Perguntar se ele estava tendo uma noite agradável?

Olhares cruzados, sentimentos indecifráveis cintilando nos dois rostos. Então Eammon ergueu o queixo em um cumprimento de olá e despedida ao mesmo tempo e subiu as escadas devagar até o segundo andar da Fortaleza.

Na manhã seguinte, havia três novas mudas de sentinelas no corredor. Era sinal de três novas brechas surgindo em Wilderwood, três novas oportunidades para que monstros escapassem. Três novos lugares onde Eammon precisaria sangrar na tentativa de manter fechados todos os limites frágeis da floresta.

Naquele exato instante, o plano de Red começou a tomar forma.

Naquele momento, no que parecia ser de manhã bem cedo, ela estava na porta do pátio com a mão contra a madeira, mas não exatamente a empurrando. Tinha pensado em fazer um experimento com uma das mudas dentro da Fortaleza, mas corria o risco de ser vista.

E Eammon fora muito insistente ao dizer que ela não deveria sangrar.

Sentiu o estômago embrulhar quando enfim entrou no redemoinho de neblina, em direção ao canto desmoronado do corredor onde as mudas erguiam os ramos pálidos rumo ao céu cor de lavanda. O frasco de vidro que surrupiara do armário na cozinha era escorregadio. Dentro dele, escarlate como o manto em seu armário, havia três gotas de sangue.

Não era muito. Não havia nada no quarto que pudesse usar, então Red cutucara uma cutícula até se ferir e apertara o dedo, deixando o sangue escasso pingar dentro do frasco.

Era apenas o suficiente para entender se fazia diferença. Apenas o suficiente para descobrir se havia outra forma além de usar a magia que quase matara a irmã.

A lembrança de Wilderwood a perseguindo depois do corte na bochecha ainda a preocupava. No entanto, pensava ela, aquele sangue tinha saído direto da veia — que era a única maneira de Wilderwood aceitar o sangue do Lobo, segundo Lyra. E Eammon era parte da floresta, estava conectado a ela... Talvez sangrar da mesma forma que ele tivesse sido a razão para que Wilderwood a atacasse, a razão pela qual a floresta tentara se enfiar sob sua pele. Se ela sangrasse apenas no frasco, não haveria ferida aberta por onde a floresta pudesse tentar entrar.

E ela *precisava* fazer alguma coisa. Era evidente que Eammon estava por um fio; a ideia de criaturas de sombras se libertando da floresta era inconcebível.

Ela não podia usar magia, disso estava certa. O medo a sufocava, tinha as garras cravadas fundo em seu coração. A magia era um beco sem saída, mas com certeza havia algo que ela pudesse fazer. Tinha que haver.

Red parou diante da sentinela mais distante do portão. Havia pedras cobertas de lodo em volta das raízes e bruma enrolada como um laço na base dos galhos. Não a tocou, mas se aproximou como jamais fizera com qualquer outra sentinela, e algo no gesto fez a atmosfera mudar. O ar parecia vibrar contra sua pele de maneira inédita, mas não desagradável; ao piscar, Red enxergou uma luz dourada atrás das pálpebras.

Respirou fundo. Endireitou a coluna. Foram necessárias algumas tentativas até conseguir abrir o frasco; quando o fez, o cheiro ferroso de sangue pareceu mais forte do que era possível. Com a mão firme, Red suspendeu o recipiente acima das raízes da muda.

— O que está fazendo?

A voz dele era suave. Red olhou para trás.

Eammon estava logo atrás dela. A neblina esvoaçava ao redor de suas botas e das gavinhas em seus cabelos soltos e compridos demais. Seu rosto era inexpressivo, com os olhos escuros e impenetráveis e os lábios cheios ligeiramente entreabertos.

Ela continuou segurando o frasco com firmeza, mas não derramou o conteúdo.

— Acho que você está mentindo para mim — disse Red. — Acho que meu sangue *pode* matar as criaturas de sombras e curar as sentinelas. Se o de Fife e o de Lyra e o seu podem por causa da Marca, então o meu também pode, não importa o quanto... o quanto eu seja *diferente* das outras Segundas Filhas.

Ela esperava que ele a refutasse outra vez, que mantivesse a mentira. Mas o único movimento de Eammon foi o da garganta enquanto engolia.

— Não é tão simples assim, mas você está certa. Seu sangue pode fazer isso. — Ele ainda falava com suavidade, calmo e estoico como as árvores ao redor. — Mas o preço é maior do que eu estou disposto a deixar você pagar, Redarys. Se der seu sangue a Wilderwood, ela não vai parar aí. Não vai conseguir.

A criatura de sombras se transformando no cadáver de Merra, raízes caindo de seu ventre aberto. Gaya, morta e invadida pela floresta. As outras Segundas Filhas desaparecendo entre árvores, atraídas pela escuridão. Presas a Wilderwood, mas de um modo diferente de Red. Modo este que Eammon não explicava com clareza e dizia apenas ter a ver com o poder terrível e destrutivo que crescia em seu sangue como erva daninha.

Isso termina em raízes e ossos.

Red olhou para ele. A mão que segurava o frasco começou a tremer de leve.

— Pode ser que *eu* esteja disposta a pagar o preço. Pode ser que eu prefira sangrar em suas árvores e enfrentar quaisquer que sejam as consequências do que tentar usar a maldita magia.

— Teme a si mesma tanto assim?

A voz dele adquirira um tom incrédulo, mas também uma tristeza que a atingiu em cheio e agravou o tremor em sua mão.

— Você estava lá. — Foi quase um sussurro. — Você viu como ela me transformou em algo horrível.

— Eu só vi partes. Estava concentrado em... em outras coisas. Mas sei que o poder é volátil, principalmente no começo. Tenho certeza de que o que quer que tenha acontecido não foi tão terrível quanto se lembra. — Um passo hesitante em frente, uma mão tomada por cicatrizes se estendendo na direção dela. — *Você não é horrível.*

Eles se entreolharam acima do chão cheio de musgo e névoa. Por fim, muito devagar, Red baixou a mão que segurava o frasco, deixando-a pender ao lado do corpo. Em seguida, estendeu-a e pousou o frasco na palma de Eammon. Seus olhos ardiam, e sua respiração emitiu um som agudo, mas o Lobo foi gentil e fingiu não notar.

Os dedos dele roçaram os dela ao pegar o frasco; suas cicatrizes eram ásperas ao toque.

— Por isso insistiu tanto em ficar? Por causa do que aconteceu naquela noite?

Ela assentiu, com medo de preencher o espaço entre eles com palavras.

Eammon suspirou, guardando o frasco de sangue e passando uma mão pelo cabelo.

— Estou tentando pensar em alternativas. Algo mais que pudéssemos fazer, algo que...

Pacto.

Um ruído abafado de vegetação, um barulho de galhos formando uma palavra. Em uma das pedras próximas ao pé de Red, o musgo verde ficou marrom e murchou.

O Pacto. Devem ser dois. Como antes.

Mais musgo morria, contorcendo-se em espirais frágeis. O preço da fala para Wilderwood.

Dois. Gaya e Ciaran. Um Lobo e uma Segunda Filha, juntos.

A magia é mais forte quando há dois.

A última frase foi mais silenciosa, como se a floresta estivesse cansada. A grama morreu sob os pés de Red, quebradiça. Alarmada, ela recuou e quase colidiu contra Eammon.

A mão dele pousou sobre o ombro de Red, firme e quente, coberta por cortes que ainda não estavam cicatrizados. Red se atrapalhou com os próprios pés ao dar um passo atrás, cruzando os braços para conter um calafrio.

Eammon olhou para ela, olhos escondidos na sombra do cabelo, os lábios comprimidos. Sua mão pairou no ar por um breve instante, ainda onde o ombro dela estivera segundos antes, e depois caiu, agitando a névoa ao redor deles. Os olhos do Lobo inspecionaram o rosto de Red com cuidado, como se a resposta de um enigma estivesse impressa nele.

Depois, deu as costas para a Segunda Filha e desapareceu na névoa, deixando-a sozinha.

O conceito de *noite* era quando o corpo de Red se sentia cansado e quando o céu escurecia de cor de lavanda para cor de ameixa — embora, aparentemente, Red fosse a única na Fortaleza que tentava se situar no tempo mesmo com a ausência do sol. Lyra estava patrulhando os arredores outra vez, com a *tor* nas costas e o bolso cheio de frascos de vidro. Fife estava na cozinha, responsável pelas louças do jantar.

Ela não sabia onde Eammon estava, mas iria procurá-lo em breve, assim que criasse coragem.

Em frente à lareira, Red andava de um lado para o outro mordendo a unha do dedão. Ainda usava o vestido que havia colocado para comer com Fife e Lyra, que era bordô e estava, até o momento, sem resquícios de sujeira ou sangue. Fife continuava pouco amistoso, mas Lyra os unia em uma camaradagem agradável, ainda que frágil. Era nítido que ela e Fife se conheciam havia muitos anos e que, ao longo do tempo e das circunstâncias, tinham desenvolvido uma forte conexão. Red se sentia deslocada perto deles, uma intrusa, e se perguntava se as outras Segundas Filhas antes dela haviam sentido o mesmo.

Não que alguém mencionasse as outras Segundas Filhas, ou as sentinelas, ou a magia de sangue. Ninguém falava disso. Ainda assim, elas corroíam a mente de Red mesmo quando Fife e Lyra falavam sobre amenidades.

Teme a si mesma tanto assim?

Ela temia. Tinham sido quatro anos de ansiedade constante e silenciosa se agitando no fundo da mente de Red, que revivia flashes daquela noite quando ela se descuidava. A maneira como sua magia, recém-adquirida de Wilderwood, havia dilacerado pessoas, deixando para trás um mar de sangue sobre as folhas. A maneira como ela não fora capaz de controlá-la.

A maneira como quase matara Neve.

Mas talvez... talvez não tivesse que ser assim. Eammon havia dito que a magia era volátil, especialmente no início. Talvez, depois de ficar reprimida dentro dela por anos, fosse mais fácil usá-la. Controlá-la. Ela teria Eammon para ajudar, que era o mais próximo possível de um especialista em magia de Wilderwood.

E a imagem de Eammon entrando na Fortaleza, curvado e ensanguentado, a floresta entremeada a ele — a cena não saía da mente de Red. Ele continuava se derramando sobre Wilderwood e permitindo que Wilderwood se derramasse *para dentro dele*. Fazia tudo o que podia para sustentá-la por conta própria. Ele não a pressionava. Dera tempo a ela, mesmo que a espera o exaurisse. Havia uma semana que a Segunda Filha estava lá, e sua presença não havia ajudado Eammon nem tampouco a floresta.

Ela precisava ao menos tentar. Devia isso a ele. Devia isso à Neve. Afinal, não seria aquilo apenas mais uma medida para manter a irmã a salvo? Certificar-se de que os monstros que ela agora sabia que eram reais não escapariam das Sombras? O leite já estava derramado.

Ela parou onde estava e respirou fundo. Depois deu as costas para a lareira e se dirigiu determinada até a porta.

Uma batida a interrompeu. Red congelou no lugar.

Alguém xingou baixinho do outro lado antes de bater na porta novamente, dessa vez mais forte.

Red buscou a voz no fundo da garganta.

— Pois não?

— Posso entrar?

Ele tinha ajustado a voz grave para tentar soar acolhedor, mas não deu muito certo.

— A Fortaleza é sua.

— Mas o quarto é seu.

Depois de um momento de hesitação e surpresa, Red abriu a porta.

O Lobo precisava se curvar um pouco para enxergar sob a viga da porta. Prendera o cabelo em um rabo baixo e desleixado, mas ainda havia mechas escuras caindo sobre as clavículas. Ansioso, ele puxava as mangas da camisa com os dedos manchados de tinta, mas não havia indício algum de nervoso no rosto, angular e sério como sempre. Suas mãos estavam envolvidas em ataduras brancas.

Red fez um gesto para que ele entrasse. Eammon se abaixou e, ao entrar, parou diante da porta. O quarto parecia menor com ele ali.

O silêncio se tornava mais denso a cada segundo.

— Vai sarar? — Red apontou para as mãos dele.

Ele franziu o cenho como se não tivesse entendido, depois olhou para baixo. Então emitiu um som melancólico e gutural.

— Até certo ponto.

— Que bom que você apareceu, na verdade. — Red engoliu em seco. — Eu estava indo...

A mão de Eammon se ergueu e a luz da lareira refletiu um objeto prateado que ele segurava. *Punhal.*

Red recuou depressa, confusa e com os olhos arregalados. Talvez ele finalmente tivesse se cansado dela, talvez tivesse decidido que drenar o sangue dela seria de mais ajuda do que qualquer magia. Quantos seriam os frascos que todo o sangue de seu corpo encheria...

Eammon olhava para Red como se ela tivesse enlouquecido. Só então seguiu o olhar dela até à lâmina. Ele ergueu as mãos em um gesto de rendição.

— Não vou *esfaquear* você.

— Para que mais serve um punhal?

Ele ruborizou.

— Era sobre isso que eu queria conversar.

A tensão que antecede a violência se dissipou. A pulsação de Red voltou ao ritmo normal, embora algo no olhar dele fizesse seu coração martelar no peito.

Eammon correu a mão enfaixada pelo cabelo, olhando para o fogo em vez de olhar para ela.

— Eu... — Ele pausou, suspirou e voltou a falar misturando todas as palavras. — Já ouviu falar em laços do matrimônio?

Ela demorou um instante para processar as palavras, de tão inesperada que foi a pergunta.

— Acho que sim. É uma cerimônia de união, não é? Um casamento popular, que não precisa de testemunha ou bençãos.

—Sim. — A resposta foi breve, e os olhos dele não se desviaram do fogo. — Os dois doam uma parte de si, cabelo geralmente, e a amarram em torno de um pedaço do novo lar compartilhado.

A outra mão de Eammon vasculhou o bolso e tirou dele um pedaço de madeira branca. Casca de sentinela.

Dois, Wilderwood dissera. *Devem ser dois.*

O calor da compreensão se desabrochou lentamente no peito dela.

— Isso é um pedido de casamento?

Eammon não respondeu, afastando o cabelo para trás de novo. As pontas das orelhas ficaram vermelhas.

— Wilderwood está tentando recriar o que tinha antes, com Gaya e Ciaran. Não podemos oferecer isso, não exatamente, mas podemos chegar o mais perto possível. — Ele virou o punhal entre os dedos, nervoso. — Um casamento como o deles seria um bom começo. E acho que isso poderia fazer com que... fosse mais fácil para você lidar com sua magia.

Red não sabia como transformar o nó no estômago em palavras.

— Ah. — Foi tudo o que conseguiu dizer.

Outro silêncio, desta vez mais pesado, pairou entre os dois. Naqueles poucos segundos, Red viu passar diante de seus olhos tudo o que vivera até aquele ponto. Quando Neve sangrou pela primeira vez e sua mãe desatou a falar sobre noivados e alianças. Quando Red sangrou algumas semanas depois e não houve conversa parecida — ela estava comprometida desde o primeiro suspiro, não teria nenhum pretendente. As primeiras vezes desesperadas com Arick, quando acreditava que aquele seria o máximo de carinho que receberia. Sua vida tinha sido um castelo de cartas, uma carta empilhada com delicadeza sobre a outra, mais pela facilidade de construção do que por uma escolha real — afinal, a situação já não era difícil o suficiente sem que ela a complicasse mais ainda?

Mas lá estava Eammon. Longe do monstro que ela fora ensinada a esperar, longe de qualquer coisa que jamais havia imaginado. Eammon, oferecendo a ela uma escolha.

Ele precisava dela. Ela duvidava que um dia ouviria aquilo da boca dele, mas era evidente depois de tudo o que havia acontecido desde que atravessara a fronteira da floresta, depois das palavras de Wilderwood mais cedo, enquanto se entreolhavam no nevoeiro. Tinha que haver dois, mas ele não a forçaria a ficar com ele. Não a obrigaria a fazer nada que ela não escolhesse fazer, com todo o seu coração.

Red sentia o coração pulsar na garganta.

Eammon estava atento às emoções incompreensíveis no rosto dela. Depois, balançou a cabeça.

— Deixe para lá. Eu nem sei se...

— É uma boa ideia.

Ele fechou a boca com um estalar de dentes.

— Vale a pena tentar, pelo menos.

Red deu um passo hesitante à frente, puxando a trança emaranhada sobre o ombro e desatando o pedaço de barbante que a mantinha presa. Seu cabelo ainda estava úmido, e ficou com marcas onduladas da trança feita quando ele ainda estava molhado. Ela sacudiu a cabeça, chacoalhando as madeixas agora soltas, e olhou para o Lobo.

— Se for um pedido de casamento, minha resposta é sim — disse Red, calma.

Ele engoliu em seco. Havia um brilho indecifrável em seus olhos. Então, assentiu.

O espaço entre eles parecia imenso. Eammon se moveu primeiro, cauteloso, segurando o punhal.

— Primeiro você. — O canto de sua boca se torceu. — Podemos chamar isso de voto de confiança.

— Você vai ter que se sentar. — Red gesticulou em direção à cabeça dele. A altura de Eammon era absurda. — Eu não consigo alcançar.

Uma pausa. O único lugar em que ele podia se acomodar era a cama, e ambos pareceram perceber isso ao mesmo tempo, dado o arregalar de olhos de ambos. Então, Eammon se ajoelhou.

— Que tal?

Ela concordou com a cabeça. Algo na postura dele, ajoelhado como em penitência, a fez sentir um frio na barriga.

O cabelo dele era mais sedoso do que ela imaginava, e tinha cheiro de café e livros antigos.

— Você fez isso com as outras? — Red forçou uma risada que soou tão nervosa quanto ela se sentia. Seu estômago se revirou. — Quantas esposas já teve?

Ele continuava sob a mão dela. A voz soou baixa.

— Só você.

Ele não tinha se casado com as outras Segundas Filhas. Inexplicavelmente, isso fez com que o estômago de Red parecesse despencar de um precipício.

— Por que não, se Wilderwood está tentando recriar o que teve um dia?

— Não foi preciso. — Ele se ajeitou sobre os joelhos. — Wilderwood recriou tudo de outras formas.

Isso não interrompeu a queda livre do estômago de Red, mas fez com que suas bochechas ficassem quentes, resultado de uma onda de constrangimento irracional. Ela se sentiu grata por ele não estar vendo.

— Que sorte a nossa.

Um grunhido grave.

Red separou uma mecha de cabelo atrás da orelha de Eammon e conseguiu cortá-la sem derramar sangue.

— Pronto.

Eammon ficou de pé, desajeitado. Os cabelos soltos caíram sobre seu rosto enquanto ele estendia a mão para pegar a lâmina de volta.

Red se virou de costas, a respiração irregular enquanto os dedos nodosos do Lobo, quentes e ásperos, tocavam levemente seu pescoço. Ele separou uma mecha do mesmo lugar que ela, colocando o resto do cabelo de Red sobre o outro ombro. Depois, ela ouviu um ruído suave e um feixe de cabelo dourado ficou nas mãos de Eammon.

— Faz diferença como amarramos?

— Temos que fazer isso juntos, mas é só isso, até onde sei. — Ele olhou para ela com um sorriso sutil e hesitante. — É meu primeiro casamento, lembra?

O estômago dela se agitou outra vez.

Após um momento de hesitação, Eammon tirou a casca branca do bolso. Atrapalhados, os dois enrolaram os fios ao redor do pedaço da sentinela, esbarrando as mãos.

Outra coisa aconteceu quando terminaram de enrolar os cabelos ao redor do pedaço de árvore. Red... *se sentiu desatar*. Era como se seu peito fosse um nó, sua caixa torácica feita de corda emaranhada, e o nó tivesse se soltado em uma ação inversa ao que ela e Eammon haviam feito com os cabelos. A magia encolhida em seu peito parecia mais leve de certa forma. Menos como algo prestes a causar destruição e mais como uma ferramenta de que ela poderia fazer uso se necessário.

Eammon dissera que um casamento poderia tornar o poder dela mais controlável. Aparentemente, ele estava certo. Prender-se a ele — a Wilderwood, que ele governava — fez com que a magia que Red trazia consigo parecesse uma parte dela em vez de algo que tinha que aprisionar.

Quando terminaram, a casca branca estava quase completamente coberta por dourado e preto. Red olhou pela janela para a floresta, sem saber ao certo o que esperava ver.

— Então isso vai ajudar Wilderwood?

— É provável. — Eammon guardou o pedaço de madeira no bolso. Flexionou as mãos como se tateasse o ar em busca de alguma mudança na atmosfera. — As sentinelas querem você... mais perto.

— Me casar com você *certamente* me aproxima.

Ele ruborizou ligeiramente outra vez.

— É a intenção.

— E são elas que detêm as criaturas de sombras — disse Red, optando por não mencionar as bochechas ruborizadas dele. — As sentinelas.

— Alguém andou estudando.

— Fife me explicou. Não sem relutância.

Mais silêncio. Red não sabia o que dizer ou como dizer. Um longo discurso não parecia fazer sentido, não agora que seus cabelos estavam nas mãos de Eammon. Não agora que ele passara a ser seu *marido*.

Então, quando ela finalmente falou, foi direta:

— Ainda quer que eu tente usar a magia?

Ele se virou para ela com um movimento abrupto.

— Porque eu vou — continuou Red. Ela encarava as sombras projetadas na parede em vez de olhar para Eammon. — Eu tenho medo, e ela nunca me trouxe nada de bom. Mas acho que nós... O que nós acabamos de fazer vai tornar as coisas mais fáceis. E se isso pode ajudar você, ajudar a floresta... eu vou tentar.

Eammon não disse nada, mas sua mão se moveu na direção do pedaço de madeira no bolso, o símbolo da união dos dois.

— Não precisa — murmurou ele. — Não quero que faça algo que não queira. Não quero que faça *nada* que não queira fazer. A escolha é sua.

— Se a escolha é minha, já está feita. — Ela já tinha ido longe demais para voltar atrás agora. — Se pode me ensinar a usar a magia de Wilderwood, eu gostaria de aprender.

A luz do fogo iluminava o rosto angular de Eammon, cintilando nos olhos cor de mel. Não havia traço de verde neles, o que causava mais alívio em Red do que ela conseguia entender.

— Me encontre na torre do pátio quando acordar.

Ele fez uma pausa, depois continuou com voz serena:

— Vou me certificar de que a magia não machuque você ou qualquer outra pessoa. Eu prometo. Não precisa ter medo.

Ela assentiu. O ar entre eles parecia sólido, algo que podia ser empurrado para fora do caminho.

Eammon abriu a porta que dava para o corredor pintado pela luz crepuscular. Ao sair, apontou para o fogo.

— Não se preocupe em apagar o fogo antes de dormir. A madeira não vai se queimar nem deixar que as chamas se alastrem para qualquer outro lugar.

— Como consegue fazer *isso*?

Ele respondeu com um sorriso irônico.

— Talvez essa seja a lição de amanhã. — Seu novo marido se virou e adentrou a escuridão do corredor, deixando-a sozinha no quarto. — Boa noite, Redarys.

12

A respiração de Red era só mais uma nuvem de vapor no pátio tomado por neblina, espiralando de seus lábios no ar frio. Ela olhou para cima enquanto seguia até a torre. Daquele ângulo, as janelas no topo se alinhavam perfeitamente, abrindo lacunas de céu na pedra.

A porta cheia de musgo rangeu levemente quando ela a abriu, quebrando o silêncio de Wilderwood. Diante dela, uma escadaria subia escuridão acima. Havia vegetação forrando as paredes, folhas e flores claras colorindo a rocha cinza em tons de branco e verde. Diferente da Fortaleza, a natureza não parecia sinistra ali — parecia ser parte da estrutura em vez de uma invasora. Mesmo assim, Red teve o cuidado de não a tocar.

A escadas eram longas e deixaram Red cansada antes de enfim terminarem no centro de uma sala circular. Ali não havia vegetação, e sim quatro janelas equidistantes abertas na parede curva, com flores e trepadeiras esculpidas em madeira nos peitoris. Entre duas delas havia uma lareira crepitante abastecida de madeira intocada e uma pequena mesa, também de madeira, com duas cadeiras. O teto, de um azul intenso e escuro, erguia-se até um ponto acima da escada, onde havia um sol de papel pendurado, trabalhado em camadas de dourado e amarelo.

Constelações pintadas em prata rodeavam o sol de papel, primorosamente detalhadas — as Irmãs, mãos partindo do norte e do sul e se encontrando no centro; o Leviatã, rasgando o céu ocidental; as Estrelas da Peste, amontoadas sobre o esboço de um navio. A lenda dizia que as Estrelas da Peste tinham aparecido para guiar o navio que transportava comerciantes infectados com a Grande Peste de volta ao continente. As estrelas tinham desaparecido quando os afligidos foram súbita e miraculosamente curados.

— Que lindo — murmurou Red, girando no lugar com os olhos ainda no teto.

Um riso anasalado despertou sua atenção. Eammon estava encostado no parapeito da janela com uma mão no bolso e a outra segurando uma caneca fumegante. Seu cabelo estava amarrado; atrás de sua orelha, havia um tufo curto e espetado de onde ela cortara a mecha para o enlace dos dois.

— Obra de Wilderwood. A torre e a Fortaleza surgiram quando Gaya e Ciaran selaram o pacto, totalmente mobiliada. — Ele deu um gole no líquido da caneca. — Um presentinho para o casal. Ciaran construiu o restante.

Ciaran. Gaya. Ele nunca se referia a eles como seus pais, apenas usava os nomes ou títulos, transformando-os em pessoas distantes e sem afeto.

O sentimento era familiar.

Red se aproximou da lareira e aqueceu as mãos. As janelas não tinham vidros, e a sala estava tão gelada quanto a floresta lá fora.

— Então Wilderwood fez isso? — Ela gesticulou para as pinturas no teto.

— Não. — Eammon foi até a mesa no centro da sala e se serviu de mais café de uma garrafa. Havia outra caneca; ele olhou para Red como se fizesse uma pergunta. Quando ela assentiu, ele serviu a segunda caneca. — Foi Gaya quem pintou.

Os olhos de Red se voltaram para as constelações outra vez. Uma sensação estranha e pesada tomava seu peito.

— Alguma razão específica para nos encontrarmos aqui? — Ela pegou a caneca que ele havia servido, segurando-a com as duas mãos para sentir o calor. — Desculpe pelo comentário, mas você não parece gostar muito daqui.

Eammon emitiu um ruído rouco que podia ter sido uma risada. Soltou o peso sobre uma das cadeiras e depois a inclinou, gangorreando sobre as duas pernas traseiras.

— Porque este lugar foi feito por Wilderwood, então a magia é mais forte aqui.

O nó da magia em Red ainda parecia mais leve naquela manhã, desembaraçado e solto. Ela sabia que era resultado do rápido enlace; pensando bem, porém, um pouco daquilo provavelmente se devia à torre, também. Brotando junto às flores nas paredes enquanto ela subia as escadas.

Ainda assim, a ideia de usar a magia fazia crescer um buraco no estômago dela.

O café estava forte e amargo. Red fez uma careta.

— Será que a magia de Wilderwood conseguiria arranjar um pouco de leite?

— Sinto dizer que não. Vou colocar na lista de compras. — Eammon sorveu um longo gole. — Mesmo com toda a força, o poder de Wilderwood é bastante limitado. Ele age sobre seres vivos ou ligados à floresta, mas só.

— Também pode curar feridas.

— Só se a pessoa ferida estiver ligada a Wilderwood.

Ela apertou a caneca para conter o impulso de tocar o próprio rosto, a região na bochecha onde o espinho a machucara uma semana antes.

— Na verdade, você não me curou — disse ela. — Você simplesmente... pegou o corte para você. Ele apareceu no seu corpo.

— A dor tem que ir para algum lugar. — As pernas da cadeira rangiam quando Eammon as inclinava para trás. — É uma questão de equilíbrio. A trepadeira que ilumina a Fortaleza segura as chamas sem se queimar, mas ela não cresce. Nem os lugares de onde a madeira foi cortada. Ferimentos não podem só desaparecer. Eles são transferidos.

Não estavam virados um para o outro, mas a atmosfera entre eles era sólida como um olhar fixo. Red tomou outro gole do café forte.

— Seu poder deve funcionar de forma semelhante ao meu — disse Eammon, olhando para o teto. — Já que são mais ou menos a mesma coisa.

Ela franziu o cenho.

— Mas quando não consigo controlar, eu não... Quero dizer... Não é como acontece com você, quando... — Ela deixou a frase incompleta, sem saber como dizer aquilo.

— Você não se transforma como eu — disse ele, em voz baixa e de maneira direta.

— Não — murmurou ela. — Não me transformo.

A garganta de Eammon se mexeu quando ele engoliu a saliva.

— Minha conexão com Wilderwood é mais forte do que a sua — explicou ele. — E quando uso o poder da floresta, ela... ela toma parte de mim. As transformações costumam desaparecer, mas ainda assim não é agradável. E algumas permanecem. — Ele deu de ombros e se endireitou. — Por isso às vezes uso sangue. Funciona da mesma maneira sem me deixar vulnerável a tantas *alterações*.

A última palavra soou ressentida. Ainda olhando para o teto, Eammon esfregou a região acima do pulso, onde Red vira a pele transformada em casca de árvore.

Red assentiu, desviando o olhar da silhueta dele para o reflexo ondulante em sua caneca de café.

— Então eu não vou me transformar porque minha magia não é tão forte quanto a sua.

— Exatamente. Não tão forte, e mais caótica.

— Para dizer o mínimo.

— Então vamos focar em controlá-la. Em canalizar apenas uma pequena quantidade de cada vez, e direcionada a um propósito específico.

Red ficou nervosa e se pôs a procurar alguma distração para adiar o inevitável. Sentou-se na cadeira de frente para ele, segurando a caneca com firmeza.

— Por que a magia afeta seres vivos?

— Quando Ciaran e Gaya fizeram o pacto, as sentinelas se enraizaram neles. Se tornaram parte deles. — As pernas da cadeira rangeram quando Eammon se inclinou para trás, olhando para cima como se contasse a história ao sol de papel, como se dando a Red a oportunidade de adiar aquilo, caso ter todas as respostas fosse deixá-la confortável. — Assim, o Lobo e a Segunda Filha podem controlar seres da terra, seres com raízes. Eles estão sob influência das sentinelas, e, portanto, sob a nossa.

A mente de Red se agitou ao lembrar de todas as vezes em que precisara reprimir seu grão de magia, a quilômetros e quilômetros de distância de Wilderwood.

— Para algo com um alcance tão limitado, a *influência* das sentinelas parece se estender bastante longe.

— Não sei dizer. Faz séculos que saí desta maldita floresta pela última vez. — As quatro pernas da cadeira bateram no chão. — Ela aprisiona os Guardiões muito melhor do que aprisiona as sombras.

— Guardiões?

— Guardiões e Lobos têm propósitos muito semelhantes.

— Precisa existir uma explicação melhor do que essa.

— Ciaran era caçador. — Eammon ficou de pé e cruzou a sala, indo em direção a uma das janelas de peitoril esculpido. Ali havia um pequeno vaso de cerâmica; era possível ver alguns ramos verdes caindo pela borda. Ele o pegou e levou-o de volta para a mesa, segurando-o com as duas mãos. — Antes de fugir com Gaya, sua maior conquista tinha sido matar um lobo gigante e monstruoso que rondava a aldeia onde morava. Um filhote de um dos seres das Terras Sombrias, antes de todos morrerem. Eles o chamavam de Lobo muito antes de ele vir para cá, e a palavra para "Guardião" não pegou com a mesma força. — Com um sorriso largo, ele deslizou o vaso sobre a mesa em direção a Red. — Para ser sincero, prefiro Lobo.

— Talvez as pessoas não pensassem que você é um monstro se fosse chamado de Guardião.

— Talvez eu não me importe que pensem que sou um monstro.

A intenção era soar impetuoso — e, superficialmente, de fato soou. Mas havia algo em como ele disse aquilo que fez Red sentir uma pontada no peito. Com os dedos, ela torceu uma das gavinhas com delicadeza.

Eammon se sentou na cadeira — da forma correta desta vez, sem incliná-la para trás.

— Vamos começar do começo. — Ele fez um gesto na direção da plantinha. — Faça-a crescer.

Red deslizou a caneca para o lado, torcendo para que ele não percebesse como tremia quando segurou o vaso com as duas mãos.

— Como faço isso sem causar uma catástrofe? O que fizemos deixou a magia mais fácil de controlar, mas não me sinto confiante.

A menção ao casamento, por mais indireta que fosse, fez com que ambos desviassem o olhar.

— Precisa focar na intenção — disse Eammon, depois de um momento tenso. — Quando enxergar o poder da floresta com clareza na mente, abra-se a ele. É meio... intuitivo. Ele levantou o olhar das cicatrizes dos dedos e olhou para o rosto de Red. — É parte de você.

Parte de você. Ela pensou nas mudanças que a magia causara nele, na casca e nos olhos verdes, na altura e na voz sobreposta. Uma balança pendendo para a frente e para trás, do homem para a floresta, do osso para o galho.

A magia em seu peito buscou sair. Era algo que ela poderia dominar se fosse corajosa o bastante. Se pudesse engolir as lembranças do passado antes que...

Red fechou os olhos e sacudiu a cabeça levemente, como se os pensamentos pudessem ser dissipados com o gesto.

— Estou pronta.

— Estou aqui.

A tranquilidade que ele transmitiu acalmou um pouco a tensão em seus membros. Respirando fundo bem devagar, ela tentou acalmar os pensamentos acelerados e se concentrar na intenção. Crescimento, raízes escavando o solo à medida que as folhas cresciam.

Quando isso ficou claro em sua mente, canalizou o poder. Foi hesitante, o mais leve dos toques, mas a magia desabrochou como uma flor.

E, por um breve momento, Red pensou que conseguiria.

Mas a memória era como uma correnteza, e o toque deliberado em seu poder a puxou para as profundezas, afogando-a em pânico. Tudo aquilo passou por seus olhos como se estivesse acontecendo novamente: uma erupção de galhos e raízes e espinhos, sangue jorrando, costelas rasgadas por troncos afiados, Neve caindo no chão...

— *Red!*

Ela ouviu o chamado do outro lado de seu torpor, distante como um grito em meio a um ciclone. Tudo que enxergava era floresta escura, céu escuro, e na boca predominava o sabor de terra e sangue. Longe, ela sentiu a coluna travar, a garganta puxar o ar que não vinha, o corpo se fechando em uma última tentativa de manter a magia sob controle.

Então, com um forte aperto nos ombros, ela foi girada de frente para um par de olhos âmbar, depois sentiu as mãos quentes e feridas do Lobo em suas bochechas.

— Red, *volte!*

A voz e os olhos dele arrancaram-na das garras da memória. Red ofegava, puxando ar para dentro dos pulmões, que de repente voltaram a funcionar.

Eammon a soltou quase no mesmo instante, como se sua pele queimasse.

— *Pelas sombras*, o que foi isso?

Ela pressionava as costas contra a borda da mesa, um contraponto à pulsação desenfreada.

— Não consigo. Pensei que poderia depois que nos casamos, mas não consigo.

— Você já fez isso. Fez isso *há uma semana!*

— Aquilo não era controle! Eu mal consegui me conter! — Red esticou a mão em direção à janela. — Quer tentar me jogar para Wilderwood outra vez? Para ver se isso desperta algum tipo de *controle?*

Eammon recuou, mãos erguidas em rendição. A luz do fogo iluminou as cicatrizes nas palmas.

A porta no andar inferior se abriu e rasgou o silêncio. Em seguida, os dois ouviram passos subindo depressa. Os cabelos vermelhos de Fife apareceram no topo da escada, colados na testa pelo suor.

— Notícias da Fronteira — informou ele, ofegante. — Há uma brecha na direção oeste. Com complicações.

— Que complicações? — Eammon ainda olhava para Red. Sua expressão era um misto de zanga e mágoa.

A mandíbula de Fife se retesou.

— Estavam procurando por uma abertura na fronteira, como sempre. Em vez disso, encontraram uma brecha total. E alguém... caiu.

Isso bastou para atrair a atenção de Eammon. Ele assentiu em um movimento brusco.

— Tranque a Fortaleza, depois volte aqui. É mais seguro.

— Eu deveria ir com você.

— É perigoso demais. Se alguém caiu em uma brecha total, vão tentar puxar outros. Você será mais útil aqui.

Quase imperceptivelmente, o olhar de Eammon foi de Fife para Red, voltando para Fife logo em seguida.

O outro homem franziu o cenho e concordou com a cabeça.

Fife desceu as escadas e Eammon se dirigiu à lareira. Uma faca longa cintilava sobre ela, bem como o punhal curto que ele usava para abrir cortes na mão. Eammon pegou as duas armas.

— Fique aqui. — Ele olhou para ela por cima do ombro, muito sério. — Não saia da torre.

Mil perguntas e sugestões invadiram a cabeça de Red. Quando ela abriu a boca, porém, tudo o que saiu foi:

— Tome cuidado.

13

Red estava sentada perto da janela, roendo a unha do polegar. Fife trouxera um cesto com algumas maçãs meio murchas para o almoço, mas a preocupação fazia com que ela sentisse um nó no estômago, e não fome. Ridículo. Preocupar-se com o Lobo, indo fazer coisas de Lobo. Estava sendo realmente ridícula.

Ainda assim...

Não considerava Eammon um amigo propriamente dito. Nem sabia ao certo se *gostava* dele, apesar da estranha afinidade que tinham desenvolvido naquela armadilha em que ambos se encontravam. Mas ele a salvara, duas vezes; mesmo que fosse mais por precisar dela do que por qualquer motivo pessoal, aquilo ainda contava. Ele ainda não tinha conquistado a amizade dela, mas ganhara seu respeito, e o fato de que só aquilo os unia tornava o laço ainda mais forte.

E se acontecesse algo com Eammon, o que significaria para Wilderwood? Todo aquele fardo, as sentinelas enfraquecidas e os fungos-de-sombra e os monstros que clamavam por liberdade — será que tudo cairia sobre os ombros dela? Red não sabia se conseguiria fazer aquilo sozinha, não por muito tempo. Eammon não tinha conseguido. O que aconteceria com Neve, e com todo o mundo além de Wilderwood, quando ela certamente fracassasse?

Daí toda a preocupação. Queimação no estômago, mãos formigando e o olhar fixo na floresta, aguardando o retorno dele.

Fife a observava, sentado na cadeira que Eammon tinha deixado vaga, virada ao contrário para apoiar a mão boa no encosto. Não tinha falado nada desde que voltara da torre. O silêncio estranho talvez tivesse incomodado Red em outra situação, mas ela estava nervosa demais para notar — até que ele falou.

— Ele vai ficar bem, sabe? — Fife bateu com os nós dos dedos no encosto da cadeira. — Isso é normal por aqui. Bem, a menos que alguém caia na brecha, mas mesmo assim, Eammon tem mais facilidade para cuidar disso do que o resto de nós. Os aldeões estão sempre desafiando as divisas.

A voz dele a sobressaltou, mas a interação não foi indesejável. Red franziu as sobrancelhas.

— O que isso significa? *Desafiar as divisas*? E a que aldeões você se refere?

— Na Fronteira, além da divisa de Wilderwood ao norte. Descendentes de exploradores que tentaram ver o que tinha além dela, há muito tempo. Quando as divisas da floresta se fecharam, eles ainda estavam lá e ficaram presos. Wilderwood não permite que saiam, mas isso não impede que continuem procurando pontos fracos, achando que podem encontrar um lugar que permitirá a saída. — Fife deu de ombros. — Não adianta. Se você está preso aqui, vai ficar preso aqui para sempre.

Red nunca tinha ouvido falar da Fronteira nem de nada além de Wilderwood, mas Fife não parecia ser a pessoa certa para quem pedir mais informações. Não quando o ressentimento na voz dele era quase palpável.

De qualquer forma, estava ansiosa demais para dar vazão à própria curiosidade.

— Ele só parece... — Ela parou de falar sem saber como descrever as olheiras profundas de Eammon e a contratura constante do maxilar. — Cansado.

— Todos nós estamos cansados.

Fife pegou uma maçã com a mão boa e os olhos de Red foram atraídos outra vez para a bandagem fina de raízes em torno do braço dele. A pele sob a manga formigava — a Segunda Filha mantivera sua Marca coberta desde que aparecera, exceto quando a tinha mostrado para Eammon naquele primeiro dia na biblioteca.

— Você acha que ele levou alguns frascos com ele? — perguntou ela, pensando nos ferimentos nas mãos dele e em como ele parecia verter mais seiva do que sangue. Em como o sangue era para evitar que a floresta o modificasse. — Para o caso de ficar sem... e precisar de mais?

— Ele não vai. O meu sangue e o de Lyra são praticamente inúteis em comparação ao dele.

— Então por que vocês dois continuam sangrando?

— Termos do pacto. — Ele bateu na própria Marca. — Quando você faz um pacto por uma vida, a sua parte não é concluída até gastar certa quantidade de sangue a serviço de Wilderwood. Parece que eu ainda não sangrei o suficiente.

De novo, ressentimento, transparecendo na voz dele como uma corrente mortífera. Red pegou uma maçã, mais para ter algo a fazer com as mãos.

— E qual foi o seu pacto, Fife?

O ar ficou carregado entre eles, e Red achou que ele não responderia. Mas ele olhou para ela com expressão defensiva e perguntou:

— Quanto você sabe sobre pactos com Wilderwood?

— Não tanto quanto eu deveria, pelo jeito.

Fife levantou uma das sobrancelhas com ar de incredulidade e, depois, encolheu os ombros.

— Todo pacto tem um preço. Os menores você paga com dentes e tufos de cabelo, sabe? Mas um pacto para salvar uma vida é diferente. Wilderwood marca você e pode te chamar. Ninguém sabia para quê. Eu fiz o meu pacto, ganhei minha Marca e não sabia o que ela faria até a floresta me chamar de volta, me puxando como um peixe em um anzol, para depois me sangrar como um também. — Ele atirou o talo da maçã na lareira. A madeira sibilou. — Lyra e eu fomos os únicos dois a fazer um pacto por uma vida. Que tolos nós fomos.

— Ou corajosos — sugeriu Red, baixinho.

— Ela, talvez. Eu, não.

Fife se recostou, em silêncio, pressionando a mão contra o corpo.

— Havia uma garota — começou ele depois de um momento, quase como se estivesse falando consigo mesmo. — Ela sofreu um acidente. A perna foi esmagada por um moinho. A ferida supurou, ela ardeu em febre. A morte era inevitável. Então, fiz o pacto. Minha vida pela dela. — O cabelo ruivo roçou a tez sardenta enquanto ele se ajeitava na cadeira. — Ela se casou com outra pessoa, mas talvez tenha sido melhor assim. Wilderwood se fechou dois anos depois, e nos chamou, Lyra e eu, antes disso, os tolos com a Marca do Pacto com uma dívida com a floresta. Ela teria ficado viúva.

Red revirava o talinho da maçã não comida.

— Foi isso que aconteceu com a sua mão também? Parte do pacto?

Ele contraiu o rosto, e a mão estremeceu como se talvez ele fosse tentar escondê-la. Mas Fife suspirou, olhando para a confusão de cicatrizes. Linhas lúgubres que marcavam dos nós dos dedos até o punho, a maioria concentrada em torno das veias do pulso.

— Não. Isso aconteceu quando tentei cumprir a minha parte do pacto de uma vez só... Derramar todo o sangue que a floresta quisesse. Não funcionou, é claro. Tudo que consegui foi romper alguns tendões e ficar desmaiado por dois dias. — Ele encolheu os ombros. — Nunca vi Lyra tão zangada. Nem Eammon tão quieto. Demorou um pouco para tudo voltar ao normal depois daquilo.

Aquela cicatriz grossa em volta do pulso dele... Red sentiu um aperto de pena no coração, mas não demonstrou por saber que era a última coisa que ele iria querer.

— Sinto muito, Fife.

— Não precisa. — Brusco, mas não zangado. — Se eu não tivesse feito o pacto, não teria conhecido Lyra.

Red arrancou o talinho da maçã.

— Vocês dois...

— Não. — A resposta foi bem rápida. — Quer dizer... Não *desse* jeito. Não assim. É complicado. — Fife tamborilou no encosto da cadeira, procurando palavras. — Lyra não é mulher para romance. Nunca foi. Mas é a pessoa mais importante da minha vida, já há alguns séculos agora. E isso basta.

Red assentiu, sentindo que não deveria insistir mais. Ele já tinha falado mais com ela nos últimos cinco minutos do que durante todo o tempo em que ela estivera na Fortaleza.

— E por que Lyra fez um pacto?

— Não é a minha história para que eu te conte. — Fife pegou outra maçã. — É bem mais longa e mais nobre que a minha.

Ficaram em silêncio — um pouco frio ainda, mas mais confortável do que antes. Red levou a maçã à boca; antes de chegar a mordê-la, porém, algo... *estremeceu* no seu campo de visão. Um lampejo de sombras verdes, na forma de folhas e galhos.

Aquilo a fez se lembrar daquela noite. Quando Wilderwood correu para ela, como se a palma da mão cortada fosse um portal. Quando viu a mão de Eammon pela primeira vez, a conexão entre eles foi forjada em galho e sangue.

Franziu as sobrancelhas e balançou a cabeça. Não tinha uma visão daquele tipo havia uns quatro anos; não havia motivo para achar que teria outra. Do outro lado da mesa, Fife não percebeu nada enquanto mastigava a maçã e encarava o vazio, perdido em pensamentos.

Ela contraiu os lábios.

Quando o tremeluzir estranho voltou, não foi tão sutil quanto as sombras da floresta. Foi como um raio caindo bem atrás dos olhos, encobrindo a torre por completo para mostrar uma cena totalmente diferente. A hera no vaso sobre a mesa estendeu os dedos verdes em direção a ela, e as maçãs murchas ficaram roliças e mais vermelhas.

Fife praguejou e se levantou depressa, mas Red não o ouviu. Red não via mais a torre nem nada lá dentro. Em vez disso, assim como na noite do seu aniversário de dezesseis anos, viu mãos.

Mãos cobertas de cicatrizes, segurando uma adaga, e um filete de sangue verde correndo pelas palmas.

Além das mãos, uma criatura, um monstro. Com uma forma vaga de homem, mas como se estivesse envolto em cordões de sombras, a forma curvada nos ângulos errados e coberta por uma tinta preta que parecia escorrer dela. Olhos leitosos e boca que parecia gritar. Atrás dele, a névoa envolvia uma árvore branca com fungos pretos subindo pelo tronco. A criatura deu uma risada baixa em um tom discordante e desafinado, erguendo as garras para atacar.

Outro lampejo escuro de folhas e galhos. Os olhos dela voltaram a ver apenas a torre. Red abriu e fechou a boca, emitindo um som abafado enquanto levava a mão à barriga, certa de que tinha sentido as entranhas quentes e viscosas saindo dali.

Mas não era ela que estava enfrentando o monstro. Era Eammon. Eammon, a visão dele ainda mais forte do que tinha sido antes.

O enlace fazia com que fosse mais fácil controlar a magia — pelo menos na teoria, quando ela não ficava paralisada pelas lembranças. Parecia que a união lhes dera outras habilidades também, criando uma conexão tão forte que ela conseguia ver através dos olhos dele.

Ver que havia algo horrivelmente errado.

— Tudo bem? — Fife levantou uma das sobrancelhas.

— Eu... — Ela não sabia como descrever o que tinha visto. Era passado ou presente? Futuro? Os parâmetros daquela nova união entre eles eram desconhecidos. — Eu vi Eammon... Eammon sendo ferido, ferido por alguma coisa... alguma coisa *sombria*...

Fife arregalou os olhos e pareceu preocupado.

— Você o *viu*?

— Já aconteceu antes. — Ela não sabia bem como explicar, então nem tentou. Red se levantou rápido, fazendo a cadeira cair atrás dela. — Eu tenho que ir.

— Isso está fora de cogitação. — Fife balançou a cabeça com tanta veemência que o cabelo ficou em pé. — Eammon disse...

— Eu não posso simplesmente *deixá-lo*. — Ela ainda podia ver as formas sombrias da floresta no canto do campo de visão, galhos afiados e vinhas trepadeiras. No peito, o poder girava e crescia, subindo e se expandido, fazendo a hera já enorme sobre a mesa estremecer. — Foi real, Fife, exatamente como da última vez. Eu tenho que fazer *alguma* coisa.

Ele franziu as sobrancelhas com uma emoção que ela não soube identificar. Por fim, Fife suspirou e se levantou.

— Tudo bem. — Ele se virou para seguir para a escada. — Mas quando Eammon perguntar quem teve essa brilhante ideia, não espere que eu vá salvar sua pele.

Wilderwood estava assustadoramente silenciosa enquanto Red e Fife seguiam por entre as árvores, a atenção da floresta focada em outro lugar. A névoa estendia os dedos sinuosos para o céu cor de lavanda, entrelaçando-se entre os galhos secos.

— Noroeste, já que vieram da Fronteira — murmurou Fife, seguindo uma bússola mental. — E provavelmente bem perto daqui. — Os dentes dele brilharam. — Meus Reis amados! É o *idiota* do Valdrek.

Red mal o escutou. Passou por entre a vegetação rasteira, evitando espinhos e folhas, mantendo todo o foco em *encontrar Eammon*.

O que faria quando o encontrasse... não sabia ao certo.

Árvores-sentinelas se espalhavam pelo caminho, altas e pálidas. Fungos escuros subiam por todas, às vezes apenas na raiz, às vezes até a altura dos joelhos de Red. Ela conseguia sentir o cheiro à medida que se aproximavam — vazio, frio, de ozônio. O terreno em volta das árvores estava firme por ora, mas ela não sabia por quanto tempo continuaria assim. Quando as sentinelas se soltariam de qualquer que fosse a magia que as mantinha firmes e apareceriam na Fortaleza, um sinal silencioso para Eammon derramar mais sangue, ou então arriscar ainda mais seu equilíbrio interno ao avançar mais floresta adentro.

Um som quebrou o silêncio. Um rugido.

Fife olhou para ela. Os dois começaram a correr.

Os galhos começaram a açoitar Red, que mal conseguia se desviar das extremidades afiadas enquanto se lembrava da regra de Eammon, a única que ele parecia querer que ela cumprisse: *Não derrame sangue onde as árvores puderem experimentá-lo*. Estava com a respiração ofegante e entrecortada; o som dos pés de Fife passando pela vegetação rasteira formava um metrônomo. *Não sangre. Não sangre. Não sangre.*

Vozes à frente, xingamentos que pareciam etéreos através de camadas de névoa. A mente de Red era um turbilhão de possibilidades que serviam como combustível para ela correr ainda mais rápido: Eammon ferido, Eammon eviscerado, Eammon morrendo em uma poça de sangue salpicada com folhas.

Mas, quando chegaram, Eammon estava inteiro. Inteiro e rosnando.

Estava de costas para eles, com os braços estendidos; tinha cortes precisos nas palmas das duas mãos, dos quais escorria um líquido vermelho com manchas esverdeadas. Diante dele, uma sentinela envergada, coberta de fungos escuros, parecia prestes a desmoronar. As raízes rompiam o terreno podre, o anel de escuridão se espalhando devagar como uma ferida aberta. Havia marcas sangrentas de mãos pelo chão, e naquele ponto o limiar da infecção recuava um pouco. O trecho de floresta que Eammon tinha conseguido limpar já estava começando a ser tomado por fungos de novo.

Por instinto, Red deu um passo para trás, chocando-se com alguém. No início, achou que fosse Fife. Mas viu uma braçadeira de couro cinza acima da mão que cobriu sua boca.

— Quieta — sibilou uma voz desconhecida no seu ouvido.

Red não precisava do conselho. A criatura andando de um lado para o outro na frente das raízes da sentinela, como se a estivesse protegendo, roubou qualquer som que pudesse sair da garganta.

— Lobo rosna, rosna baixo, rosna nas árvores — disse a criatura. Talvez tivesse sido um homem um dia, o que piorava tudo.

O jeito como se movia era errado, agachado e oscilante, os joelhos dobrados para trás. Tinha a camisa aberta no braço, um corte grande e escuro marcando o bíceps inchado. Sombras saíam da ferida e pairavam sobre a pele, com certeza infectando-a com fungos, exatamente como faziam com a terra.

— Vi as sombras — continuou cantarolando ele, andando de um lado para o outro. — Vi as sombras e o que havia nas sombras, e o que havia nas sombras tem *dentes*.

Os dedos ensanguentados de Eammon estremeceram, tentando chamar um galho ou um espinho. A parte branca dos olhos ficou de um tom mais esverdeado, enquanto as veias do pescoço verdejavam; a não ser por um tremor de um arbusto baixo, porém, Wilderwood não respondeu.

Sangue e magia, os dois enfraquecendo.

Por uma fração de segundo, ele pareceu se sentir impotente. Então, rosnando, Eammon fez um novo corte na palma da mão.

— Por que não está ajudando ele? — Red tentou avançar, o sussurro cortando o ar. Mas a pessoa que a segurava, quem quer que fosse, tinha punhos de aço. — *Você tem que ajudar!*

— E o que quer que a gente faça, garota? — sibilou a voz atrás dela. — Nosso sangue não interessa a Wilderwood, e não precisamos de mais ninguém infectado pelas sombras.

Ela olhou de um lado para o outro, procurando Fife. Estava um pouco atrás dela, entre outras pessoas vestidas de verde e cinza, mesclando-se às cores da floresta moribunda. Aqueles deviam ser os aldeões que ele mencionara mais cedo.

O olhar de Red se encontrou com o de Fife, e ela apontou com o queixo a sentinela que desabava na poça de fungos cada vez maior. Mas Fife balançou a cabeça, um brilho de medo nos olhos, e Red se lembrou do que Eammon dissera na torre — que era perigoso demais que Fife fosse com ele.

Que alguém que já tinha caído estava procurando atrair outros.

— Quanto tempo você vai durar? — Com as pernas invertidas, o ser avançou na direção de Eammon. Um estalo, enfraquecido pela sombra que se calcificava. Caiu de joelhos e continuou avançando, engatinhando pela terra apodrecida. — Não muito, não sozinho. Principalmente não agora, agora que Wilderwood sente o cheiro de algo *fresco*.

As olheiras de Eammon ficaram mais escuras quando ele se ajoelhou e pressionou a mão sangrenta na terra. Daquela vez, o fungo-de-sombra não regrediu nem um pouco. Na verdade, continuou avançando, e as folhas em que tocava no terreno da floresta se enrugavam e secavam.

Ele não conseguiria impedir aquilo sozinho. O corpo dela entrou em ação antes que a mente tivesse tempo de impedi-la. Red se agitou em um movimento brusco e, em um rompante, conseguiu se soltar da pessoa que a segurava. Esta ficou surpresa o suficiente para que ela escapasse, e a Segunda Filha escorregou nas folhas enquanto recuava para se afastar da maré de terra podre que avançava.

Eammon olhou para ela, a frustração nos olhos se transformando em medo. Balançou a cabeça com veemência, mas Red o ignorou. Ela se esgueirou ao longo da borda do fosso de sombras, abrindo e fechando as mãos, sentindo a magia da floresta crescer dentro dela. A magia a atraía para o Lobo, a união entre eles tornava mais fácil usá-la e direcioná-la. O espectro de lembranças sombrias começou a surgir, mas o medo que sentia por Eammon o sobrepujava, não deixava espaço para mais nada. O poder corria por suas veias, banhando-as de verde.

Wilderwood ainda parecia exaurida, já no limite. Quando Red mexeu os dedos, porém, os galhos estremeceram.

Eammon arreganhou os dentes. Ergueu o braço e acenou — *volte* —, mas Red negou com a cabeça. Deu mais um passo, o poder crescendo...

E pisou em um galho.

O estalo foi alto. Red congelou, a mão estendida na direção de Eammon. Pela primeira vez desde que o conhecera, o Lobo parecia aterrorizado.

A criatura levantou o nariz, farejando.

— Ah, aqui está. — A cabeça envolvida em sombras se virou para olhar para Red. — *Sangue* fresco.

A palavra foi como um impulso. Os segundos pareceram se estender por muito tempo, as batidas do coração marcando o compasso: *tum*, a criatura se lançou na direção dela; *tum*, a criatura levantou a mão apodrecida e escura para Red, *tum*, as unhas outrora humanas se estenderam como garras.

Tum, Eammon se colocou entre ela e a criatura. As garras o atingiram, rasgando roupa e pele.

A magia girava dentro dela, a visão do sangue de Eammon enfim abrindo espaço para as lembranças de todas as formas que aquilo poderia dar errado. A magia estremeceu dentro dela, a facilidade que o casamento trouxera escapando por entre os dedos enquanto Eammon caía no chão bem à sua frente. A magia não era a única forma de curar a brecha, porém, e o brilho da faca que ele deixou cair foi um lembrete claro e nítido mesmo enquanto sua magia deslizava para o caos.

Malditas regras. Red agarrou a adaga e cortou a palma da própria mão.

Levou-a à terra, deixando o próprio sangue regar a floresta. Sua vontade foi um grito que passou arranhando a garganta e reverberando em todas as partes do seu ser, concentrado demais para ser ignorado.

— *Pare!*

O fosso de sombras obedeceu.

Não foi devagar. Não daquela vez. As beiradas da terra apodrecida retrocederam, passando por entre as raízes da sentinela, desaparecendo por baixo delas. A árvore se reergueu com um *bum*, mandando ondas de choque por todo o terreno da floresta. De forma vaga, Red percebeu que outras pessoas no limiar do fosso caíam no chão, sem conseguir manter o equilíbrio na terra que estremecia.

Um momento de silêncio, de quietude. A criatura a fitou com olhos arregalados, ainda boiando nas sombras. Eammon olhou da adaga suja de sangue para a mão de Red na terra com uma expressão horrorizada.

E algo em Red... *mudou*. A onda de magia se inverteu, não mais saindo, mas *entrando*.

Entrando e trazendo Wilderwood com ela.

Algo começou a deslizar contra sua mão na terra. Uma gavinha de uma raiz, tentando encontrar uma abertura na pele dela. A floresta reivindicando sua posse. Tinha experimentado o gosto de Red e agora queria mais.

Se der seu sangue a Wilderwood, ela não vai parar por aí.

A dor a fez contrair a boca, mas o som que estrondou pela clareira não veio dela, e sim de Eammon.

Ele se levantou e envolveu os ombros dela com as mãos ensanguentadas e cobertas de cicatrizes, fazendo com que ela se levantasse também. A sensação das raízes tentando entrar pelo corte ficou mais aguda, depois cedeu assim que ela tirou as mãos do chão.

Eammon se agachou e colocou as próprias palmas na terra, ainda manchada com o sangue de Red. Não havia novos cortes na pele dele. Em vez disso, mudanças como naquele dia na biblioteca, quando ele curara o corte no rosto dela: cascas de árvore se fecharam em volta dos braços dele como braçadeiras, as veias do pescoço e sob os olhos ficaram verdes. Um brilho esmeralda cintilou nos olhos cor de âmbar até que não restasse nenhum ponto branco.

— *Deixe-a* — rosnou Eammon para a sentinela agora curada e para o resto de Wilderwood que os cercava. A voz dele ressoava, cheia de camadas, como se ecoasse por entre as folhas. — Esta aqui não é sua.

Wilderwood estremeceu. Soltou um ruído, quase um suspiro.

A respiração de Eammon estava ofegante quando ele caiu de joelhos ao lado de Red. No peito dele brotaram três listras em escarlate e verde, mais sangue fluindo enquanto ele rasgava um pedaço da barra da camisa para fazer uma atadura desajeitada na mão da Segunda Filha.

Em seguida ele se sentou imóvel, os olhos buscando os dela enquanto o verde ia se apagando, arregalados e aterrorizados e muito, muito cansados.

Um gemido dividiu aquele instante. Eammon se retesou.

A criatura nas raízes da sentinela se debateu. Partes dela encolheram — as garras que tinham cortado o peito de Eammon se contraíram de volta à forma de mão humana, os olhos leitosos que estavam arregalados e grandes diminuíram e ficaram azuis. A altura monstruosa caiu pela metade e as pernas se endireitaram, os ossos quebrados se curando enquanto um grito rasgava sua garganta. Sombras chiaram, escapando do corte do braço dele.

A criatura metade homem, metade monstro caiu sobre as raízes enquanto se debatia e chorava. Red tinha curado a brecha, mas não ele — não completamente.

Ela se virou.

— Nós assumimos a partir daqui. — O homem que a segurara logo que ela e Fife chegaram à clareira saiu da sombra das árvores.

O cabelo dele era louro claro, com uma trança elaborada que caía sobre o ombro até a longa barba, ainda mais clara que a pele branca. Anéis prateados brilhavam ao longo do comprimento dela, um estilo que Red só tinha visto nos livros de histórias. Os outros saíram das sombras, todos vestidos com os mesmos tons de cinza e verde.

O homem olhou para Red com uma expressão inescrutável.

— Obrigado.

Red conseguiu assentir. Sem a distração da floresta agitada e a missão de salvar Eammon, a visão de outros seres humanos em Wilderwood foi chocante o suficiente para deixá-la sem palavras.

Agora que a brecha tinha sido fechada com segurança, Fife finalmente se juntou a eles enquanto catavam galhos entre as árvores, reunindo-os para improvisar uma maca. Um deles puxou um rolo de esparadrapo da mochila.

— Cuidado para não tocar no corte — orientou Fife. — Ele precisa ser coberto.

Eammon se levantou, cambaleante.

— Eu faço.

Fife levantou uma sobrancelha enquanto olhava para os ferimentos de Eammon, mas entregou o esparadrapo mesmo assim. Devagar, parecendo sentir dor a cada passo, Eammon se aproximou do homem nas raízes. Engoliu em seco antes de envolver o braço dele, infectado por sombras.

Com a tipoia feita, Fife foi até Red, que ainda estava sentada no chão. O sangue escorria pelo corte na sua mão, enrolada em uma faixa de tecido da camisa de Eammon. *Eu vivo estragando as roupas dele*, pensou ela, distraída.

— Esses são os aldeões? — A voz soou rouca enquanto ela se levantava, sentindo as pernas bambas. — Da Fronteira?

Fife assentiu, cruzou os braços e estreitou o olhar.

— E são descendentes dos exploradores que adentraram Wilderwood. Antes que ela se fechasse e não deixasse mais ninguém passar, a não ser uma Segunda

Filha. — Ela meneou a cabeça. — Os registros oficiais dizem que todos os exploradores morreram. Nenhum deles nunca mandou notícias.

"Eles não tinham como. — Fife deu de ombros. — Quando Wilderwood se fechou, eles ficaram para trás, sem ter como voltar ou contatar o mundo exterior. Eles envelheceram e tiveram filhos, que, por sua vez, envelheceram e tiveram filhos também. Agora ocupam uma grande área aqui, provendo o próprio sustento."

Ela olhou para as pessoas reunidas na clareira, todas observando Eammon com expressões ansiosas, todas vestidas como se tivessem saído de um túnel do tempo.

— E você me disse que estavam procurando um ponto fraco? O que isso significa?

— Um lugar pelo qual Wilderwood permitiria a passagem deles.

Red deu uma risada fraca.

— Parece que encontraram um.

— Geralmente encontram — disse Fife. — Wilderwood é mais fraca perto dos limites ao norte. Precisa se proteger menos, eu acho. Eammon, Lyra e eu conseguimos até sair da floresta por lá, embora nunca consigamos nos afastar muito e a sensação não seja muito agradável. — Ele contraiu o maxilar. — Mas os limites valleydianos são bem fortificados, e são eles que importam.

Os aldeões colocaram o homem na maca improvisada. Ele gemeu baixinho, ainda preso entre humano e monstro. O olhar de Eammon se demorou nele por um tempo antes de se virar para o homem com os anéis no cabelo, supostamente o líder.

— Mande notícias quando puder. — Apesar do ferimento no torso, a voz era firme. — Vocês têm um lugar onde mantê-lo?

— O porão da taverna já foi usado para isso. É uma construção forte. — O homem balançou a cabeça, fazendo os anéis prateados tilintarem. — Bormain ajudou a construí-lo. Droga, Bormain estava *bebendo* lá dois dias atrás.

— Essa expedição foi planejada? — A voz de Eammon soou fria.

O homem esfregou a boca, desviando o olhar do Lobo. Com um suspiro, assentiu uma vez.

— Não adianta, Valdrek. — O tom de Eammon era de raiva controlada, como se não tivesse muita energia para aquilo. — Mesmo que vocês consigam passar pelo norte, não vão conseguir atravessar totalmente.

— Por que é que a floresta ainda está tão fraca? Ela deveria estar se fortalecendo, começando a abrir as fronteiras novamente, e não as fechando para o caso de os monstros se libertarem da prisão. — Valdrek fez um gesto com a cabeça em direção a Red. — Não é para isso serve sua sangue novo?

— É Lady Lobo. — O olhar de Eammon era cortante. — Não *sangue novo*.

Mais absoluto silêncio.

— Entendi. — Valdrek olhou de Eammon para Red. — Bem, isso é novidade. Meus parabéns, Lobo.

Ao lado dele, Fife franziu as sobrancelhas e se levantou.

— *Ah*.

Red sentiu o rosto queimar. Não tinha se dado conta de que receberia um título com o casamento.

Eammon caminhou na direção deles, reto e empertigado, mas Red percebeu o esforço que isso exigia pelos lábios sem cor e por como a mão se contorcia junto ao corpo.

— Não parece muito bom — comentou Fife.

— Parece mais grave do que é.

Provavelmente era mentira, mas o tom de Eammon não dava abertura para qualquer discussão. Quando Red olhou para Fife, ele meneou a cabeça de leve. Perguntas não adiantariam de nada.

— Vou na frente, então. Para dizer a Lyra que resolvemos tudo.

Fife foi correndo em direção à linha de árvores, resmungando baixinho, mas Red ouviu a expressão *filho da mãe sempre se martirizando*.

A dor transparecia na expressão de Eammon. A bainha rasgada da camisa deixava antever os lanhos sangrentos e sujos de lama. Ele abriu a boca e a fechou de novo, engolindo em seco. Red não sabia como quebrar o silêncio e contraiu os lábios.

Atrás dele, o homem infectado pelas sombras resmungava coisas sem sentido. Red olhou por sobre os ombros e viu que os olhos cegos e leitosos do sujeito estavam pousados sobre eles.

— Solmir mandou dar um oi, Lobo — murmurou Bormain.

14

Eammon ficou congelado no lugar, encarando com os olhos arregalados e uma expressão que era um misto de terror e raiva a terra e os escombros da floresta que a clareira tinha se tornado. Depois, agarrou o cotovelo de Red com força e a levou até as árvores, tão rápido que ela quase caiu.

Solmir. Red tentou se lembrar de onde conhecia o nome, encontrar seu significado entre as imagens mentais de velas e pedras que ele evocava. Quando conseguiu, quase tropeçou.

Valchior, Byriand, Malchrosite, Calryes, Solmir. Os Cinco Reis.

Abriu a boca para perguntar a Eammon por que Bormain teria mencionado o nome de um dos Cinco Reis, mas o som abafado de dor que emitiu eclipsou a pergunta. A mão dela ardeu como se estivesse pegando fogo sob o curativo improvisado que tinham feito com a camisa do Lobo, e Red sentiu os joelhos fracos enquanto levava a mão ao peito.

Sons calmantes, mãos cálidas tirando as bandagens. O corte que ela fizera era uma linha vívida escarlate parecendo já estar infeccionada por um mês em questão de instantes. A dor latejava no ritmo de sua pulsação, um eco dela mesma martelando um pouco abaixo do cotovelo, em volta do anel da Marca do Pacto.

Um pensamento fugaz, mas claro: *Wilderwood não está feliz comigo*. Tinha impedido que algo acontecesse, algo que a floresta queria. O mesmo que quisera quatro anos antes, na primeira vez que experimentara seu sangue.

Eammon a impedira naquela época e agora impedira de novo, e Wilderwood estava ficando cada vez mais impaciente com os dois.

Aquelas mãos cálidas cobriram as dela. Um sopro e a dor pulsante desapareceu, tanto da mão quanto da Marca. Outro corte se abriu na palma da mão já lacerada de Eammon, um corte exatamente igual ao que ela fizera em si mesma, transformando as linhas da vida e do coração em encruzilhadas confusas. Ele praguejou entredentes, a mão ilesa segurava o antebraço, onde a Marca do Pacto estava oculta sob a manga rasgada da camisa.

Absorvendo a dor dela, de novo. Sofrendo por ela, de novo.

— Você não precisava fazer isso — sussurrou Red, sentindo-se constrangida de repente.

Forçou-se a se levantar, apesar das pernas bambas, e viu a pele imaculada e sem cicatrizes ao virar a mão. Havia manchas de sangue seco nos pulsos.

— Era exatamente o que eu ia dizer.

Eammon se afastou dela, parecendo aguentar bem a dor que absorvera. Passou uma das mãos trêmulas pelo cabelo e manteve a outra no quadril. As madeixas presas se soltaram e escorreram pelas costas como uma mancha de tinta.

— Pelo amor de todos os Cinco Reis, Redarys! Que parte de ficar na torre você não entendeu?

Red cruzou os braços. A pele que ele curara estava macia e um tanto sensível.

— Eu vi você.

— Você me *viu*?

— Eu tive uma... visão, eu acho.

Ele arqueou as sobrancelhas, incrédulo.

— Uma visão.

— Foi exatamente como da primeira vez. Na noite em que cortei a mão e sangrei na floresta, só que mais forte. Mais vívida. Como se a nossa ligação fosse... — Ela parou de falar e virou o rosto, sentindo as bochechas queimarem de repente. Levou os dedos até o tecido que cobria a Marca. — Como se fosse mais profunda agora, depois do enlace.

Ela usou a palavra *enlace* em vez de casamento em uma tentativa de tornar a situação menos constrangedora, ainda que o significado fosse o mesmo. Mesmo assim, ainda tinha dificuldades de se referir ao laço, àquela coisa frágil que jamais deveria ter.

O silêncio pesou no ar frio. Eammon enfim suspirou, esfregando o rosto.

— Bem — sussurrou ele. — Isso já é alguma coisa.

Red contraiu os lábios.

— Então isso... — Ele fez um gesto com a mão entre eles. — Isso faz com que a gente consiga ver um ao outro. — Ele deu uma risada seca. — Em momentos de *perigo*.

— É o que parece.

— Que maravilha. — Eammon esfregou os olhos de novo. — O que foi que você viu?

— Suas mãos. — Red tirou uma folha do cabelo, grata por poder olhar para algo que não fosse o Lobo. — Como da última vez. Mas também vi Bormain e a sentinela. — Ela fez uma pausa. — Foi assim que soube que você precisava de ajuda. Eu vi você se cortar, e vi que não estava funcionado.

A folha que Red desembaraçou do cabelo caiu no chão, amarronzada e com as pontas verdes. Ao tocar na terra da floresta, aos poucos foi perdendo a cor.

— Acho que, de agora em diante, devemos evitar o perigo ao máximo.

— Isso é bem difícil por aqui — retrucou ela.

— É o melhor que consigo no momento.

Eammon se virou e o movimento repuxou os ferimentos no torso. Ele praguejou entredentes, o sangue voltando a molhar o tecido da camisa. Recostou-se em uma árvore, como se, de repente, não conseguisse ficar de pé.

— Esses cortes parecem *sérios*, Eammon.

Olhou para ela ao ouvir o próprio nome — com o rosto ruborizado, Red percebeu que era a primeira vez que tinha se dirigido ao Lobo usando o nome dele em toda aquela semana depois de se conhecerem.

Bem, ele era marido dela agora. Não poderia chamá-lo de *Lobo* para sempre.

— Você consegue se curar? — perguntou apressada, tentando espantar o eco do nome dele. — Como fez com a minha mão?

— Não é possível curar a si mesmo. — Ele fechou os olhos e apoiou a cabeça no tronco. — Equilíbrio, lembra? A dor precisa ir para algum lugar.

Ela deu um passo hesitante e estendeu a mão.

— Eu poderia...

— Não. — Ele abriu os olhos. — *Não* poderia. Você já fez mais que suficiente por um dia, Redarys. Não vamos acrescentar mais mutilações ao meu corpo à lista.

Aquilo a magoou mais do que estava disposta a admitir. Red afastou a mão.

— Você prefere ser mutilado em paz, então?

— Já passou pela sua cabeça que eu *sequer* teria sido mutilado se não tivesse sido obrigado a te proteger?

— Você *precisava* de mim.

As palavras soaram pesadas como o machado de um carrasco. O Lobo desviou o olhar.

— Acho que precisava.

Red levantou umas das sobrancelhas em uma expressão irônica, embora o coração tivesse começado a bater um pouco mais rápido.

— Não foi tão difícil de admitir, não é?

A risada amarga virou uma careta, a mão pressionada com mais força contra a barriga. Red olhou preocupada para o sangue nos dedos dele.

— Você...

— Está tudo *bem*.

Com os lábios contraídos numa linha fina, ela voltou a atenção ao próprio ferimento, já que ele parecia determinado a ignorar os dele.

— Não doeu quando me cortei — comentou, flexionando os dedos. — Só depois. — Ela fez uma pausa. — Isso também já aconteceu antes.

A noite em que tentara desafiar Wilderwood, aquela noite com Neve, sangue e uma visão que não entendia. Depois de terem sido salvas da carnificina, a mão dela parecia pegar fogo, uma dor latejante e forte que não poderia vir do corte fino da palma. Os médicos ficaram desnorteados, sem saber o que fazer além de lhe dar vinho aguado até a dor passar. Passou, no fim das contas, mas só depois de dois dias.

Eammon se virou, ainda apoiado na árvore.

— É Wilderwood — disse, por fim. — Tem algo a ver com a ligação com ela pelo sangue.

A resposta pareceu truncada, como se ele tivesse se detido antes de terminar. O Lobo não disse mais nada, porém, apenas virou um pouco o rosto de modo que ela pudesse ver somente o perfil dele.

Red franziu as sobrancelhas, limpando o sangue seco que manchava o pulso.

— Acho que também tem algo a ver com o fato de estar irritada. — Disse aquilo para ver se ele continuava, mas o único sinal de que ele talvez tivesse mordido a isca foi a forma como ele engoliu em seco. — Wilderwood não pareceu muito feliz por não a termos deixado fazer... seja lá o que ela queira fazer.

O Lobo não olhou para ela.

— Tem isso também.

Com as mãos quase limpas, Red cruzou os braços e arqueou uma das sobrancelhas.

— Também dói assim em *você*? Todas as vezes?

— Antes doía. — Com uma careta, Eammon se desencostou do tronco da árvore e deu um passo à frente. — Vamos.

Red o seguiu e, por um minuto, o único som em Wilderwood foi o das botas dele na terra.

— Ele mencionou um dos Cinco Reis — disse Red, por fim, porque não conseguiu formular uma pergunta delicada que incluísse todas as suas dúvidas. — Solmir. Era ele que deveria ter se casado com Gaya. Por quê?

À frente dela, Eammon se virou ligeiramente para fixar um dos olhos cor de âmbar nela. Depois de um longo suspiro, virou-se e continuou caminhando entre a vegetação rasteira.

— O que você sabe sobre o que existe na Terra das Sombras?

— Nada. Mais ou menos como todo o resto. Não sei nada além de mitos e, até agora, parece que eles são um monte de baboseira.

— Eles têm um fundo de verdade, sim, mas em sua maioria são bobagens mesmo. A Terra das Sombras aprisiona as criaturas de sombras, os monstros místicos e os Antigos; aqueles que pareciam mais deuses do que monstros. — O Lobo falava sobre os monstros com leveza, empurrando os galhos para que pudessem atravessar a floresta escura. — Mas os Cinco Reis também estão lá.

Ela parou de caminhar, boquiaberta.

— Mas você disse que os Reis não estão aqui.

— Eles não estão *aqui*. Estão na Terra das Sombras. E, ao contrário daquilo em que a atual religião acredita, eu não tenho como libertá-los. Não sem libertar todos os seres que habitam a Terra das Sombras junto com eles, destruindo toda Wilderwood. E garanto que ninguém quer isso. — Eammon afastou um galho e o ficou segurando para que pudessem passar. — Wilderwood e eu podemos não concordar em relação aos métodos, mas estamos de acordo quanto a isso.

Ela pensou naquele pedaço de floresta dentro dela, no pedaço maior dentro dele, a briga de empurra-empurra contra algo que, ao mesmo tempo, fazia parte dela e era alheia a ela.

— Como foram parar lá?

— Fizeram um pacto. Você conhece essa parte. Eles fizeram um pacto para construir a Terra das Sombras, para construir um lugar onde pudessem aprisionar os monstros. Wilderwood aceitou, mas, para conseguir aquilo, precisava de uma quantidade imensa de poder.

Ele contava tudo com a voz só um pouco tensa, embora os ombros estivessem rígidos e ele mantivesse uma das mãos pressionando a barriga enquanto andava, como se algo pudesse cair caso não segurasse tudo junto.

— Antes, a magia fazia parte do mundo — continuou ele. — Simplesmente... *existia* para ser usada por qualquer pessoa que conseguisse aprender. Para construir a Terra das Sombras, Wilderwood precisou sugar toda a magia e aprisioná-la. Ela criou as sentinelas e a Terra das Sombras logo abaixo.

— E os Guardiões.

— Também. Wilderwood precisava de ajuda para manter aquela nova prisão. Ciaran e Gaya tinham um senso de momento muito ruim. — Eammon fechou a mão que não segurava a barriga. — Cinquenta anos depois do Pacto, os Reis decidiram que queriam a magia de volta. Tentaram desfazer tudo aquilo ao cortar a sentinela na qual tinham feito o acordo. Mas aquilo só serviu para abrir um buraco para a Terra das Sombras que sugou os Reis e os prendeu lá dentro, junto com os monstros que eles mesmos tinham banido. Wilderwood leva os pactos muito a sério. Foi quando fechou os limites da floresta também... Não queria mais ninguém tentando voltar atrás nos pactos ou fazendo novos. — Ele deu de ombros de forma artificial e dolorida. — Tem uma lição de moral aí em algum lugar. Pessoas com poder se ressentem ao perdê-lo e ter muito poder por tempo demais pode transformar qualquer um em vilão.

Red sentiu nas têmporas o início de uma dor de cabeça.

— Isso ainda não explica por que Bormain mencionou Solmir, já que todos os Reis estão lá. Por que ele especificamente?

Ao ouvir o nome, Eammon contraiu os músculos das costas, mas manteve a voz neutra.

— Vai saber. Bormain caiu por uma brecha direto na Terra das Sombras. Não temos como saber as coisas horríveis que ele deve ter visto. — Logo à frente, o portão da Fortaleza se sobressaía por entre a névoa. — Não pense muito nisso. A infecção por sombras afeta tanto a mente quanto o corpo.

Red estreitou os olhos, mas não retrucou.

Eammon tocou no portão.

— Fique dentro dos muros da Fortaleza pelo resto do dia — disse ele, enquanto o abria. Lançou um olhar sério por sobre o ombro. — Estou falando sério, Red. Wilderwood está agitada desde a sua chegada e, toda vez que prova o seu sangue, tudo piora. — Abriu um sorriso cansado. — Eu salvei você, você me salvou. Estamos quites agora. Não se meta em outra situação da qual precisará ser salva, pelo menos por um ou dois dias.

— O mesmo vale para você.

— Vou fazer o possível. — Eammon passou cambaleando pelo portão e tropeçou em uma pedra solta. Ele cambaleou de leve, apertando os ferimentos na barriga. — Pelo amor de *todos* os Reis.

— Tem certeza de que não quer que eu...

— Absoluta.

A porta da Fortaleza se abriu, mostrando a silhueta esbelta de Lyra com seu cabelo encaracolado.

— E *quando* é que vocês planejavam nos contar que se casaram?

Red parou no meio do pátio.

— Eu...

— Que ótimo — resmungou Eammon, cambaleando pela colina com a camisa ensanguentada grudando na pele. — Eu vou matar Fife.

Interlúdio
Valleydiano IV

— Dinheiro nenhum será capaz de fazer aquela caravana avançar.

Belvedere, o Conselheiro do Comércio, era um homem arrumado e ascético, com cabelo escuro cortado bem rente à cabeça e apenas alguns fios grisalhos nas têmporas. O nariz era forte e proeminente, o que lhe conferia uma beleza admirada tanto por homens quanto por mulheres. A aparência, porém, era apenas parte do encanto. Também tinha uma voz aveludada e macia, do tipo que era fácil de ouvir, mesmo quando trazia péssimas notícias.

Como Conselheiro do Comércio, costumava fazer isso com certa frequência.

— Tem muito mais neve no estreito alperano do que o esperado para esta época do ano — continuou Belvedere. — Ainda é possível passar, mas não por muito mais tempo. A caravana não quer se arriscar a ficar presa e sem ter para onde sair.

— Inaceitável.

A palavra era dura, mas a voz de Isla, não — de onde Neve estava sentada, na outra extremidade da mesa, a mãe parecia mais pálida do que o feixe de luz do sol que passava pela janela. Raios dourados envolviam a cabeça e olheiras profundas marcavam o rosto da Rainha. Já fazia quatro dias que não parecia nada bem, desde a noite que ela e Neve tinham jantado juntas; embora ninguém tivesse feito comentários diretos a respeito do assunto, as pessoas estavam começando a notar.

Isso deixava Neve nervosa.

Ao seu lado, Kiri permanecia sentada, ao lado da Suma Sacerdotisa, com a expressão inescrutável. Tealia, outra sacerdotisa da Ordem, estava sentada do outro lado. Sua demonstração ostensiva de que estava ouvindo era um grande contraste com a calma de Kiri. De acordo com Kiri, o que Tealia mais queria era ser nomeada herdeira de Zophia, e sabia que a melhor forma de fazer isso era se fazer ser notada como uma opção atraente para Isla. Talvez houvesse uma cerimônia de votação, mas a posição de herdeira seria decidida quase que exclusivamente com base em uma reunião entre a Suma Sacerdotisa e a Rainha, e todos sabiam disso.

Como se estivesse ouvindo os pensamentos de Neve, os olhos frios e azuis de Kiri pousaram nela, mas se desviaram logo depois.

— O carregamento de grãos alperanos é o maior que recebemos no ano. Ele alimenta mais pessoas do que todas as outras importações juntas. — Isla mexeu a cabeça, mas de leve, como se o movimento a deixasse enjoada. — Você acha que podemos distribuir cargas de azeite e chá para o povo no próximo outono? Vai haver uma revolta.

Belvedere ergueu as mãos.

— Eu já disse isso para eles. Nós oferecemos muito dinheiro para os Duques. O Segundo ia aceitar, mas o Primeiro e o Terceiro ganharam dele no voto. Propus cruzarem por Meducia e mandarem a carga por lá, mas a cordilheira Cevelden está na temporada de deslizamentos de pedras, o que exige uma viagem marítima, então essa alternativa também encontrou resistência.

Neve poderia ter dito isso para ele. As cargas de Meducia para o norte eram sempre feitas pelo mar ao longo de todo o ano, exceto na primavera, quando as árvores que cresciam na cordilheira Cevelden fortaleciam o chão o suficiente para evitar deslizamentos. A cordilheira era o único caminho por terra de Meducia para Valleyda — assim, naquele verão, usar transporte marítimo seria necessário e representaria um grande custo tanto em termos de tempo quanto de dinheiro. Valleyda era isolada do mar, e os grãos teriam de vir de Alpera, atravessando toda Meducia para chegar até a costa, passando pela costa florianesa para finalmente atravessar o território de Floriane até chegar a Valleyda. E, com a atual agitação em Floriane, era improvável que a carga conseguisse chegar a Valleyda.

Ao que parecia, Belvedere precisava de uma ou duas lições com mestre Matheus.

— A costa florianesa, então. — As palavras foram proferidas por Zophia, e todos se empertigaram quando ela começou a falar. Até mesmo Neve, que se odiou um pouco por causa disso. — Parece ser a nossa única opção, quer os Duques gostem disso ou não. Proponha o mesmo preço exorbitante que propôs antes e diga para usarem o dinheiro para enviar o carregamento por Meducia até o mar, de onde poderá seguir para o Porto de Floriane.

— Mas e quanto aos insurgentes, Vossa Santidade? — A seu favor, Belvedere não permitiu que a voz aveludada *soasse* irritada, mesmo que o brilho de irritação tenha cintilado nos seus olhos. Talvez Neve devesse lhe dar mais créditos. — Qualquer coisa que enviarmos para o Porto de Floriane será roubada por aqueles que se opõem à nossa anexação.

— Mate-os, então. — Tealia assentiu, como se concordando com a própria sugestão, aquela expressão de olhos arregalados em falso interesse ainda no rosto. — É um crime sagrado roubar de Valleyda. Eles já deveriam saber disso, ainda mais agora que acabamos de enviar a Segunda Filha. Ninguém nos condenaria por ensinar essa lição.

Terrível, e mais terrível ainda por ser verdade. Todo o poder de Valleyda se sustentava na religião. As sacerdotisas valleydianas, por causa da proximidade com Wilderwood, tinham mais poder de oração do que as de qualquer outro país. As pessoas vinham de todo o mundo para fazer súplicas no Santuário de Valleyda, e os outros reinos enviavam riquezas na forma de tributos de orações por tudo, de prosperidade ao nascimento de herdeiros. Aquilo por si só já era suficiente para fazer todo o continente respeitar as leis valleydianas, e o tributo recente de uma Segunda Filha só aumentava a devoção. Todos ainda se lembravam muito bem das histórias de monstros que fugiram de Wilderwood um ano depois da morte de Gaya e que não desapareceram até que Kaldenore entrasse na floresta. O sacrifício de Red não trouxera o retorno dos Reis, mas os monstros também não tinham voltado. Mesmo para aqueles que não acreditavam totalmente nas histórias antigas, a vida de uma jovem era um preço pequeno a se pagar pela garantia total de que aquilo não se repetiria. Até onde o poder político ia, Valleyda estava na melhor posição.

Neve cerrou os dentes e os dedos, cravando as unhas na palma das mãos sob a mesa.

— Não permitirei o uso de força contra os florianeses.

Cinco pares de olhos se voltaram de súbito para ela, todos surpresos, menos os de Kiri. Isla, do outro lado da mesa, ficou olhando, com olhos arregalados, para a filha que lhe restava.

Belvedere pigarreou, recuperando-se primeiro.

— A Primeira Filha está certa. — Ele concedeu. — Queremos que os florianeses trabalhem conosco. Mesmo que não estejam satisfeitos por serem parte de Valleyda, que pelos menos *aceitem*. O assassinato de civis só servirá para fazer com que a opinião pública azede ainda mais.

Tealia pareceu intimidada, mas Zophia apenas fez um aceno com a mão, como se matar insurgentes florianeses não tivesse a menor importância para ela. O homem continuou:

— Por isso, vamos casar Neverah com Arick. Oficializaremos o status provincial de Floriane, de modo que o porto se torne nosso. O povo amava os pais dele antes de morrerem, então é possível que a união com alguém da linhagem Valedren faça com que mudem de ideia ou que pelo menos se distraiam com um espetáculo. — Os olhos reumosos da Suma Sacerdotisa se voltaram para Neve. — Dentro de uma semana.

Neve sentiu a boca seca demais para responder, aceitando ou recusando ou o que quer que fosse. O casamento era algo que tinha conseguido adiar por quatro anos, bem mais do que deveria; com o imenso sacrifício da irmã para Wilderwood, ninguém prestou muita atenção aos preparativos. Parecia algo distante e abstrato com que teria de lidar depois, sempre depois.

Depois tinha acabado de virar agora, e Neve só queria se levantar e fugir daquela sala e continuar correndo.

— Não vamos nos apressar. — A voz de Kiri era tranquila, mas ecoou nas paredes. Estava sentada com as mãos cruzadas dentro das amplas mangas brancas, a cabeça inclinada respeitosamente em direção à Suma Sacerdotisa. — Eu entendo o seu raciocínio, Vossa Santidade, e, em outras circunstâncias, até concordaria. Mas Tealia está correta, pelo menos em uma coisa.

A outra sacerdotisa enrubesceu.

— A devoção realmente está maior do que nunca — continuou Kiri. — Depois do nascimento de uma Segunda Filha, depois de mandá-la para Wilderwood conforme planejado. E veja! — Ela abriu as mãos pálidas. — Não há monstros. Uma vez mais, cumprimos o nosso dever e mantivemos o continente seguro. — Ela cruzou as mãos novamente, com os olhos brilhando. — Talvez o sacrifício não tenha trazido os Reis de volta...

Neve pensou no Santuário, nos galhos e no sangue, e no pingente feito com o fragmento da casca de árvore escondido na gaveta da sua escrivaninha.

— ... ainda assim, o nascimento dela foi um sinal de que estão ouvindo. De que eles desejam liberdade, de que nos mandam sacrifícios na esperança de que um seja o suficiente para aplacar o Lobo. E confiam a Valleyda, confiam a *nós*, essa missão sagrada. — Palavras fervorosas, mas ditas em tom neutro. Os olhos frios de Kiri pousaram em Neve de novo. — Se nós lembrarmos Alpera disso, de forma eficaz, eles farão tudo que pedirmos. Assim como todos os outros.

O silêncio pairou na sala enquanto todos avaliavam as palavras de Kiri. A Suma Sacerdotisa se virou para Kiri.

— Verdade, Kiri — concedeu ela. — Mas como propõe que os façamos se lembrar disso?

Por um minuto longo e horrível, Neve imaginou as possibilidades, o que sabia que poderia ser feito com as estranhas recompensas do tempo que passavam no Santuário. *Magia*. Magia que Kiri afirmava que tinham tirado da própria Terra das Sombras.

Ainda era difícil para Neve engolir aquilo — mesmo com a prova diante dos olhos, anos de agnosticismo eram difíceis de superar. Mas realmente não havia outra explicação, e os resultados eram inegáveis. Os pequenos experimentos que vira tinham sido bastante convincentes. Com aquele poder, podiam fazer as árvores secarem, os campos morrerem, terras férteis ficarem escuras e frias.

Kiri abriu um sorriso.

— Com oração, é claro.

O aperto no peito de Neve cedeu, mas só um pouco.

— Desde o seu retorno, Arick tem se mostrado muito mais devoto — continuou Kiri. — Ele passa muitas noites em oração no Santuário, meditando para saber como ajudar melhor nossos países. Acho que ele ficaria feliz em nos ajudar, mesmo antes do casamento com Neverah.

Neve sentiu outro aperto no coração.

— Proponho que Arick acompanhe a mim e a um grupo selecionado até a costa florianesa — continuou Kiri. — Vamos fazer uma oração para liberar o porto.

Todos arregalaram os olhos. O Porto de Floriane ficava em uma baía pitoresca e sua boca costumava ficar repleta de algas no verão, às vezes em um volume tal que bloqueava o tráfego de barcos. Quando aquilo acontecia, era necessário que trabalhadores mergulhassem para removê-las manualmente. A Ordem rezava para que as águas continuassem claras no início do verão, para que os Reis, de alguma forma, impedissem que as algas crescessem em excesso, bloqueando a passagem dos navios. Em alguns anos as algas eram um problema, em outros, não. Neve achava que a oração tinha muito pouco a ver com aquilo.

Zophia ergueu uma das sobrancelhas grisalhas.

— As orações são mais eficazes em Santuários, Kiri, não em portos. E as orações para a temporada de navegação já foram feitas semanas atrás, quando os florianeses pagaram os impostos.

Kiri baixou a cabeça.

— Verdade, mas acredito que os Reis verão a necessidade de um milagre nesses tempos de tanta agitação e farão um. Acredite quando eu digo: quando fizermos nossas orações no porto, a boca da baía vai ficar totalmente limpa, e não haverá dúvidas de que aquilo é resultado direto das súplicas.

Outra longa pausa. A boca de Zophia pareceu ainda mais enrugada; o rosto, inescrutável.

— Tanta fé... — sussurrou ela.

— Uma ideia bonita, mas irreal. — Tealia não mostrou a língua, mas, pelo tom, era exatamente o que queria fazer. Os olhos se alternaram entre a Suma Sacerdotisa e Kiri. — Mesmo que os Reis atendam ao seu pedido, quem pode afirmar que os insurgentes florianeses não vão matar vocês antes de conseguirem fazer suas orações? Você está colocando muita fé na devoção deles.

— Ao contrário. — O sorriso de Kiri era afiado. — Estou colocando toda a minha fé nos Cinco Reis. Ou você não acha que eles são capazes de nos proteger contra alguns rebeldes insatisfeitos, Tealia?

A outra sacerdotisa calou a boca, ruborizando. Zophia olhou de uma para a outra, franzindo o cenho, depois olhou para a Rainha.

Na extremidade da mesa, Isla estava imóvel e silenciosa, o olhar distante. Neve sentiu o punho do medo apertar ainda mais o seu coração.

— Sua fé é admirável — disse a Suma Sacerdotisa, por fim, quando ficou claro que Isla não responderia. Ela se virou para Kiri. — E acho que vale a pena tentar, embora eu tenha certeza de que a Rainha e eu estamos de acordo quando digo que vocês precisarão de uma escolta.

— Só um ou dois guardas serão suficientes. — O sorriso não chegou aos olhos de Kiri. — Eu sinceramente acho que não será necessário mais que isso.

Zophia não parecia convencida, mas não insistiu.

— Vou aprovar, mas precisamos agir bem rápido. Enviar a carga por Floriane significa mais dias de viagem até a chegada dos grãos. Se depois da sua vigília a situação continuar instável, podemos voltar a falar em casamento.

— Não sei por que não continuamos com o assunto assim mesmo. — Belvedere entrou na conversa depois de alguns minutos apenas ouvindo. — Decerto não vai atrapalhar.

Os olhos dele estavam pousados em Neve, esperando sua resposta, mas foi Kiri que respondeu:

— Claro que não. Um casamento real é um evento alegre e feliz. Se for possível, Neverah deve ter tempo para planejar tudo da forma que achar mais adequado.

A onda de alívio que queria inundá-la por inteiro foi impedida pela preocupação. Neve contraiu a mandíbula enquanto observava a sacerdotisa. Algo naquilo tudo parecia uma negociação. Qualquer que fosse a ajuda que Kiri oferecesse viria com a expectativa de ser recompensada.

A única questão era qual recompensa seria essa.

Os detalhes foram organizados, as datas, definidas, e os guardas, escolhidos. Kiri, Arick, e suas sacerdotisas — selecionadas pelas própria Kiri, para que a Suma Sacerdotisa não precisasse se extenuar com aquilo — partiriam dali a dois dias, depois de um anúncio enviado para a capital florianesa. Os Três Duques de Alpera ainda estavam visitando, pois ainda não tinham voltado para casa depois de verem a partida de Red, então Belvedere poderia levar a proposta para eles antes do anoitecer.

Neve permaneceu no lugar enquanto Belvedere e as sacerdotisas deixavam o aposento, todos fazendo uma reverência para Isla antes de sair. Kiri sustentou o olhar de Neve enquanto fazia sua mesura, ainda com aquele sorriso leve e frio no rosto.

— Talvez nos vejamos esta tarde, Primeira Filha. Planejo orar.

Com isso, ela saiu do aposento.

Neve se levantou devagar e se encaminhou para a extremidade da mesa comprida até chegar à mãe. De perto, conseguia ver a camada de suor cobrindo o cenho de Isla e o modo como as mãos retorciam o vestido.

— Mãe? — A voz saiu hesitante. — Precisa de ajuda para voltar para os seus aposentos?

Passou-se um tempo, e Neve achou que a mãe talvez não tivesse ouvido. Mas Isla enfim negou com a cabeça e se levantou, embora as pernas não parecessem firmes.

— Não. Eu posso estar doente, mas não inválida.

— Talvez você pudesse descansar um pouco.

Neve meio que esperava uma resposta grosseira, mas, em vez disso, a mãe suspirou.

— Sim, um descanso.

Ela abiu a porta, atravessando os corredores devagar, como se estivesse fazendo uma caminhada leve em vez de tentando não cambalear.

Neve a observou enquanto se afastava, mordiscando os lábios com tanta força que quase rasgou a pele. Depois, franziu as sobrancelhas e seguiu para os jardins.

Apesar do clima agradável, ao menos para os padrões de Valleyda, não havia muita gente ali. Os poucos transeuntes deixaram Neve em paz, fazendo apenas uma reverência discreta com a cabeça enquanto ela passava com uma determinação focada no Santuário.

Kiri aguardava, com as mãos enfiadas nas mangas. Algo se projetava por baixo do tecido que cobria sua clavícula. O pingente da casca da árvore que ela usava escondido.

Abriu aquele mesmo sorriso afiado enquanto observava a aproximação de Neve.

— Que coincidência nos encontrarmos aqui.

— Pode parar com os joguinhos. — Neve falou baixo e se concentrou para relaxar as mãos que estavam cerradas em punho para o caso de alguém estar observando. — Seu plano para Floriane é tolo. Os alperanos só estão esperando uma oferta melhor. Se Belvedere os mantiver...

— O seu primeiro erro é achar que isso tudo só tem a ver com os grãos — interrompeu Kiri. — Sim, os alperanos são gananciosos. Sim, Belvedere, com toda a sua astúcia, poderia conseguir fechar negócio em mais um ou dois dias. Mas essa é uma oportunidade de ouro, Neverah. Uma que nós seríamos tolas de deixar passar.

Ela colocou um peso sutil naquele *nós*. Neve cruzou os braços. As batidas do seu coração marcavam o compasso contra suas costelas.

— Zophia está velha — continuou Kiri. — O tempo dela está se esgotando. E Tealia... — Kiri contraiu os lábios. — Ela está tentando ser nomeada sucessora. Não é exagero dizer que a escola dela seria desastrosa par os nossos... experimentos.

Dentro do Santuário, a poucos metros, os fragmentos de galhos ensanguentados de Wilderwood esperavam. Neve se remexeu.

— A viagem que farei com Arick para Floriane serve a três objetivos, todos eles necessários para que continuemos enfraquecendo a força que Wilderwood usa para prender sua irmã. — Ela tirou as mãos das mangas largas e começou a enumerar com os dedos. — Primeiro, reforça nosso poder religioso, servindo como um lembrete para Floriane e para todos de que somos favorecidos, de que uma palavra do Templo Valleydiano é lei. Segundo, ela nos faz obter nossos grãos. E terceiro, quando formos bem-sucedidos, isso pode fazer a Rainha reconsiderar a herdeira de Zophia.

Ali estava o cerne da questão. A retribuição que Kiri esperava por adiar o casamento de Neve.

— A Rainha? Por que não a própria Zophia?

— Ela segue suas próprias regras. — Kiri fez um aceno com a mão. — E, cá entre nós, está mais preocupada com vinho do que com suas devoções na maior parte das noites. Ela já tomou uma decisão e nada, a não ser a opinião da Rainha, será capaz de fazê-la mudar de ideia, simplesmente porque fazer isso seria inconveniente.

— Então, eu tenho que tentar fazer minha mãe indicar você como herdeira — disse Neve, colocando os termos do acordo bem claros. — Enquanto você e Arick reforçam nosso poder religioso ao limpar o porto. — Neve estreitou o olhar. — Coisa que você parece acreditar que vai conseguir fazer.

— Claro que vou conseguir.

Kiri levantou a mão e tocou levemente nas folhas da cerca viva perto do Santuário. As veias do seu pulso escureceram, como se sombras corressem ali em vez de sangue. Um cheiro frio e de ozônio tomou o ar — como a atmosfera pouco antes de uma tempestade de raios, mas um tanto mais fria. Como o cheiro do vazio, talvez.

A folha que Kiri tocou escureceu, secou e caiu.

Era aquilo que as modificações das árvores no Santuário traziam, a segunda peça da recompensa dupla para enfraquecer Wilderwood. A possibilidade de debilitá-la o suficiente para que Red pudesse escapar, e aquele poder... de morte, de deterioração.

Ver aquela magia funcionando seria o suficiente para que todos cooperassem. Neve mordeu o lábio, pois ainda não estava pronta para ceder.

— Tornar-se a Suma Sacerdotisa é um pagamento alto demais para só adiar um casamento que nenhuma das partes deseja.

— Por que apenas adiar, Neverah? Quando eu for a Suma Sacerdotisa, terei muita influência com sua mãe. Talvez o suficiente para a convencer a desistir desse casamento entre você e Arick. — Kiri fez uma pausa. — Talvez o suficiente para sugerir outro noivo para você.

Um sentimento de esperança brotou no coração de Neve, que engoliu em seco.

— Esse seria um resultado muito agradável.

— Bastante.

Kiri estendeu a mão para a cerca viva novamente, quase distraída. Outra vez, as veias sombreadas; outra vez, um cheiro frio e a morte de uma folha.

Uma brisa leve empurrou a folha dissecada em direção ao pé de Neve, que se desviou, sem querer que a planta tocasse na pele dela.

— Venha comigo, Primeira Filha. — Kiri enfiou as mãos nas mangas novamente. As veias já tinham clareado. — Não fique nervosa. Você também consegue fazer isso se quiser. Todos que dão o sangue podem.

— Não, obrigada. — A voz estava calma, mas Neve sentiu o coração disparar. — Eu não me importo com poder. Só quero enfraquecer Wilderwood para que Red possa fugir.

Os olhos da sacerdotisa brilharam, como se o comentário fosse fazê-la revirá-los em qualquer outra circunstância.

— Sim. Bem. Fique tranquila. Wilderwood está enfraquecendo, o que será suficiente para que solte as amarras que prendem sua irmã. Nós duas vamos conseguir o que queremos.

Nas pedras que pavimentavam o chão, a folha morta voou. A brisa a levantou e a levou para mais além.

— De qualquer modo — disse Kiri — isso precisará ser convincente o suficiente para conseguirmos nossos grãos. — Ela sorriu sob o sol fraco. — Eu não ficaria nada surpresa se pudéssemos aumentar o imposto sobre as orações depois que a notícia se espalhar. Sim, todos nós vamos conseguir o que queremos, exatamente como me disseram.

Neve sentiu um arrepio. A religião delas era feita de contrastes, de provas materiais e crença nebulosa, Wilderwood e as Segundas Filhas, floresta e sangue, tudo isso combinado com o medo dos monstros de sombra e a convicção de que os Reis estavam presos e precisavam ser libertados. Por que outro motivo teriam desaparecido? Que outro motivo teriam para voltar para Wilderwood cinquenta anos depois do Pacto, além de uma armadilha que os mantinha longe do mundo que tinham salvo? As pessoas criavam histórias para preencher as lacunas que não compreendiam, e a religião crescia em torno delas como um fungo em uma árvore derrubada.

Quatrocentos anos era tempo suficiente para que se misturassem fatos e fé, evidências concretas e mitos que acabaram se tornando verdades sagradas. Mas aquele poder... a torção de um pilar concreto de crença, extraindo dele a magia para provar algo... aquele poder pegava as duas forças opostas e as fundia de uma maneira que deixava Neve aterrorizada e empolgada ao mesmo tempo.

Estranho que tivesse encontrado a própria fé na blasfêmia.

Neve assentiu, baixando a cabeça.

— Parece que temos um plano, então. — Ela se virou e voltou por onde tinha vindo, em direção ao palácio.

Atrás dela, o vento finalmente pegou a folha morta da cerca viva e a girou no ar.

15

O barulho na porta não parecia alguém batendo.

Red levantou os olhos do livro, franzindo as sobrancelhas. Já era tarde da noite — pelo menos era o que imaginava. Tinha jantado horas antes com Fife e Lyra, maçãs e fatias de queijo com pão rústico. Depois que tinham voltado para a Fortaleza, Eammon havia subido e desaparecido, supostamente no quarto, e ela não o vira desde então.

Contara para Lyra sobre os ferimentos dele, mas ela não demonstrara muita preocupação.

— Eammon está acostumado a sangrar — dissera ela, enquanto fatiava uma maçã. — Ele sabe se cuidar.

— Você poderia curá-lo? Se ele precisasse?

— Não do jeito que imagina. A conexão que Fife e eu temos com a floresta não é tão forte quanto a dele. — Ela arqueou uma das sobrancelhas delicadas. — A cura só acontece com vocês dois.

Isso deixara Red em silêncio pelo restante da refeição. Não tinha comido muito e voltara para o próprio quarto. Ficava o tempo todo levando a mão ao rosto para tocar o lugar em que o Lobo a curara.

Agora, horas depois do jantar, havia outro som na porta. Não era bem uma batida — parecia algo raspando na madeira, como unhas arranhando devagar a porta.

Quando Neve e ela eram pequenas, gostavam de tentar pregar peças uma na outra. Red se escondia atrás das cortinas e saltava na direção da gêmea distraída, que tomava um susto. Neve era mais sutil. Uma vez, ficou arranhando os pés da cama por uma hora, o que deixou Red com tanto medo a ponto de chamar a ama que tomava conta delas. Aquele era o mesmo som... O de alguém arranhando.

Pensar em Neve a fez sentir um aperto no coração. Red marcou a página do livro com o dedo e perguntou:

— Olá?

Nenhuma resposta. Imaginou Eammon por um instante, curvado contra a porta com a camisa rasgada e manchada de sangue, finalmente disposto a aceitar que ela o curasse.

Improvável. Mesmo assim, praguejou e foi até a porta.

O corredor estava vazio, e a luz que passava pela janela distante do solário iluminava apenas o contorno das folhas e as pontas afiadas dos espinhos. Mesmo quando o céu estava em um tom de lavanda, era perturbador; no violeta profundo da noite da floresta, parecia assustador.

Red engoliu em seco, dando um passo para trás para voltar ao quarto. Levou as mãos atrás do corpo, mas, em vez do espaço vazio da porta, tocou em uma superfície lisa e desconhecida. Devagar, Red olhou por sobre o ombro.

Tronco branco, estendendo os dedos compridos e finos na escuridão. Uma sentinela.

Havia mais delas espalhadas pelo corredor em ruínas, fáceis de distinguir agora que ela havia identificado a primeira, magras e pálidas como ossos expostos. Não estavam ali quando voltara do jantar. Eram mudas jovens, precursoras de novas brechas para a Terra das Sombras. Quantas haviam se aberto, em tão pouco tempo?

Tinham lhe assegurado que não eram ruins, nem perigosas por si só, mas desejosas do sangue dela com consequências das quais Eammon estava determinado a protegê-la. Inumanas e selvagens, nem boas nem más, existindo fora das dicotomias que Red entendia. O aviso de antes ecoou na sua mente: *Wilderwood está agitada desde a sua chegada e, toda vez que prova o seu sangue, as coisas pioram.*

A floresta tinha experimentado o sangue dela naquele dia, tomando um longo e profundo gole. Tentara fazer ainda mais antes que o Lobo a impedisse. O que a Segunda Filha dissera para ele depois, que a floresta estava chateada com eles, parecia ainda mais verdadeiro na presença das jovens mudas no corredor.

Red se afastou da árvore branca como se fosse um animal selvagem, com delicadeza e cautela. Mas as sentinelas não eram a única novidade na Fortaleza. Deu dois passos e seu calcanhar se prendeu em um emaranhado de espinhos que surgiram de repente. Sentiu uma fisgada de dor que a fez cerrar os dentes enquanto um deles perfurava seu tornozelo, deixando um rastro de sangue.

Meio segundo de quietude, um silêncio cheio de expectativas.

— Oh, *Reis*!

A floresta entrou em erupção.

A janela do quarto dela rachou até se quebrar com um estalo. Vinhas entraram pela vidraça quebrada, cobrindo todas as paredes em segundos, derrubando as colunas da cama e se enrolando em volta do guarda-roupa. Espinhos afiados brotavam do chão enquanto as folhas se alongavam como dedos esticados. Os sons de crescimento e destruição se acumularam e viraram um grito enquanto Wilderwood *mergulhava* para dentro da construção.

Musgo brotava do chão em uma tentativa de derrubá-la, vinhas tentavam se enrolar nos pés dela. Arbustos irromperam do assoalho, repletos de galhos afiados; um deles cortou o braço dela, fazendo o sangue espirrar e ser absorvido rapidamente pela floresta como água na terra seca.

O primeiro instinto de Red foi fugir pelo corredor, mas ela se lembrou do manto vermelho, ainda no guarda-roupa agora todo envolto por vinhas. O manto rasgado e surrado, com o qual Neve envolvera seus ombros. Um símbolo de um sacrifício ao qual sobrevivera de alguma forma.

Maldita Wilderwood por lhe tirar aquilo também.

Arreganhando os dentes, Red entrou correndo pela porta aberta, desviando dos galhos e das folhas que se alongavam. Arrancou vinhas com as próprias mãos — em resposta, Wilderwood emitiu um som agudo e sibilante, terrivelmente parecido com um grito. Abrindo a porta do armário retorcido e quebrado, Red agarrou o tecido escarlate do manto ainda sujo e o embolou contra o peito, saltando em direção à porta um pouco antes de a verga ruir e destruir o quarto atrás dela.

Wilderwood uivou quando Red virou no corredor. Sentia a floresta nos ossos e nos ouvidos, o som preso e amplificado pela magia presa dentro dela.

Você está sempre começando, mas nunca termina!

Um dos arbustos no canto secou instantaneamente, as folhas caindo todas de uma vez enquanto os galhos se dobravam num espasmo de morte. Wilderwood estava pagando por ter falado.

Uma chuva de pedras irrompeu do teto do corredor, cobrindo todo o piso enquanto as raízes e as vinhas passavam por entre as tábuas e as arrebentavam. Red cobriu a cabeça com os braços e saltou para a área iluminada do solário, o manto caindo ao seu lado no chão.

— *Red!*

Os degraus estremeciam enquanto Eammon descia, sem camisa, de cabelos soltos. Com um rosnado escapando por entre os lábios, ele olhou com raiva para a floresta que avançava, as mãos se arqueando em garras e os tendões do pescoço contraídos.

O berro de Wilderwood foi ensurdecedor, uma cascata de mudas e espinhos tentando alcançar Red no chão. Eammon saltou os últimos degraus e quase perdeu o equilíbrio, pousando diante dela agachado e com o cabelo bagunçado. Ele se apoiou em um dos joelhos, estendendo as mãos, todos os músculos do corpo retesados.

O medo despertou nela um tipo estranho de clareza, e os olhos de Red pousaram no braço nu de Eammon, focados no que sabia que veria ali. Uma Marca do

Pacto, maior e mais complexa que a dela. Gavinhas entrelaçadas com uma faixa de raízes que circundavam sob a pele dele em padrões delicados que se alongavam do meio do antebraço até o cotovelo.

Eammon já tinha invocado a magia, e as mudanças que ela trazia vieram rápido: as veias nas mãos ficaram verdes — não apenas as dos pulsos, mas as do pescoço também, descendo até a curvatura dos ombros. Pedaços de casca de árvore cobriram a pele dos antebraços a partir dos punhos, subindo até a Marca. Ele ficou mais alto, o cabelo cresceu, e Red teve um vislumbre de folhas de hera nas costas dele quando ele se moveu.

O Lobo e Wilderwood, enlaçando-se, misturando-se, lutando para dominar. Impedir o avanço da floresta era uma batalha íntima demais para vencer com sangue.

Eammon ergueu as mãos marcadas por veias verdes na direção do corredor. Depois cerrou os punhos, como se estivesse agarrando alguma coisa, e os moveu em um puxão.

Bum! Uma compressão de ar. Aquilo a fez se lembrar daquela primeira noite, quando reprimira o próprio poder e o bloqueara, só que em escala bem maior. Ele puxara Wilderwood para si, fazendo oscilar o próprio equilíbrio interno, e depois soltara todo o poder. A floresta não teve escolha a não ser obedecer.

Wilderwood uivou uma vez mais e foi se encolhendo devagar até restarem apenas os sons da floresta — estalos de galhos e troncos se estendendo, até ficar em silêncio. Eammon estremeceu, caindo de quatro. Bem aos poucos, as veias começaram a mudar de verde para azul. A casca de tronco de árvore nos antebraços desapareceu abaixo da pele, embora um ponto áspero tenha continuado em volta do pulso, como um bracelete. O movimento das costas desnudas subindo e descendo com a respiração combinava perfeitamente com o balanço lento das folhas caindo.

Quando enfim olhou para ela, o cabelo estava grudado na testa suada, a parte branca dos olhos estava marcada com teias de vasos esverdeados e um halo verde contornava as íris cor de âmbar.

A floresta invasora foi dividida, como se por uma foice gigante, exatamente no ponto em que o corredor se ramificava. Raízes cortadas se contorciam em movimentos débeis sobre o musgo, parecendo besouros moribundos, os movimentos em sincronia com o ritmo da respiração de Eammon. Cinco sentinelas estavam na ponta do corredor, uma parede de árvores cor de osso.

Red e o Lobo ficaram agachados ali por um momento, dois pares de ombros trêmulos, dois pares de olhos arregalados analisando o corredor agora tomado pela floresta. Eammon olhou para o manto embolado diante dos joelhos da Segunda Filha, a expressão de perplexidade no rosto enquanto levantava o olhar para o rosto dela.

Fife chegou da sala de jantar ainda totalmente vestido. Arregalou os olhos, praguejando.

— Pelos Reis! Raios de sombras!

Lyra passou correndo por baixo de um arco quebrado, parando e cobrindo a boca com a mão antes de soltar um "Oh!".

Eammon recuperou a compostura antes de Red, levantando-se apesar das pernas bambas. Red notou que ele não tinha perdido toda a altura que a magia lhe conferira, não daquela vez, embora o resto das mudanças estivesse cedendo aos poucos. O tom esmeralda foi sumindo dos olhos, e a última parte das braçadeiras de casca de árvore retrocederam sob a pele enquanto ele afastava o cabelo da testa.

— O que houve? — Fife olhou para a floresta e, depois, para Eammon, assimilando a altura maior do Lobo com um ligeiro brilho de preocupação enquanto trocava um olhar com Lyra. — Eu mesmo verifiquei este corredor hoje cedo. Não havia fungos-de-sombra.

— Acho que isso não tem nada a ver com fungos-de-sombra. — Havia um ligeiro eco na voz de Eammon que foi passando à medida que terminava de falar. Uma nova linha de sangue esverdeado manchava o curativo que cobria os ferimentos na barriga. Ele olhou para Red, mas logo desviou o olhar, esfregando, com o indicador e o polegar, o ponto entre os olhos agora totalmente âmbares.

— Está piorando — murmurou ele. — *Nunca* foi desse jeito.

Lyra olhou para Fife, a preocupação fazendo com que contraísse os lábios. Nenhum dos dois disse nada.

Fife ofereceu a Red a mão sem cicatrizes e ela aceitou a ajuda para se levantar.

— Você se machucou? — perguntou ele de forma brusca.

Ela negou com a cabeça.

A preocupação tomou as feições delicadas de Lyra, os lábios contraídos enquanto olhava para Eammon. Conter a magia de Wilderwood o tinha deixado ainda maior, mas a diferença de altura ainda não tinha retrocedido totalmente, o que parecia deixá-la nervosa.

— Sei que existe um armário com roupas de cama em algum lugar por aqui — disse Lyra, por fim. — Podemos improvisar uma cama para você no meu quarto...

— Nenhuma das duas vai dormir no chão. — Eammon ainda estava olhando para o corredor e para toda a destruição provocada pela floresta. A mão estremeceu, e ele cerrou os punhos.

— Somos quatro e só há três camas. *Alguém* vai ter que dormir no chão.

— E esse alguém sou eu. — Eammon não olhou para ninguém enquanto se virava para a escadaria. — Red pode dormir na minha cama. Vou dormir no corredor.

O tom dele não deixou espaço para discussões. Lyra contraiu os lábios, alternando o olhar entre Fife e Eammon, como se estivesse havendo uma discussão silenciosa entre eles.

— Bem, bons sonhos, então.

— Isso soou terrivelmente otimista — resmungou Fife, mas uma cotovelada de Lyra o fez calar a boca.

Eammon já tinha subido metade da escada, sem olhar para trás nem uma vez. Com um suspiro profundo, Red pisou no primeiro degrau. O musgo que crescera e formara uma parede para impedi-la de passar tinha regredido.

Com expressão determinada, Red embolou o manto e seguiu o Lobo.

16

O crescimento da floresta se dissipava no alto da escada, manchas de verde desaparecendo para expor a pedra lisa sob os pés de Red. A sensação era estranha depois de mais de uma semana de musgo e frio o suficiente para deixar os dedos dos pés dormentes.

Quando chegaram ao pavimento superior, Eammon se virou para a direita e abriu uma porta de madeira, revelando uma escada menor. A luz cálida que vinha lá de cima iluminou as costas de Eammon enquanto ele subia, um pouco curvado. A Marca do Pacto dele parecia mais escura do que antes, o verde de um tom profundo brilhando como tinta em contraste com a pele.

O quarto do Lobo ficava no topo da torre, um cômodo circular com teto abobadado entrecortado por vigas de madeira. Havia um armário aberto ao lado da escada, mas as roupas estavam espalhadas em pilhas desordenadas pelo chão. Eammon as chutou para baixo do armário.

— Por todos os Reis — resmungou baixinho, pressionando a mão contra a barriga.

Do outro lado da escada havia uma lareira de pedra, a fonte do calor e da luz bruxuleante. Ao lado, havia uma cama entre duas grandes janelas sem vidro, os lençóis embolados e metade da colcha no chão. Livros e canecas vazias se empilhavam em volta da cama, e a escrivaninha encostada na parede ao lado do armário estava repleta de papéis cheios de anotações, um tinteiro e uma caneta bico de pena borrada.

Eammon cambaleou até a escrivaninha, mantendo uma das mãos sobre o ferimento da barriga e, com a outra, tentando organizar os papéis.

— Não precisa fazer isso.

Ele não respondeu, mas parou os esforços inúteis de arrumação e se virou para olhar para ela com uma expressão inescrutável. Os olhos recaíram sobre o manto, ainda embolado nos braços de Red.

— Você voltou para pegar isso?

Ela assentiu.

Ele franziu as sobrancelhas.

— Não entendo o motivo.

— Ele é... — Mas ela não tinha muita certeza de como terminar a frase, como traduzir tudo que sentia em palavras. — Ele é meu.

Eammon não pediu mais explicações. Ficaram parados ali, com o olhar fixo um no outro, sem saber bem o que fazer.

Ele desviou os olhos primeiro, voltando a atenção para o quarto bagunçado. Com um suspiro, abaixou-se para pegar a colcha.

— Eu vou dormir na base da escada. Se você precisar... *droga*.

Deixou a colcha cair, pressionando o abdome. O sangue encharcou o curativo, mais verde do que vermelho, escorrendo pela pele clara e cicatrizada.

Red deu um passo na direção de Eammon, pousou as mãos nos ombros dele e o empurrou até que ele se sentasse rente à parede.

— A ferida abriu.

— Percebi.

— Você tem mais ataduras?

— Na gaveta de cima.

Ela cruzou o quarto até a escrivaninha e vasculhou a gaveta indicada, repleta de papéis e canetas bico de pena quebradas.

— As ataduras funcionam melhor quando estão *limpas*.

— Elas funcionaram bem até agora. — Eammon se virou e praguejou. — Não sei se já percebeu, mas eu me corto muito.

Aquilo a fez se lembrar do que Lyra dissera mais cedo. *Eammon está acostumado a sangrar*. Red contraiu os lábios e continuou procurando no meio da bagunça com mais determinação ainda.

Finalmente encontrou os curativos embaixo de um caderno todo escrito e uma camada de lascas de lápis. Red pegou o rolo de gaze e se ajoelhou ao lado dele, retirando a faixa ensanguentada enquanto Eammon resmungava entredentes. Havia três feridas profundas na pele dele, cortando a barriga e o peito. Pequenas gavinhas se insinuavam pelas aberturas, quase finas demais para perceber, salpicadas de folhas frágeis.

Ela desviou o olhar dos cortes e olhou para o rosto dele, marcado com uma preocupação repentina.

— Isso não é fungo-de-sombra, é?

— Impossível. — Eammon contraiu o maxilar. — Tem Wilderwood demais dentro de mim para haver espaço para qualquer outra coisa.

Wilderwood demais, de fato. A altura dele ainda não tinha voltado ao normal depois da magia que invocara quando o corredor desmoronou. Eram só uns três centímetros a mais, mas ainda assim impressionantes para Red, que sentia os nervos à flor da pele.

Havia uma pequena cicatriz na bochecha dele que ela não notara antes, discreta demais para ver de longe. Uma linha branca e fina bem na maçã do rosto, no mesmo lugar onde ela se cortara naquele primeiro dia na biblioteca.

Uma cicatriz que ele ganhara por ela.

A proximidade entre os dois despertava o poder dela, exatamente como antes, na clareira, fazendo com que ela ficasse bem ciente de tudo que crescia na Fortaleza abaixo dela e no terreno lá fora. A magia rugia dentro de Red e fluía na direção da ponta dos dedos, como se a visão do ferimento do Lobo e a ligação entre eles a atraísse.

— Você tem que me deixar tentar curar você.

Eammon apoiou a cabeça na parede.

— Não é uma boa ideia. — As palavras saíram entrecortadas, como se precisasse falar devagar. — É demais.

Dor demais, e tinha que ir para algum lugar. As mãos curvadas pairavam sobre a pele dele, a convicção endurecendo a própria voz.

— Eu consigo — afirmou Red.

— Por quê?

O cabelo dele encobria os olhos, nos quais ela lia todas as dúvidas resumidas na pergunta. Por que ela estava tão determinada a tentar curá-lo quando antes a simples ideia de usar o próprio poder encontrava tanta resistência?

Red não sabia bem a resposta. A única coisa da qual tinha certeza quando se tratava de Eammon era que queria mantê-lo em segurança. Ela se *importava*. Era um sentimento complexo, repleto de camadas, e aquela era a única forma de demonstração de cuidado que ela conhecia.

— Porque eu tenho grande interesse em manter você vivo.

Depois, acrescentou em tom suave:

— E tenho uma dívida com você.

Eammon olhou nos olhos dela. Por fim, assentiu, fazendo uma careta enquanto se apoiava melhor na parede e dava instruções resumidas.

— Se concentre na intenção. Se conecte ao poder da floresta dentro de você. Toque a ferida e a absorva. — Ele contraiu os lábios com determinação e franziu a testa. Quando falou novamente, a voz saiu firme e forte. — Mas não toda, Redarys. Você tem que me prometer que não vai absorver tudo.

Red engoliu em seco. Assentiu. Então, esforçando-se para manter as mãos firmes, colocou-as sobre a pele dele.

Eammon sempre estava quente, mas daquela vez o calor era febril e doentio. O sangue verde e rubro, salpicado de folhas, marcava os dedos dela. Red precisou fechar os olhos não só para se concentrar, mas também para se proteger do medo que sentia ao vê-lo tão ferido.

No entanto, até o medo tinha um propósito. Havia algo no sentimento, algo por ser relacionado a *Eammon*, que facilitava a manipulação e a modelação do poder. A preocupação que sentia, ampliada pela farpa de magia que compartilhavam e o matrimônio, transformaram o poder caótico em algo que ela podia aproveitar.

Ainda era assustador perceber como tudo aquilo era inexplicável. A conexão entre os dois forjada na floresta. Antes, quando tentara fazer a hera crescer, tinha pensado em Neve e em violência, na carnificina que não conseguia controlar. Mas então tivera aquela visão, prova de que a forma como Eammon e Red tinham se unido a fortalecera. E, naquele momento, quando a tarefa que tinha diante de si significava tanto — quando tudo que queria era que ele ficasse bem, tanto por causa do afeto estranho que sentia pelo Lobo quanto por temer o que poderia acontecer com todos eles se ele não melhorasse —, ela poderia tratar sua magia como uma ferramenta a ser usada em vez de algo a ser contido.

Uma vez clara a intenção, Red controlou o próprio poder e se abriu para ele. E não se afogou.

Ele fluiu, magnífico e arrebatador, profundamente verde. Uma gavinha fina, passando pelos músculos e ossos como uma raiz serpenteando em direção ao sol, aguardando o desejo dela.

Os ferimentos queimavam sob sua mão. Devagar e com cuidado, Red os deixou entrar.

Se houve dor, não sentiu. O poder seguiu um ritmo estável e certeiro, um fluxo que combinava com as batidas do próprio coração. Pela primeira vez, aquilo pareceu certo, e a sensação era intoxicante. Ela pegou um pouco, e mais um pouquinho, esforçando-se...

— *Red, pare*!

As mãos dela estavam vazias. Red abriu os olhos, sentiu o rosto suado e a respiração ofegante.

A mão de Eammon pairava sobre o rosto dela. Ele a afastou assim que ela abriu os olhos, o ar frio substituindo o calor dele.

— Você absorveu demais. — Os olhos dele estavam mais claros desde que tinham voltado da brecha. — *Que droga*, Red!

Ela olhou para baixo. Uma mancha avermelhada se espalhava pela barriga; mal dava para vê-la através do tecido fino da camisola. Um ferimento, mas não tão horrível quanto o dele, pois ela só pegara uma parte e não toda a ferida. Ainda assim, como se a visão tivesse religado seus nervos, os cortes latejaram e Red sibilou entredentes.

— Droga. — Ela se recostou e pressionou o abdome. — Você sentiu isso o dia todo? Uma dor *maior* do que essa?

Eammon se afastou da parede, testa franzida e pernas bambas.

— Você absorveu demais — repetiu ele, quase que para si mesmo.

— Mas funcionou. — Depois da queimação inicial, os ferimentos não eram tão ruins. Era bem verdade que a dor precisava ir para algum lugar, mas pareceu chegar como uma chama rápida e toda de uma vez. Com cuidado, Red afastou a mão da barriga, notando que as veias estavam contornadas em um esmeralda brilhante, não só nos pulsos, mas subindo por todo o braço. Elas foram se apagando quase imediatamente até ficarem azuis de novo. — Você está novinho... Bem, não novinho em folha. Mas está melhor. Nada de *mutilações*.

Eammon levou as mãos ao quadril, fulminando-a com o olhar. Os três lanhos no ventre e no peito estavam começando a cicatrizar no meio, enquanto as laterais ainda estavam avermelhadas.

— *Menos* mutilado — respondeu ele.

Então acrescentou baixinho:

— Obrigado.

Ficaram em silêncio, a frágil camaradagem ofuscada pelo constrangimento que sentiam. Eammon pegou o atiçador da lareira e começou a mexer na brasa, sem muito entusiasmo, para aumentar o fogo e espantar o frio que entrava pelas janelas abertas.

— Você pode guardar o manto no armário se quiser — disse ele olhando fixamente para o fogo.

O tecido esfarrapado estava caído onde ela o tinha largado, distraída pelo sangramento de Eammon. Ela o pegou e atravessou o quarto. Havia muito espaço no armário, já que as roupas de Eammon pareciam estar sempre no chão. As que ainda estavam no armário eram escuras e tinham cheiro de folhas. Red guardou o manto escarlate ao lado de uma pilha das camisas de Eammon.

Voltou para a lareira e se sentou no chão, abraçando os joelhos.

— Você ficou mais alto — disse ela baixinho depois de um momento. — Digo, você ficou mais alto, só que não voltou para o tamanho normal.

Eammon se retesou, parando de atiçar o fogo. Baixou os olhos, como se estivesse olhando para si mesmo, antes de fechá-los.

— Verdade.

— Isso já aconteceu antes? — Ela continuou abraçando os joelhos, mantendo o tom leve na voz, mas sentia um nó de preocupação na barriga. — Uma mudança feita pela magia ficar para sempre?

Ele atiçou algumas brasas até as chamas pegarem.

— Não — disse ele, guardando o atiçador.

A preocupação ficou ainda mais afiada e profunda.

— Foi muito poder. — Ele falava baixo, dirigindo-se tanto a si mesmo quanto a ela. — Mais do que jamais usei ao curar uma sentinela antes. Talvez seja esse o motivo. Eu só usei mais do que o normal. Deixei mais poder entrar. — Ele esfregou os olhos. — Eu deveria ter tentado usar sangue, mas não seria suficiente.

— Acho que nenhuma das opções disponíveis era muito boa.

Ele resmungou, confirmando.

Red olhou para ele de esguelha, observando como os ombros estavam tensos, como o cabelo escuro caía no rosto. As cicatrizes na barriga dele espelhavam as dela, exatamente como a Marca do Pacto. Havia uma estranha intimidade naquilo, aguçada pela alquimia de preocupação e culpa que ela sentia.

Seu marido. O Lobo. Ferido por ela, ferido por todo mundo, trancado em uma luta constante com a floresta que era parte dele.

— Lá embaixo. — Ela se arriscou a dizer, voltando a encarar as chamas para que ele não percebesse que o olhava. — Você disse que nunca tinha sido tão ruim assim.

Eammon não disse nada. Depois de um tempo, suspirou.

— Nunca foi.

— É culpa minha?

— Não, Red. — Apesar de toda a reticência para discutir o assunto, a refutação foi imediata. — Nada disso é culpa sua.

— Mas se tudo só piorou depois da minha chegada...

— A sua situação é singular. A sua conexão com Wilderwood... Nunca vi nada igual a isso antes. — A sombra dele se moveu quando ele se aproximou e ficou ao lado dela. Eammon enfim falou, com a expressão inescrutável, como se pudesse extrair do fogo as palavras de que precisava se o encarasse com vontade o bastante. — As outras eram ligadas à floresta, mas nunca dessa forma.

Red se encolheu mais.

— Elas eram ligadas a ela de um jeito que as matou.

Era difícil dizer com certeza na penumbra, mas ele pareceu empalidecer.

— Sim — disse ele, baixinho. — Mas você não. Você *não vai*. E sim, porque é tão diferente, tem sido... difícil de entender. Mas eu prometo que vamos conseguir. *Juntos*. A palavra não foi dita, mas ficou pairando no ar. *Vamos conseguir juntos*.

Eammon se virou e se abaixou, fazendo uma leve careta de dor enquanto pegava o cobertor.

— Vou dormir lá embaixo. Se você precisar...

— Está *congelante* lá.

— Por isso peguei o cobertor.

— Você está sendo ridículo.

Ele deu de ombros e se dirigiu para a escada.

— Sabe, compartilhar o quarto não é uma coisa rara em um casamento.

Eammon congelou e olhou para ela. Red parou de falar e mordeu o lábio para evitar dizer mais bobagens. Os ferimentos que compartilhavam latejavam no ritmo do seu coração.

Ela se levantou e cruzou os braços, sentindo-se vulnerável sob o escrutínio dele.

— Você ronca?

— Roncava. — Eammon olhou para o cobertor que segurava. — Já faz um tempo desde que houve alguém que pudesse dizer se o problema continua.

— Bem — disse Red, demonstrando uma falsa confiança. — Eu aviso se você roncar.

A sombra de um sorriso apareceu no rosto dele, mas logo se desvaneceu. Depois de um tempo, Eammon foi até o outro lado do quarto, estendeu o cobertor perto da parede e se deitou, sibilando quando o ombro bateu no chão.

Red se sentou com cuidado na cama e alisou os lençóis. Tinham o cheiro dele, de papel e café. Sentiu as pálpebras pesarem de exaustão assim que se deitou, mas a consciência da presença de Eammon do outro lado espantava o sono.

Não compartilhava um quarto com alguém desde que Neve e ela eram bem pequenas. Ficavam acordadas até tarde, contando histórias, discutindo, brincando de se arrumar com as roupas do armário. Red sentiu o coração pesado.

— Quem disse que você ronca?

Ele parou de se mexer por um tempo.

— Alguém que dividia o quarto comigo — respondeu ele por fim.

Antes daquele dia, antes de ter sentido o sangue dele sob as mãos, Red talvez tivesse deixado o assunto morrer e não insistiria. Mas naquele caso...

— *Sério*?

Na penumbra, Red não conseguia vê-lo, mas conseguia imaginá-lo — o curativo na barriga formando um quadrado branco no ventre dele, as mãos atrás da cabeça.

— O nome dela era Thera — disse ele, por fim, com voz suave.

Thera.

— Não era uma Segunda Filha?

— Não. — Uma resposta rápida. — As Segundas Filhas e eu... Não existiu nada disso, com nenhuma delas.

Red apertou a barriga, envolvendo os novos ferimentos.

— Quem era ela, então?

— Uma garota de uma das vilas além da fronteira — sussurrou Eammon. — De antes de os Reis terem ferido Wilderwood. Antes de a floresta se fechar em si mesma. Gaya e Ciaran ainda estavam vivos. Eu não era o Lobo ainda. Eu era jovem e tolo.

— Você ainda parece bem jovem e, para ser bem sincera, prefiro não comentar sobre a parte da tolice.

— Outro benefício de Wilderwood. Eu envelheço como uma árvore.

— Mais é mais bonito que uma. Um pouco.

Ele deu uma risada rouca. Red deu um sorrisinho no escuro.

— Mas, no geral — continuou Eammon —, minha vida era bem normal antes de me tornar o Lobo. Exceto por ter pais que eram personagens de contos de fadas. Eu podia ir embora.

Ele já fora capaz de sair um dia. Aquilo piorava ainda mais as coisas.

— O que aconteceu?

— Eu estava morando com Thera na aldeia. Tivemos uma briga... Ela queria se casar, eu não...

Ela sentiu um nó no estômago.

— ... então eu vim para cá para passar a noite — continuou ele. Ela o ouviu se virar no chão. — E foi justamente naquela noite que os Reis feriram Wilderwood ao tentar cortar a sentinela na qual tinham feito o pacto e acabaram sendo sugados para a Terra das Sombras. As fronteiras da floresta se fecharam. Eu não podia sair. Ela não podia entrar. — Uma pausa. — Acho que herdei do meu pai o péssimo senso de momento.

— Isso é horrível — murmurou Red.

— Foi há séculos. — Mas a sombra de tristeza transparecia na voz dele, uma ferida antiga da qual ele se lembrava bem. — Nunca mais fiquei com ninguém.

— Por quê?

— Além da questão óbvia de estar preso dentro desta floresta? — Uma risada seca, e ele se virou novamente no chão. — É difícil conter Wilderwood. Exige uma concentração quase constante, principalmente quando eu tenho que impedi-la de... de fazer o que eu não quero que faça. — Ele fez uma pausa e falou mais baixo. — Não resta muito mais de mim para oferecer a outra pessoa.

Red passou a unha na costura do lençol.

— E você? — A pergunta dele foi baixa, mas em tom de curiosidade genuína. — Com certeza você teve alguém nos seus vinte anos de vida, antes de vir para cá.

Quando fechou os olhos e tentou se lembrar do rosto de Arick, tudo que conseguiu ver foi a criatura retorcida do portão, feita de sombras e malícia.

— Um.

Silêncio absoluto.

— Se você não precisasse estar aqui — começou Eammon em um tom pouco mais alto que um sussurro. — Se pudesse fazer qualquer coisa que quisesse, o que faria?

A pergunta parecia mais complexa do que deveria. Toda a vida de Red se passara sob a sombra de Wilderwood. Pensar em qualquer outra coisa era doloroso demais, então ela simplesmente... não pensava. Agora que havia opções, que a vida se estendia diante dela, unida àquele homem com quem estava dividindo o quarto, não sabia muito bem o que *querer* significava.

— Se eu pudesse fazer qualquer coisa que eu quisesse — respondeu ela — eu avisaria minha irmã que estou bem.

Eammon soltou um suspiro trêmulo.

— Sinto muito, Red.

Ela se apoiou no cotovelo e, sob o brilho das brasas da lareira, olhou para onde Eammon estava deitado. Com uma das mãos ele afastava o cabelo do rosto, e a outra descansava sobre o peito. A luz só revelava os contornos: ombros largos, nariz torto. Ele se virou e os olhares se encontraram.

— Eu também — disse ela.

As rugas de preocupação permanente do semblante de Eammon se suavizaram. Sem dizer mais nada, ele assentiu.

Red se deitou e virou de lado. Depois de um tempo, ouviu Eammon fazer o mesmo, e a respiração dele foi se aquietando até ficar completamente tranquila.

Por fim, o mesmo aconteceu com ela.

Interlúdio
Valleydiano v

Os funerais da Ordem eram cerimônias mórbidas. E como aquele era o da Suma Sacerdotisa, pareceu ainda mais mórbido que de costume.

O véu negro sobre o rosto de Neve fazia com que o mundo parecesse coberto de sombras e com que a pira e as sacerdotisas e os cortesãos reunidos ali parecessem se mover através de uma névoa densa. Estava nervosa e com frio na barriga. Tudo acontecera rápido demais, depressa demais para que os planos dela estivessem completos. Parecia que estava tentando segurar firme as rédeas de um cavalo desembestado.

O corpo de Zophia jazia sobre a pira, envolvido até o queixo no manto negro colocado nos cadáveres a serem cremados. O tecido escuro estava coberto com símbolos de todo o continente, demonstrando a unidade da Ordem — cada país tinha seu próprio Templo, cada Templo tinha sua própria Suma Sacerdotisa.

O valor das oferendas que os outros Templos tinham enviado para aquela cremação era estarrecedor. Azeite de Karsecka, quilos de botões de flores fragrantes de Cian, garrafas de bebida escura fermentada com pó de ouro de Rylt. Havia itens demais para serem colocados na pira. A maior parte dos presentes fora guardada nos depósitos do Templo junto com os tributos de orações. Uma feliz coincidência, na verdade: a quantia que Belvedere acabou pagando a Alpera para refazer a rota de grãos foi realmente astronômica, e algumas das riquezas enviadas para o funeral poderiam contrabalançar os custos.

Apesar dos gastos, os grãos chegaram em segurança. A história das orações de Kiri e Arick limpando a boca da baía não passava de burburinho, rumores cochichados. No início, Neve ficou surpresa, mas parecia que Kiri preferia assim. Uma história de um milagre contada pelo povo, disse ela, se provaria muito mais útil para eles do que algo proclamado pelo Templo. Um apoio vindo do povo era muito mais útil do que um vindo das esferas mais altas. Ela segurara o pingente de madeira ao dizer aquilo, a expressão cuidadosamente neutra, como se estivesse recitando algo que ouvira em vez de explicar os próprios pensamentos. Neve ficava inquieta com aquilo e se sentia aliviada por nunca ter usado o pingente que Kiri lhe dera. Mas assentiu mesmo assim.

Do lugar em que estava, atrás da pira junto com as outras candidatas a Suma Sacerdotisa, Kiri olhou para ela, os olhos azuis brilhantes e gélidos. Depois, a leve sugestão de um sorriso frio antes de desviar o olhar.

Uma tocha foi passada. A parte de Neve do plano estava prestes a começar.

As possíveis sucessoras de Zophia se aproximaram e caminharam em círculo em volta da pira, a sétima e última volta terminando em uma fila atrás dela. Ao mesmo tempo, todas se viraram para Neve e Isla. A Rainha e a Primeira Filha estavam na primeira fileira.

Isla tinha piorado. Estava em declínio constante desde a semana da reunião de importação. Naquele momento, o rosto estava menos pálido por causa da maquiagem, além do olhar menos perdido, mas não havia como disfarçar a magreza nem os ombros curvados. A saúde da mãe tinha sido um dos fatores que atrasaram a tentativa de Neve de fazê-la mudar de ideia em relação à herdeira da Suma Sacerdotisa. Visitava a mãe quase todos os dias, mas o silêncio no quarto em que ela se recuperava era opressivo, e Isla geralmente estava dormindo.

Então, Zophia morreu, com Tealia ainda como escolhida para substituí-la. Mas havia uma escapatória, uma que Neve exploraria assim que chegasse a hora do inútil voto cerimonial.

Fez uma pequena oração silenciosa, apelando para aquele fiapo de fé que encontrara tão inesperadamente dentro de toda a sua heresia. *Faça com que ela me escute.*

Neve sentiu um toque cálido no ombro, mas a mão logo desapareceu, e ela quase deu um salto no lugar. Olhou para trás... Raffe. Ele abriu um sorriso e apertou o ombro dela uma vez.

Deveria ser um gesto reconfortante. Em vez disso, só fez o coração de Neve disparar.

A pétala de rosa vermelha na mão dela estava mole e amassada, marcada de suor. Os outros cortesãos presentes faziam um grande espetáculo do ato de olhar das próprias pétalas para as sacerdotisas reunidas, como se aquela votação valesse alguma coisa.

Ao lado de Raffe, Arick mantinha o olhar baixo, girando a pétala entre os dedos. Olheiras profundas marcavam o rosto dele. A reunião no Santuário na noite anterior tinha acabado tarde. Ele estava com um novo curativo na mão, sem sangue, embora um ponto preto ainda marcasse o meio da palma. Neve tinha ficado preocupada quando o vira sangrar pela primeira vez, mas ninguém mais pareceu ficar, então ela não disse nada.

De acordo com Kiri, estava funcionando. Wilderwood estava enfraquecendo, perdendo a força que usava para manter Red presa lá. Era tudo que importava. Todo o resto poderia ser resolvido depois.

Lançou outro olhar para Raffe. O sol que passava pelas janelas fazia os olhos dele brilharem em um tom de mel e banhava de dourado as bordas do lábios do rapaz. Neve não tinha contado nada para Raffe. Não por não querer — ela precisava se esforçar para não contar tudo —, mas porque ele não entenderia. As ideias estranhas e sombrias de Kiri e seus seguidores talvez o assustassem.

Até mesmo Neve se assustava às vezes, embora tivesse certeza de que a maioria delas era bobagem, ficando na linha tênue entre heresia e devoção, viabilidade e fanatismo. Uma interpretação dos Cinco Reis que fazia com que eles parecessem, ao mesmo tempo, mais e menos humanos.

Ali estavam todos eles, parceiros em uma blasfêmia planejada, e Neve estava prestes a fazer a última peça se encaixar.

Isla se levantou, e a corte a seguiu. As sacerdotisas ficaram atrás da pira com as costas eretas e as mãos enfiadas nas mangas largas das vestes brancas, olhando fixamente para a frente. O cabelo lustroso de Kiri tinha o mesmo tom da pétala vermelha que Neve segurava.

— Uma parte, e outra assume o seu lugar. — As palavras de Isla eram calmas e solenes. Ela ergueu a pétala. — Tealia, em nome dos nossos cinco Reis perdidos e da magia de outrora, peço que aceite esta tarefa.

Tealia nem tentou parecer surpresa. Abriu um sorriso satisfeito e baixou a cabeça.

— Como queira.

De acordo com a cerimônia, outras nomeações poderiam ser feitas naquele momento. Neve respirou fundo, esperando.

Mas Isla olhou para a congregação como se a questão já estivesse resolvida.

— Por nossos...

— Eu tenho uma nomeação.

Neve achou que a voz fosse sair baixa e fraca, combinando com os dedos trêmulos. Em vez disso, soou clara enquanto erguia a pétala que segurava. Ela deu um passo para a frente, os olhos fixos em Kiri, sem olhar para a mãe.

— Kiri, peço que aceite esta tarefa.

Kiri não fingiu surpresa. Assentiu, mantendo o olhar fixo à frente, e respondeu em tom solene:

— Como queira.

Isla empalideceu, mas não baixou a pétala que segurava.

— O que é isto, Neverah?

Uma acusação, não uma pergunta. Neve já esperava por aquilo. Tinha passado noites insones ao perceber que aquele era o caminho que precisaria escolher. Uma resposta que a mãe considerasse aceitável. Algo significativo o suficiente para fazê-la refletir.

Red saberia o que dizer. Red sempre sabia como provocar a mãe, como transformar as palavras em adagas e atirá-las ou usar o próprio silêncio como uma lâmina cortante.

Tudo que Neve tinha era sua tristeza, ingênua e dolorosa e repleta de esperança compartilhada.

— As coisas podem mudar. — Neve conseguiu manter a voz firme até o fim, mas precisou se esforçar. — Elas não precisam sempre ser feitas da mesma forma. Red pode...

— Basta. — Mas a voz de Isla estava vazia, os olhos distantes por algo além da doença. O luto finalmente emergindo do recanto profundo no qual a Rainha de Valleyda o matinha escondido.

Então, Neve insistiu:

— Mãe, nós podemos trazê-la para *casa*.

Silêncio absoluto. Raffe olhou para ela, boquiaberto. Arick abriu um sorriso discreto e triste. Kiri não esboçou qualquer reação.

A pétala entre os dedos de Isla estremeceu. Os olhos escuros se fecharam; o peito se encheu de ar depois de uma inspiração profunda.

Neve prendeu a respiração.

O silêncio era frágil, mas, então, a Rainha se virou e continuou:

— Por nossos...

— *Não*. — A pétala de Neve caiu no chão, a resposta dura ecoando nas paredes do salão. De acordo com a tradição, a indicação tinha de ser unânime. Quando não era, a assembleia precisava se reunir para audiências até chegar a uma decisão. — Se houver mais de uma...

— *Neverah*. — A voz de Isla cortou a da filha, soando forte apesar da aparente fragilidade. — A decisão está tomada.

O rosto de Raffe foi tomado pelo choque, a pétala ficando frouxa na mão. Neve lançou um olhar de súplica para ele, embora não soubesse bem pelo que estava suplicando. Agarrou a saia, sentindo-se impotente. Isla seguia cegamente as tradições, decidida a fazer as coisas como sempre tinham sido feitas... Não passou pela cabeça de Neve que a mãe não seguiria as restrições da Ordem. E que a Ordem *permitiria*.

Talvez Kiri não estivesse tão errada assim. Talvez a questão sempre tivesse sido o poder, as definições do que era considerado sagrado se mantendo intencionalmente mutáveis. Raffe deu um passo à frente, mas Arick pousou a mão no ombro dele para impedi-lo. Neve não conseguiu interpretar a expressão no rosto de nenhum dos dois.

As sacerdotisas, porém, eram a imagem da calma, mantendo o olhar fixo à frente. Até mesmo Tealia, visivelmente abalada, manteve a expressão plácida no rosto. Houve um farfalhar da manga branca das vestes das candidatas levando as velas negras à pira, e todas aquelas riquezas pegaram fogo.

Uma emoção indecifrável apareceu no rosto pálido de Kiri. Encarou Neve e Arick por um instante, depois desviou os olhos.

Quando Isla declarou a confirmação, não olhou para Neve.

— Por nossos Reis perdidos e pela magia de outrora...

As pétalas foram erguidas e a pira, acesa, enquanto os planos de Neve caíam por terra.

A batida na porta soou rápida e brusca, quase furtiva. Neve parou de andar de um lado para o outro e franziu a testa. A bandeja com o jantar quase intocado já tinha sido retirada, e ela avisara à criada que não precisaria de ajuda para se despir.

Outra batida furtiva.

— Neve, abra a porta.

Raffe.

Ela o puxou para dentro, sentindo o rosto enrubescer. Se pegassem Arick e ela sozinhos no quarto, haveria fofocas; mas ela e Raffe causariam um verdadeiro escândalo.

— Você faz ideia do problema que enfrentaria por vir aqui sem uma acompanhante?

— Provavelmente o mesmo que você vai enfrentar por aquele espetáculo que fez na confirmação. — Ele arqueou uma das sobrancelhas. — O que *foi* aquilo?

Neve se sentou diante da escrivaninha. Não tinha energia para fingir.

— Você sabe o que foi aquilo.

Não tudo, com certeza. Mas Raffe a conhecia o suficiente para entender que tinha a ver com Red.

Raffe praguejou, passando a mão pelo cabelo cortado bem curto.

— Você precisa *aceitar*, Neverah. Isso está acabando com você, e eu...

Ele parou de falar e suspirou. Em um movimento fluido, Raffe se agachou diante dela e pegou suas mãos. Neve deveria avisar que aquilo era inapropriado, lembrá-lo do que poderiam dizer. Mas o toque dele era tão cálido...

— Neve. — Ele disse o nome dela com firmeza, como se ela sempre pudesse contar com ele. — Red se foi.

— Ela está viva — sussurrou Neve, olhando para as mãos dela entrelaçadas às dele.

— Mesmo que esteja, ela está presa a Wilderwood e perdida para nós.

Tão perto da verdade, mito e fato em uma dança hábil.

Raffe apertou a mão da Primeira Filha.

— Você precisa parar de tentar se perder também.

Neve já tinha se perdido. Sua mente era uma floresta, cheia de sombras profundas e vinhas rasteiras, um labirinto de arrependimento. E agora que o plano tinha caído por terra, por culpa *dela*... Nem percebeu que uma lágrima escorria pelo rosto até sentir o gosto salgado nos lábios.

Raffe a enxugou com o polegar, envolvendo o rosto dela com delicadeza.

— O que você gostaria que ela fizesse? Se ela tivesse nascido primeiro, se você fosse a destinada para o Lobo, o que gostaria que ela fizesse?

— Se eu tivesse sido destinada para o Lobo — cochichou Neve com convicção —, eu teria lutado. Eu teria *fugido*. Se eu tivesse que me entregar para uma floresta mágica, não seria por algo *inútil*.

— Mas *ela* não fugiu. — Raffe colocou uma mecha de cabelo atrás da orelha de Neve. — Ela escolheu ir. E você tem que encontrar uma maneira de conviver com isso.

Neve contraiu os lábios até ficarem brancos. Fechou os olhos e encostou a testa na dele.

— Que lindo isso — disse uma voz vinda da porta.

Neve abriu os olhos de imediato. Raffe soltou a mão dela e se levantou, arrumando o casaco.

Com uma sobrancelha arqueada, Arick se encostou no batente da porta, segurando uma garrafa de vinho. Entrou cambaleando e a ofereceu para Raffe, tropeçando no tapete. Com um sorriso forçado, Raffe recusou, mas lançou um olhar apreensivo para Neve.

— Eu não queria interromper. — Arick se sentou em uma cadeira diante de Neve. O cabelo era uma confusão de mechas pretas na testa, os olhos estavam vermelhos e feridos. Ele levou a mão enfaixada ao peito.

— As coisas seguiram um rumo interessante esta tarde, não foi?

— Talvez você consiga fazê-la entender — disse Raffe, cruzando os braços. — Ela precisa esquecer isso.

— Talvez eu consiga. — Arick tomou um longo gole da bebida. — Afinal, eu sou o prometido dela.

Raffe contraiu o maxilar.

— Ou talvez — continuou Arick, girando a garrafa com o que restava do vinho — eu possa simplesmente apoiar qualquer decisão que Neve tomar.

Raffe deu outro sorriso forçado.

— Mesmo se tais decisões forem perigosas?

— E o que é a vida sem um pouco de perigo, Raffe?
— Você está *bêbado*.
— Acho que vocês dois se divertiriam muito mais se seguissem meu exemplo.
— Eu me divertiria muito mais se vocês dois parassem de falar como se eu não estivesse aqui — retrucou Neve, levando os dedos às têmporas, tentando controlar uma dor de cabeça latejante.

Desconfiara que talvez Arick fosse aparecer para discutirem um plano alternativo. Em vez disso, ele parecia mais preocupado em afogar as mágoas na bebida, fazendo com que a raiva crescesse no peito dela, o tipo de raiva tranquilo que podia ser muito perigoso.

O tipo que a fazia pensar em veias sombrias e convocação de poder, e em como usá-lo seria fácil.

Raffe suspirou.
— Neve...
— Me deixem em paz, por favor. — Ela respirou fundo, levantando o rosto. — Estou cansada.

Raffe abriu a boca como se talvez fosse dizer mais alguma coisa, mas pousou o olhar em Arick e decidiu ficar quieto.

Arick se levantou com pernas vacilantes, agarrou o ombro de Raffe e disse:
— Você ouviu a dama.

Raffe se empertigou e se virou para a porta. Arick o seguiu. Mas, quando chegou à porta, olhou para ela novamente e fez um gesto com o queixo em direção à garrafa que deixara na escrivaninha.
— Talvez a ajude a dormir. — O curativo na mão se destacava nas sombras.
— Já me ajudou.

Neve franziu a testa.
— Você tem tido dificuldade para dormir?

Ele não sorriu, embora a boca tenha se contraído como se estivesse tentando.
— Algo assim. — Arick saiu cambaleando. — Não se preocupe, Neve — murmurou ele, arrastando as palavras. — Nem tudo está perdido.

Ela franziu a testa de novo, observando enquanto ele cambaleava pelo corredor, deixando a porta entreaberta.

Neve pegou a garrafa pelo gargalo e a levou aos lábios. O vinho era forte o suficiente para que sentisse a cabeça leve depois de apenas um gole, mas aquilo era preferível a sentir o peso do fracasso. Bebeu mais um pouco e limpou a boca com as costas da mão.

Em questão de minutos, esvaziou a garrafa, o que fez seus pensamentos ficarem confusos e conferiu um brilho quente e embotado aos acontecimentos daquela tarde.

Pela porta entreaberta, viu um lampejo branco no corredor. Neve se levantou, sentindo as pernas leves e revirando os olhos. Se alguma criada estivesse em um encontro furtivo com algum cortesão, ela não queria ouvir. Foi até a porta e, depois de algumas tentativas de pegar a maçaneta, espiou o corredor.

Uma túnica branca conhecida desapareceu em um canto, junto a um brilho de cabelo vermelho. *Kiri*?

Quem quer que fosse, já tinha desaparecido quando ela chegou ao corredor. Neve fechou a porta, tirou o vestido, desajeitada, e finalmente mergulhou no sono.

17

O armário estava com cheiro de poeira, o que não era incomum na Fortaleza, com a floresta tão perto quanto a respiração seguinte. Mas, em geral, esse cheiro se misturava com outros: de plantas e terra. Ali, o cheiro era só de poeira, de algo fechado por tanto tempo que acabou perdendo todas as suas características.

Red sacudiu as mãos para evitar que o pó suspenso caísse nos olhos.

— Parece que faz uns cem anos que alguém abriu este armário.

— Pode reclamar com Fife — retrucou Lyra. — Mas, em defesa dele, a Fortaleza ficou muito mais difícil de limpar depois que a floresta começou a invadir.

O cinto roubado de Eammon escorregou para o quadril de Red, que resmungou enquanto o ajeitava na cintura.

— Qualquer coisa será uma melhora, acho.

Quando o corredor ruiu, Red perdera todas as roupas. Nas semanas desde então, tinha se virado com a camisola que estava usando naquele dia e camisas de Eammon com ajustes: elas chegavam quase aos joelhos dela e, com o cinto que também pegara emprestado dele, davam para o gasto. Fife mal tinha notado, mas, na primeira vez que Eammon a vira com o vestido improvisado, ficou com a ponta das orelhas vermelha.

Dividir o quarto a única faceta do casamento de conveniência à qual aderiram, mesmo que fosse apenas um detalhe técnico. Red dormia sozinha e acordava sozinha. O único sinal de que Eammon tinha estado lá eram as roupas de cama emboladas em um canto do cômodo e o hábito dele de deixar as portas do guarda-roupa abertas. Red sempre as fechava.

Havia dias em que ela nem mesmo o via. Ele ficava na biblioteca ou saía para Wilderwood. Não seguia os mesmos horários que ela — ninguém seguia, na verdade — e, às vezes, ela acordava e o ninho de cobertores dele ainda estava imaculado.

De vez em quando, havia um bilhete na escrivaninha bagunçada, escrito na letra inclinada do Lobo, pedindo que ela fosse até a torre. A magia que treinava com a ajuda dele era pequena, nada tão arriscado quanto curar um ferimento; ela conseguiu fazer com que heras crescessem e alguns botões se abrissem com sucesso. Não era tão fácil de direcionar quanto tinha sido naquela noite em que o curara, mas conseguia controlá-la se mantivesse as lembranças de lado e pensasse em Eammon, deixando que a união deles pelo casamento e com a floresta transformasse a magia em algo fácil de manejar. A proximidade física entre os dois parecia ajudar também, mas a ideia de mencionar aquilo a ele fazia com que Red se sentisse vulnerável de um jeito que não queria analisar com muita atenção, então guardava a informação para si.

Red estremeceu e sentiu a pele da canela se arrepiar. Além de indecentes, as camisas de Eammon não ajudavam muito a protegê-la do frio de Wilderwood. Lyra deu a ideia de procurar roupas antigas pelo castelo, e as duas tinham conferido todos os armários que ainda existiam na Fortaleza até encontrá-las.

— Eu bem que poderia emprestar alguma coisa para você — disse Lyra, encostando-se na parede. Estava limpando a unha com uma adaga, tentando soar casual. — Se você quiser.

Desde que Red chegara à Fortaleza, Lyra tinha sido bem mais amigável do que Fife, mas ainda assim mantinha certa distância. Nas últimas semanas, porém, Lyra demonstrara querer aprofundar a amizade, contando para Red sobre as criaturas de sombras que via na floresta e histórias da estranha existência dela, de Fife e Eammon em Wilderwood. A favorita de Red até aquele momento era a de quando Eammon tinha decidido aprender a cozinhar e mandara Fife para a Fronteira com uma lista de ingredientes maior do que o braço do rapaz. Aparentemente, Eammon quase ateara fogo na cozinha, e Fife passara a ser o responsável pela comida a partir de então.

Aquilo fez com que Red se perguntasse sobre as outras Segundas Filhas e como fora a vida delas ali antes de Wilderwood matá-las e drená-las. Parecia um bom sinal o fato de Lyra tentar se aproximar, como se acreditasse que Red ainda fosse ficar lá por um tempo.

Red se inclinou para ver além da porta aberta do armário, arqueando deliberadamente uma das sobrancelhas enquanto olhava para a compleição de Lyra, que era muito mais magra do que ela.

— Tentar usar suas roupas pode acabar em um resultado ainda mais indecente do que usar as de Eammon.

Lyra encolheu os ombros.

— Você que sabe.

Os vestidos estavam dobrados na prateleira mais baixa. Red passou as mãos com cuidado pela seda macia e pelo brocado suntuoso, temendo que fossem se desfazer sob o toque. Havia vestidos de vários tamanhos e com estilos que só tinha visto em livros de história. O peso dos séculos que tinham passado guardados os tornava mais pesados do que deveriam.

Lyra espiou pela porta do armário, que ficava atrás da escadaria, e ergueu as sobrancelhas. Sob a luz pálida da janela do solário, parecia que uma auréola emoldurava os cachos fechados e ruivos.

— Que tal?

O vestido que Red segurava era de um tom profundo de verde, com bordados de vinhas douradas ao longo das mangas e da bainha.

— Este parece promissor.

Fife e Eammon não estavam por perto, então Red se trocou atrás da escadaria. O vestido ficou um pouco apertado no peito e no quadril, mas serviu. Ela baixou o braço e perguntou:

— Ficou bom?

— Ficou.

Havia um brilho estranho de desconforto no olhar de Lyra que nem mesmo o sorriso conseguiu disfarçar.

Red passou os dedos pelo bordado.

— Você sabe de quem era?

— Merra, eu acho.

Merra. A Segunda Filha antes de Red. O tecido parecia estranho contra a pele.

Lyra levou a mão à alça que mantinha seu *tor* preso, depois verificou a bolsinha na cintura para conferir se tinha um bom estoque de sangue.

— Vou sair para fazer a patrulha. Torça para que eu não encontre monstros — disse, e saiu para o corredor banhado pela luz crepuscular.

A saia verde do vestido de Merra escorregava pelas pernas nuas de Red; a manga pinicava os braços. Ela se virou para descer a escadaria e seguir para a biblioteca. Já que passaria o dia sozinha, pretendia aproveitar para ler.

Deu uma olhada no corredor, uma verificação rápida que se tornara parte da rotina. As sentinelas não tinham se movido desde aquela noite em que Wilderwood fora atrás dela. Nos dias que praticavam magia, Eammon sempre fazia um exame minucioso das mãos de Red para ver se havia alguma ferida antes de permitir que ela tocasse em qualquer coisa. Uma vez, tinha chegado ao ponto de obrigá-la a colocar um curativo em um corte feito por um papel. Mesmo assim, Red sempre dava uma olhada nos arredores também, só para prevenir.

Com cuidado, passou o olhar pela confusão de raízes e vinhas. Mesmo assim, levou um instante para perceber o que havia de errado: o buraco no patamar assombrado com o qual já tinha se acostumado.

As sentinelas tinham desaparecido.

Sentiu o sangue gelar nas veias, procurando nas sombras, certa de que as árvores brancas tinham adentrado mais na Fortaleza, talvez se preparando para atacá-la de novo. Mas não havia nada se mexendo além da poeira.

Devagar, Red foi até a exata linha que indicava onde Eammon tinha cortado a floresta. Folhas soltas e raízes magras se espalhavam pelo chão, quietas e silenciosas.

Havia uma mancha de sangue em uma das folhas mortas. Escarlate entremeado de verde. Depois de vê-la, ficou mais fácil notar outras manchas de sangue: no musgo, nos galhos.

Fife verificava as sentinelas todos os dias, estabilizando-as com o próprio sangue o máximo que podia. Até onde Red sabia, estavam livres de fungos-de-sombra, bem o suficiente até Eammon recuperar as forças para poder movê-las. Mas se ele tinha sentido a necessidade de sangrar por elas *agora*, todas de uma vez...

Então, estava piorando. Ainda estava piorando, apesar de ela usar a magia da floresta, apesar do enlace deles. Ainda estava tirando partes de Eammon, fosse através de uma veia ou de uma mudança no seu corpo.

Red mordeu o lábio e, tomando uma decisão rápida, dirigiu-se à porta.

No pátio, a neblina cobria o chão, quebrada apenas por uma forma fora de lugar na paisagem antes de escondê-la de novo. Era algo alto e reto além da torre, perto do portão.

Outra sentinela.

E, ao lado dela, de joelhos, Eammon. A ponta afiada da adaga na mão dele brilhava sob a penumbra da luz lavanda.

— Espere! — Red levantou a saia do vestido de Merra e correu descalça pelo musgo, as batidas do coração um lembrete do sangue no chão. — Eammon, espere!

Ele ergueu a cabeça, empertigando os ombros como se ela o tivesse flagrado fazendo alguma coisa proibida. Manteve a lâmina apontada para a palma da própria mão antes de afastá-la. Quando ficou de pé, foi em um movimento lento, como se sentisse que os ossos eram pesados demais para os músculos levantarem.

Red parou quando o alcançou, ofegante. A jovem sentinela estava do lado de fora do portão, tão alta quanto Eammon, com nodos indicando o começo de galhos na copa pálida.

— Eu vi o corredor — disse ela, tentando acalmar a respiração. — Por que você tirou todas de uma vez?

— Foi preciso. — Eammon fechou os dedos, como se quisesse esconder os cortes na palma da mão dos quais ainda escorria seiva. — Fife as verificou hoje cedo. Fungos-de-sombra tinham tomado até quase metade dos troncos.

Ele passou a mão cansada pelo rosto, deixando uma mancha de escarlate e verde na testa, antes de continuar:

— Se eu não as levasse agora para o lugar delas, não conseguiria mais. Teriam apodrecido onde estavam. E eu não posso... Wilderwood não vai conseguir lidar com tantos pontos fracos.

A sentinela infectada por sombras parecia delgada na penumbra anormal, erguendo-se na direção do céu sem estrelas como se pudesse escapar do solo.

— Eu não entendo. Estou usando a magia. Nós nos *casamos*. — Ela fechou os dedos, como se fosse socar o tronco branco. — Por que isso não é suficiente?

Os olhos de Eammon percorreram o rosto dela, tomados por um brilho de tristeza, mas ele não respondeu.

Red cerrou os dentes. Deu um passo na direção dele, tentando cobrir a distância entre os dois, e estendeu a mão para a adaga que ele segurava.

Eammon a afastou.

— *Não*.

— O que mais posso fazer? O meu sangue foi a única coisa que fez alguma diferença até agora!

Os olhos dele cintilaram, e o Lobo segurou a adaga com mais força.

— Não — repetiu ele, como se a palavra fosse um escudo.

— Tem que haver mais alguma coisa que a gente possa fazer. Alguma coisa que não envolva sangue. — Ela mordeu o lábio, e seus olhos encontraram os dele. — E quanto à magia?

Eammon desviou o olhar, quase contraindo o rosto. Curvou os ombros como se de repente estivesse superciente dos três centímetros extras que não haviam retrocedido.

Red percebeu que as mudanças o assustavam. Que Eammon parecia se envergonhar daquilo. Só não sabia se era vergonha das modificações que Wilderwood provocava ou do medo que ele sentia em relação a elas.

— Talvez as mudanças não continuem por muito tempo — sussurrou Red.

— Elas continuaram da última vez.

Pelo amor de todos os Reis, como a voz dele soava cansada.

— Você estava fazendo isso sozinho — argumentou ela. — Mas não vai fazer mais.

A resposta dela pareceu assustá-lo e o fez engolir em seco. Os olhos cor de âmbar passaram da sentinela para ela, como se estivesse medindo a distância entre a garota e a árvore.

— Não gosto de você tão perto delas, Red — disse ele em voz baixa. — Mesmo quando não há nenhum corte para elas tentarem entrar, nenhum sangue. Eu sei o que elas querem fazer.

— E eu sei que você não vai permitir. — Ela cruzou os braços, passando os dedos pelo bordado da manga. — Nós nos casamos, e isso fez a magia vir com mais facilidade, mas fazer ervas crescerem em vasos claramente não está ajudando em nada. Então, vamos tentar usá-la agora.

Cada linha do rosto de Eammon demonstrou que ele não gostava nada da ideia, os lábios contraídos e as sobrancelhas baixas.

— Eu confio em você. — Ela tentou dizer de forma leve, mas as palavras não poderiam ter soado mais impertinentes. — Você deveria fazer o mesmo.

Silêncio. Então, Eammon suspirou e passou a mão no rosto outra vez. Quando voltou a olhar para ela, finalmente notou o vestido e arregalou os olhos.

— Onde você pegou isto?

— Lyra e eu encontramos. Eu já estava farta de usar suas roupas.

Ele enrubesceu.

— Justo.

Rachaduras finas de fungos-de-sombra subiam pelo tronco da jovem sentinela, avançando mais do que instantes antes. Red olhou para aquilo como se fosse um exército chegando para atacá-los.

— Me diga o que fazer.

Depois de um instante, Eammon enfim guardou a adaga.

— Me deixe ver suas mãos.

Ela as estendeu com a palma virada para cima. Eammon as pegou, as cicatrizes dele roçando a pele macia dela, analisando-as com atenção para detectar qualquer traço de ferimento. Satisfeito, ele as soltou e o ar frio substituiu a calidez do toque dele.

— A localização de cada sentinela é deliberada.

— Como tijolos em uma muralha.

— Exatamente. Como tijolos em uma muralha. — Eammon colocou a mão no tronco branco. — Para impedir que a Terra das Sombras consiga passar. Para manter a muralha forte, temos que colocar as sentinelas de volta onde deveriam estar. Quando elas se curam, retornam para o lugar.

— E como nós as curamos?

— Direcionando a magia para afastar o fungo.

— Por meio do toque, imagino. — Ela não entendeu por que a voz saiu tão baixa e rouca.

Eammon contraiu os ombros, e a resposta dele soou irritada.

— Exatamente.

As cicatrizes antigas na mão dele eram brancas, combinando com o tronco da sentinela sob seu toque. Por instinto, Red cobriu a mão dele com a dela.

— Na árvore, Red — sussurrou Eammon.

Ela afastou a mão, sentindo o rosto afogueado. Depois de uma breve hesitação, tocou a sentinela de leve.

Assim que a pele entrou em contato com o tronco, Red sentiu uma corrente passar por todos os membros e subir pela espinha. O poder se desdobrou dentro dela, florescendo e fluindo por todo o corpo até chegar à palma das mãos, a agulha de uma bússola que tinha a sentinela como norte. Por um instante, a pele parecia uma barreira indesejável que a impedia de se unir a algo do qual estava separada havia muito tempo. Red sibilou entredentes.

— O que foi? — A voz de Eammon vacilou com ansiedade, a postura contraída de tensão.

— É uma sensação diferente da que eu esperava. — Ela tentou sorrir. — E agora?

Ele pareceu prestes a cancelar tudo no espaço entre a pergunta dela e a resposta dele. Contraiu o maxilar, o olhar se alternando entre a mão dela e o rosto. Red apertou os lábios.

Por fim, ele suspirou.

— Se as sentinelas são uma muralha de tijolos, nós somos o cimento que os une. — Eammon olhou para a árvore branca. — Nossa magia é um pedaço de Wilderwood. Assim como a sentinela. Para curá-la, transferimos nosso poder para ela, canalizando-o de volta à fonte. Wilderwood vai ficar mais forte e nos fortalecer de volta, como a chuva que alimenta um rio que evapora e vira chuva de novo.

— Um ciclo. — Havia uma sincronicidade naquilo. Ciclos de Lobos. Ciclos de Segundas Filhas. Ciclos de pesar.

— Exatamente — disse Eammon com voz suave. — Só precisa deixar a magia fluir através de você. Liberá-la.

A sentinela vibrava sob o toque dela. Havia algo atrás da casca da árvore, uma energia atraída por ela, empurrando. Sentiu um frio de antecipação na barriga.

A expressão dela talvez tenha mostrado algo, porque Eammon meneou a cabeça e disse:

— Você não...

— Pode deixar, eu consigo.

Red se concentrou no fluxo que corria por suas veias, no calor da casca da árvore sob a palma da mão. Controlou a respiração, diminuindo o ritmo, enquanto contava as batidas do metrônomo do próprio coração até que estivessem em sincronia. Pensou em Eammon ao lado dela, precisando de ajuda, e acalmou o caótico oceano do poder dela até as águas ficarem plácidas enquanto fechava os olhos.

Um verde profundo tomou a mente de Red, mudando de tonalidade atrás das pálpebras fechadas, pintando todos os pensamentos em tons de verde-marinho a esmeralda, iluminado no centro por um brilho suave dourado.

Quanto mais se concentrava, mais claro ficava. O brilho era a jovem muda, uma forma brilhante em um mar de formas brilhantes. Uma rede dourada de árvores altas e retas com raízes profundas, luzes fortes lançando sombras suficientes para segurar o mundo inteiro.

Algumas sentinelas brilhavam menos; as mais fracas eram como a chama débil de uma vela, enquanto outras eram como as labaredas fortes de uma fogueira. As raízes formavam um conjunto complexo de linhas douradas irregulares. Mas todas levavam a uma forma familiar, a rede vasta se unindo em uma silhueta que ela conhecia muito bem.

Eammon. Tão parte de Wilderwood como qualquer outra sentinela. As raízes passando por ele como se ele próprio fosse o solo da floresta. O homem entrelaçado intrinsecamente com a floresta, partes iguais de galhos e ossos. Metade dele integrada a Wilderwood, mas não drenada por ela, não como tinha acontecido com os pais e as outras Segundas Filhas. Mantendo tudo com uma força que ela nem conseguia imaginar, com uma determinação que a maravilhava e assustava ao mesmo tempo.

Ele não era humano. Ela sabia disso, tinha visto a prova várias e várias vezes. Eammon era diferente, um ser tão misterioso quanto a floresta que habitava. A floresta que habitava *nele*.

Aquela era a primeira vez que o lembrete provocava uma dor no coração dela.

— Red? — A voz dele soou hesitante.

Ela pressionou os dedos contra a tronco como se o Lobo fosse capaz de sentir, uma pressão tranquilizadora.

— Eu estou bem. — Uma pausa longa enquanto ela o analisava em sua mente, a semente da qual toda Wilderwood florescia. — É lindo.

Silêncio. A floresta parecia prender a respiração.

— Siga minhas orientações — disse Eammon por fim.

Então, a silhueta dourada nos pensamentos dela brilhou ainda mais. Uma luz líquida escorria dele junto à rede brilhante à qual ele estava preso, mas seguindo diretamente para a sentinela.

Com gentileza, como uma flor se abrindo para o sol, Red deixou o poder crescer, fluindo pelo seu âmago até chegar à palma das mãos, com calma e propósito por causa da proximidade com Eammon. A luz que emanava não era tão forte como a dele, mas tão bem-vinda quanto.

O brilho da sentinela diante deles começou a aumentar aos poucos, a chama da vela ganhando força enquanto a luz deles afogava a sombra.

Red se manteve firme, pressionando as mãos contra a árvore branca, e deixou a magia circular, a chuva alimentando o rio. À medida que a imagem turva da sentinela começava a brilhar em sua mente, sentiu um poder dourado fluindo para dentro dela também. Assustou-se no início, o medo se espalhando pelas escápulas. Naquele momento, porém, Wilderwood não tinha intenção de conquistar. Era apenas parte do ciclo, um encaixe nas engrenagens. O filamento fino e cintilante de magia que adentrava o corpo dela brilhava, circundando languidamente seus ossos.

A sensação... era boa. Ela se sentiu bem, e foi a primeira vez em que realmente acreditou naquilo, apesar da insistência de Eammon e Fife de que as sentinelas não eram más apesar de sedentas por Red. Parecia um conceito simples demais para uma coisa tão complexa, mas Red e Wilderwood estavam enfim de acordo, ao menos no nível mais básico. Queriam as mesmas coisas. Wilderwood estava empenhada na própria sobrevivência, na própria necessidade.

Red lembrou-se de estar correndo pela floresta no seu aniversário, o forte desejo de *viver* dentro dela. Era exatamente o que sentia naquela sentinela e em Wilderwood, a floresta à qual estava ligada. Uma determinação profunda e impulsiva de viver.

Quando a sentinela se foi e a palma da sua mão tocou na de Eammon em vez de no tronco, ela não fazia ideia de quanto tempo tinha se passado.

Abriu os olhos, deixando a rede brilhante de Wilderwood para trás para olhar para o homem diante dela. Eammon a observava sob as sobrancelhas baixas, os lábios carnudos ligeiramente entreabertos, o cabelo preto caindo na testa. A parte branca do olho ainda tinha traços de esmeralda; sua sombra no chão, maior do que antes, exibia extremidades emplumadas como folhas. Tinha arregaçado as mangas, mostrando os antebraços revestidos com cascas de árvore.

Eammon não tentou esconder as mudanças que a magia provocava. Ficou parado ali, permitindo que ela visse.

Os pulsos de Red estavam pressionados contra os dele, a rede das veias dela contornada em verde. Sentiu o impulso de cobri-las, mas manteve as mãos onde estavam. Se ele não estava escondendo as modificações, ela também não esconderia. Tinham acabado de curar Wilderwood, mesmo que apenas uma pequena parte dela. Fizeram aquilo juntos e sem derramar sangue, o que acabou por forjar uma honestidade entre eles.

Lentamente, o verde dos olhos dele retrocedeu. A casca de árvore desapareceu, revelando apenas a pele cicatrizada; a altura diminuiu, as extremidades da sombra dele ficaram mais sólidas. Nenhuma mudança permanente, pelo menos daquela vez, embora aqueles centímetros adicionais permanecessem. Apenas mais uma cicatriz, outra marca deixada pela floresta.

Eammon ficou olhando para ela por mais um tempo, as linhas sérias do rosto inescrutáveis enquanto as veias que subiam pelos braços dela desbotavam e voltavam ao tom de azul. Então, Eammon afastou a mão da dela e se virou.

Red pressionou a palma contra as coxas, banindo o calor do toque dele que ainda sentia na pele. Aos seus pés, onde a sentinela estivera, havia apenas musgo intacto.

— Parece que funcionou.

Eammon confirmou com um resmungo baixo. Red acompanhou o olhar dele: um pouco além do portão, entre uma fileira de outras árvores, a jovem sentinela crescia.

Só que não era mais uma muda jovem, e sim uma árvore totalmente crescida e com tronco forte. As folhas brotavam dos galhos brancos agrupados na copa vibrante e verdejante.

— Parece que sim.

A expressão dele parecia ser de surpresa, transformando as linhas duras do semblante iluminado pela floresta e pela névoa.

Escondida sob a manga do vestido, Red sentiu a Marca do Pacto repuxar. Apertou-a em um movimento rápido enquanto se obrigava a desviar o olhar dele e voltá-lo para a sentinela.

Eammon sibilou. Red tinha visto a floresta entrelaçada a ele, enraizada entre os ossos, o fracasso da floresta o ferindo.

— Você não vai mais sangrar por ela — declarou Red com veemência, mas em tom suave. — Essa maldita floresta não vai tirar mais pedaços de você enquanto eu estiver aqui.

Havia negação nos olhos dele; quando olhou para ela, porém, um brilho tênue e indecifrável a substituiu.

A palma da mão de Red ainda vibrava; ela a balançou para tentar espantar a sensação.

— Tem outras? Nós podemos...

— Não vamos fazer mais nada até você calçar um par de sapatos. — Eammon lançou um olhar expressivo para os pés descalços dela.

Ela afundou os dedos no musgo.

— Wilderwood comeu minhas botas, lembra? — Andar descalça tinha funcionado até aquele momento. Se fosse apenas correr pelo pátio para chegar à torre ou permanecer na Fortaleza, até que dava para o gasto. Além disso, tinha roubado algumas meias de Eammon para quando precisasse. — Nenhuma das Segundas Filhas deixou sapatos extras.

Eammon fez um movimento com o braço e, por um instante, Red achou que ele fosse pegá-la no colo para que não pisasse no chão frio.

Mas o momento passou, e ele se virou para a torre.

— Eu procurei nas despensas e encontrei um par antigo que pode ficar para você. Eu os deixei perto da lareira. — Ele olhou por sobre o ombro antes de voltar o olhar para a torre. — Não vão servir, mas isso não a impediu de usar minha camisa.

— Estava frio demais para andar pelada por aí.

Ele não se virou, mas abriu a mão ao lado do corpo e fez um som abafado. Atrás dele, Red sorriu.

Ela percebeu um ligeiro tremor nos ombros de Eammon quando abriram a porta da torre, embora os passos subindo a escada continuassem firmes. Ele nunca conseguia esconder dela a exaustão que realmente sentia, e, depois de ver como Wilderwood estava profundamente entranhada nele, Red entendia o motivo.

Até mesmo ali, Eammon tentava esconder. Como se fosse algo vergonhoso, algo que estava determinado a suportar sozinho. Aquilo fez Red desejar incutir magia em todas as árvores daquela maldita floresta, para fortalecê-las e puni-las em igual medida.

— Tenho uma coisa para te mostrar mesmo — disse o Lobo. A lareira brilhava nas constelações prateadas do teto quando ele olhou por sobre o ombro. — Duas coisas, na verdade.

Ele foi até a única mesa, puxando o cabelo para trás em um gesto de nervosismo.

— Não estão novinhos em folha, mas pelo menos já dá para ler — disse ele.

Red se aproximou devagar. Havia livros espalhados pela mesa, ao lado de uma bolsa de couro que ela conhecia bem.

Os livros dela.

Ela deu uma risadinha ofegante, passando o dedo pelas lombadas empoeiradas. Havia marcas de lama nas capas e manchas verdes onde alguma vegetação havia crescido e escurecido a tinta.

— Achei que os tivesse perdido quando o corredor ruiu.

— Quase. Deu muito trabalho tirá-los do meio do musgo.

Ela ficou com os olhos marejados.

— Obrigada.

O livro de poemas da mãe estava no topo da pilha. A terra havia tirado todo o dourado da capa. Red o pegou e o abraçou junto ao peito.

— Obrigada, Eammon — repetiu ela.

— De nada.

Ele se remexeu como se não soubesse bem como se comportar. Abriu e fechou as mãos ao lado do corpo.

Depois de um momento, Eammon se afastou e apontou para a lareira.

— As botas estão ali — disse ele, sem necessidade. — E tem mais uma coisa.

Red enfiou o pé na bota; eram grandes demais, mas quentinhas. Foi até onde Eammon estava, perto das janelas com molduras com vinhas entalhadas. Havia algo apoiado na parede, envolto em um tecido cinzento.

— Talvez não funcione mais. — Ele lançou um olhar sério para ela, todo o nervosismo de antes cuidadosamente controlado. — Mas não achei certo esconder de você.

— Parece sinistro.

Eammon afastou o tecido. Abaixo havia um espelho ou algo do tipo — mas, em vez de refletir a imagem deles, a superfície tinha um tom fosco de cinza. A cor no meio variava, como se Red estivesse olhando em um jarro cheio de fumaça.

— O que é?

— Minha mãe fez isto com a magia de Wilderwood. — Eammon olhou para ela com olhos inescrutáveis. — Para ver a irmã dela, Tiernan.

A compreensão atingiu Red como uma onda. Ela sentiu as mãos dormentes ao lado do corpo. Alternou o olhar entre o espelho e Eammon, a cautela suplantada pela saudade. Tinha se acostumado a afastar os pensamentos de Neve nas últimas semanas na floresta, mas só a menção da palavra *irmã* foi o suficiente para fazer seu coração parecer querer saltar do peito.

— Ah.

— É antigo — avisou Eammon. — Há séculos que ninguém o usa e, do jeito que Wilderwood está agora, talvez seja completamente inútil. Mas eu... — Ele parou de falar e respirou fundo. — Você disse que, se pudesse fazer qualquer coisa, diria para sua irmã que está em segurança. Você não vai conseguir falar com ela através do espelho, mas, pelo menos, vai conseguir vê-la.

Gratidão era um termo que não chegava nem perto de descrever a leveza que a Segunda Filha sentiu no peito, como se um peso enorme que estava carregando de repente tivesse sido retirado dali.

— Eammon... — Ela fez uma pausa, engolindo em seco. — Eammon, isto é...

— Sinto muito que seja tudo que tenho para dar para você.

— É o suficiente. — A voz dela saiu de forma imediata e instintiva. Na luz da lareira, os olhos dele pareciam mel.

Red deu um passo para a frente, estendendo a mão para o espelho, mas sem tocá-lo.

— Como funciona?

— Sacrifício. — Eammon deu uma risada seca. — É claro.

— Sangue?

— Não. — A resposta foi rápida e afiada. — Quer dizer, funcionaria, mas talvez devêssemos dar um descanso para o sangue.

A trança grossa de Red caia sobre o ombro; ela arrancou um fio pela raiz e ergueu a mão.

— Que tal isto?

Eammon assentiu, com os braços cruzados e o maxilar contraído.

— Vou ficar bem aqui — disse ele com voz preocupada de novo. — Se alguma coisa parecer remotamente estranha, puxo você de volta.

Red fez um som distraído de concordância, concentrando toda a atenção na superfície fosca do espelho. Com cuidado, enrolou o longo fio de cabelo nas espirais da moldura, deu um passo para trás e olhou para a escuridão. Esperando.

Cinco batidas do coração. Seis. Nada. Sentiu o gosto amargo da decepção no fundo da garganta. Estava preste a desistir quando viu um brilho nas profundezas do espelho.

A luz dele a arrebatou, fazendo-a girar, uma mancha prateada sobre o cinza. Quanto mais ela olhava, maior e mais brilhante ficava, a fumaça ondulando pelo brilho, crescendo e crescendo até ocupar totalmente a visão dela.

Houve uma explosão silenciosa de luz, como uma estrela explodindo, a fumaça serpenteando pelo cosmos escuro.

E quando a fumaça desapareceu, lá estava Neve.

18

Era como olhar através de uma janela. Não, não era bem assim... era mais como estar *presa* em uma janela, prensada entre duas camadas de vidro. Tentou se mexer, mas não conseguia; não conseguia sequer sentir o corpo. A consciência parecia rala, difusa e refratada em vários feixes.

Neve estava no Santuário, atrás da estátua de Gaya. A imagem estava borrada, mas Red conseguiu perceber que a irmã estava mais magra que antes, com o rosto encovado. Um curativo envolvia a mão esquerda.

Red tentou chamá-la, esquecendo-se de que de nada adiantaria, de que o espelho só tinha uma via e era só para ver. À distância, sentiu as próprias cordas vocais em ação, mas não ouviu som algum, nada.

Mesmo assim, o grito pareceu despertar algo, como se sua vontade tivesse fortalecido a magia do espelho. Aos poucos, a imagem de Neve foi ficando mais nítida e sólida.

— Estamos fazendo isso há um mês e ela ainda não voltou. — A irmã virou de lado, sobrancelhas baixas, estreitando os olhos. Mordeu o lábio, um gesto de nervosismo que as gêmeas compartilhavam. — Por que ela ainda não fugiu de lá?

Red não sabia com quem Neve estava falando; as imagens eram borradas e sombreadas. O espelho tinha sido construído para mostrar apenas a Primeira Filha, nada além disso.

— Vai levar tempo. — A voz chegou abafada, quase indistinguível. — É isso que acontece com os grandes feitos. Você precisa ter paciência, Neverah.

— Será que não existe uma forma de acelerar o processo?

Neve cruzou os braços. Quando levantou a cabeça, a luz do fogo iluminou o diadema prateado que enfeitava o cabelo. Mais ornamentado que o que costumava usar. Familiar de um jeito que incomodou Red, como se aquilo parecesse *estranho* de alguma forma.

— Talvez.

— Me diga o que precisamos fazer, Kiri. — Neve não tinha problema algum em usar um tom de comando, mas havia uma nova força ali. Era a voz de alguém que sabia, sem sombra de dúvida, que seria obedecida. — Me diga do que precisamos, e eu vou me certificar de que aconteça.

A pausa que se seguiu foi longa e pareceu desconfortável. A linha da mandíbula de Neve estremeceu. Ela estendeu a mão e tocou o diadema que enfeitava o cabelo, ajustando-o na testa.

— Suponho que possa fazer isso sem restrições agora, não é? — Havia algo maligno na voz abafada. Algo que provocou um calafrio na coluna de Red. — Agora que Isla morreu. Agora que você é a Rainha.

Rainha.

Mesmo naquele estranho estado de consciência suspensa, Red sentiu que ficava sem ar, sentiu o meio grito rouco subir pela garganta.

No espelho, Neve contraiu o rosto de leve.

Red sentiu as mãos de Eammon nos ombros dela; soube que ele a tinha ouvido, sentido que havia alguma coisa errada. O toque dele a arrancou da visão, enquanto fumaça e uma luz prateada apagavam a imagem de Neve, mas não antes que Red ouvisse uma última frase daquela voz abafada.

— Você pode oferecer mais sangue.

E depois... O chão duro contra os joelhos, o cheiro de café e papel de Eammon pairando sobre ela.

— Red? — A voz era calma, mas tinha um ligeiro tom de preocupação. — Red, o que houve?

— Minha mãe morreu — murmurou ela, com olhos arregalados. — Minha mãe morreu.

O vapor subia da caneca de chá que esfriava rapidamente na escrivaninha. Red não conseguia encontrar forças para pegá-la. Estava sentada na cama abraçando as pernas, observando o vapor. O livro de poemas estava ao lado da caneca. Não tinha percebido que o trouxera com ela da torre até Eammon tirá-lo com gentileza de suas mãos e colocá-lo de lado.

Os cochichos na base da escada mal eram abafados pelo fogo crepitando na lareira.

— Mas será que aconteceu mesmo? — perguntou Lyra. — Aquele espelho é muito antigo.

— Ela viu a irmã. — Era Eammon. — O espelho foi construído para isso.

— Mas todo o poder vem de Wilderwood. — O tom de Fife parecia cauteloso. — E as coisas não estão muito boas em Wilderwood. Como pode saber que foi real?

— Eu simplesmente sei, Fife. — Ela quase conseguia ver Eammon esfregando os olhos emoldurados por olheiras. Então, uma risada curta. — A mãe dela morreu e a irmã está sozinha, e ela está nesta floresta amaldiçoada por sombras mesmo sem motivo algum para estar.

— Motivo algum a não ser ajudar você — disse Fife.

Eammon ficou em silêncio.

Quando Lyra falou, foi em um tom baixo.

— Eammon, você não está pensando...

— Se ela pedisse — respondeu ele — eu não negaria. — Silêncio pesado, por apenas um momento. Depois ele voltou a falar: — Eu deveria tê-la obrigado a ir embora assim que chegou. Wilderwood não tem força para prendê-la e mantê-la aqui. Não como aconteceu com as outras.

Não havia surpresa na pausa que se seguiu. Fife e Lyra sabiam que tinha alguma coisa diferente em Red, sabiam desde aquele primeiro dia.

— Então, ela estar aqui não faz muita diferença de qualquer forma — murmurou Fife.

Eammon deu um suspiro baixo e rouco.

— Não.

Red fechou os olhos com força.

Passos na escada. Eammon apareceu, cabelo solto nos ombros. Franziu a testa.

— Você ainda está acordada.

— Não consegui dormir.

Red estendeu a mão e pegou a caneca morna na escrivaninha. O chá tinha um cheiro bom, de especiarias e cravo. Quando tomou um gole, sentiu o coração se aquecer.

Eammon trazia uma taça de vinho pela metade e a colocou onde a caneca estava antes.

— Caso precise de algo mais forte que chá. — Um sorriso discreto se insinuou no canto dos lábios. — Lyra me disse que não é meduciano. Valdrek faz o próprio vinho na Fronteira, e eu tenho quase certeza de que o dilui com água antes de vender para mim.

Ela tentou sorrir, mas os lábios mal se mexeram.

Hesitante, Eammon se sentou na cadeira diante da escrivaninha, com as mãos entrelaçadas por cima dos joelhos. O silêncio pairava no ar, quebrado apenas pelo crepitar da chama, mas era confortável.

Red terminou o chá e ficou olhando para a borra.

— Agora a gente sabe que o espelho funciona. Acho que isso é bom.

— Sinto muito, Red — disse Eammon, olhando para o chão, como se achasse que o olhar dele não seria bem-vindo. — Sua irmã parecia... Sua irmã estava...

— Ela parecia cansada. Cansada e... e triste. — Red tentou dar de ombros, mas o movimento foi forçado. — Não sei se Neve está pronta para ser Rainha. Para assumir o lugar da nossa mãe.

— Acho que nunca estamos prontos para assumir o que nossos pais deixam para nós. — Eammon olhou para as mãos calejadas. — Os espaços que ficam raramente servem.

Os nós dos dedos brancos desmentiam a indiferença do Lobo, traduzindo a afirmação para uma linguagem que ambos conheciam. A sombra dos pais dele, grande e escura. O legado de um Lobo e uma Segunda Filha que nenhum dos dois tinha escolhido.

— Estou mais preocupada com Neve do que triste em relação à minha mãe. — Uma confissão cheia de vergonha. — Sou uma pessoa horrível por isso?

— Não é horrível. O luto é estranho.

O relacionamento de Red com Isla sempre fora pesado e cheio de camadas, nada fácil de explicar. Mas sua ausência, a lacuna que tinha deixado, fez com que Red quisesse tentar. A única absolvição que poderia dar a ela.

— Nós... Minha mãe e eu... Nós nunca fomos próximas.

Os nós dos dedos dele ficaram mais brancos, as mãos ainda entrelaçadas entre os joelhos.

— Por causa de... — Ele ergueu uma das mãos e fez um gesto no ar indicando os dois.

— Não só por isso. — Red balançou a cabeça. — Ela também não era muito próxima de Neve, mas acho que gostaria de ter sido. — Ficou olhando para os fios soltos da coberta, os dois evitando olhar um para o outro. — Ela precisava de um herdeiro e acabou tendo duas filhas, sendo que não poderia ficar com uma delas. Era mais fácil fingir que eu não existia. Principalmente depois... — Ela parou de falar, mas não precisava terminar. O fragmento de magia de Wilderwood no seu âmago floresceu, e ela sentiu o gosto vago de terra.

Eammon encolheu os ombros, como se a culpa fosse uma força física. Red sentiu um impulso de tocar neles para que voltassem a ficar retos. Passar os dedos pelo cabelo dele e fazer os dois pensarem em outras coisas.

Red apertou a caneca com mais força. Conhecia bem a culpa, e como era necessário bem mais que mãos quentes e lábios cálidos para espantá-la.

Culpa. Tudo girava em torno da culpa.

— Eu sei que você não viu tudo que aconteceu naquela noite — Ela se virou na cama. — Mas você me viu?

— Nada além das suas mãos. Eu só... senti você. — Uma mecha do cabelo caiu no rosto dele, escondendo os olhos. Ele a afastou com a mão cheia de cicatrizes. — Eu senti Wilderwood perseguindo algo, mas não sabia o que era, não no começo. Quando ela tocou em você, porém, eu senti a sua dor. O seu pânico. Isso afogou todo o resto.

Ela apertou os lábios.

— Eu tentei impedir. — Ele apoiou os antebraços nas pernas. — E claramente fracassei. Não consegui garantir que não ficasse nada dentro de você. Mas, mesmo que Wilderwood tenha dado um fragmento do próprio poder para você, achei que talvez eu conseguisse evitar que você fosse chamada. Se eu mantivesse a floresta forte, talvez a sua Marca nunca aparecesse. Talvez o ciclo pudesse ser quebrado. — Engoliu em seco. — Também fracassei nisso.

Eammon vinha tentando salvá-la por muito tempo, mantendo-a longe o máximo que conseguiu. Até que Wilderwood decidisse que a dívida deveria ser paga, não importando de quanto de si o Lobo precisasse abrir mão.

Respirando fundo, Red se empertigou, baixando os joelhos para se sentar com as pernas cruzadas sobre a colcha. Nunca tinha contado para ninguém tudo que acontecera naquela noite em que ela e Neve correram para Wilderwood. Os atacantes tinham morrido. Neve bloqueara aquilo da memória. A lembrança era uma ferida que ela havia coberto, sem nunca permitir que respirasse, que se curasse.

Nunca passara pela cabeça de Red que aquela lembrança não era só dela, que partes da lembrança eram de Eammon também. Outra ferida compartilhada, outra marca espelhada. Um fardo que talvez ficasse mais leve se carregassem juntos.

— Foi no nosso aniversário de dezesseis anos. — Red manteve o olhar fixo no colchão, embora estivesse dolorosamente ciente dos olhos surpresos de Eammon sobre ela. Se olhasse para ele, talvez quebrasse o encanto e a cadência daquela história, que a tornava mais fácil de contar. — Teve um baile.

Como se sentisse que ela precisava daquilo, Eammon se manteve imóvel e em silêncio, esperando que ela continuasse. A luz da lareira lançava sombras no rosto dele.

— Foi... desagradável. Foi a primeira vez que realmente notei como Neve e eu éramos diferentes. Como as nossas vidas seriam diferentes. — Ela fez uma pausa. — Minha mãe mal falava comigo.

Eammon cerrou os punhos.

— Depois, Neve me encontrou chorando e perguntou o que poderia fazer. Eu disse que nada, a menos que soubesse alguma forma de se livrar de Wilderwood. E foi isso que tentamos fazer. — Red deu uma risada seca. — Todo mundo estava bêbado, então roubar os cavalos foi bem mais fácil do que deveria. Fomos galopando até a fronteira.

Os cavalos resfolegavam rápido, a respiração ressoando no frio da noite. Red se lembrava de pensar que a fuga para o norte não tinha durado o suficiente. Que queria correr sob o céu estrelado ao lado da irmã para sempre.

— Os fósforos que Neve levou não funcionaram — continuou em voz baixa. — Wilderwood não pega fogo, sempre ouvimos isso, mas nenhuma de nós acreditava até aquela noite. Acho que Neve ficou com medo de ver a prova de que a floresta não era apenas uma floresta, era mais. Ela provavelmente teria voltado depois daquilo, colocando um ponto final na aventura. Mas eu encontrei uma pedra.

Ela pegara a pedra e a atirara com toda a força contra as árvores. O som resultante não tinha sido alto o suficiente para ela, só um *tum* abafado nos arbustos. Então Red começara a berrar e, depois de começar, não tinha conseguido mais parar. Tinha pegado todas as pedras que encontrava e as atirado cegamente contra as árvores, aproximando-se cada vez mais da beirada da floresta. Lembrava-se de como a pele parecia zunir, vibrando nos ossos. A floresta a atraindo cada vez mais enquanto não permitia que ninguém mais entrasse.

Neve encontrou uma pedra para si também a atirou contra Wilderwood, aproximando-se o máximo que podia. Os berros dela se juntaram aos de Red, duas garotas perdidas na fronteira do mundo que conheciam, gritando e atirando pedras porque não havia mais nada que pudessem fazer, e precisavam fazer *alguma coisa*.

— Uma das pedras cortou a minha mão — contou Red, parecendo ver a cena atrás das pálpebras como se em um teatro de sombras. — E tropecei quando a atirei. Tentei parar a queda com a mão cortada e caí do outro lado da fronteira.

— E Wilderwood foi pegar você. — A voz de Eammon soou rouca e baixa, como se estivesse sem falar por horas, em vez de apenas minutos.

— E você a impediu — acrescentou Red suavemente, sem abrir os olhos, pois sabia que perderia a coragem se os abrisse. Mas sentia que Eammon estava olhando para ela, sentia o peso da atenção dele como um braço apoiado no ombro.

Ela fez uma pausa antes de continuar:

— Toda aquela gritaria chamou atenção, assim como duas garotas com dois bons cavalos cruzando a estrada. Não sei por quanto tempo eles ficaram à espreita, por quanto tempo ficaram nos observando. Mas pegaram Neve, depois que ela me arrancou da floresta pela perna. Encostaram uma faca no pescoço dela. E eu... — Red apertou mais os olhos. — Eu soltei tudo.

Ela se lembrava de um momento de quietude. Um momento no qual a magia fincada no âmago dela havia parado, quase surpresa, como vinhas alongadas e decepadas. As veias dos pulsos se acendendo em um verde incandescente, subindo pelos braços e pelo peito em direção ao coração de Red. Uma explosão de luz dourada atrás dos olhos.

E o fragmento de magia estilhaçada entrou em erupção.

Um tronco surgira do chão e empalara um dos ladrões, saindo pela boca dele coberto de sangue e vísceras, abrindo os galhos que saíam quebrando os ossos. Vinhas surgiram rastejando pelo chão e derrubaram outro ladrão antes de o estrangular até o rosto inchar, ficar roxo e estourar, como uma bolha de sabão.

O homem que segurava Neve cambaleara para trás, deixando-a cair desmaiada no chão. Uma raiz se ergueu atrás dele e o derrubou, enquanto moitas de espinhos cresceram em um instante, perfurando a pele dele como papel e saindo pela boca e pelos olhos.

Mas o pior foi Neve. Red a vira deitada lá, e os espinhos surgindo do chão em volta dela, só mais um corpo preso no turbilhão que Red criara. Mais uma coisa que sua magia caótica da floresta poderia matar.

Foi a primeira vez que Red bloqueou seu poder, a dor como se a espinha estivesse sendo arrancada do corpo. Ela o bloqueara e caíra de joelhos, berrando sem parar.

— Eu os matei. — A voz saía rápida e no mesmo tom. Red tropeçava nas palavras na pressa de deixá-las sair. — Eu os matei. E quase matei Neve também. Mas consegui bloquear a magia na hora.

— Foi por isso que você disse que precisava ficar aqui — disse Eammon, encaixando as peças. — Quando tentei obrigá-la a ir embora.

Red assentiu. Não conseguia mais falar, não conseguia pensar muito naquilo ou a culpa faria sua garganta se fechar.

— Depois que consegui bloquear a magia, a floresta... se retraiu. As vinhas, as árvores e os espinhos, tudo voltou para debaixo do chão, deixando apenas os corpos. — Corpos e poças de sangue, tanta carne morta... A garganta dela ardia com um grito mesmo ali, enquanto contava a história. Red começou a tremer e não parou mais. — Neve desmaiou antes de ver qualquer coisa. Ela não se lembra do que eu fiz. E quando os guardas finalmente chegaram, o que pareceu ser horas depois, era como... Eu disse para eles que os ladrões tinham se voltado uns contra os outros. Mas fui eu. Fui eu que fiz aquilo.

A voz dela foi morrendo na garganta até não passar de um sussurro. Só percebeu que estava chorando quando sentiu o gosto de sal nos lábios, e só percebeu que Eammon estava sentado ao lado dela quando a mão calejada dele envolveu seu rosto.

Eammon passou os polegares nas bochechas da Segunda Filha, secando as lágrimas. Devagar, os tremores foram cedendo, até ela ficar imóvel. Quando ele afastou as mãos, Red precisou se controlar para não as pegar de volta.

— Você a salvou. — O tom de Eammon estava baixo e sério. — Nada do que aconteceu foi culpa sua.

— Eu nem penso mais em termos de *culpa*. — Red curvou os ombros e apoiou a testa nos braços cruzados. — Aconteceu. Tenho que conviver com isso. — Ela olhou para ele. — E antes de você me ensinar como controlar esse poder, como *usá-lo*, eu era obrigada a conviver com o medo do que eu poderia fazer de novo.

A expressão de Eammon era indecifrável.

— Mas e aí? Você vai voltar agora? — A voz dele saiu baixa, como se tivesse medo de ouvir o que estava falando. — Agora que sabe como controlá-lo?

— Claro que não. — A resposta soou dura como se Red não acreditasse que ele estava fazendo aquela pergunta. — Você precisa de mim aqui.

Ele arregalou os olhos, só um pouco, e aquele segundo foi o suficiente para que Red desejasse que as palavras fossem algo físico que pudesse pegar, enfiar de volta na boca e engoli-las.

Mas Eammon não a refutou.

Red suspirou, afastando o cabelo do rosto.

— Então, eu não estou triste com a morte da minha mãe e sou uma assassina. — Ela tentou dar um sorriso trêmulo, mas não conseguiu. — Duas confissões terríveis na mesma noite.

— Nada em você é terrível — murmurou Eammon. — Eu já disse isso antes. E você deveria acreditar.

O momento pareceu se prolongar enquanto estavam ali, sentados tão próximos e confortáveis na cama. Então, Eammon se levantou, sem graça, passando a mão pelo cabelo. Pegou a taça de vinho e tomou um gole antes de oferecê-la para Red.

— Fife está tentando fazer uma sopa. Você quer?

— Acho que só quero dormir.

Eammon assentiu e se virou para a escada.

— Boa noite, então.

— Você também precisa dormir.

Ele parou, olhando para ela por sobre o ombro com uma sobrancelha arqueada.

Red tomou um gole de vinho.

— Chega de virar a noite — disse ela com firmeza. — Você está exausto, Eammon.

— Eu prometo que vou dormir.

— Aqui. Com cobertas adequadas, ao menos. Não debruçado na mesa da biblioteca.

Com a sobrancelha ainda mais arqueada e um ar de sorriso, ele perguntou:

— Mas alguma ordem, Lady Lobo?

Ela sentiu o rosto enrubescer, mas ergueu o queixo.

— Não no momento, Guardião.

Eammon inclinou a cabeça em uma deferência debochada antes de descer.

Embora não fosse meduciano e com certeza tivesse sido diluído em água, Red terminou de tomar o vinho e se acomodou na cama, seus movimentos trazendo o cheiro de livros antigos e folhas caídas.

Mas, quando fechou os olhos, foi em Arick que pensou.

Arick, que agora era o Consorte Eleito para a Rainha, não apenas para a Primeira Filha. Arick, passional e impetuoso, que não costumava recorrer ao cérebro para tomar decisões.

Red não sentia ciúmes, não mais. Na verdade, nunca tinha sentido. O relacionamento deles era baseado na amizade, na conveniência e na solidão dolorosa, e ela sempre soube que não duraria. Os sentimentos complexos que sentira por ele eram como estrelas no céu do meio-dia, lembranças afogadas por uma nova luz.

Mas se os sentimentos por Arick eram sombras apagadas, os por Eammon eram a escuridão de um aposento que ela não ousava explorar. A porta estava entreaberta, mas se não olhasse com atenção o bastante, não precisaria pensar no que a esperava lá dentro.

Lentamente, o crepitar da lareira embalou seu sono, enquanto pensava em sombras e em portas entreabertas.

Interlúdio
Valleydiano vi

O manto era grande demais, e Neve se sentia uma criança com ele sobre os ombros, medindo os passos enquanto caminhava em direção ao trono de prata. O vestido também era prateado, assim como a adaga presa ao cinto. Tudo aquilo eram peças essenciais da cerimônia. Atrás dela, duas sacerdotisas seguravam a ponta do manto de veludo preto de forma que os nomes das rainhas anteriores, lavrados em fio de prata, brilhassem sob a luz. Os pontos do nome dela estavam frouxos, bordados às pressas.

Tudo era feito com celeridade.

A coroação era apenas uma formalidade, já que, de acordo com as leis valleydianas de sucessão matriarcal, Neve se tornava rainha no exato instante em que a vida deixasse o corpo de Isla. Mesmo assim, toda a situação parecia agourenta e pesada. O coração de Neve estava disparado como se ela tivesse corrido por quilômetros, embora os pés dessem passinhos curtos e precisos que a levavam para cada vez mais perto do trono.

Na manhã seguinte à confirmação de Tealia como a nova Suma Sacerdotisa, a condição de saúde de Isla se deteriorara visivelmente. A maquiagem não era mais suficiente para esconder a doença, e a Rainha ficou de cama, se mexendo apenas para tomar um pouco de canja de vez em quando. Depois de uma semana, ela partiu.

Uma semana, e Neve passou de Primeira Filha a Rainha.

Ela não parava de pensar naquilo, desempenhando seu papel de forma automática. *Minha mãe morreu.* O pensamento ecoava na sua mente enquanto comia, enquanto se encontrava com Kiri, Arick e os outros no Santuário. Reverberava na sua mente naquele exato instante, mesmo enquanto Tealia observava sua aproximação com olhos cautelosos, flanqueada por uma vela branca e uma escarlate. *Minha mãe morreu, minha mãe morreu.*

E havia uma camada extra de ressonância, enterrada o mais fundo que conseguia: *Minha mãe morreu, e não estou triste.*

As emoções de Neve eram um oceano de história e sentimento; a tristeza era apenas a espuma das ondas. Pensou pela milésima vez no último jantar que haviam tido juntas, nas pequenas dicas no jeito com que a mãe que segurara a taça de vinho, como os olhos dela brilhavam... Isla também estava sofrendo, de uma maneira que talvez Neve jamais fosse capaz de compreender. Se alguma coisa pequena e indefinível tivesse saído de outra forma, talvez elas tivessem se unido para acabar com o tributo da Segunda Filha e trazer Red de volta para casa.

Neve não conseguia pensar naquilo por muito tempo. Doía demais.

A sincronicidade estranha e cruel de tudo aquilo ainda a deixava tonta. A Suma Sacerdotisa, e logo depois a Rainha, doente e morta, abrindo caminho para os seus planos mesmo quando achava que tinham saído dos trilhos. Neve estava no olho do furacão da morte, que rodopiava ao redor dela como a cauda de um vestido.

Sentiu a culpa subir pela garganta enquanto a coroa prateada era colocada na sua cabeça, os dedos de Tealia se afastando rapidamente para evitar tocar a pele dela. Mesmo que as mortes tivessem ocorrido por causas naturais, pesavam como pedras em volta do pescoço de Neve, esperando o mar subir. Tentou manter a frieza em relação a tudo porque era o que podia fazer, a única forma de conseguir carregar aquele peso.

Chorara por Isla apenas uma vez. Naquela primeira noite, sozinha no quarto, agarrando o pingente com o fragmento de madeira que Kiri lhe dera até cortar a mão já ferida.

Um momento estranho de quietude se seguira. Uma consciência, fria sobre seus ombros, como se alguém a estivesse observando por uma janela embaçada. O som de um arfar que parecia estar apenas na sua cabeça, como uma palavra que não tinha se formado ainda.

Neve esfregara o sangue do fragmento de madeira e fizera um curativo na mão. Uma vez limpo o pingente, a sensação estranha passou. Mesmo assim, não tinha mais encostado naquilo, e olhava para gaveta onde o guardara como olharia para uma cobra engaiolada.

Agora, coberta de joias de prata em vez de madeira, sentiu o rosto corar com o calor de centenas de velas. Metade delas era branca, para simbolizar a pureza do seu propósito; a outra metade era vermelha, simbolizando os sacrifícios que teria de fazer para reinar.

Ninguém ali sabia nem metade do que estava acontecendo.

Neve se levantou e se virou para a corte. Raffe estava na primeira fileira, com braços cruzados e lábios contraídos. Tentou sorrir quando os olhares se encontraram, e o coração frio de Neve disparou.

Tinha se mantido longe de Raffe nos últimos dias, tanto por causa do tempo quanto por causa do terror profundo e ilógico que sentia de que, de alguma forma, a morte tivesse se agarrado a ela, abrindo espaço onde quer que Neve precisasse. Não fazia o menor sentido, e ela sabia que não era verdade. Nunca tinha matado ninguém nem mandado matar ninguém.

Mas não podia arriscar. Não com Raffe.

Eles teriam tempo. Quando tudo aquilo acabasse, ela e Raffe teriam todo o tempo do mundo. Ela não teria mais que se preocupar em estar de alguma forma colocando o rapaz em risco, marcando-o para morrer para atender às suas necessidades.

— Neverah Keyoreth Valedren. — A voz de Tealia soou alta e ofegante, o som reverberando pelo vasto salão. — A sexta Rainha da sua Casa.

Aplausos educados na plateia. O recinto não estava muito cheio; apenas os poucos nobres valleydianos e alguns de Floriane e do norte de Meducia tinham viajado para participar da coroação apressada. Os outros países do continente haviam cumprido a obrigação ao participar da despedida de Red e não deviam estar nada ansiosos para se aventurar no frio desagradável de Valleyda até o vencimento dos próximos tributos.

Arick subiu ao palco, um diadema fino de prata cobrindo a testa. A mão ainda estava envolta por uma faixa, mas o tecido estava limpo, sem traços de preto nem vermelho. Com um sorriso tranquilizador, ele ofereceu o braço e a acompanhou pelo corredor. Os músculos se contraíram sob o toque de Neve, e ele cobriu a mão dela com a dele.

Raffe ficou olhando enquanto passavam, e ela manteve os olhos fixos à frente.

A relação entre ela e Arick tinha mudado desde que ele voltara. Uma proximidade estranha e rápida surgida por guardarem os mesmos segredos sobre o Santuário e o que faziam lá. Havia algo diferente nele agora, algo que ela não conseguia definir. Arick, embora fosse um bom amigo, sempre tivera uma tendência a ser autocentrado. Não era malicioso, nem parecia proposital; mas Arick se preocupava primeiro e principalmente com ele mesmo, e o que não tinha a ver com ele parecia não lhe interessar.

Mas, ultimamente, a relação dos dois estava mudando. Ele vinha cobrindo Neve de atenções desde a morte de Isla. Na manhã seguinte ao falecimento, ele aparecera na porta dela, trazendo café e um prato cheio de doces.

— Sinto muito, Neverah — dissera.

Aquela tinha sido a ocorrência estranha número um. Arick nunca a chamava pelo nome completo. Em geral, Neve reclamaria, mas vindo dele, soara diferente do que dos outros cortesãos. Usado pela gravidade do momento, para lhe dizer que estava sendo sincero.

Ela havia apertado os lábios em uma linha sem cor e assentido. Então, respirando fundo, dissera a ele o que a vinha incomodando durante toda a noite, a parte afiada de algo que não era bem luto.

— Isso talvez facilite as coisas.

A luz matinal na janela tinha apagado muitos detalhes da expressão do rosto dele, como um borrão banhado de sol e sem sombras, mas Neve percebera o arquear de uma das sobrancelhas.

Engolira em seco e se empertigara:

— Estamos fazendo o que é necessário.

Depois de uma pausa, ele assentira, entregando a ela a bandeja e a xícara:

— Estamos fazendo o que é necessário.

Ela sabia o que aquela nova proximidade entre eles parecia para todo mundo. Mas Raffe conhecia ela e Arick melhor do que a maioria das pessoas, bem o suficiente para saber que nenhum dos dois tinha se esquecido de Red tão facilmente. Ainda assim, havia tristeza no rosto dele enquanto observava Arick e Neve passarem pelo corredor, e ela sentiu uma queimação no estômago.

Neve queria contar para Raffe. Queria tanto que parecia que as palavras queimavam a garganta. Mas Kiri e Arick insistiam que mantivessem o mais absoluto segredo. Kiri porque as ideias da sua segunda e menor Ordem constituíam tecnicamente um sacrilégio até que Neve e ela as cimentassem na verdade da religião com seu poder político. Arick porque... Bem, ela não sabia ainda.

As portas se fecharam atrás deles. Neve afastou a mão do braço de Arick.

— Quanto tempo nós temos?

Ele olhou para o ponto no braço onde ela o tocara, um movimento rápido dos olhos com uma emoção que ela não conseguiu interpretar.

— Não tem pressa. Vamos dar a Tealia mais alguns momentos para aproveitar seu papel de Suma Sacerdotisa.

Estavam sozinhos, mas Neve endireitou as costas. Virou a cabeça de um lado para o outro para olhar para os corredores e se certificar de que ninguém estava ouvindo.

— Calma, Neverah — murmurou Arick. — Tudo vai dar certo.

Ela cruzou os braços, mas a confiança dele de alguma forma a tranquilizou.

— Tealia vai levar pelo menos dez minutos para voltar para o templo. — Arick apoiou o pé na parede atrás dele sem se importar com as marcas que a bota deixaria. — Kiri já deve estar esperando com os outros.

Neve ficou andando de um lado para o outro.

— E você providenciou a posição para ela? No Templo em Rylt?

— Estão esperando a chegada dela no final da semana. O clima em Rylt é ainda menos agradável do que em Valleyda, e não há muitas irmãs dispostas a morar lá. Estão muito felizes por recebê-la, assim como qualquer uma que se recuse a entrar na Ordem das Cinco Sombras. — Arick contraiu o maxilar. — Ainda acho esse nome ridículo.

Aquilo a tranquilizou mais um pouco. As sacerdotisas que não quisessem entrar para a ordem delas iriam embora de Valleyda pelo mar. Sua estranha onda de mortes não precisaria atingir mais ninguém.

Arick ficou observando enquanto ela andava de um lado para o outro com um brilho apreensivo nos olhos, mas não falou nada; nada mais na postura dele demonstrava nervosismo. Na verdade, Arick parecia quase tranquilo, encostado na parede, com os braços cruzados, um cacho escuro e insolente caindo na testa.

Passaram-se dez minutos. Arick tocou de leve o braço dela, fazendo com que parasse de andar. Um sorriso apareceu no canto da boca enquanto fazia um gesto para ela avançar:

— Minha Rainha.

Aquilo fez Neve parar por um instante. Ela logo se recuperou, porém, abrindo um meio sorriso trêmulo enquanto ele a acompanhava até o Templo.

O Templo tinha a forma de um anfiteatro, com apenas dois corredores levando à câmara principal inferior: um vindo dos jardins do palácio e outro, muito mais longo e bem protegido, vindo das ruas. Os dois estavam completamente vazios. Sussurros criavam um burburinho atrás da porta à medida que se aproximavam, e Arick fez uma leve e tranquilizadora pressão no ombro dela antes de soltá-la.

Neve fechou os olhos e acalmou as mãos. Então, abriu a porta.

O rosto de Tealia parecia calmo. Ela estava parada na plataforma na parte inferior do anfiteatro, as mãos cruzadas sob as mangas, mas havia um brilho quase de pânico nos olhos dela. Kiri e as seguidoras da Ordem das Cinco Sombras se espalhavam atrás da Suma Sacerdotisa. As outras sacerdotisas estavam em silêncio em suas fileiras separadas por graduação, e o pavor pairava denso no ar como a fumaça de uma vela.

A Suma Sacerdotisa fez uma referência rápida enquanto Neve descia até a plataforma.

— Vossa Majestade, a que devemos a honra? Se eu soubesse que desejava uma audiência, poderíamos ter marcado. — O medo a deixava ousada, os olhos brilhando de raiva mesmo enquanto a voz se mantinha solícita. — Existem protocolos para essas coisas. Se bem me lembro, nenhum deles envolve uma reunião marcada por uma sacerdotisa que não seja eu.

Atrás de Tealia, Kiri continuava com a expressão neutra, mas a malícia iluminava seus olhos. Neve não disse nada, ainda deslizando com cuidado pelos degraus, canalizando aquela postura gelada que aprendera com a mãe. No peito, o coração batia disparado como o de um beija-flor.

Tealia soltou uma risada aguda.

— Decerto nada que temos a discutir envolve todas as sacerdotisas da capital.

— Envolve — respondeu Neve.

Tealia se calou.

Neve finalmente chegou à plataforma. Não havia nenhum roteiro para aquilo, e ela não tinha energias para prolongar o assunto. Ergueu uma das mãos e a pousou no ombro de Tealia.

— Agradeço pelos serviços prestados. Você está dispensada agora.

A Suma Sacerdotisa estremeceu sob o toque de Neve, e a Rainha teve que controlar o impulso de esfregar a mão na saia para limpá-la.

— Há uma posição aguardando por você em Rylt — disse ela, quase tropeçando nas palavras tamanho o desejo de pôr logo um fim naquilo. — Você parte em uma hora. O Consorte Eleito vai acompanhá-la.

Arick entrou pela porta no alto da escada, com as mãos atrás das costas e uma expressão pétrea no rosto.

Lágrimas de fúria brilharam nos olhos de Tealia, a boca contraída de raiva.

— É verdade, então — disse ela. — Você se tornou uma herege. Acha que eu não sabia o que estavam fazendo no Santuário? Que você, Kiri e o prostituto floriano que dividia com sua irmã tinham um plano em andamento? — Ela ergueu a voz, voltando-se para as sacerdotisas reunidas ali. — Vocês vão seguir aqueles que ousam profanar a floresta sagrada? Rainha ou não, tal sacrilégio só merece a ira...

A adaga era cerimonial. Na verdade, Neve nem sabia se era afiada — tinha sido amarrada à cintura dela enquanto as criadas a vestiam às pressas, de forma tão apressada quanto todo o resto naquela maldita coroação, junto apenas de palavras sucintas sobre força nacional. Mas ela a desembainhou, sem pensar, e a apontou para o pescoço da antiga Suma Sacerdotisa.

— A *floresta sagrada* — disse a Rainha em tom neutro — é o motivo de os Reis não terem voltado.

Silêncio. Os lábios de Kiri se curvaram em um sorriso frio. No alto do anfiteatro, os olhos de Arick brilharam, algo quase raivoso neles.

Tealia olhou para Neve através de lágrimas honestas, o sangue pulsando na artéria contra a ponta da adaga.

— Blasfema — sibilou ela. — Esses pecados voltarão para você multiplicados por dez, Neverah Keyoreth. Ninguém fere Wilderwood e sai ileso.

Neve manteve a adaga firme e deu de ombros.

A Suma Sacerdotisa deposta respirou fundo e fechou os olhos. Quando os abriu, estavam calmos, e Neve afastou a adaga. Era obrigada a dar crédito para Tealia: ao sair do anfiteatro, ela o fez com o queixo erguido e sem tentar esconder as lágrimas.

Neve olhou para todas as outras sacerdotisas, um mar de túnicas brancas e olhos assustados. Os dedos pareciam dormentes em volta do cabo da adaga; quando a colocou na bainha, a lâmina pegou seu polegar, deixando uma linha de sangue.

Afiada, então. Sentiu as pernas bambas, mas manteve a pose. Depois de tudo que tinha acontecido para que pudesse chegar até ali, ameaçar alguém com uma adaga afiada não deveria ser um choque.

— Há espaço no navio para qualquer uma de vocês que queria seguir Tealia. — Neve fez um gesto na direção da porta. — Vocês a ouviram. Sabem no que acreditamos. Sabem o que estamos fazendo.

A voz dela soava sincera, embora um fio de dúvida ainda envolvesse seu coração. *Estou fazendo isso por Red. Tudo isso é por Red.*

Ela se virou para as sacerdotisas atrás dela.

— Kiri. Pelos nossos Reis perdidos e pela magia de outrora, peço que assuma a tarefa de liderar suas irmãs.

O arfar coletivo não emitiu som algum, mas estava presente. Cintilava nos olhos de Kiri e pesava no ar que pareceu mais espesso.

Kiri inclinou a cabeça.

— Como queira.

Neve prendeu a respiração ao olhar para a plateia reunida ali. As outras sacerdotisas estavam espantadas, mas nenhuma delas se levantou em discordância. Sentiu uma onda de coragem.

— O sacrifício da Segunda Filha é uma prática inútil — declarou ela, a voz se elevando no salão silencioso. — Enviá-las para aplacar a sede de sangue do Lobo não adianta nada. Os monstros que o serviam já morreram, isso se não forem apenas mito. E ele não vai libertar os Reis, não importa a qualidade do sacrifício que mandemos.

Os lábios dela se contraíram ao dizer aquilo. Tinha de usar com as sacerdotisas os mesmos termos que elas usariam — mas, maldição, como as palavras tinham um gosto amargo. Ela continuou:

— Os Reis estão detidos na prisão que ajudaram a criar, mantidos cativos por Wilderwood. Enfraquecer a floresta nos trará poder. Quando os Reis forem libertados, haverá uma recompensa ainda maior.

A Ordem ouviu em silêncio, as túnicas claras se borrando como se formassem uma única criatura. Arick estava atrás delas, depois de ter entregado Tealia para os guardas. A mandíbula estava contraída, os olhos, inescrutáveis.

— O processo já começou. Se conseguirmos desenraizar Wilderwood o suficiente, os Reis poderão voltar para casa. — Neve engoliu em seco. — Redarys poderá voltar para casa.

Kiri se virou para ela, com os olhos chispando, mas a nova Suma Sacerdotisa nada disse.

— O navio para Rylt parte em meia hora. — Neve se virou para a escada que a levaria até a porta. As últimas palavras foram ditas por sobre o ombro, ricocheteando no mármore. — Vocês podem se juntar a nós ou podem partir.

19

Red acordou com um farfalhar de tecido arrastando na madeira. Abriu os olhos na penumbra cor de lavanda. Do outro lado do quarto, Eammon se sentou, esfregando o rosto. Os músculos das costas se contraíam enquanto ele puxava o cabelo para a nuca e o amarrava em um coque bagunçado.

Fazia quase duas semanas que ela o via acordar, desde que tinha dito que ele precisava começar a dormir mais. E todas as manhãs sentia o rosto enrubescer quando a luz da lareira iluminava a pele nua de Eammon.

Ele se levantou e girou a cabeça e os ombros, tensos por passar mais uma noite no chão. Red conhecia aquela rotina. Ele ficava parado perto do fogo por um momento, permitindo que o corpo despertasse, antes de escolher uma camisa em uma pilha de roupas que nunca chegava a voltar para o guarda-roupa. Olhava para a cama com expressão inescrutável e depois descia sem fazer barulho em uma tentativa de não a acordar.

Naquele dia, porém, parecia que seria diferente. Eammon enfiou os pés nas botas já a caminho do guarda-roupa, pegando uma camisa preta e um casaco. A gaveta de cima rangeu quando a abriu e ele praguejou baixinho, lançando um olhar para a cama.

Red parou de fingir que estava dormindo, embora continuasse abraçando o travesseiro.

— Aonde você vai?

Ele abriu a gaveta de uma vez.

— Eu não queria acordar você.

— Gavetas que rangem fazem isso.

Eammon deu uma risada seca, tirando de dentro da gaveta barulhenta uma adaga embainhada, a qual amarrou na cintura.

— Precisamos de suprimentos. Eu vou até a Fronteira.

Red não saía da Fortaleza desde a morte de Isla. Vagava entre o quarto deles e a biblioteca e, às vezes, a torre, esperando convocações de Eammon que nunca chegavam. Estava se sentindo perdida e insubstancial, e aquela oportunidade de fazer alguma coisa, qualquer coisa, fazia o *desejo* apertar sua garganta.

— Me leve com você.

Ele fez uma pausa. A intenção de negar o pedido estava bem clara no olhar e no menear da cabeça do Lobo.

Ela se sentou, fazendo os lençóis caírem em volta da cintura.

— Por favor, Eammon.

O desespero deve ter transparecido na voz. Eammon suspirou e olhou para o teto.

— Está bem. — Ele apontou o guarda-roupa com o queixo. — Se vista e me encontre lá embaixo.

Red foi até o guarda-roupa. Pegou uma das camisas de Eammon e uma calça que, contra todas as possibilidades, encontrara no fundo do mesmo armário onde estava o vestido de Merra. Eammon tinha conseguido recuperar as botas dela no antigo quarto, já que as que ele lhe dera eram grandes demais — o couro estava todo marcado, mas dava para o gasto. Ela tirou o manto da gaveta.

Eammon contraiu os lábios quando o viu.

— Tem uma costureira na Fronteira — disse ele com cuidado, como se esperasse que ela o interrompesse. — Se você... Se você quiser remendar o manto, ela pode fazer isso.

Red tinha finalmente lavado a peça, tirando toda a sujeira da sua primeira fuga por Wilderwood. Mas o tecido ainda estava todo rasgado, a bainha desfiando. Red passou os dedos pelo tecido.

— Eu gostaria muito.

Ele assentiu.

— Escolha uma adaga que sirva para você — disse Eammon, já descendo a escada. — E uma bainha também.

A bainha que Red escolheu para a adaga era do tipo usado na coxa, preso em volta da perna como uma correia de couro. Escolher adagas e bainhas não era algo com que estivesse acostumada; a peça a incomodava enquanto atravessavam Wilderwood, o silêncio quebrado apenas pelo som das botas pisando nas folhas.

— Pode prender no seu braço se preferir. — Eammon era uma silhueta contra a névoa à frente dela. — Vai ser um pouco mais difícil desembainhar a adaga, mas você não vai precisar andar com as pernas arqueadas.

— Será que vou *precisar* desembainhá-la?

— Duvido, mas é melhor prevenir do que remediar.

Ela segurou o cabo pouco familiar da adaga.

— Estou surpresa por você permitir que eu carregue uma — disse ela. — Com todo o risco de eu sangrar e tudo mais.

Eammon parou e olhou por sobre o ombro.

— Estou confiando que você terá cuidado — disse ele sem qualquer leveza no tom de voz.

Red soltou o cabo.

O silêncio durante a caminhada pela floresta era quase confortável. Ainda havia um pouco de tensão, forjada pela distância dos últimos dias: Eammon estivera bem sumido desde a morte da mãe dela, mal dando as caras. Ele e Red trocavam algumas palavras quando se encontravam, mas nada como a verdade nua e crua que tinham compartilhado no dia em que haviam curado a sentinela, no dia que ele lhe mostrara o espelho. O terreno entre eles tinha mudado, montanhas se nivelando em vales, e a ausência dele significava que ela ainda não tivera a chance de aprender a se localizar.

Talvez não devesse doer tanto, mas doía. E a cautela dele ao se portar, como se medisse a distância que queria entre os dois, era como uma farpa afiada e incômoda.

— É por isso que você desaparece todos os dias? — perguntou ela. — Você tem ido à Fronteira?

O modo como Eammon se movia era uma forma de comunicação por si só. A tensão nos ombros, a preocupação. O modo como ele se voltava para dentro, a resignação.

— Eu sei que vocês não eram próximas, mas ela era sua mãe. — A suavidade dele era uma refutação à pergunta direta. — Eu já compliquei as coisas para você o suficiente aqui. Achei que você precisava de um tempo sozinha.

— Um tempo sozinha? — Ela falou baixo, mas o silêncio de Wilderwood fez as palavras pairarem no ar.

Ele baixou a cabeça, a respiração formando uma nuvem de vapor diante de si.

— Eu não sabia se você me queria por perto — murmurou ele. — Já que eu fui o motivo da... da distância entre vocês.

Ela pegou os dedos dele antes que pudesse pensar melhor, e o contato o sobressaltou quase tanto quanto a ela. Eammon olhou para as mãos unidas e, em seguida, para o rosto da Segunda Filha, a surpresa aparecendo nos lábios entreabertos.

Red falou com voz baixa e firme:

— Isso é ridículo. O que aconteceu entre mim e minha mãe... Foi confuso, complicado. E sim, tinha a ver com Wilderwood. Mas não foi culpa sua. — Ela baixou os olhos, porque os dele demonstravam espanto. Era mais fácil ficar olhando para as mãos do Lobo, interpretando as cicatrizes. — Nem tudo é culpa sua.

Eammon engoliu em seco.

— Já disseram que achar isso é uma das minhas falhas de caráter.

Ela olhou para ele, curvando os lábios em um sorriso, o qual Eammon retribuiu. Quando voltaram a caminhar, ele permitiu que continuassem de mãos dadas.

A conversa sobre luto mexeu com os sentimentos de Red, reacendendo uma dor que ainda não tinha passado. Seu luto pelo falecimento de Isla era estranho e distante. A morte não a tinha feito achar que a mãe era uma pessoa melhor, mas servira para fixá-la nas lembranças de Red, uma linha com início e fim definidos e sem chances de ser mais do que tinha sido.

— Acho que nunca vou conseguir lamentar a morte dela — murmurou Red. Eammon olhou para ela, com as sobrancelhas franzidas. — Eu talvez lamente a morte da *idealização* dela. A lacuna entre o que uma mãe deveria ser e o que ela foi. — Ela piscou rapidamente para controlar a ardência nos olhos e meneou a cabeça. — Isso provavelmente nem faz sentido.

— Faz muito sentido. Às vezes, o luto é tanto pelo que a pessoa foi quanto pelo que ela poderia ter sido. — Ele segurou a mão dela com mais firmeza. Red retribuiu a pressão, grata por outra opinião. Ele fingiu não notar quando ela esfregou os olhos com as costas da outra mão.

Havia um galho pendurado no caminho, e Eammon soltou a mão dela para afastá-lo para passarem. Ele irradiava calor como um farol no frio. Uma mecha de cabelo se soltou do coque e caiu no rosto dele, a cabeça tão baixa que os fios quase tocaram no rosto de Red.

Ela ficou ali mais tempo que o necessário, presa pelo brilho dos olhos dele e pelo cheiro de biblioteca.

Eammon baixou o braço, e o galho baixo raspou na terra da floresta. Ele se apressou, com passadas que davam duas das dela, e não pegou a mão de Red de novo.

Ela sentiu o rosto queimar.

O galho que Eammon soltara balançou no canto do campo de visão de Red, galhos espinhosos se curvando em direção ao tornozelo dela. Foi o suficiente para deixar de lado todo o orgulho e se apressar até quase encostar nas costas dele de novo.

Um pouco à frente, uma sentinela irrompia da névoa. A escuridão cobria as raízes, e fiapos de sombras se estendiam pelo tronco branco quase até a altura de Red.

Eammon parou, os olhos se alternando entre Red e a árvore. Ela tocou a mão dele, hesitante, em uma comunicação sem palavras.

Ele ficou rígido no início. Mas aquele toque tinha um propósito, não era apenas conforto, e os músculos foram relaxando aos poucos. Eammon deu um passo em direção à árvore como se tivesse algo a provar, e quase socou o tronco com a mão que não segurava a de Red.

A vibração do tronco sob o toque de Red era quase agradável. Não tinha feito aquilo desde o dia que o espelho lhe mostrara Neve, mas seu corpo se lembrava do ciclo de poder, da rede dourada de sentinelas e do modo como todas se aglutinavam em Eammon.

Mas alguma coisa estava diferente. Poços de escuridão marcavam o brilho em sua mente, buracos onde deveria haver sentinelas. Não eram chamas fracas de velas, não como se tivessem se soltado do seu ancoradouro para aparecer na Fortaleza — era como se tivessem *desaparecido*.

Os dedos dela ficaram tensos, mas Eammon passou o polegar pelo pulso dela, um pedido silencioso para esperar para fazer perguntas.

Depois que o brilho da sentinela diante deles ficou forte e os fungos-de-sombra desapareceram, Red abriu os olhos.

— O que aconteceu? — Ainda conseguia ver a imagem do mapa dourado na mente, os buracos onde as sentinelas deveriam estar. — Estão faltando várias sentinelas. Elas estão em algum lugar na Fortaleza?

— Não. — A voz de Eammon ecoava no silêncio, repleta da ressonância estranha e cheia de camadas que era resultado da magia da floresta. Ele esfregou os olhos, que ainda tinham traços esverdeados e olheiras profundas. — Não, elas não estão na Fortaleza.

— Então *onde* estão?

— Não sei. — Ele fez uma careta discreta, como se tentasse esconder algo. — Só há três faltando. Desde que as outras continuem onde estão, dá para gerenciar.

— Quando foi que isso aconteceu? *Como*?

— Alguns dias atrás, mas não tenho certeza de como foi. — A magia estranha que vivia nele foi vazando pelos cantos em pequenos graus: os olhos voltaram a brilhar apenas em âmbar, a voz foi perdendo o eco. Red ficou observando atentamente para se certificar de que tudo tinha desaparecido, de que Wilderwood tinha saído dele tanto quanto possível sem deixar nenhuma marca permanente. — Nunca aconteceu nada assim antes.

— E como podemos resolver isso? Como fazemos para curá-las se não estão *aqui*?

— *Nós* não as curamos.

Eammon soltou a mão dela, virando-se para continuar caminhando por entre as árvores. A ênfase foi bem clara: o que quer que ele planejasse fazer não envolvia Red.

— Mas e se...

— Nós curamos as que podemos curar. Nós as mandamos de volta para onde deveriam estar. — A voz dele se encaixou no silêncio como o primeiro tijolo em um muro. — Isso é tudo que você pode fazer, Red. Não temos como consertar os buracos em Wilderwood apenas tocando o tronco das sentinelas.

— Então, me diga o que mais posso fazer.

— Nada. — Ele se virou, fazendo enfunar o manto atrás de si, e a fitou com ardor. — *Por todos os Reis*, mulher, não há nada que você possa fazer quanto a isso. Confie em mim.

Era um eco daquela primeira noite, quando ele pedira que confiasse nele, e ela pedira um motivo. Ele os dera, várias e várias vezes.

Ainda assim, aquilo parecia diferente. Mas a expressão no rosto do Lobo, a força que quase beirava o medo, dizia a ela que não adiantaria insistir.

Red retribuiu o olhar acalorado.

— Tudo bem.

Ele assentiu.

— Tudo bem.

Os galhos estalaram sob as botas de Eammon quando ele se virou para continuarem o caminho através da névoa.

— Você devia ter me contado — murmurou ela. — Mesmo que eu não pudesse fazer nada. Você devia ter me contado.

Eammon tensionou os ombros, mas não respondeu.

Não passaram por mais sentinela alguma. A névoa foi se dissipando, e as árvores começaram a ficar mais espalhadas, curvadas e tortas. Um pouco à frente, raios de luz passavam através dos galhos.

Luz do sol. Quanto tempo havia se passado desde a última vez em que Red tinha visto a luz de um dia e não aquele crepúsculo constante?

Eammon olhou para ela como se conseguisse ler o pensamento no rosto da Segunda Filha. O ar de um sorriso apareceu nos lábios dele, mas alguma tristeza rapidamente o apagou.

— A floresta acaba ali na frente.

Ainda parecia estranho a Red que Wilderwood fosse uma coisa que *acabava*. Era uma anomalia geográfica. Ninguém tinha conseguido catalogar exatamente seus limites, então todos simplesmente presumiam que eles *não existiam*. Exploradores haviam tentado mapear a floresta — contornando a fronteira leste, onde Valleyda se encontrava com a parte congelada do deserto alperano, e navegando pelo lado oeste, onde se encontrava com o mar. Nenhum deles jamais voltou.

Agora Red sabia o motivo. Os Reis desapareceram e Wilderwood se fechou, e os que conseguiram entrar nela, por mar ou pelo deserto, ficaram presos lá dentro. Pensou em Bormain e em Valdrek e nas pessoas vestidas de verde e cinza. Os descendentes daqueles aventureiros perdidos, separados do mundo por gerações.

— Eles têm um céu — disse ela suavemente, olhando para cima. — Um céu normal, quero dizer. Com o sol.

Outro meio sorriso, outro olhar com um brilho magoado.

— Eles têm. — Eammon deu um passo adiante, feixes finos de raios dourados cortando a névoa e fazendo brilhar seu cabelo. A luz do sol combinava com ele. — O crepúsculo eterno só aflige Wilderwood.

Red seguiu Eammon até a linha de árvores, passando entre os troncos e saindo para a luz logo além delas. Não tinha percebido que estava prendendo a respiração na expectativa de sentir uma dor que não veio. Sentiu uma ligeira mudança de pressão, como uma bolha se rompendo contra a pele, mas nada como o aperto esmagador que sentira quando entrara pela primeira vez em Wilderwood, o estranho zumbido nos ossos. Aquilo a fez se lembrar do que Fife lhe contara, no dia com Bormain, sobre as fronteiras do lado norte não serem tão fechadas. Sobre Wilderwood parecer sentir a necessidade de proteção só do resto do continente.

Mesmo assim, Eammon parou ao lado dela, um músculo se contraindo no maxilar enquanto engolia em seco. A dor era aparente no contorno da boca e fazia os ombros dele ficarem mais tensos — as raízes em volta da espinha do Lobo intensificavam o aperto, puxando-o de volta para a penumbra da floresta. Wilderwood talvez até o deixasse passar pela fronteira norte, mas não permitia que ele se esquecesse de qual era seu lugar.

Ela mordeu o lábio.

Alguns metros à frente, um grande muro de madeira se erguia do chão, todo entalhado com espirais e arabescos e equipado com um enorme portão duplo. Lá de dentro, vinha o burburinho baixo de uma cidade: riso e gritos, comerciantes anunciando seus produtos, animais. A quilômetros a oeste, uma linha de névoa começava no horizonte. Lembrava uma tempestade que se aproximava, mas não se moveu enquanto Red a observava.

Eammon seguiu o olhar dela.

— O mar fica para lá — disse ele. — A névoa é tão grossa que não dá para enxergar um palmo diante do nariz. Ao que parece, qualquer um que tenta navegar se perde e acaba viajando em círculos.

— Alguém já tentou?

— Ninguém tenta há muito tempo. — Ele apontou para o outro lado. — A mesma coisa a oeste; só é longe demais para dar para ver. Névoa sem fim.

— E você também não consegue passar?

Eammon negou com a cabeça.

— Wilderwood foi muito criteriosa depois que os Reis a feriram. Qualquer um que teve o azar de ficar preso aqui não tem como sair. — Ele pressionou a mão contra a lateral do corpo, contraindo os lábios enquanto se virava para avançar a passos largos até os muros da cidade. — Vamos. Precisamos ser rápidos.

Red o observou, franzindo o cenho, notando como a forma rígida com que ele se movia contrastava com sua graça usual. Vinhas envolviam seus ossos, cordas tentando puxá-lo de volta. Outro lembrete: por mais que parecesse, ele não era humano.

Ainda assim, ela sentia a mão quente onde ele a havia tocado.

Eammon bateu nos portões de madeira. Red fez uma careta, acostumada com a quietude de Wilderwood, mas a batida quase não foi ouvida com o barulho do vilarejo.

Uma fresta da porta se abriu. Olhos azuis e perscrutadores espiaram por ela.

— Nome?

— Quem você acha que é, Lear? — Eammon revirou os olhos, mas sorriu. — Trouxe uma convidada.

O guardião do portão arregalou os olhos, abrindo também o portão. Atrás dele, era possível ver um vilarejo animado, não muito diferente da capital de Valleyda.

— Milady.

O cabelo do homem era castanho avermelhado como as folhas de outono, e ele tinha um rosto bonito e bem barbeado. Ela o reconheceu. Estava na floresta no dia em que ela tivera a visão e fora atrás de Eammon.

Lear abriu totalmente o portão.

— Sejam bem-vindos, Lobos.

20

Depois de semanas no silêncio quase total de Wilderwood, a cacofonia era ensurdecedora. Crianças corriam e gritavam, jumentos relinchavam, ovelhas baliam. Estradas de terra saíam da via principal pavimentada com pedras e levavam a cabanas terrosas com telhados cobertos de plantas, os lintéis de madeira esculpidos com os mesmos lindos arabescos dos portões. Chamavam o lugar de vilarejo, mas era uma cidade, quase tão grande quanto a capital valleydiana. Séculos de descendentes de exploradores tentando construir o próprio mundo, já que não conseguiam sair de Wilderwood.

Além das ruas, Red conseguia vislumbrar plantações e animais pastando ao longe. Parecia que o solo árido e frio que dificultava o cultivo de alimentos em Valleyda não era problema ali. Ficou imaginando se seria alguma faceta da magia, se Wilderwood estava tornando a terra fértil já que todos estavam presos ali, sem ter como comprar nada em outro lugar, dependendo apenas do que podiam plantar.

Ninguém parecia incomodado com a presença de Eammon, mas Red chamou atenção. As mulheres escondiam a boca com a mão para cochichar, e as crianças paravam de brincar para ficar olhando para ela com expressões de surpresa. Todos usavam roupas antiquadas em tons de cinza, verde e marrom.

— Estão olhando para mim como se eu tivesse três cabeças — cochichou Red.

— Você é a primeira pessoa de fora de Wilderwood já vista aqui em mais de um século — respondeu Eammon. — Acho que uma criatura de três cabeças chamaria menos atenção.

Um século, ele dissera. E não *nunca*.

— Então, você trouxe as outras aqui?

Ele se empertigou um pouco.

— Merra veio uma vez.

— Só uma vez?

— Ela só teve tempo para isso.

Eammon acelerou o passo, e Red precisou correr para acompanhar. Mesmo assim, olhou para as costas dele com expressão desconfiada.

A trilha se abriu para uma grande praça de mercado, com bancas a céu aberto cercadas por estruturas maiores feitas de madeira e pedra. Músicos se reuniam em volta de uma árvore entalhada em pedra no centro de uma praça, tão realista que Red quase esperava que as folhas farfalhassem. Uma garota bonita com cabelo louro, quase branco, que chegava aos joelhos, girava graciosamente no ritmo da música. Ela deu uma piscadinha para Eammon, mas, quando olhou para Red, quase perdeu o passo. Recuperou-se rápido e piscou para Red também.

A praça estava cheia e era muito barulhenta, vendedores anunciando suas mercadorias que iam de animais vivos a móveis, passando por joias. Red tentou não ficar olhando, mas não conseguiu.

— A Fronteira é a única cidade daqui?

Eammon pegou o braço dela e a tirou do caminho de uma carroça carregada. Continuou segurando-a mesmo depois que a carroça passou, e Red não fez menção alguma de se afastar.

— Há algumas outras, um pouco além de Wilderwood — disse ele. — Mas não muitas. Olhou para cima, como se estivesse fazendo contas de cabeça. — Acho que o território deve ter mais ou menos o tamanho de Floriane.

Um país inteiro, escondido na névoa e congelado no tempo. Red levantou uma das sobrancelhas.

— Como você sabe o tamanho de Floriane?

— Eu já vi *mapas*, Redarys.

— Nenhum tão recente, aposto. A geografia mudou nos últimos quinhentos anos, Lobo.

— Talvez você possa me ensinar, então.

— Talvez. Você parece estudioso.

— Uma das minhas muitas qualidades admiráveis.

— Bem ousado da sua parte achar que eu estava fazendo um elogio. — Mas ela riu ao falar aquilo, e ele também, enquanto dava um beliscão leve no braço dela.

Eammon a guiou pelas ruas e parou diante de uma construção de pedra com uma banca colorida montada na frente. Sinos pendiam dos cantos e faixas de tecido faziam as vezes de teto da barraca. Havia roupas dobradas em mesas e penduradas em vigas, um exército de vestidos esvoaçantes nas cores da floresta e de modelos do passado.

Uma mulher com cabelos grisalhos presos em uma trança elaborada em volta da cabeça sorriu ao ver Eammon. Ao lado dela havia uma jovem de cabelos dourados, soltos e enfeitados com flores.

Eammon cumprimentou a mulher mais velha com um gesto da cabeça.

— Asheyla.

— Lobo. — Os olhos azuis da mulher pousaram em Red, avaliando e especulando ao mesmo tempo. — E essa deve ser Lady Lobo. Ouvi dizer que finalmente você deu o título a alguém. — Ela baixou a cabeça. — Parabéns, e que seu casamento seja abençoado, Lady Lobo.

O título fez Red se empertigar.

— Pode me chamar só de Red.

— Tem mais uma coisa para colocar na minha conta — disse Eammon, apontando para o manto de Red. — É possível consertar isto?

— Eu consigo consertar qualquer coisa, mesmo um manto que parece ter sido todo desfiado. — Asheyla olhou Red de cima a baixo, avaliando. — Parece que todo o resto que encomendou para ela vai servir. *Alguém* — os olhos dela se voltaram para Eammon — não me deu medidas precisas.

Com elegância, ela se virou para os fundos da construção e disse por sobre o ombro:

— Vou lá atrás por um momento, Loreth.

A loja estava vazia, e as paredes de pedra abafavam o barulho do mercado lá fora. Havia manequins de madeira nos cantos, exibindo vestidos ajustados com alfinetes. Teares com peças de tecido pela metade se alinhavam na parede dos fundos, e havia solas de sapato e tiras de couro no balcão.

De lá de dentro, Asheyla olhou outra vez para o manto de Red, franzindo as sobrancelhas claras.

— Tem certeza de que não prefere um manto novo? — perguntou ela. — Este tem furos o suficiente para que eu gaste praticamente a mesma quantidade de tecido nos remendos.

— É para remendar — confirmou Eammon atrás de Red, perto o bastante para a respiração dele fazer o cabelo dela se agitar. Uma breve pausa. — Vou mandar Fife vir com mais instruções.

Asheyla ficou olhando, mas não discutiu. Red tirou o manto, passando as mãos pelo tecido arruinado antes de entregá-lo para a dona da loja. Sua relutância em se separar da peça ficou aparente, e a expressão da dona da loja se suavizou. Quando pegou o manto, ela o fez com bastante cuidado.

— Vai ficar novinho em folha.

Red engoliu em seco.

— Obrigada.

A senhora assentiu.

— As botas ainda não ficaram prontas — disse Asheyla por sobre o ombro enquanto voltava para trás do balcão, sobre o qual havia uma pilha de roupas amarrada com um barbante.

— Fife pode vir buscar — disse Eammon.

Asheyla riu.

— Diga a ele que vou encontrar uma garrafa de vinho que Valdrek não tenha diluído em água. Ele...

Um rugido alto cortou o ar, fazendo os três congelarem. O rugido parecia uma mistura de terror, loucura e dor; ribombou uma segunda vez, dessa vez acompanhado do som de alguma coisa arranhando a pedra, reverberando em algum lugar sob o piso de madeira. Red nem tinha percebido que agarrara o braço de Eammon até ele fazer um som baixo de protesto quando ela apertou com mais força.

Mais um som de algo sendo arranhado, depois mais um rugido, que foi diminuindo devagar até quase virar um choramingo no final.

Eammon olhou para Red como se esperasse que ela fosse se afastar depois que o silêncio voltou. Quando não fez isso, ele pousou a mão sobre a dela, grande e áspera por causa das cicatrizes.

— Como ele está? — perguntou ele baixinho, como se temesse ser ouvido.

— Ele durou duas semanas na taverna. — Asheyla usou o mesmo tom cochichado que Eammon enquanto colocava as roupas em uma sacola rústica de lona, com um cordão na parte superior. — Ficou se atirando contra as vigas do porão sem parar até que conseguiu quebrar uma. Está aqui desde então, mas... — Ela parou de falar, piscando para controlar as lágrimas.

Bormain. Estavam se referindo a Bormain, infectado por sombras e chorando da última vez que ela o vira. Mas parecia estar pior agora.

Red engoliu em seco, sentindo a garganta seca. Parte da Segunda Filha ainda sentia que aquilo era culpa dela, pois tinha curado apenas a brecha, não o homem. Tinha feito o trabalho pela metade.

Você está sempre começando, mas nunca termina, gritara Wilderwood para ela na noite em que o corredor ruíra. A floresta estava certa.

Eammon suspirou, soltando a mão da de Red para esfregar o rosto.

— Por que Valdrek não cuidou disso? — Aquilo teria soado insensível se a voz não demonstrasse tanto sofrimento. — Se ele ainda não melhorou, Ash, isso só vai...

— Ele é genro de Valdrek. — A voz de Asheyla estava séria. — É uma pessoa da família. Valdrek não... Ele não vai *cuidar disso* a não ser que não exista a menor chance de recuperação. Elia jamais o perdoaria. — A mulher manteve o olhar fixo nas próprias mãos, ocupando-se dos pacotes e barbantes, mas sua atenção estava concentrada no Lobo, e suas palavras foram ponderadas. — Você já curou pessoas infectadas por sombras antes. Há muito tempo. — Ela olhou para ele. — Você viveu muito, Lobo, mas as suas histórias vivem ainda mais.

Eammon contraiu o maxilar.

— Se eu pudesse, eu faria — disse ele suavemente. — Mas não posso. Não mais.

Os olhos de Asheyla passaram de Eammon para Red. A vendedora apertou os lábios, mas permaneceu em silêncio.

Eammon se virou para a porta.

— É melhor irmos. Fife me deu uma lista grande.

Ele saiu pela porta, em direção à luz do sol, seguido pelo olhar de Asheyla, que ainda parecia surpresa. Quando se virou para Red, estava com um sorriso cansado no rosto. Estendeu a sacola de lona cheia de roupas novas.

— Volte se alguma coisa não servir direito.

Red pendurou a bolsa no ombro. Era mais pesada do que parecia. Ficou parada ali, se remexendo, sentindo que queria fazer uma pergunta, mas não sabia bem como formulá-la.

— Antes — começou ela, hesitante —, quando Eammon... curava as pessoas. Como ele fazia?

— Eu ainda não era nascida — respondeu a velha mulher, pegando um rolo de barbante. — Foi minha mãe que me contou a história. De acordo com ela, ele curava através do toque. — Ela suspirou e balançou a cabeça. — Mas Wilderwood não estava tão fraca na época.

Red pensou em sentinelas, fungos-de-sombra e mãos em troncos, enviando luz para conquistar as sombras. Assentiu, sorriu para Asheyla e foi atrás do Lobo.

Do lado de fora, a luz do sol a fez piscar, já que os olhos ainda não tinham se acostumado com tanta claridade. Eammon estava encostado em uma coluna da varanda, de braços cruzados, mas, assim que ela saiu, ele se empertigou para seguirem caminho.

— Fife disse que precisamos...

— Temos que ajudar Bormain.

Ele parou e soltou um suspiro inaudível, que fez os ombros se levantarem um pouco.

Red desceu a escadinha da loja de Asheyla e parou no degrau bem abaixo do dele. Eammon parecia ainda maior por causa da escada, mas ela se manteve firme.

— Eu posso ajudar a curá-lo — disse ela com firmeza. — Como fiz com a sentinela. É o mesmo conceito, não é?

— É bem mais complexo que isso, Redarys. — A expressão de Eammon era inflexível. — Expulsar os fungos-de-sombra de alguém é uma tarefa perigosa. Precisa de muito mais poder do que tenho hoje em dia.

— Mas você não vai fazer isso sozinho. — Red meneou a cabeça. — Você não precisa fazer tudo sozinho, Eammon.

Ele contraiu os lábios, e seus olhos ficaram sombrios. Havia algo suspenso no espaço entre eles, algo vasto e aterrorizante, mas que se resumia ao seguinte: um formigamento na ponta dos dedos provocado pelo desejo de acariciar o maxilar dele. A certeza de que a sensação não passaria, a não ser que ela afastasse a mecha do cabelo dele que tinha caído na testa.

Red baixou os olhos; de repente, encarar os dele era demais.

— Me deixe ajudar você, e poderemos ajudar Bormain. Podemos pelo menos conversar com Valdrek sobre isso.

Ele analisou o rosto dela, os lábios ligeiramente entreabertos, como se estivesse procurando alguma coisa que o atraía e o aterrorizava ao mesmo tempo. Depois, virou-se abruptamente e seguiu para o outro lado da praça.

— Como queira, Lady Lobo.

Havia uma construção de madeira bem em frente à árvore de pedra. Era possível ouvir música e risadas mesmo antes de chegarem à escada e, quando as portas se abriram, sentiram o cheiro de suor e bebida.

— Valdrek costuma estar aqui. — Eammon lançou um olhar de aviso. — Fique perto de mim.

Havia um bar de frente para a porta, diante do qual havia várias pessoas bebendo, rindo e jogando cartas. Não havia mesas e cadeiras ao redor da área da banda, e algumas pessoas dançavam ao ritmo da música, alguns com mais elegância do que outros. O corpanzil de Eammon atravessou a multidão.

O espaço nos fundos da taverna era um pouco mais calmo, ocupado por clientes mais interessados em beber do que em dançar. Valdrek estava de costas para eles, com cartas na mão e uma pilha de um tamanho considerável de moedas antiquadas ao seu lado. Red arregalou os olhos. Nunca vira dinheiro como aquele, a não ser em livros de história — a cara das moedas ainda exibia o último Krahl de Elkyrath, quando o país ainda era dividido em cidades-estado.

— Lobo — disse Valdrek, escolhendo uma carta. Então, como se estivesse sentindo a presença de Red, ele se virou e levantou uma das sobrancelhas. — *Lobos*.

Ela não reconheceu nenhum outro homem da mesa, cujas expressões variavam de interesse a cautela. Eammon fez um sinal com a cabeça para um canto, virando-se sem esperar para ver se Valdrek o seguiria. Red ficou no meio deles, perdida naquela política que não conhecia.

O homem mais velho deu um suspiro e baixou as cartas.

— Com licença, cavalheiros. Tenho assuntos a tratar com um Lobo.

Eammon se sentou em uma mesa no canto, passando a mão no rosto em um gesto de cansaço. Red foi até lá, e Valdrek a acompanhou.

— Parece que você o está exaurindo, Lady. — O comentário teria soado lascivo, mas Valdrek parecia apenas curioso.

Valdrek a avaliou com o olhar enquanto passava e se sentava de frente para Eammon. Red se sentou entre eles com o cenho franzido.

O homem trouxera a caneca de bebida com ele, e tomou um grande gole antes de colocá-la em cima da mesa.

— Querem beber alguma coisa? — Ele olhou para Eammon. — Pode ajudar a melhorar seu humor.

— Desculpe tirar você do jogo de cartas. — Eammon se inclinou para a frente apoiando o antebraço no joelho. — Eu não sabia se seus colegas estavam a par da... situação.

Não precisou esclarecer a *qual* situação se referia. A arrogância desapareceu imediatamente, e Valdrek curvou um pouco as costas.

— Fomos bem discretos em relação a isso. — Ele deu de ombros, demonstrando sofrimento. — O porão precisou de reparos depois que ele ficou... agitado, mas dissemos que os danos foram causados por uma briga que saiu do controle. A loja de Ash é de pedra e deve aguentar mais. — Ele contraiu os lábios, e um brilho de determinação apareceu nos seus olhos. — Até ele melhorar.

Eammon não fez comentários, mas as mãos apertaram os joelhos com mais força.

— Nós vamos tentar curá-lo. — Red tentou passar o máximo de confiança que conseguiu. — Eammon e eu.

Valdrek não escondeu a surpresa. Recostou-se na cadeira, levantando as sobrancelhas.

— Você ainda consegue fazer isso, Lobo? — A voz dele estava cheia de esperança. — Eu nem ia pedir, com Wilderwood tão fraca, mas se você é forte o suficiente com a ajuda da sua Lady...

— Nós podemos tentar — disse Eammon de forma direta.

Eles trocaram um olhar de avaliação antes de Valdrek virar o resto da bebida.

— Que diferença. — Ele deu uma risada. — O casamento realmente muda os homens.

Eammon contraiu o maxilar e se levantou apressado, empurrando a cadeira para trás.

— Então vamos logo resolver isso.

Do lado de fora da loja, Valdrek explicou o plano para Asheyla em voz baixa.

— É melhor você esperar lá — disse ela, apontando para a taverna. — Só para prevenir. Se quiser vinho, peça para Ari, e diga a ele para não usar o diluído em água.

Atrás de Red, Eammon estava tão imóvel quanto a árvore de pedra. Tinha entregado a lista de Fife para Loreth, a ajudante de Asheyla na loja, com instruções de conseguir todos os suprimentos e deixá-los com Lear perto dos portões.

— Curar alguém infectado por sombras é bem diferente de curar uma sentinela. — Ele usou o mesmo tom baixo que usava durante as aulas deles, embora cada músculo de seu corpo estivesse contraído. — Você vai precisar direcionar o poder especificamente para os lugares afetados em vez de soltar tudo.

— Seres humanos são mais complexos do que árvores — disse Red.

Ela estendeu as mãos para que ele pudesse analisá-las em busca de algum ferimento naquela rotina que já lhes era tão familiar.

Eammon pegou a mão da Segunda Filha, mas não a inspecionou; em vez disso, a olhou com uma expressão séria sob as sobrancelhas grossas e baixas.

— Não toque nele.

Red franziu o cenho.

— E como é que eu vou...

— Você vai tocar em mim, e eu vou tocar nele. — As cicatrizes roçaram nos dedos de Red enquanto ele apertava a mão dela. — Eu disse para você que é um trabalho muito específico e pode ser perigoso. Você vai deixar seu poder entrar em mim e eu vou transferi-lo para ele.

Ela contraiu os lábios, mas assentiu depois de um momento. Eammon apertou a mão dela mais uma vez e a soltou, virando-se para seguir Valdrek até a porta do porão.

Havia três trancas, mais uma tábua pregada por cima para prevenir. Eammon e Valdrek tiraram a tábua e o homem mais velho pegou um chaveiro no bolso.

— Amarras? — perguntou Eammon.

— Nos dois braços e nas duas pernas. No tronco também — disse Valdrek com expressão de sofrimento, um lembrete visceral de que estava falando de alguém da família.

Red se lembrou do nome que Asheyla mencionara: Elia, que devia ser a filha de Valdrek e esposa de Bormain. Olhou para Eammon, imóvel e estoico ao lado dela, e sentiu uma onda de compreensão no peito.

A última tranca se abriu. Valdrek suspirou.

— Não é algo bonito de ser ver. Melhor se prepararem.

O aposento estava na penumbra. Pequenas aberturas no alto da parede eram a única fonte de iluminação; a poeira dançava no brilho que entrava. Um cheiro pungente atingiu as narinas de Red assim que ela passou pela porta, logo atrás de Valdrek e Eammon; um cheiro ácido e frio, intenso o suficiente para fazê-la cobrir o nariz com o braço. O aposento era pequeno — os três mal cabiam ali lado a lado, e o pé-direito era tão baixo que o teto quase encostava na cabeça de Eammon.

À frente de Red, Eammon se retesou, dando um passo para o lado como se quisesse escondê-la com a própria sombra. Red empurrou o ombro dele e, depois de uma ligeira resistência, ele se afastou o suficiente para que ela pudesse ver.

Tinham tentado deixar o homem o mais confortável possível — o que, de alguma forma, piorava a situação. Bormain estava deitado em uma cama, coberto com mantas grossas e cercado de travesseiros, que ocultavam quase por completo as correntes que saíam de baixo da cama e iam até as grilhetas presas ao chão de pedra. Uma para cada perna e cada braço e outra no peito, presa primeiro à estrutura da cama e, depois, em argolas de metal nas paredes. Apesar das amarras, havia marcas no chão onde ele tinha conseguido balançar a cama de um lado para o outro. Red se lembrou dos barulhos que ouvira lá em cima na loja de Ashleyla e estremeceu.

Bormain não se mexeu. Os olhos estavam fechados; veias pretas inchadas se estendiam como teias de aranha das pálpebras para o restante do rosto. O braço infectado por sombras estava descoberto, com pelo menos o dobro do tamanho normal e a pele fina como a casca de uma fruta podre, deixando manchas úmidas e escuras na roupa de cama. As unhas da mão estavam alongadas e curvadas, os ossos do rosto afiados demais.

Os fungos-de-sombra não estavam só deixando Bormain doente. Estavam... *transformando-o* em outra coisa.

O rangido dos dentes de Valdrek foi audível.

— Faz uma semana que não permito que Elia venha aqui, desde que ele começou... — Ele não terminou de falar.

A expressão de Eammon era inescrutável. Ele estendeu a mão e gentilmente colocou Red atrás dele.

Ela permitiu daquela vez e se aproximou mais dele, como se Eammon fosse o seu escudo.

— Ele está dormindo?

— Não estou dormindo. — A voz parecia estar saindo de um corte na garganta, rouca e fraca. — As sombras roubaram o meu sono.

Bem devagar, Bormain levantou a cabeça. O ângulo, por causa das amarras, parecia doloroso, mas ele não demonstrou o menor sinal de desconforto. O sorriso parecia aberto demais, quase de uma orelha à outra, e ele fechou os olhos leitosos antes de inspirar longa e exageradamente.

— Que cheiro doce. Solo árido, solo sem raízes. — Ele abriu os olhos e os pousou em Red de uma forma tão rápida que nem parecia natural. — Tem sangue na floresta, Segunda Filha sem raízes. Sangue para abrir e sangue para fechar, e coisas antigas despertadas. Éons de paciência recompensados.

Red resistiu ao impulso de pressionar o rosto contra o ombro de Eammon para bloquear a cena no calor e no cheiro de biblioteca que ele emanava. Em vez disso, pegou a mão dele.

— Estamos aqui para ajudar você — disse ela. As palavras saíram claras, embora em um tom baixo.

— Me ajudar? — Bormain jogou a cabeça para trás, urrando para o teto, as veias inchadas e escuras do pescoço pulsando. — Doces Lobos, pobres Lobos, não sou *eu* que preciso ser salvo. *Ele* está esperando, *eles* estão esperando, todos terão sua chance. — A cabeça dele ainda estava em um ângulo que não era nada natural, balançando de um lado para o outro enquanto ele cantarolava. — Eles estão a esperar e a rodopiar, a rodopiar pesadelos novos e antigos. Eles refazem as sombras e deixam as sombras refazê-los...

Eammon olhou para ela com expressão interrogativa, bem fácil de interpretar: se ela tivesse mudado de ideia, ele a tiraria dali no instante em que ela pedisse.

Red mordeu o lábio, sentindo aquele gosto amargo na garganta de novo. *Você está sempre começando, mas nunca termina.*

Ela assentiu com firmeza.

Com outro olhar intenso, Eammon deu um passo para a frente, quase sem fazer barulho no piso de pedra.

Bormain começou a cantarolar sem palavras, os olhos fechados e a cabeça balançando de um lado para o outro como se tivesse perdido o interesse. Red respirou fundo, sentindo o ar fétido entrar nos pulmões, e convocou o poder encolhido dentro dela. Ele logo respondeu, abrindo-se e florescendo em direção aos dedos dela e à mão de Eammon que os segurava. Suas veias foram se tingindo de verde, e ela começou a sentir o gosto de terra. Deram um passo para a frente com cuidado e o mais silenciosamente possível, o corpo de Eammon todo retesado como se fosse uma mola prestes a se soltar.

Com os olhos fechados, Bormain parou de cantarolar.

— Seu nó de morte está enfraquecendo, Lobinho — disse ele com voz clara e precisa. — Eles têm ajuda agora. Eles vão voltar para casa. Solmir e todos os outros.

O nome os fez parar na hora, Eammon com a mão estendida. A risada de Bormain era feia e fraca.

— Tantos finais possíveis, Lobinho, e você já viu *todos* eles...

Ele se calou quando Eammon tocou em uma das únicas partes do corpo dele intocadas pela sombra: a boca.

Os tendões do pescoço de Eammon se contraíram enquanto Bormain se contorcia sob o toque.

— Faça — disse Eammon entredentes. — Red, se você vai fazer isso, tem que ser *agora*.

Ela cerrou os dentes e fez a magia da floresta circular, saindo dela e fluindo para Eammon.

Exatamente como antes, quando tinham trabalhado juntos para curar a sentinela, sua mente lhe mostrava tudo que os olhos não conseguiam. Seu próprio poder era fraco em comparação com o de Eammon, apenas um fio correndo pelo corpo dela, serpenteando pelos ossos e órgãos. Mas Eammon... Uma confusão de dourado, luz na forma de raízes que se retorciam por dentro dele, florescendo e crescendo.

Ela quase parou ao ver como tudo estava entranhado nele. Quase cortou o fio fino do próprio poder quando se lembrou como aquilo o mudara e tirara partes dele. Sentiu o medo crescer — o medo de que, de alguma forma, ele fosse tirado dela, e seria culpa dela por tê-lo obrigado a fazer aquilo e alimentar com seu poder as raízes que cresciam sob a pele do Lobo. Ela abriu os olhos com um arquejo e se deparou com os olhos dele fixos nela, enquanto a forma adoecida de sombras de Bormain se contorcia na cama sob a mão de Eammon coberta de veias verdes.

— Não pare. — Direto e concentrado, mas com um toque de surpresa, além de uma espécie de desejo. Os olhos dele estavam completamente esmeralda. — Red, eu vou ficar bem. Não pare.

Ela respirou fundo; o cheiro dele, uma mistura de folhas secas, café e papel, abafou o fedor do aposento. Ela fechou os olhos e segurou a mão dele como se fosse um salva-vidas, deixando seu poder florescer pelos dedos enquanto continuava alimentando-o.

Atrás das suas pálpebras, Bormain parecia um vazio. Uma ausência completa de qualquer coisa, um buraco com uma vaga forma humanoide, escura e perdida no meio de todo aquele brilho dourado. No início, toda a magia que emanava de Eammon parecia ser absorvida por ele, devorada. Cada fio dourado era hábil e deliberado, como se Eammon estivesse costurando alguma coisa. Por fim, o brilho dourado começou a vencer a sombra, consumindo-a e cancelando-a. Ela sentiu Eammon cambalear, depois ouviu o ofegar sofrido de Bormain enquanto a luz lentamente sobrepujava a escuridão.

Quando Eammon enfim soltou a mão dela, Red abriu os olhos.

O homem na cama parecia pálido como um cadáver, mas a pele não apresentava mais linhas escuras. As unhas da mão estavam curtas e claras, não mais com aparência de garras, e os ossos do crânio tinham voltado às proporções normais. A respiração era fraca, mas constante.

Eammon estava curvado sobre a cama. Tinha casca de árvore nos antebraços, evidente onde a manga tinha se rasgado, a altura ainda maior pela magia que convocara. As veias estavam verdes no pulso, no pescoço e abaixo dos olhos, mas a escuridão passava por eles como batidas do coração, sombras bruxuleantes.

— Eammon? — A preocupação deixou a voz dela aguda.

Ele balançou a cabeça. Cerrou os dentes e contraiu a mandíbula. Bem devagar, a escuridão parou de correr pelas veias do Lobo. Ficaram verdes e desbotaram para azul, as mudanças e as sombras se soltando dele como se fossem sangue de uma ferida. Eammon estremeceu, uma careta enquanto os dentes retrocediam atrás dos lábios.

A dor precisa ser transferida. Ele pegara os fungos-de-sombra, permitira que circulassem por ele e os afogara na magia de Wilderwood.

Os joelhos dela perderam a força de repente, exaustão e alívio chegando como um soco na cara. Red cambaleou e Eammon a envolveu nos braços, as veias novamente com a cor normal da dos humanos, embora o branco dos olhos ainda exibisse traços esverdeados.

— Eu estou bem — sussurrou ele contra o cabelo dela. — Eu estou bem.

— Vocês conseguiram. — Lágrimas escorriam pelo rosto de Valdrek, e um brilho de reverência iluminou sua expressão. — Em nome de todos os Reis e todas as *sombras*! Vocês conseguiram.

Mas Red nem terminou de ouvir, porque perdeu os sentidos e desmaiou.

21

Ela acordou sentindo o cheiro de biblioteca e a trama rústica de um tecido contra o rosto. Red se sobressaltou, agitando-se nos braços de Eammon, e acabou dando uma cabeçada no queixo dele.

— *Pelos Reis*! — exclamou o Lobo.

Ele a colocou no chão com um dos braços, esfregando o queixo com a outra mão. A maior parte dos vestígios de magia tinha desaparecido, a não ser por aqueles dois centímetros de altura adicionais, além dos que ele já tinha ganhado na noite em que Wilderwood tomara o corredor. Mas as veias em volta das íris âmbar ainda estavam esverdeadas.

— Desculpe.

Red sentiu o rosto enrubescer enquanto tentava se equilibrar, apertando os olhos por causa do sol forte e do atordoamento que sentia. Estavam no meio da rua principal da Fronteira, o céu começando a escurecer.

— Cadê o Valdrek?

— Ainda está na casa de Asheyla com Bormain. Acharam melhor não mexer nele até ele acordar.

Apesar da dor de cabeça e das pernas fracas, Red abriu um sorriso cheio de esperança.

— Ele vai acordar, então? A gente conseguiu?

Eammon contraiu os lábios, os olhos tomados por uma sombra estranha e iluminados com camadas de emoção que ela não conseguiu identificar.

— A gente conseguiu — confirmou ele, avançando em direção aos portões.

Red seguiu atrás dele, com o sorriso ainda nos lábios. Ela e Eammon tinham curado Bormain e o livrado dos fungos-de-sombra. Talvez conseguissem curar Wilderwood inteira.

Mas o sorriso foi se apagando à medida que ela começava a se lembrar do que Bormain dissera quando ainda estava infestado de sombras. Um nome em particular.

Solmir.

Na primeira vez que Bormain mencionara o mais jovem dos Cinco Reis, Eammon dissera que era só delírio. E ela não insistira, apesar de achar que tinha algo estranho naquilo.

Mas duas menções ao mesmo nome a tinham deixado com a pulga atrás da orelha.

Lear os olhou atentamente quando chegaram aos portões. Loreth estava ao lado dele, segurando a sacola de lona lotada, a qual entregou rapidamente para Eammon antes de desaparecer no meio da multidão, lançando um olhar conspiratório para Lear.

Eammon suspirou.

— Acho que você já soube.

— Não pense mal dela. — Lear puxou a alavanca que abria os portões de madeira. O ranger das dobradiças era suave em comparação com o som que vinha da cidade. — É difícil esconder a tentativa de curar alguém infectado por fungos-de-sombra. Qual o veredicto?

— Funcionou. — A voz de Eammon parecia rouca.

Lear arregalou um pouco os olhos azuis, demonstrando surpresa.

— Por todas as sombras! — Ele deu uma risada, olhando de Eammon para Red. — Saúde aos Lobos.

Eammon não respondeu. Pendurou no ombro a bolsa de lona repleta dos suprimentos que Fife tinha pedido.

— Saiba que sempre pode contar com todos nós, Lobo — disse Lear, sério. — Se precisar de ajuda, estamos aqui.

— Obrigado — agradeceu Eammon, saindo pelo portão. — Mas a situação já passou do ponto em que qualquer um possa ajudar.

Lear assumiu um olhar pensativo enquanto Eammon atravessava o batente.

— Tome conta dele, Milady — sussurrou para Red. — O Lobo e Wilderwood estão tão entrelaçados que a fraqueza de um é também é a fraqueza do outro. Parece que ele anda exagerando um pouco.

— Ele costuma fazer isso.

Além dos portões, Eammon parou empertigado, olhando o norte, o horizonte oposto a Wilderwood. Todo o corpo dele estava inclinado para a frente, como se quisesse fugir das árvores. Mas não podia. As raízes que envolviam os ossos dele poderiam muito bem ser correntes.

Red deu um sorriso rápido para Lear. Este assentiu e fechou os portões, abafando o barulho da Fronteira.

Ela se aproximou devagar até parar ao lado de Eammon. Ele não olhou para ela, mantendo o olhar nas montanhas ao norte que desapareciam sob a densa névoa e a luz do sol que morria. Depois de um momento, ele se virou para a floresta. Acima deles, o céu assumia um tom crepuscular que equivalia ao do horizonte de Wilderwood, passando de azul para lavanda até adentrar o espectro do violeta.

Red o seguiu pisando no musgo, tamborilando os dedos no cabo da adaga que ainda lhe era estranha.

— Ele mencionou Solmir de novo.

— Eu ouvi. — Ele não parou de caminhar.

— Foram duas vezes agora. — Ela parou de falar, esperando uma resposta, mas ele se manteve em silêncio. — Parece ser mais que uma coincidência.

— É mesmo?

O tom venenoso a pegou de surpresa. Red parou, ainda a alguns metros de Wilderwood.

— Isso *significa* alguma coisa. Você sabe muito bem disso. E eu também.

Eammon se deteve, mas permaneceu em silêncio. Uma brisa soprava o cabelo dele.

— Eu não sei se você está tentando me proteger ou se simplesmente não quer se dar ao trabalho de me dizer nada — continuou ela, abrindo e fechando as mãos. — Mas eu só posso ajudar se você permitir, Eammon.

Ele tinha se virado enquanto ela falava, o contorno do perfil desenhado contra as árvores e a linha onde o crepúsculo lavanda começava. O maxilar estava contraído, e uma mecha de cabelo caía sobre a testa. Red queria bater nele e abraçá-lo ao mesmo tempo, mas se contentou em cruzar os braços.

— As histórias antigas contam que Solmir deveria ter se casado com sua mãe — prosseguiu ela com voz suave, como se pudesse costurar os fragmentos da história mesmo que fosse com pontos frouxos. — Ela fugiu para Wilderwood com Ciaran, e Solmir acabou preso na Terra das Sombras com os outros Reis. Mas tem mais nessa história, não tem?

O suspiro de Eammon pareceu ecoar, rebatido pelas árvores que delimitavam Wilderwood. Era evidente que estava travando uma batalha dentro dele mesmo, falar ou manter o silêncio — mas, depois de um momento, descerrou os punhos, como se mantê-los fechados fosse uma tarefa extenuante. Respirou fundo e disse com voz cansada:

— Ele matou os meus pais.

Eles tinham conversado tanto sobre luto e pesar... E ali estavam eles de novo. Ela levou a mão ao ombro dele antes de sequer pensar, antes de perceber que tinha se mexido. Meio que esperava que ele se encolhesse e se afastasse, mas o Lobo relaxou sob o toque.

Começou a falar rápido, como se uma barreira tivesse se rompido e o rio tivesse urgência de fluir.

— Minha mãe sempre se sentiu culpada por Solmir ter tido o mesmo destino que os Reis. Acreditava que ele não merecia aquilo, que havia ficado preso no meio de tudo sem chance de escapar. Eles tinham sido amigos, ao que parece, antes de serem prometidos. — Eammon arreganhou um pouco os dentes quando disse *amigos*. — Ouvi Gaya e Ciaran conversarem sobre isso algumas vezes. Quando achavam que eu não estava ouvindo. — Meneou a cabeça. — Quase um século e meio tendo a mesma discussão de sempre.

Tão indiferente, a maneira como ele mencionava séculos... A vida dele era muito mais longa que a dela, como as centenas de anos que uma muda levava para crescer totalmente. Fazia sentido, já que ele tinha nascido de pais que o haviam concebido logo depois de se envolverem com a floresta. Red nunca tinha pensado em imaginar Eammon como algo diferente do homem que conhecera na biblioteca — não totalmente humano, mantido em estase pela estranha relação com Wilderwood. Mas ali, sob o crepúsculo, conseguia ver uma versão mais jovem dele. Olhos não tão cansados, ombros não tão rígidos, sem saber ainda o fardo que cairia sobre eles.

— Ciaran não queria libertar Solmir — continuou Eammon. — Gaya dizia que ele tinha sido envolvido pelas artimanhas do pai contra sua vontade, mas Ciaran não acreditava naquilo. E, com os Reis juntos onde estavam, não achava possível soltar apenas um deles da Terra das Sombras.

Uma mudança sutil desde a primeira vez que Eammon decidira contar a história dele, de *meus pais* para *Gaya e Ciaran*, uma distância artificial que ela não sabia se ele tinha consciência de estar criando. Como se quisesse uma separação, como se quisesse um abismo. Como se estar muito próximo fosse doloroso demais.

Ela entendia.

Red manteve a mão no ombro dele, mas o olhar foi atraído para a fronteira de Wilderwood, que se agigantava forte, escura e insondável, um lugar para se perder.

Eammon passou a mão no rosto, demonstrando cansaço.

— Gaya decidiu tentar mesmo assim. Abriu uma brecha, Ciaran sentiu o que acontecia e foi atrás dela. — Uma pausa pesada para respirar. — Quando ele chegou lá, ela já estava morta. Consumida por Wilderwood em uma tentativa de impedir que ela prejudicasse mais a floresta.

Era fácil preencher as lacunas da história a partir dali. O Lobo, carregando o corpo da Segunda Filha até as margens de Wilderwood. O mito os tornando mais indefinidos e menos reais.

Só que aquelas pessoas eram os pais do homem ali diante dela, e esse homem tinha visto tudo aquilo acontecer.

— Eu vi Ciaran carregando Gaya. — Ele falava baixo, mantendo a expressão neutra, olhando para a floresta que o atraía para a escuridão de forma implacável.

— Eu o segui até a fronteira. Ouvi o que ele disse, mas não entendi o significado. Demorei *tanto* para entender o que ele queria dizer...

A voz dele falhou, mas Eammon não estremeceu; em vez disso continuou imóvel como uma estátua, sem mover um músculo sequer, como se quisesse se tornar menos humano para não sentir tanto. Quando voltou a falar, foi em um sussurro:

— Ele viveu mais um ano depois daquilo. Um ano sozinho, enquanto Wilderwood o consumia. Enquanto ia tirando dele tudo que o tornava minimamente humano. Brechas se abriram. A floresta ficou cheia de criaturas de sombras, mas as fronteiras permaneceram fechadas sem deixá-las sair, como... como quando alguma coisa está prestes a morrer e se agarra ainda mais à vida.

— Não foi culpa sua. — Red falou com voz tão baixa quanto a dele, um sussurro contra o céu que escurecia e a floresta faminta que os aguardava. — Nada disso foi culpa sua.

Ele não respondeu, perdido na cadência da própria história de terror.

— E então ele *morreu* — disse Eammon, como se o fim da história ainda fosse surpreendente, tantos séculos depois. — Ele morreu e, naquele momento, as fronteiras se abriram, como se a mão da morte enfim tivesse relaxado. As criaturas de sombras saíram. — Ele fez uma pausa para se acalmar. — Depois disso, eu agi por puro instinto. Cortei minha mão, toquei no chão. Ressuscitei Wilderwood... Eu acho. Ela cresceu em mim, e foi doloroso. — Ele cerrou o punho e o levou ao peito como se estivesse se lembrando da dor. — Sempre me perguntei se doeu mais ou menos em mim do que nele. Mas não cheguei a uma conclusão. Ele foi definhando sob o peso da floresta, e eu ainda estou aqui.

A última parte saiu em um sussurro. Eles ficaram parados ali, um homem e uma mulher, na fronteira da escuridão, ambos curvados e obscurecidos pelo peso daquela história terrível.

— E foi assim que eu me tornei o Lobo — concluiu Eammon baixinho. — E até a chegada de Fife, eu estava sozinho.

Red nem sabia o que dizer. Aquela história a assombrara a vida toda — mas era a vida dele, a vida que fora obrigado a viver sob a sombra daquele acontecimento e os fantasmas que ele deixara. A Segunda Filha queria confortá-lo, mas cada músculo do corpo dele dizia que ele não queria ser confortado.

— A floresta estava tão deplorável que receber um novo Lobo não fechou todas as brechas. — O tom dele estava neutro novamente, ocultando e enterrando qualquer emoção. — Então, algumas criaturas de sombras que tinham escapado durante a breve morte de Wilderwood ainda persistiam.

— Até a chegada de Kaldenore — disse Red, encaixando as peças. — Quando Wilderwood a drenou para se curar da melhor forma que conseguiu. — Nem boa nem má, apenas faminta. E desesperada.

Ele soltou um suspiro.

— Não tivemos nenhum final feliz aqui, Red.

Eammon fez um leve movimento com os ombros para afastar a mão dela e se virou para Wilderwood. Os dedos de Red se fecharam no ar.

Sozinho. Determinado, sempre, a ficar sozinho, mesmo quando ela estava bem ao lado dele.

Depois de um instante, ela o seguiu, sentindo a pele pinicar ao passar pela fronteira. Atravessaram o nevoeiro em silêncio.

Eammon estendeu a mão e a pegou pelo braço, fazendo-a gemer de surpresa. Red tropeçou nas folhas e ela viu do que ele a tinha livrado: um círculo perfeito de chão infectado com fungos-de-sombra, quase escondido na penumbra. Parecia um círculo de tinta preta caído na tela da floresta, sem nenhuma árvore para marcar o centro.

Uma sentinela perdida. Um buraco.

Eammon contraiu os lábios. A mão no braço dela estremeceu.

Red sentiu a magia fluir para os dedos, pronta para ser usada.

— O que podemos fazer?

— Eu já disse antes. — Eammon meneou a cabeça. — Não há nada que você possa fazer, Red.

— Tem que ter *alguma coisa*. Ou você só está determinado a me deixar fora disso?

Ele congelou, e aquela resposta foi suficiente para ela.

Red desembainhou a adaga. Eammon soltou o cotovelo dela e agarrou o pulso, rápido como um raio, puxando-a para tão perto dele que o nariz dela quase bateu no peito dele. Ela não tentou se fastar, mas também não soltou a adaga, segurando-a entre o corpo dos dois.

— Não. — Ele quase rosnou. — Não o seu.

— Funcionou uma vez...

— E Wilderwood quase tomou você. — A voz dele era dura, os olhos âmbar queimando enquanto o verde tomava o espaço branco. — Não vou deixar isso acontecer de novo.

— Então eu simplesmente devo deixar você sangrar? Se entregar totalmente para Wilderwood mesmo quando não tem sangue suficiente para satisfazê-la?

As mãos unidas estremeceram. Ela não saberia dizer em qual delas o tremor nascera.

— Se for preciso...

O som foi discreto. Se não estivessem presos no próprio silêncio, talvez não tivessem ouvido: um grito baixo, como metal sendo rasgado. Red cerrou os dentes, sentindo um desconforto estranho subir pelos pés e adentrar os ossos.

Eammon empalideceu e agarrou o cabo da adaga enquanto a outra mão ainda segurava o pulso dela. Olhou para o fosso podre aberto no chão enquanto dava um passo curto para se afastar dela, movendo-se como uma presa na linha de visão do predador.

Ouviram o som novamente. Mais alto daquela vez. A superfície do fosso ondulou, e algo parecia estar se mexendo embaixo.

— Red. — Foi quase um sussurro, e Eammon arregalou os olhos. — Fuja.

O fosso explodiu antes que ela tivesse a chance.

Era a escuridão se solidificando e se alçando no ar. Diferente daquela primeira noite — não era mais uma coisa amorfa e remendada simulando um corpo de osso e sombra. Aquilo *tinha* corpo. Um corpo terrível e errado, um tubo de escamas negras e fungos-de-sombra. O som metálico vinha da bocarra escancarada, com largura equivalente à altura de Eammon e cercada de camadas e mais camadas de dentes cobertos de carniça. A coisa se balançava e se elevava no ar, a mandíbula rangendo no crepúsculo.

A erupção lançou Red para trás, fazendo com que ficasse tonta e com a visão anuviada. Ainda não tinha voltado totalmente a si até sentir Eammon ao lado dela, tirando a adaga da sua mão. Se era para usar nele ou para evitar que ela usasse nela mesma, não sabia.

— *Vá!*

Ele saltou, colocando-se na frente dela com os dentes arreganhados, enfrentando a criatura que tinha saído da brecha. Não era uma criatura de sombras insubstancial. Seria talvez um dos outros monstros da Terra das Sombras?

Parecia ainda maior agora que tinha saído mais do buraco. Eammon segurou as duas adagas em uma das mãos e fez dois cortes iguais na outra.

— Red, *vá!*

Ela recuou, tentando se afastar, as botas esmagando raízes e rochas. Sentiu um grito preso no fundo da garganta, mas não o deixou sair. Manteve os olhos fixos em Eammon. O poder começou a se abrir no seu âmago, florescendo como uma videira, quase sólido. Quase uma arma.

Eammon bateu com a mão cortada na terra tomada de fungos-de-sombra. Os dentes afiados do monstro desceram e o Lobo desviou o ataque com a mão, o movimento desesperado fazendo gotas de sangue voarem pelo ar até caírem no chão e curarem a escuridão por um breve momento. Mas era como chuva leve tentando apagar as chamas de um incêndio, fraca e insuficiente para dar conta. A coisa rugiu.

Red parou, o cabelo enroscado nos galhos, dentes arreganhados e peito queimando. Não era medo que martelava no seu peito, não mais — era *raiva*, raiva de ver Eammon sangrando mesmo sem poder, raiva por ele ser obrigado a fazer aquilo. Uma magia afiada começou a subir pelas suas veias como hera.

A Segunda Filha parou de pensar e começou a agir por puro instinto. Ela se levantou e curvou os dedos, e Wilderwood se curvou com ela, em sincronia com seus movimentos. Com um rosnado, ela lançou as mãos para a frente, sentindo o gosto de terra na boca e vendo as veias se tingirem de verde, reunindo cada fragmento de magia que conseguia do fio fino que serpenteava ao redor do seu corpo.

A floresta a obedeceu.

O grito metálico e alto ficou mais agudo quando as vinhas envolveram todo o corpanzil do horrível monstro, apertando-o até romper os flancos cobertos de sangue coagulado. A criatura começou a se debater, emaranhando-se nos galhos. Os espinhos grandes e afiados como espadas a rasgavam, até que o ser enfim caiu com um estrondo alto como um trovão, espalhando pedaços fétidos de decomposição por todos os lados. As partes que caíram no fosso de sombra começaram a afundar devagar; as que atingiram a área fora do anel de escuridão pareciam pedaços de carne podre. Estas, separadas do todo, foram rapidamente tomadas pelos fungos-de-sombra, que as consumiram como ácido.

Mais um grito, mas um golpe e o monstro desapareceu.

Devagar, Red abriu os dedos e, ao fazer isso, Wilderwood guardou suas armas. Os espinhos se recolheram, os galhos recuaram e as vinhas retrocederam nos arbustos. A floresta se acalmou e ficou em silêncio.

O fosso de sombras ainda marcava o chão, mas não parecia haver nada se movendo lá embaixo. Eammon estava ajoelhado perto da beirada, com uma expressão descrente no rosto. Olhou para ela e se levantou, andando pela floresta como se ele fosse a agulha de uma bússola e Red fosse o seu norte.

Ela sentiu todo o corpo dormente. Quase avançou na direção de Eammon ansiando por seu calor, mas se controlou a tempo.

— O que foi *aquilo*?

— Eu mandei você fugir. — Ele levantou a mão ferida, como se talvez fosse tocá-la, mas a deixou cair ao longo do corpo. — Você não sabe o que poderia ter acontecido. Você poderia...

Red agarrou a mão cortada e o puxou para si.

— E deixar você sozinho? Você vive me pedindo para fazer isso, mas *não* vou obedecer, Eammon.

O olhar dele se fixou nos lábios dela, a mão que não estava ferida tocando o rosto de Red como se ele não conseguisse controlar o próprio corpo.

— É para o seu próprio bem.

— Eu não vou fazer isso — sussurrou ela novamente, e havia tão pouco espaço entre eles que ela mal teve de se mexer para pressionar os lábios contra os dele.

Um segundo de surpresa, ambos congelados. Então, eles se deixaram levar, fácil como água fluindo montanha abaixo ou ar para os pulmões.

Eammon colocou uma das mãos no quadril dela e a outra na nuca. Ela mordiscou o lábio inferior dele como se fosse algo que pudesse tomar para si; ele gemeu baixo, abraçando-a pela cintura, tão apertado que não havia espaço entre eles. Red mergulhou os dedos no cabelo dele, soltando as mechas do coque, e elas roçaram nos seus pulsos. Eammon ofegou quando ela passou as unhas no couro cabeludo dele.

Red pressionou o corpo contra o dele, sentindo algo profundo e desesperado a atraindo cada vez mais para ele. Ela já tinha beijado e feito muito mais do que isso, mas nunca sentira aquela *ânsia* — como se fossem duas partes se encaixando novamente, como se suas curvas tivessem sido feitas para ele. Eammon afundou os dedos no quadril dela, o chão desapareceu e ela sentiu as costas pressionadas contra o tronco de uma árvore. Seu único pensamento lúcido foi uma decepção aguda quando os lábios dele se afastaram rapidamente dos dela e uma satisfação selvagem quando os sentiu outra vez.

Então... Um arfar pesado contra o pescoço enquanto Eammon se afastava.

— Não.

Ela ficou confusa, tentando organizar os pensamentos. Os pés tocaram no chão de novo, e ela nem se lembrava de como aquilo tinha acontecido. Sentiu os lábios sensíveis, sangue dele sujando o cabelo dela. Em volta deles, a floresta parecia se arquear na direção de ambos, a ponta das samambaias e das folhas ficando mais verdejante.

O casaco de Eammon estava no chão. Ele se abaixou para pegar. A mão solta ao lado do corpo, a palma ainda cortada, mas os dedos abrindo e fechando como se estivesse tentando se lembrar da sensação da pele dela.

— Por quê? — A garganta dela parecia apertada, com espaço suficiente apenas para aquela pergunta.

Ele olhou para ela, só uma vez. Os olhos cheios de culpa e alguma outra coisa.

— Confie em mim.

Eammon jogou o casaco nos ombros, passou a mão pelo cabelo bagunçado e se virou para caminhar por Wilderwood. Com o rosto afogueado, Red o seguiu. Ficaram cautelosamente afastados, ambos em silêncio.

Mais tarde, Red estava diante da porta da torre, franzindo o cenho para as janelas altas.

Nem ela nem Eammon haviam falado ao chegar à Fortaleza, embora tivessem ficado parados no vestíbulo por um tempo, olhando um para o outro em silêncio. Eammon desviara o olhar primeiro e seguira para a biblioteca, e Red ficou olhando até a sombra dele desaparecer.

Levara a sacola com as roupas novas para o quarto. Havia dois vestidos, algumas camisas e meias grossas e, enquanto guardava tudo, tinha tomado uma decisão.

E agora estava diante da porta da torre, ainda usando a camisa de Eammon.

Alguma coisa naquela primeira vez que vira Neve no espelho a incomodava; aquela estranha conversa que tinha ouvido: algo sobre fuga e enfraquecimento. Não conseguia tirar da cabeça que aquilo talvez tivesse alguma coisa a ver com Wilderwood.

Red se empertigou e empurrou a porta.

A escadaria estava gelada e escura, e o aposento ainda mais frio. A respiração de Red se condensava diante do rosto enquanto seguia para o espelho encostado na parede, com sua superfície fosca e cinzenta.

Arrancou um fio de cabelo da trança, o qual ainda tinha vestígios da batalha anterior e das mãos de Eammon, e o entrelaçou aos orifícios espiralados da moldura. Depois ajoelhou-se, sentou-se nos calcanhares e aguardou.

Por um instante, nada aconteceu. Então, aquele brilho prateado, a fumaça serpenteando, a sensação de estar pressionada contra uma janela. O espelho mostrou uma figura bem nítida em uma paisagem borrada.

Neve.

Sua gêmea estava sentada em uma praia, olhando para algo que tinha na mão. Uma flor, grande como um prato de jantar. Neve fez um movimento e a flor murchou, as pétalas se soltando enquanto um tom de marrom de decadência as tingia.

Neve deixou a flor cair e olhou para a palma da mão. Cristais de gelo cobriam a ponta dos dedos e a mão, e um corte separava as linhas da vida e do amor. A ferida ainda não tinha cicatrizado. As veias do pulso foram tomadas por um tom escuro e depois clarearam, rápido o suficiente para parecer um truque de luz.

Mesmo no estado suspenso em que o espelho a deixava, Red sentiu um frio na barriga. Algo em relação à mão de Neve — o frio, a linha de sangue — ecoava sua própria magia. Um reflexo inverso e escuro.

— Quanto mais árvores tirarmos de Wilderwood, mais poder conseguiremos tirar da Terra das Sombras. E o poder da floresta ficará menor. — A voz era tão indistinta quanto a imagem da pessoa que falava, mas dava para entender o que estava sendo dito. Tudo que Red conseguiu ver foi um borrão branco e uma mancha avermelhada.

— E ela vai conseguir fugir? — Neve olhou para a pessoa que a acompanhava. — O Santuário está repleto desses experimentos, Kiri, e mesmo assim minha irmã não está aqui.

— Esse não é nosso único objetivo, Neverah. — O tom era exasperado, como se já tivesse repetido aquilo várias vezes. — E devemos agir com cautela. Se ela vier...

— *Quando* ela vier.

Nenhuma resposta.

Mais fumaça, e o espelho ficou fosco e cinzento de novo.

Red sentiu a respiração ofegante, como se tivesse corrido em vez de ter permanecido sentada. Quando se levantou, os joelhos estalaram por causa do frio.

Seu instinto estava certo. Neve tinha alguma coisa a ver com o desaparecimento das sentinelas. Não sabia bem como, não tinha certeza dos mecanismos, mas tinha visto o suficiente para saber que era verdade.

A irmã ainda estava tentando levá-la de volta para casa, e estava matando Wilderwood para atingir o objetivo.

Red saiu cambaleando da torre, sentindo as pernas bambas. Abriu a porta da Fortaleza, olhando direto para a frente, enquanto a mente tentava criar planos que logo ruíam.

Neve.

Lyra surgiu de debaixo do arco quebrado da sala de jantar com uma tigela fumegante e um pedaço de pão. Ela arqueou uma das sobrancelhas finas.

— Parece que você viu um fantasma.

Parecia mesmo.

— Onde o Eammon está?

— No quarto de vocês, acho. — Lyra deu uma mordida no pão. — Fife pediu para agradecer por ter trazido o pão doce em vez do de sempre. De acordo com ele, tem mais gosto de comida e menos de tijolo.

— É à Loreth que ele deve agradecer.

Red sorriu para Lyra antes de subir a escada, esforçando-se para não correr.

No quarto, Eammon estava debruçado sobre um livro na escrivaninha. A testa apoiada na mão e os dedos manchados de tinta. Ele ergueu o olhar quando ela acabou de subir, os olhos emoldurados por olheiras escuras.

Bastou vê-lo para seus pensamentos ficarem ainda mais confusos. O beijo que tentara esquecer voltou à mente dela, lembranças de mãos e bocas e respiração ofegante. Ele segurava a caneta como tinha segurado o cabelo dela, o corpo dele curvado sobre a mesa como tinha se curvado sobre o dela.

Aquilo tornava ainda mais difícil dizer para ele que tinha de partir.

Red pigarreou.

— É isso que você faz quando está na biblioteca?

— Na maior parte do tempo. — Ele soltou a caneta e afastou o cabelo do rosto, deixando uma mancha de tinta na testa. — Estou traduzindo um texto em meduciano antigo.

— Para se *divertir*?

— Cada um tem suas próprias ideias de diversão, Redarys.

Ela abriu um sorrisinho ao ouvir aquilo, mas ele logo morreu.

— Por que está fazendo isso aqui?

Ele ficou olhando para ela.

— Você raramente vai à biblioteca quando eu estou lá.

Ela sentiu um nó no estômago.

Eammon respirou fundo e se inclinou como se fosse levantar.

— Red, eu... — Uma careta o interrompeu quando a mão dele se moveu descuidadamente sobre a mesa, deixando uma trilha de sangue ralo e com aparência de seiva.

A preocupação eclipsou a calidez, a preocupação e a lembrança do que tinha visto no espelho. E ela falou sem pensar:

— Eu tenho que voltar.

Eammon congelou e fechou os olhos com força antes de se recostar na cadeira. A resignação o fez contrair o maxilar.

— Eu entendo. Você deve...

— Não, você *não* entende.

As palavras saíram falhadas e sem elegância. Queria dizer a ele que a decisão não tinha nada a ver com o beijo, mas aquilo não era bem verdade. *Tinha* a ver com o beijo, mas não do jeito que ele achava. Não de uma maneira que tivesse a ver com arrependimento.

— Você não acha que eu teria ido embora antes se fosse isso que eu quisesse? Você acha que eu não teria tentado fugir?

— Você veio para cá porque não teve escolha. — Ele olhou para a escrivaninha e para o papel amassado na sua mão. — Porque foi obrigada. Eu deveria ter convencido você a ir embora no instante em que...

— Eu vim para cá porque eu achava que precisava salvar as pessoas que amo de mim mesma. Eu vim para cá porque achava que o poder que eu tinha era mau. Você me mostrou que não, que não é bom nem mau, apenas *é*. — Ela engoliu em seco. — Eu sempre soube que você não me impediria de ir, Eammon. Cada momento que passei aqui foi porque escolhi ficar.

Ele não respondeu, mas cerrou os punhos, como se tivesse que se controlar para não estender as mãos na direção dela.

Red se sentou na beirada da cama.

— Eu olhei no espelho. — Mudou o curso da conversa, deixando todos os motivos para ficar e partir no ar. — Foi só uma intuição, queria ver se Neve tinha algo a ver... com o que está acontecendo.

Ele baixou as sobrancelhas.

— E eu estava certa. Ela está provocando tudo. As sentinelas desaparecidas. Não sei como, só sei que é por causa dela.

— Mas isso é impossível.

— O espelho me mostrou a verdade antes, e está me mostrando a verdade agora. Eu preciso descobrir o que ela está fazendo e tentar encontrar uma forma de impedi-la de continuar. E talvez, se ela me vir, se vir que estou bem, ela desfaça o mal que fez. — Red segurou a bainha da camisa que vestia. — Eu tenho que tentar, principalmente se não puder fazer mais nada. Se você não me deixar fazer nada. A última coisa que quero é deixar você aqui sozinho, mas...

— Eu fiquei sozinho por muito tempo. — A voz era baixa e rouca. Quase implorando.

Ela mordeu o canto da boca como se ainda pudesse sentir o gosto dele ali.

— Mas não precisa mais ficar.

Um momento de silêncio pesado como ferro e frágil como o vidro. Finalmente, Eammon afastou o olhar, estilhaçando o momento em algo que não brilhava tanto.

— Quando você vai partir?

— Em alguns dias. Quero treinar um pouco mais primeiro para me certificar de que consigo controlar o meu poder. — Ela engoliu em seco. — Casar com você ajudou, mas parece que só consigo controlar o poder do jeito que quero quando... quando estou perto de você.

Um brilho estranho apareceu nos olhos de Eammon.

— É mesmo?

— Pelo que percebi, sim.

Havia um desafio no olhar que compartilharam, cada um desafiando o outro a falar sobre o assunto, a tentar dar um nome para o calor entre eles.

— Vamos treinar amanhã, então. — Eammon fez um gesto na direção da cama. — Mas está na hora de dormir.

Ele afastou o olhar, virando-se para o cobertor embolado perto da parede. O ar estava frio apesar do fogo na lareira, e ele estremeceu.

— Você não precisa dormir aí nesse canto.

Eammon contraiu todos os músculos.

Red tinha falado sem pensar e piscou com força, apertando o lençol. Tarde demais para retirar o que tinha dito. Eammon continuou com os ombros rijos, a intenção de fugir dali presente em cada gesto...

— Quero dizer... — emendou ela rapidamente. — Se você quiser colocar o cobertor na frente da lareira, pode colocar. Está frio. Não faz sentido congelar.

Ela se amaldiçoou em silêncio; com certeza tinha destruído tudo que tinham construído, fosse lá o que fosse, com seu desejo irrefletido. Depois do modo como ele interrompera o beijo, o modo como mantivera a distância cuidadosa, ela não sabia mais onde se encaixava em relação a ele.

Não resta muito mais de mim para oferecer a outra pessoa. Era o que ele tinha dito, mas, depois do beijo, ela não sabia como falar que aceitaria o que quer que ele ainda tivesse a oferecer. Não sabia definir quando aquilo tinha acontecido, em algum momento entre o estranho casamento e as lições de magia e as vezes em que um salvara a vida do outro.

Talvez, se ela conseguisse chegar até Neve — se conseguisse descobrir o que a irmã estava fazendo e como detê-la, refazendo a bainha desfiada da relação delas —, talvez depois ela e Eammon conseguissem definir o que o relacionamento deles era. O que poderia ser.

Eammon virou a cabeça daquele jeito dele, olhando para ela com apenas um olho, mas foi o suficiente para fazê-la ficar imóvel. Depois, ele pegou a ponta do cobertor.

Arrastou o leito improvisado entre a cama e a lareira, deixando-o mais perto do calor do fogo. Red entrou embaixo da coberta, ciente de cada movimento dele — como ele virava a cabeça para encontrar um ângulo mais confortável, como cruzava os dedos cicatrizados sobre o peito.

— Eu vou voltar — disse Red olhando para o teto, porque era a única coisa na qual conseguia encaixar as emoções confusas. — Não quero ficar em Valleyda.

Eammon não respondeu. Ela começou a cair no sono, os olhos se fechando, enquanto o tempo passava languidamente.

— Talvez você devesse ficar — murmurou Eammon na escuridão.

22

Eammon não estava mais no quarto quando Red acordou. O cobertor estava embolado, e havia um bilhete com a letra dele na escrivaninha: *Torre*.

Ela se vestiu rápido — uma calça justa e a camisa dele, porque velhos hábitos são difíceis de perder — e passou os dedos pelo cabelo para desembaraçar os nós, mas o deixou solto. Desceu a escada devagar, tomando cuidado para não escorregar nas arestas desbastadas pelos musgos. A luz lavanda banhava o emaranhado de galhos e pedras que costumava ser o corredor, tornando-o quase bonito.

Quando ela chegou à torre, tremendo no frio matinal, Eammon estava encostado no peitoril entalhado da janela, segurando uma caneca em uma das mãos e um livro na outra. Não reagiu à chegada dela além de erguer os olhos do livro, mas segurou a caneca com mais força.

Eammon tinha servido uma xícara para ela, até colocara leite. Red a levou aos lábios enquanto se sentava em uma cadeira. Havia um único galho no meio da mesa com ramos curvados como garras. Faixas de tinta prateada tinham sido pintadas às pressas no ponto onde os galhos se separavam do tronco principal.

— Projeto de arte?

Eammon fechou o livro com um movimento brusco e o colocou embaixo do braço.

— Não.

Quando levou a xícara aos lábios, a camisa subiu um pouco, expondo uma faixa estreita de pele pálida e cicatrizada.

Red tomou um gole de café rápido demais e queimou a garganta.

Eammon se sentou e colocou a xícara, agora vazia, ao lado do galho, passando o polegar sobre a tinta prateada.

— Pintei essas faixas para vermos quanto o galho vai crescer. Para marcarmos o progresso.

— Mas *isso* não vai crescer. — Red tomou um gole, tomando cuidado para não se queimar de novo. — Está morto.

— Assim como o arbusto de espinhos ontem — argumentou Eammon.

A menção ao dia anterior fez ambos desviarem o olhar.

Red achara que poderiam ignorar o que tinha acontecido. Que, se fingissem que nada tinha acontecido, a lembrança ia desaparecer, não passando de um momento de fraqueza que ambos tinham superado.

Que tolice a dela.

— Eu vi a moita — disse Eammon com a voz neutra, embora a ponta das orelhas estivesse vermelha. Ele foi até a cornija e guardou o livro, mantendo-se de costas para ela. — Passamos por ela um pouco antes de notarmos que a sentinela tinha desaparecido. Estava morta e seca, e obedeceu ao seu comando mesmo assim. — Os músculos das costas dele se contraíram quando ele cruzou os braços. — Mesmo na morte, as coisas continuam ligadas a Wilderwood.

A voz dele estava baixa, rouca com uma emoção que ela não conseguia distinguir sem ver o rosto dele. Hesitante, tocou no galho, quase esperando que ele saísse andando como uma aranha para baixo da mesa, mas ele permaneceu imóvel.

O silêncio se estendeu até ela estreitar o olhar para Eammon, que ainda se mantinha de costas para ela.

— Um pouco de orientação viria bem a calhar, Eammon.

Não tinha planejado dizer o nome dele. Mesmo irritada, ele parecia pesar na boca, íntimo demais depois do que tinham compartilhado e da forma como ele tinha se afastado.

Por todos os reis, ela queria beijá-lo de novo.

Ele se virou, enfim, com os olhos cintilando com uma mistura de raiva e excitação.

— Você se saiu muito bem sozinha, ontem.

Ele precisava parar de mencionar o dia anterior, desgraçado. Estava dizendo aquilo como se a desafiasse.

Red se recostou na cadeira e cruzou os braços.

— Eu já expliquei. Meu poder funciona melhor quando estamos próximos.

— Qual seria exatamente a distância de que você precisa, Redarys?

Isso a fez parar por um instante, com os lábios entreabertos, enquanto respostas possíveis passavam pela sua cabeça como chamas lambendo galhos frescos. Ela optou por:

— Mais perto que isso.

Ficaram se olhando, um em cada ponta do aposento, o ar entre eles quente e cheio de expectativa. Com um suspiro impaciente, Eammon se aproximou até ficar quase ao alcance do toque dela.

— Melhor?

Red queria dizer que não. Ela se lembrava dele no dia anterior, na floresta, beijando-a como se ela fosse uma fonte de calor no inverno antes de empurrá-la — e por todos os Reis e todas as sombras, era *aquela* a proximidade que ela desejava.

Mas assentiu e voltou a atenção para o galho da árvore.

O poder dela não queria cooperar. Tentar tomá-lo era como tentar segurar água nas mãos. Red não conseguia fazê-lo florescer, não conseguia fazer nada além de persegui-lo sem conseguir alcançar. Com um gemido frustrado, abriu os olhos e ficou olhando para o galho ainda morto, os dedos pressionando a madeira da mesa.

— Não está funcionando.

— Funcionou muito bem antes.

— Você estava mais perto antes.

Ela cerrou os dentes assim que as palavras escaparam da boca, mas estas ficaram pairando no ar como um machado e não podiam ser desditas. Eammon não falou nada, mas Red ouviu a respiração dele, o ar entrando e saindo dos pulmões envolvidos pelas raízes.

— É uma questão emocional? — A tentativa de aspereza não deu certo e só serviu para a voz dele ficar mais rouca, fazendo-a sentir um calor no coração. — Estou me referindo à proximidade de que você precisa. Ou... ou é física?

— As duas coisas. — Red fechou os olhos, sabendo que estava se rendendo, sabendo que não se importava. — As duas parecem ajudar.

Manteve os olhos fechados, mas a atmosfera mudou quando ele se aproximou, quente e carregado como o ar antes de uma tempestade. Um arfar de hesitação antes de ele afastar o cabelo de Red e pousar a mão cálida na nuca dela.

— Eu não vou estar lá. — O tom era de um pedido desculpas. — Nem sempre vou poder estar com você, Red.

Ela bem sabia. Ele estava preso àquela maldita floresta, atolado nela até o pescoço. As sentinelas o prendiam tanto quanto qualquer criatura de sombras, qualquer rei malvado, e ele não estaria lá em Valleyda para acalmar o caos interior dela com a proximidade dele. Quanto mais Red praticasse o controle, mais conseguiria recriá-lo sem ele, mas não era o que estavam fazendo naquele momento, e os dois sabiam muito bem.

Estavam enrolando. Estavam aproveitando a proximidade enquanto podiam.

— Estar aqui agora é o suficiente — sussurrou Red.

As pontas dos dedos dele se enrolaram na raiz do cabelo dela.

O poder no âmago dela se acumulou e se estabilizou, como se aquilo fosse o que ele queria o tempo todo. Passou a ser fácil para Red pegá-lo agora, simples manipulá-lo a seu bel prazer.

O galho na mesa tinha um brilho dourado discreto quando Red abriu a mente para Wilderwood, como estrelas atrás de uma nuvem. O suficiente para que aquele pedacinho dela que lhe pertencia, aquele fio serpenteando por Red, pudesse se conectar e comandar. Quando a Segunda Filha arqueou os dedos, viu o galho crescer, os galhos avançando além das marcações prateadas.

Quando abriu os olhos, ele estava um pouco maior, mas não muito. Talvez dois centímetros entre as faixas prateadas e o galho principal.

Eammon se afastou abruptamente, retirando os dedos da nunca dela e caminhando em direção à janela. Passou a mão pelo cabelo solto antes de enfiá-la no bolso.

— Pronto — disse ele, quase com pressa. — Você conseguiu.

Red mordeu o lábio, a mente agitada com pensamentos sensuais. Os lábios dele no pescoço dela, as mãos dele no cabelo dela, o tronco de árvore contra as costas dela enquanto ele pressionava o corpo contra o dela. Eammon achava que aquilo era um erro, mas ela não concordava e agora teria que partir. Mesmo que fosse voltar. *Droga*, ela ia voltar, mas ouvira o tom determinado da voz dele. A frase que murmurara quando achou que ela já tinha dormido.

Talvez você devesse ficar.

Ouvir aquilo a deixara com raiva, saber que ele podia ter dúvidas, que podia pensar que ela fosse querer ficar em qualquer lugar que não perto o suficiente para ver aquela cicatriz discreta no rosto dele. Que podia achar que eles eram as mesmas pessoas que tinham se enfrentado em uma biblioteca no aniversário dela de vinte anos, que parecia ter sido séculos atrás, que podia acreditar que a distância entre eles não tinha mudado completa e irrevogavelmente.

Red se levantou, a cadeira arranhando o chão.

— Eu posso fazer mais.

Ele se empertigou.

— Sou capaz de fazer mais, e você sabe disso — continuou Red. Apoiou o quadril contra a beirada da mesa, os dedos segurando a madeira, e as palavras seguintes foram um apelo, um convite e um desafio, tudo de uma vez, a voz rouca de desejo. — Me ajude a fazer mais.

Ele pareceu demorar uma eternidade para se virar para ela. Os braços do Lobo caíram ao lado do corpo, os dedos já curvados como se estivessem segurando alguma coisa. O primeiro passo foi hesitante, depois ele atravessou o aposento como se estivesse marchando para uma batalha com uma expressão determinada no rosto. Ele bateu com as mãos na mesa ao lado do quadril dela, tenso o suficiente para que ela pudesse ver claramente os tendões.

— Tem certeza? — A voz saiu controlada, tensa. Suplicando por uma resposta.

— Funcionou ontem, não foi?

— Você convocou Wilderwood antes do beijo.

Os dedos dela tocaram o rosto dele, a unha traçando aquela linha fina e branca. A primeira marca que deixara nele.

— Mas não antes de eu querer que você me beijasse.

Um sorriso discreto e triste apareceu no rosto dele, mas os olhos estavam ávidos enquanto os dedos escorregavam pelas costas dela, por baixo do tecido da camisa dele que ela ainda vestia. Ela traçou o contorno da orelha e da mandíbula do Lobo, sentindo a barba áspera por fazer. Eammon pousou a outra mão no rosto dela, acariciando a pele com o polegar, enquanto a palma áspera e coberta de cicatrizes escorregava para o pescoço.

— Estou perto o suficiente? — O espaço entre os lábios dele e a pulsação no pescoço dela era ínfimo.

Red puxou o cabelo dele, inclinando a cabeça para que seus lábios quase roçassem nos dele.

— Ainda não.

O beijo do dia anterior tinha surgido por medo, desespero e alívio. Esquecê-lo não seria fácil, mas seria *possível* — um deslize, um lapso de julgamento, algo fácil de desconsiderar.

Mas aquilo era diferente. Era deliberado, e deslindaria os laços que tinham criado por necessidade, transformando-os irrevogavelmente em outra coisa. Os olhos dele ardiam de desejo em busca de aprovação.

Quando Red o puxou, Eammon entreabriu os lábios com um suspiro.

A língua dele invadiu os lábios úmidos dela de forma lenta e resoluta. Ela gemeu e pressionou mais o corpo contra o dele, enterrando os dedos nas costas do Lobo e puxando o máximo que conseguia, buscando cada espaço vazio que pudesse preencher enquanto uma das mãos cheias de cicatrizes passeava pela cintura e pelo quadril e a outra a segurava pela nuca, como se Red fosse algo frágil demais, algo que ele tinha medo de perder.

O polegar dele pressionou o lábio inferior dela, abrindo sua boca para outro beijo profundo.

— E agora?

— Ainda não. — Ela arqueou o corpo contra o dele enquanto as xícaras se espatifavam no chão, ávida por tocá-lo e ressentida pelas camadas de tecido entre eles. — Mais perto.

Ele riu baixo contra o pescoço dela.

— Tente primeiro.

Estavam reduzidos a poucas palavras, as bocas ávidas por fazer outras coisas.

Red capturou os lábios dele enquanto curvava os dedos na direção aproximada do galho. Uma luz dourada cintilante atrás dos olhos dela, uma visão momentânea deles dois entrelaçados como raízes — ele como um farol brilhante, ela como uma chama bruxuleante e fraca de uma vela alimentada pela proximidade com ele.

Um farfalhar ao lado deles, mas nenhum dos dois olhou. Os dedos dela mergulhados no cabelo dele, puxando-o para mais um beijo.

O poder dela se redirecionou sozinho enquanto Eammon pressionava o corpo contra o dela, enquanto e o calor crescia entre eles e a respiração de ambos ficava cada vez mais ofegante. Red sentia Wilderwood em volta deles, *dentro* deles, florescendo. A agitação das raízes sob o solo da torre, os galhos se alongando em direção às janelas, a floresta tão atraída por ela quanto ela por ele. Laços se soltando, o que quer que os estivesse mantendo presos relaxando e deixando Wilderwood se aproximar mais...

Eammon congelou no lugar, as mãos na pele nua da cintura dela por baixo da camisa. Os dedos afundaram na carne dela, e ele a beijou novamente com ferocidade antes de soltá-la como se ela fosse carvão em brasa, afastando-se enquanto ofegava.

Red estendeu a mão por um segundo. Mas ele tinha se virado de costas para ela, e a mão dela caiu no vazio.

— Eammon?

— Me dê um minuto, Red. — Ele passou a mão pelo cabelo, deixando algumas madeixas em pé. — Só... me dê um minuto.

A magia dela se recolheu devagar, recuando para suas entranhas. Enquanto o pulso acalmava o ritmo trovejante, ela notou as janelas.

A mata do lado de fora da torre tinha florescido em uma primavera desordenada e anacrônica, bloqueando o crepúsculo lavanda de Wilderwood com grandes flores brancas e folhas verdejantes. Gavinhas grossas cobriam o peitoril, estendendo-se em direção à mesa na qual ela estava sentada, ornadas com pequenos botões.

Enquanto Red observava — com Eammon de costas para ela, a respiração ainda agitada —, todo aquele novo crescimento começou a recuar. As gavinhas se retraíram, escorregando de volta pela janela e se afastando dela. Os botões brancos se fecharam. As folhas também caíram das vinhas enquanto estas voltavam para seus lugares adequados, abrindo espaço pelos quais era possível ver o céu. Os movimentos eram rítmicos e combinavam com a respiração de Eammon.

Ele tinha dito que conter Wilderwood exigia toda a sua concentração. E ali, enquanto a beijava, distraído daquele propósito em particular, a magia se libertara, escapando da gaiola cuidadosa na qual ele a mantinha presa.

— Sinto muito — sussurrou ele. — Eu achei que eu conseguiria... Não importa o que achei. Isso foi um erro.

Red cruzou os braços e se encolheu como se pudesse se esconder e ficar invisível. A cicatriz na barriga, o ferimento dele que ela curara tanto tempo antes, repuxou pela primeira vez em semanas. De alguma forma, dizer que *sentia muito* doía mais do que dizer que tinha sido um *erro*.

Alguma coisa roçou no braço dela. Red olhou para o outro lado da mesa. O galho para o qual direcionara sua magia estava imenso, as faixas prateadas a mais de trinta centímetros do galho principal. Folhas verdes brotavam nos ramos verdejantes.

Ela deve ter emitido algum som, porque Eammon se virou um pouco, com uma expressão de preocupação no rosto, como se achasse que ela pudesse estar chorando. Arregalou os olhos ao ver o galho.

— Eu disse que eu conseguia fazer mais.

A voz dela estava vazia. As lágrimas que ele achava que ela fosse derramar queimavam a garganta dela.

O cabelo escuro escorreu pelos ombros de Eammon quando ele baixou a cabeça e passou a mão cicatrizada pelo rosto.

— Gostaria que as coisas fossem diferentes. Mas elas simplesmente... não são. Não vou conseguir mantê-la longe de você, se eu... — Ele deixou a frase morrer. Respirou fundo. — Manter Wilderwood longe de você exige tudo que tenho — disse ele, as palavras controladas e medidas. — Toda a minha concentração. Toda a minha força. Tudo. Não me resta mais nada. A floresta está tão entranhada em mim, tão perto da superfície... — Um gesto curto e bruto em direção ao crescimento em volta deles. — Quando eu me aproximo de você, ela também se aproxima. Não vou permitir que ela a prenda aqui, Red. *Não vou.*

Não resta muito mais de mim para oferecer a outra pessoa.

Não me resta mais muita coisa.

Ele tinha pedido que ela confiasse nele no dia anterior, quando ele interrompera o beijo e fora resolver as coisas dele como se aquilo nunca tivesse acontecido. Em vez disso, porém, tinham insistido, rompendo as barreiras tênues que tinham erguido entre eles. As peças estavam muito quebradas para serem encaixadas de novo.

O que tinham acabado de romper era a única coisa que poderiam ter.

Red deslizou de cima da mesa.

— Eu também gostaria que as coisas fossem diferentes.

Ela desceu a escada para que ele não visse as lágrimas que tinham começado a escorrer pelo rosto.

23

Red fechou o portão da Fortaleza com mais força do que o necessário, pressionando as costas contra ele como uma barricada. As lágrimas logo pararam de escorrer, felizmente, um dos benefícios de ter vivido uma vida que lhe dera poucas oportunidades para derramá-las. Ainda assim, o rosto estava inchado, e ela sentia os olhos pesados.

A porta da frente se abriu, e Fife e Lyra entraram aos tropeços. Ela estava rindo, com a mão na barriga, e Fife gesticulava enquanto contava alguma história, com mais animação do que ela já o vira expressar. Red ficou parada, observando. Fife tinha dito que a situação entre ele e Lyra era complicada, mas o amor que sentiam um pelo outro estava bem claro. Simples assim.

O pensamento fez Red sentir um aperto no peito.

Fife estava carregando uma bolsa de lona parecida com a que tinham trazido do estabelecimento de Asheyla no dia anterior. Estava aberta, e dava para ver um tecido escarlate. Quando Lyra viu Red, ela se apressou para enfiar o tecido de volta à bolsa.

— Red!

Ela colocou um sorriso forçado no rosto e esfregou os olhos, esperando que a penumbra fosse suficiente para ocultar o vestígio das lágrimas.

— Estão vindo da Fronteira?

— Sim, fomos pegar o resto dos suprimentos. — Lyra abriu a própria bolsa, tirou uma garrafa de vinho de dentro e a balançou. — Valdrek disse que este não foi diluído em água. Estou inclinada a acreditar, já que você e Eammon salvaram o genro dele.

Lyra falou de forma direta, mas uma expressão curiosa apareceu no rosto delicado, e ela olhou para Red como se estivesse vendo tudo que a Segunda Filha tentava esconder atrás do sorriso falso e dos olhos secos.

Red desviou o olhar.

— O que tem na outra bolsa?

Fife olhou para Lyra, em uma comunicação muda.

— Bem, ele não está aqui para dar para ela — disse Fife, por fim, entregando a bolsa para Red. — O seu manto.

O comportamento deles parecia estranho, visto que não passava de um manto remendado, mas Red não tinha energia naquele momento para pensar muito no assunto. Pegou a bolsa e a pendurou no ombro, sem olhar.

— Obrigada.

Mais uma troca de olhares e comunicação silenciosa entre Fife e Lyra.

— Eammon está por aí? — perguntou Fife, seguindo para a sala de jantar e desaparecendo sob o arco.

— Ele deve aparecer depois. Deve estar traduzindo até ficar exausto. — Lyra lançou um olhar bondoso para Red, um convite para confidências, se fossem necessárias. — Pode vir com a gente. Vou preparar um chá para Fife.

Red tentou abrir um sorriso e negou com a cabeça.

— Muito obrigada mesmo assim — acrescentou ela. Notou que havia respingos de lama e sangue na calça de Lyra, e a ponta da *tor* parecia ter sido limpada de qualquer jeito. — Vocês tiveram algum problema?

— Mais algumas criaturas de sombras. — Lyra deu uma risada, mas bem tênue. — Ainda bem que Fife estava comigo. Ele as viu antes de mim e conseguiu atirar um frasco de sangue antes que as coisas tomassem corpo.

— Não sabia que ele também fazia patrulhamento.

— Não é bem patrulhamento, eu acho. — Ela encolheu os ombros, uma sombra de tristeza aparecendo nos olhos escuros. — Ele só quer ver se há algum ponto fraco.

Como os aldeões, tentando ultrapassar a Fronteira. Tanta gente presa no emaranhado de Wilderwood, tanta gente querendo escapar.

Red mordiscou o canto do lábio, pensando na conversa que tinha ouvido naquele dia no espelho, o dia em que soubera da morte de Isla. Como Eammon disse que ela poderia partir se quisesse. Como ele, Fife e Lyra estavam entranhados demais em Wilderwood para isso ser uma opção.

— Existem *mesmo* pontos fracos? De verdade?

Os frascos de sangue na bolsa de Lyra tilintaram quando ela se mexeu.

— Sinceramente, acho que não. Não do lado valleydiano, e não fracos o suficiente para permitir nossa passagem. Os dentes de Wilderwood estão fincados bem fundo. — Uma pausa. — Não acho que Fife realmente acredite que vai encontrar alguma coisa. Mas é a esperança, sabe? É como uma bota que não serve direito. Machuca quando a usamos, mas machuca mais andar descalço.

Red conhecia a esperança e como ela queimava da mesma forma que conhecia o cheiro do cabelo de Neve e o padrão de cicatrizes nas costas das mãos de Eammon.

— Você *gostaria* de encontrar um ponto fraco, se houvesse um para encontrar? Você iria embora?

Parecia uma pergunta enganosamente simples, considerando o tanto de camadas que continha. Lyra piscou, os cílios tocando na pele do rosto enquanto suspirava.

— Não sei. O mundo... Faz muito tempo desde que estive lá, e tudo deve estar tão diferente, e quem sabe o que poderia acontecer com a gente quando saíssemos da floresta? Eu... Eu realmente não sei. — Ela esfregou o braço. — A Marca é o que provavelmente nos prende aqui, não as fronteiras, então, mesmo que encontrássemos um ponto fraco, provavelmente não adiantaria. Mas, se encontrássemos e conseguíssemos sair... — Ela deixou a mão cair ao lado do corpo. — Se Fife fosse, eu iria também. Nós estamos sempre juntos, ele e eu.

O aperto no peito de Red ficou mais forte.

Outro sorriso forçado.

— O convite para o chá está de pé. — Lyra se virou para a sala de jantar para se se juntar a Fife. — Se quiser, é só falar e eu convenço Fife a preparar mais alguma coisa.

Red manteve o sorriso forçado nos lábios, mesmo sem vontade, e começou a subir a escada. A voz deles estava baixa enquanto ela seguia para o quarto de Eammon, carregando a sacola com o manto remendado.

A cama estava bagunçada, exatamente como a tinha deixado. Red se sentou com um suspiro, soltando a bolsa e afundando o rosto nas mãos.

Ela deveria partir. Aquele era o plano, não era? Voltar para Valleyda, deter Neve e fazer o pouco que podia para tentar manter Wilderwood forte. Mesmo assim, a ideia de deixar Eammon não lhe parecia boa. Ela poderia estar magoada e com raiva, e triste e constrangida e sentindo mais um monte de emoções cujos nomes nem conhecia, mas deixá-lo parecia *errado*, uma sensação estranha e afiada cortando seu peito. Não só pelo que sentia por ele, mas por causa do poder e da ligação que tinham, dos laços que os uniam tanto à floresta quanto um ao outro. Ela tinha sido feita para Wilderwood e abandoná-la a dividia, quase fisicamente.

Eammon não impediria nenhum deles de partir. Ela sabia disso. Se ela pudesse ir para Valleyda e ficar lá, se Lyra e Fife conseguissem encontrar um ponto fraco nas defesas de Wilderwood e se libertassem, Eammon não só os deixaria partir como os expulsaria de lá. Ele os mandaria embora enquanto ficava para trás para murchar nas sombras.

Determinado a sofrer sozinho.

Meneando a cabeça, Red soltou o cordão da bolsa de Fife. Algo dourado brilhava no meio do tecido escarlate. Franzindo a testa, tirou o manto remendado da bolsa e arfou.

Ele estava mais do que remendado. Tinha sido refeito. Uma floresta bordada em dourado no tecido escarlate do ombro — verão no esquerdo, com árvores verdejantes, outono e inverno no centro, com as folhas caindo, e primavera no direito. As árvores iam do galho à raiz, entrelaçando-se em voltas complexas antes de se transformar na imagem de um lobo saltando em direção à bainha.

Red pressionou os nós dos dedos contra os lábios até sentir os dentes atrás deles. Um manto matrimonial.

Era uma antiga tradição valleydiana de casamento. Jamais achou que um dia teria um. A noiva usava um manto bordado com imagens das terras e propriedades do novo marido, um símbolo do novo lar que iam construir. Em geral, os mantos matrimoniais eram brancos e bordados em prata. Mas aquele manto ainda era vermelho; o fio dourado, raro e suntuoso.

O símbolo do sacrifício dela, transformado em uma coisa que representava a nova vida que tinha feito para si. Um futuro costurado com os retalhos com os quais fora deixada.

Ainda conseguia sentir os lábios doloridos pelo beijo de Eammon.

Red despiu as roupas e se encolheu embaixo do manto. Sem se importar com o horário, se era tarde, dia ou noite, Red deixou que o calor do manto matrimonial e o cheiro de folhas e biblioteca a embalassem até dormir.

Acordou sozinha.

Grogue, Red afastou o monte de cobertas e o manto e jogou o cabelo bagunçado para trás. Alguém acendera o fogo na lareira, que crepitava feliz, mas o cobertor de Eammon ainda estava dobrado entre a cama e o mantel. Ela estreitou os olhos.

Se ele esperava evitar a despedida, estava muito enganado. Red não ia sair de fininho. Quaisquer que fossem os motivos dele, não podia beijá-la daquele jeito, *duas vezes*, e esperar que ela partisse sem se despedir.

As roupas dela estavam emboladas no chão. Ela as pegou e as vestiu, inclusive as botas. Depois de um momento, colocou o manto matrimonial sobre os ombros.

Estava no meio da escada quando sentiu as pernas ficarem bambas.

A escuridão espinhosa e cheia de folhas de uma visão a envolveu de súbito. Daquela vez, uma invasão da floresta que a fez cair de joelhos. Red ofegou, pressionando os dedos contra as têmporas enquanto a magia verde profunda florescia no seu peito e se entrelaçava nas suas veias.

A conexão entre ela e Eammon ganhou vida, ainda mais forte do que naquele dia com Bormain.

Mãos novamente. Cicatrizadas e ásperas, enterrando-se na terra. Veias se tingindo de esmeralda, e casca de árvore tomando o lugar da pele. Uma floresta entre os ossos tentava alcançar a floresta fora deles, porque aquele corpo já tinha dado tudo, e a barreira entre o homem e a mata havia praticamente desaparecido.

A garganta dela — *a garganta de Eammon* — estava cheia de terra. Sentinelas cresciam em volta dele em um círculo perfeito, com tronco branco cor de osso, sem nenhum vestígio de fungos-de-sombra. Uma era mais alta do que as outras, com uma cicatriz estranha e retangular ao longo do tronco, como se alguma coisa tivesse sido arrancada dali. E, em volta das raízes, havia um emaranhado brilhante...

A visão se foi, e a percepção voltou para o próprio corpo enquanto o coração batia descompensado no peito.

Eammon tinha feito... alguma coisa. Tinha sangrado totalmente, até só restar a magia.

E Wilderwood o estava tomando.

Ela correu escada abaixo sem nem pensar em procurar Fife e Lyra; não havia tempo, não quando Eammon estava... estava *se desfazendo*, se desemaranhando. Red empurrou a porta da Fortaleza e correu até o portão, pressionando a mão contra o ferro, que se abriu ao toque como se a reconhecesse.

O caminho era desconhecido, mas os pés pareciam levar a Segunda Filha diretamente para Eammon, e ela confiou no próprio instinto. Red correu por Wilderwood; o ritmo que pulsava nas veias e a oração que saía da boca era *aguente firme, aguente firme, aguente firme.*

Ela o ouviu antes de vê-lo. A respiração ofegante de Eammon ecoava pela floresta, os dois arfando em sincronia. Um círculo de árvores brancas diante dela se abria em uma clareira com o Lobo no meio. As costas cortadas e sangrando captavam a luz violeta, uma ferida em forma de homem no mundo.

— Eammon!

O nome dele soou na língua dela como um estalo de chicote, mas ele pareceu não ouvir. Estava com a cabeça tão baixa que o cabelo arrastava na terra, os braços mergulhados no solo até a altura dos cotovelos, o suor brilhando no crepúsculo. As sentinelas se curvavam diante dele, tentando alcançá-lo, cheias de necessidade, adoração e sacrifício, tudo de uma vez.

Red caiu de joelhos ao lado dele, acariciando o cabelo do Lobo com uma ternura desmentida pelo coração disparado e pela respiração pesada. Não se preocupou em pedir explicações. Havia clareza na forma como as veias dele brilhavam em tom de esmeralda, os anéis de casca de árvore se fechando em torno dos braços, a parte branca dos olhos totalmente verdes, sem sinal da íris âmbar. Quaisquer vestígios de humanidade que ele tivesse conseguido preservar em todos aqueles séculos estavam desaparecendo enquanto a floresta fluía para dentro ele, porque ele era o único que a mantinha, e um não era mais o suficiente.

Devem ser dois. A lembrança ecoou, parecendo vir mais do fragmento de magia que ela carregava do que de uma memória.

— O que eu posso fazer? — perguntou Red. Um rosnado foi o prenúncio da resposta que ele sempre costumava dar, mas quando ela falou foi um apelo. — E não responda "*nada*".

— É a única forma. — Sedimentos caíam do cabelo de Eammon enquanto ele negava com a cabeça. A voz dele ecoou, cheia de camadas e retumbante. — Esta é a única maneira de controlá-la para que não pegue você.

Red o pegou pelas têmporas e o obrigou a olhar para ela.

— *Não* é. Não vou permitir que ela tire você de mim, Eammon.

A imagem dourada de Wilderwood explodiu na sua visão quando ela tocou nele, duplamente exposta. Ele havia se exaurido ao máximo, doando magia e sangue, mas a floresta precisava de mais. Estava pegando mais.

As veias verdes do pescoço de Eammon estavam saltadas, os tendões lembrando sulcos de raízes.

— É a única maneira. — Uma distorção ainda maior da voz dele, as folhas farfalhando no vento outonal, mais forte do que ela jamais tinha ouvido. — Ou ela me pega, ou pega você.

— Este é um preço que não estou disposta a pagar. — Ela segurou o queixo dele, obrigando os olhos com halos verdes a focarem nela. — Não vou deixar você assim. E você não vai me deixar também, Eammon. Não se *atreva*.

Ele contraiu os lábios. Os olhos presos nos dela enquanto folhinhas saíam pelos cantos.

Devem ser dois. A lembrança de novo. O impulso.

Ela o pegou pelos ombros, um eco estranho do abraço deles na torre. Sentiu a magia espiralada dentro de si, mas não a conseguia controlar. Era Wilderwood, o pequeno fragmento preso dentro dela, e Wilderwood não queria obedecer.

Todas as partes que ele tinha dado, todo o sangue que deixara escorrer, e, ainda assim, a floresta não estava satisfeita.

— Não. — Ela não sabia que tinha dito a palavra em voz alta até ouvi-la sair sibilante dos lábios. — Você não pode simplesmente continuar *pegando*, pela maldição das sombras! Primeiro as Segundas Filhas, e agora ele? Elas não pertenciam a você, nem ele! Nenhum de nós *escolheu* isso!

A voz dela tinha se elevado até um grito, que ecoou pelas árvores feroz como um som de caça emitido por alguma coisa selvagem. E, assim que o berro saiu da sua garganta, Wilderwood... se detém. Algo vasto e desconhecido, uma consciência que não se encaixava bem na definição da palavra e não aderia a nenhuma moralidade que ela conseguisse entender simplesmente parou, virou-se para ela e *lhe deu atenção*.

Escolha.

A voz de Wilderwood soou mais baixa do que das outras vezes, mais contemplativa. Folhas secas caíram de um galho então morto, farfalhando até o chão.

Red não tinha tempo para tentar analisar, tempo algum para discutir com a floresta na esperança de que ela entendesse. A magia nela seguiu em direção a Eammon, seu fio fino de poder querendo seguir e se encontrar com o resto de Wilderwood enquanto ela fluía de volta para ele e o refazia.

A floresta, revertendo-se ao seu nexo. Pegando Eammon e deixando mais de si mesma no lugar. Polindo as fronteiras entre o homem e a floresta até que não houvesse delineamento.

Mas a floresta precisaria de todas as suas partes para fazer isso. Incluindo a parte que vivia dentro de Red.

A Segunda Filha reprimiu sua magia com todas as forças que conseguiu, aquele pequeno fragmento de Wilderwood que se instalara dentro dela.

E ela *a arrancou*.

Doeu. Rasgava suas veias como espinhos, como pegar um caule e cortá-lo ao meio. Machucava Wilderwood também — dava para ouvir, um grito em uma voz feita de folhas e galhos, vibrando nos seus ossos. A culpa pesou no seu estômago, a culpa de ferir aquilo que ela deveria salvar.

Pelo amor dos Reis e das *sombras*! Tudo sempre se voltava para a culpa.

Mas funcionou. Red puxou o fragmento de magia de Wilderwood como se estivesse tentando arrancar uma erva daninha pela raiz, desviando seu fluxo, impedindo-o de colidir com Eammon. Uma pequena quantidade, mas o suficiente para evitar que a floresta o invadisse. Para mantê-lo o mais próximo possível de um ser humano.

O fragmento lutou com ela, a dor fazendo os olhos da Segunda Filha ficarem marejados enquanto sentia brasas correndo pelas suas veias. Mas Red aguentou firme, recusando-se a desistir, prendendo a parte da floresta dentro dela como Eammon sempre tinha feito durante todos aqueles anos.

E, então, a floresta parou. Parou e ficou em silêncio por um tempo que pesou no ar.

A atmosfera mudou. *Wilderwood* mudou, uma ondulação de raízes sob seus pés, um brilho nas folhas.

O peso de uma consciência não humana. Alguma coisa, finalmente compreendida.

A pequena parte de Wilderwood que morava dentro de Red desistiu de tentar sair de dentro dela, aninhando-se nos lugares que a Segunda Filha tinha feito para ela. A floresta não falou de novo, mas Red teve a estranha sensação de que algo tinha sido decidido.

E, qualquer que fosse a decisão, significava que a floresta deveria deixar Eammon em paz. Por ora.

Lentamente, Eammon e Wilderwood se desvencilharam, o máximo que conseguiam. As gavinhas de raízes deixaram os braços dele e se recolheram para o chão, deixando manchas de sangue no caminho. Ele estremeceu, tossindo terra nos joelhos de Red. Dois círculos de braceletes de casca de árvore em volta dos pulsos não mostravam sinais de retroceder — outra mudança permanente que a floresta deixava, como os centímetros extra de altura e os fios verdes na parte branca dos olhos.

Mas era o seu Eammon de novo.

Red se sentou ao lado dele, apoiando a testa na dele.

Um instante, e Eammon se afastou, mas o movimento pareceu pesado e relutante.

— Como você me encontrou?

— Uma visão. — As mãos dela estremeceram sem a pele dele para estabilizá-las. — Como foi que isso aconteceu?

Ele se levantou, mas as pernas pareciam fracas.

— Eu curei todas elas — disse o Lobo.

Ela demorou um pouco para entender o que aquilo significava. Quando entendeu, arregalou os olhos, olhando para o rosto pálido, para os cortes esverdeados na palma das mãos, nos braços e no peito.

Cada lacuna na qual deveria haver uma sentinela tinha desaparecido. E, quando Eammon ficara sem sangue, convocara a floresta. Chamou a magia de Wilderwood até a floresta quase o esmagar.

— Por quê? — perguntou Red com a voz rouca. — Por que *faria* uma coisa dessas?

Ele não olhou para ela.

— Para que quando você voltasse para Valleyda, não tivesse motivo para retornar para cá.

O manto de Red pesava nos ombros dela como pedras.

— Não — disse ela, porque era a única coisa de que sua boca parecia capaz. — Não, isso não faz sentido. Eu tenho que voltar, você precisa...

— Eu não preciso de você. — Aquilo teria soado frio se a voz não estivesse trêmula. — Eu cuido de Wilderwood sozinho há um século. Consigo fazer isso de novo. Consigo fazer isso sem perecer. Consigo ser mais forte.

Mais forte que Ciaran. Mais forte que o homem que começara aquela longa corrente de mortes, raízes e fungos, de quem a floresta sugara tudo que podia quando ele foi deixado sozinho.

— Eu dei à floresta o que ela precisava. Cortei fundo, mais fundo do que achei que fosse possível. Eu consigo ser suficiente sozinho. — Eammon cerrou os punhos, os cortes sem sangue, gotejando apenas seiva e com as bordas esverdeadas. — Isso prova que eu só estava sendo fraco.

— E o que acontece quando ela precisar de novo? Eammon, ela quase acabou com você. Ela quase o *pegou* e o transformou em... — Ela não sabia em que ela quase o transformara, não de verdade. Algo que não era humano, mas ele nunca tinha sido um, não é?

Um monstro, talvez.

— A floresta *as* pegou — disse ele. — Todas as Segundas Filhas. Ela só me deixou porque sabia que precisava de alguém vivo. — Ele estendeu a mão e flexionou os dedos cobertos de sangue e seiva. — Eu consigo viver. Não importa no que ela me transforme.

— Pare com isso. Você não pode simplesmente...

— Não há *nada* para você aqui, Red! — Eammon pairava sobre ela, como as árvores em volta deles, ensombrado e sério. — A sua irmã está roubando sentinelas para que você possa fugir, não é? Então, faça isso. Fuja! — Ele fez um gesto no ar enquanto se virava. — Fique livre de mim com a consciência limpa.

— Livre de você? É o que acha que eu quero? — Ela engoliu em seco e puxou a ponta do manto, erguendo-a para que o crepúsculo iluminasse o bordado dourado. — É isso que *você* quer?

Um dos músculos das costas dele estremeceu sob o sangue e a seiva. Eammon fitou o manto, algo profundo e impenetrável cintilando em seus olhos, mas ele virou o rosto.

— Não importa o que eu quero.

— O que você está fazendo? — A voz dela soou fraca e suplicante, mas ela não tinha mais forças.

Não há nada para você aqui.

Eammon ainda estava olhando para as árvores, como se vê-las fortalecesse sua vontade.

— Eu estou tentando — disse ele, quase como uma oração — fazer o que é melhor para você.

— Bobagem. — Lágrimas de frustração borravam sua visão; Red as enxugou com raiva. — *Bobagem*. Você não pode decidir o que é melhor para mim, Eammon.

Ele fez uma careta.

— Por quê? — As palavras saíram trêmulas, o fantasma de uma pergunta que ela vinha fazendo havia semanas. — Por que você insiste em ficar sozinho sendo que eu estou *bem aqui*?

Ele respondeu em voz baixa.

— Ficar sozinho é o mais seguro para nós dois.

— Você não pode simplesmente...

— *Eu as matei.*

A declaração foi um rosnado entre dentes arreganhados e lupinos. Ele olhou para ela como um predador. Por instinto, Red deu um passo para trás.

— Wilderwood drenou as outras porque eu não a contive. — A força aparecia em cada músculo do seu corpo, mas ele não conseguia esconder os olhos, que estavam perdidos e vazios, satisfeitos por ela ter se afastado. — Eu me permiti ser fraco, não aguentei sozinho, e a floresta as matou. Que as sombras me *amaldiçoem* se eu permitir que o mesmo aconteça com você.

Red balançou a cabeça, um movimento lento e triste.

Ele fez um gesto em direção ao brilho branco na base da sentinela mais alta com o tronco marcado. A coisa que aparecera na visão quando ela enxergara através dos olhos dele, a coisa que ela não examinara com atenção pois estivera assustada demais. O olhar dela seguiu a mão dele, e era impossível não reconhecer as formas.

Ossos. Ossos entranhados nas raízes e vinhas. Três caixas torácicas, três crânios, um caos de outros ossos cujos nomes ela não conhecia.

Tudo que restava das Segundas Filhas.

A voz de Eammon soou rouca e áspera:

— Você não quer fugir agora, Red?

24

O ar parecia escorregadio, fino demais para prender nos pulmões. Red segurou o manto e o soltou em seguida. Eammon já tinha contado o que acontecera com as outras, com Kaldenore, Sayetha e Merra. Mas *ver* com os próprios olhos lhe provocara um calafrio de medo que começava nas têmporas e ia descendo até a espinha.

Ele se virou, os ombros curvados.

— Vá. — Ele esfregou a mão cansada no rosto, sujando-a de sangue. — Por favor, vá.

— Não. — Red pegou a mão do Lobo e entrelaçou os dedos nos dele, pressionando as palmas juntas como se o desafiasse a se afastar. — Me conte o que aconteceu com elas. *Exatamente* como aconteceu. Não quero mais meias verdades. — Fincou as unhas na pele dele, pensando nos mitos e em como estes tornavam mais fácil enfrentar coisas terríveis. — Me conte a história, Eammon.

Aquilo o fez se retesar ainda mais, o maxilar se contrair e os olhos se desviarem dos dela e pousarem em Wilderwood, que os aguardava além da clareira.

— Eu já avisei antes. Nenhuma história aqui teve um final feliz.

— Eu não me importo com finais felizes. Eu me importo com você.

Eammon respirou fundo e Red achou que ele fosse se afastar. Em vez disso, a mão dele relaxou contra a dela, como se não tivesse mais energia para resistir. Quando voltou a falar, as palavras soaram pesadas como neblina, ditas em voz baixa e na cadência controlada de uma história conhecida:

— Eu já era o Lobo havia quase dez anos quando Kaldenore chegou. Naquela época, eu já tinha descoberto como usar sangue para manter a floresta quase inteira, quando... quando ela queria mais do que eu estava disposto a dar. A ideia foi de Fife e Lyra. — Ele olhou para uma fileira de árvores em vez de para Red, com os ombros ainda retesados com a lembrança da morte horrível de Ciaran. — Eu não sabia bem o que fazer com aquilo, não no início. Mas depois me lembrei do que eu tinha ouvido Ciaran dizer, e Kaldenore me mostrou a Marca e me contou como ela a atraíra para o norte. — A vergonha o fez baixar o tom de voz e curvar ainda mais a cabeça, o cabelo escuro cobrindo o rosto. — Eu deveria tê-la mandado de volta, mas Wilderwood... Ela já a tinha tomado. Se entranhado em Kaldenore assim que a Segunda Filha cruzara a fronteira.

O espinho no rosto, a gota de sangue, as sentinelas e suas garras a perseguindo pela névoa.

— Como tentou fazer comigo.

Eammon assentiu.

— Eu não sabia como impedir. Não naquela época.

Mas ele fizera aquilo por ela. Acorrentara a floresta com o punho cerrado, usando toda a sua concentração para manter a coisa selvagem sob controle.

Um farfalhar de folhas ao redor deles, quase um suspiro.

— Kaldenore não durou muito tempo — continuou ele com a voz rouca, pouco mais que um sussurro no ar frio. — Wilderwood estava desesperada e a drenou bem rápido.

— E, depois disso — murmurou Red —, você ficou sozinho de novo.

— Fiquei sozinho com a floresta de novo. — A amargura marcava as palavras. Amargura, vergonha e exaustão. — Eu ainda não tinha entendido totalmente o que havia acontecido. Não de verdade. Mas comecei a encaixar as peças: o pacto, as palavras que tinham sido usadas nele para que houvesse Guardiões mesmo se Ciaran e Gaya morressem. Feito para que passasse para...

A voz dele falhou ao dizer o nome deles, mas foi deliberado. Cortar era melhor do que quebrar.

— Depois disso, comecei a fazer experimentações. Eu dava mais sangue à floresta e permitia que mais magia entrasse. Em uma tentativa de manter tudo sozinho. Foi quando Sayetha chegou.

Red sentiu os dedos pinicarem, tomada por um sentimento de empatia por uma mulher que nunca conheceu. A irmã mais velha e doente de Kaldenore só fora Rainha por um ano antes de morrer sem filhos, e Aida Thoriden, a filha mais velha da Casa seguinte na linha de sucessão, já tinha uma filha antes de assumir o trono. A Rainha Aida descobriu que estava grávida de Sayetha semanas depois da coroação.

— Tentei evitar que ela tivesse o mesmo destino de Kaldenore. — A voz de Eammon era pouco mais que um sussurro, audível apenas por causa do silêncio que reinava na floresta em volta deles. — Mas eu não era forte o suficiente. E, no fim das contas, Wilderwood acabou drenando-a também.

Uma segunda caixa torácica, um segundo crânio. Red sentiu um gosto ferroso na boca — tinha mordido o lábio com força demais.

Eammon ainda estava virado para as árvores, recusando-se a olhar para ela. A pele do braço estava suja de lama e sangue, e parecia quase delicada na penumbra.

— Depois de Sayetha, fiz tudo que estava ao meu alcance, estudando o que podia para tentar evitar que a floresta convocasse as Segundas Filhas; ou, pelo menos, impedir que as matasse quando chegassem aqui. Certo dia, Merra chegou, e consegui manter a floresta longe dela. Por um tempo.

O Lobo estava cercado de corpos daquelas que não conseguira salvar. Daquelas que o desespero de Wilderwood dilacerara, focada apenas na própria sobrevivência, na missão que tinha e na força de que precisava para conseguir cumpri-la.

Red queria gritar com a floresta. Queria chutar as sentinelas até que sangrassem, queria queimá-las e destruí-las.

— A culpa foi minha. Eu me acomodei demais. — Ele meneou a cabeça, e uma novem de terra caiu sobre os ombros nus e ainda suados. — Algum tempo depois da chegada dela, eu parei de me concentrar. Ela vivia a vida dela e eu a minha, de forma amigável, mas distante. Achei que seria o suficiente. Talvez Wilderwood se contentasse apenas com a presença dela e com o meu sangue. Mas não foi o que aconteceu. — Um toque de desdém na voz. — Ela só estava esperando que eu cometesse algum deslize.

Quando tinham se beijado na torre, agarrando-se um ao outro com desespero, Wilderwood vira uma abertura. Entrando pelas janelas e crescendo lentamente em direção a Red. E Eammon notara e rechaçara a Segunda Filha, sabendo que o desejo que sentiam um pelo outro jamais poderia ser consumado. Porque seria uma distração, afastando-o do trabalho constante de manter Wilderwood sob controle. Porque se aproximar dela significava aproximá-la da floresta faminta.

Tudo em Eammon era para Wilderwood — tudo que ele *era*, até os ossos e o sangue. Tudo na vida dele girava em torno de nunca mais cometer um deslize.

Em torno de mantê-la em segurança, protegida da floresta que já tinha tirado tanto dele.

— Ela veio pegar Merra, e ela não conseguiu aguentar. — A voz ainda seguia a cadência de um contador de histórias, como se conseguisse se manter afastado de tudo aquilo. — Ela tentou... arrancar a floresta, e morreu antes que eu pudesse impedir.

O terceiro crânio. A terceira caixa torácica. O terceiro conjunto de ossos, que alimentara vinhas e árvores brancas.

— Arrancar? — A pergunta foi quase um suspiro baixo e trêmulo.

Aquilo o fez se virar, finalmente, os olhos âmbar esverdeados decididos no rosto sujo de terra.

— Não vai acontecer com você. Não vou permitir.

Mas não tinha como ela se contentar apenas com aquela resposta, não com as ossadas no seu campo de visão e o sangue dele grudento entre os dedos. Não com o aperto no coração que vibrava em uma frequência que ela quase conhecia.

— Me conte o que a floresta faz com elas — pediu Red em um sussurro, embora soubesse a resposta. Um homem moribundo e um corpo entremeado de raízes, o mito que pairava sobre a cabeça de ambos. — Por favor.

Eammon soltou a mão dela com gentileza e a passou no rosto, desviando os olhos dos dela como se buscasse a resposta no céu sem estrelas.

— Não é uma coisa imediata. Wilderwood não quer que vocês morram.

Em volta da clareira, as sentinelas brancas estavam silenciosas e imóveis. Ouvindo. Aquela decisão tomada por uma mente inumana e insondável se solidificando.

— A floresta precisa de uma âncora. — Eammon cruzou os braços, escondendo os braceletes de casca de árvore nos punhos. — É isso que ela busca.

Uma âncora. Uma semente viva, um nexo do qual ela possa se derivar. Ele, mantendo tudo sozinho.

Devem ser dois.

Red sentiu as mãos pinicarem com a vontade de tocá-lo de novo, de encontrar uma fricção com a pele dele.

— Uma âncora — repetiu ela. — Do jeito que ela se ancora em você. Mas ela precisa de mais que isso. *Você precisa de mais que...*

— Pare com isso, Red. — A voz dele cortou o ar como uma faca fria e afiada. — Pare. Isso não é da sua conta. — Ele soltou um suspiro irritado, passando a mão suja de sangue mais uma vez no rosto. — Nada disso deveria ser da sua conta.

— Por que não? — A voz dela estava trêmula de raiva, de perplexidade e mais alguma coisa. — Você quer que eu simplesmente largue você aqui? Que eu volte para Valleyda e esqueça tudo sobre isso, que o deixe aqui para sangrar por uma floresta até que não reste mais nada de você e você se torne... seja lá o que Wilderwood quer que você se torne? E depois disso? E se você não conseguir manter a Terra das Sombras fechada mesmo depois que a floresta tirar tudo de você? Como acha que essa história termina?

— Eu não sei — respondeu ele em voz baixa. A suavidade dele sempre em contraste com a irritação dela. — Eu não sei como tudo termina, e já passei do ponto de me importar. Mas, pelo menos, eu saberia que a protegi. Saberia que dei o meu melhor para que você não terminasse como eu.

— Você age como se isso fosse uma punição. Você não escolheu isso, assim como eu. A *culpa* não é sua.

— O fato de você estar aqui é culpa minha. A morte delas é culpa minha. Eu não fui forte o suficiente, então Wilderwood continuou convocando as Segundas

Filhas. Continuou drenando cada uma delas. — A voz saiu firme e afirmativa, mas os olhos ainda ardiam. Ele cerrou os punhos, como se quisesse esconder todas as cicatrizes nas palmas.

Ela pegou as mãos do Lobo e entrelaçou os dedos nos dele. Segurou com força até as articulações ficarem brancas, forte até sentir as cicatrizes dele pressionadas contra a pele dela.

— Ela não vai me drenar — disse Red em um sussurro baixo. — E não vou permitir que ela drene você.

A declaração quase colocou um nome no sentimento que crescia dentro deles. Mas o nome era vasto demais e frágil demais, algo que poderia destruí-los caso o reconhecessem naquele momento.

— Eu estou tentando proteger você, Red — murmurou ele. — Eu deixaria o mundo queimar antes de machucar você.

— Me machucaria deixar você aqui. — Oração e confissão. — Me machucaria deixar você aqui completamente sozinho.

Ele deu um suspiro trêmulo. Red apertou a mão dele, cheia de cicatrizes e sangue.

— Vamos para casa.

Voltaram em silêncio, as mãos dadas com firmeza, quase seladas com seiva e sangue. Wilderwood se manteve tranquila, sobrenaturalmente imóvel. Red ainda tinha aquela sensação de um pensamento desconhecido e lento que queimava nas profundezas da floresta, revirando o que tinha ouvido e visto.

Escolha.

Red teve a impressão de ter ouvido a palavra de novo, sussurrada em matagais e caramanchões, mas nenhuma folha caiu e nenhum musgo retrocedeu. Como se Wilderwood sussurrasse direto no fio fino de magia que a Segunda Filha carregava dentro de si, para que só ela fosse capaz de ouvir.

Quando chegaram à Fortaleza, Red subiu para o quarto com o braço de Eammon em torno dela, dando tanto suporte quanto possível mesmo que sua cabeça mal batesse no ombro dele. Ela o levou para a cama, apesar dos protestos.

— Você precisa dela mais do que eu.

Eammon olhou por entre as mechas de cabelo, franzindo a boca em uma expressão inescrutável.

Ela quis beijá-lo, mas não o fez.

O manto se espalhou ao redor dela como um cobertor quando ela se deitou no chão. Red tocou o bordado, os lobos dourados emaranhados em raízes de árvore perto da bainha.

— É lindo.

Eammon ficou em silêncio por tempo suficiente para ela achar que ele já estava dormindo.

— Espero que não se importe — disse ele por fim. — Se quiser o manto mais simples, Asheyla pode...

— Não. — Forte e decidida. — É perfeito.

Outra pausa.

— Você merece um manto matrimonial de verdade — murmurou Eammon na penumbra do quarto. — Mesmo que tenha sido só um enlace.

Red sentiu um calor na ponta dos dedos e um frio na barriga.

— Você disse que aquilo foi o suficiente para consumar o casamento.

Havia uma pergunta ali, uma que relembrava bocas e mãos e outras formas de se consumar um casamento. Coisas que ele não permitia que acontecessem porque seriam uma distração de manter Wilderwood sob controle, o que seria o fim de ambos.

Ele inspirou profundamente. Entendia o que ela estava perguntando. Talvez fosse cruel perguntar aquilo e deixar o próprio desejo transparecer na voz. Mas ele tivera espaço para dúvidas antes, espaço para achar que ela talvez não voltasse. Ela precisava que ele soubesse que voltaria. Cedesse ele ou não ao desejo dela, ela sempre voltaria.

— O suficiente. — A voz dele saiu controlada.

Ela não sabia quanto tempo ficaram deitados ali, olhando para o teto e dolorosamente cientes da presença um do outro. Quando Red enfim adormeceu, seus sonhos foram ardentes.

Interlúdio
Valleydiano VII

A luz do sol nos jardins feriu os olhos de Neve depois do tempo que passara na penumbra do Santuário. Sem pensar, ergueu a mão para proteger o rosto, deixando uma mancha de sangue na bochecha e fazendo o novo corte repuxar com uma pontada de dor ligeira, mas intensa.

Praguejando, limpou o sangue e olhou para a palma da mão. Sempre tomava o cuidado de se cortar em pontos diferentes. Cortes finos e precisos feitos com a adaga de Kiri, que pareciam nunca cicatrizar totalmente.

Roubar pedaços de Wilderwood era um trabalho sangrento.

Sangrar nos galhos e depois apertá-los contra o tronco das árvores das quais tinham sido cortados fazia com que as árvores desaparecessem da floresta para aparecer na caverna do Santuário. Cresciam de novo estranhas e retorcidas, como se estivessem resistindo, mas apareciam. Havia pelo menos uma dúzia delas agora, uma floresta não natural envolta em pedras, crescendo da rocha e sendo regada com sangue.

E, ao oferecer sangue, a pessoa recebia em troca a magia afiada e fria como adagas de gelo. Magia da Terra das Sombras que deixava geada na ponta dos dedos e escurecia as veias. Parecia o inverno serpenteando em volta dos ossos.

Magia que Neve finalmente parara de recusar.

Ela havia resistido por um tempo. Aquele poder estranho nunca tinha sido seu objetivo, pois não ligava para nada além de enfraquecer a prisão da irmã para que Red pudesse voltar. Mas quanto mais sangrava para conseguir seu objetivo, mais o poder a atraía, sombrio e sedutor, prometendo controle, pelo menos sobre aquilo.

No fim das contas, ela não tinha conseguido obrigar Red a fugir, e agora não conseguia obrigá-la a deixar Wilderwood. Mas podia tirar o poder dela. Ali estava algo completamente ao seu alcance e, quanto mais o tempo passava, mas tolo parecia não usar aquele poder.

Com um simples toque, Neve conseguia fazer uma planta murchar. Com um estalar de dedos, fazia uma folha passar de verde para marrom e, às vezes, parecia que as sombras ficavam ainda mais longas quando se aproximava delas, como se estivessem esperando ordens dela. O contorno delicado de escuridão nas suas veias demorava mais tempo para desbotar do que antes.

E Red ainda não tinha voltado.

Havia guardas no vilarejo perto da fronteira, aguardando o retorno dela. Kiri dizia que precisavam ter cautela — mesmo que os laços que prendiam Red a Wilderwood enfraquecessem o suficiente para permitir sua fuga, talvez ela não ficasse totalmente livre deles, e não havia como saber como a floresta a tinha modificado. Mas nada surgiu da fronteira de árvores.

Franzindo a testa, Neve fez um gesto em direção a um arbusto no caminho. Sentiu frio na ponta dos dedos e as veias ficaram negras como tinta. As folhas se curvaram, tingindo-se de marrom e secando antes de caírem no chão.

Kiri surgiu das sombras do Santuário, os olhos azuis ávidos enquanto cobria a palma da mão ferida. Sempre fazia cortes profundos, dando mais sangue do que o necessário. Neve achava que não era algo que fazia para receber mais magia do que os outros; acreditava que Kiri simplesmente gostava de dar mais sangue.

Outras sacerdotisas entraram em silêncio no jardim atrás de Kiri, enfaixando as próprias feridas. Adornando o pescoço de cada uma, o pingente de madeira, a casca branca da árvore adornada por uma sombra sutil.

A nova Suma Sacerdotisa ergueu os dedos manchados de sangue e tocou o pingente de leve. Fechou os olhos por um breve instante como se precisasse se acalmar. Depois os abriu com um sorriso discreto no rosto, totalmente relaxado, visível apenas naqueles breves instantes em que o sangue ainda era fresco.

Neve ainda mantinha o próprio pingente na gaveta da escrivaninha. Não tocara mais nele desde o dia em que o sujara acidentalmente de sangue, o dia em que tivera a forte sensação de estar sendo observada. Kiri parecera irritada por aquele pequeno ato de rebeldia no início, mas não a pressionou. Arick, que não recebera o estranho colar por motivos que Neve desconhecia, parecia quase... aliviado.

Mas as outras sacerdotisas ainda usavam o colar com o pingente feito por Kiri depois da primeira oferta de sangue, quando cada uma delas recebera a magia da Terra das Sombras pela primeira vez. Neve não sabia onde Kiri conseguia a madeira; não era de nenhuma das árvores que enchiam o Santuário. Não perguntou.

Notícias de mudanças na Ordem se espalhavam lentamente pelo continente. Não os detalhes concretos, mas sim como elas estavam fazendo coisas mais concretas para libertar os Reis em vez de apenas enviar as Segundas Filhas para Wilderwood, como as velas do Santuário tinham mudado de vermelho para cinza obscuro. Neve tinha se preparado para sofrerem retaliação, mas Kiri estava certa.

O que quer que Valleyda decidisse, os outros Templos seguiam, principalmente depois que a notícia do que tinham feito no porto de Floriane se espalhou.

Ninguém sabia o escopo completo do que estava acontecendo ali. Neve nem sabia como seria possível começar a explicar aquilo, aliás. Mas algumas sacerdotisas de outros países eram curiosas o suficiente para irem a Valleyda se juntar ao movimento. A Ordem ainda estava menor do que fora antes de banirem as dissidentes para Rylt, mas o crescimento era lento e constante.

Uma das sacerdotisas que saía do Santuário carregava uma xícara manchada de sangue, a contribuição diária de Arick. Neve nunca o vira como uma pessoa sensível, mas de uns tempos para lá ou ele enviava o sacrifício por uma sacerdotisa, ou trazia a xícara em vez de oferecer o sangue direto da veia. Funcionava mesmo assim. Sangue era sangue, e tinha sido o de Arick que despertara os fragmentos de galhos no início, possibilitando que retirassem as árvores brancas da floresta.

— O Consorte Eleito logo vai estar aqui para assistir à nova chegada — disse Kiri para Neve. — Você planeja ficar?

Não planejava. Neve estava a caminho da guarita para perguntar a Noruscan, o capitão da guarda, se ele tinha recebido notícias de Wilderwood. Kiri sabia daquilo. Mesmo assim, perguntou, como se estivesse desafiando Neve a dar uma resposta diferente.

— Já vou me recolher. — Neve se virou, seguindo pela trilha. — Diga para Arick ir aos meus aposentos quando terminarem.

Precisava conversar com ele. Arick também estava estranhamente cauteloso em relação a Red, alertando Neve de que a pessoa que voltasse talvez não fosse mais a que tinham perdido, de que os laços de Wilderwood talvez fossem difíceis demais de desatar. O jeito que ele falara com ela era quase frio. Aquilo fez Neve se perguntar por que ele estava fazendo aquilo, às vezes, quando ela tinha energia para pensar no assunto, mas Red e Arick sempre tinham sido uma equação complexa. Os laços que uniam todos eles estavam embolados em nós inextricáveis.

Ela já estava na metade do caminho quando Kiri voltou a falar:

— Nós a tornamos Rainha por muitos motivos, Neverah. E você parece pensar em apenas um — disse a Suma Sacerdotisa. Neve vacilou e parou de andar. — Não fizemos isso apenas para trazer Redarys de volta. — A voz de Kiri soou irritada ao dizer o nome da Segunda Filha. — Não apenas para nos vingarmos do Lobo. Mas pela restauração dos nossos *deuses*. Começo a me perguntar se há chances de que vacile no seu trabalho caso sua irmã reapareça.

Ela vacilaria? Neve não sabia. Mas a magia fria aninhada na palma das mãos restabeleceu sua confiança, como segurança e controle, e seria muito difícil abrir mão daquilo.

— Asseguro que isso não vai acontecer.

— Espero realmente que não. — Uma pausa, e a voz de Kiri ficou mais baixa. — Talvez tenhamos sido apressados demais em começar o seu reino. Em fazer *você*.

As palavras despertaram uma ideia conhecida, uma forma escura em um cômodo escuro que Neve mantinha cuidadosamente fechado. Aquilo assombrava sua mente quando não conseguia dormir, um pensamento em forma de sombra que não a deixava em paz.

Então, Neve não parou para pensar. Simplesmente caminhou até a Suma Sacerdotisa e tocou o braço dela, deixando todo o poder estranho e sombrio sair.

Tinha sido um acidente a primeira vez que fizera aquilo, quando tocara nas costas de Arick para pedir que ele lhe passasse o vinho. Uma fagulha gelada brilhara entre eles, como se estivessem se reconhecendo. Tinha sido o suficiente para fazê-lo gemer.

Neve tentara pedir desculpas, mas ele meneara a cabeça.

— Não há do que se desculpar. — Os dedos dele tinham estremecido na haste da taça. — Você se encaixou nesse papel de um jeito que eu nem poderia ter imaginado, Neverah.

Ela sentira o rosto corar inexplicavelmente. Voltara a atenção para a própria taça, mas continuara com a impressão de ter os olhos dele focados nela, brilhando com uma emoção que não tinha conseguido interpretar.

Agora, Neve queria que aquela magia fria machucasse. E a respiração chiada que Kiri soltou entredentes lhe mostrou que conseguira o intento.

— Você não me fez. — Neve fechou os dedos como garras. Geada cobria as palmas das mãos, e as veias se tingiram de negro. — Seja lá o que já tenha feito, você com certeza não me fez.

Os olhos azuis se estreitaram.

— Eu lhe dei poder, Neverah. Nunca se esqueça disso.

— Você me mostrou onde ele estava. Eu mesmo a tomei. — Ela apertou mais o toque. — Não houve nada dado, apenas tomado.

Neve soltou o braço da sacerdotisa, deixando uma marca azulada na pele, como uma queimadura de frio.

Kiri cobriu a marca com a outra mão.

— Não tente tomar muito para si, Vossa Majestade — murmurou ela. — Isso é maior que você. Maior que sua irmã. E, mesmo que ela volte, estará ligada a Wilderwood de maneiras que você não é capaz de entender. Se você a quiser de volta, por completo, você precisa de mim.

Neve sentiu um calafrio, pois sabia que Kiri estava certa.

— Veremos. — A Rainha se virou, puxando o capuz do manto negro para cobrir a cabeça, e deixou a Suma Sacerdotisa para trás.

A guarita estava quase vazia. Metade da força de combate estava em Floriane, de prontidão contra a ameaça eterna de um levante. Havia alguns homens na fronteira de Wilderwood, atentos a qualquer sinal do retorno de Red. Provavelmente era tolice deixar a capital tão pouco protegida.

Neve flexionou as mãos. A grama que crescia ente as pedras do pavimento ficou seca enquanto a geada cobria os dedos dela. Talvez não tão pouco protegida, afinal.

Noruscan aguardava perto da porta, como sempre. Neve olhou para ele sob o capuz — uma tentativa tosca de disfarce, mas o suficiente para a curta distância.

— Alguma notícia?

— Hoje, não, Majestade.

O tom de alívio na voz dele fez com que ela ficasse nervosa. Eles sempre haviam temido Red, vendo-a mais como uma relíquia do que como uma garota, a prova de que o mundo era maior e mais aterrorizante do que gostariam. Agora, uma centelha daquele mesmo medo surgia quando viam Neve.

Parte dela gostava daquilo.

— Quando ela vier — disse Neve, repetindo a resposta de sempre —, quero que a traga diretamente para mim.

O comandante assentiu, como sempre fazia.

Após concluir sua tarefa, Neve seguiu para seus aposentos. Não tinha mudado de quarto depois de se tornar Rainha. Dormir no mesmo lugar que Isla dormira não lhe parecia agradável. O jantar já a aguardava em um carrinho diante da escrivaninha. Quando chegava a fazer alguma refeição, era lá que comia.

Alguém também a aguardava no cômodo, com os antebraços apoiados no joelho e a cabeça baixa.

Raffe.

O coração de Neve disparou. Não se lembrava da última vez que o tinha visto. Aqueles dias tinham passado em um borrão de sangue e planejamento, pouca comida e menos sono ainda. Ela levou a mão ao cabelo e ao rosto encovado; não tinha passado muito tempo se olhando no espelho, mas sabia que sua aparência não era nada boa. Não tinha pensado em se importar com isso até aquele momento.

— Peço perdão pelo incômodo — disse Raffe, ainda olhando para as mãos.

— Não é incômodo algum.

Ela pressionou o corpo contra a porta, as costas eretas contra a onda de sentimentos despertada quando vira o rapaz. Tristeza, calor, vergonha.

Ficaram assim, cada um de um lado do aposento. Nenhum dos dois sabendo como estreitar o espaço entre eles.

Raffe suspirou ao se levantar, um som profundo o suficiente para afogá-la. Os olhos dele pousaram no corte da mão dela antes de se desviarem.

— Passando muito tempo no Santuário de novo?

Neve cerrou o punho, sentindo as beiradas do corte repuxarem.

— Assuntos da Ordem.

Raffe emitiu um som baixo. Hesitante, como se ela talvez fosse rejeitá-lo, deu um passo na direção de Neve. Quando ela não objetou, aproximou-se mais e pegou a mão dela.

Virou a palma para cima mesmo sabendo que não conseguiria ver muita coisa na penumbra. Aquela era apenas uma desculpa para tocá-la.

— Estou preocupado com você — murmurou ele.

Neve não respondeu. Não podia dizer para que ele não se preocupasse, nem fingir que não havia razões para tal.

Em vez de dizer qualquer coisa, ela o beijou, porque, por todos os Reis e todas as sombras, talvez aquela fosse a única coisa que podia acontecer do jeito que ela queria, mesmo que apenas por um instante.

Raffe nunca fazia nada pela metade, e beijar não era exceção. Quando enfim se afastou, deixando espaço para os temores e dúvidas voltarem, Neve estava ofegante, com o cabelo bagunçado e os lábios doloridos.

Raffe apoiou a testa na dela.

— Seja lá o que tenha feito — sussurrou ele —, não é tarde demais para desfazer.

— Não posso. — Ela havia pensado em desfazer? Talvez, na calada da noite, quando a escuridão de pensamentos indesejáveis pairava sobre ela, grande demais para ignorar. — Raffe, eu preciso fazer isso. Se eu conseguir libertar Red...

— Red não está *aqui* — sussurrou ele com intensidade. Neve pressionou a testa contra a dele, como se pudesse se afogar no rapaz. — Você não pode trazê-la de volta. Ela *se foi*.

Ela afundou os dedos nas costas dele e o beijou de novo. Não foi um beijo suave, mas sim um para sufocar todas as questões. Por um momento, Raffe permitiu, mas depois se afastou e mergulhou os dedos no cabelo dela.

— Neve. — Ele se inclinou para trás o suficiente para olhar nos olhos dela. — Não existe nada neste mundo que me faça deixar de amá-la, não importa o que você tenha feito nem quão terrível seja. Você sabe disso, não sabe?

As palavras foram um golpe no coração dela, pesado e leve ao mesmo tempo. Era a primeira vez que ele declarava seu amor por ela e sob o peso de tudo *aquilo*.

O que Kiri dissera no jardim voltou à sua mente: *Talvez tenhamos sido apressados demais em começar o seu reino.*

A resposta mal passou de um sussurro:

— E o que você acha que eu fiz, Raffe?

— Parece que eu sempre chego na hora errada, não é?

Raffe a soltou, afastando-se como se ela fosse carvão em brasa. Neve se virou, o estômago embrulhando com a culpa inexplicável que sentia.

Arick estava parado na porta, com um sorriso sem calidez alguma no rosto. A expressão nos olhos não era exatamente de raiva, mas eles emitiam uma luz estranha enquanto ele olhava de Neve para Raffe.

— Que bom encontrar você aqui, Raffe. Eu queria mesmo falar com você.

— Já faz tempo mesmo que não nos falamos. — Raffe ergueu o queixo. — Você anda ocupado demais.

— Nós dois andamos. — Arick fez um gesto em direção a Neve, indicando quem era a outra metade do *nós*. — Muito gentil da sua parte ajudar a Rainha a relaxar.

O luar refletiu nos dentes de Raffe, mas foi Neve quem deu um passo à frente.

— Arick, não faça isso.

Ele parou no meio do caminho, um brilho momentâneo de surpresa no rosto. O luar claro conferia um tom azulado e estranho aos olhos dele.

— Queira me perdoar.

Silêncio pesado. Quando as coisas tinham ficado assim entre os três? Furtivas, secretas e duras, sendo que antes era tudo tão fácil?

Neve engoliu em seco, sentindo um nó na garganta.

— Você disse que queria falar comigo — disse Raffe, por fim. — Pois fale.

Arick deu um sorriso lento, mas os olhos estavam alertas.

— O que você está fazendo aqui?

Raffe fez uma expressão de surpresa, depois suspirou e disse:

— Eu entendo que você e Neve...

— Não estou me referindo a isso. — A declaração de Arick não soou totalmente verdadeira, como se sentisse algum tipo de emoção ligada ao beijo que tinha acabado de interromper mas não quisesse lidar com o assunto naquele momento. — Eu quero saber o que você está fazendo em Valleyda, Raffe.

Raffe estreitou o olhar.

— Você já sabe há anos tudo que há para saber sobre as rotas comerciais. A sua família está ansiosa para recebê-lo de volta. — Arick encolheu os ombros. — Você não quer vê-los?

Raffe não respondeu de cara, alternando o olhar entre Arick e Neve.

— Claro que quero — respondeu Raffe com calma. — Mas eu quero estar aqui para dar todo meu apoio a Neve depois... depois de tudo.

— Você com certeza já fez isso. — Arick estava muito diferente ultimamente, mas os três já se conheciam havia tempo o bastante para que Neve reconhecesse o sofrimento dele quando o ouvia.

Ela olhou para ele sem compreender. O luar apagava qualquer vestígio de sombras, e ele parecia tão tomado pelo sofrimento quanto ela.

Raffe olhou para Neve e engoliu em seco.

— Nos falamos depois. Lembre-se do que eu disse, Neve. — Ele lançou um último olhar para Arick e saiu, fechando a porta.

Neve se largou na cadeira diante da escrivaninha, apoiando a testa na mão. Havia algo de quase inseguro na forma como Arick estava se comportando, parado no meio do quarto. O constrangimento não combinava com ele, sempre tão relaxado e casual.

— Você deveria comer — disse ele.

— Não estou com fome.

Arick não insistiu. Pelo canto dos olhos, Neve o viu cruzar os braços.

— O que ele pediu para você lembrar?

Um tom estranho na voz dele, como se ambos quisessem e, ao mesmo tempo, não quisessem que ela respondesse.

Ela não respondeu. Em vez disso, fez outra pergunta, colocando em palavras o pensamento sombrio que a perseguia, as suposições que a mantinham acordada à noite.

— Arick, o que realmente aconteceu com a minha mãe?

Um momento de silêncio pesado.

— Por que você está perguntando isso?

E aquilo já era a resposta.

Neve baixou a cabeça. Um som baixo e sofrido escapou por trás dos dentes. Devia ter desconfiado. A doença de Isla, a forma como a tomara tão rapidamente... Ela devia ter desconfiado.

O pior de tudo era que uma parte dela sempre soubera. Tinha reconhecido que havia alguma coisa estranha acontecendo e simplesmente ignorara porque assim ficaria mais perto daquilo que queria.

A irmã em casa. E, por todos os Reis sagrados, algum *controle*.

Neve ouviu os passos de Arick se aproximarem e sentiu uma mudança no ar quando ele estendeu a mão. Desistiu de encostar nela, porém, por saber que aquilo seria ir longe demais. Mas ela sentiu que ele queria tocá-la. Um desejo profundo e ressentido de oferecer conforto.

— E a Suma Sacerdotisa? — Ela olhou para as próprias mãos, entrelaçadas como vinhas, apertadas a ponto de prender a circulação. — Ela também?

— Sim.

Não tinham sido reviravoltas do destino. Nem provas de que ela estava certa. Assassinatos.

— Quem mais sabe?

— Só Kiri. — Uma pausa. — Kiri matou as duas.

Kiri, com sua boca sempre torcida em um esgar de reprovação e sua presunção. Lá desde o início, orquestrando a queda.

Ela o ouviu engolir em seco.

— Meu plano não envolvia nenhuma morte, mas... ambas serviram a um objetivo. Eu não contei nada porque não faria diferença. — A mão dele finalmente se aproximou e pousou de leve sobre a dela. Estava fria, mas ela não rechaçou o toque. — Estamos fazendo o necessário.

Um eco da noite posterior à morte de Isla. Não a noite em que tudo mudara, mas a noite em que tinham tomado a decisão de fazer alguma coisa. Ela colocara as engrenagens em movimento, e agora tinha de se manter firme até atingirem o objetivo.

Respirou fundo. Sentiu os lábios dormentes.

— Estamos fazendo o necessário.

Toda aquela morte tinha de servir para alguma coisa.

— Você é uma mulher extraordinária, Neve. — Ele usou o apelido dela, o que era raro naqueles dias. Ele só o usava quando dizia algo que parecia não ter certeza se deveria. — Você se provou em cada desafio e aguentou todos os fardos que ninguém deveria ser obrigado a carregar. Você é uma Rainha melhor do que este lugar merece. — O polegar dele estremeceu, como se quisesse acariciar a mão dela, mas não o fez. — Você é boa demais para isso tudo.

Neve olhou para Arick, a incerteza e a confusão mantendo-a congelada no lugar. Sob a luz prateada que entrava pela janela, os olhos dele pareciam azuis em vez de verdes.

Ele apertou a mão dela uma vez antes de afastar a dele.

— Tudo isso logo vai acabar.

Em seguida, Arick fez uma reverência e desapareceu na escuridão.

25

Red acordou com as costas tortas e o pescoço doendo, e gemeu enquanto se sentava e girava os ombros. Na cama, a respiração profunda e calma de Eammon parecia quase um ronco.

Ela sorriu. Teria que contar a ele se aquilo continuasse.

A luz da lareira banhava de dourado o cabelo negro e a expressão suave do Lobo enquanto dormia. Red ficou olhando para as feições do rosto dele, relaxadas e sem a tensão da exaustão e de todo o controle que precisava exercer. Havia uma cicatriz discreta em uma das sobrancelhas escuras. A barba por fazer escurecia o maxilar, e havia um corte minúsculo de uma navalha de barbear descuidada bem abaixo do queixo. Red se sentiu estranhamente leve por ver uma marca que não tinha sido deixada por Wilderwood.

E pensar que um dia ela achara que o Lobo era rígido demais para ser bonito...

Red afastou o cabelo dele da testa. Ele suspirou, ainda dormindo, movendo o queixo de tal forma que os lábios dele roçaram na palma da mão dela. A gavinha da Marca dele se destacava contra a pele clara, serpenteando pelo antebraço e ultrapassando o cotovelo. Na noite anterior, estivera preocupada demais em salvá-lo da floresta para se concentrar no peitoral dele e na largura dos ombros nus. Claro que já tinha notado tudo aquilo antes, seria impossível não notar — mas não tão de perto, não desde a noite em que o curara.

O lençol estava embolado em volta da cintura do Lobo, para onde ele o empurrara durante a noite, e ela viu a marca desbotada das três cicatrizes que cortavam o abdômen dele. Estendeu a mão para tocá-las, mas desistiu.

Não. Ela não podia. *Eles* não podiam.

A sala de jantar estava vazia quando desceu, assim como a cozinha. Havia uma chaleira velha pendurada acima do fogo, e ela a acomodou entre as chamas antes de procurar folhas de chá nas prateleiras. Tinha um pouco de esperanças de não as encontrar, pois seria mais uma maneira de adiar o inevitável.

Red tinha de partir. Tinha de voltar para Valleyda.

Tinha sido tolice protelar, mesmo que apenas por um dia. Ela devia ter partido no instante em que percebeu o que estava acontecendo. O único motivo tinha sido não querer deixar Eammon. Ele tinha se permitido ser uma distração, tinha permitido que ela o usasse para procrastinar, adiando o inevitável exatamente como ela estava fazendo. Não sabia se queria bater nele ou beijá-lo por isso.

As duas coisas, provavelmente.

A chaleira apitou. Red se sobressaltou, tirou-a do gancho rápido demais e acabou se queimando. Ficou olhando para a queimadura enquanto pensava em Eammon e em como ele sempre insistia em curá-la de todos os machucados.

Decidiu não permitir que ele visse aquele.

Red estava tomando a segunda xícara de chá quando Lyra passou pelo arco quebrado da sala de jantar, tirando folhas do cabelo. Colocou a *tor* em cima da mesa enquanto se sentava em frente a Red, franzindo o nariz para o chá.

— Eu detesto isso.

— Foi tudo que consegui achar — respondeu Red. A lâmina da arma estava escura, manchada com o sangue de Lyra e algo parecido com seiva. — O que houve?

— Mais sentinelas desaparecidas. — Lyra tirou um tecido do bolso e esfregou o fio da lâmina da *tor*. Não fez muito mais do que espalhar a sujeira, e ela logo desistiu, praguejando. — Cortei algumas criaturas de sombras, mas não consegui fazer nada quanto aos buracos. Meu sangue não toca mais neles, e não adianta de nada.

Mais buracos. Ele curara todos eles na noite anterior, desistindo de si mesmo, só para aparecerem mais alguns poucas horas depois.

— Eammon curou todas elas ontem à noite. Todas as brechas. — Red suspirou. — Não levou muito tempo para novas se abrirem.

Lyra levantou as sobrancelhas com uma expressão pensativa no rosto de elfo e deixou a *tor* de lado.

— Droga de mártir. — Apesar do comentário de antes, pegou a chaleira e se serviu de uma xícara. Depois se sentou, olhando para Red através do vapor enquanto este envolvia seus cachos escuros. — Você quer ajudá-lo?

— Claro que quero.

A pergunta foi inesperada, mas a resposta saiu tão no automático que Red não teve tempo de ser pega desprevenida.

Lyra se recostou, com as pernas cruzadas e a xícara aninhada entre as palmas das mãos, observando Red como se estivesse avaliando bem o que ia falar. Por fim, fechou os olhos, os longos cílios tocando a pele da bochecha.

— Você sabe que ele manteve a floresta longe de você todo esse tempo, não sabe?

Red sabia, e se lembrou de ossos na base de uma árvore entranhados de vinhas.

— Ele faz isso há muito tempo, e não acho que vai parar. Principalmente não agora. — Lyra suspirou e tomou um gole do chá. — Não sei como isso funciona. Não totalmente. O jeito que o Lobo e Wilderwood se entrelaçam e como se separam. Mas sei que, se alguma coisa for mudar, essa mudança vai ter que vir de você, Red.

Escolha. Uma lembrança do farfalhar de folhas e do estalar de galhos, sons da floresta formando uma palavra.

— Se eu soubesse o que você precisa fazer, eu falaria. Mesmo que Eammon me odiasse por isso. Mas eu não sei. — Ela colocou a xícara lascada na mesa, ao lado da *tor*. — Alguma coisa nessa situação é diferente, tanto com você quanto com Wilderwood. Alguma coisa além de apenas Eammon a controlando. E você é a única que pode descobrir o que é isso.

Elas trocaram um olhar. Red assentiu.

Voltaram a ficar em silêncio até que Red empurrou a cadeira para trás e se levantou.

— Você quer pão?

Lyra negou com a cabeça. Red pegou duas fatias. Uma para ela e uma para Eammon. Um tipo de presente de despedida, depois de ele ter dado a ela o manto matrimonial e o bordado que contava a história dele. Ela subiu a escada como se carregasse um peso enorme sobre os ombros.

Eammon estava sentado à escrivaninha, já limpo e vestido, livre de praticamente todo o sangue e a seiva, embora tivesse deixado passar um fiozinho vermelho com traços esverdeados atrás de uma das orelhas. Tinha prendido o cabelo de forma descuidada e estava absorvido na leitura de um livro. Red tentou ver o que ele estava lendo, mas não reconheceu o idioma.

— É rude tentar ler por cima do ombro de alguém — resmungou ele, virando a página.

Pensou em fazer um gracejo, mas ele estava perto o suficiente para estender a mão e tocá-la, e aquele pensamento fez sua mente se anuviar. Em vez disso, ela pegou a fatia de pão e a colocou em cima da página. Ele fez um som de afronta antes de pegar e dar uma mordida sem tirar os olhos da leitura.

Red se sentou na beirada da cama e ficou olhando para ele, catalogando cada movimento. Ele passeava o dedo pelo canto das folhas enquanto lia, depois passava para trás da página e a virava. Batia o pé embaixo da mesa. Uma mecha de cabelo caiu na testa do Lobo e ele a afastou do rosto, só para ela cair de novo.

— Vou embora hoje — sussurrou ela.

Ele retesou os ombros na hora.

O peito dela parecia uma gaiola que aprisionava sentimentos que ela não conseguia verbalizar. As únicas palavras que pareciam adequadas eram vastas ou pesadas demais, podendo provocar uma fragilidade com a qual Red não poderia lidar naquele momento.

Em vez disso, ela repetiu:

— Eu vou voltar.

Ele inspirou de forma trêmula e fechou o livro.

— Pense bem, Red. Você não...

— Pare. — Red se levantou e se colocou no exíguo espaço entre ele e a escrivaninha. — Não vamos ter essa discussão de novo. Eu vou impedir Neve de continuar fazendo o que quer que ela ande aprontando e reverter os danos que já causou. Depois, vou voltar para cá, Lobo. E é melhor que você esteja pronto para me dizer o que eu preciso fazer para salvá-lo dessa maldita floresta.

Ele finalmente olhou para ela, os olhos de ambos quase na mesma altura. Havia algo de acalorado no olhar verde e âmbar. Ele soltou um suspiro cansado.

— Eammon? — A voz de Fife veio da base da escadaria. — Lyra voltou. Mais uma sentinela se foi.

Aquilo o fez parar, transformando todo o calor dos olhos dele em algo frio e resignado. Eammon apertou as mãos ao redor dos joelhos, desviando o olhar dela para fitar um ponto um pouco além. Não se mexeu ao perguntar:

— Quando você parte?

— Agora.

Não adiantava ficar adiando. Não adiantava desejar que ele a tocasse. Ele se controlava com todo o cuidado, mesmo depois de tudo, mesmo depois de dois beijos, três crânios e incontáveis palavras não ditas entre eles.

Eammon assentiu.

— Não vou atrapalhar, então.

Ele se levantou e desceu a escada, deixando-a sozinha.

Lyra e Fife se mostraram tão céticos em relação ao plano dela quanto Eammon.

— É por causa da sua *irmã* que as sentinelas estão desaparecendo? Ela está disposta a matar Wilderwood para que você volte para ela? — Fife arqueou uma das sobrancelhas. — E sou o único aqui que acha que essa é uma péssima ideia?

— Ela está fazendo isso por mim — argumentou Red. — E eu tenho que descobrir o que é e dar um jeito de acabar logo com isso. Ela está tentando me fazer voltar para casa.

— E parece que está dando certo.

— Eu não vou *ficar* lá. — A resposta saiu quase como um sibilar, surpreendendo Fife, que descruzou os braços e franziu a testa.

Red fechou os olhos e respirou fundo.

— Eu vou voltar, Fife.

O cabelo ruivo brilhou na penumbra quando ele desviou o olhar de Red e o pousou em Eammon, para quem perguntou:

— E você aceita isso?

— A decisão não é minha. — Eammon estava encostado na escadaria, fingindo não se importar, mas os músculos das costas estavam retesados.

Fife soltou um suspiro e curvou os ombros.

— Espero que saibam o que estão fazendo. — Ele olhou de Eammon para Red. — Vocês dois.

— *Fife*. — O tom de Lyra foi de aviso, embora a linha da boca demonstrasse a preocupação que sentia. Os olhos dela se voltaram para Red. — Eu posso levar você até a fronteira para que não se perca no caminho.

— Espere um pouco. — Red subiu as escadas correndo. — Eu esqueci de pegar uma coisa.

Quando chegou ao quarto, Red estava sem fôlego. Seu manto matrimonial estava no chão, onde ela dormira, das mesmas cores que o fogo na lareira. O bordado brilhou quando ela o pegou.

Havia uma caneta bico de pena na escrivaninha, ao lado de uma pilha de papéis e livros em idiomas que ela desconhecia. Ela testou a ponta afiada com o dedo antes de a mergulhar na tinta e escrever:

Volto em três dias. E quero a cama de volta.

Eammon lançou um olhar de curiosidade para o manto enquanto Red descia a escada. Seu olhar logo foi atraído para o rosto dela, mas ele permaneceu em silêncio. Red pressionou os lábios e pendurou a bolsa no ombro.

Lyra olhou de um para o outro antes de se virar para a porta.

— Vou esperar no portão.

Fife abriu a boca, mas a fechou sem dizer nada. Apenas levantou uma das mãos e deu um aceno constrangido, passando pelo arco quebrado e indo para a sala de jantar.

Então, Red e o Lobo ficaram sozinhos.

Eammon permaneceu em silêncio. Ainda acreditava que aquilo seria para sempre — ela conseguia ver isso na forma como apertava os próprios braços e como engolia em seco.

Tantas palavras não ditas entre eles, e um *adeus* era a única que ele diria.

Ela não permitiu.

— Volto em três dias. — Red se virou, colocou o capuz vermelho e passou pela porta, deixando o Lobo nas sombras.

A lâmina da *tor* nas costas de Lyra parecia a lua minguante. Ela foi se entranhando de forma hábil Wilderwood adentro, com Red a seguindo de perto.

Caminharam em silêncio por alguns minutos até Red ouvir um barulho; um som distante, mas inconfundível, de um *bum* reverberando na floresta.

Outra brecha se abrindo.

— Droga. — Lyra desembainhou a *tor* e pegou um frasco de sangue na bolsa na cintura com um movimento bem treinado. — Vamos continuar, mas fique atenta ao chão.

Red assentiu, cerrando os punhos. O fio de magia no seu peito se espiralou, pronto para ser usado.

Elas avançaram e finalmente chegaram à borda escura de um buraco no qual antes devia haver uma sentinela irrompendo de um bolsão de neblina.

Na beira do fosso, um pequeno ciclone de folhas e galhos girava. Lyra abriu o frasco de sangue e o derramou sobre a coluna rodopiante. Ela se desfez com um choramingo, fazendo folhas apenas um pouco marcadas por sombras pousarem no chão.

— Consegui ser bem rápida dessa vez. — Mas não voltou a embainhar a *tor*. — Eammon vai ter que...

A criatura seguinte se formou mais rápido, como se tivesse aprendido a lição com a anterior lenta demais. Um rodamoinho de galhos e folhas mortos e ossos soltos se formou, sem se importar em tentar uma forma humanoide, simplesmente saindo do chão e partindo para cima delas.

Ambas agiram por instinto. Red curvou os dedos, convocando sua magia e fazendo com que vinhas saíssem de um arbusto, chicoteando no ar. Estas atravessaram a criatura de sombras ainda em formação, o suficiente para desfazê-la e diminuir sua velocidade, mas a criatura de sombras voltou a se formar logo em seguida.

Lyra estava pronta. Pegou outro frasco de sangue, derramando-o na lâmina da *tor* em um arco gracioso, e depois se lançou contra o monstro.

O brilho curvo da *tor* cortou a penumbra, espirrando sangue e seiva. A lâmina era uma extensão de Lyra, a curva da arma parecendo o braço de um dançarino que girava na escuridão. As vinhas de Red continuavam açoitando a coisa, desfazendo-a em pedacinhos; Lyra continuou, rasgando-a com a lâmina ensanguentada até fazer as partes que a formavam caírem no chão da floresta. Em questão de segundos a criatura de sombras desapareceu, restando apenas um monte de detrito podre e escuro no solo.

As duas ficaram paradas por um tempo, ofegando. Red relaxou os dedos, e as vinhas retrocederam para o arbusto. Engoliu o gosto de terra enquanto suas veias passavam do verde para o azul novamente. Tinha sido a vez que usara a magia de Wilderwood com mais sucesso desde que ajudara Eammon a lutar contra o monstro que parecia um verme no caminho de volta da Fronteira, mas não pareceu ser um grande feito. Afinal, não tinham conseguido fechar a brecha e, enquanto ela estivesse aberta, a vitória seria apenas temporária.

Um instante de silêncio, as duas querendo ver se a brecha lançaria mais alguma coisa. Então, Lyra embainhou a *tor* sem se preocupar em limpá-la.

— Esta brecha é pequena. A criatura de sombras não vai ter tempo de se reanimar até Eammon chegar aqui. É o que espero. — Ela se virou, seguindo por entre a floresta de novo. — Eu até usaria o sangue, mas acho que seria um desperdício do que ainda tenho. E não faria muita diferença.

Red ficou olhando por mais um momento para o fosso de sombras, escuro e podre no chão. Praguejando baixinho, virou-se para seguir Lyra.

As árvores começaram a ficar mais espaçadas à medida que se aproximavam da fronteira. A névoa espessa era quase um muro separando Wilderwood do mundo exterior, mas dava para ver pedaços do céu azul brilhando através da neblina. Valleyda parecia perto o suficiente para tocar, e as únicas emoções que Red sentia eram apreensão e uma certa nostalgia.

Chegaram rápido demais à linha de árvores.

— Volto em três dias — anunciou Red, exatamente como fizera com Eammon, como se Wilderwood fosse capaz de ouvi-la e marcar o tempo da mesma forma que ele. — Isso não vai levar mais que três dias. E, depois, eu vou voltar.

Os raios de sol que passavam por entre as árvores fizeram brilharem as mechas acobreadas do cabelo cacheado de Lyra quando ela assentiu.

— Três dias. — Ela se virou de costas e seguiu para a neblina, a caminho da Fortaleza. A caminho de casa.

— Cuide dele — murmurou Red. — Por favor.

— Sempre cuidei. — Lyra olhou por sobre o ombro, os olhos escuros brilhando docemente na penumbra. — Lembre-se do que eu disse.

Red assentiu. A magia da floresta florescia no peito ela, esperando.

Quando Lyra se afastou, Red se virou para as árvores pelas quais passara no seu vigésimo aniversário. Respirando fundo, passou por elas novamente.

A claridade do dia pareceu um peso sobre nos ombros, uma faca cintilante perfurando os olhos. Por um momento, ela ficou parada ali, piscando, uma mulher de vermelho na borda da floresta. O outono tingia o céu de um tom de azul, e o vento trazia o cheiro de uma fogueira. Atrás dela, um murmúrio. Red se virou, olhando por entre as sombras de Wilderwood enquanto ela sussurrava naquela língua estranha de folhas e espinhos:

Vamos esperar sua escolha.

Um galho se soltou do tronco, seco e morto ao cair no chão da floresta. Um grupo de pequenos arbustos se encolheu, curvando-se como um besouro moribundo.

Mas vamos tomá-lo, se for necessário.

Ela contraiu o maxilar ao sentir as palavras vibrando em seus ossos, o fragmento afiado de Wilderwood que carregava dentro de si ecoando nos espaços vazios.

— Vá se danar — murmurou ela.

Wilderwood não respondeu.

Red se apressou para descer a encosta gramada em direção à estrada e ao vilarejo um pouco além. Sentiu os pulmões queimarem, como se o ar fora da floresta fosse diferente do que respirava quando estava nela. Red se sentiu um pouco fraca.

Quando chegou à estrada, parou e apertou os olhos. Viu uma estrutura alta e estreita se erguendo na extremidade do vilarejo, perto o suficiente para perceber que era uma torre de vigia.

Red se permitiu apenas um instante para pensar naquilo, a mente ocupada com preocupações de ordem mais prática. A viagem de carruagem para a capital levava metade de um dia, e ela não tinha nem dinheiro nem cavalo. Caminhar seria...

Um apito alto e agudo interrompeu seus pensamentos, alto o suficiente para ela contrair o rosto. Gritos soaram ao longe, perto das montanhas, um som trovejante como um tropel. Ela viu uma nuvem de poeira se erguer perto da torre de vigia.

Red sentiu uma onda de pânico, mas foi uma coisa passageira. A torre devia ter sido construída para vigiar Wilderwood, pois não havia mais nada para se ver naquela direção. O que significava que a comoção era por causa *dela*, e de nada adiantaria tentar se esconder.

Em vez disso, Red parou na curva da estrada, mantendo o queixo erguido, o manto escarlate nos ombros. Não se encolheu quando o grupo de cavaleiros chegou até ela, sem fôlego e com as espadas desembainhadas.

Um deles apontou a espada para ela, cuja lâmina cintilava sob a luz do dia, com uma claridade com a qual Red não estava mais acostumada.

Red levantou as mãos em rendição.

— Entendo que estejam preocupados, mas...

— Não se aproxime mais. — A arma oscilou na mão do cavaleiro, denunciando seu tremor.

— Espere. — Outro guarda, com a listra prateada de comandante no ombro, ergueu a mão. Ele se inclinou e franziu o cenho, olhando para Red.

— Eu conheço você.

— Como bem deveria.

Ele passou os olhos pelas dobras do manto, e seu rosto demonstrou todo o espanto.

— Segunda Filha.

Red não estava em posição de ser exigente, mas contraiu os lábios, os dentes brilhando na caridade que não lhe era mais familiar.

— Lady Lobo — corrigiu ela.

26

Red não protestou quando algemaram seus pulsos, apenas controlou a expressão para demonstrar calma enquanto os guardas se reuniam em volta da jovem, cochichando e olhando de esguelha para ela.

— Parece humana.

— Claro que parece. Se você acha que aquela *coisa* é a Segunda Filha, ou seja lá como ela se autodenomina, você é um tolo. A Segunda Filha já morreu há muito tempo. Só monstros habitam Wilderwood.

Um riso debochado.

— E você acredita mesmo nessas histórias?

O primeiro guarda apontou o polegar para Red.

— Acredito *agora*.

— Melhor se acalmar, Coleman. Você parece uma moça medrosa perto da fogueira em um Festival da Colheita. — O comandante era um homem muito bonito, com maçãs do rosto definidas e barba acobreada. Tinha se colocado entre Red e os outros soldados. — A Rainha avisou que deveríamos ficar de olho no aparecimento dela.

— A *Rainha*, Noruscan? Ela enlouqueceu...

O líder, Noruscan, acertou uma bofetada com o dorso da mão na boca do soldado em um gesto quase casual.

— Basta! Você já foi longe demais!

O outro homem soltou uma exclamação surpresa enquanto sangue escorria pela boca. Lançou um olhar venenoso para Red, como se aquilo fosse culpa dela.

Noruscan olhou para a Segunda Filha, analisando-a com curiosidade como se ela fosse uma estátua. Uma relíquia. Red sentiu um aperto no estômago ao notar a expressão que conhecia bem. Era duas vezes pior depois de tanto tempo sem ninguém olhar para ela daquela forma.

O comandante desviou o olhar para Wilderwood atrás deles, alta e escura, e a visão pareceu resolver algum tipo de debate interno.

— Vamos levá-la à Suma Sacerdotisa.

Red franziu as sobrancelhas. A Neve que conhecia, a que vira no espelho, desesperada pelo seu retorno, decerto ordenaria que a irmã fosse levada diretamente para ela.

— Foram essas as suas ordens, Noruscan?

Ao ouvir o próprio nome, o comandante se encolheu, dando um passo para se aproximar mais dos seus homens.

— Não *fale* com a coisa — avisou o guarda com o lábio cortado e a mão trêmula segurando a espada.

O capitão olhou para ela, avaliando a ameaça, depois a agarrou pelo braço. As algemas beliscaram sua pele, mas Red não resistiu. A última coisa de que precisava era inspirar um momento de valentia no soldado assustado.

— Você vai comigo. — Noruscan a puxou para o cavalo. Antes de colocá-la na sela, tentou soltar o manto dela.

Red se contorceu sob o toque, agindo mais com base no instinto do que na razão.

— Não.

— Como você acha que as pessoas na capital vão reagir se você realmente for quem diz ser? — A expressão do rosto dele era séria, os olhos escuros brilhando com algo que não era bem medo, mas ficava bem próximo. — Eles a mandaram para um monstro, e o monstro a devolveu. O que acha que vão pensar, Segunda Filha?

A pulsação dela era constante e rápida contra as algemas. Mesmo que aquilo a irritasse, ele estava certo. Não podia se dar ao luxo de anunciar a própria presença para todo o reino, e com certeza o manto matrimonial escarlate chamaria uma atenção indesejada.

— Você vai me devolver o manto?

Um momento de hesitação, as sobrancelhas avermelhadas baixas. Mas ele assentiu.

Red deixou o tecido pesado escorregar pelos ombros, engolindo em seco. Quando Noruscan montou na sela atrás da Segunda Filha, colocou o manto com gentileza no colo dela, que enrolou os dedos nele enquanto saíam a galope.

Após duas horas de viagem a toda velocidade, Red viu os portões da capital brilhando no horizonte.

— Esconda isso. — disse Noruscan, puxando as rédeas para levar o cavalo na direção dos portões. Ele bateu com o punho cerrado no manto matrimonial.

O tom deixava o aviso bem claro. *Esconda ou vamos tirá-lo de você*. Red embolou o manto nas mãos e o escondeu da melhor forma que conseguiu, virando o bordado para dentro.

Quando chegaram à guarita, Noruscan se aproximou, puxando as algemas que prendiam os pulsos de Red para que brilhassem ao sol.

— Uma ladra das vilas externas — declarou ele.

A mentira fez Red contrair os lábios, mas ela manteve o silêncio. A cooperação parecia ser a melhor opção ali, a forma mais certa de chegar até Neve.

O guarda fez um aceno preguiçoso com a mão, e os portões se abriram.

O cavalo de Noruscan seguiu em direção ao palácio. Assim que se aproximaram do pátio, ele desmontou e a ajudou a descer com cuidado. Uma das mãos dele tocou na pele nua do braço de Red, e ele a puxou de volta em um gesto rápido como se tocá-la pudesse queimá-lo.

Estavam morrendo de medo dela. Em algum momento, aquilo talvez a fizesse sofrer, mas, agora, Red só pensava em como poderia usar a situação a seu favor. Com as mãos ainda algemadas, ela sacudiu o manto e o prendeu novamente em volta do pescoço.

O batalhão a conduziu em direção ao Templo, flanqueando-a, enquanto mantinham a mão no cabo da espada e o olhar afastado. Entraram no corredor que levava aos jardins do palácio, todo de mármore e vidro, mas pararam diante de uma porta simples de madeira em vez de seguirem até o anfiteatro. Noruscan fez um gesto com a mão para dispensar os outros soldados, mas entrou junto com Red e fechou a porta atrás deles.

Havia um janelão na parede ao fundo que dava para os jardins e deixava entrar uma luz clara e etérea. Havia uma única sacerdotisa sentada a uma escrivaninha. Ela se levantou devagar, enfiando as mãos na manga da túnica. Partículas de poeira pairavam no ar, girando preguiçosamente em torno do cabelo ruivo.

Uma nova Suma Sacerdotisa, então. Red franziu o cenho. Não deveria ser uma surpresa, já que a anterior já era bem idosa. Mas uma nova Suma Sacerdotisa combinado com o que tinha visto no espelho fez os pelos do pescoço de Red se eriçarem.

O Santuário. O que quer que estivessem fazendo acontecia no Santuário.

— Vossa Santidade. — Noruscan fez uma reverência. Red se manteve ereta. — Ela afirma ser a Segunda Filha.

Frios olhos azuis olharam Red de cima a baixo.

— É mesmo?

— Ela saiu de Wilderwood. — apressou-se Noruscan a dizer. — Mas não mostrou nenhum sinal de... anomalias.

Red endireitou a postura, tentando fazer contato visual com a Suma Sacerdotisa, mas a luz forte que vinha da janela deixava o rosto dela nas sombras.

— Como gostaria que eu provasse a minha identidade, Vossa Santidade?

Red nunca tinha sido muito boa na arte da sutileza, então acrescentou:

— Se me levar ao Santuário para rezar e demonstrar meu respeito, tenho certeza de que poderei responder a qualquer pergunta que tenha.

— Não precisa se incomodar.

A sacerdotisa deu um passo em direção à luz, mantendo as mãos soltas ao lado do corpo. Tinha um estranho pingente contra os seios, um pedaço de madeira branca com fios de escuridão. Red estreitou o olhar para o objeto.

A sacerdotisa notou. Mãos pálidas com dedos longos pegaram o fragmento e o levantaram em um raio de sol.

— Familiar, tenho certeza. Se entranhando em você como um fungo em um cadáver.

— Não sei o que quer dizer. — Mas a magia que morava dentro dela, aquele fragmento de Wilderwood, retorceu-se e floresceu em volta dos ossos dela.

A Suma Sacerdotisa — Kiri, Red se lembrou do nome que ouvira Neve usar no espelho — deu um sorriso frio, deixando o pingente descansar no peito. Ela se aproximou devagar, chegando perto o suficiente para que Red sentisse o impulso de dar um passo para trás. O olhar da Suma Sacerdotisa era avaliador, como se achasse que a fitar com intensidade suficiente a faria enxergar *dentro* de Red, nos espaços vazios entre os órgãos.

— Sua chegada talvez nos atrase — disse ela, como se estivesse falando consigo mesma. — Mas talvez você possa ser um peão útil.

Red franziu a testa, uma expressão genuína de confusão tomando o rosto.

— Não estou entendendo...

Mas antes que tivesse a chance de concluir a frase, Kiri ergueu a mão, contraindo-a como garras, e um frio gelado adentrou o corpo de Red.

Red levantou ambas as mãos, como se pudesse lutar contra aquela invasão, mas não conseguiu encontrar o próprio poder que tinha aprendido a controlar. O que quer que a Suma Sacerdotisa estivesse fazendo, injetando gelo pelas veias dela, parecia fazer o poder de Red murchar e se esconder, totalmente cancelado. Era como ser esmagada no chão sob o salto gelado de alguém; como se a magia de Wilderwood, tomada e revertida, rastejasse por dentro dela como se estivesse procurando alguma coisa.

Aquilo fazia um sentido meio estranho. Libertar Red teria sido motivo suficiente para Neve aceitar enfraquecer a floresta, mas não era o bastante para a Ordem. Eles deviam ter mais motivos, mais recompensas.

Aquela magia fria e horrível devia ser a razão.

Quando o ataque gelado terminou, Red estava de joelhos, mas nem se lembrava de ter caído. Tinha a respiração ofegante, e a garganta parecia fechada com gelo. O nariz começou a sangrar, pingando até formar uma poça no piso de mármore.

Olhou de esguelha para Noruscan e viu quando ele contraiu o rosto.

As veias do pulso da Suma Sacerdotisa estavam negras, e a pele, úmida com o gelo derretido. Kiri mergulhou o dedo no sangue e o levou à luz.

— Vermelho — sussurrou a sacerdotisa. — Apenas vermelho.

Os raios de sol iluminaram os dentes dela. Ela olhou para o comandante e disse:

— Nos deixe a sós.

Noruscan olhou de uma para a outra, com uma expressão quase de arrependimento, antes de se virar e sair. O som da porta se fechando lembrou o de um sepulcro.

Quando Red limpou a boca, a mão estava trêmula.

— Eu só quero ver Neve. — O tremor na voz não era um artifício. Sentia que tinha sido virada do avesso, cada segredo sob sua pele exposto sob uma luz terrível. — Só me leve até o Santuário e me deixe ver Neve.

Ela precisava ver o que havia no Santuário. Precisava ver o que Neve tinha feito e encontrar uma forma de consertar.

Principalmente se era uma coisa que trazia aquele tipo de poder, aquela escuridão que a enfraquecia e fazia a parte de Wilderwood dentro dela se encolher. O que aquilo faria com Eammon, dado o que fazia com ela?

Kiri olhou para o sangue no dedo.

— Você verá a Rainha quando eu achar que é seguro. — Ela se levantou, limpando o sangue na túnica branca. — Sei que tem alguma coisa aí dentro, algum resquício dos seus laços com a floresta. Você só está escondendo. Mas pode ter certeza de que será encontrado.

— Não estou entendendo. — Red se sentou nos calcanhares. — Eu estou *aqui*. Vocês enfraqueceram Wilderwood por mim. Não era isso que estavam fazendo?

— Garota tola. Isso é muito maior que você e sua irmã idiota. — A Suma Sacerdotisa ficou andando em volta dela como uma ave carniceira. — Você serviu apenas a um propósito. Talvez sirva a outro. Mas a decisão não é minha.

Red engoliu em seco. Neve e Kiri pareciam ter perspectivas completamente diferentes do que estava acontecendo ali. Tinha certeza disso. Os métodos talvez estivessem alinhados, mas os objetivos, não. Pelo menos não completamente.

Ou era o que ela esperava.

— Neverah está começando a entender — continuou Kiri, pensativa, como se estivesse falando sozinha. — Ela sabe que precisa que eu faça um desenlace completo entre você e a floresta. — Uma pausa. — Algo sempre pode sair errado. Ela nem ficaria sabendo.

Red sentiu um frio na espinha.

— Red?

A Suma Sacerdotisa, cujas mãos estavam curvadas em garra de novo, preparada para usar a magia fria, escondeu-as entre as dobras da manga. Red se levantou aos tropeços e virou para a porta.

Neve, mais magra do que Red se lembrava, o cabelo negro preso pela coroa prateada. Neve correndo até ela, com as mãos estendidas. Neve, sólida e real.

— Eu consegui. — Neve vibrou com uma expressão que era um misto de alegria e maravilhamento e surpresa e quase medo. — Eu consegui!

Red se jogou nos braços da irmã como uma boneca de retalhos, sentindo o cheiro de chuva e rosas, agarrando-se a ela como alguém que voltou da morte.

— Neve — sussurrou ela, mas não conseguiu dizer mais nada. — Neve.

— Eu sabia. — Neve a abraçou com uma força surpreendente considerando os braços finos. Lágrimas escorriam pelo rosto de Red. — Eu sabia que você ia voltar. Eu sabia que conseguiria fugir.

Red sentiu um frio na barriga ao ouvir a palavra *fugir*, mas ignorou a sensação, puxando a irmã para mais um abraço, curvando as costas e deixando as lágrimas molharem o cabelo de Neve.

Aquilo era quase suficiente para fazê-la se esquecer do verdadeiro motivo de estar ali.

Neve se afastou, prendeu o cabelo de Red atrás da orelha e entrelaçou os dedos com os da irmã antes de se virar para a Suma Sacerdotisa.

— Kiri, espero que tenha dado as boas-vindas de forma adequada para minha irmã.

Havia algo de estranho na voz dela, algo oculto. A Suma Sacerdotisa abriu outro sorriso.

— Tão adequada quanto a ocasião exige — disse ela. — Tenho certeza de que logo vamos nos conhecer melhor.

Neve apertou mais os dedos de Red.

— Certamente. Você avisará as outras? Informará que todo o nosso trabalho deu frutos?

Uma expressão inescrutável apareceu no rosto de Kiri.

— Não todos os frutos — retrucou ela em voz baixa. — Nosso trabalho ainda não acabou. Vossa Majestade.

A Suma Sacerdotisa claramente decidiu acrescentar o pronome de tratamento depois, como uma maneira de reforçar o tom. Red arqueou as sobrancelhas.

— Estou ciente disso, Kiri — murmurou Neve, com um brilho escuro no olhar. — Mas vamos comemorar uma vitória antes de irmos atrás das outras, por favor.

A apreensão abafou a felicidade de Red de rever a irmã, o motivo de estar ali a encarando nos olhos. Neve contra Wilderwood. Neve presa em tramoias que não entendia completamente.

Sentia o calor da irmã ao seu lado, e o cheiro do cabelo dela era familiar e reconfortante. Ainda assim, Red piscou e viu o rosto de Eammon sujo de terra, viu os olhos verdes e âmbar.

— Venha. — Neve a puxou em direção à porta. — Vou mandar trazerem o jantar para os meus aposentos. Você parece exausta.

Um pouco antes de a porta se fechar, Red olhou por sobre o ombro. A expressão de Kiri era calma, mas o maxilar contraído demonstrava algo mais profundo do que um simples desprazer. Os olhos dela se encontraram com os de Red, azuis e frios o suficiente para queimar, e a porta se fechou.

27

Enquanto caminhavam pelos corredores, o manto de Red chamava toda a atenção que ela temia que chamaria e ainda mais. Criados e nobres paravam para olhar e, depois, começavam a encarar abertamente assim que a reconheciam. A Segunda Filha tinha voltado de Wilderwood.

Neve não dava atenção alguma a isso, puxando Red pela mão como quando eram apenas garotas, e não a Rainha e a Lady Lobo. Ela fez um gesto para uma criada que passava.

— Quero que o jantar seja servido nos meus aposentos. Para três.

A criada ficou boquiaberta, mas assentiu.

— Rainha Neverah... e... hum... Redarys...

— Minha irmã voltou. — A voz de Neve soou dolorosamente sincera. — Sã e salva.

Sã e salva. Red tentou sorrir, mas a pressão daqueles corredores conhecidos era quase um peso real nos seus ombros. A atmosfera vibrava na sua pele em uma frequência que não combinava com as batidas do seu coração, como se Valleyda reconhecesse que ela não pertencia mais àquele lugar.

A criada ficou mexendo os lábios sem emitir som algum.

— Que... Que... maravilha. — Ela poderia muito bem ter trocado *maravilha* por *assustador* sem alterar o tom.

Neve não notou.

— Diga para Arick nos encontrar lá. — Neve se virou em um farfalhar de saias e prata.

— Não estou com muita fome — disse Red enquanto seguia a irmã. — Será que poderíamos ir ao Santuário antes do jantar?

Aquilo fez Neve parar. Ela se virou com as sobrancelhas franzidas.

— *Você* quer ir ao Santuário?

Neve sempre tinha sido a perspicaz, e Red, apenas a direta. Ela encolheu os ombros.

— Já faz muito tempo.

A gêmea estreitou o olhar enquanto mordiscava o canto da boca. Red se lembrou daquela conversa estranha no templo. Kiri e Neve, unidas no que quer que estivessem fazendo contra Wilderwood.

Desde o início, sabia que não seria tão simples quanto apenas mostrar para a irmã que estava bem e pedir delicadamente que parasse de fazer o que estava fazendo. Mas agora, que a realidade estava diante dos seus olhos, Red se sentiu como uma muda enterrada na terra congelada.

Neve olhou para ela por mais um tempo.

— Agora, não — disse ela por fim, virando-se para continuarem caminhando pelo corredor. — Amanhã, talvez.

Red não sabia como fazer aquilo. Já tinha guardado segredos da irmã, mas a modulação cuidadosa, as meias verdades, nada daquilo vinha naturalmente para ela, ainda mais naquele momento. Parte dela queria contar toda a história, nos mínimos detalhes, dizer o que estava acontecendo e avisar que Neve precisava parar. Mas pensou no que tinha visto no espelho e nas palavras de Kiri instantes antes, sobre planos e frutos e sobre como Red era apenas uma parte daquilo. O caminho era complexo e cheio de armadilhas. Se pisasse em falso, podia ser o fim para ambas.

O melhor plano parecia ser ir ao Santuário para ver exatamente o que Red tinha feito.

Mais cortesãos e criados passaram por elas com seus olhares assustados e cochichos inaudíveis. Red encolheu os ombros como se pudesse ficar menor.

— Eles parecem surpresos.

Red não sabia bem que tipo de reação esperava. Nem sabia ao certo *nada* quanto ao que esperava. Tinha concentrado todos os pensamentos em impedir que mais sentinelas desaparecessem e em ajudar Eammon. Agora parecia que ela estava tateando no escuro para acompanhar tudo que acontecia a uma velocidade vertiginosa demais para absorver.

— Claro que estão. — Neve parou diante da porta dos aposentos que ocupava desde que tinham saído do berço. — Eles achavam que você estava morta. — A voz dela ficou agitada. — Mas nós sabíamos que você estava viva. Arick e eu.

Arick. O nome deveria ser um conforto. Em vez disso, ela sentiu um nervosismo descendo pela espinha. Quando tentou se lembrar do rosto dele, ainda era a coisa sombria que aparecera para ela no portão da Fortaleza, e as lembranças do corpo dele se resumiam à forma possessiva como a segurara pelos pulsos na noite do baile.

Os raios de sol que entravam pela janela acentuavam o rosto encovado de Neve e o contorno da clavícula. A Rainha levou as mãos ao diadema prateado e praticamente o arrancou dos cabelos. Colocou-o na penteadeira e esfregou a testa como se estivesse sentindo dor. Sombras se acumulavam na curva do diadema, retorcendo o reflexo do quarto. Era parecido com o que ela usava como Primeira Filha, mas mais ornamentado, com filigranas delicadas e pequenos diamantes incrustrados. Red se lembrava de Isla usando-o e sentiu um aperto no peito.

— Sinto muito — sussurrou Red. — Neve, sinto muito que tenha sido obrigada a passar por tudo sozinha.

O reflexo retorcido de Neve no diadema se retesou.

— Foi... — Ela mexeu os lábios como se fosse dizer alguma coisa, mas não emitiu som algum. Prendeu uma mecha do cabelo preto atrás da orelha enquanto se sentava na cadeira diante da escrivaninha. — Foi difícil.

Os aposentos contavam com uma saleta íntima que Neve nunca usava. Red puxou uma das cadeiras pesadas e forradas com brocado e se sentou ao lado de Neve. Por um instante, ficaram em silêncio. Duas irmãs e o fantasma da mãe. Neve ficou olhando para o tapete em vez de para a irmã, uma marca na pele onde o diadema pesara na cabeça.

— Estou feliz por ser a Rainha — disse ela, como se confessasse algo. — Acho que nunca vou deixar de me sentir culpada por isso. — Ela se empertigou e ergueu o olhar. — Mas você está aqui agora. Eu a salvei. Então tudo valeu a pena.

Aquilo fez Red se encolher. Aquela declaração de que precisava ser salva. *Ela sabe que precisa que eu faça um desenlace completo entre você e a floresta.*

— Como você conseguiu? — Reis do céu, ela mal conseguia controlar a expressão para aparentar simples curiosidade, mal conseguia controlar o tom de acusação que transparecia na própria voz. Ali estava a irmã que amava com cada fibra do seu ser, mas o ar entre elas estava pesado com os segredos e todas as coisas que não entendiam. — Como enfraqueceu Wilderwood para que eu pudesse... — Não conseguiu terminar a frase, não conseguiu falar *fugir*.

Neve ergueu o olhar das mãos pálidas e entrelaçadas, franzindo a testa. Assim como Kiri antes, seu olhar parecia perscrutador. Como se estivesse procurando alguma coisa em Red, alguma anomalia oculta.

O momento passou. Neve piscou e o brilho calculista se apagou, substituído por uma expressão de alívio.

— Não importa. — Um sorriso, mais brilhante do que a aparência pálida e encovada. — Você está aqui agora. E faremos tudo que for necessário para nos certificarmos de que você continue sã e salva.

Red se remexeu no assento, inquieta.

Interpretando errado o nervosismo de Red, Neve pousou a mão tranquilizadora no joelho da irmã.

— Não precisa se preocupar, Red. O Lobo não pode pegar você aqui, e vamos cuidar do resto...

— Eu não vou ficar. — A declaração foi firme e dura, e Red soube que não deveria ter dito nada no momento que as palavras saíram da sua boca. Mas havia tão pouca verdade entre elas que era quase insuportável.

Talvez a própria sinceridade despertasse o mesmo na irmã.

Neve franziu a testa, sem compreender.

— Se você preferir ser levada para outra de nossas propriedades, posso providenciar isso também. Eu entendo se não quiser permanecer na capital.

— Não é isso, Neve. — Red contraiu o rosto. — Eu... Eu vou voltar para Wilderwood.

A descrença caiu como uma sombra sobre elas, fazendo os olhos de Neve perderem o brilho.

— Como assim?

Red não sabia bem o que dizer, o quanto seria seguro compartilhar com a irmã, e odiava aquilo.

— Eu só vim porque eu queria ver você. Porque... queria saber o que você estava fazendo. — Ela não disse que queria *impedir* a irmã de continuar fazendo o que quer que fosse, sem saber se poderia admitir aquilo ou não, sem saber o que Neve poderia fazer. — Mas eu quero voltar. Eammon...

— Eammon?

— O Lobo. Ele se chama Eammon. É o filho de Gaya e Ciaran. — Red fez uma pausa e respirou fundo. — Neve, tem tanta coisa que é diferente...

— Pare.

A ordem foi dada em voz baixa, mas com peso suficiente para que Red se calasse. Neve ergueu a mão entre elas, e Red viu que os dedos estavam trêmulos. Foi a vez de a Rainha respirar fundo e soltar o ar devagar enquanto fechava os olhos.

— Então você tem uma boa relação com ele. Com o Lobo. Com Wilderwood.

A frieza na voz da irmã fez Red enrubescer, como uma reação inversa. Resolveu engolir a verdade naquele momento. Ficou óbvio que Neve não queria ouvir.

— Pode-se dizer que sim — sussurrou ela, passando os dedos pela bainha do manto.

O movimento chamou a atenção de Neve. Pela primeira vez, a irmã gêmea olhou para o manto e contraiu os lábios.

— Esse não é o manto com o qual você partiu.

O bordado contra a pele de Red lhe deu coragem.

— Tecnicamente, não.

Silêncio e mais silêncio, um poço impossível de encher. Então, Neve perguntou com voz trêmula:

— O que foi que você *fez*, Red?

A própria Red já tinha se feito aquela pergunta mais de uma vez. Ela se casara com o Lobo de Wilderwood. Era uma coisa importante e assustadora, e uma coisa que faria de novo em um estalar de dedos.

— Nada que eu não quisesse fazer — respondeu em voz baixa.

A irmã entrelaçou os dedos das mãos, apertando com força até as articulações ficarem brancas. Do outro lado do quarto, um espelho ornado refletia a imagem delas. Brilho dourado e escuridão, reflexos uma da outra.

Neve fechou os olhos com força.

— Não se preocupe. — Foi um sussurro, uma afirmação para tranquilizar tanto Red quanto a si mesma. — Nós não esperávamos... *isso*, mas sabíamos que haveria alguma coisa. Vamos dar um jeito.

— Como assim?

Mas qualquer resposta que Neve pudesse ter dado foi interrompida pela porta se abrindo.

Os criados empurravam um carrinho para a saleta íntima e pouco usada de Neve, trazendo comida suficiente para alimentar cinco pessoas, mas arrumando a mesa para três. Entraram e saíram em silêncio, encarando o manto de Red com olhos arregalados e evitando olhar para o rosto dela. Enquanto saíam, uma pessoa apareceu na porta.

— A boa filha à casa torna.

Ele estava mais empertigado e mais magro. O cabelo também estava mais comprido do que ele costumava usar antes de ela partir, ultrapassando o colarinho. Red se levantou, sentindo as pernas pesadas, enquanto forçava um sorriso e tentava não pensar no comportamento estranho de Neve, com o qual teria de lidar depois.

— Olá, Arick.

Sorrindo, ele se afastou da porta e se encontrou com Red no meio do aposento, abraçando-a. O cumprimento foi estranhamente clínico, muito diferente do que trocavam antes. O cheiro dele também estava diferente. Talvez tivesse mudado o tipo de charuto, ou talvez o valete tivesse parado de colocar folhas de hortelã no bolso das roupas do rapaz. Não conseguia descrever bem o novo cheiro, além de dizer que era frio.

— Você está ótima, Red. — Arick pousou as mãos nos ombros dela, e a parte da Segunda Filha que se lembrava da alcova quis se afastar. A luz que entrava pela janela ofuscava os contornos, mas Red notou a forma como os olhos dele analisavam os dela. — Ou será que devo chamá-la de Lady Lobo? Soube que esse foi o título com o qual se apresentou para Noruscan.

Neve não emitiu nenhum som atrás dela, mas Red olhou por sobre o ombro, como se o calafrio corrindo pela espinha de Neve também se propagasse pela dela. A irmã gêmea congelou por um breve instante antes de seguir para a saleta íntima e se acomodar no sofá.

— Pode me chamar só de Red — murmurou ela.

O sorriso de Arick ficou mais acentuado. Ele soltou os ombros dela e cruzou o aposento para se colocar ao lado de Neve, que finalmente relaxou na presença dele. Um toque leve no braço da Primeira Filha, um toque leve e tranquilizador.

Hesitante, Red se acomodou diante deles.

— Raffe vai se juntar a nós?

O nome fez Neve se retesar.

— Raffe voltou para Meducia. — Arick levantou o cloche de um dos pratos e olhou para Red com um brilho nos olhos que, por um instante, pareceram não ser mais ser verdes. — Faisão, Red. Seu prato favorito.

O aroma fez o estômago dela roncar. Já fazia bastante tempo desde que tomara o desjejum na Fortaleza.

— Parece um momento estranho para ele partir.

Não conseguia imaginar Raffe abandonando Neve tão rápido depois da coroação. Não quando cada linha do corpo dela mostrava como estava passando por dificuldades, não quando o sentimento que tinham um pelo outro era tão claro. Quando Raffe e Neve estavam no mesmo aposento, o único momento em que os olhos de um não estavam sobre o outro era quando este estava olhando.

O fato de ele ter partido fez Red sentir um frio na barriga.

Arick fez um prato e entregou para Neve, que aceitou sem muito entusiasmo.

— Raffe já estava longe de casa havia muito tempo — explicou Arick com uma risada breve e forçada. — Você pode culpá-lo, por querer ir para lá em vez de congelar no frio de Valleyda?

Ele estava servindo outro prato, que entregou para Red. Ela o aceitou e o apoiou nas pernas.

— Acho que não.

— Por pouco vocês não se encontram — disse Neve. — Ele partiu há três dias.

— Que pena que não pude me despedir.

Neve fechou os olhos por um instante e voltou a atenção para o prato. Pegou o garfo, mas não o levou até a boca.

Arick fitou Neve com uma preocupação que parecia genuína; quando mirou Red, porém, os olhos estavam frios. Ele a fulminou com o olhar como se sentisse a culpa dela, como se desejasse que ela se sentisse ainda mais culpada.

Ela não sabia como agir ali, como se comportar. A estrutura daqueles relacionamentos tinha mudado na sua ausência, uma mudança sutil que ela não conseguia entender bem.

Red comeu rápido, sem nem saborear a comida. Tomou um gole de vinho — meduciano, é claro — e logo sentiu o efeito da bebida. Tinha se acostumado com a versão aguada que Eammon comprava de Valdrek.

Eammon. Só de pensar nele, sentiu uma fisgada no peito.

A noite caiu lá fora, e as velas gotejantes passaram a ser a única fonte de luz. Elas pareciam neutralizar todos os traços do rosto de Arick, tornando-o quase irreconhecível.

— Mas você deve ter muitas aventuras para contar, Red. — Ele tomou um gole de vinho e se recostou na cadeira, tentando esconder o rosto nas sombras. — Que coisas terríveis viu em Wilderwood?

Red tomou mais um grande gole de forma nada feminina.

— Nem tudo é terrível.

— Achei que você jamais pensaria assim. — As palavras foram de Neve, que ainda estava quieta e mal tinha tocado na comida.

A comida de Red também parecia ter gosto de cinzas, e ela deixou o prato de lado.

Arick pousou a mão tranquilizadora no joelho de Neve, apenas por um momento.

— Fale mais a respeito, então, já que não é tão terrível no fim das contas. — A luz das velas fez os dentes dele cintilarem. — É menos assustador depois que Wilderwood finalmente recebe você?

É mais. Mas Red não podia dizer aquilo, não com Neve bem ali. Com Neve amedrontada e tentando ajudar, mesmo que a ajuda só servisse para afiar ainda mais a espada.

E havia algo de estranho na pergunta. Como se ele quisesse direcionar a resposta.

— É sempre crepúsculo. — Ela deixou a voz assumir a cadência de um contador de histórias ao falar da beleza e esconder os espinhos. — As paredes da Fortaleza são cobertas de musgo. Existem árvores tão grandes quanto casas. E a neblina. A neblina sempre encobre tudo.

Os olhos escuros de Neve estavam fixos na irmã. Uma lembrança acridoce surgiu na mente de Red, as duas ainda pequenas ouvindo com muita atenção uma história a respeito de Wilderwood, ilustrada em um vitral. Red sentiu um aperto no peito.

— E como *ele* é? — O olhar de Arick passou pelo manto dela, a boca contraída. — O retorno de uma Segunda Filha é algo sem precedentes. Vocês se odiaram muito?

— Não. — A resposta saiu direta e casual.

Arick não disse nada, o rosto ainda encoberto pelas sombras, mas ela sentiu que ele sorria. Ao lado dele, Neve mordiscou o lábio.

O cansaço começou a pesar. Por conta do vinho e da longa e estranha viagem, era um esforço manter os olhos abertos. Red não conseguiu ser gentil ao pedir licença.

— Onde você quer que eu durma, Neve? Tenho certeza de que meu antigo quarto está sendo usado por outra pessoa.

— Não — respondeu Neve. — Seu quarto está exatamente como você o deixou.

Red mordiscou o canto da boca.

Como se fosse uma deixa, Arick se levantou.

— Kiri pediu que você a encontre no Santuário, Neve. — Um músculo se contraiu no maxilar dele, os olhos momentaneamente cruéis. — Eu vou com você, é claro.

Finalmente. Red se empertigou, na expectativa.

— Eu já vou. — Neve olhou para Red e depois virou o rosto, segurando a mão de Arick para se levantar. — Quero levar Red para o quarto primeiro.

— Posso ir ao Santuário com vocês. — Talvez tivesse se mostrado ansiosa demais. O rosto de Arick ficou sombrio. Red encolheu os ombros. — Não importa o que tenham que fazer lá. Assim podemos passar mais tempo juntos.

Longe de se sentir encorajada, Neve fechou os olhos, as pálpebras trêmulas, enquanto curvava os ombros.

— Não. Não agora. — Ela se empertigou, deixando de lado qualquer fraqueza que pudesse ter sentido. — Além disso, tenho certeza de que você deve estar exausta.

Red percebeu que aquela discussão estava perdida.

— Amanhã, então.

Um olhar rápido entre a Rainha e o Consorte Eleito.

— Amanhã — concordou Neve.

Virando-se, Arick fez uma reverência para Red.

— Lady Lobo. — E desapareceu na penumbra do corredor.

Neve acompanhou Red pelo curto percurso até o quarto ao lado. Nada tinha mudado desde a manhã em que Red partira. A camisola da Segunda Filha ainda estava embolada em um canto.

A madeira do antigo guarda-roupas era pintada de branco e prateado, muito diferente do móvel arranhado do quarto que dividia com Eammon na Fortaleza. Neve fez um gesto na direção do móvel.

— Todas as suas roupas estão aí. Tudo de que possa precisar. — Ela cruzou o quarto e pegou a camisola. — Eu mandei *sim* trocarem a roupa de cama, ao menos, para que você ficasse confortável.

O ar dentre elas parecia pesado, como se alguma coisa estivesse prestes a acontecer.

— Eu disse a verdade, Neve — disse Red enfim, sentindo-se constrangida no meio do quarto que não parecia mais ser dela. — Só voltei para Valleyda porque queria ver você.

Neve fez um som discreto.

— Você diz isso como se fosse uma grande viagem e não um retorno para casa.

— Essa não é mais a minha casa.

A camisola que Neve segurava tremeu, o único indício do nervosismo dela.

— Entendi.

Havia várias camadas de significado na voz da Rainha, uma profundidade que a palavra não revelou. Mas quando os olhos dela encontraram os de Red, ostentava um brilho de determinação, não de lágrimas. Ela entregou a camisola.

— Vejo você amanhã de manhã. Aí poderemos ir ao Santuário.

Neve quase saiu correndo do quarto, as saias farfalhando ao passar pela porta. Red ficou sozinha pela primeira vez desde que voltara para Valleyda, e até mesmo o ar lhe parecia hostil.

A camisola serviu perfeitamente, mas o tecido pinicava sua pele. A cama tinha cheiro de rosas, muito diferente do cheiro de café e folhas com o qual tinha se acostumado. Red era uma peça retorcida de um quebra-cabeça; as mudanças que sofrera eram sutis demais para serem percebidas, mas suficientes para que não se encaixasse mais no lugar que deixara para trás.

Mesmo assim, adormeceu quase no instante em que fechou os olhos, a exaustão a atraindo para a escuridão.

28

Red já conhecia os movimentos de Eammon àquela altura, catalogara cada um deles enquanto fingia dormir e o observava através das pálpebras semicerradas.

O que quer que estivesse se movendo no quarto não era Eammon.

O cheiro era errado, como flores e chuva. O movimento parou, e alguma coisa sussurrou, uma voz feminina e estranha.

Arreganhando os dentes, Red se levantou do leito com os dedos curvados como garras.

Paredes brancas, brilho prateado e o rosto aterrorizado de três criadas. Nada de floresta. Nada de Fortaleza.

Nada de Eammon.

A criada mais próxima a ela se recuperou, abrindo um sorriso conciliatório. Fez uma pequena mesura, mas os olhos ainda carregavam o brilho amedrontado de uma presa. Atrás dela, as outras duas seguravam o lençol junto ao peito e observavam Red como se ela fosse uma criatura feroz de Wilderwood prestes a atacar.

Bem, não estavam totalmente erradas.

Afastando o cabelo bagunçado dos olhos, Red tentou sorrir, mas elas pareceram ainda mais assustadas.

A primeira tomou coragem para falar:

— Bom dia, Lady Lobo. A Rainha pediu que você a encontre no jardim quando estiver pronta.

Certo. Aquele era o dia em que finalmente iria ao Santuário para ver com os próprios olhos o que Neve estava fazendo e como poderia reverter a situação.

O que restaria delas quando conseguisse? Que cacos sobrariam para serem catados?

— O desjejum está servido — disse outra funcionária, como se a coragem delas fosse algo coletivo. — E há roupas no armário.

— Obrigada.

Red se levantou, constrangida, cruzando os braços. As três ficaram olhando para ela como se fosse um mito que tinha acabado de ganhar vida, como se ainda não acreditassem na existência da jovem.

Não tinha sentido falta daquela sensação.

Seu manto estava no encosto da cadeira em volta da qual estavam reunidas, e o movimento dos olhos confirmou que a peça era o assunto dos cochichos. Elas pareciam se comunicar apenas com o olhar. Então, a primeira criada que se dirigira a Red se virou para ela.

— Ouvimos falar que a senhora voltou com um manto diferente — disse com a voz calma, embora as mãos mostrassem a tensão. — Um manto bordado. Como um manto matrimonial.

É claro que tinham ouvido falar. Ela atravessara o palácio usando o manto e pedira que Noruscan a chamasse de *Lady Lobo*. Não era difícil para os fofoqueiros da corte somar dois mais dois. Red confirmou com a cabeça.

Elas arregalaram ainda mais os olhos, algo que Red não achava ser possível. Trocaram um olhar, como se estivessem perdidas, até que uma das criadas mais reticentes deu um passinho para a frente.

— Então, a senhora... a senhora se *casou* com o Lobo?

Lobo e *monstro* eram sinônimos no tom dela. Red se retesou, embora não pensasse muito diferente até bem pouco tempo antes. Que injustiça a história ter sido retorcida àquele ponto.

— Me casei.

Red foi até o guarda-roupa. As criadas se moveram como se fossem uma, recusando como um cardume de peixes.

A mais corajosa perguntou:

— Ele é perigoso?

— Não. — Red pegou o primeiro vestido em que tocou. Verde-floresta com um bordado branco que a fazia pensar em cicatrizes. — Não mais do que outros homens. E bem menos do que a maioria.

Silêncio. Red não olhou para elas, não queria ver se a expressão delas era de surpresa ou de descrença ou alguma coisa no meio.

— Vocês podem ir agora. Eu sou perfeitamente capaz de me vestir sozinha.

Ouviu um farfalhar de saias perto da porta, mas a mais corajosa parou no batente. Quando Red se virou, ela não piscou e estreitou os olhos.

— Ele contou para você por que as Segundas Filhas precisam ir para Wilderwood? — perguntou ela. — A verdade?

Existiam coisas difíceis demais para explicar, pesadas demais para crenças frágeis aguentarem. E Red não tinha tempo nem para tentar.

— Porque os monstros existem — disse ela. — E até o Lobo às vezes precisa de ajuda.

A criada arregalou os olhos, fez uma mesura e desapareceu pela porta.

A estação de flores em Valleyda era sempre curta, um verão truncado pelo frio do norte, e a vegetação costumava ser mais marrom do que verde quando o outono chegava. Ainda assim, era estranho que o jardim quase inteiro estivesse morto. As sebes não passavam de galhos secos, e canteiros de flores tinha virado grama seca. Até mesmo as flores mais fortes que costumavam aguentar até os primeiros flocos de neve estavam murchas e quase sem cor.

Neve a aguardava embaixo de um caramanchão seco. Tinha olheiras de cansaço no rosto, mas, ao ver Red, abriu um sorriso.

— Você parece muito bem.

Red tinha usado o lavatório do quarto de Neve, limpando as manchas de terra do rosto e desembaraçando o cabelo. Era a primeira vez em muito tempo que Red se olhara em um espelho com o objetivo de ver o próprio reflexo, e as mudanças eram óbvias. Seus olhos não eram mais tão vazios, nem a boca tão fina. O contorno dos ombros estava curvado, como se estivesse carregando algum peso. Aquilo a fez pensar em Eammon, e ela fechou os olhos por um instante.

Red fez uma reverência debochada.

— Já faz um tempo desde a última vez que usei um vestido — disse ela, puxando o bordado da manga.

— Só *você* mesmo para aparecer vestida como um caçador de um livro de histórias. — Neve balançou a cabeça e abriu um sorriso irônico. — Estou surpresa de os cortesãos não terem reclamado da sua falta de modéstia.

— Com modéstia ou falta de modéstia, me vestir como um caçador de uma história é bem mais prático.

O sorriso desapareceu do rosto da irmã.

— Imagino que, para vagar por Wilderwood, esse seja o caso.

A voz dela delimitou as frentes de batalha. Red sentiu um desânimo.

Neve voltou a caminhar pela trilha, e Red a acompanhou, o silêncio delas tão frio quanto o ar outonal. Os galhos das sebes arranharam o braço de Red enquanto caminhavam, e ela quase conseguia *ver* as folhas murchando e os meses de decadência destilados em segundos. Sentiu um cheiro estranho — algo frio e, de alguma forma, familiar. Sentia que deveria reconhecê-lo, mas não conseguiu chegar a nenhuma conclusão.

— O que aconteceu com elas?

Neve retesou os ombros, mas manteve a leveza na voz.

— Estamos tendo um outono rigoroso.

O outono tinha acabado de começar, mas Red não teceu comentários. Uma folha caiu da sebe na trilha de pedras. Ela franziu a testa, tocando-a com a ponta do sapato, e a folha virou pó, deixando apenas uma estrutura morta.

— Sei que os jardins não estão com boa aparência — disse Neve. — Talvez seja melhor chamar alguém para resolver isso. Mas ninguém passa por aqui, a não ser que esteja a caminho do Santuário.

A menção do Santuário pareceu exercer um efeito físico sobre o corpo de ambas, que se empertigaram e se afastaram uma da outra. O silêncio voltou a pairar sobre elas, brilhante e quebradiço como o gelo da primavera.

Quando Neve pegou a mão de Red, a palma estava pegajosa de suor.

— Minha intenção sempre foi salvar você. — Uma sinceridade que poderia parti-la ao meio. — Tudo que fiz foi para salvar você.

— Neve, eu já disse. — A voz de Red parecia suave e falsamente gentil, e ela odiou o próprio tom. Neve não tinha falado com ela da mesma forma inúmeras vezes? Como um animal se debatendo em uma armadilha, fazendo apenas com que o corte ficasse ainda mais profundo. — Eu não preciso ser salva. Eammon é um bom homem e ele precisa de mim. Eu entendo por que você fez isso, mas ferir Wilderwood...

— Fere você. — Neve fechou os olhos quando ouviu o nome de Eammon. — Machucar Wilderwood machuca você.

— Sim. — Red não sabia o que mais poderia falar.

— Eu deveria ter esperado por isso. — Neve soltou a mão de Red devagar, como se estivesse colocando alguma coisa no túmulo. — Eles tentaram me avisar de que a floresta não a soltaria facilmente. Não importa se é o filho ou se é o pai, Wilderwood criou os Lobos, os monstros, e agora ele a entrelaçou nisso tudo também.

— Tudo que Eammon fez foi criar um laço com Wilderwood por causa de um pacto com o qual não tinha relação alguma. — Red puxou a manga do vestido para que sua Marca brilhasse sob o sol. — Se isso o torna um monstro, o que faz de mim?

Neve não respondeu, mas o ar entre elas parecia vibrar.

As olheiras pareceram ficar ainda mais profundas sob os olhos da Rainha, e um suspiro fez os ombros dela se curvarem.

— Você queria ver o Santuário.

Red quase tinha se esquecido daquilo, na onda da raiva. Assentiu, mas não baixou a manga do vestido. As gavinhas da Marca se enroscavam sob a pele, visíveis e sólidas como tinta.

— Venha, então. — Neve retomou a caminhada pela trilha, passando por muitos caramanchões espinhosos que costumavam ser floridos.

Parou bem diante da entrada arcada de pedra, olhando para Red por sobre o ombro. O turbilhão de emoções que apareceu no rosto dela era difícil de deixar passar: tristeza e esperança, medo e alívio.

— Melhor acender uma vela — disse Neve baixinho. — E rezar.

— Eu não quero rezar.

Neve engoliu em seco.

— Então faça isso por mim. — E desapareceu na escuridão.

Red fechou os olhos e respirou fundo, sentindo-se trêmula. Poderia acender uma vela, se era o que Neve queria. Ninguém além dela saberia que amaldiçoaria os Reis enquanto a vela queimasse.

Entrou no Santuário.

Não havia nada de diferente. Talvez tivesse sido tolice achar que seria fácil, que o que quer que precisasse encontrar e reverter apareceria em um estalar de dedos.

No entanto, ao olhar com mais atenção, havia mudanças sutis. Velas de cera cinza-escura tremeluziam nas extremidades do altar, aos pés de Gaya. Red franziu a testa; lembrava que eram vermelhas. A escuridão atrás da estátua, o segundo aposento com a cortina de gaze e fragmentos de sentinelas, parecia mais profunda do que antes. Como uma caverna que tivesse crescido.

E Neve não estava em lugar algum.

Red sentiu a garganta se fechar de apreensão. Avançou um passo entre as estátuas das Segundas Filhas e dos Cinco Reis.

— Neve?

— Aqui.

A voz da irmã vinha de trás da estátua e saiu abafada pela cortina. Aquilo a fez pensar no dia anterior à sua partida. Neve correndo pela arcada iluminada pela manhã, velas gotejando e a voz rouca, fazendo uma última súplica para que Red fugisse.

Ela queria fugir naquele momento.

Com cuidado, avançou mais pelo Santuário. Puxou a cortina, a luz das velas bruxuleantes lançando sombras na sua mão.

A caverna atrás do tecido era enorme, bem maior do que anes. Mas não foi o tamanho que a deixou completamente chocada e boquiaberta.

Foram as sentinelas.

Galhos irrompiam do piso rochoso enquanto raízes tomadas de fungos-de-sombra atravessavam o teto escuro, uma floresta crescendo na direção errada. Marcas escarlates borravam o tronco branco como osso, manchas de mãos.

Ancoradas na rocha, regadas com sangue. Sentinelas, mas invertidas, retorcidas, para que a magia que criava a Terra das Sombras pudesse se libertar. Wilderwood tomada e transformada em horror, o poder manchado com a escuridão que ela tentava prender, cortada e *ceifada*.

Enterrado bem fundo no peito de Red, seu fragmento da floresta lamentou, um grito sem som que fez seus ossos vibrarem e os músculos ficarem dormentes.

Nem percebeu que tinha caído até os joelhos se chocarem contra as pedras, provocando uma dor intensa, mas que nem chegava aos pés daquela que reverberava em Wilderwood. Um som agudo e lamentoso que ecoava nos seus ouvidos, ela e as sentinelas em coro.

— Está vendo? — A voz de Kiri era fria e clínica. Red a viu por entre as lágrimas que embaçavam sua visão, um vulto de pele branca e cabelo ruivo contra as árvores doentes, as mesmas cores dos troncos e do sangue. — Eu sabia que tudo ficaria mais evidente aqui, no nosso bosque. Wilderwood ainda vive nela, Neverah, e se você a quer de volta, vamos ter de arrancar à força. — Os olhos dela brilharam, fixos em Red como predadores. — Isso vai enfraquecer ainda mais a floresta, fazendo-a perder sua âncora. Pode ser uma bênção.

O rosto de Neve estava retraído, mas a boca formava uma linha decidida, e um amor agonizante brilhava nos seus olhos.

Aquele amor tornava tudo ainda pior.

— Você não pode. — Red meneou a cabeça, embora o movimento fosse uma agonia contra o fio de magia que se rebelava e se retorcia no seu âmago. — Neve, você não pode fazer isso.

As sombras sibilaram, escorrendo das raízes acima delas, fungos-de-sombra em forma líquida. Cada gota que caía no chão fazia as veias nos pulsos de Kiri e Neve ficarem ainda mais negras.

E Neve não respondeu.

Um brilho prateado. Kiri tirou uma adaga da manga.

Deu um passo para a frente, ergueu a lâmina e a desceu na direção do antebraço de Red, que teve a presença de espírito de se afastar, evitando que a lâmina fosse muito fundo, mas esta cortou o suficiente para que sangrasse. Ela cobriu o ferimento com a mão, enquanto a voz de Eammon ecoava nos seus ouvidos: *Não derrame sangue onde as árvores puderem experimentá-lo.*

Abruptamente, o lamento das sentinelas invertidas silenciou, como se todas tivessem ouvido o corte.

Como se conseguissem sentir o cheiro do sangue dela.

Kiri afastou a mão de Red do corte e o examinou.

— Não pode ser — murmurou ela, enquanto o ritmo da fala se afastava cada vez mais da sanidade, a voz ficando mais aguda. — Não pode ser! Todas as Segundas Filhas têm o laço!

Ela ergueu a adaga de novo.

— Kiri!

A voz de Neve estava tensa, como se a tivesse canalizado de algum lugar no fundo do seu ser. A indecisão estava estampada em cada traço dela, a mente mudando de ideia rápido demais para o corpo acompanhar. A mão estendida, os olhos arregalados, a escuridão tingindo seus pulsos.

No entanto, Red não tinha tempo para descobrir o que Neve queria ou se as coisas tinham saído do controle dela... Estava ouvindo o silêncio das sentinelas invertidas, e se lembrando da voz de Eammon enquanto tentava criar um plano bem rápido.

Kiri falava com raiva:

— Se eu tiver que chegar até seu coração para encontrar as raízes, eu...

Red arrancou a adaga da mão de Kiri, que não teve tempo para reagir. Com os dentes arreganhados, a Segunda Filha passou a lâmina pela palma da mão, abrindo um corte quase profundo o suficiente para ver o brilho dos ossos. Só tinha feito aquilo uma vez. Não sabia de quanto sangue precisava. Então, com o grito de um animal ferido, espalmou a mão no chão.

— Vamos lá! — gritou ela para Wilderwood. — Não era isso que você queria? Pode me pegar! Pegue tudo que você quiser.

Um momento de hesitação, como se Wilderwood precisasse se questionar, como se precisasse decidir como queria usar a oferta. O fragmento que carregava dentro de si, a semente da sua magia, floresceu apenas para murchar novamente, em uma demonstração clara de indecisão.

E ela soube, de alguma forma, que aquilo não era tudo de que Wilderwood precisava. Que era mais complicado do que uma mão cortada encostando nas suas raízes. Ainda havia uma parte que ela não tinha entendido, uma necessidade além da mera cura... Um novo fator na equação entrelaçada e complexa de árvores e Segundas Filhas. Algo que a floresta não tomaria a não ser que ela entendesse *exatamente* o que era, qual seria o custo da oferta, e estivesse disposta a dar assim mesmo.

Vamos esperar sua escolha, a floresta dissera quando ela passara por entre as árvores. A decisão que a floresta tomara naquela noite na clareira. Wilderwood já tomara algo antes, tomara o que não era dela para tomar, e nunca era o suficiente. A floresta aguardava a escolha dela, uma escolha que precisava ser feita sabendo tudo que significava, e não em um momento de desespero.

A semente da sua magia se recolheu ainda mais, afundando-se para ficar bem longe da floresta lá fora. Ela esperaria.

Tudo aquilo em um turbilhão, uma avalanche de conhecimento de um fragmento de poder estranho que carregava havia quatro anos. Red não conseguia entender, não naquele momento, então apenas pressionou a mão sangrenta contra o chão com força o bastante para sentir o pó de rocha nas veias.

— Blasfêmia. — Kiri não tentou pegar a adaga. Estendeu as mãos gélidas enquanto o frio e a escuridão se juntavam nas suas veias. — Herege sem deus.

Red fechou os olhos com força, ainda pressionando a mão no chão, e esperou ser atingida por aquela magia congelada e invertida.

Mas nada aconteceu. Só um gorgolejo.

Ela olhou para trás: Kiri estava parada, com Neve apertando o pescoço dela. A mesma escuridão que ela vira Kiri usar fluía pelas mãos da irmã, frias o suficiente para congelar.

— Neve? — A voz de Red soou bem baixinha.

O rosto da irmã não era o de um pedido de desculpas. A escuridão tinha tomado os olhos dela, engolindo a íris de cada um dos olhos até ficarem totalmente tingidos de negro; as veias abaixo das pálpebras também ficaram pretas.

— Eu não vou deixar você — sibilou ela mostrando os dentes. — Eu não vou deixar você para ele, Red, mas eu não consigo... não assim.

Quietude. A mão de Red pressionada no chão, o sangue escorrendo dela e seguindo para as sentinelas invertidas, enquanto ela e a irmã se olhavam, veias negras e veias verdes.

Então, um estrondo.

As raízes no teto vibraram, saindo das rochas que as prendiam e espalhando poeira. Uma fosforescência dourada girou sob o tronco tomado de fungos-de-sombra, sugando a escuridão como uma bandagem absorvendo sangue enquanto as sentinelas se encolhiam, as árvores que nunca deviam ter sido voltando a ser os galhos que eram antes. Uma gota de sombra congelou diante do rosto de Red, tremendo em uma suspensão de movimentos antes de voltar na direção contrária e mergulhar de volta nas raízes acima, a magia invertida se autocorrigindo.

Aquilo fez Neve diminuir a força com que segurava o pescoço de Kiri, fazendo as veias escuras sob a pele dela tremerem, e ela deixou as mãos caírem. A Suma Sacerdotisa, agora livre das mãos congelantes, virou-se e gritou:

— Você não vai impedir isso! — Os olhos tinham um brilho de loucura e vazio. — Você não vai nos deixar sem *um deus*!

Ela levantou a mão para atacar, juntando os fragmentos daquele poder sombrio enfraquecido, mas, então, uma pedra despencou de lá de cima, derrubando-a e tirando-a do campo de visão. Neve desapareceu em uma nuvem de poeira, rolando no chão e revirando os olhos.

As raízes se soltaram do teto, desestabilizando-o; o chão tremeu enquanto os galhos que cortavam as rochas se encolhiam. Parecia um terremoto, parecia um apocalipse. A visão de Red ficou turva nos cantos, o rosto pressionado contra uma pedra quebrada enquanto a mão espalhava sangue pelo chão. Tudo que ela queria era descansar e ficar deitada quietinha...

Outra pedra caiu sobre a mão ilesa da Segunda Filha. Ela gritou quando os ossos quebraram, mas o choque foi suficiente para fazê-la se mexer. A adrenalina a ajudou a empurrar a pedra e se levantar, cambaleando. Deu um impulso, tentando se mover para onde vira a irmã pela última vez.

— Neve!

Não houve resposta além do chão se rompendo, nenhum outro som a não ser o de pedras ruindo.

— *Neve!* — Um soluço subiu pela garganta, afiado como os cacos de ossos em sua mão ferida.

O teto não aguentaria muito mais tempo. Pedaços maiores caíam, explodindo no chão, e a passagem da porta foi ficando cada vez menor à medida que os escombros se acumulavam ao redor dela. Engolindo outro soluço, Red correu em direção à passagem estreita, passando pelas estátuas de pedra das outras Segundas Filhas e pelas velas acesas. Uma das mãos sangrava e a outra estava quebrada.

Caiu de joelhos nas pedras do lado de fora do Santuário. Tentou se levantar, mas não conseguiu. Um grito passou sibilante entre os dentes cerrados, enquanto a dor a atingia em ondas.

— Redarys?

As botas de Arick entraram no seu campo de visão quando o rapaz se agachou sob o som outonal. A voz dele saiu rouca e entrecortada.

— O que foi que você fez? Onde está Neve?

Red não respondeu. Em vez disso, concentrou-se nas pedras atrás dele. No que não estava lá. A dor lhe trouxe uma clareza, enquanto ela dizia a verdade nua e crua:

— Você não tem sombra.

Ele parou. Então, uma coisa afiada atingiu a lateral da cabeça de Red, e o mundo ficou preto.

29

Olhos âmbar e boca suave, cabelo escuro entre os dedos. Red não queria acordar, mesmo enquanto água fria escorria pelo pescoço e as pedras machucavam suas costas. Mas despertou e abriu os olhos, a dor ficando mais aguda à medida que os sonhos com Eammon se apagavam.

Paredes rochosas e úmidas, grades de metal. Um calabouço.

É claro que sabia que havia calabouços embaixo do palácio de Valleyda, mas não se lembrava de já terem sido usados. O teto começava a poucos centímetros da sua cabeça, e a única fonte de luz era uma arandela gotejante. Mal conseguia ver a outra cela na penumbra do outro lado do corredor estreito e úmido. Uma massa de sombras espreitava de trás das grades.

Red se atreveu a olhar para a mão. Uma confusão de ângulos horríveis, tudo retorcido para o lado errado sob a pele. A outra mão, a que cortara, estava vermelha e inchada e com crosta de sangue. A dor a deixava nauseada. Ela teve ânsia, mas não conseguiu vomitar.

Cerrando os dentes, Red colocou a mão lacerada contra a parede. Atrás dela, conseguia sentir as raízes profundas do que crescia na superfície, grama e mato se entrelaçando na terra. Soltou uma expiração trêmula e baixou os dedos devagar, tentando capturar o fio tênue da magia no peito, para ver se conseguia atraí-la para si, apenas como um teste.

A magia despertou, mas só um pouco. O suficiente para Red senti-la, mas não para usá-la, não para afetar o que crescia atrás da parede. Deixou a mão cair ao lado do corpo.

Fechou os olhos, absorvendo os pensamentos estilhaçados pela dor enquanto tentava entender o que a tinha levado até lá. Arick perguntando de Neve. A bota dele acertando a têmpora dela. Ele a levara para aquele calabouço onde ninguém pensaria em procurar por ela.

E ele não tinha sombra.

Red sentiu o desespero crescer, formando um nó na garganta. Dobrou os dedos da mão que não estava quebrada em uma nova tentativa vã de ativar o próprio poder.

— São as paredes.

Arick avançava pelo corredor úmido, iluminado por uma tocha gotejante, com as mãos atrás das costas. Movia-se de forma diferente. Antes Arick caminhava como se o mundo fosse servi-lo, de forma tranquila e lânguida. Agora, a postura dele era quase militar. Na penumbra, não havia como verificar sua sombra.

Red engoliu em seco, sentindo a garganta arranhar.

— O quê?

Arick bateu casualmente com os dedos na parede ao lado das grades.

— Elas enfraquecem a magia. Não tenho muita certeza, para ser sincero. Valchior era um rei severo, e não gostava que alguém fosse mais eficiente em convocar o poder que ele, na época em que a magia corria livre para quem a quisesse usar. Ainda não gosta. — Outra batida na parede antes de colocar as mãos de volta atrás das costas, uma postura nobre apesar da umidade. — De qualquer forma, ele não compartilhou segredo algum com o resto de nós.

Ela sentiu uma pontada de dor na cabeça, e aquele falatório sem sentido só tornava tudo pior.

— Você me *chutou*.

— Chutei. — Ele não parecia arrependido. — Você machucou Neve.

Neve. Red olhou para ele, sentindo uma esperança repentina e forte.

— Ela está viva? Conseguiu escapar?

Arick abriu a boca para responder, mas foi outra voz que fez isso.

— Não graças a você.

Uma figura esguia apareceu na luz fraca. Kiri. Duas marcas azuladas de mão carimbavam a lateral do pescoço onde Neve a segurara, deixando-a rouca.

— Você já viveu bem mais do que seria útil, Segunda Filha. Agora, não passa de um risco.

— Kiri. — Os olhos de Arick tinham um brilho sem cor. — Quieta.

O corpo todo de Red era um nó de agonia. Ela analisou o rosto de Arick, procurando algum sinal de afeto, qualquer eco do homem que conhecera. Mas ele a observava como se ela fosse um animal enjaulado, assistindo à dor dela sem demonstrar nada além de uma vaga curiosidade.

Atrás dele, na cela mal iluminada, a massa de sombras se mexeu.

Red cobriu os olhos com as mãos feridas e latejantes.

— Neve está viva. — Se ela não formulasse como uma pergunta, a resposta não podia ser *não*. — Ela está bem.

— Neve está segura. — A voz de Arick tinha uma nota estranha de suavidade. — O mais segura que conseguimos deixá-la.

Red sentiu uma onda de alívio.

— Por que estou aqui? Que lugar é este?

— Um lugar contra as coisas que trabalham contra os nossos deuses. — Kiri contraiu o lábio superior. — Coisas como *você*.

Arick contraiu o maxilar.

— Nós vamos salvá-los. — Kiri olhou para o teto do calabouço úmido e mofado com o semblante de alguém olhando para algo santificado. Levou as mãos ao peito, como se seu coração fosse algo que pudesse aninhar nos braços. — Agora que você está aqui, agora que sabemos que está vazia e que o Lobo está sozinho. Nós enfraquecemos Wilderwood, a hora deles está chegando. Nossos Reis finalmente voltarão, e nossas recompensas serão grandes. — Os olhos frios se voltaram para Arick, e ela baixou a cabeça em uma mesura. — *Todos* os nossos Reis, em carne e osso.

O nojo transpareceu nas linhas da boca de Arick, mas ele não disse nada. Arick, que se esforçava para pensar em Wilderwood e nos Cinco Reis o mínimo possível. Arick, que não tinha paciência para nada que fosse considerado sagrado.

— Vocês não querem os Reis de volta. — Red balançou a cabeça que não parava de latejar. — Eammon disse...

— Claro que disse. — Arick revirou os olhos. — O garoto é exatamente como o pai, confundindo tolice com nobreza. Eu bem que avisei Ciaran que as coisas acabariam mal quando ele e Gaya tramaram aquele plano idiota. Ele nunca me ouviu também.

A informação entrou na cabeça de Red, mas a dor ocupava espaço demais para que ela conseguisse entender. A menção de Ciaran entrou na sua mente como um borrão, e ela estreitou os olhos. Arick tinha mencionado o pai de Eammon como se fosse um amigo.

Ou um rival.

— Que sorte a sua o garoto ter aprendido a controlar melhor as coisas — continuou Arick. — Ele bem que tentou manter as raízes longe das outras Segundas Filhas, mas Wilderwood conseguiu o que queria no final. Você foi a primeira que teve escolha. — Ele estreitou os olhos. — Você poderia ter saído a qualquer momento, salvado a sua irmã de um mundo de sofrimento. Afinal de contas, nunca houve nada de Wilderwood em você, não o suficiente para fazer a diferença. Você não tem raízes, Redarys. Nada além de ossos e sangue.

Arick se agachou para que o rosto de ambos ficasse na mesma altura. Com certeza era um truque da penumbra ou da mente anuviada, mas os olhos dele pareciam estranhos, como se fossem da cor errada.

— Você não se deixa ser salva. — Os olhos estranhos perscrutaram os dela. — Foi isso que ele me contou. Não por ele, não por Neve. Determinada a ser uma mártir.

— Que ela seja uma mártir, então. — O fervor estava presente na voz e nas mãos curvadas em garra de Kiri. — A única utilidade que tinha era manter a Rainha sob controle, mas nem para isso ela serviu. — Ela apontou para as marcas no pescoço. — Ela se revoltou, precisamos...

— Kiri. — O nome dela foi dito como uma bofetada, e a Suma Sacerdotisa baixou as mãos como uma criança amedrontada. Os olhos eram pedras de gelo. — Vamos mantê-la aqui — continuou Arick. Uma pausa, e o tom dele ficou suave. — Neve já perdeu demais. Não vou permitir que perca a própria irmã.

Aquilo deveria ser reconfortante, mas o rosto dele deixou tudo bem claro: Red só estava viva por causa de Neve. Havia uma ironia amarga naquilo.

— Além disso — sussurrou Arick, quase para si mesmo —, ela poderia se provar muito útil. Eu vou precisar de uma rendição completa do Lobo para isso funcionar. — A luz da arandela iluminou os olhos dele, que brilharam com frieza. — Ele é bem familiarizado com pactos.

— Arick. — Foi um sussurro, um pedido. Os lábios rachados de Red sangraram. — Eu não estou entendendo.

Atrás dele, a massa de sombras na outra cela se moveu. Gemeu.

Kiri se virou, pronta para atacar, mas Arick ergueu uma das mãos.

— Não. — Ele desviou o olhar da Suma Sacerdotisa e o pousou em Red, como se estivesse pensando. Então, deu de ombros. — Deixe que ela veja. Fico cansado de manter a ilusão.

Arick baixou os braços, e os traços do rosto se reorganizaram, emitindo fumaça de sombras.

Red piscou, certa de que o ferimento na cabeça estava afetando sua visão. Mas as feições dele continuaram a derreter e mudar, como água escorrendo em um quadro com tinta ainda fresca. Um maxilar mais marcado que o de Arick, coberto por uma barba cerrada e escura. Cabelo comprido além dos ombros, em um tom entre castanho e dourado. Pele clara. Olhos azuis. Bonito de um jeito cruel.

A pessoa que não era Arick girou os ombros enquanto um sorriso aparecia no canto da boca diante da expressão horrorizada de Red. Ao seu lado, os dentes de Kiri brilharam como os de um predador.

— Pergunte o nome dele — sussurrou ela em voz baixa e forte. — Pergunte o nome dele e estremeça.

O homem sorriu para Red.

— Acho que ela já sabe quem sou.

— Solmir. — A voz saiu rouca e certa.

O mais jovem dos Cinco Reis assentiu.

— Astuta. — Ele deu um passo para o lado, fazendo um gesto régio na direção das grades da cela atrás dele. — Mas outra pessoa deseja uma audiência com você, Segunda Filha.

As sombras se aglutinaram, como se ele tivesse dado permissão, e se tornaram um corpo. Olhos familiares piscaram sob a luz das tochas. Um rosto conhecido, embora coberto de sujeira e sangue. As mãos do verdadeiro Arick, cobertas de cortes, seguraram as grades.

— Red?

Red tentou emitir algum som, tentou chamá-lo, mas tudo que conseguiu foi soluçar enquanto levava a mão cortada à boca.

— Arick — sussurrou ela com lágrimas escorrendo pelo rosto, deixando marcas na terra e na poeira que marcavam a pele. — Arick, o que foi que você fez?

— O que ele tinha que fazer. — Solmir estava parado ali como um carcereiro, com braços cruzados e sobrancelhas baixas. — Ele viu uma chance e a aproveitou. Todos nós fazemos idiotices por amor. Para sentir que temos um propósito. — Ele fez um gesto para Kiri, que pegara uma xícara gasta no chão, com sangue coagulado nas beiradas. — Vamos lá, Arick. Conte para ela. Tenho certeza de que ela quer ouvir sua história sórdida.

Arick fechou os olhos e apoiou a testa nas grades.

— Eu fiz um pacto — disse ele baixinho enquanto Kiri pegava a mão do rapaz e fazia um corte com uma pequena adaga. — Fui até Wilderwood e encontrei uma das árvores brancas perto da fronteira. Ela... se inclinou. Se inclinou na minha direção, como se fosse cair, como se o chão sob ela fosse ceder. Foi assim que eu consegui tocá-la. Só um galho. Com dificuldade. — Ele meneou a cabeça devagar. — *Doeu*, o zunido, como se alguém tivesse enfiado uma serra inteira entre minhas costelas. Mas cheguei perto o suficiente.

— Por quê? — Ela balançou a cabeça, e a dor a fez ver estrelas atrás das pálpebras. — *Como?* Wilderwood não faz mais pactos. Não tem mais força o suficiente.

— Mas as coisas nas Terra das Sombras têm. — Ele não parecia estar se gabando. Parecia cansado, na verdade. Solmir se encostou na parede.

— Um sacrifício vivo. — Kiri abriu um sorriso de beata. — Um sacrifício vivo, sangue fresco de uma veia.

Escarlate e negro empoçaram na palma da mão de Arick, sombras girando no sangue que gotejava na xícara.

— E depois que sangue é usado no pacto com a Terra das Sombras — continuou Kiri —, ele pode ser usado para inverter Wilderwood. O sangue do garoto, maculado pelas sombras, despertou os galhos do Santuário e deu um propósito mais nobre a eles. E todos que ofereceram mais sangue depois puderam colher o poder, exatamente como prometido para mim nos meus longos anos de oração.

— Aparentemente satisfeita, Kiri soltou a mão mole e sangrenta de Arick e foi até Red. — Você acha que venceu ao destruir o nosso bosque, sua maldita? Você não sabe *nada*. Cinco vidas são...

— Sombras amadas, mulher, você nunca para de falar? — Solmir cobriu os olhos com as mãos de dedos longos e Kiri calou a boca.

— É por isso que você não tem uma sombra. — O instinto fez Red curvar os dedos apesar dos ferimentos, e uma nova onda de dor a fez cerrar os dentes. — Você é a sombra de *Arick*. E ele é a sua, quando precisa ser. — Ela meneou a cabeça. — Tudo isso e você nem está aqui de verdade.

— Ah, eu estou aqui. — Solmir baixou a mão com os olhos brilhando. — Estou aqui o suficiente.

— Foi fácil ver a árvore branca. — Arick falava baixo e com voz quase arrastada, como se estivesse contando um sonho. Um exorcismo, vomitando toda a história agora que tinha começado. — Muito pálida em contraste com as outras, como osso. — A mão que Kiri havia cortado se abriu de forma convulsiva. A ferida na palma brilhou vermelha com pontos pretos de fungos-de-sombra no meio, que se estendiam como gavinhas doentes pela pele dele. — Eu sangrei nela. Um sacrifício vivo. Exatamente como Kiri me disse.

A Suma Sacerdotisa sorriu.

— E ela... se abriu. — Mesmo enquanto contava, Arick parecia horrorizado, como se não conseguisse acreditar no que tinha feito. — O galho retrocedeu como... como uma coisa *viva*, como um cavalo assustado. E eu ouvi um som, um som horrível de algo se rasgando, e um *bum*. E, então, lá estava *ele*, parado diante de mim na fronteira das árvores, sombras girando em volta dele como correntes. E ele me perguntou o que eu queria e o que eu daria para ter o meu desejo realizado.

— E o que você pediu? — Ela sabia, mas perguntou assim mesmo.

Arick não respondeu, mas baixou mais a cabeça.

— Ele queria uma forma de salvar você — disse Solmir, como se aquilo o entediasse. — E disse que estava disposto a tudo.

Ah, Arick. Arick, repetindo várias e várias vezes que a amava, mesmo sem que ela jamais correspondesse. Arick, construindo um castelo no ar no qual poderiam ter um final feliz, cimentando-o com sangue e promessas vazias.

— No início, ele era apenas a minha sombra. — Arick voltou a contar a história, mantendo o olhar fixo no chão úmido, como se olhar para Red doesse. — Mas, então... quando as coisas...

— Ele não teve estômago para fazer o que precisava ser feito. — Kiri girou a xícara com o sangue dele sob o nariz, como se fosse uma taça de vinho, e inspirou fundo. — Não conseguiu lidar quando descobriu que elas precisavam morrer, a Suma Sacerdotisa e a Rainha. Então, eles trocaram de lugar. A sombra e o homem.

— Aqui sou obrigado a lembrar que você decidiu sozinha que elas precisavam morrer — sussurrou Solmir. — Mas, quando isso aconteceu, Arick quis... distância de toda a situação.

Red conseguia sentir o gosto do coração batendo. Sentiu um aperto na barriga.

— Como você pôde? — Era um som quase sussurrado, uma ferida no ar. — Como pôde fazer isso com Neve?

— Foi *para* Neve. — Solmir se desencostou da parede, a boca retorcida. — Kiri talvez tenha se excedido, mas era o que Neve queria, admitindo ela ou não. Estava tão desesperada para salvar você quanto Arick. Ela faria *qualquer* coisa por você, Redarys. Você não merece um décimo do amor dela.

Red se atirou contra as grades, a mão que não estava quebrada se chocando contra o metal. Ela reconheceu a calidez na voz dele, a forma das coisas que ele não tinha dito.

— Se você tocou nela — ameaçou ela com voz rouca —, eu vou matar você.

Solmir olhou para ela com olhos inescrutáveis e punhos cerrados, que relaxou em seguida.

— Não toquei — disse ele, baixo o suficiente para mascarar qualquer que fosse a emoção ali.

Atrás dele, Arick respirou fundo.

— Nós só queríamos salvar você. — Ele ergueu os olhos cansados e escuros. — Principalmente quando descobrimos o que estava para acontecer. Nós só queríamos salvar você.

— Calma, não precisa se humilhar ainda mais. — Totalmente recomposto, Solmir apoiou o pé na parede de novo. — Redarys salvou a si mesma.

Ela cerrou os dentes.

— Eu ainda não sei *do que você está falando*.

— As *raízes*. — Solmir revirou os olhos. — Você não as aceitou, embora esteja bem claro que você se importa com o Lobo. Você é uma mulher prática, ao que tudo indica. Descobriu que o amor não é motivo suficiente para se arruinar. Escolheu se salvar.

Escolha.

Red pensou naquela Wilderwood na caverna, na consciência de que a floresta precisava de mais dela, de algo que não poderia simplesmente pegar. Pensou em Eammon, desgastando-se sob o peso das sentinelas enquanto elas iam atrás dela sem parar, tentando terminar uma coisa iniciada muito tempo antes. Pensou nos ossos na base de uma árvore, testemunhos de todas as Segundas Filhas que tinham vindo antes dela, drenadas por uma floresta desesperada que não tinha aprendido a lição. Que ainda não tinha aprendido que uma coisa roubada só murcharia, ao passo que algo dado poderia crescer.

Ela pensou em raízes.

Os lábios de Solmir se curvaram.

— Wilderwood vai ser destruída. O Lobo vai morrer. Os Reis vão ficar livres. — Ele encolheu os ombros, estreitou os olhos e continuou a falar com voz cruel. — E todo mundo vai ter o que queria.

A compreensão chegou como o florescimento repentino de uma flor noturna se abrindo de uma vez só sob uma nova luz.

Uma escolha precisava ser feita, e ali estava a dela.

— Eu aceito. — A voz de Red saiu em um sussurro.

Três pares de olhos pousaram nela, todos com a expressão confusa, mas Red não deu atenção. Concentrando todo o seu foco, toda a sua vontade, ela puxou o fio fino de poder verde profundo no âmago do seu ser e o fez florescer apesar das paredes que enfraqueciam a magia. A impressão era a de que aquilo a mataria; cada corrente de sangue que passava pelas veias era um desafio, mas, mesmo assim, ela puxou.

Red respirou fundo e pressionou a palma da mão cortada contra o osso do quadril até sentir o sangue começar a escorrer pela pele. Com um arfar de dor, espalmou a mão ensanguentada no piso da cela.

Sangrando, e com a esperança de que as árvores sentissem o gosto.

— Eu quero as raízes — disse ela com a voz clara como o cristal. — Entendo o que isso significa e quero assim mesmo, porque eu fui feita para o Lobo, e os Lobos foram feitos para Wilderwood.

Por um instante, os quatro ficaram congelados, suspensos em silêncio. Então... um estrondo, como se um milhão de pedras se revirasse de uma só vez, como se alguma coisa corresse a toda velocidade pelo chão como uma grande fera disparando sob a superfície do mar.

Raízes, vindas do norte em um fluxo veloz em direção à ferida aberta.

O piso se rompeu enquanto as raízes de Wilderwood subiam na direção da mão dela, quilômetros de viagem em um instante pela convocação do sangue da Segunda Filha. Red sentiu dor logo que a floresta começou a pressionar o corte da sua mão, mas, depois disso, o modo como as raízes entravam e envolviam seus ossos parecia uma volta para casa.

Wilderwood finalmente tinha aprendido, naquela noite em que Eammon quase se perdera totalmente para ela. Uma Marca e palavras em uma árvore e sangue invadido não poderiam mais sustentá-la. A floresta precisava que Red a escolhesse.

Que escolhesse *o Lobo*.

E era o que vinha fazendo, bem aos poucos, desde que o conhecera. Escolhendo o cacho preto do cabelo e a textura áspera das cicatrizes e o jeito como o lábio dele se levantava só um pouquinho quando ela dizia algo que ele achava engraçado. As sobrancelhas baixas quando lia e como, logo antes de dormir, soltava um suspiro longo e suave e, *Reis*, a sensação dos lábios dele sobre os dela e como ele se agarrava a ela como a hera subindo pelas paredes da Fortaleza.

No fim das contas, foi a escolha mais fácil que já fizera.

A semente dentro dela foi crescendo e crescendo, totalmente livre porque era *dela*, tanto pela palavra quanto pelo sangue.

Foi uma tempestade silenciosa de raízes e espinhos e galhos, uma enxurrada de Wilderwood enfim a inundando por inteiro — não como um predador, mas sim como a parte que faltava, grata por finalmente se encaixar nas beiradas lascadas que deixara. A fina gavinha de poder que recebera quatro anos antes correu para encontrar o resto de si mesma e, quando Red respirou fundo, sentiu o gosto de argila, coisas crescendo e mel.

Arick, magro como sombras, cobriu o rosto com o braço. Solmir se afastou da parede com os dentes arreganhados.

— *Maldita* seja...

As palavras dele se perderam em meio a tudo que estava acontecendo. O poder que habitava o âmago de Red encontrou o poder externo, colidiu com ele e *floresceu*, enchendo-a de raízes e galhos. A floresta cresceu nos espaços nos pulmões e subiu pela espinha, vinhas envolvendo cada órgão e semeando sua medula.

A escuridão atrás das pálpebras de Red tinha a forma de folhas. E, quando clareou, ela viu Eammon. Não apenas as mãos, não apenas o mundo através dos olhos dele, mas ele, inteiro, quase uma coisa que poderia tocar se estendesse a mão.

Ele se levantou da cama, como se a estivesse vendo tão claramente quanto ela o via. Os olhos cor de âmbar demonstraram o choque e as dúvidas e finalmente o terror quando ele se levantou e estendeu a mão no ar vazio, os lábios formando o nome dela...

Então, ele desapareceu, e ela começou a emitir um brilho dourado no calabouço com as raízes de Wilderwood entre seus ossos.

Red estendeu as mãos com os dedos curvados. As pequenas raízes de grama acima deles se alongaram em direção a ela, espalhando-se pelo teto, como estilhaços de estrelas, provocando uma chuva de pedras e poeira.

Kiri tentou se proteger perto de Solmir, mas ele a empurrou e também curvou os dedos em garras. As sombras começaram a se juntar, mas Red estava repleta do poder de uma Wilderwood completa e curada, e tudo que precisou fazer foi arquear uma das mãos na direção de Solmir. A luz dourada prendeu os punhos dele, fazendo-o estender os dedos, e ele gemeu em agonia olhando para o teto de pedra enquanto toda a sua magia fria era consumida e cancelada.

— Você vai abandoná-la. — Solmir rangeu os dentes, os olhos azuis brilhando na luz de Red. Você vai ficar presa em Wilderwood para sempre. Você escolheu o Lobo em detrimento da própria irmã.

Aquilo fez o coração dela parecer grande demais para o próprio peito, fez com que cada batida contra as vinhas e flores fosse dolorida.

— Se Wilderwood cair e a Terra das Sombras se libertar, eu perco os dois.

— Então você tem pouca fé nela. — Ainda um resmungo entredentes, mas havia um toque de tristeza ali. — Neve combina com as sombras melhor do que você imagina.

Red afastou os lábios dos dentes ao detectar aquela calidez na voz dele novamente. Cerrou um dos punhos e fez um movimento súbito para o lado.

A luz que envolvia as mãos de Solmir o lançou na direção do gesto de Red, fazendo com que ele batesse com a cabeça em uma rocha caída do teto. Ele caiu ao lado de Kiri e ficou imóvel.

O brilho de Red banhava todo o calabouço, embora a dor já estivesse começando, as raízes a arrastando em direção a Wilderwood. A floresta a puxava como se as raízes no seu corpo fossem a linha de uma pipa. Mais terra continuou caindo do teto, os sons de pedras se soltando em uma sinfonia discordante.

Encolhido contra a parede, Arick parecia quase um cadáver. Os olhos estavam vazios, os ossos da bochecha afiados como faca. Ele fez uma careta, como se doesse olhar para ela.

Red estendeu a mão para ele.

— Venha comigo!

Uma pedra caiu do teto e o teria atingido. Em vez disso, caiu no chão, como se Arick fosse feito de fumaça, como se *ele* tivesse se tornado a sombra.

Arick balançou a cabeça.

— Eu não posso, Red. — Uma lágrima escorreu pelo rosto do rapaz, limpando a sujeira. — Estou preso a ele. Não posso partir.

— Por favor. — Ela estendeu a mão por entre as grades, como se pudesse agarrar a mão ensanguentada dele. Sabia que era inútil, mas implorou assim mesmo. — Por favor.

— Vá, Red. — Outra pedra caiu, outra chuva de terra. — você precisa *ir*.

Chorando por causa da dor, física e emocional, Red curvou os dedos novamente. As raízes de grama se enrolaram nas grades com a força intensa da magia de Wilderwood e elas se partiram, soltando-se da rocha com um som terrível. Red escalou, espremendo-se entre a parede e as rochas já caídas, seguindo com os pés descalços e sangrando.

Neve. Precisava encontrar Neve. Red fechou os olhos, atravessando cegamente o corredor como se o brilho dourado das raízes pudesse guiá-la em direção à irmã.

A dor rasgava cada membro do seu corpo, mas ela cerrou os dentes e continuou. Uma grade à frente filtrava a luz das estrelas que banhava o chão de pedra; Red passou por ali, deixando uma trilha de sangue com fios verdes que escorria da mão que não estava quebrada, a outra ainda provocando uma onda de agonia. Saiu em um beco vazio perto dos muros do palácio e tentou avançar, procurando um portão, uma forma de entrar.

Um grito escapou pela garganta quando as raízes apertaram seus ossos, puxando-a na direção oposta. Red resistiu, fazendo um apelo em voz alta:

— Por favor, eu tenho que ao menos me despedir dela, por favor...

Wilderwood não respondeu, não com palavras. Mas ela sentiu seu pedido de desculpas, sentiu as vinhas puxarem gentilmente a sua espinha e algo florescendo no seu peito, crescendo. Algo crescendo e a puxando inexoravelmente para longe.

Mesmo assim, tentou avançar. A visão ficou turva, e ela caiu de joelhos no pavimento de pedras com um soluço rouco escapando da garganta. Com o máximo de cuidado possível, as sentinelas estenderam as raízes para ela, envolvendo cada um dos órgãos e a chamando de volta para casa.

Casa.

Neve não estava morta. Solmir dissera que ela estava segura — e, embora Red odiasse a suavidade com que ele dizia o nome da irmã, acreditou nele. Acreditou que ele não a machucaria, que a protegeria do seu modo deformado.

E Red saberia se Neve tivesse morrido.

Ela baixou a cabeça e soltou mais um soluço sofrido. Então, virou-se e correu em direção a Wilderwood.

30

Red bateu no flanco do cavalo roubado, fazendo com que ele corresse sozinho em direção ao vilarejo. Duvidava muito que ela mesma fosse voltar para a capital. Ele era um animal de boa qualidade, e quem quer que o encontrasse perdido e vagando por ali talvez fizesse melhor uso dele do que algum lorde beberrão.

A floresta nos seus ossos a tinha guiado pela cidade, invisível como uma mendiga qualquer com os pés descalços e o vestido ensanguentado. A dor ainda parecia rasgar o seu corpo, mas dava para aguentar, e ia diminuindo à medida que seguia para o norte. Roubara o cavalo que estava amarrado frouxamente na frente da taverna. Galopar sob a proteção do manto azul escuro do céu estrelado a fez lembrar de Neve e dela quando tinham dezesseis anos, e ela chorou na crina do animal.

Wilderwood estava diferente. Quando a deixara no dia anterior — nem parecia que só havia se passado um dia —, ela parecia morta como o inverno, com galhos retorcidos e sem folhas, que se espalhavam cinzentas pelo chão. Agora as cores de outono brilhavam em tons de dourado e ocre, as estações parecendo se mover ao contrário. No seu peito, as raízes se alongavam, esticando-se por entre os espaços entre as costelas como se ela fosse água, ar e sol.

Doía quando Red se virava na direção de Valleyda, fazendo repuxarem as raízes conforme cresciam, mas ela se virou assim mesmo. Ficou parada na colina baixa um pouco antes da fronteira da floresta, na encruzilhada dos seus dois lares que não estavam satisfeitos em compartilhá-la.

Fechou os olhos, enquanto as lágrimas escorriam pelo rosto. Talvez, se ficasse ali por tempo suficiente, bem na fronteira do seu mundo, Neve pudesse senti-la. Talvez Red conseguisse instilar seu raciocínio na terra, enviando algum tipo de compreensão no ar para que sua irmã gêmea pudesse captar um dia.

— Eu amo você.

Um eco da primeira vez que desaparecera por entre aquelas mesmas árvores. A promessa que Neve fizera naquele dia tinha se realizado: elas realmente voltaram a se encontrar. Red não fizera uma promessa, não em voz alta, mas sentiu que estava se tornando realidade de qualquer forma. O lugar dela sempre tinha sido na floresta.

Respirou fundo o ar de fora uma última vez antes de entrar em Wilderwood.

As árvores se erguiam, altas, os galhos se abrindo com alarde. O musgo era um tapete para os pés descalços. As sentinelas irrompiam do chão, altas e orgulhosas sem nenhum traço de fungo-de-sombra em volta das raízes.

Um truque de luz fez com que parecessem se curvar para ela.

A floresta dentro dela ferroava enquanto crescia, conforme se ancorava. Acima dela, o céu passou de lavanda para um tom de ameixa, e Red sentiu a respiração presa no peito.

Wilderwood a acalmava com a voz do farfalhar das folhas. Uma vinha arranhou seu ombro em um gesto de conforto.

— Red? — Lyra caminhava pela floresta com a habilidade de um cervo. — Achei que você tivesse dito três dias.

— Fiquei com saudade de casa — sussurrou Red.

Folhas douradas estalavam sob os pés de Lyra enquanto ela se aproximava com as sobrancelhas franzidas com uma pergunta para a qual já sabia a resposta. Hesitante, pousou a mão no braço de Red. A estática fez o ar estalar como a atmosfera antes da tempestade; Lyra sibilou, afastando a mão e arregalando os olhos.

— Ah... — Ela suspirou, demonstrando a compreensão com um único som.

Red sentiu os joelhos fracos.

— Eu descobri.

Tudo corria na direção dela, tudo queria alcançá-la. Sentiu a adrenalina aumentar enquanto era tomada por lembranças de Arick, das sentinelas retorcidas, da adaga de Kiri e do rosto de Solmir. E de Neve. Neve, que ela não podia salvar. A visão ficou turva.

— Onde está Eammon?

A expressão de Lyra era inescrutável.

— Esperando por você. — Ela olhou as mãos de Red, uma com um corte aberto e a outra claramente quebrada. — Precisamos cuidar disso. Venha.

Red seguiu Lyra em silêncio por entre as árvores. A floresta parecia ter criado uma trilha para ela, Wilderwood recolhendo as raízes e os espinhos enquanto folhas caíam pelo chão.

Uma delas ficou presa entre os cachos de Lyra. Ela a pegou e a virou entre os dedos.

— *Por todos os Reis* — murmurou ela em tom de surpresa. — Não foi assim antes. Nem mesmo com... as outras.

— As outras não tiveram escolha. — Red estendeu a mão cortada e a pousou no tronco de uma sentinela pela qual passaram. Estava quente sob seu toque, reconfortante contra os cortes. — Eu tive. Eammon se certificou de que eu tivesse.

Lyra assentiu. Abriu a mão, deixando a folha cair no chão.

Quando chegaram ao portão, ele estava esperando. O Lobo o abriu antes que elas chegassem, correndo pela floresta com os olhos brilhando, os lábios decididos e os braços estendidos, que envolveram Red em um abraço apertado e forte o suficiente para levantá-la do chão.

Os dedos dele tremiam enquanto afastavam o cabelo do rosto dela, acariciando seu maxilar. Red apoiou a testa no peito dele. O sentimento floresceu, a floresta nele dando as boas-vindas para a floresta nela, o pedaço que faltava finalmente se encaixando no lugar.

— O que foi que você fez, Red? — O medo transpareceu na voz dele e, quando ela o olhou nos olhos, viu que também havia um brilho de terror ali. Ele pressionou a testa contra a dela, engolindo em seco. — O que foi que você fez?

Fife trouxe comida e vinho, mas não ficou com eles, os movimentos dos olhos curtos e os olhos inescrutáveis. A voz dele se juntou à de Lyra quando ele desceu a escada, em cochichos baixos e indistintos.

Eammon colocou a bandeja na cama, as feições sombreadas por conta do fogo crepitando na lareira. As mãos de Red descansavam nos joelhos, uma cortada e ralada e a outra quebrada. Depois de aceitar as raízes, tinha quase esquecido da dor, mas agora era difícil até de respirar.

— Eles machucaram você.

Eammon olhou para os ferimentos dela como se os catalogasse. Dívidas a serem cobradas.

A floresta no peito de Red farfalhou.

— Eu estou aqui agora. Vou ficar bem.

— Você não está *nada* bem.

Ele manteve o olhar nas mãos dela, como se pudesse intimidá-las a se curar, mas a veemência na voz dele deixou claro que estava se referindo a muito mais do que ossos quebrados e cortes de adagas.

Ela tocou o pulso dele, deixando uma mancha de sangue.

— Eammon, eu...

Os dedos dele se fecharam em volta dos dela. Ela tentou se afastar, sabendo o que ele ia fazer, mas a luz quente e dourada começou a brilhar antes que ela tivesse chance. Eammon gemeu entredentes quando cortes se abriram em uma das mãos, mas não parou e pegou a outra. Um estalo e os ossos dela voltaram para o lugar enquanto os dele se quebravam, o movimento bem nítido contra a pele dela.

Red fez uma careta. Olhou para Eammon esperando as mudanças, uma nova altura ou o branco dos olhos ficando completamente verde. Mas além de um tom fraco de esmeralda nas veias de Eammon, nada aconteceu. Os braceletes de casca de árvore nos pulsos dele permaneciam, e as linhas verdes em volta da íris âmbar dos olhos também, mas Wilderwood não provocou mais nenhuma nova modificação nele.

Ela havia aceitado metade das raízes, reequilibrando a balança e deixando-o mais perto do seu lado humano do que da floresta.

Eammon arregalou os olhos e olhou direto nos dela. Então, fechou e contraiu o maxilar por causa da dor que assumira para si.

— Filho da mãe, sempre se martirizando — murmurou ela.

Um resmungo baixo foi a única resposta. Eammon foi até a escrivaninha cheia de papéis espalhados, procurando uma bandagem para a mão que sangrava. Quando a encontrou, voltou a atenção para os dedos quebrados. Red virou o rosto e fechou os olhos, sem querer vê-lo colocar os ossos no lugar. Ouviu outro gemido baixo e controlado e um estalo que a fez franzir o rosto.

Quando olhou de novo, as duas mãos do Lobo estavam enfaixadas. Ele falou olhando para elas em vez de para Red:

— Você não deveria ter feito isso. Sem as raízes, Wilderwood teria deixado você partir.

— E teria pegado você. — A imagem dele desumanizado na floresta era tão fácil de se lembrar quanto um pesadelo recente. — Ela precisa de dois, Eammon. Você não é capaz de carregar esse peso sozinho. Eu não podia deixá-lo...

— Você deveria ter me deixado aqui para *apodrecer*. — Eammon ergueu o olhar para ela. — Você sabe o que vai acontecer.

A voz dele estava rouca; a última palavra saiu quase como um sopro. Ele se virou de costas como se não quisesse que ela o visse perder o controle.

— Não vai acontecer desta vez. — Ela tinha certeza absoluta, assim como tinha certeza de que os lábios dele se encaixavam perfeitamente nos dela. — Dessa vez é diferente, porque eu *escolhi* aceitá-las, mesmo sabendo as consequências.

— Não importa.

— Claro que importa.

Ela se levantou da cama devagar, atravessando o quarto até ficar atrás dele. Eles não se tocaram, e ele não se virou, mas cada parte do corpo dele estava em sintonia com as do corpo dela.

— Eammon, eu aceitei as raízes porque eu am...

— Não. — Um sussurro baixo e rouco. — Não diga.

Ela pressionou os lábios para impedir a confissão.

Ficaram ali em silêncio. O queixo de Eammon tremia por causa do esforço de mantê-lo contraído. Finalmente, ele tirou o cabelo do rosto com os dedos enfaixados.

— Conte tudo que aconteceu.

Aquilo trouxe todo o turbilhão de volta, todas as emoções que a tinham feito chorar enquanto galopava no cavalo roubado. A respiração saiu trêmula, e o tremor que começou na voz se estendeu até as mãos.

— Eles estão com a minha irmã. Pegaram a minha irmã, e agora não tenho como chegar até ela, e escolhi isso porque era o que eu queria, mas eles estão com ela, e eu...

— *Shhh.* — As mãos enfaixadas aninharam o rosto dela, enquanto o Lobo perdia todo o controle que tinha mantido ao ver as lágrimas dela. — Nós vamos pensar em alguma coisa, Red. Eu prometo. Vamos encontrar um jeito.

Bem devagar, Red foi se acalmando com o carinho no cabelo e o cheiro de biblioteca que sentia a cada inspiração. Ela percebeu o instante em que ele se retesou de novo, quando interrompeu a carícia e deu um passo para trás.

Mas continuou segurando a mão dela. E aquilo lhe deu estabilidade suficiente para respirar fundo o ar de Wilderwood e começar a história do início.

Eammon ficou imóvel e calado durante o relato, até que Red contou do corte que Kiri fizera na mão dela. Isso o fez ranger os dentes com tanta força que ela conseguiu ouvir por sobre o crepitar do fogo na lareira.

A voz dela falhou de novo quando chegou à parte do calabouço.

— Você consegue sentir quando uma nova brecha se abre?

Ele franziu a testa.

— Logo que virei o Lobo, eu sentia, mas não mais.

— Arick... Ele abriu uma brecha. Mais do que uma brecha. Ele sangrou em uma sentinela e abriu a Terra das Sombras. — Uma pausa. — Ele fez um pacto com Solmir.

Silêncio. Até mesmo o crepitar do fogo pareceu mais fraco. A respiração de Eammon ficou ofegante; ele retesou todos os músculos e o corte da mão voltou a sangrar, manchando a bandagem na mão que segurava a dela.

A duras penas, Red recontou tudo. Arick e o terrível pacto, o sangue dele despertando os galhos de sentinela no Santuário e as tirando de Wilderwood. Eammon não disse nada, o que era mais desconcertante do que se ele gritasse.

— Ele achou que eu não tinha aceitado as raízes porque não queria. — Red lançou um olhar para Eammon, incapaz de controlar a raiva que fazia seus lábios se contraírem. — Achou que você tivesse me contado tudo.

A raiva no rosto dele desvaneceu, substituída por uma expressão triste e mais suave.

— Meu medo era contar tudo para você e, *mesmo assim,* você aceitar. Você ia tentar me ajudar. — Ele deu uma risada, olhando para o chão, o cabelo solto cobrindo os olhos. — Eu estava certo.

— Claro que estava. — Ele a conhecia bem, o seu Lobo. — Eammon... — A voz dela falhou ao lembrar de como ele reagira quando ela quase tinha se declarado para ele. — Eu escolhi isto. Eu escolhi *você.*

— Mas não deveria. — A voz ele era um sussurro. — Eu não fui forte o suficiente para salvá-las, Red. Mesmo depois que Wilderwood as pegou, tentei evitar o pior, tentei manter o peso total longe delas. E, mesmo assim, a floresta as drenou completamente. — Uma respiração trêmula. — E se eu não conseguir salvar você?

— É isso que você não entende. Sou eu que estou salvando *você.* — Hesitante, ela levou a mão ao rosto dele. — Me deixe fazer isso.

Eammon passara o relato todo com o corpo completamente retesado, mas, quando ela tocou no rosto dele, toda a tensão se esvaiu. Ele entreabriu os lábios e os olhos âmbar brilharam.

— Reis — praguejou ele, como se fosse um pedido de misericórdia, e fechou os olhos enquanto o polegar dela acariciava seu lábio inferior. — Reis e *sombras,* Redarys.

— Você não me deixou terminar antes, e é muito importante que eu diga. — Ela segurou o rosto dele com mais firmeza e usou um tom bem sério, quase como se o desafiasse a contradizê-la de novo. — Eu *amo você,* Eammon.

Ele exalou.

— E eu gostaria muito de beijar você — continuou ela, num sussurro. — Mas não antes de saber como você se sente em relação ao que eu disse.

O riso dele foi mais doce por ter sido inesperado, embora baixo e triste. Ele levou uma das mãos à cintura dela, puxando-a para si enquanto passava a outra pelo cabelo de Red.

— É claro que eu também amo você. — Havia fogo no toque dele, fogo no olhar, enquanto ele olhava para ela. — É por isso que estou com tanto medo.

— Podemos deixar o medo para amanhã — murmurou Red.

E, então, as bocas se encontraram, em um beijo cálido e doce e com gosto de mel. Não havia medo nas mãos dele na pele dela, nem medo na sensação do lábio dele entre os dentes dela. Ele aninhava o rosto dela como se fosse algo que deveria proteger, algo sagrado. Eammon roçou a língua na dela, depois escorregou a boca pelo pescoço de Red, acompanhando o ritmo rápido da pulsação da Segunda Filha. Ela ofegou, gemendo baixinho, enquanto se deitavam no chão, tentando desatar os laços para que não houvesse mais nada entre eles. Ele ficou olhando para ela por um instante, deitada no piso de madeira do quarto da torre com o cabelo solto e bagunçado, o anel da Marca do Pacto nítido na pele nua e rosada.

A Marca estava maior, como uma representação da floresta que florescia nos ossos de Red. Havia gavinhas saindo do anel de raízes um pouco abaixo do cotovelo; elas seguiam em todas as direções, chegando ao meio do antebraço e subindo até a curva do ombro, criando um padrão rendado na pele dela.

Eammon passou os dedos sobre o desenho, bem de leve, quase sem a tocar, os olhos maravilhados enquanto absorvia toda a beleza dela.

— Que todas as sombras me carreguem... Como você é linda — sussurrou ele antes de beijar a Marca, os lábios roçando a dobra sensível do braço e subindo até o ombro.

Ela tentou arquear o corpo para beijá-lo na boca de novo, mas a mão de Eammon encontrou o outro ombro e a empurrou de volta para o chão.

— Não. Eu desejei isso por muito tempo para apressar as coisas agora.

— Isso é uma ordem?

Ele arqueou uma das sobrancelhas sobre o olhar âmbar ardente.

— Se você quiser que seja.

— Eu quero.

Ele riu, e ela sentiu um calor crescer dentro dela.

— Bom saber. — Ele continuou beijando os ombros, o peito e a curva dos seios antes de subir pelo pescoço de Red, deixando-a ofegante e com o coração disparado.

— Eu quis tudo — murmurou ela contra os lábios dele antes de beijá-lo de novo. — As raízes, a Marca, eu quis tudo.

— Eu acredito em você. — Outro beijo profundo que fez Red quase se contorcer. Um sorriso malicioso. — Mas vou deixar você provar.

Red passou a mão na saliência do quadril dele, puxando-o para ela, os lábios curvados em um sorriso tão malicioso quanto o dele. Ele gemeu baixo, os dedos entrelaçados no cabelo dela e puxando para que ela erguesse o queixo. Os dentes de Eammon encontraram a pele do pescoço dela em uma mordida que deveria ter doído, mas não doeu, fazendo-a gemer e ondular o quadril em direção ao dele enquanto os lábios desciam pelo corpo dela. Ele sorriu contra a pele dela, acariciando-a enquanto usava o joelho para separar suas pernas, e Red arqueava o corpo em um pedido mudo por mais. Mais daquilo, mais de tudo de que tinham fugido por tanto tempo. Ela queria sentir cada uma das cicatrizes que ele carregava e conhecê-las de cor.

Eammon parou, o fogo da lareira iluminando o tórax delineado enquanto os braços apoiavam a cabeça de Red. Ela se retorcia embaixo do calor dele, tentando se colar ao Lobo o máximo possível.

Ele passou o polegar pela testa dela, traçando uma meia-lua.

— Tem certeza?

— Tenho. — Ela roçou a ponta dos dedos nos lábios inchados de Eammon, que estremeceu. — Sempre tenho certeza com você.

Ele avançou, e eles se deixaram levar. As raízes de Wilderwood pulsaram, enterrando-se cada vez mais fundo, entrelaçando-se como os Lobos no chão.

31

A certa altura, eles se levantaram do chão e foram para a cama. Red acordou sentindo dor em alguns pontos, mas por causa de coisas muito mais prazerosas do que o piso duro. A pele de Eammon estava quente sob o rosto dela, o braço em torno do pescoço e a mão apoiada na cabeça dela. A respiração do Lobo estava profunda e tranquila, mas, quando ela se virou para dar um beijo no ombro dele, ele gemeu baixo e a puxou mais para perto.

Red apoiou o queixo no peito cheio de cicatrizes. O cabelo comprido de Eammon estava bagunçado e arrepiado em pontos estranhos por causa dos dedos dela. O rosto estava relaxado durante o sono, e a linha permanente entre as sobrancelhas tinha desaparecido. Bem devagar para não o acordar, ela passou a ponta dos dedos ali.

Wilderwood, enrolada nos ossos dela, apertou-a um pouco mais. Red se encolheu por causa da dor. Ancorar uma floresta inteira no corpo não tinha nada de confortável, principalmente quando a mata começava a se sentir mais confortável.

Outra fisgada, o suficiente para fazê-la franzir o rosto, e um som baixinho vindo da janela aberta. Um suspiro formado pelo farfalhar das folhas e o crescimento das flores nos galhos.

De cenho franzido, Red se soltou de Eammon com cuidado. Ele resmungou, mas não acordou, afundando mais a cabeça no travesseiro. Ela pegou a primeira peça de roupa que encontrou no chão, a camisa dele, e a vestiu, cruzando os braços enquanto ia até a janela.

O vento outonal soprava por Wilderwood. Vermelho e dourado, uma faixa de cores do entardecer mais vibrantes do que qualquer coisa que Red tivesse visto em Valleyda. A neblina ainda cobria o chão, mas agora parecia uma coisa etérea e suave em vez de algo sinistro. Folhas caídas forravam o solo da floresta, mas as que ainda estavam presas aos galhos brilhavam fortes e verdes, como se o outono estivesse se revertendo e lentamente se abrindo para o verão.

Por um momento, Red ficou envolvida demais para tentar resistir ao chamado. Ela e Eammon tinham tornado Wilderwood inteira de novo, finalmente tinham encontrado o equilíbrio. A beleza quase lhe roubava o ar.

Mas ainda havia mais uma coisa para fazer, e a floresta a incitava a continuar.

Red contraiu os lábios. O ar gelado que entrava pela janela fez sua pele se arrepiar. Olhou para trás. Eammon ainda dormia.

Vou deixá-lo dormir, pensou. *Eu mesma posso colocar os ossos para descansar.*

E parecia ser o certo a se fazer. Parecia certo que fosse Red a responsável por tentar, mesmo que com dificuldade, dar paz às outras Segundas Filhas.

Pegou uma calça no armário e calçou as botas. Fez menção de buscar o manto vermelho antes de lembrar que tinha ficado em Valleyda. Suspirando por tê-lo deixado lá, tentou pensar que o casamento era mais que um manto. E os outros motivos para mantê-lo, a declaração de quem era e *o que* era, também não eram mais necessários. Sabia aquilo no fundo do coração, usava a declaração nos olhos em vez de nos ombros.

O bilhete que deixara para Eammon sobre querer a cama de volta ainda estava na escrivaninha dele, como se ele o tivesse devolvido cuidadosamente ao lugar em que encontrara. Red o virou e escreveu outra mensagem. *Estou na clareira.* Depois, com um sorriso nos lábios, acrescentou: *Assuntos de Lobo.*

O céu exibia um tom de lilás clarinho em vez de lavanda, como se quisesse mostrar um amanhecer, e Wilderwood permaneceu em um silêncio respeitoso enquanto Red a atravessava. A trilha até a clareira onde salvara Eammon cortava a floresta, emoldurada por folhas douradas. O único som era o estalar delas sob os pés de Red.

A sentinela com os ossos das Segundas Filhas presos às raízes era mais alta do que todas as outras, os galhos já cobertos de folhas verdejantes. A cicatriz no tronco ainda estava lá, de onde algo tinha sido cortado. E ela descobriu o que era: aquela era a árvore na qual Gaya e Ciaran tinham feito o pacto deles. Fora ali que tinham se tornado os Lobos. Se todas as outras Segundas Filhas tinham sido atraídas até aquela sentinela para morrer ou se os ossos haviam aparecido ali por causa de alguma magia estranha de Wilderwood, Red não sabia ao certo. Mas parecia fazer sentido.

Red tinha a sensação de que aquele lugar era muito mais sagrado do que o Santuário.

Havia três crânios depositados em pontos equidistantes ao longo do tronco da sentinela. Kaldenore, Sayetha, Merra. Três mulheres que Wilderwood tomara e drenara por puro desespero. Três mulheres que Eammon tentara salvar.

O crescimento ao redor dos crânios parecia vagamente com ossos, como se as Segundas Filhas tivessem se tornado floresta enquanto jaziam ali. Raízes se entrelaçavam às aberturas das caixas torácicas, flores cresciam por entre as vértebras. Red pressionou a mão na barriga, perguntando-se se também era assim por baixo da pele.

As folhas farfalharam, uma brisa isolada provocando um rodamoinho de dourado que agitou seu cabelo. Não havia palavras de amor ali; elas já tinham passado daquele ponto, ela e Wilderwood, mas Red entendia mesmo assim.

— O medo nos faz cometer tolices — disse ela.

Ao lado da bota dela, um caule fino irrompeu do chão. Cresceu devagar até florescer e se transformar em uma flor branca e grande que tocou a palma da mão de Red.

Red passou os dedos pelas pétalas. Não falou nada, mas assentiu, e aquilo pareceu ser o suficiente para a floresta.

Sentiu a presença de Eammon antes de vê-lo, o corpo dela em total sintonia com os movimentos dele. O Lobo avançou devagar até parar ao lado dela, olhando para os ossos arrumados em volta da árvore. Passou os dedos na flor e pegou a mão de Red.

— Isso nunca mais vai acontecer de novo — disse ele em voz baixa e firme.

Mais uma chuva de folhas, outro galho se quebrando. Era Wilderwood concordando com ele.

Agindo por instinto, Red deu um passo à frente. Eammon apertou a mão dela uma vez antes de soltá-la, uma única testemunha silenciosa assistindo à bênção dela.

Red pousou a mão sobre o primeiro crânio. Soube de alguma forma que era o de Kaldenore. Tinha participado de poucos funerais na vida e nunca prestara muita atenção a nenhum deles. Então, as palavras que Red murmurou foram bem simples:

— Descanse em paz. Acabou.

Quase sem pensar, convocou a magia dourada da floresta que residia dentro de si. Algo tão fácil de fazer agora, como flexionar os dedos ou arquear as costas. O poder fluiu até a palma da mão, passando para o que restara de Kaldenore. Apagando todo o horror, inundando-a com luz.

Quando abriu os olhos, sua mão tocava a terra. O crânio tinha afundado no chão, Wilderwood absorvendo o último vestígio da mulher que lhe servira de sacrifício. Obedecendo às palavras de Red para finalmente deixá-la descansar em paz.

Passou para as outras, dando a elas a mesma bênção. Primeiro Sayetha e depois Merra. Quando o crânio de Merra desapareceu, ela voltou para Eammon, piscando para controlar a ardência que sentia nos olhos. Ele a abraçou, envolvendo-a com o cheiro que era uma mistura de papel, café e folhas. Quando a respiração dela ficou trêmula, ele abraçou-a com mais força.

— Eammon!

Lyra vinha correndo pela floresta tomada pelas cores do outono, parando de repente com as mãos apoiadas nos joelhos. Estava ofegante e sem ar, e a expressão do rosto era de preocupação.

— Fife me encontrou no portão e me mandou vir procurar vocês. Tem alguém na Fortaleza.

Eammon abraçou Red com mais força.

— A floresta deixou alguém passar?

— É o que parece. — Ela fez um gesto irônico para o brilho outonal em volta deles. — Ele disse que se chama Raffe.

Raffe e Fife pareciam não saber bem como agir um com outro. Quando Red abriu a porta, estava sem fôlego por causa da corrida pela floresta. Os dois homens aguardavam, um de cada lado da escadaria, olhando-se com cautela. Fife segurava uma colher de pau da qual escorria sopa na frente do peito, como se fosse um escudo, mas o brilho nos olhos dele fazia com que parecesse uma arma sinistra em vez de ridícula. A mão de Raffe descansava sobre o cabo da adaga presa no cinto.

Red arqueou as sobrancelhas.

— Raffe?

Ele pareceu surpreso por vê-la, desviando a atenção da colher de pau de Fife. Mas, então, Raffe a agarrou pelos ombros e a puxou em um abraço apertado.

— Eles machucaram você?

— Não, é claro que não. — Ela deu um passo para trás, com uma expressão confusa. — O que você...

— Eu agradeço se você tirar suas mãos da minha mulher. — Eammon apareceu na porta com os olhos faiscando.

— Reis amados, Eammon! Eu estou bem. *Muito* bem. — Red afastou as mãos de Raffe dos ombros. — Eammon, este é Raffe. Um amigo de Valleyda. Raffe, este é Eammon. — Ela fez uma pausa. — O Lobo.

— Imaginei. — Raffe levou os dedos à adaga e, quando voltou a falar, foi quase em um rosnado. — O que foi que você fez com Neve?

Ela ficou surpresa.

— Como assim?

— Ela *sumiu*, Red.

Red piscou. O aposento pareceu entrar e sair de foco, enquanto as coisas perdiam a nitidez.

Neve. O pânico da noite anterior, a tempestade de emoções que Eammon ajudara a acalmar, tudo voltou à lembrança. Ela e Eammon iam dar um jeito, ela precisava acreditar naquilo, o que mais poderia fazer? Mas agora, com a expressão cansada e preocupada de Raffe diante dela, a vulnerabilidade no rosto...

Ela sentiu as pernas bambas.

— Você veio até Wilderwood para fazer acusações? — Eammon pousou a mão no ombro de Red para acalmá-la, como se sentisse que ela estava a um passo de se afogar. O maxilar dele era uma linha dura na penumbra. — A Rainha não está aqui.

— Foi exatamente o que eu disse para ele — disse Fife em um tom sombrio. Ele apontou para Raffe com a colher de pau. — Mas ele não acreditou.

— Ela não está em Valleyda, nem em Floriane. Ela *desapareceu*, e a única coisa que falava desde a partida de Red era sobre trazê-la de volta. — Raffe fuzilou com o olhar a mão do Lobo no ombro de Red, contraindo os lábios. — Será que não basta uma irmã?

— *Raffe!* — A própria voz de Red ajudou a clarear a névoa que estava tomando seus pensamentos. Red se aconchegou mais sob a mão de Eammon. — Eu juro que ela não está aqui. Conte logo o que aconteceu. — A voz dela saiu trêmula. — Por favor.

Os olhos de Raffe passaram de Red para Eammon, a desconfiança bem clara.

— Ele talvez a tenha escondido. — A voz dele era cortante. — Ele é o *Lobo*, Red, e não importa o que ele disse...

— Eu sei quem ele é, Raffe.

— Ele não é... — Raffe deu um passo adiante, com os lábios contraídos, mas algo atrás de Red chamou a atenção dele. Toda a raiva desapareceu e se transformou em incredulidade, depois em descrença.

Lyra estava parada na porta, *tor* desembainhada, iluminada pela luz outonal que formava uma coroa ao redor dos cachos escuros. Ela estreitou os olhos para Raffe, com uma mistura de sorriso e careta no rosto.

— Pode continuar — disse ela, com voz educada como qualquer cortesã. — Se eu quiser que você pare de falar, eu aviso.

Os olhos de Raffe estavam arregalados. Ele mexia a boca, mas parecia não saber o que dizer. Lentamente, levou o punho à testa, e Red demorou um tempo para se lembrar de que já tinha visto o movimento, um cumprimento tradicional de um nobre meduciano para outro.

— Aquela que acabou com a praga — murmurou Raffe. — Você... Minha nossa, você é igualzinha à estátua.

Fife e Eammon trocaram um olhar, com expressão idêntica de aceitação controlada. O que quer que tivesse acabado de acontecer com Raffe não era surpresa para eles. Mas havia uma nova tensão no corpo de ambos, como se estivessem prontos a sair em defesa de Lyra à menor provocação.

Depois de um instante, Lyra embainhou a *tor*. Fechou o punho, levou-o brevemente à testa e cruzou os braços.

— Não sabia que ainda contavam essa história.

Red franziu o senho. Aquela que acabou com a praga... Como o mito das Estrelas da Praga, uma constelação inteira se apagando no momento da cura miraculosa. E a faixa de raízes em volta do braço de Lyra e a resposta de Fife quando ela perguntara qual tinha sido o pacto de Lyra: *A história dela é bem mais longa e mais nobre que a minha.*

— Nem todo mundo conhece. — Raffe parecia meio hipnotizado. — Mas há aqueles em Meducia que se lembram de você, que a veneram mais do que aos Reis. O altar ainda existe, nos penhascos perto do porto. Eles deixam moedas de ouro para você e rezam pela cura de doenças. — Ele meneou a cabeça. — Meu pai levou algumas uma vez. Quando eu era pequeno. Eu estava doente e, depois que ele rezou, eu melhorei.

Lyra sorriu, mas o olhar era inescrutável.

— Duvido que eu tenha tido alguma coisa a ver com isso.

— Mesmo assim. — Ele deu um passo hesitante na direção dela, com a cabeça baixa como se talvez fosse fazer uma reverência, mas pareceu mudar de ideia. — Como você fez aquilo? Como conseguiu acabar com a praga?

Os olhos de Lyra brilhavam como mel sob a luz de velas, os braços cruzados.

— Eu fiz um pacto — disse ela, com voz controlada. — Meu irmão... — A respiração pareceu ficar presa na garganta antes de ela engolir em seco e continuar. — Meu irmão caçula foi infectado. Então, fiz o pacto. Criei um laço com Wilderwood em troca de uma cura.

A expressão de Raffe era inescrutável. Ele olhou de Lyra para Eammon e, depois, para a Fortaleza.

— E você mora aqui — disse ele devagar. — Com o Lobo. Em Wilderwood.

— Conosco. — Fife deu um passo para a frente. A colher de pau na sua mão não parecia mais tão tola.

Lyra encolheu os ombros.

— Existem lugares piores para estar. — Ela arqueou uma das sobrancelhas. — E já que você está perguntando — acrescentou ela —, a Rainha não está aqui.

O olhar de Raffe se alternou entre Lyra e Eammon. Ele fechou os olhos e toda a tensão dos ombros relaxou, como se a raiva fosse a única coisa a sustentar sua espinha.

— Então, não faço a menor ideia de onde ela pode estar.

O chão estava firme sob os pés dela, mas Red teve a sensação de estar caindo. A mão de Eammon no seu ombro era a única coisa que a mantinha em pé, um contraponto ao turbilhão de pensamentos na sua mente. Neve tinha desaparecido.

Red a deixara, puxada pelas raízes nos seus ossos, e agora a irmã tinha desaparecido. Sentiu um nó fechando a garganta.

— O que aconteceu? — perguntou Eammon.

Raffe se sentou no primeiro degrau, passando a unha no musgo.

— Ninguém a viu no palácio desde ontem de manhã. — A voz dele estava rouca, como se as palavras fossem pesadas demais para a garganta. — Não desde o incidente no Santuário. O rumor é que a Segunda Filha estava lá...

— Você achou que eu a tivesse pegado? — A voz de Red saiu dura.

Raffe não assentiu, mas a forma como cerrou os punhos foi a resposta.

— Eu não... — Ele parou de falar. — Eu sabia que ela estava fazendo alguma coisa que afetava Wilderwood. E eu sabia...

— E por que você a deixou? — Red não percebeu que tinha avançado até o peso da mão de Eammon desaparecer. — Se você sabia o que estava acontecendo, como pôde deixá-la?

— Você acha que foi uma escolha minha? — As palavras soaram irritadas, como se ele estivesse tentando se controlar. — Não foi. A Ordem me mandou embora.

— E você *permitiu*?

— Arick praticamente me obrigou. — Apesar do tom cortante, havia tristeza no rosto de Raffe. Arick fora amigo dele também. — Ele disse que eu não tinha nada a ganhar ao me envolver na política valleydiana. E disse isso como uma clara ameaça. Aluguei um quarto na cidade e fiquei de olho nas coisas da melhor forma que consegui. Era tudo o que eu podia fazer. — Ele passou a mão no cabelo curto em um gesto que mostrava toda a sua vulnerabilidade. — Mas não foi o suficiente.

Red pegou sua tristeza e a enterrou no fundo do seu ser, algo com o que lidaria mais tarde. Por ora, seus pensamentos giravam em torno de possibilidades, das soluções.

Uma se encaixou.

— Já sei como podemos encontrá-la. — Ela se virou para a porta dos fundos. — Venham comigo.

32

O espelho estava apoiado contra a mesma parede na qual Eammon o deixara da última vez. Red meio que esperava que o vidro estivesse límpido, a cura de Wilderwood refletida na relíquia. Mas a superfície ainda estava fosca e cinzenta, repleta daquela fumaça que serpenteava de maneira sutilmente sinistra. Talvez ele demorasse um tempo para se curar, ou talvez fosse sempre ter aquela aparência agourenta.

Red engoliu em seco, sem saber qual das opções a deixava mais desconcertada.

— Isto... mostra Neve?

À apreensão fez a voz de Raffe sair agitada. Ele tinha hesitado ao ver a torre, toda envolvida em vinhas e galhos, explodindo em outono dourado tanto quanto o resto de Wilderwood. Agora se comportava com cautela, com os braços cruzados para não tocar em nada.

— Gaya fez esse espelho para poder ver Tiernan.

Red desfez a trança e deixou o cabelo cair solto pelo ombro. Pegou um fio, hesitou, e decidiu pegar mais alguns. Talvez fosse mais difícil encontrar Neve daquela vez.

— E funciona?

Os olhos de Eammon passaram de Red para o espelho, demonstrando o mesmo nervosismo que ela sentia.

— Na maioria das vezes.

— Magia estranha — murmurou Raffe.

— Nem me fale. — Apesar do estilo casual, Fife estava apoiado no corrimão de forma tensa. Lyra tinha ido até a Fronteira para contar a Valdrek o que estava acontecendo, assim ele finalmente poderia cumprir a promessa de ajudar se um dia surgisse a necessidade. Red sabia que o nervosismo de Fife só passaria quando ela estivesse de volta.

Com um último olhar tranquilizador para Eammon, Red enrolou os fios de cabelo na moldura do espelho e se sentou nos calcanhares, esperando pela fumaça e pelo brilho, esperando ver a irmã.

Quando a visão enfim chegou, estava bem embaçada, bem mais do que o usual. Onde quer que Neve estivesse, era um lugar escuro. Ela estava deitada de costas, totalmente imóvel, a não ser pelo movimento suave da respiração. Formas indistintas se moviam ao redor dela, mas Red viu uma trança ruiva e uma túnica branca e alguém alto com um rosto borrado como se estivesse manchado de tinta, mudando entre uma coisa e outra.

Kiri e Solmir.

Enquanto Red se concentrava, a escuridão acima de Neve lentamente mostrou um céu noturno azul-escuro salpicado de estrelas. A zona rural de Valleyda. Uma linha de violeta profundo dividia o horizonte: a fronteira com Wilderwood.

Red voltou a si devagar, o alívio fazendo sua respiração tremer.

— Ela está viva. Em Valleyda, mas perto...

As palavras viraram um grito provocado por uma dor inesperada. Ele desceu pela espinha enquanto as raízes em volta dela se reviravam, galhos arranhando a pele. Os olhos de Eammon brilharam, e ele estendeu a mão como se estivesse tentando ir até ela, mas seus joelhos cederam antes que conseguisse, batendo no chão com um gemido abafado.

— O que houve? — A voz de Raffe era um misto de choque e medo.

— As raízes. — Fife respirou fundo, pálido.

Lá fora, um lamento baixo, o vento soprando e o estalo de galhos se partindo. As cores de outono sumindo, desbotando, enquanto o inverno chegava de novo.

Eammon estava de joelhos, os punhos cerrados ao lado do corpo, maxilar contraído em uma expressão da mais pura agonia. Tentou se mover, mas outra onda de dor atingiu ambos os Lobos, transformando a tentativa de movimento em um espasmo inútil. Alguma coisa cortada, alguma coisa *arrancada*.

Raffe se encostou na parede, com os olhos arregalados.

— O que *aconteceu*?

— Wilderwood. — Com um esforço sobre-humano, Eammon conseguiu chegar até Red, puxando-a para si com uma pegada firme apesar da dor. Ele passou as mãos pelos braços dela, procurando ferimentos. — Eles tiraram mais sentinelas.

A sensação era a de ser atingida por cem facas, a forma como a floresta se agitava dentro dela, a forma como se esforçava para se fechar em volta de um rasgo inimaginável: a retirada de dezenas de sentinelas de uma só vez. A seiva corria nas veias no ritmo acelerado do seu coração, chocando-se contra os galhos que se estendiam em total agonia.

Ouviram uma porta se abrir ao longe e passos subindo apressados pela escada. Valdrek apareceu, seguido por Lyra, os dois sem fôlego.

— O que está *acontecendo*, Lobo? Wilderwood estava aberta quando entramos, e então um negócio horrível...

Ele parou de falar e arregalou os olhos quando entendeu o que a expressão no rosto de Red e Eammon devia significar.

— Por todos os Reis e todas as *sombras*!

— Exatamente. — Os lábios de Eammon estavam lívidos, mas ele apoiou Red ao seu lado.

— Eles estão fazendo — sussurrou ela. As palavras ditas no calabouço antes de aceitar as raízes voltaram à sua mente: *Wilderwood vai ser destruída. O Lobo vai morrer. Os Reis vão ficar livres.* — Solmir está libertando os outros Reis da Terra das Sombras.

Lá fora, o lamento de Wilderwood parecia ter esmorecido, mas o silêncio que deixou no lugar era ainda pior. Tinham ido embora da torre, sem saber bem como a violência perpetrada contra a floresta havia afetado a magia deles. Red se apoiava em Eammon, sentindo-se fraca. Eammon se mantinha forte, mas a dor que sentia ficava evidente na contração da boca.

Raffe abriu a porta da Fortaleza, e Red quase caiu no primeiro degrau da escada, com os dentes cerrados contra a dor de tantas sentinelas ausentes. Eammon se apoiou no corrimão, fechando os dedos com tanta força que as articulações ficaram brancas.

Lear tinha acompanhado Valdrek e Lyra e se colocara perto da muralha, armado até os dentes com armas que deviam ser antigas, mas brilhavam sob a luz das vinhas em chamas. Os olhos azuis estavam cansados e tristes.

— Quando eu disse que você sempre poderia contar com minha ajuda, Lobo, eu estava pensando em encontrar materiais para reconstruir a Fortaleza ou talvez pedir a sua opinião sobre a rotação das safras. E não essa maldita floresta inteira sendo destruída.

— Nós já estávamos na metade do caminho quando começou. — A voz de Lyra era baixa enquanto mantinha os dedos no cabo da *tor.* — Tudo estava bem e, do nada, ela... *rompeu*.

— Parecia que as árvores estavam gritando. — Valdrek balançou a cabeça. — Nunca tinha ouvido a floresta fazer esse som antes.

— Precisamos ir até a fronteira — disse Raffe da sombra da escadaria. — *Temos* que ir, se é lá que Neve está.

— Wilderwood não vai nos deixar passar. Não agora que tenho as raízes também. — Red se empertigou, e o esforço a fez cerrar os dentes. — Você tem que encontrá-la, Raffe.

Ele assentiu.

— Eammon, Fife, Lyra e eu podemos ir até a linhas das árvores — continuou ela. — Raffe vai procurar Neve. E nós vamos curar as brechas que pudermos até que ele a encontre.

Eammon meneou a cabeça de leve, como se o movimento o machucasse.

— Solmir está *lá*, Red. Você não pode chegar tão perto...

— Minha *irmã* está lá. — Foi quase um sussurro, embora parte dela quisesse gritar. — Não há tempo a perder. Temos que ir. *Agora.*

Ele não abriu a boca para fazer qualquer outro protesto, baixando o queixo como se o peso que carregava nos ombros tivesse aumentado umas dez vezes.

Valdrek olhou para eles.

— Então, de vocês cinco, só um pode deixar a floresta — disse devagar, depois apontou para Raffe. — Imagino que você tenha entrado no breve período em que Wilderwood parecia estar bem.

— Ela abriu a fronteira — disse Red com suavidade. — Quando aceitei as raízes, quando ela se curou, a fronteira com Valleyda se abriu.

Ela sentiu um nó na garganta ao pensar em como haviam chegado perto. Como, por um instante, tudo estivera em equilíbrio, só para ser destruído em um estalar de dedos.

Um brilho de esperança apareceu no rosto de Valdrek por um instante.

— Pois muito bem — disse ele, olhando para Lear. — Nós vamos com você tentar a nossa sorte.

— A floresta não vai deixar vocês saírem. — As palavras de Eammon saíram controladas.

— Talvez não. Mas Wilderwood é sustentada por duas pessoas agora, diferente de antes.

— Deveria ser apenas Raffe e eu — argumentou Eammon. — Mesmo que a floresta os deixe sair, é muito arriscado...

— Nós devemos a todo mundo da Fronteira fazer uma tentativa. E se a floresta *permitir* que a gente saia, e se a gente puder ajudar na cura dela, é exatamente o que vamos fazer. — Valdrek deu de ombros. — Nós vamos ajudar, quer você queira ou não, Lobo.

Red se levantou, cobriu a mão de Eammon com a dela e olhou para ele com a expressão séria.

— Chega de achar que tem que fazer tudo sozinho — sibilou ela. — Seu turrão.

Um brilho de preocupação apareceu nos olhos ele, mas Eammon virou a mão sob a dela para entrelaçar os dedos aos de Red.

Lear deu um risinho, mas era uma situação difícil.

— Talvez a gente até acabe matando esse tal de Solmir. Isso já seria o suficiente para ter uma música sobre nossos feitos, não? Matar um dos Reis?

A luz do fogo iluminou os cachos de Lyra quando ela deu um passo à frente.

— Nós também vamos.

Atrás dela, Fife cruzou os braços, a Marca do Pacto aparecendo claramente contra a pele sardenta. Ele confirmou com a cabeça.

Os olhos de Eammon estavam fundos. Ele olhou para Red. Ela apertou a mão dele de leve.

— Vamos, então — murmurou ele.

Todas as árvores de Wilderwood estavam cobertas de espinhos e afiadas para o inverno. As folhas no chão eram cinzentas e esqueléticas, destituídas dos tons outonais como se tivessem se passado meses em vez de apenas minutos. Acima deles, o céu parecia um hematoma.

O cabo da adaga presa à coxa de Red roçou no punho dela. Facas brilhavam nas sombras do casaco de Eammon. Red se perguntava se teriam a chance de usá-las. Se iam enfrentar algo contra o que era possível lutar. Kiri poderia ser morta, assim como Solmir enquanto estivesse daquele lado da floresta — pelo menos era o que imaginava, mas se o resto dos Reis passasse...

Cure as brechas, resgate Neve. Red ficava repetindo a litania, recitando sem parar as duas coisas que achava que poderiam fazer.

— Nós temos um plano? — perguntou Lyra baixinho. Sua *tor* era uma lua crescente na escuridão. A cada passo, os frascos de sangue que ela e Fife carregavam na bolsa tilintavam.

— Detê-lo. — Eammon não diminuiu o ritmo da caminhada.

— Ele é meu — disse Raffe, caminhando atrás deles, em silêncio até aquele momento. Ele olhou para Lyra, os olhos tomados por um brilho sombrio. — Se Solmir estiver lá, mesmo que esteja onde vocês possam pegá-lo, ele é meu.

Ela assentiu uma vez.

O silêncio voltou a reinar, quebrado apenas pelo som de botas sobre as folhas.

A agonia aguda das sentinelas arrancadas tinha se transformado em uma dor constante. Ainda assim, Eammon mantinha a postura rígida enquanto caminhava na frente da estranha procissão, como se cada movimento exigisse um pouco mais das suas energias limitadas.

Red acelerou o passo até o dorso da mão roçar na dele. Eammon não a tocara mais desde que tinham saído da floresta, quando haviam corrido para o andar de cima para buscar armas. Ele a puxara e a beijara como se pudesse passar um pouco de proteção para ela através dos lábios.

— Seja lá o que eu tenha que fazer, vou fazer — sussurrara ele. — Vou fazer o que for necessário para manter você em segurança.

Red traçou as cicatrizes.

— Eu amo você. — Seus lábios haviam começado a formar um sorriso, que logo morreu. — Eu sou para o Lobo.

Eammon passara o polegar no lábio dela.

— E eu sou para você.

Agora não havia qualquer traço de suavidade na postura dele, como se tivesse gastado tudo naquele breve momento. Eammon estava todo contraído e retesado, movendo-se com uma intenção ferrenha.

— Se você pedisse para Raffe com jeitinho, tenho certeza de que ele o traria para cá da fronteira para você ter a sua chance.

As palavras foram ditas em um tom vazio, só porque ela não tinha nada para dizer. Porque *vai ficar tudo bem* soava como uma mentira.

Não havia humor nos olhos dele quando olhou para ela.

— Não vou deixar nada acontecer com você.

Red pegou a mão dele. Ele deixou.

Mais adiante, as árvores começavam a ficar mais espaçadas, erguendo-se retorcidas para o céu. O pequeno bando de guerreiros parou, todos chocados.

A fronteira de Wilderwood era uma desolação só: árvores esparsas e alquebradas, as que ainda estavam de pé retorcidas em formas torturantes. Fossos de fungo-de-sombra marcavam a terra — um bem na frente deles, a beirada de outro visível mais à esquerda. O céu se dividia com uma linha serrilhada, o crepúsculo arroxeado chocando-se contra o índigo salpicado de estrelas como cacos de vidro de uma janela estilhaçada.

Um pouco além, na expansão vazia da parte norte de Valleyda, um bosque cerrado de árvores brancas crescia, a pouco menos de um quilômetro da fronteira. Raízes retorcidas estendidas para o céu, entrelaçando-se e se misturando em um anel impenetrável, enquanto os galhos mais grossos se enfiavam terra abaixo: outro bosque de sentinelas invertidas, crescendo de cabeça para baixo. Entre os troncos brancos, nada se mexia.

Red se encolheu, assim como Wilderwood dentro dela.

— Lá. — Raffe apareceu ao lado dela com os dentes brilhando na escuridão. — Ela deve estar lá.

Ele correu pela terra queimada em direção ao bosque sem hesitar.

Valdrek chegou até a fronteira fendida com Lear bem ao seu lado. Quando tentou dar um passo adiante, Red sentiu uma fisgada no peito, como um galho se partindo. A floresta permitindo a saída deles, sabendo que fechar as fronteiras não ajudaria em nada.

— Bem. — Valdrek se virou, com uma expressão surpresa e cansada no rosto e um brilho de tristeza maculando a alegria dos olhos. — O mundo parece igual desse lado. Boa sorte, Lobos. — Ele seguiu pela colina atrás de Raffe, Lear o seguindo de perto.

Lyra estava parada com a *tor* em punho, em uma postura relaxada de prontidão, como se estivesse pronta para correr.

— Nenhuma criatura de sombras até agora — disse ela, analisando com atenção a fronteira desolada da floresta. — Não consigo decidir se isso é bom ou ruim.

— A Terra das Sombras deve ter coisas mais importantes para libertar. — A voz de Eammon estava neutra, o maxilar contraído em uma linha de dor. Ele olhou para Red. — Vou patrulhar a fronteira da floresta com Lyra. Você e Fife fiquem aqui. Não se aproximem da fronteira até eu chamar.

— Isso é uma ordem? — A pergunta saiu em tom de brincadeira, para tentar apaziguar a sensação que pesava no peito de Red.

Eammon deu uma risada, apertando os dedos dela.

— Se você quiser que seja.

— Eammon...

Ele colocou uma mecha do cabelo dela atrás da orelha, a palma coberta de cicatrizes roçando o rosto de Red.

— Me deixe fazer isso.

Com gentileza, ele desentrelaçou os dedos dos dela e deu um beijo no dorso da mão da Segunda Filha. E partiu, seguindo na direção da ruína que a floresta tinha se tornado.

Fife se colocou ao lado dela enquanto Eammon e Lyra se afastavam rapidamente.

— Como somos idiotas — disse ele, tentando usar o tom brusco que sempre usava com ela, mas fracassando.

Red arqueou uma das sobrancelhas.

Ele encolheu os ombros.

— Nos apaixonando por idiotas impulsivos.

Red pegou a mão de Fife por um instante, mas a soltou logo depois.

Um movimento discreto chamou sua atenção, na direção oposta àquela na qual Eammon e Lyra tinham seguido. Uma coisa branca, escondida nas sombras, bem na floresta valleydiana. Estreitando os olhos, Red deu um passo à frente.

— Está vendo aquilo?

— Vendo o quê?

Outro borrão branco. Na visão dela, Neve estava de branco.

Aquilo foi o suficiente para fazê-la sair correndo.

— Red!

Mas ela não deu ouvidos a ele, correndo em direção ao brilho branco nas sombras. Talvez Neve tivesse acordado daquele estranho transe e chegado à fronteira da floresta destruída.

— Venha — disse uma voz da escuridão amorfa atrás de uma árvore. O tom era bem baixo, tornando-a completamente indistinta.

— Neve? — chamou Red. Tudo dentro dela se concentrava em salvar a irmã que tinha deixado para trás.

Sem resposta.

— *Redarys!* — Um grito daquela vez, um berro alto que saiu arranhando a garganta. Eammon chamando por ela.

A parte de Wilderwood no seu peito parecia se partir e queimar, um aviso por estar perto demais da fronteira, mas Red cerrou os dentes e continuou em frente. As botas escorregaram na terra quando ela chegou perto da árvore, e a Segunda Filha estendeu a mão para se segurar nela.

Das sombras, Kiri sorriu.

Red tentou voltar, mas seus pulmões ardiam tanto, e a floresta ancorada dentro dela doía tanto... Levou os dedos ao cabo da adaga, tomada por um pânico tão grande que nem conseguiu pegá-la, e então as mãos de Kiri se fecharam no pescoço dela, pressionando com força.

— Você dá muito mais trabalho do que vale — sibilou a Suma Sacerdotisa, com um brilho de loucura nos olhos sob a colisão de estrelas e crepúsculo. — Você não merece ver o retorno dos nossos deuses.

— Red!

Ela sentiu as raízes deslizando nas canelas, a presença de Wilderwood no fundo do peito enquanto Eammon tentava convocar as partes alquebradas e transformá-los em força.

— Diga adeus ao seu Lobo. — As mão de Kiri apertaram mais o pescoço de Red. — Ele logo se juntará a você.

Então, mãos puxaram os braços da Suma Sacerdotisa. Ela soltou Red, que conseguiu respirar. Solmir praguejou baixinho, pegando Red pelo braço e a puxando na direção da árvore esfarrapada.

Ainda ofegando, Red ouviu ao longe sons de passos correndo e os gritos de Eammon.

— Mais trabalho do que vale, realmente — resmungou Solmir, arrastando-a pelo braço de uma forma que a fez tropeçar, caindo de joelhos no chão. — Mas é mais útil viva do que morta.

Red abriu a boca para xingá-lo, para chamar por Eammon. Mas Solmir a puxou para o outro lado da fronteira, e cada fibra do seu ser, cada nervo, tudo explodiu em uma dor ardente que a consumiu por inteiro. Qualquer pensamento sobre qualquer outra coisa despareceu da sua mente naquele momento, enquanto seu grito reverberava por Wilderwood.

As árvores se curvaram com pesar.

33

Red ralava os joelhos no mato seco do fim de outono valleydiano enquanto Solmir a empurrava. Parecia que seu peito era uma gaiola quebrada, com as raízes buscando seu lar. Pensou que se olhasse para baixo, com certeza veria os galhos irrompendo da pele, sujos de vísceras, o corpo se transformando em um sepulcro. Um lamento horrível ecoava na cabeça, e ela não tinha ideia de onde ele vinha, sentindo tanta dor que não sabia se o som saía da própria boca ou era emitido pelas próprias cordas vocais.

Vinhas tentavam subir pelos tornozelos dela e de Solmir, mas estavam fracas e agitadas, frágeis por causa da floresta moribunda. Os galhos se uniam, estendiam-se o máximo que podiam antes de quebrar como a corda gasta de um arco.

— Red! — O berro de Eammon parecia rasgar a garganta dele. — *Red!*

Valdrek e Lear interromperam de súbito a ronda cuidadosa pelo campo, a voz de Eammon chicoteando no estagnado ar noturno. Raffe saiu correndo, desaparecendo no boque retorcido. Valdrek fez um gesto para que Lear seguisse o rapaz. Quando Lear desapareceu entre as árvores, pessoas de branco apareceram como se estivessem escondidas no bosque até aquele momento.

Sacerdotisas. Red contou cinco na clareza estranha e trêmula que pairava sobre a dor. Alguma coisa em relação ao número pareceu agourento, horripilante de uma forma que ela ainda não conseguia entender totalmente.

Ela se debateu para se libertar de Solmir, mas ele a segurava com força. Kiri caminhava ao lado deles, com leveza e sem pressa, as mãos enfiadas nas mangas.

Com um rugido contido, Eammon cruzou a fronteira de Wilderwood, a dor fazendo o rosto empalidecer e os tendões do pescoço se contraírem. Estava com a adaga desembainhada, mas Solmir se desviou do golpe sem a menor dificuldade. Kiri deu um passo para o lado, emitindo um som de desdém, como se Eammon não passasse de uma inconveniência menor, um mosquito que precisava ser esmagado.

Outra investida, mas algo fez Eammon recuar com um estalo, como se ele tivesse se chocado contra uma parede invisível. O pescoço dobrou em direção ao ombro, em um ângulo tão estranho que parecia prestes a quebrar; o grito de Red não teve nada a ver com a forma como Solmir a jogou de lado como um manto que não quisesse mais usar.

— Então, é assim que vai ser? — Ele soava quase entediado. — Heroísmo sem sentido?

Com os dentes arreganhados, Eammon partiu para cima dele, atingindo o Rei com um forte soco no queixo. O ranger do maxilar de Solmir foi audível, a cabeça lançada para trás. Eammon virou a adaga de lado na mão e atacou, cortando o braço de Solmir.

Mas o Rei só ficou parado no lugar, como se estivesse esperando algo.

Eammon tentou golpeá-lo de novo, mas um espasmo percorreu seu corpo. A espinha travou, quase dobrando-o para trás. Houve um silêncio tenso, como se ele estivesse aguentando o máximo que conseguia, até um grito agonizante explodir de sua garganta.

As vinhas deslizaram de Wilderwood e se fecharam em volta dos braços e tornozelos de Eammon, as botas deixando marcas na terra enquanto ele era arrastado de volta. Gritou o nome de Red pela garganta que parecia ferida e lutou para avançar, mas Wilderwood continuava puxando o corpo que se debatia cada vez mais de volta para a floresta arruinada.

Algo que quase se assemelhava a pena iluminou o rosto de Solmir.

— Ela está entranhada demais em você para deixá-lo partir — disse ele em voz baixa. — Wilderwood se protege acima de tudo.

— Como o que aconteceu com a minha mãe? — rosnou Eammon, tentando resistir à força de Wilderwood. — As vinhas envolviam as pernas dele, e galhos semelhantes a dedos o seguravam pelo ombro. Com gentileza, mas de forma que fosse impossível escapar. — Quando ela tentou abrir a Terra das Sombras para você?

Os olhos de Solmir eram inescrutáveis.

— Exatamente.

Kiri estava quase chegando ao bosque retorcido, uma mancha de branco contra as cores noturnas do campo. Algo brilhava na sua mão. Uma adaga.

E outro brilho de prata, mais perto ainda: Valdrek. Devagar, ele seguia em direção a Wilderwood, avançando agachado pela área escura entre o bosque retorcido e a fronteira da floresta. A espada estava desembainhada e pronta, os olhos fixos nas costas de Solmir.

Satisfeito com o fato de que Eammon estava sob controle, Solmir se virou para Red, com olhar admoestador.

— Já teríamos conseguido se não fosse por sua causa. — Solmir meneou a cabeça. A brisa noturna agitava seu cabelo comprido, e o luar iluminava o contorno de pequenas cicatrizes na testa, equidistantes, como se tivessem sido feitas de forma deliberada. — Se você tivesse permanecido em Valleyda, ele teria desistido.

— Não teria. — Red tentou se levantar, mas o corpo não obedecia aos comandos. — Ele não desistiu antes de mim. Não desistiria depois.

Ela nunca tinha visto aquela expressão no rosto de Solmir. Não era mais de raiva, de tédio ou de desdém. Era quase de tristeza, e ela o odiou por isso.

Algo passou rente à cabeça dele, a *tor* de Lyra. Ela e Fife tinham se juntado a Eammon na fronteira de Wilderwood, tão incapazes de sair quanto ele. O rosto de Lyra era uma máscara de raiva enquanto olhava para ele com os dentes arreganhados.

— Que tolice. — Solmir suspirou. — Quando os Reis chegarem, você vai querer uma arma.

Os Reis. Cinco deles, incluindo Solmir. Cinco sacerdotisas no bosque. E Kiri, que seguia na direção delas com uma adaga desembainhada.

— Não deixe que ela as mate! — gritou Red para qualquer um que pudesse ouvi-la, virando o rosto bem na hora que Kiri passou pelas árvores invertidas. — Vocês têm que impedi-la de matá-las!

A voz, rouca por causa da dor, poderia muito bem ter sido um sussurro. Mesmo assim, foi o suficiente para fazer Solmir se virar e perscrutar a mata com atenção suficiente para detectar a presença de Valdrek, agachado e esperando uma brecha.

Valdrek não hesitou quando percebeu que tinha sido visto. Os anéis prateados em seu cabelo brilharam quando ele saltou, gritando e girando a espada no ar.

Em um gesto quase casual, Solmir levantou a própria adaga e acertou o punho contra a testa de Valdrek.

Eammon tentou se libertar de Wilderwood, gritando, mas a floresta rapidamente o conteve. Red tentou se levantar para se aproximar de Valdrek, mas algo como um muro de gelo a derrubou de volta.

Lágrimas escorreram pelo rosto e molharam o cabelo da Segunda Filha, as costas estateladas no chão. Era o mesmo frio que Kiri usara contra ela em Valleyda, que fazia com que os órgãos parecessem congelados e a garganta fechada com gelo, mas ainda mais forte e mais pesado, nascido de anos na escuridão em vez de sangue em galhos — magia da Terra das Sombras, todo aquele poder transformado em um prisão, entranhando-se nele enquanto pagava sua sentença. Aquela mesma magia que ele tentara usar contra ela no calabouço, e agora ela não tinha luz dourada o suficiente para se defender.

A dor agonizante a atravessou, fazendo-a se contorcer enquanto Wilderwood ia definhando. Ela gritou, embora a boca tentasse abafar o som.

— A floresta não está tão entranhada nela quanto em você. — O tom de Solmir era casual, mesmo tendo de falar mais alto para ser ouvido na distância entre ele e Eammon, como se estivessem em uma mesa de taverna. — A floresta na sua Lady Lobo é nova, fácil de arrancar. Você sabe como resolver isso. Como poupá-la de mais dor.

— Não! — Red arqueou o corpo, quase se dobrando ao meio, para tentar encontrar o olhar de Eammon. — *Não*.

Um estrondo, uma reverberação profunda que a fez cerrar os dentes. Red tentou mirar os olhos embaçados na direção do bosque, o suficiente para ver uma sacerdotisa de túnica branca cair no chão, que se tingiu de vermelho.

A primeira sacerdotisa estava morta. Faltavam quatro.

— Ela vai morrer se você não fizer isso. — Solmir gesticulou na direção do bosque atrás deles, do horror distante acontecendo nas raízes.

Outra sacerdotisa caiu.

Duas mortas.

— Trazê-los de volta, o que eles se tornaram, vai matar Wilderwood e qualquer coisa ligada a ela. Ela já é parte de você há tempo demais, Eammon. Não tem como escapar. — A mão de Solmir tocou o cabelo de Red com leveza, e ela se afastou o máximo que conseguiu, enquanto seu corpo era um campo de batalha entre raízes e o peso frio da magia das sombras. — Mas ela tem.

Eammon ofegava. Os olhos brilhavam sobre os lábios contraídos de dor. Fife afastou Lyra e envolveu os ombros dela com o braço enquanto assistiam a tudo em um silêncio horrorizado.

— Por quê? — A voz de Eammon soou fraca. — Por que trazer os outros? Foram eles que o condenaram! Eles são o motivo de tudo isso!

Os olhos de Solmir pareciam lascas de gelo. Por um momento, ele mexeu os lábios como se realmente fosse dar uma explicação. Mas depois balançou a cabeça, quase derrotado.

— Porque é inevitável. O retorno deles é inevitável. — Uma pausa, a voz ficando mais forte. — E quanto mais tempo eles tiverem para se preparar, pior será.

Outro estrondo de quebrar os ossos, fazendo a terra tremer. Depois outro, mais alto.

Quatro mortas.

Através da fronteira, os olhos de Eammon encontraram os de Red, uma promessa queimando nos olhos âmbares e verdes. *Eu deixaria o mundo queimar antes de machucar você.*

Ela leu a intenção dele, assim como conseguia ler tudo em Eammon. Red cerrou os dentes e rosnou para ele:

— Não...

Eammon dobrou o pescoço para o lado enquanto puxava Wilderwood dela, arrancando a floresta do corpo dela pela raiz. A voz da Segunda Filha trovejou em agonia para o céu. Red percebeu que aquilo que ele dissera sobre o mundo queimar não era tudo.

Ele estava disposto não só a deixar o mundo queimar, mas também a se deixar queimar com ele.

Red gritou, fincando os dedos na terra.

— Devolva! Maldita! Devolva as raízes para mim!

Wilderwood não ouviu. Red tossiu folhas ensanguentadas e pedaços de raízes. Desesperada, pensou em enfiá-las goela abaixo, mas de nada adiantaria. Tinha voltado a ser apenas humana de novo, nada além de carne, sangue e ossos.

Os galhos, as raízes e as vinhas em volta de Eammon se contraíram uma vez como um punho cerrado e, depois, abriram-se de repente. Um espasmo o fez cair de joelhos, tremendo. Os tendões no pescoço e nos ombros do Lobo mais pareciam raízes de árvore, visíveis através do tecido rasgado da camisa. Ele fincou os dedos em garra no chão enquanto uma luz dourada, fraca, mas visível, pulsava nas suas veias.

— Desista, Eammon — murmurou Solmir, sem prestar a menor atenção em Red. Aquilo era entre o Rei e o Lobo. — *Desista*.

Depois de um momento, o Lobo ficou imóvel.

O mundo congelou, como se estivesse no gume de uma faca. Fife e Lyra pareciam estátuas, o rastro das lágrimas brilhando no rosto de Lyra.

Um momento de quietude.

Uma escolha feita.

Um *ímpeto*.

A floresta cresceu atrás de Eammon como uma onda feita de raízes, galhos, vinhas e espinhos. As sentinelas se arquearam na direção dele, alongando os dedos afiados e brancos. Rasgaram a pele dele e adentraram, virando luz e transformando as veias em dourado e verde. O Lobo ainda estava imóvel com um cadáver, mas as coisas que tornavam Wilderwood o que ela era fluíam para dentro ele como a chuva em um rio. Fluindo e fluindo, uma onda quebrando nas costas dele, uma floresta toda voltando para a semente.

Então, Eammon se levantou.

Empertigou-se em toda a sua altura e depois cresceu mais, passando dos dois metros, dois metros e meio. O olhos dele mudaram enquanto sua sombra ficava cada vez maior no chão, e a parte branca em volta da íris âmbar se tingiu do mais puro e brilhante tom de esmeralda. A hera envolveu os pulsos do Lobo, enquanto uma guirlanda crescia no cabelo preto e comprido demais, cascas de árvore protegiam os braços e galhos semelhantes a chifres surgiam na sua testa.

Todas aquelas pequenas mudanças — as lascas que Wilderwood deixava nele quando usava sua magia sozinho, as partes dele das quais ele abrira mão, tudo que ele tentara evitar ao oferecer o próprio sangue — tudo aquilo era nada perto do que estava acontecendo.

Uma floresta transformada em homem, um homem transformado em deus.

Eammon — o que já tinha sido Eammon um dia — virou os olhos estranhos de deus para Red, encolhida no chão, e ela entendeu. Ele finalmente tinha desistido. Desistido de ser homem e floresta, desistido daquela situação binária e impossível de ossos e galhos. Ele puxara tudo para si, toda a rede brilhante de Wilderwood tomando tudo que ele costumava ser.

Daquela vez, ele tinha permitido que a floresta o tomasse por inteiro. Tinha desistido da própria vida para salvar a dela. Aqueles olhos inumanos não tinham nada do homem que amava.

O soluço de Red tinha gosto de sangue.

Solmir deixou escapar um riso baixo e debochado.

— Os Lobos e seus sacrifícios.

Um *estalo* final, como se a própria terra estivesse se fendendo. Através das lágrimas, Red viu a quinta sacerdotisa cair, a adaga de Kiri tingida de vermelho sob a luz antes de correr na direção do bosque. Ao mesmo tempo, Lear se atirou para fora das árvores, caindo imóvel. Sombras explodiram do chão em volta das sentinelas retorcidas, formando um anel de sombras que se contorciam.

Solmir fez aquela estranha forma com a mão de novo. As sombras rolaram pelo chão como uma onda negra, atraídas para ele como pássaros e emitindo sons loucos. Elas foram se aglutinando em Solmir, tornando-o maior, envolvendo-o em escuridão.

Com um sorriso e sombras fervilhando, ele acenou.

E Wilderwood — *Eammon* — disparou na direção dele com um rugido.

34

Wilderwood não era mais uma floresta. Tinha se desenraizado e assumido uma forma diferente. Suas fronteiras eram definidas pelo corpo de Eammon, envolto em espinhos e vinhas. Eammon tinha desaparecido, e Wilderwood assumira a forma de homem em seu lugar.

Quando ele correu em direção a Solmir, a terra tremeu.

Red se agachou, finalmente livre da magia fria, a boca seca de tristeza e horror. O deus-floresta ainda se parecia com Eammon, ainda tinha seu rosto anguloso e cabelo escuro. Mas a forma como se movia era estranha, névoa passando por galhos e folhas girando ao sabor do vento. Ele era luz dourada contra a sombra de Solmir, e ambos eram terríveis.

Eammon — ou o que ele tinha sido e não era mais, e *por todos os Reis*, ela ia enlouquecer — atingiu o queixo de Solmir com um soco. Casca de árvore e folhas explodiram a partir do contato. A cabeça de Solmir foi lançada para o lado com força, mas ele abriu um sorriso exultante.

— Você poderia ter tido uma morte tão pacífica... — Solmir limpou o sangue da boca com o dorso do pulso tomado de sombras. — Lobos morrem mais fácil do que deuses.

Lyra estava parada na fronteira de Wilderwood, com os olhos arregalados e descrentes. Então, com um rosnado, correu e pegou sua *tor* no chão, não mais impedida de sair de uma floresta que não estava mais ali. Fife a seguiu sem hesitar. As árvores ainda se alongavam atrás deles, mas estavam diferentes — as cores mais fracas, o céu acima deles salpicado de estelas, os tons da noite substituindo os do crepúsculo.

Apenas uma floresta, como qualquer outra. Tudo que tornava Wilderwood o que era se concentrava em Eammon agora.

Os corpos das sacerdotisas de túnica branca manchada de vermelho jaziam entre as sentinelas invertidas no bosque retorcido, o sangue delas fluindo para as extremidades das árvores. Red não sabia onde Kiri estava. Lear tinha despertado, e se afastava das árvores com um corte na testa que pingava sangue nos olhos em um fluxo constante.

O redemoinho de sombras que cercava o bosque crescia cada vez mais, a escuridão girando no ar como fumaça. A terra em volta retumbava, como uma porta trancada sendo chacoalhada.

Uma porta que logo seria aberta à força.

Eammon estendeu as mãos, e troncos afiados como lanças irromperam da terra. Passaram por Solmir como se ele fosse fumaça, a escuridão serpenteando para longe e depois voltando ao lugar. Solmir curvou os dedos e sombras envolveram o braço de Eammon como algemas, girando e fazendo-o se dobrar atrás das costas. Um rugido, um som como o de galhos se quebrando. Quando Eammon se libertou das garras de sombras, uma queimadura escura marcava sua pele.

Apesar do vazio que sentia no peito e de saber que cada fragmento de Wilderwood tinha sido arrancado de dentro dela, Red curvou os dedos em garras. Levantou-se e cambaleou na direção dos deuses gladiadores.

Não foi uma sombra que a jogou para trás, mas sim uma vinha, florescendo e a agarrando pela cintura para colocá-la no chão de forma firme, mas gentil. Olhos inumanos que ela não conhecia a fitavam, em um rosto que ela tinha beijado. Não havia nenhum tipo de reconhecimento neles.

Ela ficou imóvel no chão, cada inspiração parecendo uma faca em suas entranhas.

Uma forma leve corria rente ao chão. Lyra, com a *tor* em punho e os dentes brilhando ao luar. A lâmina passou pela perna revestida de sombras de Solmir, um golpe que deveria ter decepado um membro, mas o corpo dele se dissipou e se recompôs. Com um sorriso de escárnio, ele bateu em Lyra, fazendo-a sair voando. Ela caiu bem ao lado de Red e ficou imóvel.

— Lyra! — Atrás dela, Fife berrou com todas as forças. Estava com a adaga empunhada quando se virou para Solmir, parecendo pequeno diante da criatura envolta em sombras.

— Fife, não! — Red rastejou até Lyra e pousou o dedo contra o pescoço dela. A pulsação estava fraca, mas constante, e a respiração curta, mas presente. — Não adianta!

Ela viu no rosnar dele que ele sabia, e também que não se importava nem um pouco. Solmir machucara Lyra, então ele ia machucar Solmir. Uma equação fácil. Mas não podia ser naquele momento. Com um rugido estrangulado, ele embainhou a adaga e correu em direção a elas.

Atrás dele, Eammon e Solmir continuavam lutando, ignorando todo o resto, uma batalha cósmica em um microcosmo.

— Ela está viva — disse Red assim que Fife chegou, tirando a mão da pulsação de Lyra para que ele pudesse colocar a dele. — Ela está respirando.

Ele soltou um soluço de alívio quando sentiu as batidas do coração da mulher, baixando tanto a cabeça que os cachos ruivos claros roçaram a testa de Lyra. Nervoso pelo medo, Fife tirou o casaco e colocou em volta dela, como se fosse um escudo.

E ficou congelado, com os olhos fixos no próprio braço despido.

No que não estava mais lá.

— A Marca. — Ele parou e engoliu em seco antes de arregaçar a blusa de Lyra. Pele marrom e imaculada na qual antes havia a Marca do Pacto, iluminada pelas estrelas e intocada pelas raízes.

Os olhos dele encontraram os de Red, arregalados de surpresa e de um medo considerável.

Um peso nos ombros, um grande respeito que fez os pelos em sua nuca arrepiarem. Red olhou por sobre o ombro, sentindo um nó na garganta por saber o que veria.

Eammon — *aquele que não era Eammon* — olhou para ela com os olhos verdes e âmbares por meio segundo, quase sem entender. Então, o olhar passou para Fife. Um aceno, mecânico e frio.

— Reis. — Fife apertou o próprio antebraço.

O deus-floresta voltou a atenção para a batalha, a pausa toda levando menos de um segundo. Galhos afiados cresceram dos dedos, tentando atingir o rosto de Solmir.

O gigante escuro que Solmir tinha se tornado não tentou nem desviar. Os galhos passaram por ele como se ele fosse uma sombra, e ele rapidamente voltou à forma anterior.

Sombra.

O pensamento quase escapou da mente de Red, mas ela enfim capturou a ideia. Quando ela vira Arick do lado de fora do Santuário, Arick que era Solmir, não havia sombra no chão atrás dele. E as palavras de Kiri no calabouço: *a sombra e o homem*.

Cinco sacerdotisas mortas, cinco vidas para libertar cinco reis. Solmir, já ali pela metade, devia estar se condensando em um corpo, devia estar usando o sacrifício para se manifestar completamente naquele mundo. Mas ainda tinha uma conexão com Arick, mantendo-se como sombra enquanto lutava com Eammon.

Enquanto Solmir lutasse com Eammon, Arick continuaria sendo o homem.

Fife estava agachado entre Lyra e a guerra entre a sombra e floresta, com a mão na adaga. Quando falou come ela, foi com a objetividade que lhe era peculiar.

— Eu não sei o que você vai fazer agora. Mas eu vou ficar com Lyra.

— E eu nunca pediria que você fizesse qualquer coisa diferente disso.

Ele respondeu de forma ainda brusca, mas afetuosa:

— Eu sei.

Red sabia o que precisava acontecer. Mas aquilo era um peso em seu peito, um que ela não queria analisar com muita atenção. Não até que estivesse claro que não havia outra opção.

A escolha teria de ser tomada com rapidez. Eammon não poderia continuar lutando para sempre com uma sombra.

Ela se levantou, com as pernas ainda bambas.

— Vou até o bosque.

Fife olhou para ela e assentiu.

Red saiu correndo.

Lear a encontrou na entrada do bosque cercado de sombras, enxugando o sangue da testa.

— Tentei impedir. — Ele fez um gesto com a mão suja de sangue, indicando os corpos das sacerdotisas quase ocultos pela escuridão. — Eu implorei para que fugissem. Nenhuma delas me ouviu, e a ruiva me acertou em cheio quando tentei tirá-las de lá. — O sangue escorria para os olhos dele e ele o limpava, como se aquilo o irritasse mais do que doesse. — Não consegui avançar muito antes de as sombras começarem a se espalhar, mas Raffe ainda está lá.

— Preciso encontrá-lo. — Mesmo que toda Wilderwood tivesse saído de dentro dela, o bosque ainda parecia uma coisa repelente. Algo que nunca deveria existir sob o céu. — Preciso encontrar minha irmã.

Red viu um brilho de preocupação nos olhos de Lear.

— Se ela estiver lá, não sei exatamente o que vai encontrar.

— Eu também não. — Red engoliu em seco. — Mas é a nossa única chance de colocar um ponto final nisso tudo.

Lear assentiu, depois inclinou a cabeça em uma reverência curta.

— Boa sorte, Lady Lobo.

Antes que perdesse a coragem, Red correu e saltou sobre o sulco de sombras cada vez mais espesso, caindo sem a menor elegância ao lado do corpo de uma das sacerdotisas.

O bosque estava coberto de silêncio, que bloqueava o som trovejante dos deuses lá fora. O chão era escuro, mas sólido, embora tremesse. Mesmo assim, ela quase conseguia sentir as falhas se formando sob seus pés, rachaduras para que alguma coisa pudesse passar.

As sentinelas se encolheram, envergonhadas. Red pousou a mão em um dos troncos como se pudesse oferecer algum consolo. Havia mais delas do que supunha, crescendo bem próximas umas das outras, brancas como ossos.

Isso fazia com que Kiri tivesse muito lugar para se esconder.

O estalo de um galho foi o único aviso que Red teve de que a Suma Sacerdotisa estava saindo de trás de uma sentinela invertida, avançando loucamente em direção a ela com sua adaga manchada de sangue. Red conseguiu se desviar, e a lâmina só rasgou o tecido da manga.

— Eu deveria ter matado você antes. — A voz de Kiri estava rouca, como se tivesse gritado por horas. — Não tem como me impedir agora. — Outro golpe, mas ela estava mais lenta por causa da túnica ensopada de sangue. — Nossos deuses estão vindo, e você vai...

Um *tum* oco, um cabo na testa. Kiri revirou os olhos e caiu no chão.

Atrás dela, Raffe embainhou a adaga.

As unhas estavam quebradas e sangrando. O cabo da arma estava todo marcado e amassado, como se o tivesse batido várias vezes contra uma pedra.

— Você demorou.

Do lado de fora do bosque, um rugido abafado. Ele se virou em direção ao barulho com uma das sobrancelhas levantada, demonstrando um interesse mínimo, depois gesticulou na direção do corpo da sacerdotisa perto da linha das árvores.

— Quanto tempo nós temos?

— Não muito. Eammon... — O nome dele queimou na garganta dela, fazendo-a engolir o nó que se formara ali. — Ele está mantendo Solmir ocupado, mas não vai conseguir continuar por muito tempo.

Outro rugido, outro estremecimento no solo, como se ele fosse o dorso de uma fera voltando lentamente à consciência. Fife assentiu e seguiu por entre as árvores brancas como ossos. Red o seguiu em silêncio.

O bosque se abria em uma clareira em cujo centro havia duas coisas. Arick, com uma expressão entre vergonha e resignação.

E um caixão.

Parecia feito de vidro embaçado, como sombras congeladas no gelo, mas o vulto lá dentro era claro. Cabelo escuro, olhos fechados, o rosto do mesmo tom dos troncos cor de osso. As veias do corpo estavam enegrecidas, e os fios de escuridão se espalhavam para além dos limites da pele — descia pelas laterais de pedra da lápide, escorrendo para o chão podre com suas raízes retorcidas se agitando na terra.

Neve, entrelaçada àquela Wilderwood invertida. O processo de levar as sentinelas para a caverna tinha levado semanas, mas com um sacrifício útil — e inconsciente — à disposição, Kiri e a Ordem tinham criado um novo bosque em bem pouco tempo.

E a tinham ancorado dentro da irmã dela.

Red emitiu um som baixo e agudo. Ao lado do caixão, Arick fechou os olhos.

— Não consigo abrir. — A voz de Raffe estava neutra e sem emoção, como se todos os sentimentos estivessem trancados dentro dele. — Eu forcei, mas fiquei com medo de machucá-la. — A voz dele não falhou, não exatamente, mas tremeu em algumas sílabas.

A parte de baixo do caixão de Neve — era um caixão, e Neve estava dentro dele, a mente de Red não conseguia lidar com aquilo — parecia fundida ao chão, crescendo a partir dos troncos brancos que cortavam a terra apodrecida. Devagar, com o mesmo medo de Raffe, Red deu um passo para a frente, tomando cuidado para não pisar em nenhuma das linhas escuras que ligavam a irmã ao bosque. Perto assim, conseguia ver a sombra correndo por eles, batendo como uma pulsação.

Tomada pela náusea, Red se ajoelhou e pousou a ponta dos dedos em uma das veias negras.

Escuridão atrás dos olhos, como se sua visão lhe tivesse sido arrancada. Um pesadelo formado por um borrão de imagens: um grande mar cinzento, algo lá embaixo mostrando incontáveis dentes. Uma carcaça imensa e coberta de escamas do tamanho de uma montanha, e tão imóvel quanto uma. Crânios deformados em uma pilha de cadáveres. Um vulto esquelético e ossudo, com uma guirlanda de flores podres na cabeça, acorrentado a uma rocha. Quatro homens monolíticos em tronos monolíticos, com mortalhas brancas e coroas de espinhos de ferro. Ao lado deles, um quinto trono vazio.

Red afastou a mão, ofegando, a testa encharcada de suor. Dentro do caixão, Neve não se mexeu.

— Ele prometeu. — As palavras saíram entredentes, como se ela as quisesse rasgar. As unhas se enterraram na palma das mãos enquanto ela se equilibrava nas pernas bambas. — Ele *prometeu* que ela ficaria em segurança.

— Ela está viva — disse Raffe, como se estivesse repetindo aquilo para si mesmo sem parar. — Ela está... Ela está *assim*, mas está viva.

Do lado de fora do bosque, outro rugido rompeu o silêncio. Logo Solmir se cansaria de ser a sombra do corpo de Arick, mesmo que isso lhe desse uma vantagem contra Eammon. Ele logo deixaria se tornar inteiro pelo sacrifício das sacerdotisas, e o resto dos Reis iria se juntar a ele.

E Wilderwood — Eammon — morreria.

Era hora de fazer escolhas. E ela só conseguia ver uma.

— Arick. — A voz dela saiu rouca.

Ao ouvir o próprio nome, Arick fechou os olhos com ainda mais força.

— Sinto muito — disse ele em voz baixa. — Nós só estávamos tentando salvar você.

— Venha até aqui. — Ela se engasgava com as próprias lágrimas. — Venha até aqui, por favor.

Uma pausa. Depois um movimento súbito enquanto ele avançava pela escuridão. Red se esforçou para se manter firme mesmo diante do semblante alquebrado do seu amor de infância e da certeza de que coisas horríveis e vastas despertavam sob seus pés.

Ela estendeu a mão quando ele se aproximou o suficiente para que pudesse tocar o rosto sangrento com a ponta dos dedos.

— Sei que você não queria que nada disso acontecesse.

— Não. Mas eu não me importava com o que ia acontecer. Não naquela época. — Havia um ligeiro tom de vergonha na declaração. — Eu só queria que você ficasse em segurança.

Red contraiu os lábios até ficarem brancos. Todos eles amavam como fogo, sem pensar nas cinzas.

— Eu *estou* em segurança. — Ela afastou a mão do rosto dele e a pousou no cabo da adaga. Tentou não pensar naquilo, tentou fazer seu corpo funcionar sem o comando da mente. — Eu amo Eammon e ele me ama. E isso é estar em segurança.

Outro rugido ecoou no bosque.

— Você ama o que ele se tornou?

— Nós dois somos monstros — sussurrou Red. — Eu amo Eammon. Não importa o que ele seja.

— Você me amou um dia. Você nunca disse, mas sei que me amou. — Arick engoliu em seco e fechou os olhos com força. — Não amou?

— Amei. — Foi quase um sussurro, aquela coisa gentil que existia além da verdade e da mentira. Ela fechou os dedos em volta do cabo da adaga. — Não do jeito que você queria que eu amasse. Mas amei.

Ele abriu os olhos.

— Então seja rápida.

Perto do caixão de Neve, Raffe estava em silêncio. Quando Red olhou para ele, os olhos dele brilharam, mas a boca estava contraída em uma linha fina.

Arick baixou a cabeça e, depois de um momento, ajoelhou-se diante dela. Red queria agarrá-lo pelos ombros e fazê-lo se levantar, mas ficou ali parada, congelada com a mão na adaga, e ele como um suplicante no altar.

— Sangue para abrir — murmurou Arick, como um último rito. — Sangue para fechar. Foi o meu sangue que trouxe Solmir aqui. Meu sangue inverteu Wilderwood. Um sacrifício vivo. — Ele olhou para ela e havia paz ali, *alívio*. E aquilo foi, de alguma forma, pior do que se tivesse demonstrado medo. — Isso só termina quando o sacrifício não estiver mais vivo.

Os dedos dela estremeceram, suados e escorregando do cabo. Sabia que aquela era a resposta. Mas agora que podia ver os olhos dele...

— Não consigo.

— Eu tentei fazer isso sozinho, no calabouço. Nunca funcionou. Não consigo fazer sozinho. — Com gentileza, Arick estendeu a mão e a colocou sobre a dela. Juntos, desembainharam a adaga. Ele colocou a lâmina contra o próprio pescoço. — Você tem que fazer isso, Red. Me deixe salvar você dessa vez.

As lágrimas escorriam pelo rosto dela. A terra rugia quando se ajoelhou, colocando-se no mesmo nível que ele.

Arick pressionou a boca contra a dela. Ela permitiu.

— Encontre uma forma de trazê-lo de volta — murmurou ele com os lábios quase encostados nos dela. — Você merece ser amada, Red. Sempre mereceu.

Ele deixou a mão cair ao lado do corpo, olhando para a Segunda Filha com a expressão suplicante.

Red beijou a testa dele e fechou os olhos com força. Ergueu a adaga, mas a manteve imóvel. Sentiu quando Arick se empurrou contra a lâmina, ouviu o suspiro suave e sentiu o sangue quente começar a escorrer. Quando ele caiu no chão, ela caiu ao lado, obrigando-se a abrir os olhos para que pudesse ver os dele.

Ele ergueu uma das mãos. Prendeu uma mecha de cabelo atrás da orelha dela como costumava fazer antes, quando ficavam deitados exatamente daquele jeito. Então, a luz foi se apagando, a boca relaxou e ele ficou imóvel.

Red soltou um soluço sofrido.

As sombras na beira do bosque pararam. O rugido lá fora silenciou.

No seu túmulo, sob o vidro sombreado do caixão, Neve arfou.

Red se levantou ao ouvir o som, encharcada com o sangue de Arick, e correu para o lado de Raffe. Ele usou o cabo da adaga de novo, mas Red simplesmente socou o vidro, sem parar nem quando os nós dos dedos se abriram, nem quando ouviu o som de alguma coisa se quebrando sob a pele.

Mas o vidro se manteve intacto. Neve abriu os olhos.

Olhou para Raffe. Depois para Red. O rosto sem expressão, alguém que não sabia se estava dormindo ou acordada.

— Neve. — O som escapou da garganta de Red. Ela voltou a atacar o vidro, manchando-o de sangue. — *Neve!*

A irmã não respondeu. Lentamente, como se estivesse sonhando, Neve olhou para os próprios braços, para as linhas negras que emanavam do seu corpo como veias externas. Se aquilo a horrorizava, não demonstrou. Com uma expressão de curiosidade, passou a mão oposta por cima de uma delas, que pulsou ao toque, e ela estremeceu como se estivesse com frio.

O momento se estendeu. Neve deixou a mão cair. Fechou os olhos. Então, com se rangesse os dentes, cerrou os punhos.

As veias escuras estremeceram. Com o som de um ninho de víboras, elas... *retrocederam*, saindo do bosque e voltando para dentro de Neve. O ar vibrou enquanto Neve reclamava a magia que desenrolara dela, a escuridão que a tinha usado como uma semente. Tudo voltou para ela como uma onda de sombras serpenteando sobre a pele. Red ouviu um som no limiar da audição, quase como um suspiro.

E o bosque *se rasgou*.

As sentinelas invertidas tomaram, quebrando-se e derretendo enquanto o chão se abria. Red cambaleou apoiada na lateral do caixão de Neve, tentando, em vão, empurrá-lo para fora do bosque que ruía. Raffe empurrou junto com ela, mas nenhum dos dois conseguiu fazê-lo se mover. O caixão mergulhou na terra escura como se ela fosse areia movediça.

Red berrou. Do lado de fora do bosque, ouviu um eco abaixo, de árvore, folha e espinho.

— Red! — Raffe agarrou a mão dela e a puxou para longe do buraco que se abria rapidamente. — Red, nós temos que sair daqui.

— Não podemos deixá-la!

— Não temos *escolha*!

A terra foi carcomendo as laterais do caixão de Neve, cobrindo-o de sujeira e escuridão. Um vislumbre de um mundo em tons de cinza com um horizonte engolido pelas sombras, e ela desapareceu.

Raffe a puxou para longe, além do anel de terra rodopiante, como um furacão se enfiando na terra. A única parte sólida que restava do bosque era onde o corpo de Arick jazia. Ele estava se transformando, revirando-se e se tornando uma outra coisa.

A carne e a sombra, unindo-se de novo. Ela quase sentiu pena quando o corpo enfim assumiu a aparência de Solmir, vivo, poque aquilo significava que ela não teria nada de Arick para enterrar.

— Você não entende! — berrou ele com os olhos arregalados, buscando os de Red. — Você não entende. Eles ainda...

Uma sombra se fechou em volta do pescoço dele e cobriu-lhe a boca, como uma mordaça, devorado pelo túmulo do qual escapara.

Um estrondo estremecedor, uma nuvem de terra e pedras, e o bosque desapareceu. A porta tinha se fechado.

Com Neve do lado errado.

35

O mato alto e moribundo pinicava a pele de Red através das roupas. Estava em silêncio ao lado de Fife, ambos olhando para Lyra. O tempo passara em um borrão indistinto e, sempre que piscava, tudo que ela via era a terra cobrindo o rosto de Neve.

A respiração de Lyra estava estável, e as batidas do coração, fortes. Mesmo assim, Fife segurava a mão dela no próprio colo, mantendo os dedos ao redor do pulso, contando os sinais de que estava viva, ainda que inconsciente.

— Neve não está morta. — Raffe estava ajoelhado ao lado deles. Depois que o bosque desaparecera, ele, Red e os outros tinham ido até Fife e Lyra, os quatro unidos pela perda como se pudessem se juntar contra ela. — Sei que não está.

— Ela está viva. — Os lábios de Red mal se mexeram, os olhos fixos no mato que balançava ao vento. — Só está presa.

— Nós vamos trazê-la de volta. — O rosto de Raffe estava manchado de lágrimas, e o maxilar formava uma linha decidida. Pressionou as mãos no chão, como se pudesse cavar o próprio caminho até a Terra das Sombras. — O que vamos fazer?

— Eu não sei — respondeu Red. — Eu não sei.

Silêncio. Então, Raffe praguejou e se levantou.

— Isso não é o suficiente, Red. — Ele se embrenhou no mato morto, e tudo o que ela pôde fazer foi observar enquanto se afastava.

Ao desaparecer, o bosque tinha levado os corpos de todas as sacerdotisas. Menos o de Kiri, que não tinha morrido, e ainda estava largada no mato a alguns metros de distância. O peito se movia em uma respiração rasa, as mãos sujas de sangue coagulado contraídas em forma de garra. Red sabia que deveria sentir raiva e nojo. Mas tudo que conseguia sentir era pena.

— Sinto muito — disse Fife, baixinho, ainda olhando para Lyra. — Sinto muito por sua irmã.

Red abriu a boca, mas não encontrou som algum. Deixara Neve, mais uma vez. Deixara Neve em um caixão, e deixara o caixão ser dragado para a Terra das Sombras. Red decepcionara a irmã, de novo.

Mordeu o lábio trêmulo.

Fife engoliu em seco de forma audível. Quando ergueu o olhar, os olhos brilharam, e ele contraiu os lábios de forma decidida. Colocou com cuidado o pulso de Lyra no colo de Red.

— Fique com ela — disse ele. — Tem uma coisa que preciso fazer.

Ele se levantou e seguiu direto até o vulto alto e chifrudo na fronteira da floresta. O instinto de Red foi de fechar os olhos só para não o ver. Mas respirou fundo, soltou o ar de forma trêmula e se obrigou a encarar aquilo em que Eammon tinha se transformado.

O que surgira no lugar dele.

O contorno do perfil do deus-floresta não tinha mudado. Ele se virou para olhar a aproximação de Fife, com o rosto ainda anguloso e o cabelo escuro. Fitou o outro homem por um único instante antes de fixar o novo olhar esverdeado em Red.

Não havia o brilho do amor ali. Nem mesmo de reconhecimento. A cada batida, o coração de Red doía no peito.

Doía demais. Red baixou o olhar para Lyra. Sua manga ainda arregaçada onde Fife tinha procurado a Marca, a pele ainda imaculada. Ao absorver toda a floresta para se *tornar* Wilderwood, ele os libertara. Os libertara do pacto que tinham feito.

Pacto. A palavra a atingiu com um raio, fazendo os pensamentos rodopiarem ao redor uns dos outros.

Sua mão se fechou sobre a manga, onde sua marca estivera. Sabia que não estava mais lá, mas não teve coragem de olhar. Em vez disso, os olhos dela acompanharam Fife, ainda caminhando na direção do deus-floresta, e ela soube de imediato o que ele estava prestes a fazer.

O mesmo plano que ela estava começando a traçar, ambos com a esperança de que aquilo fosse suficiente.

Ela se levantou, as pernas fracas e dormentes. Sentiu uma pontada de culpa por deixar Lyra ali sozinha, mas estava tudo calmo agora que o bosque tinha desaparecido, e não havia nada ali para incomodá-la. Com passos hesitantes, Red atravessou o campo ainda segurando o braço vazio.

Eram dores diferentes, Neve e Eammon, dilacerando seu coração. Se salvasse um, poderia salvar o outro? Ela se lembrou do brilho de Wilderwood nos seus ossos, na luz para controlar a sombra. A mesma sombra que prendia Neve agora. As duas pessoas que ela mais amava, as duas pessoas que ela precisava salvar. Luz e sombra, presas em uma armadilha, horríveis e belas e ambas *tirando* algo dela.

Se ela se tornasse algo horrível e belo, conseguiria clamar aquilo de volta?

Parou a alguns metros de Fife e do que um dia tinha sido Eammon. O homem mais baixo lançou um olhar ardente de determinação para o deus que era Wilderwood, que retribuiu com uma expressão de ligeira curiosidade.

O nariz ainda era torto. Ainda ele, em algum lugar lá dentro, perdido no meio de toda a magia, de toda a luz.

— Você tomou minha vida uma vez, para salvar a de outra pessoa. Quero que a aceite de volta. — Fife puxou a manga e estendeu o braço. — Me dê a maldita Marca e cure Lyra. Faça com que ela... — A voz falhou, e ele engoliu em seco. — Faça com que ela fique inteira.

O deus inclinou a cabeça.

— Você queria sua liberdade — disse ele, em tom reflexivo e uma voz que continha os ecos de folhas caindo e galhos estalando ao vento.

— Tudo que eu quero é ela — respondeu Fife.

Uma pausa.

— Eu entendo.

Havia um tom de quase perplexidade naquela voz florestal. O deus entendia o desejo desesperado de Fife, sua disposição a fazer qualquer coisa para salvar alguém que amava, mas não sabia bem o porquê.

Red mordeu o lábio.

O deus estendeu a mão coberta de veias esmeralda e fechou os dedos em torno do braço de Fife, que ofegou uma vez e cerrou os dentes. Quando a mão do deus relaxou, uma nova Marca do Pacto brilhava na pele de Fife.

Vindo de trás deles, do ponto no qual Lyra estava, ouviram uma respiração profunda e o som de alguém se mexendo no mato.

Sem palavras, apenas um aceno brusco. Então, Fife se virou e começou a correr em direção a Lyra. A liberdade que ele tanto ansiara finalmente tinha sido conquistada, só para ser negociada de novo.

Wilderwood observou enquanto ele se afastava. Então, os olhos verdes pousaram em Red.

Ela ficou se perguntando se deveria se aproximar como uma suplicante, se deveria se ajoelhar. Fife não o fizera, mas o pacto dele envolvia uma coisa muito mais direta do que o de Red.

Decidiu não fazer nada daquilo. Em vez disso, se aproximou e olhou para ele com o queixo decidido e os olhos estreitos, com a mesma determinação que mostrara na biblioteca, vestida com o manto vermelho rasgado e o rosto sangrando.

A sombra dele caiu sobre ela, e a forma no chão era de uma floresta, com árvores altas e retas. Chifres de alabastro saíam da testa; a hera cobria o cenho. Os olhos estranhos olharam para ela, âmbar cercado de verde, com um brilho de reconhecimento. Como se ele conhecesse a forma de Red, mas não o espaço que ela deveria ocupar.

Wilderwood a conhecera, assim como Eammon. Mas ao se unirem, tornando-se indistinguíveis um do outro, haviam se transformado em uma coisa nova. Uma coisa que não tinha nenhum contexto de Segundas Filhas, nenhuma lembrança de mantos bordados e cabelo emaranhado em troncos. Aquilo foi o suficiente para fazê-la hesitar, mas só por um momento.

Red se empertigou. Mesmo antes, ela mal chegava à altura do ombro dele; agora, precisava apertar os olhos para ver o rosto dele.

— Redarys? — Ele disse o nome dela como algo esquecido, como se estivesse se esforçando para lembrar.

Red tentou falar alto, mas a voz saiu fraca mesmo assim.

— Vim fazer um pacto com Wilderwood.

Silêncio. Os olhos dele pareciam anuviados com uma tristeza elevada a proporções divinas e desconhecidas.

Em um movimento que poderia ser considerado hesitante, ele estendeu a mão. Red pousou a dela sobre a palma de veias verdes. As cicatrizes ainda estavam lá.

— O que você deseja? — A voz ressonante, vibrando nos ossos.

Ela desejava que ele nunca tivesse tido que testemunhar a morte dos pais. Que as cicatrizes nas mãos dele fossem de trabalhar na fazenda ou como ferreiro ou por causa de uma traquinagem quando era criança, em vez de cortes feitos para alimentar uma floresta. Que eles dois talvez pudessem ter se conhecido em circunstâncias diferentes, um homem e uma mulher sem magia, nem um destino grandioso, sem nada a não ser o amor.

E desejava salvar Neve. Desejava que aquele homem que tanto amava e que se tornara um deus que ela não sabia como alcançar arrancasse a irmã das sombras — as sombras que a própria Neve escolhera no final. Uma reivindicação, uma redenção. Red não sabia bem os detalhes, mas, de alguma forma, compreendia em um nível profundo.

A mesma compreensão profunda de que um simples pacto não funcionaria para salvar a irmã. O tempo que passara entrelaçada a Wilderwood lhe dera um conhecimento instintivo de suas limitações, fazendo com que soubesse que não poderia simplesmente desejar tirar alguém da Terra das Sombras. Aquela porta estava fechada, e abri-la exigiria mais que um pacto, maculando seu coração de forma que nem conseguia imaginar.

Havia muito pouco que poderia fazer pela irmã. Mas poderia salvar Eammon. E juntos, talvez conseguissem encontrar uma forma de salvar Neve.

— Me devolva o Lobo — sussurrou Red.

O deus inclinou a cabeça, analisando-a através daqueles olhos que eram tão estranhos e tão familiares ao mesmo tempo. A boca que já a beijara se abriu. A mão que já acariciara o corpo dela se retesou, e ela sentiu tudo, tudo, uma corrente do que estava se passando entre eles como medula através de um osso.

— E o que está preparada para dar em troca? — perguntou ele, em uma voz que ainda tinha traços da de Eammon escondidos sob as camadas de espinhos e folhas. — Um pacto por uma vida exige um enlace.

— Já estivemos enlaçados antes. Podemos nos enlaçar novamente.

Wilderwood, dourada e brilhante, olhou para ela através dos olhos de Eammon.

— Eu amo você, Eammon. — Ela pressionou a mão dele com mais força, como se pudesse transmitir todo aquele sentimento através da pele. — Você se lembra?

E, quando as raízes começaram a sair da mão dele para a dela, Red viu que ele se lembrava.

Uma onda de luz dourada irrompeu dos dedos de Eammon, encontrando um lugar nos espaços entre as costelas dela e nos vácuos dos pulmões. A rede que formava Wilderwood se dividiu igualmente em duas, raízes se alongando pelas veias dela e florescendo ao longo da espinha. A floresta se doou, fazendo dela um receptáculo em vez de apenas uma âncora, metade de uma floresta nos seus ossos.

Ela ofegou e sentiu gosto de coisas verdejantes, o gosto de Eammon. Ouviu o ofegar dele como um eco, enquanto sentia Wilderwood fluir dele, deixando apenas Eammon no seu lugar.

Quase o seu Eammon. Quase toda Wilderwood fluiu. Mas uma parte não se foi, ficou *nela*. Lobos e deuses, a linha entre eles não tão nítida como outrora.

Ela abriu os olhos, e o mundo parecia diferente. As cores mais vivas, como um quadro recém-pintado. A pele dela vibrava e, quando olhou para as mãos unidas, arfou.

Uma rede delicada de raízes visível sob sua pele, começando um pouco abaixo do cotovelo e descendo até o meio da mão. Elas se entrelaçavam como tinta, um verde profundo em contraste com a pele branca. Sua Marca, alterada para representar o pacto que não tinha feito, assim como o que acabara de fazer.

Ela ergueu os olhos para Eammon. Ainda estava mais alto do que antes. A casca de tronco ainda cobria os antebraços, o halo fino de verde circundava a íris âmbar, e duas protuberâncias apareciam sob o cabelo escuro. Os dois tinham mudado, perdendo alguns traços humanos para que pudessem sustentar a totalidade de Wilderwood entre eles, não apenas as raízes.

Mas aqueles olhos a conheciam. E, quando os lábios encontraram os dela, a reconheceram também.

Atrás deles, onde Wilderwood costumava estar, havia apenas uma floresta normal, com as cores outonais filtradas pelas árvores, coroadas com folhas vermelhas e amarelas. Todo o poder — as sentinelas, a rede que controlava as sombras — morava nela e em Eammon.

Ela o beijou de novo, roçando os dedos nas fibras grossas da floresta no pulso dele, e sentiu que estava em casa.

A voz de Lyra cortou o brilho dourado no qual estavam, uma bolha de realidade que ignorava todas as outras.

— A divindade combina com vocês, Lobos. Ou será que devo chamar vocês de Wilderwood agora?

— Por favor, não — gemeu Eammon.

Red se virou, com um sorriso tímido no rosto. Lyra abraçava a cintura de Fife para se apoiar um pouco. O sorriso dela demonstrava cansaço, mas era genuíno, e ela estava mancando um pouco. Ao lado dela, Fife estava em silêncio e com a expressão defensiva.

Red notou que a manga estava baixada.

— Você sabe tudo sobre divindade — disse Red com leveza para Lyra, afastando-se de Eammon, mas mantendo as mãos entrelaçadas. — *Aquela que acabou com a praga.*

Lyra fez uma careta.

— Acho que não é exatamente a mesma coisa.

— Bem parecido, acho eu — resmungou Eammon, com a voz ainda carregando um pouco da estranha ressonância. Os olhos se voltaram para Fife. Os dois trocaram um olhar inescrutável.

Afastando-se de Fife, Lyra levantou a manga, arqueando uma das sobrancelhas e olhando de Red para Eammon.

— A não ser que eu tenha sangrado muito enquanto fiquei inconsciente, acho que a minha marca não deveria ter desaparecido. — Um ligeiro tremor na voz dela. — E o que acontece agora se eu não tenho mais laços com a floresta?

Eammon encolheu os ombros, o movimento como o vento ondulando por entre a copa das árvores.

— Você viveu muito tempo dentro de Wilderwood. Viveu muito tempo fora dela também. Os laços estabelecidos pela magia não são fáceis de se desfazer. — A voz dele ficou mais suave, como um farfalhar de folhas no chão. — Agora você pode compensar o tempo perdido.

Um sorriso apareceu no rosto dela, iluminando os traços delicados enquanto ela baixava a manga da camisa.

Fife olhou para ela de esguelha, mas manteve o silêncio.

Na colina atrás deles, Valdrek estava acordando. Lear o ajudou a se levantar sobre as pernas trêmulas. Tinha o rosto todo sujo de sangue do ferimento da cabeça, mas parecia estar bem-humorado. Eammon apertou a mão de Red antes de soltá-la e ir conversar com os dois homens em tom baixo.

No mato seco, Kiri ainda estava inconsciente, sem dar sinais de acordar, embora o peito subisse e descesse no ritmo da respiração. Raffe, de braços cruzados, olhava para a sacerdotisa caída com expressão clara de desdém.

— Vou colocá-la no primeiro navio para Rylt — disse ele quando Red se aproximou. — Que todas as sombras me carreguem, mas eu não vou aparecer em Valleyda com uma Suma Sacerdotisa catatônica *e* dizer que a Rainha desapareceu. Vão me matar antes do inverno.

Red pressionou os lábios. As raízes no braço dela brilharam em um tom de dourado.

— Se Floriane souber da ausência dela, será um verdadeiro caos. E Arick... — Raffe meneou a cabeça, sem olhar para ela quando a voz falhou ao dizer o nome. — Você claramente tem outras obrigações agora que se tornou o receptáculo de toda uma maldita floresta...

— Ela ainda é minha irmã, Raffe. — O tom saiu mais ríspido do que Red queria e, em volta dos pés, as pontas do mato seco ficaram verdejantes. — Eu vou encontrá-la — sussurrou ela. — Não sei como, mas vou encontrá-la e trazê-la de volta. Essa é a minha *obrigação*.

Ele estreitou os olhos, observando a Marca, o mato morto ficando verde de novo. E assentiu devagar.

Red apontou um dedo para Kiri. A vegetação alta começou a se entrelaçar, formando cordas que prenderam os pés e as mãos da sacerdotisa com força de ferro. Raffe a pegou antes que Red tivesse a chance de perguntar se precisava de ajuda e se virou em direção ao vilarejo, carregando-a no ombro. Não olhou para trás.

Ela ficou olhando até perdê-lo de vista sob o brilho do sol e foi se juntar aos outros.

— Então é isso? — A voz de Valdrek estava um pouco arrastada e os olhos pareciam distantes, mas, fora isso, ele não parecia muito mal. — Wilderwood não pode mais nos prender aqui porque Wilderwood é... *você*.

Eammon deu de ombros.

— Mais ou menos isso.

— Então, nós podemos voltar. — Um sorriso apareceu nos lábios de Valdrek, enquanto os olhos recobravam o foco. — Que os Reis e as sombras me carreguem!

— Nem todo mundo vai querer ir. — Lear passou a mão que não estava apoiando Valdrek na testa suja de sangue. — Alguns vão ficar. Alguns não vão saber mais como viver no mundo lá fora.

Valdrek encolheu os ombros, afastando a mão de Lear para se manter de pé sozinho.

— Acho que é uma coisa que pode ser aprendida. — Ele se virou para a floresta. — Não há melhor momento que o presente para descobrir, depois que compartilharmos as boas novas!

Lear revirou os olhos, mas de um jeito amigável. Com um aceno, seguiu Valdrek por entre as árvores.

Então, ficaram só os quatro, como tinha sido na Fortaleza. Havia certa distância entre eles agora, um espaço entalhado pela mudança e pela violência, e, por um momento, ficaram em silêncio.

— Podemos ir para qualquer lugar — murmurou Lyra. Fife contraiu os lábios, mas ela não notou. Arqueou uma das sobrancelhas para Red e Eammon. — *Vocês* podem ir para qualquer lugar. Que conveniente, carregar a floresta dentro de vocês.

— *Conveniente* talvez seja uma hipérbole — resmungou Eammon.

Lyra riu.

— Embora eu entenda a questão de *ir para qualquer lugar*, em tese — disse ela —, acho que gostaria de dormir na minha própria cama esta noite. — Ela se virou e puxou a manga de Fife. — Venha, vamos deixar os deuses a sós.

Fife a seguiu para a floresta, ainda em silêncio, mas, quando chegaram perto da linha de árvores, ele pegou a mão dela e entrelaçou os dedos com os dela.

E Eammon e Red ficaram sozinhos.

Ele pegou a mão dela, e ela se encostou no ombro dele, sentindo a exaustão pesar nos braços e nas pernas, além da preocupação com a irmã e a confusão do que talvez ainda estivesse por vir.

Mas, por ora, por um instante, Red se permitiu aproveitar a sensação de contentamento. Permitiu-se sentir aquilo.

Parecia que seu aniversário de vinte anos tinha sido eras antes. Os lábios dela se abriram em um sorriso irônico.

— Você se lembra de quando a gente se conheceu?

Eammon se virou e acariciou o cabelo dela com fios finos de hera entrelaçados no louro escuro.

— Quando você sangrou na minha floresta — disse ele — ou quando você apareceu do nada na minha biblioteca?

— Eu estava pensando na segunda vez — respondeu Red. — Quando você me disse que não tinha chifres. — Ela estendeu a mão e tocou nos pontinhos que apareciam no meio do cabelo escuro, reminiscências dos galhos. — Irônico.

Ele deu uma risada e o som fez o vento soprar por entre os galhos. Os lábios se encontraram cálidos e famintos, e ele a pegou no colo e girou com ela nos braços enquanto folhas de cores outonais voavam em volta deles.

Ele a colocou no chão e apoiou a testa na dela. Respiraram o mesmo ar, Lady Lobo e Lorde Lobo e, por um momento, era tudo que queriam.

— Vamos para casa — murmurou Eammon.

E, de mãos dadas, os Guardiões atravessaram a floresta deles.

EPÍLOGO

Red

Fios de cabelo dourado envolviam a moldura do espelho como raios em volta do sol. Sangue manchava a estrutura, ferrugem contra o dourado, e pedaços de unha salpicavam o piso de madeira diante dele, as pontas serrilhadas onde ela havia roído. Red estava de joelhos com os punhos cerrados no colo, olhos arregalados e fixos na superfície preta, tentando obrigá-la a ficar prateada.

Mostre minha irmã. Mostre.

Mas o espelho permaneceu plano e inalterado.

Red ergueu o punho como se fosse socar o objeto e quebrar a superfície plácida que se recusava a lhe mostrar Neve. Mas abriu e fechou os dedos, enquanto um som sofrido escapava por entre os lábios. Red deixou a mão cair no colo. Fechou os olhos.

— Nada?

A voz de Eammon era suave. Ele se aproximou dela, oferecendo uma taça de vinho. Ela aceitou, e ele apertou o ombro dela de leve.

A calidez alcoólica contra a garganta aliviou o nó que tinha se formado ali.

— Nada — confirmou ela.

Ele suspirou, olhando para o espelho como se quisesse estilhaçá-lo tanto quanto ela.

— Nós vamos encontrá-la — garantiu ele, com a mesma veemência que usava havia uma semana. — Vamos achar um jeito.

De qualquer outra pessoa, a promessa talvez soasse vazia. De Eammon, porém, ela sabia que não eram apenas palavras. Ele faria tudo que estivesse ao seu alcance para ajudá-la a encontrar Neve.

Mas, à medida que os dias passavam e eles não avançavam na busca, o conforto de saber aquilo estava se esvaindo.

Quando Eammon ofereceu a mão, ela aceitou. Ele a levantou e a puxou contra o peito. Um sussurro como o de folhas caindo acompanhava as batidas do coração contra o rosto dela.

— Venha — disse ele, roçando os lábios na testa dela. — Acho que você está precisando sair um pouco da torre.

Com um último olhar para o espelho, Red permitiu que ele a guiasse pela escada.

Passaram pelo portão e entraram na floresta de mãos dadas. Wilderwood estava dentro deles agora, mas as coisas não perdiam a magia facilmente, e a floresta brilhava nas cores outonais embora o inverno já tivesse caído no restante de Valleyda. Não era exatamente o verão eterno das histórias, mas parecia combinar mais com eles.

A floresta estava silenciosa agora, não precisava mais pagar um preço alto para se comunicar. Mas Red conseguia senti-la dentro de si, uma segunda consciência estranha correndo ao lado da dela. Uma parte de si que se mantinha separada do resto por um triz, como olhar a própria mão no espelho e perceber as formas minúsculas com que as medidas estão erradas.

A divindade era uma coisa estranha.

Caminharam em um silêncio confortável até ultrapassarem a linha das árvores e verem os muros da Fronteira. Os sons da cidade vindos de lá de dentro. Valdrek planejava levar um grupo de moradores para Valleyda nas próximas semanas, mas havia muitos preparativos a serem feitos antes disso. E Lear estava certo, nem todo mundo queria ir.

Red franziu a testa.

— Valdrek precisa de ajuda com a organização de novo?

— Não é bem isso. — Eammon levou a mão dela aos lábios e beijou o dorso. — Eu conversei com Asheyla — disse ele contra a pele dela. — Sobre a substituição de um certo manto.

Os sorrisos dela haviam sido raros nas últimas semanas, mas cada um deles tinha acontecido por causa de Eammon. Os lábios de Red se curvaram quando encontraram os dele, enquanto a centelha de esperança reacendia no seu peito.

Eles iam encontrar Neve. Iam consertar as coisas. Juntos.

Com os dedos entrelaçados com os do Lobo, ela o deixou conduzi-la.

Neve

Cinza. Tudo que conseguia ver era cinza. Vários tons de cinza, claros e escuros, fumaça e carvão, mas tudo era única e exclusivamente cinza.

Só que às vezes via algo azul, olhando para ela. O azul mais límpido que já tinha visto, cercado por algo escuro, como um cabelo comprido. Ela gostava de azul. Era reconfortante de alguma forma.

Lentamente, voltou a sentir os braços e as pernas. Não se lembrava de muita coisa — prata e gritos e árvores crescendo —, mas sabia que estar deitada ali, em um mar de cinza com vislumbres de azul, não era o que deveria estar fazendo.

Demorou um tempo para perceber que conseguia se mexer. Primeiro os braços, depois as pernas, os músculos formigando. Sem pensar muito, ergueu as mãos, pressionando-as contra o vidro que a cobria. Foi fácil erguê-lo.

Ao levantar os braços, notou as sombras escuras sobre a pele, como se estivessem cobertos por mangas de renda negra. Franziu a testa por um instante. Havia quase um *pulsar* nos fios de escuridão, como se fossem um segundo conjunto de veias. Aquilo despertava uma lembrança, mas ela não conseguia encaixar todas as peças.

No silêncio, parecia que a escuridão também estava na sua cabeça. Algo agachado no canto da sua mente, algo que existia nela, mas, ao mesmo tempo, era separado.

Passou as pernas pela beirada de uma laje de pedra. Sentou-se.

O aposento era circular. Quatro janelas em pontos equidistantes, o peitoril entalhado com linhas sinuosas como fumaça. Acima dela havia um céu noturno pintado, estrelas e constelações em todos os tons de cinza possíveis atrás de uma lua de papel pendurada.

Além das janelas, o mundo era cinza também. Uma floresta, com os galhos crescendo para baixo enquanto as raízes cresciam para cima, desaparecendo em um céu espesso feito de neblina. Enquanto observava, alguma coisa se moveu entre as árvores invertidas — algo imensamente grande, e deslizando como uma cobra.

Sentiu medo e ficou com vontade de se deitar embaixo do vidro de novo.

— Olá, Neve.

Ela virou a cabeça de súbito, desviando o olhar da floresta invertida, e viu um homem no canto do aposento. As mãos estavam entre os joelhos, o cabelo comprido escorria pelos ombros. Eram tão cinza quanto o restante do lugar, mas, se ela olhasse com atenção, ainda conseguia ver traços de um castanho dourado.

— Você acordou. — Olhos azuis se fixaram nela. — Eu estava esperando.

A história continua em...

Para o Trono

Livro dois da série Wilderwood

Continue lendo para conhecer um trechinho do próximo livro.

1

Neve

Do lado de fora da janela, havia algo se mexendo. Aquilo em si não era estranho: ela já tinha visto muitas coisas nos poucos minutos em que estava acordada, tantas que sua mente nem conseguia processar direito. As palavras ecoavam nos ouvidos, suavizadas e desbastadas por uma mente que não conseguia parar de girar em círculos de pânico. Sentia a cabeça pesada, e o corpo, estranho, a compreensão parecendo uma coisa fugaz e longe do próprio alcance.

Se ela se recusasse a ouvir, a tratar aquilo como real, talvez não fosse.

A escuridão rastejava pela mente de Neve, deslizando fria nas veias. Cerrou os punhos.

Palavras pacientes, repetidas mais uma vez, martelando seu cérebro apesar dos seus esforços.

— Você entende por que está aqui?

A voz dele era tão aveludada, tão conciliatória... Como a de um médico falando com um paciente que acabou de despertar. Era estranho, muito estranho, que ela não tivesse percebido que aquele não era Arick. O que quer que eles tivessem feito para trocar de lugar um com o outro fazia a voz dele *soar* como a de Arick, mas a cadência estava totalmente errada. Arick dizia tudo no ritmo de uma piada. Nada que saía da boca de Solmir soava assim.

Solmir. A mente de Neve tentou evitar o nome, pois era mais uma coisa que não fazia o menor sentido.

Mas aquilo não era bem verdade. Tudo fazia sentido até demais, e aí estava o problema.

Por todos os Reis, no que ela tinha se metido?

— Eu não queria que as coisas tivessem chegado a este ponto, Neverah. — O nome completo de novo. Ela se lembrou de como o apelido tinha começado a soar estranho na boca dele nos últimos meses. Uma proximidade falsa que ele ainda não conquistara, e parte dela tinha percebido aquilo mesmo antes de descobrir tudo. — As coisas... saíram do meu controle. Totalmente.

Ele estava sentado atrás de onde ela tinha se colocado, perto da janela, olhando para o mundo cinzento. A cadeira de madeira dele era um dos quatro móveis que compunham o quarto na torre. Duas cadeiras, uma mesa... e o caixão dela.

Havia uma lareira ao lado de Solmir, mas estava apagada. O aposento era circular, marcado por quatro janelas, o peitoril de cada uma entalhado com linhas sinuosas que lembravam fumaça. Não havia nada nas paredes, mas aquela lua de papel cinza pendia do centro do teto pintado de preto, salpicado com constelações desenhadas que ela reconhecia. As Duas Irmãs, a Constelação da Praga.

E tudo aquilo, tudo mesmo, era cinza.

Neve não olhou para o homem — para o *deus* — atrás dela, concentrando toda a sua atenção nas coisas do lado de fora, um monstro que parecia mais fácil de compreender. Os flancos eram manchados, como o corpo de uma cobra na época da troca de pele, e o ser serpenteava por entre árvores invertidas.

Uma fera cinza, uma floresta cinza, todo o resto também cinza, exceto os olhos do seu captor. Eles brilhavam em azul, e ela quase conseguia *senti-los* fixos nas costas dela, tentando fazer com que se virasse para ele. Tentando fazer com que reconhecesse o que estava acontecendo ali, que se lembrasse do que tinha feito.

O que ela havia feito.

Tanta coisa para se lembrar, tanta coisa para analisar. A escuridão extravasando dela como um segundo conjunto de veias, o poder pulsando como batidas de um coração. Um poder que ela absorvera, um poder que escolhera tornar parte dela.

O rosto de Red. Red e Raffe a chamando aos berros de trás do vidro esfumaçado. Neve os deixara. Neve *escolhera* deixá-los. O que mais podia merecer, ela que tinha quase provocado um apocalipse por causa do próprio egoísmo? Ela tinha se resignado às sombras, e ali estavam elas, na forma de um homem e uma torre e um mundo cinzento repleto de deuses e monstros.

A religião que seguiam não tinha nenhum conceito de vida após a morte, mas ela já tinha deturpado muitas peças sagradas, tentando fazer com que se encaixassem da forma que ela queria. Talvez estivesse morta, talvez aquela fosse uma punição criada especialmente para ela.

Para ela e para ele.

— No fim, eu não tive escolha — Se Solmir notou que ela estava bem perto de entrar em pânico, que de nada adiantava toda a paciência dele para acalmar o coração acelerado dela, seu tom não indicou. Ele permaneceu neutro e calmo, fazendo com que Neve quisesse arrancar a língua dele.

Aquele pensamento, uma violência tão inesperada, repuxou suas veias e algo na sua mente. Todas as sombras que ela absorvera giraram e serpentearam sob a pele; a escuridão se esgueirando pela beirada dos pensamentos a fez entrar em ação. Não era seu pensamento nem sua ação — era uma coisa diferente, escondida dentro dela como um predador à espreita.

Neve curvou os dedos em garras e não precisou nem olhar para saber que as veias tinham se tingido de negro.

— Achei que eu não tivesse escolha — disse ele em voz baixa, como se fosse uma confissão. Ainda olhando para a janela, Neve arreganhou os dentes. Ela não seria clemente com ele. — Você estava fraca. Já tinha absorvido sombras demais, se doado demais, e quando enfrentou Kiri no Santuário... Você apagou depois daquilo. Você não acordava. Eu achei que ancorá-la à magia do bosque talvez a curasse. — Ela ainda não olhava para ele, mas ouviu o som baixo do cabelo comprido e solto roçar nos ombros de Solmir enquanto ele balançava a cabeça. — Eu não achei que você fosse... absorver tudo quando sua irmã veio salvar você.

Irmã. Neve fechou os olhos.

— Mas isso pode funcionar a nosso favor — continuou ele. A esperança era algo incongruente ali. Parecia totalmente fora de lugar. — Eu achei que teria de tentar o mesmo plano de novo... esperar por outra oportunidade, sendo que começávamos a ficar sem tempo. Mas, com você aqui e Red do outro lado, talvez haja uma outra forma.

Aquilo foi o suficiente para fazê-la enfim se afastar da janela e olhar para ele. Ele se inclinou para a frente na cadeira, apoiando os cotovelos nos joelhos e enfiando as mãos entre eles. Era estranho ver alguém de quem tinha sido bem próxima durante meses em um corpo diferente do que conhecera. O cabelo liso e comprido de Solmir caía sobre os ombros, obscurecendo o rosto. Uma fileira de pequenas cicatrizes marcava o contorno do couro cabeludo, pequenas no centro da testa e ficando maiores nas têmporas. Ele usava finos anéis prateados em quase todos os dedos longos e finos, e o movimento do cabelo escuro e fluido revelou uma argola também prateada na orelha direita.

Ele ergueu os olhos para encontrar os dela. Azuis ardentes, mais azuis do que qualquer céu ou mar que ela já tinha visto.

Neve queria falar. Tinha toda a intenção de falar. Mas vê-lo ali, um deus de conto de fadas, transformado no seu algoz pessoal, fez as cordas vocais travarem.

Mas ele conseguiu ler no rosto dela o que ela queria dizer.

— Temos de acabar com eles. — Um sussurro, como se mesmo ali ele temesse ser ouvido, naquele grande amplo que os aprisionava e continha apenas feras. — Eles estão conseguindo mais poder, Neverah. Estão fazendo isso há séculos. Eles querem o mundo do qual foram expulsos e preferem destruí-lo a permitir que continue existindo sem eles.

E lá estava. O motivo para tudo aquilo. A motivação por trás do que tinham feito, ele e Kiri, usando o desespero dela e de Arick como catalisador dos próprios planos cósmicos.

Ela queria cuspir nele. Queria chorar. Mas tudo que fez foi respirar fundo.

— Ligar você às sombras do bosque nunca foi parte do plano — murmurou Solmir. — Dar a você... o que eu dei... nunca foi parte do plano. Mas eu fiz para salvar você, Neverah. Não espero que acredite em mim, mas é verdade.

Ela acreditava nele? Nem *sim* nem *não* pareciam respostas seguras.

— A outra opção parecia bizarra demais — continuou ele, mantendo o olhar nas mãos entrelaçadas e nos anéis prateados. — Mística demais. Mas acho que é ridículo demais que nós, entre todas as pessoas, desconsideremos um mito. Se eu soubesse que o plano ia dar tão errado, eu teria agido de outra forma.

E dera muito errado, mesmo. Neve se lembrava de borrões de antes do caixão de vidro esfumaçado, antes do bosque de sombras. O Santuário. Red agachada como um ser selvagem, sangrando e ouvindo as árvores. A dor na cabeça, a dor por todos os lados, uma dor fria girando dentro dela enquanto pegava para si mais poder sombrio do que jamais pegara antes, um último esforço para salvar a irmã da coisa inumana que ela havia se tornado.

Mas, no fim das contas, a própria Neve acabara perdendo a humanidade também. Linhas negras, poder sombrio, árvores invertidas.

Houvera dor, uma dor que parecia alguém puxando o fio que a formava até desfiá-la por completo. Mas então... um beijo suave em sua testa. *Alguma coisa* se acendendo dentro dela, um bote salva-vidas atirado para que sua alma pudesse se agarrar àquilo. E a dor se fora.

Foi quando tinha visto Solmir, Solmir que tinha sido Arick, entrando e saindo de foco como uma miragem. Quando ela juntara as peças do que tinha acontecido? Alguém tinha explicado tudo para ela? Achava que não. O poder dentro dela, frio e coroado de gelo, parecia ser suficiente para explicar tudo. A magia fria parecia saber de tudo, fios de escuridão explicando para ela o que estava bem diante do seu nariz: que Arick não era Arick, que o que ela achava que estava fazendo não era tudo que parecia, que ela havia se envolvido em um plano que não se importava se Red viveria ou morreria.

Havia mais coisas ali. Tinha de haver. Mas se a história terminava com Neve inumana em um mundo criado para deuses, será que os detalhes eram tão importantes assim?

E quanto a Red? Que as sombras a amaldiçoassem, Neve não tinha conseguido nada do que queria, ou será que as coisas tinham saído do controle a tal ponto que ela acabara perdendo tudo?

Controle. Por todos os Reis e todas as sombras, um pouco de *controle* era tudo que ela queria.

— Redarys está viva. — Era quase como se Solmir conseguisse ler os pensamentos dela, ler o medo escrito no olhar. Os olhos dele analisaram o rosto de Neve, azuis naquele mar cinzento. Uma lufada de vento frio entrou pelas janelas abertas da torre, fazendo o cabelo liso e brilhante esvoaçar. — Ela e o Lobo. Ambos saíram ilesos. — Um brilho de emoção transpareceu naquele rosto odiosamente lindo. — Vamos precisar deles para este novo plano funcionar.

Red e o Lobo. O monstro que a irmã escolhera.

Toda aquela conversa sobre novos planos, sobre encontrar alguma coisa, e ela não fazia ideia do que nada daquilo significava. Era a prisioneira de um Rei, e um poder sombrio fluía pelas veias dela como sangue, e Neve não entendia nada.

Ela abriu a boca, sem saber direito o que diria. O que saiu foi:

— Tem uma coisa lá fora.

Ele franziu as sobrancelhas, traços escuros sobre os olhos azuis. Solmir olhou por sobre o ombro, fazendo os fios brilhantes do cabelo comprido escorrerem pelas costas. Deviam ser castanho dourado, pensou ela. No mundo lá em cima. Não tinha ideia de como sabia daquilo; o conhecimento estava enterrado em algum lugar profundo de suas lembranças emaranhadas, e não se encaixava para formar uma imagem clara. Parecia um conhecimento íntimo, ali onde não havia cor a não ser nos olhos dele, o fato de que ela também soubesse a cor do cabelo dele.

Se não estivesse tão paralisada, se não se sentisse como um cadáver que ainda não tinha se dado conta de que estava morto, Neve talvez tivesse vomitado.

Solmir olhou pela janela, para aquela massa que serpenteava lentamente pela floresta invertida. As raízes elevadas para o céu, muito, muito mais altas do que Neve achava ser possível. Quase desapareciam depois de certo ponto, ficando desbotadas quase o suficiente para que ela conseguisse se convencer de que eram apenas nuvens estratificadas. Os galhos mergulhavam no chão como pontes construídas por algum louco. Na janela atrás dela, não havia floresta invertida nem mais nada além de um grande ermo cinzento e um céu igualmente cinzento. As raízes ainda eram um pouco visíveis por metros acima no ar, mas não formavam troncos e galhos. E, além disso, não havia nada.

Nada além daquela torre na fronteira com lugar nenhum. Uma eternidade de cinza e monstros além da porta.

— Um monstro inferior — disse Solmir, fazendo um gesto de pouco caso para a criatura deslizante, enquanto se virava para olhar para Neve. — Os Antigos estão mais entranhados na terra, presos no próprio território. Não chegam tão perto daqui. E os Reis estão confinados no Tabernáculo.

Ele disse aquilo como se ela devesse saber o que significava. Neve balançou a cabeça.

— Territórios? — A voz dela falhou, como se a Rainha tivesse engolido um monte de alfinetes. — Tabernáculo?

— Os deuses presos aqui criaram seus lugares — disse Solmir, como se aquilo fosse uma explicação e não apenas um monte de palavras que faziam sentido separadas, mas não juntas. — Transformaram as terras em reinos, os entalharam. Não restaram muitos, mas os que ficaram ainda estão no lugar. O Oráculo fica nas montanhas, o Leviatã no mar, a Serpente no subsolo. E os Reis no Tabernáculo. — Ele fez outro gesto para a criatura do outro lado da janela. — Aquele é um monstro inferior. Não restam muitos deles. Os monstros inferiores são os únicos a arriscar uma proximidade tão grande com a fronteira com Wilderwood, as únicas coisas idiotas o suficiente para acreditarem que vão escapar. — Ele deu de ombros, assumindo totalmente o tom professoral, como se aquilo fosse distraí-la de todo o horror em que estava presa. — Antes, conseguiam de vez em quando. Mas não agora que Wilderwood está curada e mantida por dois Lobos novamente.

Se ele não parasse de mencionar Red, Neve ia perder a cabeça. Ela enterrou as mãos no peitoril da janela com os entalhes sinuosos e fincou as unhas nele, como se fossem garras que ela precisava usar para se segurar e salvar a própria vida. Será que Red estava procurando por ela? Será que estava sentindo o mesmo desespero que Neve sentira, que parecia formar um nó na garganta?

Neve não sabia. Simplesmente não sabia.

Outra onda de raiva no peito, pensamentos de violência. Daquela vez, porém, não eram voltados contra Solmir, mas sim contra Kiri, até mesmo contra Arick, contra tudo e todos que a levaram àquele momento. As veias dos braços ficaram mais escuras só com aquele pensamento.

O que tinha acontecido com ela?

— Não precisa se preocupar com nada.

Solmir se levantou, por fim, e cruzou as mãos nas costas em uma postura quase militar, como se tivesse pegado cada traço de inexperiência que ela sentira nele antes e os tivesse guardado com todo o cuidado. Ele era bem mais alto do que ela, quase uma cabeça e meia; era forte, mas esguio, o rosto dotado de uma beleza aristocrática e um toque de crueldade, um nariz fino e afilado, maçãs do rosto marcadas, sobrancelhas escuras sobre aqueles olhos azuis infernais. Ele parecia frio.

Tão diferente de Raffe.

Por todos os Reis, os joelhos pareciam prestes a ceder sob o peso dela.

— Se o monstro decidir morrer do lado de fora da nossa janela — continuou Solmir, ainda naquele tom de voz controlado que demonstrava que tinha percebido que ela estava perturbada, e que ele estava se esforçando muito para que ela não perdesse a cabeça de vez —, aí, sim, eu ficaria preocupado. As criaturas de sombras que produzem são irritantes, toda aquela magia presa liberada quando uma coisa desalmada morre e se dissolve. — Ele estreitou os olhos para Neve, como se estivesse lhe dando coragem. — Elas têm alguns momentos de semiconsciência logo que se soltam. A maioria apenas tenta subir para o mundo lá em cima. Mas, agora, elas provavelmente só serão atraídas para os Reis, para aumentar o poder deles.

Ali estava algo em que sua mente poderia se segurar, uma coisa concreta no mar de explicações.

— Você fala dos Reis como se não fosse um deles.

A frase saiu mais forte, e ela reconheceu a própria voz pela primeira vez desde que acordara. Parecia uma Rainha falando.

Ele não tinha o direito de parecer tão chocado.

— Você me trouxe para cá — disse ela. O inverno se agregou em seus punhos cerrados, gelo brilhante correndo pelas veias enquanto os pensamentos letárgicos tentavam acompanhar o coração dela, emoções modificadas em um corpo cansado. — Você enganou Arick e quase matou minha irmã depois de dizer que poderia salvá-la, e você *me prendeu aqui com você*.

A última palavra foi quase um grito; ela levantou as mãos e curvou os dedos em forma de garra. Linhas negras tremeram ao redor deles, as veias parecendo cobras de sombras, o gelo se cristalizando na ponta dos dedos. Mas ele não se afastou nem pareceu amedrontado. Parecia estar, na verdade, pesando as opções, decidindo qual caminho seria o mais fácil de trilhar.

Quando Solmir tomou a decisão, encolheu os olhos.

— Foi exatamente o que eu fiz. — Ele não negou nada, não tentou mitigar a magnitude do que tinha feito. — Fiz o que precisava ser feito, Neverah. Se a sinceridade fosse uma opção, eu teria sido sincero com você. Mas não era. — Ele franziu as sobrancelhas e levantou o queixo. — Sim, eu trouxe você até aqui. Sim, eu a prendi aqui. Mas faço aqui e agora uma promessa para você, e juro pela minha vida e pelo meu sangue: você vai sair daqui sã e salva quando o nosso trabalho terminar.

Juro pela minha vida e pelo meu sangue. Um juramento antigo, o qual ela só lera em livros de história. Aquilo deveria ter deixado seus pensamentos em turbilhão de novo, afastando-se do centro como uma pulseira de contas arrebentada. Mas, na verdade, ofereceu-lhe uma espécie de apoio.

— Você e eu vamos destruir este mundo subterrâneo — murmurou Solmir. — Nós vamos queimá-lo até que não reste mais nada, e vamos levar os Reis junto.

AGRADECIMENTOS

Se é necessária uma aldeia para criar uma criança, é necessária uma metrópole para criar um livro. Devo muito a muita gente que tornou possível que Red, Eammon e toda a floresta vissem a luz do dia.

Meu primeiro agradecimento vai para o meu marido, Caleb, por lidar de forma bastante galante com meus sussurros sobre as "*vibes* de Red e Eammon" sempre que ouvíamos uma música romântica por quase cinco anos, e também por se certificar de que eu sempre tivesse tempo para trabalhar no livro mesmo quando era apenas uma coisa casual que eu estava tentando, porque ele sabia o quanto isso me deixava feliz. Amo você, amo você, amo você, amo você.

O primeiro agradecimento específico para o mercado editorial vai para minha indomável agente Whitney Ross. Você não só foi uma incrível defensora do livro, mas uma amiga maravilhosa também. Obrigada por ver o que a minha história poderia ser e por me estimular a chegar lá.

Para minha editora Brit Hvide: ainda estou maravilhada por ter trabalhado com você. Sua orientação e seu entusiasmo (e paciência com minhas ligações de "*brainstorm*", nas quais eu dizia "Hum..." e um monte de palavrões) tornaram esse processo muito mais incrível.

E como fui abençoada no que diz respeito a editoras, um enorme agradecimento para Angelina Rodriguez! Trabalhar com você foi simplesmente o máximo, e é muito bom poder chamá-la de amiga e colega.

Também tenho muita sorte em relação a amigas autoras (que logo viraram melhores amigas). Erin Craig, você é minha pessoa. Obrigada por ler, quase literalmente, todos os rascunhos deste livro, e por nunca me deixar desistir. Bibi Cooper, eu amo tanto você, uma fonte de alegria constante. Não existe ninguém para quem eu prefira mandar uma DM sem sentido.

Para minha turma: Anna Bright, Laura Weymouth, Jen Fulmer, Steph Messa e Joanna Ruth Meyer. Eu não tenho palavras para expressar o que vocês significam para mim. Eu com certeza não estaria aqui se não fossem vocês.

Muito obrigada a Monica Hoffman e Stephanie Eding, as mentoras que escolheram este manuscrito em uma pilha de um concurso quando ele ainda era uma grande bagunça; muito obrigada por me ensinarem como revisar e por enxergar o âmago desta história antes de ela realmente estar aparente.

Emily Duncan, Tori Bovalino, Emma Theriault, Claribel Ortega, Kelsey Rodkey, Saint Gibson, Kit Mayquist, Gina Chen, Em Liu, Sierra Elmore, Emma Warner, Meryn Lobb, Kelly Andrew, Suzie Sainwood, Paige Cober, Sadie Blach, Tracy Deonn, Rachel Somer, Jordan Gray, Morgan Ashbaugh e Diana Hurlburt: o apoio e a amizade de vocês significam muito para mim e tornaram o mundo suportável. Meus agradecimentos para Layne Fargo, Roseanne Brown, Alexis Henderson, Shelby Mahurin e Isabel Cañas, minha galera do PitchWars; amo muito todos vocês e tenho muito orgulho de nós. E para os Guillotines, MK, Harry e Chris: vocês são absolutamente brilhantes, e é uma honra ser amiga de vocês.

Para Sarah Gray, Liz O'Connell, Ashley Wright, Chelsea Fitzgerald, Stephanie Sorenson, Leah Looper, Nicole Prieto e Jensie Trail: amo muito todas vocês já há muito tempo, e sou muito grata por ter o apoio e a amizade de vocês e todos os memes que me mandam.

E é claro, um enorme agradecimento para toda a equipe da Orbit; foi incrível trabalhar com vocês. Vocês são demais.

Por fim, obrigada a todos os leitores que se animaram com este livro desde o início. Obrigada por permitirem que eu conte histórias.

ESTA OBRA FOI COMPOSTA PELA ABREU'S SYSTEM EM CAPITOLINA REGULAR E IMPRESSA EM OFSETE PELA LIS GRÁFICA SOBRE PAPEL PÓLEN NATURAL DA SUZANO S.A. PARA A EDITORA SCHWARCZ EM JULHO DE 2022